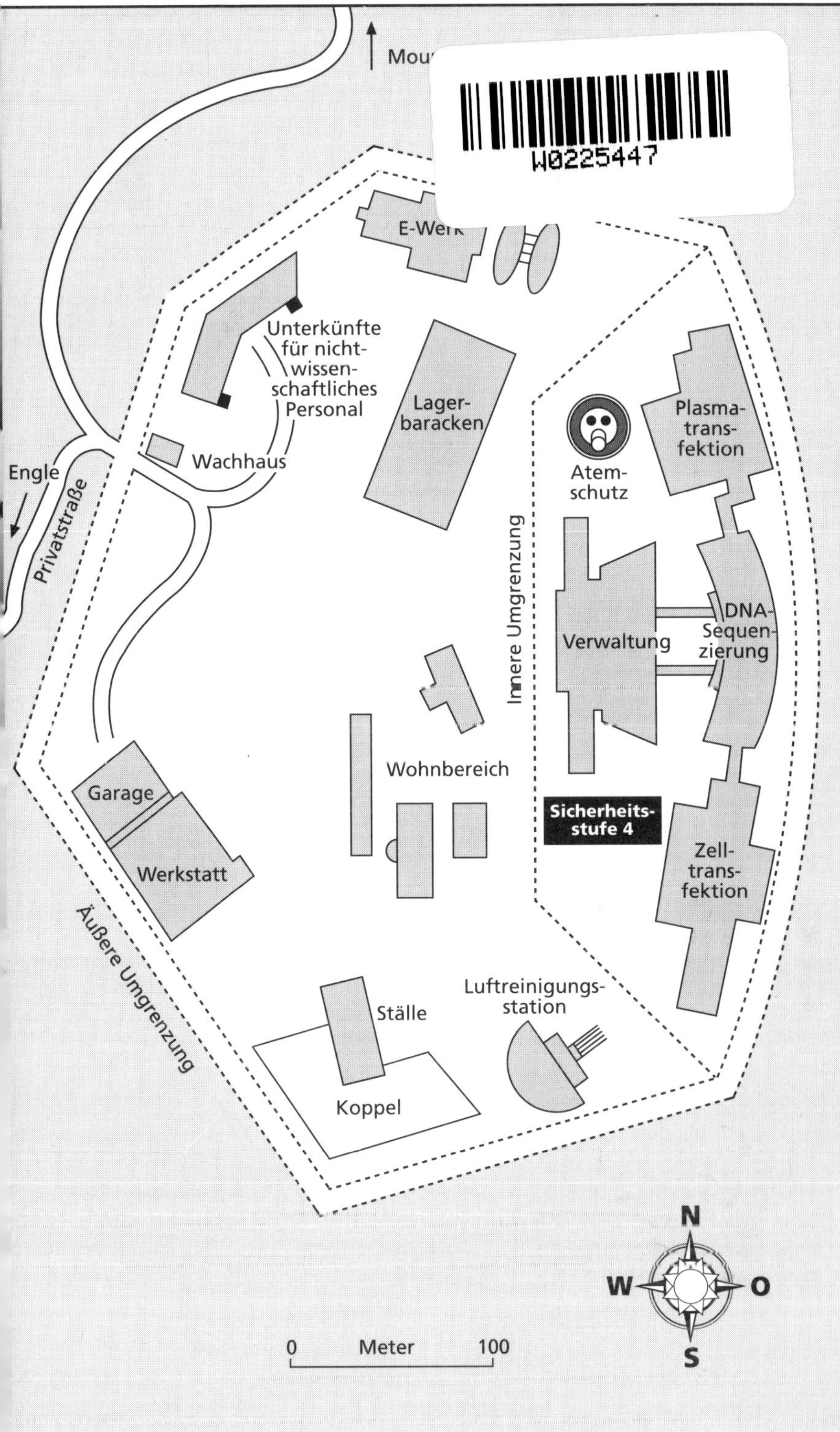

E-Werk
Unterkünfte für nicht-wissen-schaftliches Personal
Lager-baracken
Plasma-trans-fektion
Atem-schutz
Wachhaus
Engle
Privatstraße
Innere Umgrenzung
Verwaltung
DNA-Sequen-zierung
Wohnbereich
Garage
Werkstatt
Sicherheits-stufe 4
Zell-trans-fektion
Äußere Umgrenzung
Luftreinigungs-station
Ställe
Koppel
N
W
O
S
0
Meter
100

Droemer
Knaur®

Douglas Preston/Lincoln Child

MOUNT DRAGON

Labor des Todes

Roman

Aus dem Amerikanischen von
Thomas A. Merk

Droemer Knaur

Titel der Originalausgabe: Mount Dragon
Originalverlag: Forge Books, New York

Die Folie des Schutzumschlags sowie die Einschweißfolie
sind PE-Folien und biologisch abbaubar.
Dieses Buch wurde auf chlor- und säurefreiem Papier gedruckt.

Umschlaggestaltung: Agentur Zero, München
Umschlagfoto: Tony Stone Images, München
Satz: Ventura Publisher im Verlag
Druck und Bindung: Ueberreuter Print
Printed in Austria
ISBN 3-426-19388-4

2 4 5 3

Die Handlung von *Mount Dragon – Labor des Todes* ist frei erfunden. Die Firma GeneDyne, die Stiftung für Verantwortungsbewußte Gentechnologie, der Holocaust Memorial Fund, die Holocaust Research Foundation, PurBlood und X-FLU und natürlich auch das Labor am Mount Dragon entstammen ausschließlich der Phantasie der Autoren. Jegliche Ähnlichkeit mit existierenden Firmen, Einrichtungen und Produkten wäre rein zufällig. Darüber hinaus sind sämtliche in diesem Roman beschriebenen Personen und Ereignisse frei erfunden. Nichts davon ist als eine Anspielung auf die Politik oder das Verhalten von irgendwelchen Firmen, Institutionen, Universitäten oder Behörden gedacht.

Für Jerome Preston senior
Douglas Preston

Für Luchie, meine Eltern
und Nina Soller
Lincoln Child

Unsere Symbole schreien ins All hinaus,
Wie die Pfeile des Jägers
Fliegen sie
In den hohen, schwarzen Himmel der Nacht.

Wie spitze Speere
Bohren sie
Warme Wunden in weiches Fleisch.

Sie rasen wie Feuer übers Land
Und treiben die Büffel vor sich her.

Franklin Burt

Ein Fenster zur Apokalypse ist mehr als genug.
Susan Wright/Robert L. Sinsheimer
Bulletin of Atomic Scientists

Einleitung

Die gedämpften Schreie, die an diesem friedlichen Frühlingsmorgen über die weiten, grünen Rasenflächen geweht kamen, fügten sich so unauffällig in die Umgebung ein wie das Gekrächze der Raben im nahen Wald oder das Wiehern eines Pferdes in der Koppel auf der anderen Seite des braunen Flusses. Man mußte schon sehr genau hinhören, um zu erkennen, daß es sich um die Schreie eines Menschen handelte.

Das langgestreckte Gebäude des Featherwood-Park-Sanatoriums lag halb verborgen im Schatten hoher Pappeln. Der Kies in der überdachten Auffahrt knirschte unter den Reifen eines gerade losfahrenden Krankenwagens, und die mit Luftdruck betriebene Tür des Haupteingangs schloß sich mit leisem Zischen.

Die Angestellten des Sanatoriums benützten nicht den Haupteingang, sondern eine unscheinbare weiße Tür um die Ecke. Lloyd Fossey trat darauf zu, streckte die Hand nach einem in der Wand eingelassenen Tastenfeld aus und tippte seine Kombination ein. Auf dem Weg vom Parkplatz hatte er die Melodie von Dvoráks Klaviertrio in b-Moll vor sich hingesummt, das er eben im Autoradio gehört hatte. Jetzt runzelte er die Stirn und hörte damit auf. Hier, seitlich des Gebäudes, waren die Schreie sehr viel lauter.

Drinnen klingelten in der Schwesternstation mehrere Telefone auf einmal. »Guten Morgen, Dr. Fossey«, sagte die Schwester und blickte von ihrem mit Papieren übersäten Tisch auf.

»Guten Morgen«, antwortete er, und sie schenkte ihm trotz der Hektik ein strahlendes Lächeln. »Hier geht es ja wieder zu!«

»Heute früh kamen kurz hintereinander zwei Notfälle herein«, sagte die Schwester und gab ihm mit der linken Hand zwei Krankenblätter, während sie mit der rechten ein Formular ausfüllte. »Und jetzt haben sie gerade diesen Schreihals gebracht.«

»Den habe ich schon auf dem Weg vom Parkplatz gehört«, sagte Fossey, kramte aus der Brusttasche seines Jacketts einen Kugelschreiber und besah sich die Krankenakte. »Ist der Krakeeler etwa für mich?«

»Nein, für Dr. Garriot«, antwortete die Schwester und sah von ihrem Formular auf. »Aber einer von den beiden heute morgen ist für Sie.«

Irgendwo ging eine Tür auf, so daß die Schreie auf einmal noch lauter zu hören waren, vermischt mit den aufgeregten Stimmen von Ärzten und Pflegern. Dann wurde die Tür wieder geschlossen, und Fossey hörte nur noch die normalen Geräusche auf der Schwesternstation.

»Ich werde mir den Patienten von heute früh gleich einmal ansehen«, sagte er und überflog auf dem Krankenblatt rasch die wichtigsten Daten. Bei den Worten »Geschlossene Abteilung« stutzte er.

»Waren Sie dabei, als dieser Patient eingeliefert wurde?« fragte er.

Die Schwester schüttelte den Kopf. »Da müssen Sie mit Will sprechen, Dr. Fossey. Der hat ihn vor einer Stunde nach unten gebracht.«

In der geschlossenen Abteilung des Sanatoriums gab es nur ein einziges Fenster. Es ging von der Wachstation hinaus auf die Treppe zur Station zwei. Dr. Fossey drückte auf die Klingel an der Wand daneben und sah kurz darauf Will Hartung mit bleichem Gesicht und struppigen Haaren auf der anderen Seite der Plexiglasscheibe auftauchen. Will betätigte einen Knopf, und die Tür zur geschlossenen Abteilung wurde mit einem Knall, der fast so laut wie ein Pistolenschuß war, automatisch entriegelt.

»Na, wie geht's denn so, Doc?« fragte Will. Er saß bereits wieder an seinem Platz hinter der langen Theke, auf der eine Ausgabe von Shakespeares Sonetten lag.
»Und wie geht's Ihnen, Will? Wieder mal verliebt?« fragte Fossey mit einem Blick auf das Buch zurück.
»Sie sind mir vielleicht einer, Dr. Fossey. Warum vergeuden Sie Ihr Talent bloß als Mediziner?« Will gab Fossey das Besucherbuch und schneuzte sich. Am anderen Ende der Theke füllte ein neuer Pfleger Krankenformulare aus.
»Ich wüßte gerne mehr über den Patienten, der heute früh hier eingeliefert wurde«, sagte Fossey und gab Will das unterschriebene Besucherbuch zurück. Das Klemmbrett mit der Krankenakte hatte er sich dabei unter den Arm geschoben.
Will zuckte mit den Achseln. »Unauffälliger Typ. Nicht allzu gesprächig, was kein Wunder ist bei dem vielen Haldol, mit dem die ihn vollgepumpt haben.«
Fossey runzelte die Stirn und sah in der Krankenakte nach. »Mein Gott. Hundert Milligramm alle zwölf Stunden!«
»Die am Albuquerque General Hospital haben es wohl etwas zu gut mit ihm gemeint«, sagte Will.
»Wenn ich ihn untersucht habe, werde ich die Dosis herabsetzen«, sagte Fossey. »Bis auf weiteres kriegt er kein Haldol mehr. Wie soll ich ihn behandeln, wenn er überhaupt nicht richtig da ist?«
»Er ist in der Sechs«, sagte Will. »Ich bringe Sie hinunter.«

Über der inneren Tür war ein Schild angebracht, auf dem in großen, roten Buchstaben stand: ACHTUNG! FLUCHTGEFAHR. Der neue Pfleger pfiff leise durch die Zähne, sperrte die Tür auf und ließ sie herein.
»Sie wissen, daß ich es nicht gerne sehe, wenn neue Patienten in die geschlossene Abteilung eingewiesen werden, bevor ich sie überhaupt untersucht habe«, sagte Fossey, als er, Will und der Pfleger den kahlen Korridor entlanggingen. »Das kann einem

Patienten ein gänzlich falsches Bild von unserem Sanatorium vermitteln, bevor wir überhaupt mit der Therapie begonnen haben.«

»Es war nicht meine Schuld, Doc«, entgegnete Will und blieb vor einer verkratzten, schwarzlackierten Tür stehen. »Das war der ausdrückliche Wunsch der Ärzte aus Albuquerque, die ihn uns überwiesen haben.« Er schloß die Tür auf und schob einen schweren Riegel zurück. »Wollen Sie, daß ich mit reingehe?« fragte er.

Fossey schüttelte den Kopf. »Ich rufe Sie, wenn ich Hilfe brauche.«

Der Patient lag mit dem Gesicht nach oben auf einer großen Transporttrage. Die Arme hatte man ihm auf den Seiten, die Beine an den Knöcheln mit breiten Ledergurten festgezurrt. Von der Tür aus konnte Fossey nicht viel vom Gesicht des Patienten erkennen, lediglich eine ziemlich große Nase und ein breites, von den Stoppeln eines Dreitagebartes überzogenes Kinn. Der Arzt schloß leise die Tür und trat langsam auf seinen neuen Patienten zu. Nach all den Jahren, die er jetzt schon hier am Sanatorium arbeitete, hatte er sich noch immer nicht daran gewöhnt, wie seine Schuhe im weich gepolsterten Boden der Gummizelle versanken. Während Fossey auf die Trage zuging, beobachtete er die hingestreckte Gestalt genau. Die Brust des Patienten unter den zwei breiten Stoffbändern, die aussahen wie gekreuzte Patronengurte, hob und senkte sich in regelmäßigen Atemzügen.

Fossey holte noch einmal tief Luft, dann räusperte er sich und wartete auf eine Reaktion des Patienten.

Während er mit kleinen Schritten noch etwas näher an die Trage trat, stellte er ein paar Berechnungen an. Vor vierzehn Stunden war der Mann vom Krankenhaus in Albuquerque fortgebracht worden. Es konnte also nicht mehr am Haldol liegen, daß er so ruhig war.

Fossey räusperte sich noch einmal. Dann sagte er: »Guten Mor-

gen, Mr. ...« und suchte in der Krankenakte den Namen des Mannes.
»Dr. Franklin Burt«, hörte er auf einmal den Patienten mit ruhiger Stimme sagen. »Entschuldigen Sie bitte, daß ich mich nicht aufrichten und Ihnen die Hand geben kann, aber wie Sie ja sehen ...« Er ließ den Rest des Satzes unausgesprochen.
Überrascht hob Fossey den Blick von seinem Klemmbrett und sah dem Patienten ins Gesicht. Dr. Franklin Burt. Dieser Name war ihm vertraut.
Fossey blätterte die Krankenakte zurück auf die erste Seite und las: Dr. Franklin Burt, Molekularbiologe, Dr. med., Dr. phil., Wissenschaftler im Testlabor der Firma GeneDyne in der Jornada-del-Muerto-Wüste. Irgend jemand hatte hinter diese Berufsbezeichnung ein Fragezeichen gemalt.
»Sie sind Dr. Burt?« fragte Fossey ungläubig und sah dem Mann wieder ins Gesicht.
Die grauen Augen des Patienten blickten Fossey erstaunt an. »Kennen Sie mich etwa?«
Es *war* Dr. Burt, natürlich älter und viel braungebrannter, als Fossey ihn in Erinnerung hatte, aber mit relativ wenigen Falten auf der Stirn und in den Augenwinkeln. Die Augen waren stark blutunterlaufen, und an einer Schläfe klebte ein großes Pflaster. Fossey war erschüttert, denn er kannte diesen Mann gut, hatte Vorlesungen von ihm besucht. Es war Fosseys Bewunderung für diesen charismatischen und brillanten Professor gewesen, die in gewisser Weise seine Berufswahl maßgeblich beeinflußt hatte. Wie konnte es sein, daß ausgerechnet dieser Mann, an eine Trage gefesselt, hierher in die Gummizelle der geschlossenen Abteilung gelangt war?
»Ich bin's, Doktor. Lloyd Fossey«, sagte er. »Ich habe in Yale bei Ihnen studiert. Wir haben nach den Vorlesungen manchmal miteinander diskutiert. Meistens über synthetische Hormone ...«
Fossey hoffte inständig, daß der Gefesselte sich an ihn erinnerte.

Burt dachte eine Weile nach, dann nickte er und seufzte leise. »Natürlich. Entschuldigen Sie bitte. Selbstverständlich erinnere ich mich an Sie. Sie haben damals eine Arbeit über synthetisches Erythropoietin und Metastasenbildung geschrieben.«

Fossey war erleichtert. »Es ist mir eine Ehre, daß Sie sich daran noch erinnern.«

Burt zögerte ein wenig, bevor er weitersprach. »Es freut mich wirklich, daß Sie Arzt geworden sind«, sagte er schließlich und verzog den Mund, als fände er diese merkwürdige Situation irgendwie amüsant.

Fossey hätte viel darum gegeben, wenn er jetzt in Ruhe die Krankenakte auf seinem Klemmbrett hätte studieren können. Vielleicht hätte er in den Diagnosen und Laborberichten irgendeine Erklärung dafür gefunden, weshalb sein früherer Professor jetzt hier war. Er spürte, wie Dr. Burt ihn anstarrte, als habe er seine Gedanken erraten.

Fossey ließ den Blick kurz über das Klemmbrett wandern. Die Worte, die er dabei las, ließen ihn sofort wieder aufsehen: *Paranoide Psychose … hochgradig wahnhaft … durch Neuroleptikum psychischen Spannungsgrad gedämpft.*

Dr. Burt sah ihn mit sanften Augen an, und Fossey, dem die Situation jetzt zutiefst peinlich war, fühlte ihm unter den Ledermanschetten seinen Puls.

Burt blinzelte und befeuchtete sich die trockenen Lippen. Dann sog er die kühle Kellerluft tief in seine Lungen. »Ich war auf dem Weg von Albuquerque nach Norden«, sagte er. »Sie haben ja sicher mitbekommen, wo ich jetzt arbeite.«

Fossey nickte. Als Dr. Burt Yale verlassen und eine Stelle bei der Firma GeneDyne angenommen hatte, hatte man sich in Kollegenkreisen wieder einmal darüber mokiert, daß die Privatwirtschaft den Universitäten ihre besten Köpfe abspenstig machte.

»Wir machen in einem Labor in der Wüste von New Mexico Experimente mit Schimpansen. Das Labor ist ziemlich klein, so

daß wir Wissenschaftler oft gezwungen sind, uns unser Material selbst zu besorgen. Deshalb habe ich in der GeneDyne-Niederlassung in Albuquerque ein paar Laborartikel und Chemikalien geholt, darunter auch einen von uns entwickelten Stoff, den wir für die Tests benötigen. Es handelt sich dabei um ein synthetisches Phenylcyclidinderivat, das ich in einem gasdichten Glasbehälter im Auto mitnahm.«
Fossey nickte abermals. Phenylcyclidin – auch Angel Dust genannt – war in gasförmigem Zustand ein starkes Halluzinogen, das man einatmen konnte wie Lachgas. Er wunderte sich, wofür alles Forschungsgelder ausgegeben wurden.
Burt war Fosseys Blick anscheinend nicht entgangen. Er lächelte kurz – oder hatte das Zucken seiner Lippen eine andere Ursache? Fossey war sich nicht sicher. »Wir wollten herausfinden, ob das Phenylcyclidin eher durch das Lungengewebe oder durch die Lungenbläschen aufgenommen wird. Nun, jedenfalls war ich auf der Rückfahrt übermüdet und dadurch einen Augenblick lang unaufmerksam, so daß ich gleich hinter Los Lunas von der Straße abgekommen und in einen Graben gefahren bin. Es ist nicht viel passiert, aber der Glasbehälter hinten im Wagen ging dabei in die Brüche ...«
Fossey brummte zustimmend. Das erklärte so manches. Er wußte genau, was sogar die harmloseste Form von Angel Dust mit einem ansonsten vollkommen normalen Menschen anstellen konnte. In hoher Dosis verabreicht, löste es in ihm Symptome aus, die dem Verhalten eines gefährlichen, aggressiven Verrückten täuschend ähnlich waren. Fossey hatte dieses Phänomen schon bei mehreren Patienten beobachtet. Auch sie hatten übrigens blutunterlaufene Augen gehabt.
Eine ganze Weile sagten weder Fossey noch Burt etwas. Fossey bemerkte, daß Burts Pupillen normal groß und nicht übermäßig geweitet waren. Gesunde Gesichtsfarbe. Leichte Tachykardie, aber Fossey wußte genau, daß auch sein Herz schneller als sonst schlagen würde, wenn er sich an eine Trage gefesselt in einer

Gummizelle wiederfinden würde. Ansonsten konnte er an Burt keinerlei Anzeichen für eine akute Psychose entdecken.
»Was dann geschah, weiß ich nicht mehr«, sagte Burt, der auf einmal sehr erschöpft aussah. »Irgendwann muß ich wohl im Krankenhaus von Albuquerque gelandet sein. Ich hatte keinerlei Papiere bei mir, außer meinem Führerschein, und meine Frau Amiko ist gerade mit ihrer Schwester in Venedig. Verwandte habe ich keine, die man hätte verständigen können, und außerdem haben die mich da so sehr mit Beruhigungsmitteln vollgepumpt, daß ich kaum einen zusammenhängenden Satz herausgebracht habe.«
Langsam wurde Fossey so manches klar. Welcher überarbeitete Arzt in der Notaufnahme eines Krankenhauses würde einem unbekannten, völlig verstörten und möglicherweise auch gewalttätigen Mann schon glauben, der behauptete, er sei ein angesehener Molekularbiologe? Da war es viel einfacher, den Mann unter Medikamente zu setzen und in eine psychiatrische Anstalt abzuschieben. Fossey schürzte die Lippen und schüttelte den Kopf. Was für Idioten.
»Dem Himmel sei Dank, daß ich ausgerechnet auf Sie getroffen bin, Lloyd«, sagte Burt. »Ich kann Ihnen ja gar nicht sagen, was das für ein Alptraum war. Wo bin ich hier überhaupt?«
»Im Featherwood-Park-Sanatorium, Dr. Burt«, antwortete Fossey.
»So etwas habe ich mir fast gedacht«, sagte Burt und nickte. »Ich bin mir sicher, daß Sie die Sache rasch wieder in Ordnung bringen werden. Wenn Sie wollen, können Sie gleich bei meiner Firma anrufen. Ich hätte gestern wieder im Labor sein sollen, und meine Kollegen machen sich bestimmt schon Sorgen wegen mir.«
»Ich rufe an, sobald ich kann, Dr. Burt«, sagte Fossey. »Das verspreche ich Ihnen.«
»Danke, Lloyd«, sagte Burt. Sein Mund zuckte wieder, diesmal stärker als vorhin.

»Stimmt etwas nicht?« fragte Fossey sofort.
»Nichts Ernstes«, sagte Dr. Burt. »Es sind nur meine Schultern. Sie tun mir etwas weh, weil sie so fest an diese Trage gefesselt sind.«
Fossey zögerte nur einen Augenblick, dann trat er an die Trage, um Burt die Riemen aufzumachen. Die Wirkung des PCP mußte mittlerweile ebenso nachgelassen haben wie die des Haldol. Außerdem hatten Burts graue Augen einen ruhigen Blick, wie ihn Patienten, die dem Arzt nur vortäuschen, daß sie geistig gesund sind, nicht zustande bringen. »Einen Augenblick, ich werde Ihnen die Brustgurte und die Armriemen lösen, dann können Sie sich aufsetzen«, sagte er.
Burt lächelte erleichtert. »Vielen Dank. Ich hätte es nie gewagt, Sie direkt darum zu bitten. Ich kenne die Vorschriften in psychiatrischen Kliniken schließlich sehr genau.«
»Tut mir leid, daß ich Sie nicht sofort befreit habe, Dr. Burt«, sagte Fossey und fing an, die Schnallen aufzumachen. Wenn er erst einmal dieser Posse mit ein paar Telefonanrufen ein Ende gesetzt hatte, würde er mit dem Arzt in der Notaufnahme des Krankenhauses in Albuquerque noch ein ernstes Wörtchen reden müssen. Die Schnallen waren so fest zugezogen, daß Fossey sich einen Augenblick überlegte, ob er nicht Will hereinrufen sollte. Aber Will war ziemlich penibel, wenn es um die Einhaltung der Vorschriften ging, und so verzichtete Fossey auf seine Hilfe.
»So ist es viel besser«, sagte Burt, als er sich langsam aufsetzte und seine verspannten Schultern massierte. »Sie machen sich ja keine Vorstellung, was für eine Qual es ist, wenn man stundenlang vollkommen bewegungsunfähig herumliegen muß. Ich habe es vor ein paar Jahren nach einer Gefäßoperation schon einmal zehn Stunden lang über mich ergehen lassen müssen. Es ist fürchterlich.« Er bewegte seine Beine in den Fußfesseln.
»Wir müssen noch ein paar Tests mit Ihnen machen, bevor wir Sie entlassen können, Dr. Burt«, sagte Fossey. »Ich werde sofort

den dafür zuständigen Kollegen rufen lassen. Oder wollen Sie sich zuerst ein wenig ausruhen?«

»Nein, danke«, sagte Burt und rieb sich mit einer Hand den Nacken. »Je früher ich hier rauskomme, desto besser. Wenn Sie wieder einmal an der Ostküste sind, dann müssen Sie einmal zu uns zum Abendessen kommen und meine Frau kennenlernen.« Seine Hand bewegte sich nach vorn an seine Wange.

Fossey stand neben der Trage und notierte etwas in der Krankenakte, als er hörte, wie Burt Atem holte. Es klang wie das Raspeln von Sandpapier. Fossey drehte sich um und sah, wie Dr. Burt sich das Pflaster von der Schläfe riß.

»Anscheinend haben Sie sich bei dem Unfall verletzt«, sagte Fossey und klappte die Krankenakte zu. »Ich werde Sie gleich frisch verbinden lassen.«

»Armer Alpha«, murmelte Burt und starrte auf das blutige Pflaster in seiner Hand.

»Wie bitte?« fragte Fossey. Als er sich herunterbeugte, um sich die Wunde anzusehen, stieß Franklin Burt seinen Kopf mit einer abrupten Bewegung nach oben und rammte ihn Fossey unters Kinn. Fosseys Schneidezähne schlugen mit solcher Wucht zusammen, daß er sich die Zungenspitze abbiß. Während er, den Mund voller Blut, zurücktaumelte, ließ Burt sich wieder auf die Trage fallen.

»*Armer Alpha!*« schrie er laut und versuchte verzweifelt, die Beine aus den Fußfesseln zu ziehen. »ARMER ALPHA!«

Fossey stürzte zu Boden und wollte, rückwärts krabbelnd, Will zu Hilfe rufen, doch das erstickte Gegurgel, das er hervorbrachte, ging in Burts Gebrüll völlig unter. Burt strampelte jetzt so wild, daß er mitsamt der Trage von deren Untergestell herunterfiel. Kurz darauf kam Will zur Tür hereingestürzt. Burt schlug und biß wild um sich, während er versuchte, die Trage von seinen Füßen zu streifen.

Fossey sah dem wilden Treiben zu und hatte den Eindruck, als geschähe alles in Zeitlupe. Er sah, wie Will und der neue Pfleger alle Hände voll zu tun hatten, Burt zu bändigen. Wütend wie ein Hund, der gerade einen Hasen zerreißt, biß Burt sich in die eigenen Handgelenke und spuckte Blut in einem dicken Strahl dem neuen Pfleger direkt auf die Brille. Nach einer Weile schafften es die beiden mit viel Mühe, Burts Arme wieder auf die Trage zu drücken und mit den Lederriemen festzuschnallen. Als sie ihm auch noch die Brustgurte angelegt hatten, holte Will seinen Panikpiepser aus der hinteren Hosentasche, während Burt mit unverminderter Lautstärke weiterbrüllte. Fossey wußte, daß er von selbst nicht wieder aufhören würde.

TEIL EINS

Als Guy Carson schon wieder an einer roten Ampel anhalten mußte, warf er einen Blick auf die Uhr am Armaturenbrett seines Wagens. Er würde nun schon zum zweitenmal in dieser Woche zu spät zur Arbeit kommen. Die Schnellstraße durch Edison, New Jersey, machte wieder einmal ihrem Namen überhaupt keine Ehre. Die Ampel wurde grün, aber als Carson sich ein paar Wagenlängen weiter vorgeschoben hatte, war sie schon wieder rot. Es war ein Alptraum.
»Verdammtes Mistding«, murmelte Carson und schlug mit der Faust aufs Armaturenbrett. Die Scheibenwischer schlappten über die Windschutzscheibe, auf die Dauerregen prasselte. Als die Ampel wieder grün wurde, schaffte Carson es sogar bis über die Kreuzung, nur um gleich darauf wieder am Ende einer langen Reihe von nacheinander aufleuchtenden Bremslichtern zum Stehen zu kommen. An diese ständigen Staus würde Carson sich ebensowenig gewöhnen wie an den verdammten Regen, das wußte er genau.
Nachdem er sich quälend langsam eine Anhöhe hinaufgearbeitet hatte, konnte Carson in fünfhundert Metern Entfernung hinter grünen Rasenflächen und künstlichen Teichen die blendendweiße Fassade des GeneDyne-Gebäudes in Edison sehen. Irgendwo in diesem postmodernen Meisterwerk lag Fred Peck auf der Lauer und wartete auf ihn.
Carson schaltete das Radio ein, und der pulsierende Sound der *Gangsta Muthas* erfüllte das Innere des Wagens. Carson drehte weiter, aber als aus dem Lautsprecher die schrille Stimme von Michael Jackson drang, drückte er angewidert auf den Ausschaltknopf. Daß es in diesem verdammten Drecksloch hier keinen einzigen anständigen Countrysender gab, war fast noch deprimierender als der Gedanke an Fred Peck.

Als Carson das Labor betrat, waren seine Kollegen alle schon längst bei der Arbeit, aber wenigstens war von Peck weit und breit nichts zu sehen. Carson schlüpfte hastig in seinen Laborkittel und nahm vor seinem Computerterminal Platz. Er wußte, daß die Einschaltzeit automatisch im Firmennetz gespeichert wurde. Selbst wenn Peck also heute krank sein sollte, würde er Carsons Zuspätkommen irgendwann einmal bemerken. Es sei denn, er wäre tot. Dieser Gedanke gab Carson wieder ein wenig Auftrieb. Peck sah sowieso ständig so aus, als stünde er kurz vor einem Herzinfarkt.

»Na, Mr. Carson, auch schon da?« hörte er auf einmal eine spöttische Stimme von hinten sagen, und seine Hoffnung schwand dahin. »Wie freundlich von Ihnen, uns heute morgen schon so zeitig mit Ihrer werten Anwesenheit zu beehren.« Carson schloß die Augen, atmete tief durch und drehte sich um.

Die Neonröhren an der Decke verliehen der plumpen Gestalt seines Vorgesetzten eine Art Heiligenschein. An dem Fleck auf Pecks brauner Krawatte konnte Carson erkennen, daß es bei ihm heute Rührei zum Frühstück gegeben hatte, und seine feisten Wangen waren vom Rasieren stark gerötet. Carson atmete durch die Nase aus und versuchte vergeblich, den herben Schwaden von Pecks billigem Aftershave zu entgehen.

Schon an seinem ersten Arbeitstag hatte sich Carson darüber gewundert, bei GeneDyne – immerhin einer der führenden Biotechnik-Firmen der Welt – einen Mann wie Fred Peck vorzufinden. In den achtzehn Monaten, die inzwischen vergangen waren, hatte Peck Carson immer nur für die einfachsten und lästigsten Arbeiten im Labor eingeteilt. Offenbar ärgerte es Peck, der nur ein bescheidenes Diplom von der Syracuse University vorzuweisen hatte, daß Carson seinen Doktor am renommierten Massachusetts Institute of Technology gemacht hatte. Oder vielleicht hatte er auch bloß etwas gegen Farmersöhne aus dem Südwesten der Vereinigten Staaten.

»Tut mir leid«, sagte Carson und hoffte, daß er dabei ein aufrichtig zerknirschtes Gesicht machte. »Ich habe leider im Stau gesteckt.«

»So, so, im Stau«, wiederholte Peck, als ob er das Wort noch nie gehört habe.

»Ja«, sagte Carson, »da war eine Umleitung …«

»Eine *Um-leitung*«, äffte Peck Carsons Dialekt nach.

»Die Schnellstraße war praktisch dicht, und ich …«

»Sieh mal einer an, die *Schnellstraße*«, höhnte Peck.

Carson sagte nichts mehr.

Peck räusperte sich. »War bestimmt ein furchtbarer Schock für Sie, daß Sie mitten im dichtesten Berufsverkehr in einen Stau gekommen sind, Sie Ärmster.« Er verschränkte die Arme vor der Brust. »Um ein Haar hätten Sie auch noch Ihre Sitzung verpaßt.«

»Was für eine Sitzung?« fragte Carson. »Davon weiß ich ja gar nichts …«

»Wie sollten Sie auch? Ich habe es ja selbst erst vor ein paar Minuten erfahren. Auch das ist übrigens ein Grund, weshalb man pünktlich zur Arbeit erscheinen sollte, Carson.«

»Ja, Mr. Peck«, sagte Carson. Er stand auf und folgte seinem Vorgesetzten durch ein Labyrinth aus kleinen Arbeitsnischen, die alle einander glichen wie ein Ei dem anderen. Peck, Speck, Dreck, murmelte Carson unhörbar vor sich hin. Wie gerne hätte er dem schleimigen Kerl einmal ordentlich die Fresse poliert. Aber so ging man hier nicht miteinander um. Wenn Peck der Vorarbeiter auf einer Ranch gewesen wäre, dann wäre er längst schon einmal mit dem Hintern im Dreck gelandet.

Peck öffnete eine Tür, auf der VIDEOKONFERENZRAUM II stand, und winkte Carson hinein. Erst als Carson den großen, leeren Tisch sah, fiel ihm ein, daß er immer noch seinen fleckigen Laborkittel trug.

»Setzen Sie sich«, sagte Peck.

»Wo sind denn die anderen?« fragte Carson.

»Es gibt keine anderen. Es ist eine Konferenz für Sie allein«, antwortete Peck und ging zur Tür.
»Und Sie? Bleiben Sie denn nicht hier?« Carson hatte auf einmal ein ungutes Gefühl. Er fragte sich, ob er nicht eine wichtige E-Mail übersehen hatte, die ihn auf diese Sitzung hätte vorbereiten sollen. »Worum geht's denn hier überhaupt?«
»Ich habe keine Ahnung«, entgegnete Peck. »Aber nach der Konferenz kommen Sie unverzüglich in mein Büro, Carson. Wir müssen uns dringend über Ihre Arbeitsmoral unterhalten.«
Nachdem sich die schwere Eichentür mit einem satten Klicken geschlossen hatte, setzte sich Carson zögernd auf einen der Stühle an dem massiven Tisch aus Kirschholz und sah sich um. Eine Wand des Raumes, der geschmackvoll mit viel handpoliertem Holz ausgestattet war, bestand nur aus Fenstern, von denen aus man über die Wiesen und Teiche des GeneDyne-Geländes blickte. Dahinter erstreckte sich ein endloses, tristes Industriegebiet. Carson versuchte, sich im Geiste für das zu wappnen, was möglicherweise auf ihn zukam. Vielleicht hatte sich Peck ja bei der Personalabteilung so oft über ihn beschwert, daß ihm jetzt ein Rüffel vom Personalchef bevorstand, wenn nicht Schlimmeres.
Irgendwie, dachte er, hatte Peck sogar recht: Seine Arbeitsmoral war wirklich nicht die beste. Manchmal kam es Carson so vor, als müßte er dringend etwas gegen die Sturheit und Verbitterung tun, die schon seinem Vater zum Verhängnis geworden war. Niemals würde Carson den Tag vergessen, an dem sein Vater auf seiner Ranch einen Vertreter der Bank grün und blau geschlagen hatte. Aber auch mit diesem Gewaltakt hatte er die Zwangsversteigerung seines Besitzes nicht verhindern können. Carsons Vater war sich selbst sein schlimmster Feind gewesen, und Carson wollte um keinen Preis dieselben Fehler machen wie er. Auch wenn es noch so viele Pecks auf dieser Welt gab.
Trotzdem war es eine Schande, daß die vergangenen eineinhalb Jahre hier in der Firma größtenteils für die Katz gewesen waren.

Dabei war der Job bei GeneDyne Carson zunächst wie die große Chance seines Lebens vorgekommen, für die er seine ganze Studienzeit über so hart gearbeitet hatte, und noch immer hatte er die Hoffnung nicht gänzlich aufgegeben, daß er bei dieser Firma doch noch etwas wirklich Bedeutendes zustande bringen könne. Aber an jedem neuen Tag in diesem fürchterlichen New Jersey, an dem er in seiner winzigen, vollgestopften Wohnung erwacht war, in den grauen Himmel voller Industrieabgase geblickt und mit Schrecken an Fred Peck gedacht hatte, war ihm ein kleines bißchen von dieser Hoffnung abhanden gekommen.

Die Lichter im Konferenzraum wurden dunkler und gingen schließlich ganz aus, während vor den Fenstern automatische Rollos heruntergingen. An der hinteren Wand fuhr ein Stück der Holztäfelung zur Seite und gab den Blick auf eine Reihe von Tastaturen und einen großen Videoprojektionsschirm frei.

Als nach einigem Geflimmer auf dem Schirm das Gesicht eines Mannes erschien, wurde Carson starr vor Schreck. Zu gut kannte er die abstehenden Ohren, das sandfarbene Haar mit der störrischen Stirnlocke, die dicke Brille, das unvermeidliche schwarze T-Shirt und den leicht verschlafenen und dennoch zynischen Gesichtsausdruck. Es war kein anderer als Brentwood Scopes, der Gründer von GeneDyne, dessen Konterfei erst unlängst die Titelseite des *Time*-Magazins geziert hatte. Die Ausgabe lag noch immer auf Carsons Couchtisch. Scopes, der an der Wallstreet eine Legende war, den seine Angestellten vergötterten und seine Konkurrenten fürchteten, regierte seine Firma fast ausschließlich über elektronische Medien. Was sollte das hier sein? fragte sich Carson. Ein Motivationsfilmchen für Unverbesserliche?

»Hi«, sagte das Bild von Scopes auf dem Schirm. »Na, wie geht's, Guy?«

Einen Augenblick lang war Carson sprachlos. *Du meine Güte*, dachte er, *das ist ja gar kein Film*. »Äh, hallo, Mr. Scopes, Sir. Mir geht es gut, danke. Tut mir leid, daß ich nicht richtig angezogen bin für ein Gespräch mit …«

»Bitte, nennen Sie mich Brent. Und blicken Sie in Richtung Bildschirm, wenn Sie sprechen, dann kann ich Sie nämlich besser sehen.«

»Ja, Sir.«

»Nicht Sir. Brent.«

»Natürlich. Danke, Brent.« Carson fand es ausgesprochen schwierig, den obersten Boß von GeneDyne mit dem Vornamen anzusprechen.

»Ich sehe meine Angestellten gerne als Kollegen an«, sagte Scopes. »Schließlich haben Sie ja, wie alle anderen auch, bei Ihrem Eintritt in die Firma Aktien unseres Unternehmens bekommen. Das bedeutet, daß wir alle miteinander im selben Boot sitzen.«

»Ja, Brent.« Hinter Scopes konnte Carson unscharf einen großen, vieleckigen Raum erkennen.

Scopes lächelte, als freue er sich über die Nennung seines Vornamens, und sah dabei trotz seiner neununddreißig Jahre wie ein Teenager aus. Irgendwie kam Carson dieses Gespräch immer unwirklicher vor. Warum sollte Scopes, das Universalgenie, das aus ein paar alten Maiskörnern ein Vermögen von vier Milliarden Dollar gemacht hatte, ausgerechnet mit ihm sprechen wollen? *Mist, ich habe wohl noch mehr verbockt, als ich gedacht habe.*

Scopes blickte nach unten, und Carson konnte das Klicken einer Tastatur hören. »Ich habe mir mal Ihre Qualifikationen angeschaut, Guy«, sagte Scopes. »Sehr beeindruckend. Ich kann gut verstehen, warum meine Leute Sie eingestellt haben.« Carson hörte weiteres Tippen. »Nur will mir nicht so recht in den Sinn, weshalb Sie immer noch als … Moment … als Labortechniker der Stufe drei arbeiten.« Scopes blickte wieder auf. »Entschuldigen Sie bitte, Guy, wenn ich ohne Umschweife zur Sache komme. Es gibt hier in der Firma eine sehr wichtige Stelle, die momentan nicht besetzt ist. Ich glaube, daß Sie genau der Richtige dafür sind.«

»Was ist denn das für eine Stelle?« platzte Carson heraus und ärgerte sich darüber, daß er so aufgeregt klang.

Scopes lächelte abermals. »Ich würde es Ihnen ja gerne erklären, aber sie hat etwas mit einem äußerst vertraulichen Projekt zu tun. Sie haben sicherlich Verständnis dafür, wenn ich sie Ihnen auf diesem Wege nur in ganz groben Zügen beschreiben kann.«

»Natürlich, Sir.«

»Guy, sehe ich für Sie wirklich wie ein ›Sir‹ aus? Es ist noch gar nicht so lange her, da war ich nichts weiter als ein verpickelter Streber, der von den anderen Jungen auf dem Schulhof dauernd gehänselt wurde. Nun gut. Reden wir von der Stelle, die ich für Sie herausgesucht habe. Sie hat etwas mit dem wichtigsten Produkt in der Firmengeschichte von GeneDyne zu tun. Einem Produkt, das für die Menschheit von unschätzbarem Wert sein wird.«

Als Scopes Carsons Gesichtsausdruck sah, mußte er grinsen. »Es ist toll«, sagte er, »wenn man den Menschen helfen und gleichzeitig ein reicher Mann werden kann.« Er kam mit dem Gesicht ganz dicht an die Kamera. »Guy, was ich Ihnen anbiete, ist ein sechsmonatiger Aufenthalt in unserem Labor in der Jornada-del-Muerto-Wüste, das Ihnen vermutlich besser unter dem Namen Mount Dragon bekannt sein dürfte. Sie werden dort in einem erlesenen Team zusammen mit den besten Mikrobiologen arbeiten, über die unsere Firma zur Zeit verfügt.«

Carson war auf einmal ganz aufgekratzt. Schon der Name Mount Dragon allein war in der Firma so etwas wie eine magische Geheimformel, eine Art wissenschaftliches Shangri-La.

Jemand von außerhalb des Bildschirms legte neben Scopes eine Pizzaschachtel auf den Tisch. Er öffnete den Deckel und warf einen Blick hinein. »Aha! Sardellen. Wissen Sie, was Churchill einmal über Sardellen gesagt hat? ›Eine Delikatesse, die von englischen Lords und italienischen Huren gleichermaßen geschätzt wird.‹«

Nach einer kurzen Pause fragte Carson: »Dann werde ich also nach New Mexico gehen?«

»Sie haben's erfaßt, Guy. Das ist doch Ihr Heimatstaat, stimmt's?«

»Ja, ich bin dort aufgewachsen. In einer Ortschaft namens Cottonwood Tanks.«

»Ich erinnere mich dunkel daran, den Namen in Ihrer Personalakte gelesen zu haben. Womöglich finden Sie als Einheimischer ja Mount Dragon nicht ganz so schlimm wie viele andere, denen es in der Wüste viel zu heiß und zu einsam ist. Aber Ihnen macht das Leben dort vielleicht sogar Spaß. Wir haben dort zum Beispiel einen Stall mit einigen Pferden. Ich schätze mal, daß Sie als Sohn eines Ranchers ein ziemlich guter Reiter sind.«

»Sie haben recht, ich kenne mich wirklich ein wenig mit Pferden aus«, sagte Carson. Scopes hatte sich offenbar gründlich über ihn informiert.

»Allerdings werden Sie dort kaum Zeit zum Reiten haben, denn Sie müssen arbeitsmäßig wirklich ranklotzen, anders kann ich es nicht ausdrücken. Aber Sie werden finanziell voll dafür entschädigt. Ich zahle Ihnen für diese sechs Monate ein ganzes Jahresgehalt und außerdem eine Prämie von fünfzigtausend Dollar bei erfolgreichem Abschluß des Projekts. Darüber hinaus ist Ihnen meine persönliche Dankbarkeit sicher.«

Carson konnte es kaum fassen. Die Prämie allein war schon mehr, als er in einem ganzen Jahr verdiente.

»Sie wissen vermutlich, daß meine Managementmethoden ein wenig unorthodox sind«, fuhr Scopes fort. »Ich möchte ehrlich zu Ihnen sein, Guy: Diese Medaille hat nämlich auch eine Kehrseite. Sollten Sie es nicht schaffen, innerhalb dieser sechs Monate das Projekt zu einem erfolgreichen Abschluß zu bringen, muß ich Sie leider entlassen.« Er grinste und entblößte dabei seine etwas zu großen Schneidezähne. »Aber ich setze mein volles Vertrauen in Sie. Ich würde Ihnen diese Stelle nie anbieten, wenn ich nicht davon überzeugt wäre, daß Sie ihr auch gewachsen sind.«

»Ich frage mich natürlich, wieso Sie unter all den vielen Talenten hier in der Firma ausgerechnet mich ausgewählt haben.« Carson konnte nicht anders, er mußte diese Frage stellen.

»Nicht einmal das kann ich Ihnen jetzt beantworten. Aber bei Ihrem Einstellungsgespräch am Mount Dragon wird Ihnen alles klar werden, das verspreche ich Ihnen.«

»Wann soll ich anfangen?«

»Noch heute, Guy. Unsere Firma braucht das Produkt, deshalb haben wir keine Zeit zu verlieren. Ich möchte, daß Sie noch vor dem Mittagessen im Flugzeug nach New Mexico sitzen. Ich werde dafür sorgen, daß sich jemand um Ihre Wohnung, Ihr Auto und all die anderen lästigen Kleinigkeiten kümmert. Haben Sie eine Freundin?«

»Nein«, antwortete Carson.

»Das vereinfacht die Sache.« Scopes strich sich seine widerspenstige Stirnlocke glatt.

»Was ist mit Fred Peck, meinem Vorgesetzten? Soll ich dem ...«

»Dazu ist jetzt keine Zeit. Nehmen Sie einfach Ihren Laptop und gehen Sie. Draußen wartet ein Fahrer, der Sie zu Ihrer Wohnung bringen wird, wo Sie ein paar Dinge zusammenpacken können. Ich werde diesem – wie war doch gleich der Name? Peck? – eine Nachricht zukommen lassen, die alles erklärt.«

»Brent, ich würde Ihnen noch gerne sagen, daß ...«

Scopes hob die Hand. »Bitte nicht. Dankbarkeitsbezeugungen sind mir zuwider. Am Schluß ist ja doch Undank der Welt Lohn, wie schon das Sprichwort sagt. Sie haben zehn Minuten, um sich mein Angebot zu überlegen, Guy. Aber bitte bleiben Sie hier im Konferenzraum.«

Bevor der Schirm schwarz wurde, sah Carson noch, wie Scopes mit der Hand in die Pizzaschachtel griff.

Als das Licht wieder anging, verwandelte sich das unwirkliche

Gefühl, das Carson bei dem Gespräch mit Scopes gehabt hatte, in eine nie gekannte Hochstimmung. Zwar fragte Carson sich nach wie vor, weshalb Brent Scopes unter den rund fünftausend promovierten Wissenschaftlern in Diensten von GeneDyne ausgerechnet auf ihn gekommen war, der in den letzten eineinhalb Jahren mit nichts anderem als endlosen Titrieranalysen und Qualitätskontrollen beschäftigt gewesen war, aber im Augenblick war ihm das egal. Er stellte sich vor, was der Fettsack Peck wohl für ein Gesicht machen würde, wenn er von einem Dritten erfuhr, daß Scopes höchstpersönlich ihn, Carson, nach Mount Dragon versetzt hatte. Mit einem tiefen Summen fuhren die Rollos an den Fenstern wieder nach oben und gaben den Blick auf die triste, regenverhangene Industrielandschaft von New Jersey frei. In der grauen Ferne konnte Carson die Hochspannungsleitungen und die Schornsteine sehen, aus denen irgendwelche giftigen Emissionen in die bleigrauen Wolken stiegen. Er dachte an den blauen Himmel, der sich viele tausend Kilometer weiter westlich über der Wüste mit ihren scharf riechenden Kreosotsträuchern wölbte, an die dunklen, schroffen Berge am Horizont und daran, daß man dort tage- und nächtelang reiten konnte, ohne einem einzigen Menschen zu begegnen. Mitten in dieser Wüste befand sich Mount Dragon, wo auf Carson die Chance seines Lebens wartete.

Zehn Minuten später, als die Rollos herunterfuhren und der Projektionsschirm wieder hell wurde, wußte Carson, was er Scopes antworten würde.

Carson trat hinaus auf die windschiefe Veranda, stellte seinen Seesack neben die Tür und setzte sich in den alten, abgenutzten Schaukelstuhl. Der Stuhl knarzte laut, als nähme das alte Holz

Carsons Gewicht nur unter Protest auf. Carson lehnte sich zurück, streckte die Beine aus und ließ die Blicke über die weite Jornada-del-Muerto-Wüste schweifen.
Die Sonne – ein brodelnder Ball aus explodierendem Wasserstoff – zeigte sich gerade über der Silhouette der San-Andres-Berge. Obwohl es auf der morgendlichen Veranda mit fünfzehn bis achtzehn Grad noch relativ kühl war, spürte Carson bereits die Strahlung des Himmelskörpers auf seinem Gesicht. In weniger als einer Stunde würde es hier über vierzig Grad heiß sein. Der tiefviolette Himmel wurde langsam blau, später, in der Mittagshitze, würde er eine fast weiße Farbe annehmen.
Carson schaute die ungeteerte Straße entlang, die vor dem Haus vorbeilief. Engle war einer jener Geisterorte, wie es sie in der Wüste von New Mexico häufig gibt: eine Handvoll Lehmziegelbauten mit schrägen Wellblechdächern, eine verwaiste Schule, ein aufgelassenes Postamt und eine Reihe toter Pappeln, denen der Wind längst die letzten Blätter geraubt hatte. Wenn hier überhaupt mal etwas vorbeikam, dann war es höchstens eine Windhose. Nur in einer Hinsicht war Engle keine typische Wüstenstadt: Die Firma GeneDyne hatte den ganzen Ort aufgekauft und verwendete ihn jetzt ab und zu als Zwischenstation für die Fahrt nach Mount Dragon.
Carson schaute auf den Horizont. Gut hundertfünfzig Kilometer entfernt, am anderen Ende eines staubigen, felsigen, sonnenverbrannten Streifens, den nur Einheimische eine Straße nannten, befand sich der Gebäudekomplex, der zwar offiziell »Testlabor der Firma GeneDyne« hieß, allgemein aber nach einem alten Vulkankegel gleich in der Nähe Mount Dragon genannt wurde. In diesem hochmodernen Labor machte GeneDyne gentechnische Experimente an Mikroorganismen, die für bewohntere Gebiete viel zu gefährlich waren.
Carson sog die trockene Wüstenluft tief in seine Lungen. Dieser Geruch nach Staub und Mesquitsträuchern war es, den er in den vergangenen eineinhalb Jahren am meisten vermißt hatte. Es

war der saubere Geruch der Trockenheit. New Jersey kam ihm jetzt geradezu unwirklich vor, wie ein Alptraum aus einer fernen Vergangenheit. Er fühlte sich wie jemand, der gerade aus dem Gefängnis entlassen worden war, einem grünen, überfüllten und feuchten Gefängnis voller Autoabgase, Tankstellen und riesigen Einkaufszentren. Auch wenn sein Vater schon vor vielen Jahren seine gesamte Ranch an die Banken verloren hatte, fühlte sich Carson hier noch immer daheim. Trotzdem hatte diese Heimkehr einen merkwürdigen Aspekt, denn schließlich kam er nicht, um Vieh zu züchten, sondern um an einem Projekt im Grenzbereich der Wissenschaft zu arbeiten, bei dem er noch immer nicht wußte, worum es sich genau handelte.

Am fernen Horizont war jetzt im Dunst ein kleiner, dunkler Fleck auszumachen. Bald darauf erkannte Carson, daß es eine Staubwolke war, die sich in seine Richtung bewegte. Er beobachtete sie noch ein paar Minuten, dann stand er auf und ging ins Innere des alten Hauses, wo er den Rest kalten Kaffee in die Spüle schüttete und die Tasse auswusch.

Als er drinnen nachsah, ob er alles eingepackt hatte, hörte er, wie draußen ein Auto vorfuhr. Carson trat hinaus auf die Veranda und sah einen großen, weißen Geländewagen, der in einer Staubwolke zum Stehen kam. Es war ein Hummer, die zivile Version des schweren Militärjeeps Humvee, den Carson aus den Fernsehberichten über den Golfkrieg kannte. Die getönten Fenster blieben geschlossen, und der kraftvolle Dieselmotor brummte im Leerlauf vor sich hin.

Dann stieg ein untersetzter, schwarzhaariger Mann mit Halbglatze aus, der ein Polohemd und weiße Shorts trug. Sein freundliches, offenes Gesicht hatte eine tiefbraune Farbe, die in einem merkwürdigen Gegensatz zu den blassen, in schweren Stiefeln steckenden Beinen stand. Der Mann trottete mit einem beflissenen Lächeln auf Carson zu und streckte ihm seine plumpe Hand entgegen.

»Sind Sie mein Fahrer?« fragte Carson und wunderte sich über den laschen Händedruck des Mannes.
»Irgendwie schon, Guy«, antwortete der Mann. »Mein Name ist Singer.«
»Dr. Singer!« sagte Carson erstaunt. »Ich hätte nie erwartet, vom Direktor persönlich abgeholt zu werden.«
»Bitte, nennen Sie mich doch John«, sagte Singer freundlich. Er nahm Carson seinen Seesack ab und öffnete den Kofferraum des Hummer. »Wir am Mount Dragon sprechen uns fast alle mit dem Vornamen an. Bis auf Nye natürlich. Haben Sie gut geschlafen?«
»So gut wie seit achtzehn Monaten nicht mehr«, sagte Carson und grinste.
»Tut mir leid, daß Sie hier übernachten mußten«, antwortete Singer und legte den Seesack in den Laderaum des Geländewagens, »aber es ist verboten, das Testgelände nach Einbruch der Dunkelheit zu verlassen. Nicht einmal ein Hubschrauber darf es überfliegen, außer im Notfall.« Er warf einen Blick auf den Banjokasten, der zu Carsons Füßen lag. »Ist das ein fünfseitiges?« fragte er.
»Richtig«, sagte Carson und trat auf den Wagen zu.
»Und wie spielen Sie? Drei Finger? Rhythmus? Melodie?«
Carson blieb auf dem Weg zum Kofferraum stehen und blickte Singer an, der ihm freundlich zulächelte. »Das wird ja lustiger, als ich dachte«, sagte der Direktor. »Steigen Sie ein.«
Im Inneren des Wagens schlug Carson eine Welle eiskalter Luft entgegen. Er war erstaunt, wie bequem die Sitze waren. Singer saß eine Armlänge von ihm entfernt jenseits einer massiven Kühlbox, die sich zwischen den Vordersitzen befand. »Da kommt man sich ja fast wie in einem Panzer vor«, sagte Carson.
»Für die Wüste gibt es nichts Besseres. Diese Dinger kann nur eine senkrechte Felswand stoppen. Sehen Sie diese Skala da? Das ist der Reifendruck, den man bei diesem Wagen sogar im Fahren über einen Kompressor verändern kann. Auf Knopf-

druck kann ich ihn höher oder niedriger stellen, je nachdem, auf welchem Boden ich gerade fahre. Alle Geländewagen von Mount Dragon sind übrigens mit Reifen ausgerüstet, die auch mit einem Plattfuß noch fünfzig Kilometer weit fahren können.«

Gleich hinter dem Ort fuhren sie auch ein Viehtor, zu dessen beiden Seiten sich ein langer Stacheldrahtzaun endlos in die Ferne zu erstrecken schien. Im Abstand von dreißig Metern waren an diesem Zaun Schilder mit folgender Aufschrift angebracht: ACHTUNG! MILITÄRISCHES SPERRGEBIET. BETRETEN STRENGSTENS VERBOTEN. WSRB-WEA.

»Hier beginnt das Gelände des Raketenversuchsgeländes White Sands«, sagte Singer. »Unser Labor am Mount Dragon liegt mittendrin auf einem Stück Land, das GeneDyne vom Verteidigungsministerium gepachtet hat. Das ist noch ein Überbleibsel aus der Zeit, in der wir fürs Militär gearbeitet haben.«

Singer trat aufs Gas, und der Wagen beschleunigte auf der unebenen Schotterstraße und zog eine lange Staubwolke hinter sich her.

»Ich fühle mich wirklich geehrt, daß Sie persönlich gekommen sind, um mich abzuholen«, sagte Carson.

»Das müssen Sie nicht. Ich bin immer froh, wenn ich einmal für eine Weile aus dem Labor herauskomme. Schließlich bin ich dort ja nur der Direktor. Die eigentliche Arbeit leisten andere.« Er schaute hinüber zu Carson. »Außerdem nehme ich gerne die Gelegenheit wahr, ganz ungestört mit Ihnen zu reden. Ich gehöre nämlich zu der Handvoll Menschen, die Ihre Dissertation gelesen und auch verstanden haben. *Transformationen der tertiären und quartären Proteinstrukturen der Virushülle*, das war doch der Titel, nicht wahr? Eine brillante Arbeit.«

»Danke«, sagte Carson. Aus dem Mund eines früheren Professors für Biologie an der CalTech-Universität war das ein großes Lob.

»Allerdings muß ich gestehen, daß ich sie erst gestern gelesen habe«, sagte Singer und zwinkerte Carson verschmitzt zu. »Scopes hat sie mir zusammen mit Ihrer Personalakte übers Computernetz geschickt.« Er lehnte sich zurück und lenkte den Wagen mit einer Hand. Das schwere Fahrzeug bretterte mit hundert Stundenkilometern in einen quer über der Fahrspur liegenden Sandstreifen und kam ins Schlingern. Unwillkürlich drückte Carson mit dem rechten Fuß ein imaginäres Bremspedal bis zum Bodenblech durch. Dieser Mann fuhr fast so schlimm wie sein Vater.

»Um was geht es eigentlich bei dem Projekt, an dem ich arbeiten soll?« fragte Carson.

»Was wollen Sie wissen?« Singer wandte den Blick von der Straße auf Carsons Gesicht.

»Nun, ich habe in New Jersey alles stehen- und liegengelassen und bin Hals über Kopf hier herausgekommmen. Das macht einen nun mal neugierig.«

»Dazu ist noch genug Zeit, wenn wir erst einmal in Mount Dragon sind«, sagte Singer und lächelte. Der schwere Wagen war gefährlich nach links gedriftet und streifte mit dem Außenspiegel eine Yucca-Palme. Mit einem Ruck am Lenkrad brachte Singer ihn wieder auf Kurs.

»Dieser Job hier muß für Sie ja so etwas wie eine Heimkehr sein«, sagte er.

Carson nickte. Er hatte die Anspielung verstanden. »Meine Familie lebt schon seit Generationen hier im Westen.«

»Länger als die meisten anderen vermutlich.«

»Das stimmt. Kit Carson, einer der ersten Pioniere hier, war mein Ururgroßvater. Als Teenager hat er Vieh den Spanish Trail entlanggetrieben. Mein Urgroßvater war der einzige Sohn aus der Ehe mit seiner letzten Frau. Er hat sich im Hidalgo County Land gekauft und ist Rancher geworden.«

»Und Sie haben dann die heimatliche Ranch verlassen und sind auf die Universität gegangen«, spekulierte Singer.

Carson schüttelte den Kopf. »Nein. Mein Vater war leider ein lausiger Geschäftsmann. Wenn er sich mit der normalen Viehzucht begnügt hätte, wäre alles in Ordnung gewesen, aber er hatte hochfliegende Pläne. Einer davon war übrigens, eine völlig neue Rinderrasse zu züchten, und so bin ich schon als Junge mit der Genetik in Berührung gekommen. Das Projekt war, ebenso wie vieles andere, was mein Vater anpackte, ein Reinfall, und schließlich haben die Banken die Ranch bekommen.«

Carson verstummte und betrachtete die unendlich weite Wüste ringsum. Die Sonne stand jetzt schon ziemlich hoch am Himmel, und ihr Licht war nicht mehr gelblich, sondern weiß. In einiger Entfernung sah Carson ein paar Gabelantilopen, die mit ihrem grauen Fell vor dem grauen Hintergrund der Wüste kaum zu erkennen waren. Singer summte fröhlich die Melodie von *Soldier's Joy* vor sich hin.

Nach längerer Fahrt begann vor ihnen ein dunkler Vulkankegel am Horizont aufzutauchen, dessen Gipfel von einem Kranz aus Funkmasten und Parabolantennen umgeben war. Als sie näher kamen, konnte Carson am Fuß des Berges einige schlichte weiße Gebäude erkennen. Im Licht der Morgensonne glitzerten sie wie ein Gitter aus Salzkristallen.

»Da ist es«, sagte Singer stolz und ging vom Gas. »Mount Dragon. Ihre Heimat für die nächsten sechs Monate.«

Bald kam ein langer Maschendrahtzaun in Sicht, der mit zusätzlichem Stacheldraht vor dem Überklettern geschützt war. Vor dem Gebäudekomplex ragte ein Wachturm auf, der durch die Hitzeschlieren über dem Wüstenboden leicht zu schwanken schien.

»Momentan ist er nicht besetzt«, sagte Singer mit einem leisen Kichern. »Aber das soll nicht heißen, daß unser Sicherheitsdienst nicht verdammt effektiv wäre. Sie werden schon noch früh genug mit ihm in Berührung kommen. Den weitaus besten Schutz vor ungebetenen Besuchern bietet uns allerdings die Wüste.«

Als sie näher kamen, nahmen die Gebäude langsam Gestalt an.

Carson, der eigentlich häßliche Betonbauten und Wellblechhütten erwartet hatte, war erstaunt: Die Häuser wirkten weiß und kühl und sahen direkt schön aus.

Singer bremste den Wagen vor einer Straßensperre aus Beton ab und hielt neben einem Wachhaus. Ein junger Mann – er trug ganz normale Zivilkleidung – kam heraus und ging auf den Wagen zu. An seinem Gang merkte Carson, daß er ein steifes Bein hatte.

Der Direktor ließ das Fenster herunter. Der Mann legte seine muskulösen Unterarme auf die Wagentür und steckte den kurzgeschorenen Kopf herein. Kaugummikauend grinste er die beiden Männer im Wagen an. Er hatte leuchtendgrüne Augen und ein von der Sonne fast schon lederartig verbranntes Gesicht.

»Howdy, John«, sagte er und ließ die Blicke durchs Innere des Geländewagens streifen, bis sie schließlich an Carson hängenblieben. »Wen haben wir denn da?«

»Das ist Guy Carson, unser neuer Wissenschaftler. Guy, das ist Mike Marr vom Sicherheitsdienst.«

Der Mann nickte und schaute sich noch einmal im Auto um, während er Singer seinen Ausweis zurückgab.

»Papiere?« fragte er Carson mit einer fast verträumt klingenden Stimme. Carson gab ihm seine mitgebrachten Dokumente: Reisepaß, Geburtsurkunde und den Firmenausweis von GeneDyne. Marr sah sie ohne großes Interesse durch. »Und jetzt die Brieftasche, bitte.«

»Meinen Sie den Führerschein?«

»Nein, die ganze Brieftasche, wenn's recht ist.« Marr grinste kurz, und Carson sah, daß er gar nicht auf einem Kaugummi, sondern einem breiten, roten Gummiband herumkaute. Konsterniert gab er ihm seine Brieftasche.

»Ihr Gepäck müssen Sie auch noch beim Sicherheitsdienst zur Durchsuchung abgeben«, sagte Singer. »Aber machen Sie sich nichts draus, vor dem Abendessen bekommen Sie alles zurück.

Bis auf Ihren Paß natürlich. Der wird Ihnen erst wieder ausgehändigt, wenn Ihre sechs Monate hier vorüber sind.«

Marr trat vom Wagenfenster zurück, holte Carsons Seesack und sein Banjo aus dem Gepäckraum und ging damit zurück in das klimatisierte Wachhaus. Dabei zog er sein steifes, rechtes Bein neben sich her, als könne es jeden Augenblick abfallen. Von drinnen fuhr er die Schranke hoch und winkte den Wagen durch. Im Vorbeifahren sah Carson durch die dicke, blau getönte Fensterscheibe, wie Marr den Inhalt seiner Brieftasche inspizierte.

»Hier gibt es keine Geheimnisse, fürchte ich, außer denen, die man im Kopf behält«, sagte Singer mit einem angedeuteten Lächeln. »Und selbst auf die muß man aufpassen.«

»Wozu soll das gut sein?« fragte Carson.

Singer zuckte mit den Achseln. »Das ist wohl der Preis, den man dafür zahlen muß, daß man in einer Hochsicherheitseinrichtung arbeitet. Angst vor Industriespionage und unliebsamen Presseberichten und so weiter. Im Grunde ist es dasselbe wie bei GeneDyne in New Jersey, nur zehnmal schärfer.«

Singer fuhr den Wagen auf den Autohof und schaltete den Motor ab. Als Carson ausstieg, schlug ihm die heiße Wüstenluft entgegen. Er sog sie tief in die Lungen. Diese Luft war wunderbar. Ein paar hundert Meter hinter den Gebäuden konnte er den mächtigen Kegel von Mount Dragon aufragen sehen. Eine offenbar erst vor kurzem angelegte Schotterstraße führte an einer seiner Flanken hinauf zu den Antennenmasten.

»Und jetzt«, sagte Singer, »machen wir eine Betriebsbesichtigung. Danach gehen wir in mein Büro und unterhalten uns bei einem kühlen Drink.«

»Dieses Projekt ...«, begann Carson.

Singer, der sich bereits in Bewegung gesetzt hatte, blieb abrupt stehen und drehte sich um.

»Scopes hat wohl nicht übertrieben, oder?« fragte Carson. »Es ist wirklich sehr wichtig, oder?«

Singer blinzelte gegen die Sonne hinaus in die weite, leere Wüste. »Wichtiger, als Sie es sich auch nur zu erträumen wagen«, sagte er.

Die Percival Lecture Hall an der Harvard University war voll bis auf den letzten Platz. Gut zweihundert Studenten saßen mit aufgeschlagenen Notizbüchern vor sich in den ansteigenden Stuhlreihen und blickten aufmerksam nach vorn. Dr. Charles Levine, ein kleiner, drahtiger Mann mit einem wildgelockten Haarkranz um den viel zu früh kahl gewordenen Kopf, ging vor den Studenten ruhelos auf und ab. Die Ärmel seines Jacketts waren weiß vom Kreidestaub, und an seinen derben Schuhen befanden sich noch immer die Salzflecken vom vergangenen Winter. Doch sein schlampiges Äußeres tat der intensiven Wirkung keinen Abbruch, die seine Gesten und Worte auf die Studenten hatten. Während er sprach, deutete er mit einem Stück Kreide immer wieder auf die hieroglyphenartig-komplizierten biochemischen Formeln und Nukleotidsequenzen an der großen Tafel hinter ihm.

In der letzten Stuhlreihe saß eine kleine Gruppe von Leuten mit Kassettenrecordern und Videokameras. Schon ihre Kleidung ließ erkennen, daß sie keine Studenten waren, außerdem wiesen sie an Jackenkragen und Gürtel gut sichtbar befestigte Plastikkarten als Presseleute aus. Medienpräsenz war bei Vorlesungen von Professor Levine keine Seltenheit, schließlich war der Vorsitzende der Stiftung für Verantwortungsbewußte Gentechnologie immer für eine Überraschung gut. Bei dieser Vorlesung allerdings hatte *Genetic Policy*, das Fachblatt der Stiftung, schon im Vorfeld dafür gesorgt, daß ihr ein gehöriges Medienecho sicher war.

Levine hörte auf herumzulaufen und trat ans Rednerpult. »Und damit möchte ich meine Erörterungen über die Tuittsche Konstante unter besonderer Berücksichtigung der Sterblichkeitsrate in Westeuropa abschließen, denn ich würde gerne Ihre Aufmerksamkeit noch auf etwas anderes richten«. Er räusperte sich. »Könnte ich bitte die Leinwand haben?« Das Licht im Hörsaal wurde dunkler, und von der Decke kam ein weißes Stück Stoff vor die Tafel heruntergefahren.

»In ein paar Minuten werde ich Ihnen auf dieser Leinwand ein Dia zeigen«, sagte Levine. »Ich habe keine Genehmigung, das zu tun, und mache mich damit genaugenommen sogar einer Verletzung der staatlichen Geheimhaltungsbestimmungen schuldig. Und wenn Sie jetzt hierbleiben, tun Sie das auch. Ich persönlich mache das ständig, wie Sie an meinen Artikeln in der *Genetic Policy* sicher schon erkannt haben. Es gibt eben nun mal Informationen, die öffentlich gemacht werden *müssen*, ganz gleich, um welchen Preis. Aber das nur nebenbei. Ich gebe jetzt allen, die lieber den Hörsaal verlassen möchten, Gelegenheit dazu. Bitte gehen Sie, wenn Sie wollen, denn ich kann von niemandem verlangen, daß er hierbleibt.«

In dem schwach erhellten Saal waren aufgeregtes Geflüster und das Rascheln von Notizbuchseiten zu hören, aber niemand stand auf.

Levine blickte zufrieden in die Runde, bevor er dem Studenten am Diaprojektor zunickte. Kurz darauf war auf der Leinwand ein Schwarzweißbild zu sehen.

Levine, dessen Schatten am unteren Rand des Dias aussah wie der eines Mönches mit Tonsur, blickte hinauf zu dem Bild.

»Diese Aufnahme wurde am 1. Juli 1985 vom Aufklärungssatelliten TB-17 gemacht, der in einer sonnensynchronen Bahn in achthundert Kilometern Höhe um die Erde kreist«, begann er. »Offiziell ist dieses Bild noch nicht für die Öffentlichkeit freigegeben, obwohl es das durchaus verdient hätte.« Levine lächelte, und im Hörsaal kam vereinzelt nervöses Gelächter auf.

»Was Sie sehen, ist der Ort Nowo Druschina in Westsibirien. An der Länge der Schatten können Sie erkennen, daß das Bild am frühen Vormittag aufgenommen wurde, was übrigens eine ideale Zeit für Aufklärungsaufnahmen ist. Beachten Sie bitte die beiden geparkten Autos an der Straße und die reifenden Kornfelder rings um den Ort.«

Das Dia wurde durch ein anderes ersetzt.

»Und hier sehen wir denselben Ort drei Monate später. Fällt Ihnen dabei etwas Besonderes auf?«

Niemand im Hörsaal sagte etwas.

»Nun, die Autos stehen immer noch an genau derselben Stelle, und die Felder sind jetzt so reif, daß sie dringend abgeerntet werden müßten.«

Wieder war ein neues Dia zu sehen.

»Hier haben wir noch einmal den Ort Nowo Druschina, diesmal im April des folgenden Jahres. Die Autos haben sich noch immer nicht bewegt, und die Felder liegen brach. Das Getreide wurde noch immer nicht geerntet. Dieses Bild fanden die Fotoauswerter der CIA ausgesprochen interessant.«

Levine machte eine Pause und blickte in die Runde der gespannt zuhörenden Studenten.

»Es war nämlich nicht nur hier so. Überall in der sogenannten Sperrzone vierzehn, einem etwa zweihundert Quadratkilometer großen Gebiet, in dem es außer Nowo Druschina noch ein weiteres halbes Dutzend Ortschaften gab, bot sich dasselbe Bild. Nirgends waren auch nur die geringsten menschlichen Aktivitäten zu beobachten. Also beschlossen unsere Militärs, sich die Sache aus der Nähe zu betrachten.«

Ein neues Dia erschien.

»Das ist eine digital verstärkte Vergrößerung der ersten Aufnahme, bei der die meisten Aufnahmefehler elektronisch herausgefiltert wurden. Beachten Sie den verwischten, länglichen Gegenstand neben der Straße vor der Kirche. Er sieht zwar aus wie ein Holzscheit, ist aber eine menschliche Leiche, wie Ihnen jeder Fotoexperte des Pentagon bestätigen kann. Nun zeige ich Ihnen denselben Ausschnitt aus der Aufnahme sechs Monate später.«

Alles war genauso wie auf dem vorherigen Dia, nur daß der längliche Gegenstand jetzt nicht mehr grau, sondern weiß aussah.

»Die Leiche ist jetzt bereits vollständig skelettiert. Beim Auswerten vieler solcher Vergrößerungen fanden die Militärs unzählige Skelette, die, ohne begraben worden zu sein, auf den Straßen und mitten in den Feldern lagen. Zuerst wußten sie nicht, wie sie sich das erklären sollten, und es machte sogar die Mutmaßung die Runde, es könne sich um einen kollektiven Selbstmord handeln wie damals in Jonestown. Denn schließlich ...«

Ein neues Dia war zu sehen.

»... war, wie Sie unschwer erkennen können, die Natur noch vollkommen lebendig. Pferde grasten auf den Wiesen, und hier, in der oberen linken Ecke, können Sie ein Rudel offenbar verwilderter Hunde sehen. Auf anderen Vergrößerungen hat man Rinder gefunden. Nur die Menschen waren tot, und dabei muß der Tod so rasch eingetreten sein, daß sie keine Zeit mehr hatten, in ihre Häuser zu gelangen.«

Levine machte wieder eine Pause.

»Es fragt sich bloß, *woran* sie gestorben sind.«

Im Hörsaal war es still.

»Vielleicht hat man ihnen Essen aus unserer Mensa zukommen lassen?« schlug einer der Studenten vor.

Alles brüllte, und Professor Levine stimmte herzhaft ins allgemeine Gelächter ein. Dann nickte er, und der Student am Projektor schob ein weiteres Dia ein. Es war wieder eine Luftaufnahme, auf der die stark zerstörte Ruine eines Gebäudekomplexes zu sehen war.

»Leider war es das nicht, mein Freund. Mit der Zeit fand die CIA nämlich heraus, daß es ein todbringender Stoff war, der in diesem Labor hier hergestellt wurde. An den Kratern können Sie sehen, daß es aus der Luft bombardiert wurde.

Jahrelang war außerhalb Rußlands über diesen Vorfall nichts Genaueres zu erfahren gewesen, aber Anfang dieser Woche hat sich ein Oberst der russischen Armee in die Schweiz abgesetzt und einen dicken Packen von Akten der ehemaligen Sowjetarmee mitgebracht. Dieselbe Quelle, die mir das eben gezeigte Bildmaterial zur Verfügung gestellt hat, machte mich auch auf den Oberst aufmerksam. Ich flog sofort in die Schweiz und konnte als erster westlicher Wissenschaftler einen Blick in diese Akten werfen. Das, was ich Ihnen im folgenden darlegen werde, ist bisher noch nie öffentlich bekannt gemacht worden.

Zunächst einmal war alles nur ein relativ primitives Experiment, dem niemand einen politischen, ökonomischen oder gar militärischen Wert beimaß. Sie wissen ja, daß vor zehn Jahren die Russen in der Genforschung noch meilenweit hinter uns herhinkten und alles taten, um den Anschluß zu finden. In dem geheimen Labor in Nowo Druschina experimentierten sie beispielsweise mit der Herstellung tödlicher Viren. Sie nahmen dazu ein einfaches Virus, das Herpex simplex Ia+, das wir alle als Verursacher von unangenehmen Hautbläschen kennen. Es ist ein Virus, das weitgehend erforscht ist und mit dem es sich gut arbeiten läßt. Die russischen Forscher experimentierten mit seinem Erbgut, indem sie ihm menschliche Gene in seine DNA einschleusten.

Wir wissen immer noch nicht, was sie genau mit diesem Herpesvirus gemacht haben, aber auf einmal hatten sie einen fürchterlichen, neuartigen Krankheitserreger erzeugt. Anfangs wußten die Russen noch nicht, was er genau beim Menschen bewirkte, außer daß das genmanipulierte Virus extrem langlebig war und sich per Inhalationsinfektion übertrug.

Am 23. Mai 1985 schließlich ereignete sich in dem Labor von Nowo Druschina ein kleinerer Unfall. Offenbar hatte ein Angestellter beim Umgang mit dem Virus seinen Schutzanzug beschädigt. Spätestens seit der Reaktorkatastrophe von Tschernobyl wissen wir ja, wie lächerlich niedrig die sowjetischen Sicherheitsstandards waren. Der Angestellte verschwieg den Vorfall seinen Vorgesetzten und ging am Abend, so als wäre nichts geschehen, nach Hause zu seiner Familie, die in einer nahen Siedlung wohnte.

Drei Wochen lang vermehrte sich das Virus unbemerkt in seiner Bauchhöhle, bis der Mann am 14. Juni hohes Fieber bekam und sich ins Bett legte. Wenige Stunden später klagte er über starken Druck in seinen Gedärmen und sonderte eine Menge übelriechender Gase ab. Seine Frau, der das alles nicht mehr geheuer war, rief einen Arzt.

Noch bevor dieser bei ihm war, hatte ihr Mann allerdings – entschuldigen Sie bitte diese drastische Beschreibung – sich durch den After sämtlicher Gedärme entledigt, die sich in seinem Bauch in eine Art eitrigen Brei verwandelt hatten. Ich brauche wohl nicht extra zu erwähnen, daß der Mann lange vor dem Eintreffen des Arztes bereits tot war.«

Levine hielt inne und blickte herum, als erwarte er eine Wortmeldung aus dem Hörsaal, die aber nicht kam.

»Da dieser Vorfall geheimgehalten wurde, hat das Virus bis heute noch keinen offiziellen Namen. Es ist nach wie vor nur als Stamm 232 bekannt. Wir wissen jetzt, daß ein Mensch bereits vier Tage nach seiner Ansteckung andere damit anstecken kann, obwohl die eigentlichen Krankheitssymptome erst nach mehreren Wochen auftreten. Die Sterblichkeitsrate nach einer Infektion mit Stamm 232 liegt praktisch bei hundert Prozent. Bis der Arbeiter starb, hatte er Dutzende, wenn nicht Hunderte von Menschen in seiner Umgebung angesteckt, und drei Tage nach seinem Tod klagten alle von ihnen über denselben Druck in den Gedärmen und erlitten dasselbe grausame Schicksal wie er.

Eine weltweite Epidemie konnte nur deshalb verhindert werden, weil die Krankheit in einer sehr abgelegenen Gegend ausbrach. Im Jahr 1985 wurde das Sperrgebiet vierzehn so abgeriegelt, daß niemand mehr hinein- oder herauskam. Kurz nach Bekanntwerden der ersten Krankheitsfälle brach in Nowo Druschina und Umgebung eine Panik aus. Manche Menschen luden ihre Habe auf Autos, Lastwagen und Pferdefuhrwerke, während andere alles stehen- und liegenließen und versuchten, auf dem Fahrrad oder zu Fuß zu fliehen.

Aus den Unterlagen, die der Oberst aus Rußland mitgebracht hat, wissen wir, wie die sowjetische Armee auf diese Massenflucht reagierte. Spezialeinheiten in Schutzanzügen errichteten Straßensperren und besetzten die Kontrollpunkte an den Zäunen, mit denen das Sperrgebiet rings um das geheime Labor gesichert war. So gelang es ihnen, die Ausbreitung der Krankheit auf die Gegend um Nowo Druschina zu begrenzen, wo ganze Familien auf Straßen, Plätzen oder Feldern starben. Zwischen dem Auftreten der ersten Symptome und dem qualvollen Tod des Infizierten lagen oft keine drei Stunden. Die Panik war so groß, daß die Soldaten an den Straßensperren den Befehl hatten, ausnahmslos auf jeden zu feuern, der auch nur in Sichtweite kam. Das taten sie und erschossen auch alte Männer, Kinder und schwangere Frauen. Flugzeuge warfen massenhaft Schützenminen über Feldern und Wäldern ab, und wen die nicht aufhielten, der starb im Stacheldraht oder den Panzerfallen am Zaun. Tausende von Menschen wurden so geopfert, damit die Seuche nicht auf den Rest des Landes übergreifen konnte.

Schließlich wurde das Labor selbst mit einem Bombenteppich belegt. Natürlich geschah das nicht, um das Virus zu töten, dem Bomben nichts anhaben konnten, sondern um die Spuren des gräßlichen Unglücks vor den Augen des Westens zu verbergen.

Nach acht Wochen war im Quarantänegebiet kein menschliches Wesen mehr am Leben. Die Dörfer waren verlassen, Schweine und Hunde fraßen vor lauter Hunger die überall herumliegenden Leichen, und die Kühe liefen ungemolken her-

um. Über den verlassenen Ortschaften muß ein grauenvoller Verwesungsgestank gehangen haben.«
Levine nahm einen Schluck Wasser, dann fuhr er fort: »Um ein Haar hätte dieser schreckliche Vorfall zum biologischen Äquivalent eines atomaren Holocausts geführt. Und ich hege die Befürchtung, daß die Gefahr, die von genmanipulierten Viren ausgeht, noch lange nicht gebannt ist. Radioaktiv verseuchte Gegenden kann man absperren, Unglücksfälle wie der von Nowo Druschina hingegen sind weitaus schwieriger unter Kontrolle zu bekommen. Viren sind ausgesprochen anpassungsfähige Lebewesen und bleiben nicht gerne inaktiv. Obwohl seine menschlichen Wirtsorganismen längst alle tot sind, besteht durchaus die Möglichkeit, daß Stamm 232 noch irgendwo in dieser verlassenen Landschaft lauert. Viele Viren suchen sich Ausweichorganismen, in denen sie dann schlummern, bis sich eine weitere Gelegenheit zum Ausbruch bietet. Mag sein, daß Stamm 232 inzwischen ausgestorben ist. Aber es ist ebensogut möglich, daß sich eines Tages ein von ihm infiziertes Kaninchen unter dem Stacheldrahtzaun durchbuddelt, von einem Bauern geschossen und auf dem Markt zum Verkauf angeboten wird. Gut möglich, daß dann die Welt, wie wir sie kennen, aufhören wird zu existieren.«
Professor Levine machte eine längere Pause.
»Und *das*«, rief er plötzlich in den Hörsaal hinein, *»ist es, was uns die Gentechnologie in Wirklichkeit beschert!«*
Betretenes Schweigen legte sich über den Hörsaal. Levine tupfte sich die Stirn mit einem Taschentuch ab und sagte mit ruhiger Stimme: »Vielen Dank, das war das letzte Dia.«
Der Projektor wurde ausgeschaltet.
»Meine Freunde«, sagte Levine in die Dunkelheit hinein, »wir Menschen sind als die Hüter dieser Schöpfung an einem kritischen Punkt angelangt, aber in unserer Vermessenheit wollen wir das nicht wahrhaben. Seit vielen Jahrtausenden gibt es menschliches Leben auf diesem Planeten, aber erst in den letz-

ten fünf Jahrzehnten haben wir gelernt, wie wir uns nachhaltigen Schaden zufügen können. Zuerst haben wir die Nuklearwaffen entwickelt, und nun wagen wir uns daran – und das erachte ich für weitaus gefährlicher –, durch Eingriffe ins Erbgut die Natur neu zu erschaffen.«

Levine schüttelte den Kopf. »Es ist eine Binsenweisheit, daß die Natur keine Gnade kennt. Das Virus, das bei dem Unfall von Nowo Druschina freigesetzt wurde, hätte die gesamte Menschheit ausgerottet, wenn es dazu Gelegenheit gehabt hätte. Trotz dieser Gefahr experimentieren heute Firmen auf der ganzen Welt mit dem Erbgut von Viren und Bakterien und setzen es Pflanzen oder Tieren ein, ohne über die letztendlichen Konsequenzen ihres Tuns auch nur ansatzweise nachzudenken.

Natürlich haben die technisch hervorragend ausgestatteten Forschungslaboratorien in Europa und Amerika einen Sicherheitsstandard, der mit dem der damaligen sowjetischen Einrichtungen nicht zu vergleichen ist. Aber sollte uns das beruhigen? Im Gegenteil!

Die Wissenschaftler in Nowo Druschina haben einfache Manipulationen an einem einfachen Virus vorgenommen und damit, ohne es zu wollen, eine Katastrophe verursacht. Heute aber werden nicht einmal einen Steinwurf von diesem Hörsaal entfernt sehr viel umfassendere Experimente an unendlich gefährlicheren Viren durchgeführt.

Der Virologe Edwin Kilbourne hat sich einmal Gedanken darüber gemacht, wie das bösartigste nur denkbare Virus beschaffen sein müßte. Es müßte so stabil sein wie das Kinderlähmungsvirus, so wandelbar wie das Grippevirus, so latent wie das Herpesvirus und eine so große Anzahl von Organismen befallen können wie das Tollwutvirus.

Diese Idee, die zu Kilbournes Zeit noch reine Utopie war, ist heute dabei, tödliche Wirklichkeit zu werden. Solch ein Supervirus könnte durchaus zur Stunde in einem gentechnischen Labor irgendwo auf der Welt entwickelt werden und *wird* vielleicht sogar bereits entwickelt. Ein Virus dieser Art würde bei weitem mehr Menschen töten als ein weltweiter atomarer Schlagabtausch. Ein Atomkrieg nämlich beendet sich irgendwann einmal von selbst, sollte aber jemals ein gentechnisch erzeugtes Killervirus auf die Menschheit losgelassen werden, *so würde sich jede damit infizierte Person in eine wandelnde Zeitbombe verwandeln*. Bei dem regen Reiseverkehr, der heutzutage zwischen allen Kontinenten stattfindet, würde sich das Virus in kurzer Zeit über die ganze Welt verbreiten.«

Levine trat hinter dem Pult hervor und stellte sich vor seine Zuhörer. »Regime kommen und gehen, und politische Grenzen verschieben sich. Imperien blühen auf und verschwinden wieder. Aber *diese* Gefahren werden uns, wenn sie erst einmal losgelassen sind, bis in alle Ewigkeit bedrohen. Deshalb frage ich Sie: Sollen wir wirklich zulassen, daß in unseren Labors weiterhin unbeaufsichtigt und unreglementiert am Erbgut herummanipuliert werden darf? *Das* ist die eigentliche Frage hinter der Katastrophe von Stamm 232.«

Er nickte, und das Licht ging wieder an. »In der nächsten Ausgabe von *Genetic Policy* werde ich einen vollständigen Bericht über den Vorfall von Nowo Druschina veröffentlichen«, sagte er und ging zum Pult, um seine Unterlagen einzupacken. »Dort können Sie alles dann schwarz auf weiß nachlesen.«

Als ob ein Alpdruck von ihnen genommen wäre, standen nun auch die Studenten auf, packten ihre Sachen ein und strebten dem Ausgang zu. Die Reporter in der letzten Reihe hatten den Saal bereits verlassen. Sie hatten es eilig, mit Levines Geschichte in die Redaktionen zu kommen.

Von einer der oberen Reihen bahnte sich ein junger Mann seinen Weg durch die Studenten und trat langsam auf das Pult zu.

Levine blickte irritiert auf und sah sich verstohlen nach allen Seiten um. »Hat man Ihnen denn nicht gesagt, daß Sie mich nicht in der Öffentlichkeit ansprechen sollen?« fragte er.

Der junge Mann packte Levine am Ellenbogen und flüsterte ihm aufgeregt etwas ins Ohr.

Levine hörte damit auf, seine Papiere in die Aktentasche zu packen. »Carson?« fragte er. »Doch nicht der blitzgescheite Cowboy, der immer meine Vorlesungen unterbrach, um mit mir zu diskutieren?«

Der junge Mann nickte.

Dr. Levine schwieg eine Weile, dann ließ er das Schloß seiner Aktentasche zuschnappen.

»Sieh mal einer an«, sagte er.

Carson schaute vom Autohof hinüber zu den weißen Gebäuden mit ihren kühn geschwungenen Flächen und Kuppeln, die wie seltsame Pilze aus dem Wüstensand hervorgewachsen zu sein schienen. Die Tatsache, daß ringsum auf jegliche künstlich bewässerten Grünflächen verzichtet wurde, ließ das Laborgelände ein wenig wie den Garten eines Zen-Klosters aussehen.

Gläserne Gänge verbanden viele der Gebäude in einem komplizierten Zickzackmuster miteinander. Singer führte Carson einen dieser Verbindungsgänge entlang. »Brent glaubt fest daran, daß man mittels Architektur Menschen positiv beeinflussen kann«, sagte er. »Ich werde nie vergessen, als der New Yorker Architekt hier war – ich glaube, sein Name war Guareschi – um ›ein Gefühl für die Landschaft‹ zu kriegen.«

Singer kicherte leise in sich hinein.

»Er kam in Anzug und quastengeschmückten Halbschuhen und trug einen lächerlichen Strohhut auf dem Kopf. Aber er hat sich tapfer gehalten, das muß man ihm lassen. Er übernachtete vier ganze Tage im Zelt, aber dann bekam er einen Hitzschlag und dampfte schleunigst wieder nach Manhattan ab.«

»Die Gebäude sind wirklich schön«, sagte Carson.
»Das sind sie tatsächlich. Trotz seiner schlechten Erfahrungen hier hat der Mann das Wesen der Wüste sehr gut erkannt. Er hat zum Beispiel darauf bestanden, daß keine Grünflächen angelegt wurden. Einmal hätten wir sowieso nicht genügend Wasser dafür, aber außerdem wollte er, daß der Komplex ganz bewußt so aussah, als wäre er ein Teil der Wüste und nicht einfach in sie hineingestellt. Und weil die mörderische Hitze hier so einen Eindruck auf ihn gemacht hat, hat er allen Gebäuden einen weißen Anstrich verpaßt, bis hin zur Werkstatt, den Lagerbaracken und dem E-Werk dort drüben.« Er deutete auf einen langgestreckten Bau mit einem elegant geformten Dach.
»Das ist das E-Werk?« fragte Carson ungläubig. »Sieht eher aus wie eine Gemäldegalerie. Das alles muß ja ein Vermögen gekostet haben.«
»Mehrere Vermögen«, sagte Singer. »Aber 1985, als man hier mit dem Bau begann, spielte Geld so gut wie keine Rolle.« Er führte Carson zum Wohnbereich der Anlage, der aus mehreren niedrigen Gebäuden mit geschwungenen Grundrissen bestand, die wie die Teile eines Puzzlespiels eng beieinander lagen. »Damals haben wir von der DATRADA einen Auftrag über 900 Millionen Dollar bekommen.«
»Von wem?«
»Von der Defense Advanced Technology, Research and Development Administration.«
»Nie gehört«, sagte Carson.
»Das wundert mich nicht. Es war eine geheime Unterabteilung des Pentagon, die nach dem Ende der Reagan-Ära aufgelöst wurde. Wir mußten damals alle eine Erklärung unterschreiben, in der wir uns zu Stillschweigen über unsere Arbeit verpflichteten. Damit wurden wir zu offiziellen Geheimnisträgern, und das wiederum bedeutete, daß sie jeden einzelnen von uns durchleuchteten – und zwar gründlich. Ich bekam damals Anrufe von Freundinnen, mit denen ich seit zwanzig Jahren nichts mehr zu

tun gehabt hatte. Sie sagten mir, daß ein paar Typen ihnen über mich Löcher in den Bauch gefragt hätten, und wollten wissen, ob ich etwas ausgefressen hätte ...« Singer lachte.
»Dann sind Sie wohl schon von Anfang an hier dabeigewesen?« fragte Carson.
»Richtig. Nur die Wissenschaftler in den Labors können nach ihrem sechsmonatigen Aufenthalt hier wieder nach Hause. Bei mir hat man anscheinend weniger Angst, daß es zu einem Burnout kommt – vermutlich glauben die in der Firma, daß ich dafür nicht genügend arbeite«, sagte Singer lachend. »Ich und Nye sind sozusagen die Veteranen hier. Als nächste kommen dann der alte Otto Franz und Mike Marr, der Bursche, der uns vorhin am Tor kontrolliert hat. Seit die Militärs in Mount Dragon nicht mehr das Sagen haben, ist die Arbeit hier sehr viel angenehmer geworden. Diese sturen Kommißköpfe konnten einem manchmal ganz schön auf den Keks gehen.«
»Wie ist es denn zu der Umwandlung in ein ziviles Labor gekommen?« fragte Carson.
Singer hielt ihm eine Tür aus getöntem Glas auf, die in ein Gebäude auf der anderen Seite des Wohnbereichs führte. In dem Vorraum – schieferfarbener Boden, weiße Wände, maulwurfsgraue Möbel – war es dank einer Klimaanlage angenehm kühl.
»Zuerst haben wir nur fürs Verteidigungsministerium gearbeitet«, sagte Singer und hielt Carson eine weitere Tür auf, »und dafür hat man uns dieses Stück Land mitten im Raketentestgelände überlassen. Wir sollten an Impfstoffen für angeblich von den Sowjets entwickelte biologische Waffen arbeiten. Als dann 1990 die Sowjetunion auseinanderbrach, wurde uns der Auftrag entzogen. Fast hätten wir damals auch das gesamte Labor verloren, aber Scopes hat seine Verbindungen spielen lassen und es irgendwie geschafft, den Pachtvertrag im Rahmen des Rüstungskonversionsgesetzes auf weitere dreißig Jahre zu verlängern.«
Die Tür führte in ein Labor mit einer langen Reihe von schwar-

zen Arbeitstischen, auf denen sauber geputzte Bunsenbrenner, Erlenmeyerkolben, Stereomikroskope und andere einfache Laborgeräte im Licht der Neonröhren glänzten.
Carson hatte noch nie ein so ordentliches Labor gesehen. »Was ist das? Das Labor für die einfacheren Versuche?«
»Nein«, entgegnete Singer. »Hier wird überhaupt nicht gearbeitet. Das ganze Zeug dient lediglich als Blickfang für Kongreßabgeordnete und hohe Offiziere, die sich unter einer Forschungsstätte wie der unseren eine größere Version ihres alten Chemielabors am College vorstellen. Die wirkliche Arbeit wird ganz woanders gemacht. Wo, das zeige ich Ihnen später.«
Sie betraten den nächsten Raum, der viel kleiner war als der vorherige. In der Mitte stand ein großer, glänzender Apparat, den Carson sofort erkannte.
»Das ist ein Ultra-Shave von Scientific Precision«, sagte Singer stolz. »Das beste Mikrotom, das es auf der Welt gibt, jedenfalls unserer Meinung nach. Es ist vollkommen computergesteuert und kann mit seinem Diamantmesser ein menschliches Haar in zweitausendfünfhundert Längsschnitte zerlegen. Diese Maschine steht natürlich ebenfalls nur zur Schau hier, aber wir haben noch zwei weitere.«
Sie traten wieder hinaus in die gnadenlose Hitze der Wüste. Singer steckte einen Finger in den Mund und hielt ihn in die Luft. »Der Wind kommt aus Südosten«, sagte er. »Wie immer. Das ist übrigens auch ein ganz wichtiger Grund dafür, daß sich unsere Einrichtung ausgerechnet hier befindet. Die nächste Ansiedlung in Windrichtung ist ein Weiler namens Claunch mit ganzen zweiundzwanzig Einwohnern in zweihundertfünfundzwanzig Kilometern Entfernung. Die Trinity Site, der Ort, an dem die erste Atombombe gezündet wurde, befindet sich keine fünfzig Kilometer nordwestlich von hier. Ein idealer Platz, um unbemerkt eine solche Bombe hochgehen zu lassen. Ein abgeschiedeneres Fleckchen Erde findet man wohl nur schwer.«
»In meiner Kindheit nannten wir diesen Wind immer den

mexikanischen Zephyr«, sagte Carson. »Als Junge habe ich ihn gehaßt. Mein Vater sagte immer, daß er mehr Ärger mache als ein kurzschweifiges Pferd, das man zur Fliegenzeit zu kurz angebunden hat.«

Singer drehte sich zu Carson um. »Wie bitte? Ich verstehe nur Bahnhof, Guy.«

»Ein kurzschweifiges Pferd ist eines, dem man den Schweif abgeschnitten hat. Und wenn man das an eine kurze Leine bindet, an der es sich kaum bewegen kann und deshalb von den Fliegen gequält wird, kann es so fuchsteufelswild werden, daß es sich losreißt und wegrennt.«

»Verstehe«, sagte Singer ohne großen Enthusiasmus. Dann deutete er über Carsons Schulter. »Da hinten sind unsere Sportanlagen – eine Turnhalle, Tennisplätze und ein Pferdestall mit Koppel. Wenn es Sie interessiert, schauen Sie doch irgendwann einmal vorbei. Ich persönlich habe eine starke Abneigung gegen körperliche Ertüchtigung jeglicher Art.« Er lachte und strich sich liebevoll über seinen stattlichen Bierbauch. »Das häßliche Gebäude gleich daneben ist übrigens die Luftreinigungsstation für den Fiebertank.«

»Was ist denn ein Fiebertank?«

»Tut mir leid«, sagte Singer. »Ich meine natürlich unser Labor der Sicherheitsstufe fünf, in dem an den wirklich gefährlichen Mikroorganismen gearbeitet wird. Sie kennen ja die verschiedenen Sicherheitsstufen für biologische Labors: Stufe eins ist für die Arbeit mit praktisch ungefährlichen, kaum infektiösen Mikroben und Stufe vier für die mit den allergefährlichsten Organismen. In den Vereinigten Staaten gibt es nur zwei Labors der Stufe vier: eines in Atlanta, das der Bundesgesundheitsbehörde gehört, und das der Army in Fort Detrick. In diesen Labors wird an den gefährlichsten Viren und Bakterien gearbeitet, die es in der Natur gibt.«

»Das ist mir bekannt. Aber von einer Sicherheitsstufe fünf habe ich noch nie etwas gehört.«

Singer mußte grinsen. »Stufe fünf ist Brents ganzer Stolz. Unser Labor in Mount Dragon ist das einzige auf der ganzen Welt, das über diesen Sicherheitsstandard verfügt. Deshalb können wir hier auch mit genmanipulierten Viren und Bakterien experimentieren, die *noch* gefährlicher sind als sämtliche in der Natur vorkommenden Mikroorganismen. Irgendwer hat das Labor vor Jahren einmal den ›Fiebertank‹ genannt, und dieser Name ist ihm geblieben. Sämtliche Abluft aus dem Labor wird auf tausend Grad Celsius erhitzt und vollkommen sterilisiert. Dann wird sie gekühlt und, mit Sauerstoff angereichert, wieder in den Kreislauf hineingepumpt.«

Die fremdartig aussehende Luftreinigungsanlage war das einzige Gebäude in Mount Dragon, das nicht blendend weiß war.

»Dann arbeiten Sie hier also an einem luftlöslichen Pathogen?« fragte Carson.

»Gut erkannt. Das tun wir in der Tat, und zwar an einem äußerst gefährlichen. Mir jedenfalls war sehr viel wohler in meiner Haut, als wir hier noch PurBlood, unseren künstlichen Blutersatz, entwickelten.«

Carson schaute hinüber zur Pferdekoppel, wo er eine Scheune, einen Stall, mehrere Pferdewagen und eine große, eingezäunte Weide außerhalb des Firmengeländes entdeckte.

»Darf man denn auch außerhalb des Geländes reiten?« fragte er.

»Natürlich. Sie müssen sich nur am Wachhaus aus- und wieder eintragen.« Singer wischte sich mit dem Handrücken den Schweiß von der Stirn. »Mein Gott, ist das heute heiß. Ich werde mich wohl nie daran gewöhnen. Lassen Sie uns rasch wieder nach drinnen gehen.«

Mit »drinnen« meinte Singer das nochmals durch einen eigenen Maschendraht abgesicherte Herz des Laborkomplexes. Es gab, soweit Carson das überblicken konnte, nur einen Durchgang in diesem Zaun, und zwar bei einem kleinen Wachhaus, das direkt vor ihnen lag. Singer ging voran zu einem großen Gebäude innerhalb des Zaunes, dessen Eingangstür in ein angenehm kühles Foyer führte. Durch eine offene Tür konnte Carson eine Reihe von Computerterminals auf langen, weißen Tischen erkennen. Zwei Männer, die unter ihren weißen Laborkitteln Jeans trugen, saßen, den Firmenausweis an einer Kordel um den Hals, vor je einem Terminal und tippten etwas ein. Erstaunt stellte Carson fest, daß sie bis auf Singer und den Wachmann am Tor die ersten Menschen waren, die er auf dem Gelände sah.

»Wir sind jetzt im Verwaltungsgebäude«, sagte Singer. »Hier sitzen Datenverarbeitung, Personalabteilung und so weiter. Wir hatten hier nie viel Belegschaft. Selbst als wir noch für die Militärs arbeiteten, waren selten mehr als dreißig Wissenschaftler gleichzeitig hier. Jetzt sind es gerade mal halb so viele, die alle an einem einzigen Projekt arbeiten.«

»Das sind tatsächlich nicht allzu viele.«

»Mit Masseneinsätzen lassen sich gentechnische Probleme in den seltensten Fällen lösen«, sagte Singer mit einem Achselzucken.

Er führte Carson aus dem Foyer in einen großen, mit Rauchglas überdachten Innenhof mit einem Boden aus schwarzen Granitplatten. Durch die getönten Scheiben fiel das Licht der Wüstensonne stark abgeschwächt auf einen kleinen Palmenhain in der Mitte des Innenhofs, von dem drei überdachte Verbindungsgänge ausgingen. »Diese Gänge führen zum Transfektions- und zum DNA-Sequenzierungslabor«, sagte er. »Da werden Sie zwar nicht allzuviel zu tun haben, aber Sie sollten es sich dennoch bei Gelegenheit mal von einem Ihrer Kollegen zeigen lassen. Wir müssen jetzt aber dorthin.« Er deutete auf ein Fenster, durch das Carson ein niedriges, rhombenförmiges Gebäude aus dem Wüstenboden herausschauen sah. »Das ist das Labor der Stufe fünf«, sagte Singer ohne Begeisterung. »Der Fiebertank.«

»Sieht ziemlich klein aus«, bemerkte Carson.

»Es ist auch klein, das werden Sie bald selber merken. Aber was Sie da sehen, ist nur das Gehäuse für die Luftreinigungsfilter. Das Labor selbst befindet sich komplett unter der Erde. Damit

ist die Umwelt im Fall von Erdbeben, Feuer und Explosionen optimal geschützt.« Singer zögerte einen Augenblick. »Na, dann lassen Sie uns mal hinübergehen.«
Die beiden fuhren mit einem engen, langsamen Aufzug nach unten, wo sie ein weißgekachelter, von orangefarbenen Lampen erhellter Korridor erwartete. Unter an der Decke angebrachten Videokameras gingen sie bis zu einer massiv wirkenden, grauen Metalltür, die mit einer dicken, schwarzen Gummidichtung hermetisch verschlossen war.
Rechts neben der Tür befand sich ein kleiner Metallkasten, in den Singer seinen Namen hineinsprach. Kurze Zeit später ertönte ein Summton, und über der Tür leuchtete ein grünes Licht auf.
»Stimmerkennung«, sagte Singer und öffnete die Tür. »Ist zwar nicht ganz so sicher wie Handlinienleser oder Augenscanner, aber die funktionieren nun mal nicht, wenn man einen Schutzanzug trägt. Aber dieses System hier kann man zumindest nicht mit einem Tonbandgerät hereinlegen. Ihr Stimmprofil wird heute nachmittag erstellt, im Rahmen Ihres Aufnahmegesprächs.«
Sie kamen in einen großen Raum, dessen eine Wand aus einer Reihe großer Metallspinde bestand. In der Wand gegenüber befand sich eine glänzende Tür aus rostfreiem Stahl. Auf ihr war ein großes, gelbes Warnschild mit der Aufschrift HOCHGEFÄHRLICHE MIKROORGANISMEN angebracht.
»Das hier ist der Umkleideraum«, sagte Singer. »In den Spinden befinden sich die Schutzanzüge, die jeder im Fiebertank tragen muß.«
Er ging auf einen der Spinde zu, hielt dann aber inne und drehte sich zu Carson um. »Wissen Sie was? Ich glaube, es ist besser, ich hole Ihnen mal rasch jemanden, der sich hier wirklich auskennt. Der kann Sie dann im Labor herumführen.«
Er ging zu einem der Spinde und drückte auf einen Knopf. Mit einem Zischen öffnete sich die Tür. Drinnen hing ein klobiger,

blauer Gummianzug in einer genau passenden Form, die aussah wie die Polsterung eines aufrecht stehenden Sarges.

»Soviel ich weiß, haben Sie noch nie in einem Labor der Sicherheitsstufe vier gearbeitet, stimmt's?« fragte Singer. Als Carson nickte, fuhr er fort: »Dann hören Sie mir jetzt gut zu. Stufe fünf ist eigentlich nichts anderes als eine verschärfte Stufe vier. Die meisten Leute hier tragen unter dem Schutzanzug bequeme Sportklamotten, aber das ist keine Pflicht. Sollten Sie allerdings normale Straßenkleidung bevorzugen, müssen Sie peinlich darauf achten, daß Sie vorher Stifte, Uhr, Messer oder andere Gegenstände, die die Haut des Schutzanzugs verletzen könnten, aus den Taschen nehmen.«

Carson leerte seine Taschen.

»Haben Sie lange Fingernägel?« fragte Singer.

Carson sah auf seine Hände. »Nein.«

»Das ist gut. Ich als Nägelbeißer habe damit noch nie Probleme gehabt«, kicherte Singer. »In dem Fach links unten im Spind liegen die Schutzhandschuhe. Wenn Sie Ringe an den Fingern haben, nehmen Sie sie ab. Als erstes aber ziehen Sie Ihre Stiefel aus und diese Slipper hier an. Auch hier gilt: keine langen Zehennägel. Irgendwo in dem Spind müßte auch eine Nagelschere sein, falls Sie mal eine brauchen sollten.«

Carson zog seine Stiefel aus.

»Und nun steigen Sie in den Anzug, und zwar zuerst mit dem rechten, dann mit dem linken Bein. Dann ziehen Sie den Anzug hoch und machen ihn zu. Aber lassen Sie das Visier offen, damit wir uns noch unterhalten können.«

Carson quälte sich in den störrischen Anzug, der sich nur mit Mühe über die Kleidung ziehen ließ.

»Das Ding wiegt ja eine Tonne«, sagte er.

»Dafür ist der Anzug aber auch voll klimatisiert. Sehen Sie das Metallventil an der Taille? Wenn Sie drinnen sind, können Sie daran einen Schlauch anschließen, über den Ihnen ständig Sauerstoff zugeführt wird. Für den Weg von einem Anschluß zum nächsten haben Sie im Anzug immer eine Luftreserve von zehn Minuten.« Singer ging zu einer Gegensprechanlage an der Wand und drückte eine Reihe von Knöpfen. »Rosalind?« fragte er.

»Was gibt's?« meldete sich nach einer kurzen Pause eine Frauenstimme aus dem Lautsprecher.

»Hier spricht Charles. Ich bin hier mit Guy Carson, unserem neuen Wissenschaftler. Wären Sie bitte so freundlich und würden ihn durchs Labor führen?«

Es folgte eine längere Pause, bis die Stimme wieder antwortete. »Aber ich stecke mitten in der Arbeit.«

»Nun kommen Sie schon, es dauert doch nur ein paar Minuten.«

»Na schön, wenn's unbedingt sein muß!« Die Gegensprechanlage verstummte schlagartig.

»Das war Rosalind Brandon-Smith. Ich fürchte, sie ist ein wenig exzentrisch«, flüsterte Singer vertraulich in Carsons offenes Visier. »Eigentlich könnte man sie auch als ausgesprochen unhöflich bezeichnen, aber das sollte Sie nicht bekümmern. Rosalind war maßgeblich an der Entwicklung unseres Blutersatzprodukts beteiligt, und jetzt arbeitet sie mit voller Kraft an dem neuen Projekt. Sie hatte engen Kontakt mit Frank Burt, deshalb ist sie auf seinen Ersatzmann möglicherweise nicht allzu gut zu sprechen. Es ist besser, wenn Sie sich drinnen mit ihr treffen, denn wenn sie Sie hier abholt, muß sie sich zweimal dekontaminieren.«

»Wer ist denn Frank Burt?« fragte Carson.

»Frank war ein großartiger Wissenschaftler. Und ein feiner Mensch dazu. Leider hat ihn die Arbeit hier etwas zu sehr mitgenommen, so daß er vor nicht allzu langer Zeit eine Art Nervenzusammenbruch hatte. Burt ist da übrigens nicht der einzige, etwa ein Viertel der Leute, die nach Mount Dragon kommen, bleiben nicht bis zum Ende der vorgesehenen Zeit.«

»Ich wußte gar nicht, daß ich der Ersatzmann für jemand anderen bin.«

»Aber das sind Sie nun mal. Ich werde es Ihnen später noch genauer erzählen. Es sind übrigens ziemlich große Fußstapfen, in die Sie da treten müssen.« Singer musterte Carson von Kopf bis Fuß. »Okay, jetzt machen Sie die Reißverschlüsse bis ganz oben zu. Achten Sie darauf, daß Sie alle drei sorgfältig sichern. Dann sollten Sie sich den Anzug noch einmal von einem Kollegen auf einwandfreien Sitz überprüfen lassen, bevor Sie ins Labor gehen.«

Singer kontrollierte sorgfältig Carsons Schutzanzug und erklärte ihm kurz die eingebaute Sprechanlage.

Dann deutete er auf die Tür mit der Aufschrift HOCHGEFÄHRLICHE MIKROORGANISMEN. »Auf der anderen Seite dieser Luftschleuse befindet sich eine chemische Dusche, die sich automatisch anschaltet, sobald Sie sie betreten. Das Duschen ist etwas unangenehm, aber es ist besser, Sie gewöhnen sich rasch daran, denn wenn Sie die Sicherheitszone wieder verlassen, wartet eine noch viel längere Dusche auf Sie. Nach der Dusche öffnet sich die innere Tür der Luftschleuse, und dahinter wartet hoffentlich schon Rosalind auf Sie. Und bewegen Sie sich vorsichtig, solange Sie sich noch nicht an den Anzug gewöhnt haben.«

»Vielen Dank«, sagte Carson mit lauter Stimme, damit Singer ihn durch die dicke Gummischicht des Schutzanzugs verstand.

»Bitte«, hörte er ihn gedämpft antworten. »Tut mir leid, daß ich nicht mit hineingehe, aber ...« Singer zögerte ein bißchen. »Aber niemand geht in den Fiebertank, wenn er nicht unbedingt muß. Sie werden schon noch merken, warum.«

Carson trat durch die Tür, die sich hinter ihm mit einem Zischen schloß, und auf das Metallgitter einer Duschkabine. Er hörte ein glucksendes Geräusch, und kurz darauf wurde aus Düsen an Decke, Wänden und Boden eine gelbliche Chemikalie auf seinen Anzug gespritzt. Als die Dusche nach einer Minute aufhörte, ging vor Carson eine Tür auf. Sie führte in einen kleinen Raum, in dem ihm von allen Seiten ein kräftiger Luftzug entgegengeblasen wurde. Im Inneren des Anzugs fühlte sich diese

Trockenprozedur wie ein merkwürdiger, weit entfernter Wind an, von dem Carson nicht sagen konnte, ob er warm oder kalt war. Dann öffnete sich eine weitere Tür, hinter der eine kräftig gebaute Frau stand, die ihn ungeduldig durch das Visier ihres Schutzanzugs ansah. Auch wenn er den Anzug wegrechnete, schätzte Carson ihr Gewicht auf gute hundertzehn Kilo.

»Kommen Sie mit«, sagte sie über die Sprechanlage, drehte sich abrupt um und ging einen gekachelten Gang entlang, der so eng war, daß sie manchmal mit den Schultern die Wände streifte. Die Wände waren kahl und glatt, ohne vorspringende Ecken, an denen man sich den Schutzanzug aufreißen konnte. Alles – der Boden, die Wände, die Decke – war blendend weiß.

Carson drückte auf den Knopf an seinem linken Unterarm und sagte durch die Sprechanlage: »Ich bin Guy Carson.«

»Was Sie nicht sagen«, antwortete die Frau, ohne sich umzudrehen. »Und jetzt passen Sie auf. Sehen Sie die Luftschläuche da oben?«

Carson blickte zur Decke und sah, daß in regelmäßigen Abständen blaue Schläuche mit Metallventilen an den Enden herabhingen.

»Nehmen Sie sich einen davon und stecken Sie ihn in das Ventil an Ihrem Anzug. Und zwar vorsichtig. Drehen Sie ihn nach links, um ihn zu verriegeln. In jedem Labor gibt es solche Schläuche. Wenn Sie von einem Raum in den nächsten gehen, dann koppeln Sie sich von dem einen ab und am nächsten wieder an. Ihr Anzug hat nur einen begrenzten Luftvorrat, also sollten Sie besser nicht herumtrödeln.«

Carson befolgte ihre Anweisungen und hörte, nachdem er das Ventil an seinem Anzug einschnappen hatte lassen, das beruhigende Zischen der Luft. In diesem Schutzanzug fühlte er sich der Welt auf merkwürdige Weise entrückt, und seine Bewegungen kamen ihm langsam und linkisch vor. Weil er zwei Paar Handschuhe übereinander trug, hatte er zunächst Schwierigkeiten gehabt, den Schlauch an das Ventil anzuschließen.

»Dieses Labor hier ist wie ein Unterseeboot«, hörte er die Stimme von Brandon-Smith aus der Sprechanlage. »Klein, eng und gefährlich. Hier hat alles und jeder seinen ganz bestimmten Platz.«

»Ich verstehe«, sagte Carson.

»Tatsächlich?«

»Ja.«

»Das ist schön, denn hier im Fiebertank kann Schlamperei tödlich sein. Und nicht nur für Sie, sondern auch für andere. Verstanden?«

»Ja«, sagte Carson. *Dumme Kuh.*

Brandon-Smith ging weiter den schmalen Gang entlang. Carson koppelte seinen Luftschlauch wieder ab und folgte ihr. Während er versuchte, sich an das Gehen im Schutzanzug zu gewöhnen, hörte er ein seltsames Geräusch im Hintergrund. Es war ein tiefes Brummen, das Carson mehr spürte, als daß er es hörte. Das muß der Generator des Fiebertanks sein, dachte er.

Auf einmal verschwand Brandon-Smith' massige Gestalt durch eine enge Luke in der Seitenwand des Ganges. Carson folgte ihr und kam in ein Labor, in dem mehrere Leute in Schutzanzügen an mit Plexiglas abgedeckten Sicherheitswerkbänken standen. Sie streckten die Hände durch mit Gummimanschetten abgedichtete Löcher in die Plexiglasbehälter und reinigten Petrischalen. Das Licht in dem Raum war so hell, daß es fast in den Augen weh tat und jedes Objekt einen scharfen Schatten warf. Neben den Tischen standen mit Warnschildern versehene Abfallbehälter und eine Vorrichtung, mit der gefährliche Stoffe sofort sterilisiert werden konnten. An der Decke waren mehrere Videokameras angebracht.

»Hört mal alle her«, sagte Brandon-Smith durch die Sprechanlage ihres Anzugs. »Das ist Guy Carson, der Ersatzmann für Burt.«

Die Wissenschaftler hoben die Köpfe hinter den Visieren, blick-

ten Carson neugierig an und begrüßten ihn über die Sprechanlage mit knappen Worten.
»Das hier ist die Produktion«, sagte Brandon-Smith so kurz angebunden, daß Carson es nicht wagte, sie danach zu fragen, was die Leute an den Tischen überhaupt machten.
Danach führte Brandon-Smith Carson durch ein wahres Labyrinth aus Arbeitsräumen, schmalen Gängen und Luftschleusen, die ebenso gnadenlos grell beleuchtet waren wie alles andere hier. Sie hat recht, dachte Carson bei dieser Besichtigungstour. Dieses Labor hier hat wirklich was von einem Unterseeboot. Jedes kleinste Fleckchen Raum war vollgepackt mit teuren wissenschaftlichen Geräten, darunter Transmissions- und Rasterelektronenmikroskope, Autoklaven, Inkubatoren und Massenspektrometer. Die Apparate waren alle so konstruiert, daß sie von jemandem im Schutzanzug bedient werden konnten. An den weißgestrichenen, niedrigen Decken lief ein Gewirr von Leitungen entlang. Alle zehn Meter blieb Brandon-Smith stehen, hängte sich an einen neuen Luftschlauch und wartete, bis Carson dasselbe getan hatte. Dadurch kamen sie nur sehr langsam voran.
»Mein Gott«, sagte Carson. »Diese Sicherheitsmaßnahmen sind ja schier unglaublich. Was haben Sie denn um Himmels willen für gefährliche Sachen hier drunten?«
»Alles, was das Herz begehrt«, antwortete Brandon-Smith trocken. »Beulenpest, Lungenpest, das Marburg-Virus, das Hanta-Virus, Denguefieber, Ebola und Milzbrand, ganz zu schweigen von ein paar sowjetischen Spezialitäten. Lagert alles in unseren Tiefkühltruhen.«
Die Enge, der ungewohnte Anzug und das grelle Licht hatten Carson ziemlich durcheinandergebracht. Er atmete hastig und mußte gegen den Impuls ankämpfen, den Anzug auszuziehen und sich Luft zum Atmen zu verschaffen.
Schließlich kamen sie in einen kleinen, runden Raum, von dem aus mehrere Gänge wie die Speichen eines Rades auseinander-

liefen. »Was ist denn das hier?« fragte Carson und deutete auf ein großes Rohrverteilerstück an der Decke.

»Der Luftabzug«, sagte Brandon-Smith und stöpselte sich an einen neuen Sauerstoffschlauch an. »Wir sind hier im Zentrum des Fiebertanks. In der ganzen Anlage herrscht Unterdruck, der hier, in der Mitte, am stärksten ist. Durch diese Leitungen strömt die Luft nach oben in die Reinigungsanlage, wo sie keimfrei gemacht und wieder ins System eingespeist wird.« Dann deutete sie in einen der Korridore. »Da geht es zu Ihrem Labor, aber das sehen Sie sich gefälligst selber an. Ich habe schließlich noch etwas anderes zu tun, als Sie überall herumzuführen.«

»Und was ist dort unten?« fragte Carson und deutete auf einen engen Schacht zu ihren Füßen, in den eine glänzende Leiter aus rostfreiem Stahl hinunterführte.

»Unter uns gibt es noch drei Stockwerke«, antwortete Brandon-Smith. »Dort befinden sich weitere Laborräume, die Gefriertruhen und außerdem der Generatorraum und das Kontrollzentrum des Sicherheitsdienstes.«

Brandon-Smith ging einen der Korridore ein paar Schritte entlang und blieb dann vor einer Tür stehen.

»Carson?«

»Ja.«

»Das hier ist der letzte Raum, den ich Ihnen zeigen werde. Wir nennen ihn den Zoo, weil dort die Schimpansen für unsere Versuche untergebracht sind. Halten Sie da drin bloß Abstand zu den Käfigen, denn wenn ein Tier Ihnen ein Loch in den Anzug reißt, werden Sie hier unten unter Quarantäne gestellt und sterben vielleicht, ohne jemals wieder das Tageslicht erblickt zu haben.«

Carson wollte fragen, was für Versuche an den Affen durchgeführt wurden, aber Brandon-Smith hatte bereits die Tür geöffnet. Das seltsame Brummen, das Carson schon vorhin gehört hatte, schlug ihm jetzt sehr viel lauter entgegen. Es stammte nicht, wie er vermutet hatte, von einem Generator, sondern war das Gebrüll und Gekreisch von Affen, das gedämpft ins Innere seines Anzugs drang. Carson trat in den Raum und sah, daß eine der Wände vom Fußboden bis zur Decke mit übereinandergestapelten Käfigen verstellt war. Kaum hatten die schwarzen Knopfaugen hinter den Türen aus Maschendraht Carson und Brandon-Smith entdeckt, erhöhte sich der Geräuschpegel um ein vielfaches, weil die gefangenen Tiere jetzt mit Händen und Füßen auf den Boden ihrer Käfige trommelten.

»Sind das alles Schimpansen?« fragte Carson.

»Was sonst?« gab Brandon-Smith zurück.

Eine kleine Gestalt im Schutzanzug, die am anderen Ende der Käfigreihe stand, drehte sich zu ihnen um.

»Carson, das ist Bob Fillson. Bob kümmert sich um die Tiere.«

Fillson nickte ihm kurz zu. Hinter dem Visier konnte Carson eine fliehende Stirn, eine dicke Nase und feuchte, leicht offenstehende Lippen erkennen. Der Mann drehte sich wieder um und arbeitete weiter.

»Weshalb sind es so viele?« fragte Carson.

Brandon-Smith sah ihn an. »Weil Schimpansen die einzigen Tiere sind, die annähernd dasselbe Immunsystem haben wie wir Menschen. Das müßten Sie eigentlich wissen, Carson.«

»Natürlich weiß ich das. Aber damit ist meine Frage ...«

Brandon-Smith beachtete ihn nicht weiter und starrte wie gebannt in einen der Käfige.

»Ach, du grüne Scheiße!« sagte sie.

Carson trat neben sie, wobei er sorgfältigen Abstand zu den durch die Maschen herausgestreckten Fingern hielt. In dem Käfig lag ein Schimpanse zitternd auf der Seite und schien nichts von dem Spektakel rings um ihn mitzubekommen. Das Gesicht des Tieres kam Carson irgendwie merkwürdig vor, aber es dauerte eine Weile, bis er wußte, weshalb. Es waren die Augen, die ihm ungewöhnlich groß vorkamen. Er sah näher hin und bemerkte, daß sie weit aus ihren Höhlen gequollen und einige Adern der Lederhaut geplatzt waren. Plötzlich wand sich der Schimpanse in Zuckungen und stieß einen lauten, gequälten Schrei aus.

»Bob«, sagte Brandon-Smith durch die Sprechanlage, »der letzte von Burts Schimpansen geht über den Jordan.«

Fillson schlurfte ohne erkennbare Eile herbei. Er war nicht viel mehr als einen Meter fünfzig groß und bewegte sich so bedächtig und langsam, daß er Carson an einen Taucher unter Wasser erinnerte.

Mit heiserer Stimme sagte er über die Sprechanlage zu Carson: »Sie müssen jetzt gehen. Und Sie ebenfalls, Rosalind. Ich darf keinen Käfig öffnen, wenn außer mir noch jemand anderer im Raum ist.«

Voller Grauen sah Carson, wie aus den Augenhöhlen des Affen eine blutige Flüssigkeit quoll und einen der Augäpfel vollends herausdrückte. Das Tier krümmte sich vor Schmerzen, schnappte mit den Zähnen und schlug wie besessen mit den Armen um sich, schrie aber nicht mehr.

»Was zum Teufel geht hier überhaupt vor?« stammelte Carson starr vor Schreck.

»Auf *Wieder*sehen«, sagte Fillson mit Nachdruck und holte etwas aus einem Schrank hinter ihm.

»Wiedersehen, Bob«, sagte Brandon-Smith. Carson war nicht entgangen, daß sie dem Tierpfleger gegenüber einen sehr viel freundlicheren Ton angeschlagen hatte als bei ihm.

Als sie nach draußen gingen, sah Carson noch, wie das gequälte Tier sich mit den Fingern verzweifelt im Gesicht herumfuhrwerkte, während Fillson aus einer Spraydose etwas in den Käfig sprühte.

Brandon-Smith stampfte schweigend voran in einen anderen Korridor.

»Wollen Sie mir denn nicht sagen, was mit dem Schimpansen los war?« fragte Carson schließlich.

»Das war doch nun wirklich nicht zu übersehen«, fauchte sie. »Er hatte ein zerebrales Ödem.«

»Und was hat es hervorgerufen?«

Die Frau drehte sich um und sah ihn mit deutlichem Erstaunen an. »Wissen Sie es denn wirklich nicht, Carson?«

»Nein, ich weiß überhaupt nichts. Und nennen Sie mich nicht einfach Carson. Ich möchte, daß Sie mich entweder mit Guy oder mit Dr. Carson anreden. Suchen Sie sich eines von beiden raus.«

Brandon-Smith schwieg eine Weile, dann sagte sie: »Na schön, *Guy*, einige dieser Schimpansen sind X-FLU positiv. Der, den Sie gerade gesehen haben, war im dritten Stadium der Erkrankung. Das Virus ruft eine massive Überproduktion von Gehirn- und Rückenmarksflüssigkeit hervor, deren Druck irgendwann einmal das Gehirn durchs große Hinterhauptsloch hinausdrückt. Manche der Affen haben Glück und sterben daran, aber andere, wie dieser eben, halten so lange durch, bis die überschüssige Hirnflüssigkeit ihnen die Augen aus den Höhlen drückt.«

»Was ist X-FLU?« fragte Carson. Er spürte, wie er an der Stirn und unter den Achseln zu schwitzen begann und sein Anzug von innen beschlug.

Brandon-Smith blieb wie angewurzelt stehen. Durch seine Sprechanlage konnte Carson hören, wie sie sich über den allgemeinen Kanal an Singer wandte: »He, Singer, können Sie mir vielleicht mal sagen, wieso dieser Spaßvogel hier nicht das geringste über X-FLU weiß?«

Als Singer antwortete, klang seine Stimme verzerrt und weit entfernt. »Weil ich ihn noch nicht über unser Projekt informiert habe. Das mache ich, wenn er mit seiner Tour durch den Fiebertank fertig ist.«

»Wieso einfach, wenn's auch umständlich geht«, murmelte Brandon-Smith und wandte sich an Carson. »Okay, *Guy*, raus mit Ihnen. Die Führung ist beendet.«

Sie brachte ihn zur Luftschleuse am Ausgang und ließ ihn stehen. Carson begab sich ein weiteres Mal unter die chemische Dusche. Diesmal wurde sein Anzug volle sieben Minuten lang mit einer starken Desinfektionslösung besprüht. Als die Prozedur und die nachfolgende Trocknung überstanden waren, gelangte Carson wieder in den Umkleideraum. Leicht verärgert sah er Singer entspannt auf einem Stuhl sitzen und seelenruhig die Comic-Seite einer Zeitung lesen.

»Na, hat Ihnen die Tour gefallen?« fragte Singer und blickte von der Zeitung auf.

»Nein«, antwortete Carson, atmete tief durch und versuchte, das bedrückende Gefühl loszuwerden, das ihn drinnen im Fiebertank befallen hatte. »Diese Brandon-Smith ist ja schlimmer als eine Klapperschlange in der Bratpfanne.«

Singer lachte laut heraus und schüttelte seinen fast kahlen Kopf. »Gut erkannt. Trotzdem ist sie die brillanteste Wissenschaftlerin, die wir im Augenblick hier haben. Wenn wir dieses Projekt erfolgreich abschließen, werden wir alle steinreich, Sie mit eingeschlossen. Dafür kann man es schon eine Weile mit einer Rosalind Brandon-Smith aushalten, finden Sie nicht auch? In Wirklichkeit ist sie unter all ihrem Fett nichts weiter als ein verunsichertes kleines Mädchen.«

Er half Carson aus seinem Anzug und zeigte ihm, wie er ihn wieder in dem Spind verstauen mußte.

»Ich schätze, es ist an der Zeit, daß Sie mich über dieses mysteriöse Projekt aufklären«, sagte Carson, als er die Tür zumachte.

»Da haben Sie recht. Wollen wir auf einen kühlen Drink in mein Büro gehen?«

Carson nickte. »Da drinnen war ein Schimpanse, dem sind die Augen …«

Singer hob die Hand. »Ich weiß genau, was Sie gesehen haben.«

»Und was hat das Tier gehabt?«

»Grippe.«

»Wie bitte?« fragte Carson. »Die *Grippe?*«

Singer nickte.
»Aber bei einer Grippe drückt es einem nicht die Augen aus dem Kopf.«
»Na ja«, sagte Singer, »das ist auch eine ganz spezielle Grippe.« Er faßte Carson am Ellenbogen und führte ihn durch die Gänge des Hochsicherheitslabors zurück ins Licht der Wüstensonne.

Um genau zwei Minuten vor drei Uhr nachmittags öffnete Charles Levine die Tür seines Büros und geleitete eine junge Frau in Jeans und T-Shirt zurück ins Vorzimmer.
»Vielen Dank, Miss Fields«, sagte er mit einem Lächeln. »Wir lassen es Sie wissen, wenn wir im nächsten Semester eine Beschäftigung für Sie haben.«
Während die Studentin zur Tür ging, sah Levine auf die Uhr. »Keine weiteren Besuche, Ray, oder?« fragte er seinen Sekretär. Nur mit Mühe gelang es Ray, die Augen von Miss Fields' Hinterteil wieder zurück auf den Terminkalender zu richten. Er strich mit der Hand über seine sorgfältig im Buddy-Holly-Stil frisierten Haare und kratzte sich unter dem ärmellosen, roten T-Shirt an der muskulösen Brust. »Das war's, Dr. Levine«, sagte er.
»Liegt sonst noch was an? Dringende Nachrichten? Gerichtliche Vorladungen? Heiratsanträge?«
Ray grinste und wartete mit seiner Antwort, bis sich die Tür hinter Miss Fields geschlossen hatte. »Borucki hat zweimal angerufen. Offenbar hat Ihr Artikel vom vergangenen Monat eine gewisse Pharmafirma in Little Rock nicht ganz kalt gelassen. Sie will Sie jetzt wegen übler Nachrede verklagen.«
»Um wieviel geht's diesmal?«
»Eine Million«, sagte Ray mit einem Achselzucken.

»Dann sollen meine Anwälte die üblichen Schritte einleiten«, sagte Levine und ging wieder zurück in sein Büro. »Und jetzt möchte ich nicht gestört werden, Ray.«
»Geht in Ordnung.«
Levine schloß die Tür.

Seit er als Vorsitzender der Stiftung für Verantwortungsbewußte Gentechnologie eine gewisse Berühmtheit erlangt hatte, war es mit der Ruhe an Levines Lehrstuhl für theoretische Genetik vorbei. Die Stiftung übte eine geradezu magische Anziehung auf Studenten vom Typ idealistischer Außenseiter aus, die alle auf der Suche nach einer Aufgabe waren, für die sie sich mit all ihrer Kraft einsetzen konnten. Darüber hinaus machten die Veröffentlichungen der Stiftung Levine und sein Büro zur Zielscheibe wütender Angriffe von seiten der Industrie.
Deshalb hatte Levine, nachdem sein vorhergehender Sekretär nach einer Reihe von Drohanrufen entnervt gekündigt hatte, diverse Vorsichtsmaßnahmen getroffen. Zunächst einmal hatte er ein neues Sicherheitsschloß an seiner Bürotür anbringen lassen, und dann hatte er Ray eingestellt. Rays Fähigkeiten als Sekretär ließen zwar eine Menge zu wünschen übrig, aber er war ein Garant dafür, daß es in Levines Vorzimmer immer ruhig blieb. Schließlich war Ray, bevor er wegen eines Herzfehlers den Dienst hatte quittieren müssen, Angehöriger einer Spezialkampftruppe der Marine gewesen. Seine Freizeit schien Ray zum Großteil damit zu verbringen, Frauen hinterherzujagen, hier im Büro aber legte er eine heitere Gelassenheit an den Tag und ließ sich von nichts und niemandem einschüchtern. Für Levine war er aus diesem Grund längst unentbehrlich geworden.
Nachdem der schwere Bolzen des Sicherheitsschlosses mit einem beruhigenden Klicken eingeschnappt war, drehte Levine zur Sicherheit noch mal am Türknauf und ging dann zwischen Stapeln von unkorrigierten Seminararbeiten, wissenschaftlichen Zeitschriften und alten Ausgaben der Zeitschrift *Genetic*

Policy zu seinem Schreibtisch. Die leutselige, unbeschwerte Art, die er während seiner Sprechstunde an den Tag gelegt hatte, war jetzt verflogen. Er schob ein paar Papiere auf dem Schreibtisch zur Seite, zog seinen Laptop heran und holte aus seiner Aktentasche ein zigarettenschachtelgroßes, schwarzes Kästchen, das er mit einem grauen Kabel an dem Computer anschloß. Dann beugte er sich über den Schreibtisch, zog die Telefonleitung aus dem Telefon und stöpselte sie ebenfalls in das schwarze Kästchen.

Schon bevor Levines unermüdlicher Kreuzzug für die Kontrolle der Gentechnologie seinen Namen in vielen Forschungslabors auf der ganzen Welt zu einem Schimpfwort gemacht hatte, hatte Levine gelernt, seine Arbeit vor unerlaubten Zugriffen zu schützen. Aus diesem Grund verwendete er jetzt auch das schwarze Kästchen, das die von seinem Computer ins Telefonnetz übertragenen Daten nach einem komplizierten Algorithmus verschlüsselte, den angeblich nicht einmal die Supercomputer des amerikanischen Geheimdienstes knacken konnten. Allein der Besitz eines solchen Geräts war hart am Rande der Legalität, aber das störte Levine nicht weiter. Als aktives Mitglied der Anti-Vietnamkriegs-Bewegung hatte er sich auch schon während seiner Studienzeit in Kalifornien Ende der sechziger Jahre unorthodoxer und manchmal sogar illegaler Methoden bedient, um seine Ziele zu erreichen.

Jetzt schaltete er den Laptop ein und trommelte ungeduldig mit den Fingern auf der Schreibtischplatte herum, bis der Computer einsatzbereit war. Dann startete er mit ein paar raschen Tastenkombinationen ein Kommunikationsprogramm, mit dem er sich über die Telefonleitung in den Computer eines ganz speziellen Users einwählen konnte.

Levine wartete, während sein Anruf auf einem komplizierten, nicht zurückverfolgbaren Pfad über mehrere, weit voneinander entfernte Knoten des Telefonnetzes geleitet wurde. Schließlich hörte er am anderen Ende der Leitung das Pfeifen eines Modems, und als sich die beiden Computer durch eine Reihe von schrillen, quiekenden Geräuschen miteinander verständigt hatten, erschien auf dem Display von Levines Laptop ein ihm mittlerweile vertrautes Bild. Es zeigte einen Clown, der den Erdball auf einer Fingerspitze balancierte. Kurz darauf verschwand das Logo, und auf dem Bildschirm erschienen Buchstaben, die so nackt und körperlos aussahen, als habe ein Geist sie getippt.

Professor! Was gibt's?
Ich brauche einen Zugang zum Netz von GeneDyne, tippte Levine.

Die Antwort kam sofort. Kein Problem. Was wollen Sie denn heute wissen? Die Telefonnummern aller leitenden Angestellten? Personalakten? Die Highscorelisten von den Leuten, die auf dem Computer der Poststelle *Doom* spielen?

Ich brauche eine abgeschirmte Leitung ins Labor am Mount Dragon, tippte Levine.

Nun dauerte es ein wenig, bis die Antwort kam. Wow! Wow! Wen haben Sie denn diesmal an den Eiern, Monsieur le Professeur?

Kriegen Sie es etwa nicht hin, mir diese Leitung zu beschaffen? drängte Levine.

Soll das ein Witz sein? Sie wissen doch genau, mit wem Sie es zu tun haben. »Unmöglich« ist ein Fremdwort für den Clown. Aber es geht hier nicht um mich, ich mache mir Sorgen um *Sie*, mein Lieber. Ich habe gehört, daß dieser Scopes ein ziemlich übler Zeitgenosse sein soll. Der wartet doch nur drauf, Sie dabei zu erwischen, wie Sie ihm elektronisch an die Wäsche gehen. Sind Sie sicher, daß Sie sich zur Hauptgeschäftszeit da einloggen wollen, Professor?

Sie machen sich Sorgen um mich? tippte Levine. Das kann ich kaum glauben.

Warum so abgebrüht, Professor? Das verletzt mich in meinen Gefühlen.

Wollen Sie diesmal Geld haben? Geht es darum?

Geld? Jetzt bin ich aber wirklich beleidigt. Ich verlange Genugtuung. Wir treffen uns um High-noon vor dem Cyberspace Saloon.

Ich meine es ernst, Clown.

Ich auch. Also gut, dann werde ich Ihnen bei Ihrem kleinen Problem eben behilflich sein. Übrigens habe ich gehört, daß Scopes ein echt geiles Programm entwickelt haben soll. Etwas ganz Neues und Hochinteressantes. Aber wie ich den eifersüchtigen Kerl kenne, hat er seinem Server vermutlich einen Keuschheitsgürtel angelegt. Wenn ich schon mal in seinem Netz bin, könnte ich ja vielleicht seinen privaten Computer knacken und mir das Programm herunterladen. So was mache ich für mein Leben gern.

Machen Sie, was Sie wollen, tippte Levine gereizt, aber sorgen Sie dafür, daß ich einen absolut sicheren Zugang bekomme. Bitte lassen Sie mich wissen, wenn Sie soweit sind.

WG.

Was heißt das? WG?

Tut mir leid, Professor. Ich vergesse immer, daß Sie hier ja ein Neuling sind. Bei uns im Cyberspace gibt es für praktisch alles eine schöne, prägnante Abkürzung. Und WG heißt »Wird gemacht«. Davon könntet ihr Wissenschaftler mit euren langatmigen Abhandlungen euch mal eine Scheibe abschneiden. Jetzt habe ich gleich noch eine Abkürzung für Sie: BB. Heißt »Bis bald«. Alsdann: BB, Professor.

John Singers Büro im südöstlichen Teil des Verwaltungsgebäudes glich mehr einem Wohnzimmer als den Räumen eines Laborchefs. Eine Ecke nahm ein indianischer Kiva-Kamin ein, vor dem ein Sofa und zwei bequeme Ledersessel standen. Auf einer alten mexikanischen Truhe an der Wand stand eine ziemlich mitgenommene Martin-Gitarre neben einem zerfledderten Stapel von Notenblättern. Auf dem Boden lag ein Navajo-Teppich, und an den Wänden hingen gerahmte Stiche aus dem neunzehnten Jahrhundert, die das Leben im Wilden Westen zeigten, und sechs Fotografien von Mandan- und Hidatsa-Indianern vom Oberlauf des Missouri. In dem Büro gab es keinen Schreibtisch, nur einen Computerarbeitsplatz, ein Faxgerät und ein Telefon.
Die Fenster blickten nach Westen in die Wüste hinaus, wo sich die Schotterstraße am Horizont verlor. Die Sonnenstrahlen, die durch die getönten Scheiben hereindrangen, erfüllten den Raum mit hellem Licht.
Carson setzte sich in einen der Sessel, während Singer zu einer kleinen Bar an der Wand gegenüber ging.

»Was darf's sein?« fragte er. »Bier, Wein, Martini, Saft?«
Carson sah auf die Uhr. Es war Viertel vor zwölf, und sein Magen fühlte sich ein wenig flau an. »Ich hätte gerne einen Saft.«
Als Singer zurückkam, hatte er einen Apfelsaft in der einen und einen Martini in der anderen Hand. Er ließ sich auf das Sofa fallen und legte die Füße auf den Tisch. »Ich weiß, ich weiß. Alkohol vor dem Mittagessen ist nicht gesund. Aber das hier ist nun mal eine besondere Gelegenheit.« Er hob sein Glas. »Auf X-FLU.«
»X-FLU«, murmelte Carson. »Ist das etwa das Zeug, an dem die Schimpansen sterben?«
»Stimmt.« Singer nahm einen Schluck und atmete zufrieden aus.
»Entschuldigen Sie meine Direktheit«, sagte Carson, »aber ich wüßte wirklich gerne, worum es bei diesem Projekt überhaupt geht. Ich kann mir immer noch nicht vorstellen, warum Mr. Scopes unter den – wieviel? – fünftausend Wissenschaftlern der Firma ausgerechnet mich für diesen Job ausgesucht hat. Und wieso mußte ich alles stehen- und liegenlassen und Hals über Kopf hierher in die Wüste kommen?«
Singer räkelte sich wohlig auf seiner Couch. »Da muß ich ein bißchen weiter ausholen. Kennen Sie ein Tier, das Bonobo heißt?«
»Nein.«
»Man hat diese Tiere früher auch Zwergschimpansen genannt, bis man herausgefunden hat, daß es sich bei ihnen um eine gänzlich andere Spezies handelt. Bonobos sind sogar noch näher mit dem Menschen verwandt als normale Tieflandschimpansen. Sie sind intelligenter als diese, leben in monogamen Paargemeinschaften und haben mit uns 99,2 Prozent der DNA gemeinsam. Außerdem bekommen sie – und das ist für uns das Entscheidende – alle menschlichen Krankheiten. Außer einer.«
Er hielt inne und nahm einen Schluck von seinem Drink.

»Bonobos können keine Grippe kriegen. Alle anderen Schimpansen, ebenso Gorillas und Orang-Utans, kriegen sie, nur der Bonobo nicht. Dieser Umstand ist Brent vor etwa zehn Monaten aufgefallen. Also schickte er uns ein paar Bonobos, bei denen wir eine Gensequenzierung vorgenommen haben. Ich zeige Ihnen mal, was dabei herausgekommen ist.«

Singer beugte sich vor an den Couchtisch, auf dem ein Laptop lag, und schaltete ihn ein. Er drehte ihn so, daß Carson den Bildschirm sehen konnte, auf dem lange Reihen von in einem komplexen Muster angeordneten Buchstaben zu sehen waren.

»Der Bonobo hat ein Gen, das ihn immun gegen Grippe macht. Und zwar nicht nur gegen einen oder zwei Virenstämme, sondern gegen *alle* sechzig bisher bekannt gewordenen Varianten des Virus. Dieses Gen haben wir das X-FLU-Gen genannt.«

Carson scrollte auf dem Bildschirm nach unten. Es war ein kurzes Gen, das nur aus ein paar hundert Basenpaaren bestand.

»Was bewirkt dieses Gen genau?« fragte er.

Singer lächelte. »Das wissen wir noch nicht. Um es herauszufinden, würden wir Jahre benötigen. Aber Brent Scopes ist der Meinung, daß dieses Gen auch den Menschen gegen Grippe immun machen würde, wenn es uns gelänge, es in die menschliche DNA einzupflanzen. Die ersten In-vitro-Tests, die wir hier gemacht haben, scheinen diese Theorie zu bestätigen.«

»Interessant«, entgegnete Carson.

»Das will ich meinen. Man nimmt das Gen aus dem Bonobo und pflanzt es sich selber ein, und schon kann man sich nie wieder eine Grippe einfangen.« Singer beugte sich vor und senkte die Stimme. »Hand aufs Herz, Guy – wieviel wissen Sie über die Grippe?«

Carson zögerte. Eigentlich wußte er eine ganze Menge, aber es kam ihm nicht so vor, als müsse er vor Singer mit seinem Wissen prahlen. »Nicht so viel, wie ich wohl darüber wissen sollte«, sagte er. »Die meisten Leute nehmen sie nicht so richtig ernst.«

Singer nickte. »Das stimmt. Die Grippe hält man allgemein für ein lästiges Wehwehchen, dabei ist sie eine der gefährlichsten Viruserkrankungen auf der Welt, der auch in der heutigen Zeit noch jährlich eine Million Menschen zum Opfer fallen. Selbst hier in den Vereinigten Staaten ist sie eine der zehn häufigsten Todesursachen. Während der Grippesaison erkrankt ein *Viertel* der Bevölkerung daran, und das bereits in normalen Jahren. In wirklichen Grippejahren sieht es sehr viel übler aus. Die meisten Leute haben vergessen, daß die verheerende Grippeepidemie von 1918 ein Fünfzigstel der gesamten Weltbevölkerung dahingerafft hat. Das war der schlimmste Seuchenzug in der Geschichte der Menschheit, schlimmer sogar als die Pest. Und er hat sich *in unserem Jahrhundert* ereignet. Würde die Grippe heute wieder in dieser Form auftreten, stünden wir ihr fast so hilflos gegenüber wie damals.«

»Wirklich virulente Mutationen der Grippe können einen Menschen binnen Stunden töten«, sagte Carson, »aber ...«

»Einen Augenblick bitte, Guy. Sie haben eben das Schlüsselwort genannt. *Mutationen*. Die wirklich gefährlichen Epidemien gibt es dann, wenn das Virus anfängt, zu mutieren. Dreimal in diesem Jahrhundert ist das bisher geschehen, zuletzt 1968 bei der Hongkonggrippe. Ein neuerlicher Ausbruch ist überfällig, wir sind geradezu *reif* dafür.«

»Und weil sich die Hülle des Virus ständig verändert, gibt es auch keinen auf Dauer wirksamen Impfschutz dagegen«, sagte Carson. »Eine Grippeimpfung ist immer nur ein Cocktail aus drei oder vier Stämmen, von denen die Epidemiologen glauben, daß sie in den nächsten sechs Monaten gefährlich werden könnten, stimmt's? Wenn sie sich irren, erkrankt man trotz Impfung.«

»Sehr gut, Guy«, sagte Singer lächelnd. »Wir wissen natürlich, daß Sie am MIT über Grippeviren gearbeitet haben. Das ist mit ein Grund, weshalb man Sie für diesen Job hier ausgewählt hat.« Er trank mit einem raschen Schluck sein Glas leer. »Eines ist Ihnen aber möglicherweise nicht bewußt: Die Wirtschaft ver-

liert jährlich fast eine Billion Dollar an durch Grippe verursachten Produktionsausfällen.«
»Das wußte ich tatsächlich nicht.«
»Und vermutlich wissen Sie auch nicht, daß die Grippe dafür verantwortlich ist, daß pro Jahr etwa 200000 mißgebildete Kinder auf die Welt kommen. Wenn eine schwangere Frau über vierzig Grad Fieber bekommt, kann das bei ihrem Kind entsetzliche Schäden verursachen.« Singer atmete langsam ein. »Guy, wir arbeiten hier an der letzten großen medizinischen Entdeckung unseres Jahrhunderts. Wenn es uns gelingt, dem Menschen das X-FLU-Gen einzupflanzen, wird er gegen sämtliche Stämme der Grippe immun sein. Und Sie werden die entscheidende Arbeit dabei leisten, Guy.«
»Aber meine Arbeit mit Grippeviren war doch nur eine Vorstufe zu meiner Doktorarbeit«, protestierte Carson. »Mein wirkliches Interesse richtete sich auf etwas ganz anderes.«
»Ich weiß«, entgegnete Singer. »Aber wenn Sie mir noch ein wenig zuhören, dann werden Sie verstehen, warum man Sie ausgewählt hat. Um das X-FLU-Gen in die menschliche DNA hineinzubringen, verwenden wir nämlich ein spezielles Grippevirus, dem wir im Labor eine Rekombinationssequenz mit dem X-FLU-Gen angehängt haben. Man könnte das Virus als eine Art Transportmittel bezeichnen, das die Bonobo-DNA in die DNA des Menschen einschleust. Ein damit geimpfter Mensch wird wie bei einer normalen Grippeimpfung ein paar Tage lang unter milden Erkältungssymptomen zu leiden haben, danach aber nie wieder die Grippe bekommen.«
Carson nickte. Er wußte, daß Viren in der Lage waren, ihre Erbinformationen ins Erbgut ihrer Wirtszellen einzuschleusen. Deshalb waren sie die idealen Transportorganismen, um Gene zwischen entfernt miteinander verwandten Lebewesen auszutauschen.
»Das Grippevirus, das wir dabei verwenden, ist darüber hinaus etwas ganz Besonderes. Es ist nämlich in der Lage, seine Erbin-

formationen auch in die menschliche Keimbahn zu bringen. Das bedeutet, daß die Menschen, die damit behandelt werden, die Immunität gegen Grippe auch an ihre Kinder weitervererben.«
Carson stellte sein Glas auf den Tisch und sah Singer an.
»Du meine Güte«, sagte er. »Sie sprechen doch nicht etwa von einer Gentherapie an menschlichen Keimzellen?«
»Ganz genau. Wir haben vor, das menschliche Erbgut für immer zu verändern. Und Sie, Guy, sind an vorderster Front mit dabei. Die Gentherapie ist das Modernste, was die Medizin zu bieten hat. Mit Gentherapie werden wir eines Tages sämtliche erblich bedingten Krankheiten wie das Tay-Sachs-Syndrom, die Phenylketonurie und die Bluterkrankheit heilen können. Eines Tages kann jeder Mensch, der mit einem erblich bedingten Schaden geboren wird, mit Hilfe der richtigen Gene ein ganz normales Leben führen. In unserem Fall ist der ›Erbschaden‹ die Anfälligkeit gegen Grippe, von der wir die Menschheit für immer befreien werden.«
Singer tupfte sich mit einem Taschentuch den Schweiß von der Stirn. »Bei diesem Thema gerate ich immer in Aufregung«, sagte er grinsend. »Als ich noch Universitätsprofessor war, hätte ich mir nie träumen lassen, daß ich einmal dabei mithelfen würde, die Welt zu verändern. Das X-FLU-Gen hat mir den Glauben an Gott wiedergegeben, ohne Witz.« Er räusperte sich und fuhr fort: »Wir stehen kurz vor dem Durchbruch, Guy. Aber es gibt da noch ein Problem, das es zu lösen gilt. Sobald wir das X-FLU-Gen in das Grippevirus einsetzen, wird es nicht nur unglaublich ansteckend, sondern verändert sich auch auf eine höchst gefährliche Art und Weise. Anstatt als harmloser Bote für das Bonobo-Gen zu fungieren, ahmt es mit seiner Eiweißhülle ein Hormon nach, das im menschlichen Körper die Produktion von Gehirnflüssigkeit stimuliert. Was Sie eben im Fiebertank gesehen haben, war die Wirkung, die das Virus auf einen Schimpansen hat. Was es beim Menschen auslöst, wissen wir nicht, aber angenehm dürfte es auf keinen Fall sein.«

Singer stand auf und trat an eines der Fenster. »Ihre Aufgabe ist es nun, die Eiweißhülle des X-FLU-Botenvirus so zu verändern, daß es vollkommen harmlos ist. Nur so können wir daraus einen Impfstoff entwickeln, der das X-FLU-Gen in die menschliche DNA transportiert.«

Carson öffnete den Mund, um etwas zu sagen, schloß ihn aber gleich wieder. Mit einemmal verstand er, warum Scopes unter all den wissenschaftlichen Talenten bei GeneDyne ausgerechnet ihn für diesen Job ausgesucht hatte. Bevor ihn Fred Peck für niedere Routinearbeiten eingesetzt hatte, war sein Spezialgebiet die Veränderung von viralen Eiweißhüllen gewesen. Das konnte zum Beispiel durch Hitze, verschiedene Enzyme oder Strahlung geschehen, selbst dann, wenn das Virus sich ständig veränderte. Carson kannte die verschiedensten Verfahren, mit denen man ein Virus unschädlich machen konnte.

»Das klingt, als wäre es ein ziemlich leicht zu lösendes Problem«, sagte er.

»Sollte es auch sein, ist es aber nicht. Aus irgendeinem Grund mutiert das Virus immer wieder zu seiner tödlichen Form, ganz gleich, was wir mit ihm anstellen. Als Burt noch an dem Problem arbeitete, hat er eine ganze Kolonie von Schimpansen mit angeblich harmlosen Stämmen des X-FLU-Virus infiziert. Aber jedesmal hat sich das Virus wieder zurückverwandelt und mit den Affen das angestellt, was Sie eben im Fiebertank gesehen haben. Akutes zerebrales Ödem. Dabei war Burt ein brillanter Wissenschaftler. Ohne ihn hätten wir PurBlood, unser künstliches Blutprodukt, wohl niemals bis zur Marktreife entwickeln können. Aber das X-FLU-Problem hat ihn ...« Singer machte eine kurze Pause. »Er hat den Druck einfach nicht mehr ausgehalten.«

»Jetzt, wo ich selber drin war, kann ich gut verstehen, warum Sie vorhin nicht mit in den Fiebertank wollten.«

»Es ist fürchterlich da drin. Außerdem finde ich es schrecklich, was wir mit den Schimpansen machen. Aber wir müssen nun

mal ans Wohl der Menschheit denken ...« Singer verstummte und blickte nach draußen in die Wüste.
»Wozu eigentlich die ganze Geheimniskrämerei?« fragte Carson schließlich.
»Die hat zweierlei Gründe. Erstens glauben wir, daß mindestens eine weitere Pharmafirma ähnliche Forschungen durchführt wie wir, und die wollen wir uns natürlich nicht in die Karten schauen lassen. Noch viel wichtiger aber ist die Tatsache, daß viele Leute noch immer Angst vor der Gentechnologie haben. Das kann ich ihnen nicht einmal verübeln. Bei all den Kernwaffen, die uns immer noch bedrohen, und den Reaktorunfällen von Three Mile Island und Tschernobyl sind viele einfach jeglicher Technik gegenüber mißtrauisch geworden. Dazu kommt noch ein weitverbreitetes Mißtrauen gegen Manipulationen am Erbgut.« Singer drehte sich wieder um und sah Carson an. »Machen wir uns nichts vor, Guy, wir sprechen hier von einer permanenten Änderung des menschlichen Genoms, und das könnte *sehr* kontroverse Diskussionen hervorrufen. Können Sie sich vorstellen, was wohl die Leute dazu sagen werden, die bereits genveränderte Tomaten als Teufelswerk ansehen? Ein ähnliches Problem hatten wir schon mal mit PurBlood. Also wollen wir X-FLU erst dann der Welt vorstellen, wenn wir es auch wirklich produzieren können. Damit nehmen wir unseren Gegnern die Chance, sich überhaupt erst zu formieren, und die Öffentlichkeit wird von Anfang an sehen, daß der Nutzen von X-FLU bei weitem die Bedenken einer kleinen Gruppe von irrationalen Fortschrittsverweigerern aufwiegt.«
»Aber diese Gruppe kann sich ziemlich heftig bemerkbar machen«, sagte Carson. Vor den Werkstoren von GeneDyne in New Jersey hatte es schon öfters Demonstrationen von Gegnern der Gentechnik gegeben.
»Stimmt. Das haben wir Leuten wie diesem Charles Levine zu verdanken. Kennen Sie seine Stiftung für Verantwortungsbewußte Gentechnologie? Für mich ist das eine radikale Organi-

sation, die es darauf angelegt hat, die Gentechnik im allgemeinen und Brent Scopes im besonderen zu vernichten.«
Carson nickte.
»Dabei haben Levine und Scopes zusammen studiert und waren sogar gute Freunde. Das ist eine irre Geschichte, die ich Ihnen bei Gelegenheit einmal erzählen muß. Nun, jedenfalls ist dieser Levine für mich ein Verrückter, eine Art moderner Don Quijote, dessen Lebensziel es ist, das Rad des technischen Fortschritts zurückzudrehen. Man sagt, daß das nach dem Tod seiner Frau für ihn zu einer fixen Idee geworden ist. Und auf Brent Scopes, mit dem er seit zwanzig Jahren eine Art Privatfehde ausficht, hat er es besonders abgesehen. Leider gibt es in den Medien viel zu viele Leute, die sich seinen Unfug anhören und ihn sogar publizieren.« Singer trat vom Fenster zurück. »Es ist so viel einfacher, alles kaputtzumachen als etwas aufzubauen, Guy. Mount Dragon ist das sicherste Genlabor auf der Welt. Niemand, ich wiederhole, *niemand* hat mehr Interesse an der Sicherheit seiner Angestellten und seiner Produkte als Brent Scopes.«
Fast hätte Carson erwähnt, daß Levine einer seiner Professoren an der Universität gewesen war, hatte es sich aber dann doch anders überlegt. Aber vielleicht wußte es Singer ja auch ohnehin schon. »GeneDyne will die Öffentlichkeit also bei der Präsentation der X-FLU-Therapie vor vollendete Tatsachen stellen. Das ist dann wohl auch der Grund für die Eile, mit der das Projekt vorangetrieben wird, oder?«
»Teilweise ja«, sagte Singer und zögerte, bevor er fortfuhr: »Außerdem ist X-FLU von höchster Wichtigkeit für die Firma. Überlebenswichtig sogar. Denn Scopes' Patent auf seinen resistenten Mais, das bisher das finanzielle Rückgrat der Firma bildete, läuft in wenigen Wochen aus.«
»Aber Scopes wird doch dieses Jahr erst vierzig«, sagte Carson erstaunt. »So alt kann das Patent also gar nicht sein. Warum erneuert er es denn nicht einfach?«

Singer zuckte mit den Achseln. »Die genauen Details kenne ich auch nicht. Ich weiß nur, daß es ausläuft und nicht erneuert werden kann. Und wenn das geschieht, entgehen Scopes sämtliche Lizenzgebühren. PurBlood wird erst in ein paar Monaten ausgeliefert werden können, und dann muß es erst einmal seine immensen Entwicklungskosten einbringen. Alle anderen neuen Produkte von GeneDyne stecken noch mitten in der Zulassung. Wenn X-FLU also nicht bald kommt, wird die Firma keine so großzügige Dividende mehr zahlen können wie bisher, und das hätte katastrophale Auswirkungen auf den Kurs der Firmenaktie, von dem wir beide schließlich ebenfalls profitieren.«

Er drehte sich um und winkte Carson ans Fenster. »Kommen Sie doch mal her, Guy.«

Carson trat neben Singer. Vor der Scheibe bot sich ein weiter Blick über die Jornada-del-Muerto-Wüste, die sich am Horizont in gleißendem Hitzeflimmern aufzulösen schien. Die Gebäude des Laboratoriums warfen scharfe Schatten in östlicher Richtung, und im Süden konnte Carson im Sand gerade noch einen Schutthaufen erkennen, der aussah wie die Ruinen einer indianischen Ansiedlung.

Singer legte ihm eine Hand auf die Schulter. »Aber das alles braucht Sie momentan nicht zu belasten. Denken Sie einfach an die unglaublichen Möglichkeiten, die sich Ihnen hier bieten. Ein normaler Arzt kann, wenn er Glück hat, ein paar hundert Menschenleben retten, ein Mediziner in der Forschung vielleicht Tausende. Wir aber, Guy, Sie, ich und GeneDyne, wir werden Millionen von Menschen das Leben retten. Vielleicht sogar Milliarden.«

Er deutete hinaus auf die niedrige Bergkette im Nordosten, die wie eine Reihe von dunklen Zähnen aus dem hellen Wüstenboden aufragte. »Vor fünfzig Jahren hat die Menschheit kaum fünfzig Kilometer von hier entfernt am Fuß dieser Berge die erste Atombombe gezündet. Das war die dunkle Seite der Wissenschaft. Jetzt, ein halbes Jahrhundert später, haben wir in dersel-

ben Wüste die einmalige Chance, den guten Ruf der Forschung wiederherzustellen. So grundlegend und einfach ist das alles.«
Der Druck von Singers Hand auf Carsons Schulter wurde stärker. »Dies hier wird das größte Abenteuer Ihres Lebens, Guy, das kann ich Ihnen garantieren.«
Während sie nebeneinander hinaus in die Wüste blickten, spürte Carson ganz intensiv die fast schon religiöse Kraft dieser Landschaft und wußte, daß Singer recht hatte mit dem, was er eben gesagt hatte.

Um halb sechs wachte Carson auf, setzte sich auf die Bettkante und blickte durch das offene Fenster hinüber zum San-Andres-Gebirge. Die Luft war noch angenehm kühl, und das Zimmer war erfüllt von der tiefen Stille, die so typisch für die Zeit vor Sonnenaufgang ist. Carson holte tief Luft. In New Jersey hatte er es nie geschafft, sich vor acht aus dem Bett zu quälen. Jetzt, an seinem zweiten Morgen am Mount Dragon, hatte er bereits wieder die gleichen Gewohnheiten angenommen, die er als junger Mensch hier in der Wüste gehabt hatte.
Carson sah zu, wie die Sterne am wolkenlosen Himmel langsam verblaßten, bis nur noch die Venus zu sehen war. Dann kroch von unterhalb des Horizonts der seltsame, leicht grünliche Schimmer der Morgendämmerung herauf, der sich rasch in ein fahles Gelb verwandelte. Langsam schälten sich die Umrisse von Pflanzen aus dem Schwarzblau des Wüstenbodens hervor. In weitem Abstand voneinander konnte Carson ein paar Mesquitsträucher und Flecken hohen Tobosagrases entdecken. Wohl nirgendwo sonst hatten Pflanzen und Tiere soviel Platz für sich und so wenige Nachbarn wie in der Wüste.
Carsons Zimmer war sparsam, aber komfortabel möbliert: ein

Bett, ein Sofa mit dazu passendem Sessel, ein großer Schreibtisch und mehrere Regale. Carson stand auf, duschte und rasierte sich und zog weiße Sportsachen an. Er war gespannt, was ihm sein erster Arbeitstag am Mount Dragon bringen würde.

Den gestrigen Nachmittag über hatte er eine ganze Reihe von Einstellungsprozeduren über sich ergehen lassen müssen. Er hatte eine Unmenge Formulare ausgefüllt, hatte seine Stimme aufnehmen und sich fotografieren lassen und war so gründlich wie nie zuvor in seinem Leben medizinisch untersucht worden. Lyle Grady, der Arzt von Mount Dragon, war ein dünner, kleiner Mann mit einer Fistelstimme, der seine umfangreichen Beobachtungen in einen Computer getippt und dabei nicht ein einziges Mal gelächelt hatte. Als alles überstanden war, hatte Carson mit Singer zu Abend gegessen und war dann sehr zeitig ins Bett gegangen, denn er wollte für den heutigen Tag ausgeschlafen sein.

Der Dienst am Mount Dragon begann um acht. Carson frühstückte nie – das war noch ein Überbleibsel aus der Zeit, in der sein Vater ihn frühmorgens geweckt und ihn in der Dunkelheit sein Pferd hatte satteln lassen –, aber er trank in der Cafeteria eine Tasse Kaffee, bevor er sich auf den Weg zu seinem Labor machte. Die Cafeteria war fast leer, und Carson erinnerte sich an eine Bemerkung, die Singer tags zuvor gemacht hatte: »Bei uns wird groß zu Abend gegessen. Frühstück und Mittagessen sind nicht allzu beliebt – irgendwie vergeht einem der Appetit, wenn man an die Arbeit im Fiebertank denkt.«

Als Carson in den Umkleideraum kam, zogen sich dort ein paar Leute rasch und schweigend ihre Schutzanzüge an. Alle drehten sich nach dem Neuankömmling um und sahen ihn freundlich, neugierig oder auch ohne sichtliche Gefühlsregung an. Dann kam Singer herein und grinste über sein ganzes, breites Gesicht.

»Na, wie haben Sie geschlafen?« fragte er Carson und gab ihm einen freundlichen Klaps auf den Rücken.

»Nicht schlecht«, sagte Carson. »Und ich brenne drauf, endlich loslegen zu können.«
»Sehr gut. Dann werde ich Ihnen gleich einmal Ihre Assistentin vorstellen.« Singer sah sich um. »Wo ist denn Susana?«
»Die ist schon drin«, antwortete einer der Laborangestellten. »Sie wollte sich ein paar Kulturen ansehen.«
»Sie arbeiten im Labor C«, sagte Singer zu Carson. »Rosalind hat es Ihnen gestern ja sicher gezeigt, oder?«
»Mehr oder weniger«, antwortete Carson und zog seinen Schutzanzug aus dem Spind.
»Gut. Am besten fangen Sie damit an, daß Sie sich Frank Burts Laboraufzeichnungen ansehen. Susana wird dafür sorgen, daß Sie alles bekommen, was Sie brauchen.«
Nachdem Carson mit Singers Hilfe seinen Schutzanzug angelegt hatte, folgte er den anderen unter die chemische Dusche und dann in das Labyrinth aus engen Korridoren und grell erleuchteten Laborräumen. Genau wie gestern fand er es schwierig, sich an den hinderlichen Anzug zu gewöhnen und an die regelmäßige Zufuhr von Sauerstoff zu denken. Nachdem er sich ein paarmal verlaufen hatte, stand er endlich vor der Metalltür mit der Aufschrift LABOR C.
Drinnen beugte sich eine Gestalt im Schutzanzug über eine Sicherheitswerkbank und sortierte einen Stapel Petrischalen. Carson drückte den Knopf seiner Sprechanlage.
»Hi. Sind Sie Susana?«
Die Gestalt richtete sich auf.
»Ich bin Guy Carson«, fuhr er fort.
Aus dem Lautsprecher knisterte eine leise, spitze Stimme. »Susana Cabeza de Vaca.«
Umständlich schüttelten sie sich die Hände.
»Diese Schutzanzüge sind grausige Dinger«, sagte de Vaca gereizt. »Sie sind also der Ersatz für Burt.«
»Ganz genau«, sagte Carson.
»*Hispaño?*« fragte sie und spähte durch Carsons Helmvisier.

»Nein. Anglo«, antwortete er etwas rascher, als er eigentlich wollte.
»Hmm.« De Vaca ließ sich Zeit und musterte Carson eingehend. »Aber Sie klingen so, als kämen Sie aus dieser Gegend.«
»Stimmt. Ich bin auf einer Farm in New Mexico aufgewachsen.«
»Wußte ich es doch! Na schön, Guy, Sie und ich, wir sind die einzigen Eingeborenen hier.«
»Stammen Sie auch aus New Mexico? Seit wann sind Sie denn hier in Mount Dragon?« fragte Carson.
»Seit zwei Wochen. Man hat mich von Albuquerque hierher versetzt. Eigentlich war ich für die Krankenstation vorgesehen, aber jetzt muß ich Dr. Burts Assistentin ersetzen, die ein paar Tage nach ihm gegangen ist.«
»Wo kommen Sie her?«
»Aus einer kleinen Bergstadt namens Truchas, etwa dreißig Meilen nördlich von Santa Fe.«
»Sind Sie denn dort auch aufgewachsen?«
De Vaca machte wieder eine längere Pause. »Ich bin dort geboren«, fauchte sie.
»Schon gut«, sagte Carson, den ihr scharfer Ton verblüffte.
»Wieso fragen Sie mich denn nicht gleich, wann ich über den Rio Grande geschwommen bin?«
»Wieso sollte ich? Ich habe überhaupt nichts gegen Mexikaner und ...«
»Mexikaner?«
»Ja. Einige der besten Cowboys auf unserer Ranch waren Mexikaner, und als Junge hatte ich eine Menge mexikanischer Freunde ...«
»Meine Familie«, unterbrach ihn de Vaca mit frostiger Stimme, »kam mit Don Juan de Oñate nach Amerika. Mein Vorfahr Don Alonso Cabeza de Vaca wäre fast verdurstet, als er zusammen mit seiner Frau diese Wüste hier durchquerte. Das war im Jahr 1598 und bestimmt sehr viel früher, als Ihre Familie aus Oklahoma oder weiß Gott woher sich nach New Mexico verirrte.

Trotzdem rührt es mich zu Tränen, daß Sie als Kind so nette mexikanische Spielkameraden hatten.«

Sie wandte sich ab und widmete sich wieder ihren Petrischalen, von denen sie die Nummern ablas und in ihr PowerBook tippte.

Gott im Himmel, dachte Carson, die sind hier wirklich alle so gereizt, wie Singer gesagt hat. »Miss de Vaca«, sagte er. »Ich wollte Sie nicht beleidigen.«

De Vaca tippte schweigend die Nummern der Schalen in den Computer.

»Es tut zwar nichts zur Sache, aber meine Familie ist nicht aus Oklahoma eingewandert«, fuhr Carson fort. »Mein Ururgroßvater war Kit Carson, und sein Sohn hat die Ranch aufgebaut, auf der ich großgeworden bin. Die Carsons sind seit fast zweihundert Jahren in New Mexico.«

»Meinen Sie Colonel Cristopher Carson? Sieh mal einer an«, sagte sie, ohne aufzublicken. »Ich habe mal eine Klassenarbeit über ihn geschrieben. Da interessiert mich natürlich brennend, ob Sie von seiner spanischen oder seiner indianischen Frau abstammen.«

Carson sagte nichts.

»Also eine von beiden muß es wohl gewesen sein«, bohrte de Vaca nach, »denn für mich sehen Sie nicht gerade wie ein hundertprozentiger Weißer aus.« Sie stapelte die Petrischalen aufeinander und schob sie in einen Schlitz in der Wand aus rostfreiem Edelstahl.

»Ich definiere mich nicht über meine Zugehörigkeit zu einer bestimmten Rasse, Miss de Vaca«, sagte Carson und versuchte, einen ruhigen Ton zu bewahren.

»Mein Name ist *Cabeza* de Vaca, nicht einfach ›de Vaca‹«, entgegnete sie und nahm sich einen weiteren Stapel Petrischalen vor.

Carson drückte verärgert auf den Knopf der Sprechanlage. »Es ist mir egal, ob Sie Cabeza oder Kowalski heißen, aber ich lasse mich von niemandem blöd anquatschen, ganz gleich ob von Ihnen oder von dieser fetten Pute Rosalind.«

Nachdem sie ihn einen Augenblick schweigend angesehen hatte, fing de Vaca plötzlich zu lachen an. »Haben Sie sich eigentlich schon mal die Knöpfe der Sprechanlage näher angesehen, Carson? Da gibt es nämlich zwei davon. Der eine ist für private Unterhaltung im Umkreis von ein paar Metern, aber wenn Sie den anderen drücken, hört es der ganze Fiebertank. Wenn ich Sie wäre, würde ich in Zukunft etwas genauer aufpassen.«

Kaum hatte sie das gesagt, zischte es auch schon in Carsons Lautsprecher. »Carson?« meldete sich Brandon-Smith' Stimme. »Ich wollte Ihnen nur sagen, daß ich alles genau mitbekommen habe, Sie O-beiniges Arschgesicht.«

De Vaca grinste dreckig.

»Miss *Cabeza* de Vaca«, sagte Carson und achtete peinlich darauf, welchen der beiden Knöpfe er drückte. »Ich will hier bloß meine Arbeit tun, weiter nichts. Haben Sie das verstanden? Ich habe keine Lust, mich mit Ihnen über Ihr Identitätsproblem in die Haare zu kriegen. Also tun Sie jetzt gefälligst das, was ich von einer Assistentin erwarte, und zeigen Sie mir, wie ich an Dr. Burts Laboraufzeichnungen herankomme.«

Eine Weile herrschte in der Sprechanlage eisiges Schweigen.

»Na schön«, sagte de Vaca schließlich und deutete auf einen dunkelgrauen Notebookcomputer in einem Kämmerchen neben der Tür. »Das war Burts PowerBook. Es gehört jetzt Ihnen. Wenn Sie seine Eintragungen sehen wollen, müssen Sie den Computer ans Netzwerk anschließen. Die Buchse dafür ist links neben Ihnen. Sie kennen ja die Firmenregel in bezug auf Arbeitsnotizen, oder etwa nicht?«

»Meinen Sie damit die Anti-Papier-Anweisung?« Schon in New Jersey hatte man bei GeneDyne von allen Angestellten verlangt, daß sie sämtliche Informationen ausschließlich in digitaler Form speicherten.

»Ja, aber hier wird sie besonders streng durchgeführt«, sagte de Vaca. »Hier ist *keinerlei* Papier mehr erlaubt – kein Schmierzettel, keine Tabelle, kein Computerausdruck. Alle Arbeit im Labor und sämtliche Gedankenskizzen müssen im PowerBook niedergelegt und mindestens einmal am Tag an den zentralen Server geschickt werden. Selbst ein Zettel, den Sie jemandem auf den Schreibtisch legen, ist hier ein Grund zur fristlosen Kündigung.«

»Was soll das alles?« fragte Carson.

De Vaca zuckte in ihrem Schutzanzug mit den Achseln. »Scopes sieht sich nun mal gerne unsere Aufzeichnungen an und möchte wissen, woran wir gerade arbeiten, damit er jederzeit seine Verbesserungsvorschläge machen kann. Die ganze Nacht lang soll er sich von Boston aus im firmeninternen Cyberspace herumtreiben und überall hineinschnüffeln. Man fragt sich, wann der Bursche eigentlich schläft.«

Carson hörte aus ihrer Stimme einen respektlosen Unterton heraus. Er schaltete das PowerBook ein und steckte das Verbindungskabel in die Wandsteckdose. Nachdem er ins Netz eingeloggt war, ließ er sich von de Vaca zeigen, wo er Burts Aufzeichnungen finden konnte.

Er tippte ein paar Kommandos ein, bei denen er die dicken Gummihandschuhe verfluchte, in denen seine Finger steckten, und wartete, bis die Daten vom zentralen Server auf die Festplatte des Notebookcomputers übertragen waren. Dann lud er sich Dr. Burts Aufzeichnungen ins Textverarbeitungsprogramm.

18. Februar. Erster Tag im Labor. Wurde von Singer zusammen mit dem zweiten Neuankömmling, Rosalind Brandon-Smith, ins PurBlood-Projekt eingewiesen. Nachmittags in der Bibliothek, wo ich mich über vorhergehende Versuche zur Umhüllung von nacktem Hämoglobln informierte. Soweit ich die Sache bisher beurteilen kann, dürfte das größte Problem die Reinigung des Hämoglobins sein ...

»Das ist für Sie uninteressant«, sagte de Vaca. »Es bezieht sich alles auf Burts vorhergehendes Projekt, bei dem ich noch nicht mit ihm zusammengearbeitet habe. Sie müssen sich durchscrollen, bis Sie zu den Aufzeichnungen über X-FLU kommen.«
Carson ließ die Arbeitsnotizen von vollen drei Monaten über das Display des Computers huschen, bis er die Stelle fand, an der Burt seine Arbeit an PurBlood beendet und mit dem X-FLU-Projekt begonnen hatte. In knappen, schnörkellosen Worten entfaltete sich vor Carsons Augen die Geschichte eines brillanten Wissenschaftlers, der sich nach dem erfolgreichen Abschluß des einen Projekts sofort an das nächste macht. Der von ihm entwickelte Filtrationsprozeß zur Reinigung von PurBlood hatte Burt innerhalb der Firma zu einer Berühmtheit werden lassen. Dementsprechend zuversichtlich und optimistisch wirkten seine ersten Aufzeichnungen für die Arbeit an X-FLU. Anfangs hatte es auch tatsächlich danach ausgesehen, als würde sich das Virus relativ leicht neutralisieren und am Menschen testen lassen.
Nach und nach hatte sich Burt ganz systematisch mit allen Aspekten des Problems auseinandergesetzt: Zunächst hatte er die Eiweißhülle des Virus vom Computer nachzeichnen lassen, dann hatte er es mit diversen Enzymen, Chemikalien und Hitze behandelt. Unter Burts Aufzeichnungen fand Carson an vielen Stellen Anmerkungen von Brent Scopes, der sich oft mehrmals pro Woche für die Arbeit seines besten Wissenschaftlers interessiert hatte. Außerdem hatte der Computer viele Online-Konversationen zwischen Burt und Scopes aufgezeichnet. Während Carson diese las, bewunderte er Scopes' Verständnis für die technischen Aspekte des Problems und beneidete Burt um die selbstverständliche Vertrautheit im Umgang mit GeneDynes oberstem Boß.

Aber trotz Burts unermüdlicher Energie, mit der er sich auf seine Arbeit gestürzt hatte, wollte sich kein Erfolg einstellen. Dabei war es gar nicht so schwer, die Eiweißhülle des Virus zu verändern. Jedesmal, wenn sie *in vitro* stabil blieb, testete Burt ihre neue Form sofort *in vivo* und injizierte das veränderte Virus einigen Schimpansen. Immer blieben die Tiere eine Zeitlang ohne erkennbare Krankheitssymptome, bis sie dann urplötzlich eines grauenvollen Todes starben.
Carson scrollte sich durch viele Seiten, auf denen ein zunehmend frustrierter Burt einen gescheiterten Versuch nach dem anderen dokumentierte und keinen vernünftigen Grund dafür fand. Mit der Zeit verloren die Eintragungen ihren knappen, leidenschaftslosen Ton und wurden immer weitschweifiger und persönlicher. Immer häufiger waren auch bissige Kommentare über die Wissenschaftler darunter, mit denen Burt zusammenarbeitete – besonders über Rosalind Brandon-Smith, die er abgrundtief verachtet zu haben schien.
Etwa drei Wochen bevor Burt Mount Dragon verließ, fing er damit an, Gedichte unter seine Aufzeichnungen zu streuen. Die meisten davon waren selten länger als zehn Zeilen, und alle beschäftigten sich mit der merkwürdigen Ästhetik der Naturwissenschaft. Sie handelten zum Beispiel von der Struktur eines Globulin-Proteins oder dem blauen Schimmern der Cerenkov-Strahlung. Sie waren lyrisch und beschwörend, aber Carson fand sie, wenn sie urplötzlich wie ein fremdartiger, ungebetener Gast zwischen Testergebnissen und Arbeitsnotizen auftauchten, irgendwie erschreckend und beunruhigend.

Kohlenstoff, begann eines der Gedichte,

Schönstes aller Elemente.
Unendlich in deiner Vielgestalt:
Ketten, Ringe, Aromaten,
vielverzweigte Seitengruppen.

Für deinen Brechungsindex sterben Schahs und
Spekulanten.
Kohlenstoff.
Du warst bei uns auf den Straßen von Saigon,
Du warst überall, in der Luft und im Boden.
Und unsichtbar in Angst und Schweiß
Im Napalm.

Ohne dich sind wir nichts.
Kohlenstoff sind wir und werden wir wieder sein.

Gegen Ende der Aufzeichnungen wurden die Einträge immer sporadischer und unzusammenhängender, so daß Carson zunehmend Mühe hatte, Burts Gedankensprüngen zu folgen. Scopes' Kommentare und Vorschläge, die immer wieder zwischen die Aufzeichnungen eingestreut waren, wurden nun zunehmend kritischer und sarkastischer. Bei ihren Online-Diskussionen bekamen sich die beiden nun fast in die Haare, wobei Scopes aggressiv und Burt entschuldigend und fast ein wenig schuldbewußt wirkte.

Burt, wo waren Sie denn gestern den ganzen Tag über?

Ich habe mir freigenommen und einen Spaziergang außerhalb des Laborgeländes gemacht.

Jeder Tag, an dem dieses Problem nicht gelöst wird, kostet GeneDyne eine Million Dollar, ist Ihnen das klar? Aber Dr. Burt muß einen Spaziergang machen. Ein ziemlich teurer Spaziergang, finde ich. Alles wartet nur auf Sie, Frank, ist Ihnen das denn nicht klar? Das ganze Projekt tritt so lange auf der Stelle, bis Sie endlich Erfolg haben.

Ich kann nicht Tag und Nacht arbeiten, Brent. Ich brauche ab und zu etwas Zeit, um alleine für mich nachzudenken.

Worüber haben Sie denn gestern nachgedacht?

Über meine erste Frau.

Gott im Himmel! Er hat über seine erste Frau nachgedacht! Ist das denn die Möglichkeit? Ich verliere eine Million Dollar, bloß damit Dr. Burt über seine gottverdammte erste Frau nachdenken kann. Ich hätte gute Lust, Ihnen dafür den Hals umzudrehen, Frank.

Ich konnte gestern einfach nicht arbeiten. Ich habe es mit allen Mitteln versucht, das können Sie mir glauben. Aber das Problem ist einfach nicht lösbar.

Allein schon für diesen Gedanken hasse ich Sie, Frank. Es gibt kein Problem, das nicht lösbar wäre. Das haben Sie mir selbst gesagt, bevor Sie PurBlood entwickelten. Und Sie haben es geschafft, Frank! Denken Sie immer daran. Und ich liebe Sie dafür, Frank, das tue ich wirklich. Ich weiß, daß Sie dasselbe wieder zustande bringen können. Und wenn Sie das tun, dann bekommen Sie einen Nobelpreis dafür, das schwöre ich Ihnen.

Versuchen Sie nicht, mich mit der Aussicht auf Ruhm zu ködern, Brent. Und auch nicht mit Geld. Davon wird ein unlösbares Problem auch nicht lösbar.

Bitte, Frank, sagen Sie nicht »unlösbar«. Es tut mir weh, dieses Wort von Ihnen zu hören, denn es ist eine Lüge und war es schon immer, verstehen Sie denn nicht? Das Universum ist so unendlich weit und voller Geheimnisse, daß

darin buchstäblich alles möglich ist. Sie kennen doch das Buch *Alice im Wunderland*, Frank. Erinnern Sie sich an die Diskussion, die Alice und die Königin über dieses Thema hatten?

Nein. Aber ich glaube nicht, daß *Alice im Wunderland* mich dazu bringen kann, an die Möglichkeit des Unmöglichen zu glauben.

Sie Mistkerl! Wenn ich noch einmal das Wort »unlösbar« oder »unmöglich« von Ihnen lesen muß, dann komme ich auf der Stelle raus zu Ihnen und bringe Sie eigenhändig um. Habe ich Ihnen denn nicht alles gegeben, um was Sie mich gebeten haben, Frank? Bitte gehen Sie zurück ins Labor, und tun Sie Ihre Arbeit. Ich glaube fest daran, daß Sie es schaffen können. Passen Sie auf, wieso fangen Sie nicht einfach noch einmal ganz von vorne an? Versuchen Sie es mit einem anderen Virus, mit einem, an das Sie bisher nicht einmal im Traum dachten. Oder nehmen Sie eine Makrophage oder ein Retrovirus. Irgend etwas, das Sie die Dinge aus einem völlig neuen Blickwinkel sehen läßt, okay?

Okay, Brent, ich werde es versuchen.

Danach vergingen einige Tage ohne jegliche Eintragungen. Dann, am 29. Juni – also gerade mal zwei Wochen vor Carsons Ankunft in Mount Dragon –, folgte ein wahrer Schwall von Worten, voll von apokalyptischen Bildern und seltsamen Abschweifungen in alle möglichen Richtungen. Mehrmals erwähnte Burt einen »Schlüsselfaktor«, ohne jemals zu erklären, worum es sich dabei handelte. Carson schüttelte den Kopf. Sein Vorgänger hatte ganz offensichtlich Hirngespinste entwickelt und sich die Problemlösungen zusammenphantasiert, die er

durch rationale, wissenschaftliche Arbeit nicht hatte erreichen können.
Carson lehnte sich zurück und spürte, wie ihm unter dem Anzug der Schweiß über die Schulterblätter und an den Armen entlang nach unten rann. Zum erstenmal, seit er hier war, verspürte er Angst vor der ungeheuren Aufgabe, die er zu bewältigen hatte. Wie konnte er Erfolg haben, wo ein Mann wie Burt gescheitert war? Und nicht nur das, Burt hatte über diesem Scheitern obendrein noch den Verstand verloren. Carson blickte auf und bemerkte, daß de Vaca ihn ansah.
»Haben Sie das auch gelesen?« fragte er.
Sie nickte.
»Wie soll ich ... ich meine, wie erwartet man denn von mir, daß ich diese Arbeit fortsetzen soll?«
»Das ist Ihr Problem, nicht meines«, antwortete sie ungerührt. »Ich habe schließlich keinen Abschluß in Harvard oder am MIT gemacht.«

Den Rest des Tages verbrachte Carson damit, Burts anfängliche Experimente genau zu studieren, wobei er sich nicht von seinen späteren Verrücktheiten ablenken ließ. Nach einiger Zeit fühlte er sich wieder etwas zuversichtlicher. Er hatte am MIT mit einer neuen rekombinanten DNA-Technik gearbeitet, die Burt offensichtlich nicht bekannt gewesen war. Er legte das Problem schriftlich nieder und teilte es in verschiedene Unterprobleme auf, die er wiederum in eine Reihe von einfachen Fragestellungen zerlegte.
Gegen Abend begann Carson mit einem groben Entwurf der Experimente, die er selbst durchzuführen gedachte. Dabei wurde ihm bewußt, daß es noch eine ganze Reihe von Möglichkeiten gab, die Burt nicht versucht hatte. Er stand auf, streckte sich und sah, wie de Vaca ihr PowerBook ans Netzwerk anstöpselte.
»Vergessen Sie nicht, Ihre Daten an den Server zu schicken«,

sagte sie. »Ich bin mir sicher, daß der Große Bruder sich heute nacht Ihre Arbeit ansehen will.«

»Danke«, sagte Carson, der trotzdem nicht so recht dran glauben wollte, daß Scopes seine Zeit damit vergeuden würde, sich ausgerechnet seine Notizen anzusehen. Burt war ganz offensichtlich sein Freund gewesen, er hingegen war nichts weiter als ein kleiner Wissenschaftler der Stufe drei aus der Firmenniederlassung in Edison. Trotzdem schickte er seine Daten ins Netz, verstaute den Computer wieder in seiner Nische und folgte de Vaca auf dem langen, umständlichen Weg aus dem Fiebertank.

Als sie wieder im Umkleideraum waren, nahm Carson den Helm ab und öffnete die Reißverschlüsse seines Schutzanzuges. Dabei fiel sein Blick auf seine Assistentin, die ihren Anzug schon in den Spind gehängt hatte und jetzt ihre Haare ausschüttelte. Zu seinem Erstaunen erblickte er nicht die stämmige Señorita, die er eigentlich erwartet hatte, sondern eine schlanke, ausgesprochen gutaussehende junge Frau mit langen, braunen Haaren, dunkler Haut und einem klassisch schönen Gesicht. Sie drehte sich um, sah, daß er sie anschaute, und funkelte ihn aus zwei tiefbraunen Augen an.

»Wenn Sie mich noch eine Sekunde länger so anstarren, *cabrón*«, sagte sie, »dann passiert mit Ihnen dasselbe wie mit den armen Schimpansen da drinnen.«

Sie warf den Riemen ihrer Handtasche über die Schulter und ging raschen Schrittes zur Tür, während die Kollegen im Umkleideraum in schallendes Gelächter ausbrachen.

Der Raum war groß und achteckig und wurde in fünfzehn Metern Höhe von einer indirekt beleuchteten Gewölbedecke überspannt. An sieben der acht Wände hingen großflächige, superflache Computerbildschirme, die im Augenblick alle dunkel waren. In der achten Wand war eine kleine, aber extrem dicke Tür eingelassen, die garantierte, daß kein Geräusch nach außen drang. Obwohl sich der Raum sechzig Stockwerke hoch über dem Hafen von Boston befand, hatte er nicht ein einziges Fenster, aus dem man den phantastischen Ausblick hätte genießen können. Der Boden war mit seltenen Mbanga-Schieferplatten aus Tansania ausgelegt, deren Farbe alle Schattierungen zwischen asch- und maulwurfsgrau umfaßte.

Die Außenseite der Tür bestand aus einer besonders widerstandsfähigen Metallegierung. Anstelle eines Gucklochs hatte sie einen Augenscanner zur Identifizierung etwaiger Besucher, und dort, wo sich bei normalen Türen die Klinke befand, mußte man seine Hand auf eine Glasfläche legen, auf der die Handlinien abgelesen wurden. Neben der Tür standen in einer Wandnische durch Bestrahlung mit ultraviolettem Licht keimfrei gehaltene Schaumstoffpantoffeln, auf die in großen Ziffern die verschiedenen Schuhgrößen aufgedruckt waren. Unter einer ständig hin- und herschwenkenden Videokamera über der Tür war ein großes Schild angebracht, auf dem zu lesen stand: IM INNEREN DES RAUMES BITTE LEISE SPRECHEN.

Zu der Tür gelangte man durch einen langen, schwach erleuchteten Korridor, an dessen anderem Ende sich ein Kontrollpunkt des Sicherheitsdienstes und die Aufzüge befanden. An beiden Seiten des Ganges waren Türen, die in ein Büro der Wachleute, eine Küche, eine Krankenstation, eine Luftreinigungsanlage und Zimmer für die verschiedenen Dienstboten führten, die einzig und allein für die Bedürfnisse des Mannes zuständig waren, der den achteckigen Raum bewohnte.

Die letzte Tür vor dem Eingang zum Achteck stand offen und gab den Blick in einen kirschholzgetäfelten Raum mit Parkettboden frei. In die Wand war ein marmorner Kamin eingelassen, neben dem einige große Gemälde aus der Hudson-River-Schule hingen, und auf dem Boden lag ein wertvoller Perserteppich. In der Mitte des Raumes stand ein prächtiger Mahagonischreibtisch, auf dem ein altes Telefon mit Wählscheibe thronte. Hinter diesem Schreibtisch saß ein Mann im Anzug und schrieb etwas auf ein Blatt Papier.

Wenige Meter von ihm entfernt, im Inneren des riesigen, achteckigen Raumes, war genau am Scheitelpunkt des Deckengewölbes ein Scheinwerfer plaziert, der einen enggebündelten Strahl reinweißen Lichtes direkt nach unten schickte. In diesem scharf begrenzten Lichtkegel stand ein abgewetztes Sofa im Stil der siebziger Jahre, dessen Lehnen schon ganz speckig waren. Aus den Sitzkissen quoll an mehreren Stellen die Polsterung hervor, und an der Vorderseite hatte jemand einen langen Riß im Stoff mit silbrig schimmerndem Isolierband zugeklebt. So fadenscheinig und häßlich es auch war, das Sofa hatte einen entscheidenden Vorteil: Es war ausgesprochen bequem.

Flankiert wurde das merkwürdige Möbelstück von zwei billigen, nachgemacht antiken Couchtischen. Auf einem von ihnen standen ein großes Telefon, mehrere elektronische Geräte in Gehäusen aus mattschwarz eloxiertem, gebürstetem Aluminium und ein Tischstativ mit einer Videokamera, deren Objektiv direkt auf das Sofa gerichtet war. Der zweite Couchtisch war leer, aber seine Platte war mit unappetitlichen, aus unzähligen Pizzaschachteln getrieften Fettflecken und klebrigen Ringen übersät, wie sie Coladosen zu hinterlassen pflegen.

Vor dem Sofa stand ein großer Arbeitstisch, der im Gegensatz zu den anderen Möbeln von geradezu atemberaubender Schönheit war. Die Tischplatte bestand aus sorgsam poliertem und eingeöltem Ahorn mit einem dicken Rand aus schwarzgrünem Guajakholz, das mit komplizierten Intarsien aus feinstem Nußbaum versehen war. Deren Muster zeigte hauptsächlich *Naadaa*-Ähren, Symbol der uralten Religion der Anasazi-Indianer. Es waren die Körner dieser einstigen Kultpflanze, die den Bewohner des achteckigen Raumes zu einem schwerreichen Mann gemacht hatten. Auf dem Tisch lag nichts weiter als eine

kabellose Computertastatur, aus der seitlich eine kurze Antenne herausragte.
Der Rest des großen Raumes war leer bis auf einen großen Konzertflügel, der knapp außerhalb des Scheinwerferkegels stand. Es war ein wunderschönes Pianoforte aus Rosenholz, das angeblich im Jahr 1820 für Ludwig van Beethoven gebaut worden war.
An dem Piano saß mit gesenktem Kopf ein Mann in schwarzem T-Shirt und Bluejeans, der an den Füßen mit Glasperlen bestickte Mokassins trug. Die Finger des Mannes ruhten mehrere Minuten bewegungslos auf den Tasten aus Elfenbein, dann wurden auf einmal die ersten Akkorde von Beethovens letzter Klaviersonate, Opus 111, angeschlagen. Die in der Partitur als *maestoso* bezeichneten Klänge hallten vom hohen Kreuzgewölbe des Raumes wider, bis ihnen *allegro con brio ed appassionato* die nächsten Takte der Sonate folgten. Sie waren so laut, daß sie das aufdringliche Piepsen des Bildtelefons übertönten. Der schlanke Mann beugte sich tief über die Tasten des Pianos und warf beim Spielen den Kopf so leidenschaftlich hin und her, daß die ungekämmten Haare wild umherflogen. Das Piepsen ertönte abermals, aber der Mann bemerkte es noch immer nicht. Dann erschien plötzlich auf einem der großen Wandbildschirme ein schlammbespritztes und regennasses Gesicht.
Mit einem Schlag hörte die Musik auf. Der Mann am Klavier stand auf, und schlug laut fluchend den Deckel über den Tasten zu.
»Brent?« fragte das Gesicht auf dem Bildschirm. »Sind Sie da?«
Scopes ging hinüber zu dem alten Sofa, hockte sich im Schneidersitz darauf und legte die Computertastatur auf seinen Schoß. Er tippte auf ein paar Tasten und sah dann hinauf zu dem großen Schirm.
Das schlammbespritzte Gesicht gehörte zu einem Mann, der im Urwald von Kamerun auf dem Fahrersitz eines Range Rover saß. Hinter der von Regentropfen glitzernden Scheibe des Gelände-

wagens war eine frisch in den Dschungel geschlagene Lichtung zu sehen. Der Boden der Lichtung bestand aus aufgeweichtem Schlamm, den Fahrzeugreifen und Gummistiefel in eine braungraue Mondlandschaft verwandelt hatten. An den Rändern der Lichtung lagen verkohlte Baumstämme herum, und ein paar Meter von dem Range Rover entfernt hatte man mehrere Dutzend roh aus Holz und Maschendraht zusammengezimmerte Käfige in windschiefen Reihen aufeinandergestapelt. Haarige Finger und Zehen staken aus dem Drahtgeflecht, hinter dem kindliche Affenaugen traurig nach draußen blickten.

»Alles in Ordnung, Rodney?« fragte Scopes mit müder Stimme und blickte dabei in die Kamera auf dem Couchtisch.

»Dieses Dreckswetter geht mir langsam auf die Nerven.«

»Hier regnet es auch«, sagte Scopes.

»Wenn Sie wirklich wissen wollen, was Regen heißt, dann sollten Sie mal hierherkommen und …«

»Ich habe drei Tage auf eine Nachricht von Ihnen gewartet, Falfa«, unterbrach ihn Scopes barsch. »Was zum Teufel ist los bei euch da drüben?«

Ein entschuldigendes Lächeln kroch über das Gesicht auf dem Bildschirm. »Wir hatten Probleme mit der Benzinversorgung für die Lastwagen, also habe ich ein ganzes Dorf angeheuert, für einen Dollar pro Mann und Tag. Und das für vierzehn Tage. Jetzt sind die alle reiche Leute, und wir haben sechsundfünfzig Schimpansenbabys.« Er grinste und rieb sich mit der Hand die Nase, wobei er noch mehr Schlamm über sein Gesicht schmierte. Vielleicht war es auch etwas anderes als Schlamm.

Scopes wandte den Blick ab und fragte sich, ob er den Bildschirm abschalten sollte. »Ich möchte die Tiere in sechs Wochen in New Mexico haben. Und zwar mit einer Sterblichkeitsrate von unter fünfzig Prozent.«

»Unter fünfzig Prozent! Das wird ziemlich schwierig werden«, entgegnete Falfa. »Normalerweise …«

»Schnauze, Falfa!«

»Wie bitte?«
»Wenn Sie das für schwierig halten, dann warten Sie erst einmal ab, in was für Schwierigkeiten ein gewisser Rodney P. Falfa kommen wird, wenn wieder mehr tote als lebendige Affen in den Staaten eintreffen. Verdammt noch mal, wieso lassen Sie die Käfige so lange im Regen stehen?«
Falfa sagte nichts, sondern drückte auf die Hupe, woraufhin ein schwarzes Gesicht am Wagenfenster erschien. Als Falfa das Fenster ein paar Zentimeter herunterkurbelte, konnte Scopes hören, wie jämmerlich die Affen draußen im Regen schrien. »Du sagen Männern«, befahl Falfa in Pidgin-Englisch, »sofort Viecher abdecken. Wenn Viecher sterben, Männer kein Geld bekommen.«
»Keine Geld?« protestierte der Schwarze vor dem Fenster. »Aber Mister haben gesagt ...«
»Du decken Viecher ab, los, los«, rief Falfa und kurbelte das Fenster hoch, so daß er nicht mehr hörte, was der Eingeborene draußen sagte. Dann wandte er sich grinsend an Scopes. »Na, wie finden Sie das?«
»Erbärmlich«, antwortete Scopes und schaute mit kaltem Blick in die Kamera. »Meinen Sie nicht, daß Sie den Schimpansen auch etwas zu fressen geben sollten?«
»Stimmt!« Als Falfa wieder hupte, unterbrach Scopes angewidert die Verbindung mit einem Tastendruck. Er nahm die Tastatur und schleuderte sie unter lautem Fluchen in hohem Bogen quer durch den Raum. Mit einem splitternden Geräusch knallte sie gegen eine Wand und krachte zu Boden. Eine einzelne Taste, die sich beim Aufprall gelöst hatte, schepperte über die polierten Schieferplatten. Scopes ließ sich zurück ins Sofa sinken und saß bewegungslos da.
Einen Augenblick später öffnete sich mit einem leisen Zischen die Tür, und ein großgewachsener Mann um die Sechzig trat herein. Er trug einen schwarzen Anzug, spitze Schuhe und ein gestärktes, weißes Hemd mit blauer Seidenkrawatte. Er hatte

graue Haare, vornehm dreinblickende Augen und eine kleine, scharfgeschnittene Nase.
»Ist alles in Ordnung, Mr. Scopes?« fragte der Mann.
Scopes deutete auf die Tastatur. »Ich glaube, die ist hinüber.«
»Dann darf ich wohl annehmen, daß Mr. Falfa sich endlich gemeldet hat«, sagte der Mann mit einem ironischen Lächeln.
Scopes lachte und fuhr sich durch die wirren Haare. »Richtig. Diese Tierfänger sind die widerwärtigsten Menschen, mit denen ich es je zu tun hatte. Aber was soll ich machen, solange Mount Dragon einen so unersättlichen Bedarf an Schimpansen hat?«
Spencer Fairley legte seinen Kopf schräg. »Ich wünschte, Sie würden sich jemanden suchen, der solche unangenehmen Details für Sie erledigt, Sir. Diese Geschichten regen Sie viel zu sehr auf.«
Scopes schüttelte den Kopf. »Das kann ich nicht. Dazu ist dieses Projekt einfach zu wichtig.«
»Wie Sie meinen, Sir. Kann ich Ihnen außer einer neuen Tastatur sonst noch etwas bringen?«
Scopes winkte geistesabwesend ab, aber als Fairley sich umdrehte, sagte er plötzlich. »Einen Moment. Es gibt doch zwei Dinge, die Sie für mich tun können. Haben Sie gestern abend die Nachrichten auf Channel Seven gesehen?«
»Sir, Sie wissen doch, daß ich mir nichts aus Fernsehen und Computern mache.«
»Ja, das weiß ich, Sie Fossil aus dem neunzehnten Jahrhundert«, sagte Scopes mit warmer Stimme. Fairley war der einzige in der Firma, dem Scopes gestattete, ihn »Sir« zu nennen. »Ohne Sie würde ich niemals wissen, wie ein elektronischer Analphabet lebt. Nun, jedenfalls kam in den Nachrichten gestern ein Bericht über ein zwölfjähriges Mädchen, das an Leukämie leidet und vor seinem Tod noch einmal nach Disneyland will. Eine von diesen rührseligen Geschichten, ohne die die Fernsehnachrichten nun mal nicht auskommen. Ich habe mir zwar den Namen des Mädchens nicht gemerkt, aber ich möchte, daß Sie

ihn herausfinden und die Kleine mitsamt ihrer Familie im Privatjet nach Disneyland fliegen lassen, dort im besten Hotel unterbringen und dafür sorgen, daß sie ein großzügiges Taschengeld erhält. Aber bitte halten Sie meinen Namen aus der Sache heraus. Ich möchte nicht, daß dieser Bastard Levine mir wieder Absichten unterstellt, die ich gar nicht habe. Und geben Sie den Eltern Geld, damit sie die Krankenhausrechnungen bezahlen können, sagen wir fünfzigtausend Dollar. Sie kamen mir wie anständige Leute vor. Es muß schrecklich sein, wenn das eigene Kind an Leukämie stirbt. So schrecklich, daß ich es mir nicht einmal vorstellen kann.«

»Ja, Sir. Das ist sehr großzügig von Ihnen, Sir.«

»Sie wissen doch, was Samuel Johnson einmal gesagt hat: ›Besser reich leben als reich sterben.‹ Und denken Sie dran: Es muß *anonym* bleiben. Nicht einmal die Leute selbst dürfen erfahren, wem sie das alles zu verdanken haben. Verstanden?«

»Ja, Sir.«

»Dann wäre da noch was: Als ich gestern in New York war, hätte mich doch so ein Scheiß-Taxi auf einem Zebrastreifen fast über den Haufen gefahren. An der Kreuzung Park Avenue und 50th Street.«

»Das wäre sehr bedauerlich gewesen«, sagte Fairley, ohne eine Miene zu verziehen.

»Wissen Sie, was ich so an Ihnen mag, Spencer? Sie sind so verschroben, daß ich nie weiß, ob Sie mich jetzt beleidigen oder mir ein Kompliment machen wollen. Wie dem auch sei, das Taxi hatte die Nummer vier-A-sechsundfünfzig. Seien Sie doch so nett, und sorgen Sie dafür, daß man dem Fahrer die Lizenz entzieht. Ich möchte nicht, daß der Mistkerl demnächst eine alte Großmutter über den Haufen fährt.«

»Sehr wohl, Sir.« Als die kleine Tür sich mit einem leisen Zischen und einem gedämpften Klicken hinter Fairley geschlossen hatte, stand Scopes auf und ging nachdenklich zurück zum Piano.

Carson hörte ein lautes Summen in seinem Helm, das ihn wie von der Tarantel gestochen hochschrecken ließ. Kurz darauf entspannte er sich und wandte sich wieder seinem Computer zu. Er war jetzt erst den dritten Tag in Mount Dragon und hatte sich noch nicht an das Sechs-Uhr-abends-Signal gewöhnt. Carson streckte sich und blickte sich im Labor um. De Vaca war bereits gegangen, weil sie auf dem Weg nach draußen noch etwas in der Pathologie zu erledigen hatte, und er würde jetzt auch Schluß machen. Nachdem er sorgfältig seine letzten Notizen über die Arbeit des Tages in den Computer getippt hatte, verband er ihn mit dem Netzwerk, um die Daten an den Server zu schicken. Carson mußte zugeben, daß er ein wenig stolz auf sich selber war. Obwohl er erst zwei Tage hier im Labor arbeitete, hatte er bereits einen genauen Plan ausgearbeitet, wie er das Problem angehen mußte. Das war eben der Vorteil, wenn man mit den neuesten Labortechniken vertraut war. Jetzt mußte er seinen Plan nur noch in die Tat umsetzen.
Als der Computer sich ins Netzwerk eingeloggt hatte, blinkte im unteren Teil des Displays eine Nachricht auf:

Nachricht von John Singer @ Exec @ Dragon. Für privates Gespräch Befehlstaste drücken.

Carson wechselte augenblicklich in den Gesprächsmodus über und wählte Singer an. Weil er sein PowerBook den ganzen Tag über nicht ans Netzwerk angeschlossen hatte, konnte er nicht wissen, wann Singer ihn zu dem Gespräch aufgefordert hatte.

John Singer @ Exec @ Dragon bereit für privates Gespräch. Zum Fortfahren Befehlstaste drücken.

Na, wie geht's, Guy? las Carson.

Danke, gut, tippte er. Ich habe jetzt erst Ihre Mitteilung bekommen.

Sie sollten es sich angewöhnen, Ihren Computer ständig am Netz zu lassen, solange Sie im Labor arbeiten. Das könnten Sie übrigens auch Susana sagen. Und jetzt noch eine letzte Bitte: Hätten Sie vielleicht nach dem Abendessen etwas Zeit für mich übrig? Ich würde gerne etwas mit Ihnen besprechen.

Wann und wo? tippte Carson.

Wie wäre es um neun Uhr in der Bar? Bis dann.

Carson fragte sich, was Singer wohl von ihm wollte, und war im Begriff, den Computer aus dem Netzwerk wieder auszuloggen, als auf dem Display folgende Nachricht erschien:

Eine neue Nachricht wurde noch nicht gelesen. Wollen Sie sie jetzt lesen? (J/N)

Carson tippte ein J für Ja ein, und GeneDynes elektronischer Mitteilungsdienst beförderte ihm die Nachricht auf den Schirm. Vermutlich etwas, das Singer mir tagsüber geschrieben hat, dachte Carson.

Hallo, Guy. Schön zu sehen, daß Sie schon mitten in der Arbeit stecken.
Ihre Problemanalyse hat mir sehr gut gefallen. Sie zeigt mir, daß Sie ein Gewinnertyp sind. Aber eines dürfen Sie nicht vergessen: Frank Burt war der beste Wissenschaftler, den ich je gekannt habe, und trotzdem war dieses Problem

zu viel für ihn. Werden Sie mir also nicht zu übermütig, okay?
Ich weiß, daß Sie für GeneDyne den Durchbruch schaffen können, Guy.
Brent

Ein paar Minuten nach neun goß sich Carson in der Bar neben der Kantine einen Jim Beam ein und trat durch die gläserne Schiebetür hinaus auf die Terrasse. In der gemütlichen Bar, in der gleich nach dem Abendessen viele Wissenschaftler gerne eine Partie Backgammon oder Schach spielten, war um diese Zeit nicht mehr allzuviel los. Der Wind hatte sich gelegt, und die Hitze des Tages war einer angenehmen Kühle gewichen. Draußen auf der leeren Terrasse setzte sich Carson möglichst weit weg von der weißen Wand des Gebäudes auf einen Stuhl. Mit bedächtigen Schlucken genoß er den rauchigen Geschmack des Bourbon, den er immer ohne Eis trank – das hatte er sich am Lagerfeuer draußen auf der Ranch angewöhnt, wo man den Verdauungsschnaps aus einem Flachmann trank, den man in der hinteren Hosentasche stecken hatte –, und sah hinüber zu dem fernen Fra-Cristóbal-Gebirge, hinter denen eben die untergehende Sonne verschwunden war.
Carson legte den Kopf in den Nacken und schloß einen Moment lang die Augen. Mit tiefen Atemzügen sog er den Geruch nach Kreosotbüschen, Staub und Salz ein, der in der kühlen Luft des Abends lag. Bevor er damals an die Ostküste gezogen war, hatte Carson diesen typischen Wüstengeruch nur nach einem Regenschauer bewußt wahrgenommen, aber jetzt kam er ihm so ungewohnt vor, daß er ihn auch bei Trockenheit bemerkte. Carson öffnete die Augen wieder und blickte hinauf zur dunklen Kuppel

des Himmels, an der sich bereits einige funkelnde Sterne zeigten: Im Süden stand klar und hell das Sternbild des Skorpions, und direkt über ihm war das des Schwans, das sich deutlich vom breiten Band der Milchstraße abhob.
Der betörende Duft der nächtlichen Wüste und der Anblick der vertrauten Sternbilder riefen in Carson unzählige Erinnerungen wach. Er lehnte sich zurück und nippte nachdenklich an seinem Whisky.
Das Geräusch sich nähernder Schritte riß ihn aus seinen Gedanken. Sie kamen von einem der Plankenwege hinter der Kantine, und Carson nahm an, daß es Singer war, der sich vom Wohnbereich her näherte. Aber die Gestalt war nicht klein und vierschrötig, sondern über einen Meter achtzig groß und trug einen gutsitzenden Maßanzug. Auf dem Kopf hatte der Mann einen Tropenhelm, und als er ohne einen Gruß an der Terrasse vorbeiging und auf den zentralen Platz der Anlage zustrebte, sah Carson, daß er sein langes, im Licht der Gehwegbeleuchtung eisengrau schimmerndes Haar zu einem Pferdeschwanz zusammengebunden hatte.
Dann hörte Carson hinter sich ein Geräusch und gleich darauf Singers Stimme. »War ein wundervoller Sonnenuntergang, nicht wahr?« fragte der Direktor. »So sehr ich die Tage hier draußen hasse, so sehr liebe ich die Nächte.« Er trat mit einer dampfenden Kaffeetasse in der Hand auf Carson zu.
»Wer ist denn das?« fragte Carson und deutete auf die sich entfernende Gestalt.
»Ach, das ist Nye, der Sicherheitschef«, sagte Singer grimmig.
»Das ist also Nye«, entgegnete Carson. »Sieht ein bißchen seltsam aus, wie er so in Anzug und Tropenhelm durch die Nacht läuft, finden Sie nicht?«
»Seltsam ist noch harmlos ausgedrückt. Auf mich wirkt sein Aufzug ganz einfach lächerlich. Aber ich rate Ihnen, ihm nicht in die Quere zu kommen.« Singer zog sich einen Stuhl heran und setzte sich. »Er hat früher einmal im Kernkraftwerk Win-

dermere in England gearbeitet. Sagt Ihnen der Name etwas? Nachdem es dort einen ernsten Störfall gegeben hat, wurde über Sabotage von seiten des Personals gemunkelt, und Nye, der damals für die Sicherheit des Reaktors verantwortlich war, hat man zum Sündenbock gemacht. Danach wollte niemand mehr etwas mit ihm zu tun haben, und er mußte sich Arbeit irgendwo im Nahen Osten suchen. Aber Brent hat nun einmal seine eigene Auffassung von Personalpolitik. Er dachte, daß ein Mann, der immer schon ein Pedant war, nach einem solchen Erlebnis besonders pingelig sein würde, und heuerte ihn für die englische Niederlassung von GeneDyne an. Dort erwies sich Nye als ein solcher Sicherheitsfanatiker, daß Brent ihn als ersten und bisher einzigen Sicherheitschef nach Mount Dragon holte. Seither hat Nye das Gelände nicht mehr verlassen. Halt, stimmt nicht. Am Wochenende verschwindet er manchmal auf lange Ausritte in die Wüste, bei denen er ab und zu sogar über Nacht wegbleibt. Scopes weiß davon, aber es scheint ihn nicht weiter zu stören.«
»Vielleicht gefällt Nye die Landschaft«, sagte Carson.
»Mag sein. Mir jedenfalls verursacht der Kerl noch immer eine Gänsehaut. Seine Untergebenen in der Wachmannschaft haben alle eine Heidenangst vor ihm. Nur Mike Marr, sein Assistent, kommt einigermaßen mit ihm aus. Die beiden scheinen sogar so etwas wie Freunde zu sein. Aber ich schätze, daß eine Einrichtung wie die unsere nun mal einen solchen scharfen Hund als Sicherheitschef braucht.«
Er sah Carson eine Weile an. »Sie haben ja Rosalind Brandon-Smith neulich ganz schön was vor den Latz gegeben.«
Carson blickte hinüber zu Singer. Der Direktor lächelte ihn mit humorvollen Augen an.
»Ich habe aus Versehen den falschen Knopf an meiner Sprechanlage erwischt«, entgegnete Carson.
»Das habe ich mir schon gedacht. Aber trotzdem hat sie sich über Sie beschwert.«

Carson setzte sich gerade hin. »Wirklich?«
»Machen Sie sich deswegen keine Sorgen«, sagte Singer mit gedämpfter Stimme. »Damit sind Sie bloß Mitglied eines Clubs geworden, zu dem unter anderem auch ich selbst gehöre. Zusammen mit praktisch allen anderen hier. Aber trotzdem verlangen es die Regeln, daß ich mit Ihnen über den Vorfall spreche. Wie ich das mache, ist schließlich meine Sache. Was halten Sie von einem weiteren Drink?« Singer blinzelte Carson an. »Ich sollte vielleicht erwähnen, daß Brent viel Wert darauf legt, daß seine Angestellten gut miteinander auskommen. Vielleicht wäre es im Sinne eines harmonischen Arbeitsklimas am besten, wenn Sie sich bei ihr entschuldigen würden.«
»*Ich?*« brauste Carson auf. »Wie käme ich dazu? Ich bin derjenige, der sich beschweren sollte.«
Singer lachte und hob eine Hand. »Erst müssen Sie sich bewähren, dann können Sie sich soviel beschweren, wie Sie wollen.« Er stand auf und ging ans Geländer der Terrasse. »Ich nehme an, daß Sie sich mittlerweile Burts Labortagebuch angesehen haben.«
»Gestern vormittag«, sagte Carson. »Es war sehr interessant.«
»Ja, das ist es in der Tat«, sage Singer. »Aber leider auch ziemlich tragisch. Ich hoffe, es hat Ihnen auch einen Einblick in Burts Persönlichkeit verschafft. Wir standen uns nahe. Nachdem er uns verlassen hat, habe auch ich mir seine Notizen durchgesehen und versucht, mir zusammenzureimen, was mit dem armen Kerl passiert ist.« Carson hörte aufrichtiges Bedauern in Singers Stimme.
Singer trank seinen Kaffee und sah hinaus auf die nächtliche Wüste. »Das hier ist kein normaler Ort, wir sind keine normalen Leute, und das Projekt, an dem wir arbeiten, ist alles andere als ein normales Projekt. Wir haben hier einige der weltweit besten Genforscher versammelt, um an einer Aufgabe von unschätzbarer wissenschaftlicher Bedeutung zu arbeiten. Eigentlich möchte man meinen, daß die Leute hier Wichtigeres im Kopf haben

müßten als kleinliche Streitereien. Aber dem ist leider nicht so. Burt allerdings stand über solchen Dingen, und ich hoffe, daß das auch bei Ihnen der Fall sein wird.«

»Ich werde mein Bestes tun«, sagte Carson und dachte an seinen Jähzorn, den er dabei unter Kontrolle halten mußte. Ohne es zu wollen, hatte er sich in seinen wenigen Tagen am Mount Dragon bereits zwei Feinde gemacht.

»Haben Sie schon etwas von Brent gehört?« fragte Singer beiläufig.

Carson zögerte und fragte sich, ob Singer wohl Scopes E-Mail an ihn gelesen hatte.

»Ja«, sagte er.

»Was hat er gesagt?«

»Er hat mich ermuntert und davor gewarnt, übermütig zu werden.«

»Typisch Brent. Er möchte eben immer alles unter Kontrolle behalten, und X-FLU ist nun mal sein Lieblingsprojekt. Ich hoffe, es macht Ihnen nichts aus, als gläserner Wissenschaftler zu arbeiten.« Er trank einen Schluck von seinem Kaffee. »Und wie weit sind Sie mit der Eiweißhülle?«

»Ich glaube, ich habe das Problem gelöst.«

Singer sah ihn prüfend an. »Wie meinen Sie das?«

Carson stand auf und stellte sich neben den Direktor ans Geländer. »Nun, ich habe gestern nachmittag meine eigenen Schlüsse aus Burts Labortagebuch gezogen. Nachdem ich seine Erfolge und Fehlschläge erst einmal vom Rest seiner Aufzeichnungen isoliert hatte, war es viel einfacher, sie wirklich zu bewerten. Bevor er die Hoffnung endgültig aufgegeben hatte, war Dr. Burt der Lösung offenbar schon ganz nahe gewesen. Er hatte bereits die aktiven Rezeptoren gefunden, die das X-FLU-Virus so gefährlich machen, und er hatte auch die Genkombination zur Kodierung der für die Überproduktion der Gehirnflüssigkeit zuständigen Polypeptide gefunden. Damit ist die wichtigste Arbeit eigentlich schon getan. Ich wiederum habe nämlich im

Rahmen meiner Doktorarbeit eine neue Rekombinationstechnik für DNA entwickelt, die sich eine ganz bestimmte Wellenlänge von ultraviolettem Licht zunutze macht. Wir müssen also nur die gefährliche Gensequenz mittels eines speziellen Enzyms entfernen, das von dem ultravioletten Licht aktiviert wird. Das ist alles. Die darauf folgenden Generationen des Virus werden vollkommen harmlos sein.«

»Aber noch ist es nicht soweit«, sagte Singer.

»Aber ich habe diese Technik schon über hundertmal angewendet. Natürlich nicht auf dieses Virus, aber auf viele andere. Dr. Burt wußte noch nichts von dieser neuen Technik, er verwendete eine ältere Methode zur Rekombination.«

»Wer weiß von dieser Lösung des Problems?« fragte Singer.

»Bis jetzt niemand. Ich habe mir erst einen ganz groben Arbeitsplan gemacht und noch nicht mit konkreten Versuchen angefangen. Aber ich kann mir eigentlich nicht vorstellen, wieso es nicht funktionieren sollte.«

Der Direktor starrte Carson eine Weile stumm an. Dann nahm er Carsons rechte Hand und drückte sie mit beiden Händen. »Das ist ja phantastisch!« jubelte er. »Herzlichen Glückwunsch!«

Carson trat einen Schritt zurück und lehnte sich ein wenig verlegen ans Geländer. »Das ist vielleicht noch ein bißchen verfrüht«, sagte er und fragte sich, ob es nicht besser gewesen wäre, seinen Optimismus noch eine Weile für sich zu behalten. Singer hörte ihm gar nicht zu. »Ich muß Brent sofort eine E-Mail schicken und ihm die Neuigkeiten berichten«, sagte er.

Carson öffnete den Mund, um zu protestieren, sagte dann aber doch nichts. Einerseits hatte Scopes ihn erst an diesem Nachmittag vor Übermut gewarnt, andererseits wußte er von der Arbeit an seiner Dissertation her ganz genau, daß seine Prozedur funktionieren würde. Außerdem war Singers Enthusiasmus für ihn eine wohltuende Abwechslung zu Brandon-Smith' ätzendem Sarkasmus und de Vacas brüsk vorgetragenem Professionalismus. Carson mochte den dicken, gutmütigen Professor aus Kalifornien, der ebenso unbürokratisch wie erfrischend direkt war, richtig gerne. Carson nahm noch einen Schluck von seinem Bourbon und entdeckte erfreut, daß Singer seine alte Martin-Gitarre mitgebracht hatte. »Was spielen Sie denn so?« fragte er.

»Hauptsächlich Bluegrass«, sagte Singer. »Aber ich bin nicht wirklich gut.«

»Deshalb haben Sie mich also nach meinem Banjo gefragt«, sagte Carson. »Ich habe das Spielen angefangen, weil mich die Sessions in den Cafés in Cambridge so fasziniert haben. Ich spiele zwar miserabel, aber das hindert mich nicht, die heiligen Werke von Scruggs, Reno, Keith und anderen Banjo-Göttern zu entweihen.«

»Das ist ja toll«, freute sich Singer, »ich arbeite mich gerade selber durch ein paar frühe Stücke von Flatt und Scruggs. Sie wissen schon, *Shuckin' the Corn, Foggy Mountain Special* und lauter so Sachen. Wir müssen uns mal gemeinsam an ein paar davon versündigen. Manchmal setze ich mich bei Sonnenuntergang hier raus und spiele ein bißchen, was den anderen aber nicht unbedingt Vergnügen bereitet. Das ist bestimmt mit ein Grund dafür, daß die Kantine zu dieser Zeit immer so leer ist.«

Die beiden Männer standen auf. Es war jetzt ganz dunkel und ziemlich kühl. Vom Wohnbereich her konnte Carson die Geräusche von Schritten, Fetzen einer Unterhaltung und ab und zu Gelächter hören.

Als sie wieder in die Bar gingen, kam sie ihnen vor wie eine Insel des Lichts und der Wärme in der leeren, kalten Wüstennacht.

Eine laute Fehlzündung knallte aus dem Auspuff des sechzehn Jahre alten Ford Fiesta, als Charles Levine vor der großen Freitreppe des Ritz-Carlton-Hotels das betagte Vehikel einen Gang zurückschaltete. Als er es schließlich direkt vor dem Eingang zum Halten gebracht hatte, ging der Portier aufreizend langsam darauf zu. Es sollte offenbar kein Zweifel daran aufkommen, wie sehr er dieses heruntergekommene Gefährt verachtete – genauso wie seinen Insassen, wer immer er auch sein mochte.

Charles Levine beachtete ihn nicht. Er stieg aus und wischte sich mitten auf dem roten Teppich die Hundehaare vom Smoking – obwohl sein Hund seit zwei Monaten tot war, lagen überall im Auto noch Haare von ihm herum.

Nach dieser Säuberungsaktion stieg Levine die Treppe nach oben, wo ein anderer Portier ihm die vergoldete Glastür aufhielt. Im Inneren des Hotels begrüßten ihn die Klänge eines Streichquartetts. Als Levine im hellen Licht der Lobby blinzelnd stehenblieb, kam eine Meute von Reportern auf ihn zu und fotografierte ihn von allen Seiten.

»Was soll das?« fragte Levine.

Mit den Ellenbogen bahnte sich Toni Wheeler, die Pressereferentin von Levines Stiftung, einen Weg durch die Reporter und legte Levine die Hand auf den Arm. Wheeler hatte streng frisierte Haare und trug ein ebenso streng geschnittenes Kostüm. Vom Scheitel bis zur Sohle war sie so, wie man sich das von einer professionellen Public-Relations-Beauftragten erwartete: gelassen, elegant, eisenhart.

»Tut mir leid, Charles«, sagte sie rasch. »Ich wollte Sie noch informieren, aber ich habe Sie *nirgends* erreichen können. Es gibt eine große Neuigkeit. GeneDyne …«

Als Levine einen ihm bekannten Reporter entdeckte, fing er mit einemmal übers ganze Gesicht zu strahlen an. »Hallo, Artie!« rief er, schüttelte Wheeler ab und hob beide Hände. »Schön, daß die vierte Gewalt im Staat mal wieder so aktiv ist. Aber bitte, einer nach dem anderen. Toni, wären Sie so nett und würden an der Rezeption Bescheid geben, daß sie die Musik ein bißchen leiser drehen?«

»Charles, bitte hören Sie mir zu«, sagte Wheeler dringlich. »Ich habe gerade erfahren, daß …«

Ihre Stimme wurde von den Fragen der Reporter übertönt.

»Professor Levine!« sagte einer von ihnen. »Stimmt es, daß …«

»*Ich* suche mir die Fragen aus«, unterbrach Levine. »Also seien Sie jetzt bitte alle still. *Sie*«, sagte er und deutete auf eine Reporterin direkt vor ihm. »Sie dürfen anfangen.«

»Professor Levine«, sagte die Frau mit lauter Stimme, »ich wüßte gerne Genaueres über die Anschuldigungen gegen GeneDyne, die in der letzten Ausgabe der *Genetic Policy* erschienen sind. Stimmt es, daß Sie einen persönlichen Kleinkrieg gegen Brent Scopes führen?«

Bevor Levine etwas antworten konnte, mischte sich Wheeler mit eiskalter Stimme ein. »Einen Moment bitte«, sagte sie spitz. »Bei dieser Pressekonferenz dreht es sich ausschließlich darum, daß Professor Levine mit dem Holocaust-Memorial-Preis ausgezeichnet werden soll, nicht um seine Kontroverse mit der Firma GeneDyne.«

»Bitte, Herr Professor!« rief die Reporterin, ohne sich um Wheeler zu kümmern.

Levine deutete auf Artie. »Wieso haben Sie sich bloß Ihren Schnurrbart abnehmen lassen, Artie? Das war in ästhetischer Hinsicht ein großer Fehler.«

Eine Welle des Gelächters lief durch die Reporterschar.

»Meine Frau war dagegen, Professor Levine. Er kitzelt so beim …«

»Danke, das genügt«, sagte Levine und provozierte damit weiteres Gelächter. Dann hob er die Hand. »Ihre Frage, bitte, Artie.«

»Mr. Levine, Brent Scopes hat Sie neulich – ich zitiere – ›einen gefährlichen Fanatiker und eine Ein-Mann-Inquisition gegen das medizinische Wunder der Gentechnologie‹ genannt. Zitatende. Haben Sie dazu einen Kommentar?«

»In der Tat«, sagte Levine lächelnd. »Um starke Worte war Mr. Scopes ja noch nie verlegen. Aber das war es dann auch schon. Wie sagt doch der Dichter? Worte sind Schall und Rauch ...«

»Mr. Scopes hat aber auch gesagt, daß Sie unzähligen kranken Menschen die medizinischen Segnungen dieser neuen Wissenschaft vorenthalten wollen. Er brachte als Beispiel das Tay-Sachs-Syndrom, das nur auf gentechnischem Weg geheilt werden kann.«

Levine hob abermals die Hand. »Das ist schon ein etwas konkreterer Vorwurf. Aber Mr. Scopes unterstellt mir da etwas. Ich habe gar nichts gegen Gentherapie im allgemeinen. Wogegen ich bin, ist lediglich die *Keimbahntherapie*. Sie wissen vielleicht, daß es im menschlichen Körper zwei grundverschiedene Arten von Zellen gibt: somatische Zellen und Keimzellen. Somatische Zellen sterben mit dem Körper, aber Keimzellen – die Fortpflanzungszellen – sind praktisch unsterblich.«

»Wie meinen Sie das?«

»Wenn Sie mich ausreden ließen, könnte ich es Ihnen erklären. Verändert man mittels Gentherapie die somatischen Zellen eines Menschen, dann gehen diese zugrunde, wenn der Mensch stirbt. Wenn Sie aber die DNA in den Keimzellen – also in Ei- und Samenzellen – des Menschen manipulieren, dann werden seine Kinder diese Veränderungen ererben. *Und damit hat man die DNA der menschlichen Rasse für alle Ewigkeiten verändert*. Verstehen Sie, was das bedeutet? Veränderungen an den Keimzellen werden an künftige Generationen weitergegeben. An ihnen herumzupfuschen ist der Versuch, aus uns gänzlich andere Lebewesen zu machen. Genau an einer solchen Keimzellentherapie soll aber meinen Informationen nach die Firma GeneDyne in ihrem Labor am Mount Dragon im Augenblick arbeiten.«

»Ich verstehe noch immer nicht ganz, warum das so schlimm sein soll, Professor«, sagte Artie.

Levine warf erregt die Arme in die Höhe, wobei die Schleife an seinem Hals verrutschte und lächerlich schief herunterhing. »Was daran schlimm sein soll? Die Manipulation an menschlichen Keimzellen ist Hitlers Eugenik in Reinkultur! Heute abend werde ich hier, in diesem Hotel, eine Auszeichnung dafür erhalten, daß ich die Erinnerung an den Holocaust lebendig gehalten habe. Ich bin in einem Konzentrationslager zur Welt gekommen, und mein Vater ist den grausamen Experimenten des SS-Arztes Mengele zum Opfer gefallen. Ich kenne also die unmenschliche Seite der Wissenschaft aus erster Hand. Und ich will verhindern, daß Sie alle Ähnliches erleben müssen. Es ist eine Sache, das Tay-Sachs-Syndrom oder die Bluterkrankheit zu kurieren, aber bei GeneDyne hat man sehr viel mehr vor. Dort will man die menschliche Rasse ›verbessern‹. Wenn es nach Scopes geht, sollen wir alle mit Hilfe der Gentechnologie intelligent, groß und gutaussehend werden. Können Sie nicht verstehen, wie gefährlich das alles ist? Damit überschreitet man eine Grenze, die wir Menschen nicht überschreiten dürfen. Manipulationen am menschlichen Erbgut sind grundlegend falsch.«

»Aber Professor!« rief einer der Reporter und schnippte aufgeregt mit den Fingern.

Levine kicherte vor sich hin und deutete auf ihn. »Ich glaube, ich lasse Sie besser Ihre Frage stellen, Fred, sonst kugeln Sie sich noch den Arm aus.«

»Dr. Levine, Sie sagen immer wieder, daß die Gentechnologie von staatlichen Stellen nicht genügend kontrolliert wird. Aber was ist mit der FDA?«

Levine blickte finster drein und schüttelte den Kopf. »Die FDA, die Federal Drug Administration, ist, wie ihr Name schon sagt, eine Behörde zur Überwachung von Arzneimitteln. Aber was tut sie statt dessen? Sie läßt Firmen wie GeneDyne auf dem

Gebiet der Gentechnologie ungehindert schalten und walten. Heute werden in den Labors dieser Firmen menschliche Gene in Schweine, Ratten und sogar Bakterien eingepflanzt! Die DNA von Pflanzen und Tieren wird miteinander vermischt, um neue Lebensformen zu kreieren, künstliche Geschöpfe, die man nur noch als Monstren bezeichnen kann. Jeden Augenblick können sie bei diesen Experimenten zufällig – oder sogar bewußt – einen Krankheitserreger erzeugen, der die gesamte Menschheit auslöschen kann. Die Genmanipulation ist bei weitem das Gefährlichste, woran sich Menschen jemals versucht haben. Sehr viel gefährlicher als jede Atombombe. Aber niemand interessiert sich dafür, am allerwenigsten unsere Behörden. Es gibt ja noch nicht einmal eine Zulassungspflicht für gentechnisch manipulierte Nahrungsmittel. In den Regalen unserer Supermärkte finden wir heute schon Tomaten, Milch, Erdbeeren und Getreide, die alle genetisch verändert wurden – nicht zu vergessen Produkte aus X-RUST, der genmanipulierten Maissorte von GeneDyne. Wer garantiert uns, daß all diese Erzeugnisse auf den menschlichen Organismus keine schädlichen Langzeitwirkungen haben?«

Von überall her wurden ihm jetzt Fragen zugerufen, und Levine deutete auf einen Reporter in der zweiten Reihe. »Eine Frage noch. Sie sind dran, Murray. Ihr Artikel über die NASA neulich im *Globe* hat mir übrigens sehr gut gefallen.«

»Ich habe eine Frage, die sicher alle meine Kollegen so brennend interessiert wie mich. Wie fühlen Sie sich nach den jüngsten Forderungen von GeneDyne?«

»Was für Forderungen denn?«

»Wissen Sie denn nicht, daß GeneDyne Sie und Harvard auf zweihundert Millionen Dollar Schadensersatz verklagt hat und außerdem von der Universität verlangt, daß sie Ihre Stiftung auflöst?«

Levine schwieg verdutzt und blinzelte die Journalisten verblüfft an, bis allen klar wurde, daß er von dieser neuen Entwicklung

bisher noch nichts gewußt hatte. »Wieviel? Zweihundert Millionen Dollar?« fragte er mit etwas leiserer Stimme.
Toni Wheeler trat auf Levine zu und flüsterte ihm ins Ohr: »Das war es, was ich Ihnen die ganze Zeit ...«
Levine warf ihr einen raschen Blick zu und legte ihr beruhigend die Hand auf die Schulter. »Irgendwann mußte so etwas ja passieren«, sagte er ruhig und wandte sich lächelnd wieder den Journalisten zu. »Ich will Ihnen einmal ein paar Dinge über Brent Scopes und GeneDyne sagen, die Ihnen vermutlich noch nicht so geläufig sind. Wahrscheinlich kennen Sie alle die Geschichte, wie Mr. Scopes sein pharmazeutisches Imperium aufgebaut hat. Er und ich haben zusammen an der University of California in Irvine studiert. Wir waren damals ...« – er zögerte ein wenig – »... eng miteinander befreundet. Einmal hat Scopes in den Semesterferien eine lange Wanderung durch den Canyonlands-Nationalpark unternommen. Als er wieder an die Universität kam, hatte er eine Handvoll uralter Maiskörner dabei, die er in einer Ruine der Anasazi-Indianer gefunden hatte. Es gelang ihm, diese Körner zum Keimen zu bringen, und dann entdeckte er, daß die Pflanzen aus diesen uralten Körnern resistent gegen eine gefährliche Erkrankung namens Rostpilz waren. Scopes isolierte das Gen, das sie immun machte, und pflanzte es einer modernen Maissorte ein, die er als X-RUST auf den Markt brachte. Die Geschichte ist mittlerweile so legendär, daß sie bestimmt schon ein paarmal im *Forbes*-Magazin gestanden hat. Dennoch ist sie nur die halbe Wahrheit, denn Brent Scopes hat das Gen nicht allein isoliert und in eine Neuzüchtung eingepflanzt. Das waren wir beide, er und ich, und gemeinsam haben wir sie auch zum Patent angemeldet.
Dann aber hatten wir einen Streit. Brent Scopes wollte das Patent benützen, um damit Geld zu machen, ich hingegen wollte es der Menschheit unentgeltlich zur Verfügung stellen. Am Ende hat dann Scopes – nun, sagen wir mal, er hat sich durchgesetzt.«

»Wie?« fragte einer der Reporter.
»Das ist nicht wichtig«, entgegnete Levine barsch. »Viel entscheidender ist, daß Scopes daraufhin sein Studium aufgegeben und mit den Einnahmen aus dem Patent GeneDyne aufgebaut hat. Ich wollte weder mit dem Geld noch mit der Firma etwas zu tun haben. Für mich war das von Anfang an eine ganz schlimme Geschäftemacherei.
In nicht ganz drei Monaten läuft das Patent auf den X-RUST-Mais aus. Um es zu erneuern, braucht GeneDyne die Unterschriften von zwei Leuten: von Mr. Scopes und mir. *Und ich werde einer Verlängerung auf keinen Fall zustimmen.* Davon werde ich mich weder durch Drohungen noch durch Bestechungsversuche abbringen lassen. Bald wird das Patent der ganzen Welt gehören, und die satten Lizenzgebühren, die GeneDyne alljährlich einstreicht, werden der Vergangenheit angehören. Mr. Scopes weiß das, aber ich bin mir nicht sicher, ob es sich in der Finanzwelt schon herumgesprochen hat. Vielleicht ist es an der Zeit, daß sich die Aktienexperten einmal eingehend mit GeneDyne befassen. Sie sehen also, warum ich nicht glaube, daß mein jüngster Artikel in der *Genetic Policy* der wahre Grund für diese Klage ist. Sie ist vielmehr Brents Versuch, mich dazu zu zwingen, den Antrag auf Verlängerung des Patents zu unterschreiben.«
Nach einer kurzen Stille redeten alle auf einmal los.
»Aber Dr. Levine!« übertönte eine Stimme alle anderen. »Sie haben sich noch gar nicht zu der Klage selbst geäußert.«
Levine schwieg einen Augenblick, dann öffnete er den Mund und lachte. Es war ein lautes, schallendes Lachen, das in der ganzen Lobby zu hören war. Schließlich schüttelte er ungläubig den Kopf, kramte ein Taschentuch hervor und schneuzte sich geräuschvoll.
»Ihre Antwort, Herr Professor!« drängte der Reporter.
»Die habe ich Ihnen eben gegeben«, antwortete Levine und steckte sein Taschentuch wieder ein. »Und jetzt entschuldigen Sie mich bitte, ich würde jetzt gerne meine Auszeichnung in

Empfang nehmen.« Er winkte den Journalisten zum Abschied zu, nahm Toni Wheeler am Arm und ging quer durch die Lobby auf die offenen Türen des Festsaals zu.

Carson stand vor einer Sicherheitswerkbank im Labor C. Das Licht in dem mit allen möglichen Geräten vollgestellten Labor war so hell, daß ihm fast die Augen weh taten. In den vergangenen Tagen hatte Carson die größeren und kleineren Nachteile des Arbeitens mit Hochsicherheitsausrüstung kennengelernt: vom Schutzanzug, der an manchen Stellen die Haut wundscheuerte, bis zu den hartnäckigen Muskelverspannungen, die einerseits von der Unmöglichkeit, sich bequem hinzusetzen, andererseits von der stundenlangen, hochkonzentrierten Arbeit herrührten.

Am schlimmsten aber fand Carson, der sich seit seiner Jugend in der weiten, freien Wüste ohnehin nicht gerne in geschlossenen Räumen aufhielt, das Gefühl von Platzangst, das ihn im Fiebertank in immer stärkerem Maße befiel. Bei der Arbeit hier unten kamen ihm immer wieder Erinnerungen daran, wie er als Junge zum erstenmal im Krankenhaus von Sacramento mit dem Aufzug gefahren war, und an die drei fürchterlichen Stunden, die er einmal in einer mitten im Tunnel steckengebliebenen U-Bahn in New York hatte verbringen müssen. Die regelmäßig durchgeführten Notfallübungen im Fiebertank riefen Carson zudem immer wieder ins Gedächtnis zurück, welche potentiellen Gefahren hier auf ihn lauerten. Und dann gab es da auch noch das Gerede vom gefürchteten »Superunfall«, bei dem das gesamte Labor und alle, die in ihm arbeiteten, verseucht wurden.

Gott sei Dank würde es Carson nicht mehr allzu lange im

Fiebertank aushalten müssen, denn sein Gen-Splicing hatte geklappt. Und das war, obwohl er es am MIT schon oft gemacht hatte, beileibe keine Selbstverständlichkeit gewesen. Schließlich ging es hier nicht um irgendein Experiment für seine Dissertation, sondern um ein Projekt, das unzählige Menschenleben retten und ihm und seinen Kollegen möglicherweise einen Nobelpreis einbringen konnte.
Es war einfach gewesen. Viel einfacher, als er geglaubt hatte. Vielleicht auch deshalb, weil ihm hier Apparate zur Verfügung standen, die auch in den modernsten Labors am MIT nicht vorhanden gewesen waren.
Carson murmelte de Vaca ein paar Worte zu, worauf sie ein einzelnes Reagenzglas in die Sicherheitswerkbank stellte. Am Boden des Glases war das kristallisierte X-FLU-Virus zu sehen, das aussah wie ein weißer Belag. Trotz der umfassenden Sicherheitsmaßnahmen, die ihn allenthalben umgaben, konnte Carson sich noch immer nur mit Mühe vorstellen, daß dieser unscheinbare, dünne Film eine grauenvoll tödliche Substanz war. Carson griff durch die mit Gummimanschetten versehenen Armlöcher und gab mit einer Spritze ein Lösungsmittel für Viren in das Reagenzglas. Als er es vorsichtig schwenkte, löste sich der kristalline Belag langsam auf und bildete eine trübe Flüssigkeit, in der jetzt lebende Viren schwammen.
»Sehen Sie sich das genau an«, sagte er zu de Vaca. »Das wird uns alle berühmt machen.«
»Kann schon sein«, entgegnete de Vaca. »Aber nur, wenn es uns nicht vorher umbringt.«
»Machen Sie sich nicht lächerlich. Das hier ist das sicherste Labor auf der ganzen Welt.«
De Vaca schüttelte den Kopf. »Ich habe bei der Arbeit mit einem so gefährlichen Virus immer ein ungutes Gefühl. Unfälle können überall passieren.«
»Was für Unfälle denn?«
»Was wäre zum Beispiel gewesen, wenn Burt in seiner Verrückt-

heit etwas von dem Zeug aus dem Labor herausgeschmuggelt hätte? Dann wären wir beide jetzt nicht hier, soviel ist sicher.«
Carson sah sie schweigend an und suchte nach einer Entgegnung, bis er es schließlich aufgab. Mittlerweile hatte er gelernt, daß Auseinandersetzungen mit de Vaca pure Zeitverschwendung waren. Er kuppelte seinen Luftschlauch aus und sagte: »Dann bringen wir das mal hinüber in den Zoo.«
Er sagte einem Medizintechniker und Fillson, dem Tierpfleger, über die Sprechanlage Bescheid, bevor er zusammen mit de Vaca langsam den engen Korridor entlangging.
Fillson wartete mit dem Techniker bereits vor der Affenstation und warf Carson durch sein Helmvisier einen mißmutigen Blick zu. Als er widerwillig die Tür öffnete, fingen die Tiere drinnen an, jämmerlich zu schreien. Braune, behaarte Finger krallten sich ins Gitter der Maschendrahttüre oder trommelten, zu Fäusten geballt, auf den Käfigböden herum.
Fillson nahm einen Stock und schlug im Vorbeigehen auf die herausragenden Finger. Das Geschrei der Affen wurde lauter, aber die Finger verschwanden wieder in den Käfigen.
»Au!« sagte de Vaca.
»Wie bitte?« Fillson blieb stehen und drehte sich zu ihr um.
»Ich sagte ›Au!‹. Warum schlagen Sie den armen Tieren so brutal auf die Finger?«
Oh, oh, dachte Carson. Jetzt geht's los.
Fillson sah de Vaca eine Weile schweigend an, wobei sich seine feuchte Unterlippe hinter dem Visier fast unmerklich hin und her bewegte. Dann wandte er sich ab, öffnete einen Schrank und holte das Spray heraus, das er schon das letzte Mal benützt hatte, als Carson im Zoo gewesen war. Er schlurfte zu einem Käfig, sprühte hinein und wartete einige Minuten. Als das Beruhigungsmittel Wirkung zeigte, öffnete Fillson die Käfigtür und holte vorsichtig den völlig benommenen Schimpansen heraus.
Carson trat einen Schritt vor und betrachtete den Affen. Es war ein junges Weibchen, das traurig quiekte und halb gelähmt von

dem Spray Carson mit verängstigten Augen anblickte. Fillson band das Tier auf eine kleine Trage und rollte es in ein kleines Nebenzimmer. Carson nickte de Vaca zu, und diese übergab dem Medizintechniker die Testlösung in ihrem bruchsicheren Behälter aus Mylar.

»Zehn Kubikzentimeter, wie üblich?« fragte der Techniker.

»Ja«, antwortete Carson. Dies war das erste Mal, daß er eine solche Injektion anordnete, und er verspürte dabei eine Mischung aus Erwartung, Reue und Schuldgefühl. Er sah zu, wie der Techniker ein Stück Fell am Unterarm des Affen wegrasierte und die nackte Haut mit einem Desinfektionsmittel säuberte. Der Schimpanse sah der Prozedur benommen zu, dann drehte er den Kopf und schaute Carson direkt in die Augen. Carson wich den Blicken aus.

Währenddessen war mit leisen Schritten Rosalind Brandon-Smith zu ihnen gestoßen, die Fillson freundlich anlächelte und sich dann mit versteinerter Miene Carson zuwandte. Zu ihren Aufgaben gehörte es, die Schimpansen zu beobachten, denen der Impfstoff injiziert worden war, und diejenigen zu obduzieren, die die Behandlung nicht überlebten, was bisher bei sämtlichen Versuchstieren der Fall gewesen war.

Der Schimpanse zuckte nicht einmal, als der Techniker die Nadel in seine Vene stach.

»Sie wissen schon, daß Sie zwei Schimpansen brauchen«, hörte Carson Brandon-Smith' besserwisserische Stimme über die Sprechanlage. »Ein Männchen und ein Weibchen.«

Carson nickte, ohne sie anzusehen. Der weibliche Schimpanse wurde wieder zurück in den Zoo gerollt, und nach kurzer Zeit kam Fillson mit einem Männchen zurück. Dieses war sogar noch kleiner als das Weibchen, ein halbes Kind noch, mit einem neugierigen Gesicht, das Carson irgendwie an eine Eule erinnerte.

»Mein Gott«, sagte de Vaca. »Das bricht einem ja das Herz.«

Fillson warf ihr einen strafenden Blick zu. »Hören Sie endlich auf, die Affen zu vermenschlichen. Es sind doch bloß Tiere, sonst nichts.«

»Bloß Tiere«, murmelte de Vaca. »Das sind wir auch, Mr. Fillson.«

»Diese beiden werden überleben«, sagte Carson. »Ganz bestimmt.«

»Da muß ich Sie leider enttäuschen, Carson«, sagte Brandon-Smith und schnaubte verächtlich. »Selbst wenn es Ihnen gelungen sein sollte, das Virus zu neutralisieren – was ich persönlich übrigens bezweifle –, werden die Tiere trotzdem getötet und obduziert.« Sie verschränkte die Arme und blickte hinüber zu Fillson, der sie bestätigend anlächelte.

Carson sah zu de Vaca, deren Gesicht vor Ärger ganz rot war. Er hatte diesen Gesichtsausdruck in letzter Zeit nur zu gut kennengelernt. Aber de Vaca sagte nichts.

Der Techniker stach die Nadel der Spritze in die Vene des Schimpansenmännchens und injizierte ihm ebenfalls zehn Kubikzentimeter der Lösung mit dem X-FLU-Virus. Er zog die Nadel heraus und desinfizierte das Einstichloch mit einem Wattebausch.

»Wann werden wir die ersten Ergebnisse bekommen?« fragte Carson.

»Es kann bis zu zwei Wochen dauern, bis sich die ersten Symptome zeigen«, sagte Brandon-Smith. »Aber oft tut sich auch schon früher etwas. Die infizierten Schimpansen kommen jetzt auf die Quarantänestation hinter dem Zoo. Alle zwölf Stunden nehmen wir den Tieren Blut ab und können so feststellen, wann sich die ersten Antikörper bilden. Das geschieht meistens innerhalb einer Woche.«

Carson nickte. »Halten Sie mich auf dem laufenden?« fragte er.

»Natürlich«, antwortete Brandon-Smith. »Aber wenn ich Sie wäre, dann würde ich nicht auf die Ergebnisse warten, sondern von vorneherein annehmen, daß der Versuch ein Fehlschlag

war, und mir etwas Neues ausdenken. So verschwenden Sie wenigstens nicht wertvolle Zeit.«
Sie drehte sich um und ging. Carson und de Vaca kuppelten ihre Luftschläuche ab, folgten ihr nach draußen und machten sich auf den Rückweg zu ihrem Arbeitsplatz.
»Was für ein Arschloch«, sagte de Vaca, als sie wieder im Labor C waren.
»Wen meinen Sie damit? Fillson oder Brandon-Smith?« fragte Carson. Das Zusehen bei den Injektionen und Brandon-Smith' sarkastisches Dahergerede hatten ihn in eine gereizte Stimmung versetzt.
»Ich weiß nicht, ob wir das Recht haben, diesen Tieren das anzutun«, sagte de Vaca anstatt einer Antwort. »Das geht schon bei den winzigen Käfigen an. Ich könnte mir vorstellen, daß sie nicht den gesetzlichen Vorschriften entsprechen.«
»Es ist zwar nicht gerade schön, was hier geschieht«, entgegnete Carson, »aber es dient dazu, Millionen von Menschenleben zu retten. Damit ist es ein notwendiges Übel, mit dem wir uns abfinden müssen.«
»Ich frage mich, ob es Scopes wirklich darum geht, Menschenleben zu retten. Mir kommt es eher so vor, als wäre er nur am Geld interessiert. *Mucho dinero*.« Sie rieb ihren behandschuhten Daumen und Zeigefinger aneinander.
Carson ignorierte sie. Wenn sie unbedingt über eine abhörbare Sprechanlage solche Sachen sagen und dabei ihren Job riskieren wollte, dann sollte sie es ruhig tun. Wer weiß, vielleicht bekam er dadurch eine Assistentin, die ein wenig freundlicher zu ihm war.
Er holte sich ein Modell des X-FLU-Polypeptids auf den Computerschirm und drehte es nach allen Seiten. Dabei dachte er über eine andere Möglichkeit nach, das Virus zu neutralisieren, was ihm nicht leichtfiel, denn er war nach wie vor der Meinung, das Problem bereits gelöst zu haben.
De Vaca holte Becher und Reagenzgläser aus dem Sterilisator

und brachte sie zu einem Aufbewahrungsgestell am anderen Ende des Labors.

Carson blickte konzentriert auf die Tertiärstruktur des Polypeptids, das aus Tausenden von Aminosäuren bestand. Wenn es mir gelänge, diese Disulfidbrücken hier zu durchtrennen, dachte er, dann könnten wir die aktive Seitengruppe auffalten und das Virus auf diese Weise unschädlich machen. Aber dann fiel ihm ein, daß Burt diese Möglichkeit sicherlich bedacht hatte. Er löschte das Bild und holte sich die Daten der Röntgenstrukturanalyse des Proteinmantels auf den Schirm. Es gab nichts, was er übersehen hatte, dachte Carson und erlaubte sich kurz, an eine möglicherweise bevorstehende Beförderung und die Bewunderung zu denken, die Scopes ihm wegen seines Erfolgs entgegenbringen würde.

»Es ist ziemlich schlau von Scopes«, fuhr de Vaca fort, »daß er uns alle Aktien von GeneDyne gibt. Das erstickt jegliche Kritik bereits im Keim, weil die Leute schließlich alle reich werden wollen. Und wenn man es in einem internationalen Konzern wie diesem erst einmal zu etwas gebracht hat, dann ...«

Carson, den sie mit ihren Worten brutal aus seinem Tagtraum gerissen hatte, unterbrach sie barsch. »Wenn Sie so sehr gegen das alles sind«, blaffte er in die Sprechanlage, »warum zum Teufel sind Sie dann überhaupt hier?«

»Erstens wußte ich nicht, woran ich hier arbeiten würde. Ich war der medizinischen Abteilung zugewiesen, aber als Burts Assistentin ging, mußte ich ihren Job übernehmen. Und außerdem brauche ich Geld für eine Nervenklinik, die ich in Albuquerque aufmachen will. Und zwar im Barrio.«

Sie sprach das Wort »Barrio« extra betont mit einem rollenden mexikanischen »r« aus. Carson fand diese Zurschaustellung ihrer Zweisprachigkeit besonders aufdringlich. Er selbst sprach halbwegs gutes Gringo-Spanisch, aber er hütete sich davor, es ihr zu zeigen und sich damit zu einer Zielscheibe ihres Spottes zu machen.

»Was verstehen Sie denn von Nervenheilkunde?« fragte er.
»Ich habe immerhin zwei Jahre lang Medizin studiert«, sagte sie. »Ich wollte Psychiaterin werden.«
»Und warum sind Sie das nicht?«
»Ich mußte das Studium abbrechen, weil ich es mir finanziell nicht mehr leisten konnte.«
Carson dachte einen Augenblick darüber nach, dann beschloß er, daß es an der Zeit war, dieser Nervensäge Kontra zu geben.
»Quatsch«, sagte er.
Eine Weile herrschte geladene Stille zwischen den beiden.
»Was ist Quatsch, *cabrón*?« fragte de Vaca schließlich und trat einen Schritt auf Carson zu.
»Das, was Sie gerade gesagt haben. Mit einem Namen wie Cabeza de Vaca hätten Sie doch jederzeit ein Stipendium bekommen müssen. Schon mal was von Minderheitenquote gehört?«
Wieder folgte langes Schweigen.
»Ich habe meinen Mann unterstützt, damit er sein Medizinstudium absolvieren konnte«, sagte de Vaca wütend. »Und als dann ich an der Reihe war, hat die *canaya* sich von mir scheiden lassen. Ich habe dabei mehr als ein Semester verloren, und das bedeutet beim Medizinstudium, daß man …« Sie hörte mitten im Satz auf. »Aber ich habe es doch gar nicht nötig, mich vor Ihnen zu verteidigen.«
Carson sagte nichts und bedauerte es bereits, daß er sich wieder einmal auf eine Auseinandersetzung mit ihr eingelassen hatte.
»Sie glauben also«, fuhr de Vaca fort, »daß wir Mexikaner nur über die Minderheitenquote ein Stipendium bekommen können.«
»Das habe ich nicht gesagt«, entgegnete Carson und seufzte.
»Ich weiß, was Sie gesagt haben. Ich hätte übrigens wirklich ein Stipendium bekommen können, aber nicht wegen meines Namens, sondern weil ich in allen Prüfungen nur Einser hatte, Sie blödes Arschloch.«

Carson glaubte, daß sie übertrieb, aber er zwang sich, den Mund zu halten.

»Halten Sie mich wirklich für eine dumme, kleine *chola*, die einen spanischen Nachnamen braucht, um zum Medizinstudium zugelassen zu werden?«

Verdammter Mist, dachte Carson, wieso habe ich bloß damit angefangen? Er wandte sich wieder seinem Computer zu und hoffte, daß de Vaca ihn in Ruhe lassen würde, wenn er sie ignorierte.

Auf einmal spürte er, wie sie ihn mit einer Hand an seinem Schutzanzug packte und das Gummimaterial in ihrer Faust zusammenpreßte.

»Na los, antworten Sie schon, *cabrón*!«

Carson hob protestierend einen Arm, aber de Vaca ließ nicht los.

Auf einmal erschien die breite Figur von Brandon-Smith in der Tür, und gleich darauf dröhnte ihr abstoßendes Lachen aus der Sprechanlage.

»Tut mir leid, daß ich Ihr intimes Tête-à-tête stören muß, aber ich wollte Ihnen nur mitteilen, daß die Schimpansen A-zweiundzwanzig und Z-neun wieder wohlbehalten in ihren Käfigen sind. Bisher zumindest sehen sie noch ziemlich gesund aus.« Sie machte auf dem Absatz kehrt und verließ schnaubend das Labor.

De Vaca öffnete den Mund, als wolle sie ihr etwas nachrufen, aber dann ließ sie Carsons Anzug los, trat einen Schritt zurück und grinste ihn an.

»Sie haben vorhin ziemlich ängstlich ausgesehen, Carson«, sagte sie.

Er sah ihr in die Augen und rief sich ins Gedächtnis, daß die Spannung und der rüde Umgangston nun einmal Auswirkungen der Arbeit im Fiebertank waren. Langsam fing er an zu ahnen, was Burt in den Wahnsinn getrieben hatte. Er mußte sich auf sein Ziel konzentrieren und auf nichts anderes … und in sechs Monaten war seine Zeit hier vorbei, ob so oder so.

Er holte sich wieder das Polypeptid auf den Schirm, drehte es um einhundertzwanzig Grad und suchte nach weiteren verwundbaren Stellen. De Vaca räumte den Sterilisator vollends leer, und im Labor kehrte wieder Stille ein. Carson fragte sich einen Augenblick lang, was wohl aus de Vacas Ex-Ehemann geworden war.

Carson erwachte kurz vor der Morgendämmerung. Mit trüben Augen blickte er hinauf zu dem elektronischen Kalender, der neben seinem Bett in die Wand eingelassen war: Es war Samstag. Heute war der Tag des sogenannten Bombenpicknicks, das die Belegschaft von Mount Dragon jedes Jahr auf dem Trinity Site veranstaltete, dem Gelände, wo 1945 die erste Atombombe gezündet worden war. Wie Singer ihm erklärt hatte, stammte die Tradition des Picknicks noch aus der Zeit, in der das Labor für das Militär gearbeitet hatte.

Carson stand auf und fing an, sich seinen eigenen Kaffee zu brauen. Bereits nach drei Tagen war ihm der schal schmeckende Kantinenkaffee zuwider geworden, und außerdem wollte er sich die besinnlichen Morgenstunden in der Wüste nicht dadurch vermiesen, daß er gezwungen war, mit seinen Kollegen am Frühstückstisch Konversation zu treiben.

Carson holte seine emaillierte Kaffeekanne aus dem Schrank, die deutliche Spuren jahrelangen Gebrauchs aufwies. Zusammen mit seinen Sporen war sie das einzige gewesen, was ihm bei der Zwangsversteigerung der Farm seines Vaters geblieben war. Die alte Blechkanne hatte ihm an vielen Lagerfeuern treue Dienste geleistet, und Carson hing mit einer fast schon abergläubischen Liebe an ihr. Jetzt drehte er sie um und betrachtete nachdenklich ihren Boden, der pechschwarz vom feuergehärteten Ruß war, den man nicht einmal mehr mit einem Bowiemesser abkratzen konnte. In ihrem Inneren allerdings war die Kanne immer noch strahlend blau mit weißen Pünktchen. An der Seite hatte sie eine große Delle, weil Carsons altes Pferd namens Weaver sie eines Morgens mit den Hufen vom Feuer gekickt hatte. Auf Weavers Konto ging auch der gestauchte Griff, weil das Pferd sich an einem unerträglich heißen Tag mit den Satteltaschen auf dem Rücken im Wasser eines Flusses gewälzt hatte. Carson schüttelte den Kopf. Weaver war zusammen mit der Ranch versteigert worden und hatte als alter Gaul bestimmt nicht mehr als ein paar hundert Dollar erbracht. Vermutlich hat man den armen Kerl direkt zum Pferdemetzger geschickt.

Carson füllte die Kanne mit Wasser aus dem Waschbecken im Bad, warf zwei Handvoll Kaffeepulver hinein und stellte sie auf die einzelne Kochplatte, die in einen Mauervorsprung eingelassen war. Kurz bevor das Wasser kochte, nahm er die Kanne herunter, gab einen Schuß kaltes Wasser hinein, damit sich der Kaffee setzte, und kochte ihn noch einmal auf. Das war die beste Art, Kaffee zu machen, dagegen hatten schon die lächerlichen Filtervorrichtungen und fünfhundert Dollar teuren Espressomaschinen einpacken können, die seine Mitstudenten in Cambridge gehabt hatten. Dieser Kaffee machte wirklich munter. Carson erinnerte sich, daß sein Dad einmal gesagt hatte, daß ein Kaffee erst wirklich stark war, wenn man darauf ein Hufeisen schwimmen lassen konnte.

Als sich Carson die erste Tasse eingoß, hielt er inne und betrachtete sich in dem Spiegel über seinem Schreibtisch. Er runzelte die Stirn und erinnerte sich daran, wie komisch de Vaca ihn angesehen hatte, als er sich ihr gegenüber als Angloamerikaner bezeichnet hatte. In Cambridge hatten manche Frauen seine dunklen Augen und seine Adlernase als exotisch empfunden. Manchen von ihnen hatte er erzählt, daß er ein Nachfahre von Kit Carson war, aber nie, daß er mütterlicherseits Indianerblut

vom Stamm der Southern Ute in den Adern hatte. Daß er sich heute, viele Jahre nachdem man ihn auf dem Schulhof als »Halbblut« gehänselt hatte, noch immer nicht dazu bekennen konnte, störte ihn sehr.
Carson erinnerte sich noch gut an seinen Großonkel Charley. Obwohl auch er ein halber Weißer gewesen war, hatte er wie ein reinrassiger Indianer ausgesehen und sogar die Sprache der Ute fließend beherrscht. Charley starb, als Carson neun Jahre alt war. Er war ein magerer alter Mann gewesen, der oft im Schaukelstuhl neben dem Kamin gesessen hatte, wobei er bisweilen in sich hineinkicherte, dicke Zigarren rauchte und immer wieder Tabakkrümel ins Feuer spuckte. Onkel Charley hatte viele Indianergeschichten erzählt, die meistens vom Einfangen entlaufener Pferde oder vom Viehdiebstahl bei den verhaßten Navajos gehandelt hatten. Carson hatte sich diese Geschichten nur anhören können, wenn seine Eltern nicht in der Nähe gewesen waren, sonst hätten sie ihn fortgezerrt und dem alten Mann gesagt, er solle dem Jungen mit seinen unsinnigen Lügengeschichten nicht den Kopf verdrehen. Carsons Vater hatte Onkel Charley nicht besonders gemocht und oft despektierliche Kommentare über dessen lange Haare abgegeben. Dabei hatte sie sich der alte Mann nur deshalb nicht schneiden lassen, weil er der festen Überzeugung war, daß dann der dringend benötigte Regen ausbleiben würde. Carson erinnerte sich daran, daß sein Vater einmal zu seiner Mutter gesagt hatte, daß Gott ihrem Sohn »viel zuviel Ute-Blut« habe zukommen lassen.
Während Carson seinen Kaffee trank und aus dem offenen Fenster blickte, kratzte er sich geistesabwesend am Rücken. Von seinem Zimmer im ersten Stock des Wohngebäudes konnte er jenseits des Pferdestalls und der Werkstatt den Zaun sehen, hinter dem die endlose Wüste begann.
Carson verzog das Gesicht, als seine Finger auf eine wunde Stelle am Rücken stießen, wo der Arzt am Abend zuvor eine Lumbal-

punktion vorgenommen hatte. Die regelmäßigen medizinischen Untersuchungen waren eine weitere Unannehmlichkeit, die die Arbeit im Labor der Sicherheitsstufe fünf mit sich brachte, und gleichzeitig eine Mahnung, nur ja nicht die Gefahr der Ansteckung, vor der sich sowieso alle am Mount Dragon fürchteten, zu vergessen.

Der Tag des Bombenpicknicks war Carsons erster freier Tag seit seiner Ankunft hier. Inzwischen hatte er erkennen müssen, daß es mit der Impfung der beiden Schimpansen mit dem von ihm neutralisierten Virus bei weitem noch nicht getan war. Obwohl Carson Scopes erklärt hatte, daß seine Vorgehensweise die einzig mögliche Lösung des Problems darstelle, hatte der Firmenchef darauf bestanden, daß er noch zwei weitere Schimpansenpaare impfte, um das Risiko einer fehlerhaften Diagnose zu minimieren. Sechs Affen waren nun mit dem modifizierten X-FLU-Virus infiziert. Wenn sie das überlebten, würden sie als nächstes darauf getestet werden, ob sie dadurch auch wirklich immun gegen Grippeviren geworden waren.

Carson sah zu, wie zwei Arbeiter einen großen, verzinkten Stahltank zu einem Ford-Pick-up rollten und ihn mit Mühe auf die Ladefläche hoben. Der Wasserwagen, der heute früher als sonst gekommen war, stand im Leerlauf tuckernd vor der Werkstatt und paffte kleine Wolken von Dieselqualm in die klare Morgenluft über der Wüste. Der Himmel war blau, und die Berge in der Ferne schimmerten im Licht des Morgens wie Amethyst. Der Regen, der in diesem Landstrich das Ende des Sommers markierte, würde noch ein paar Wochen auf sich warten lassen.

Carson trank seinen Kaffee aus und ging nach unten. Dort sah er Singer, der neben dem Pick-up stand und den Arbeitern Anweisungen gab. Er trug Sandalen und Bermudashorts, und sein breiter Oberkörper steckte in einem auffällig gemusterten, pastellfarbenen Hemd.

»Sie sind ja bereits abmarschbereit«, bemerkte Carson.

Singer sah ihn durch die Gläser seiner alten Ray-Ban-Sonnen-

brille an. »Darauf habe ich mich das ganze Jahr über gefreut«, sagte er. »Wo haben Sie denn Ihre Badehose?«
»Die trage ich unter meinen Jeans.«
»Sie sehen eher aus wie ein Cowboy, Guy, und nicht wie jemand, der einen Tag am Strand verbringen will.« Dann wandte er sich an die Arbeiter. »Punkt acht fahren wir los, also beeilen Sie sich. Holen Sie die Hummer, und laden sie die Sachen drauf.«
Nach und nach kamen die anderen Wissenschaftler, Techniker und Arbeiter, beladen mit Badetaschen, Handtüchern und Klappstühlen, vom Wohnbereich herüber in den Autohof.
»Wie hat das eigentlich angefangen?« wollte Carson wissen.
»Ich weiß nicht mehr, wessen Einfall es genau war«, antwortete Singer, »aber soviel ich weiß, entstand die Idee, weil die Regierung einmal im Jahr der Öffentlichkeit den Zugang zum Trinity Site gestattet. Irgendwann einmal fragten wir, ob wir auch hindürften, und das wurde uns erlaubt. Jemand hat vorgeschlagen, ein Picknick mit Volleyball und kaltem Bier zu machen, und ein anderer meinte, daß man eigentlich nur noch das Meer mitbringen müßte. So wurde dann die Idee mit dem Viehtank geboren. Das war der absolute Geniestreich.«
»Haben Sie denn keine Angst vor der Strahlung?« fragte Carson.
»Da gibt es keine Strahlung mehr«, kicherte Singer. »Aber wir nehmen trotzdem Geigerzähler mit, um die Nervösen unter uns zu beruhigen.« Als er das sich nähernde Geräusch der Dieselmotoren hörte, blickte er auf. »Kommen Sie, Sie können in meinem Hummer mitfahren.«
Kurze Zeit später rollte ein Dutzend Geländewagen mit geöffnetem Verdeck hintereinander auf der kaum sichtbaren Sandstraße entlang, die pfeilgerade hinaus in die Weite der Wüste führte. Der Wasserwagen fuhr als letzter, weil er eine Staubfahne wie einen mittleren Sandsturm hinter sich herzog.
Nach einer guten Stunde Fahrt brachte Singer, der an der Spitze

der Kolonne fuhr, seinen Wagen zum Stehen. »Hier war der Explosionspunkt«, sagte er zu Carson.
»Woher wissen Sie das?« fragte Carson und sah sich in der Wüste um. Im Westen ragte die Sierra Oscura auf: trockene, vegetationslose Wüstenberge mit hier und da an die Oberfläche tretenden Felsadern. Es war ein verlassener Ort, aber auch nicht verlassener als der Rest der Jornada-Wüste.
Singer deutete auf einen verrosteten Stahlträger, der etwa einen Meter aus dem Boden ragte. »Das ist alles, was von dem Gestell übriggeblieben ist, auf dem die Bombe gezündet wurde. Wenn Sie genau hinsehen, werden Sie feststellen, daß wir uns in einer flachen Senke befinden, die noch von der Explosion herrührt. Dort drüben« – Singer deutete auf einen kleinen Hügel mit den Resten eines Bunkers – »war einer der mit Instrumenten bestückten Beobachtungspunkte.«
»Und hier werden wir picknicken?« fragte Carson ungläubig.
»Nein«, antwortete Singer. »Wir fahren noch etwa einen Kilometer weiter. Da ist die Landschaft schöner. Ein bißchen wenigstens.«
Sie fuhren bis zu einem Stück Sand, auf dem es weder Büsche noch Kakteen gab. Daneben war eine einzelne, mit Seifenkraut bewachsene Düne, die sich über die brettebene Wüste erhob. Während die Arbeiter den großen Tank von dem Pick-up herunterwuchteten, breiteten die Wissenschaftler ihre Handtücher aus und spannten Sonnenschirme auf. Andere stellten Klappstühle und Kühlboxen in den Sand. An der Seite wurde ein Volleyballnetz aufgespannt. Eine hölzerne Leiter wurde an den Rand der Viehtränke gestellt, dann fuhr der Wasserwagen heran und füllte sie mit dem frischen, kühlen Naß. Aus einer transportablen Stereoanlage tönte ein Lied von den Beach Boys.
Carson betrachtete das Ganze vom Rande des Geschehens her. Da er die meiste Zeit im Labor C verbracht hatte, kannte er von den meisten Leuten nicht einmal den Namen, während alle

anderen schon länger in Mount Dragon waren und schon mehrere Monate mit ihren Kollegen zusammenarbeiteten. Mit Erleichterung stellte Carson fest, daß Brandon-Smith ganz offenbar ihre vollklimatisierte Behausung dem Picknick in der Wüste vorgezogen hatte. Als er tags zuvor zu ihr ins Büro gekommen war, um sich die neuesten Daten der geimpften Schimpansen zu holen, hatte sie ihn fürchterlich angeschnauzt, weil er durch eine unachtsame Bewegung den Krimskrams durcheinandergebracht hatte, den sie mit geradezu besessener Ordnungsliebe auf ihrem Schreibtisch angeordnet hatte. Gott sei Dank ist die nicht dabei, dachte Carson, und stellte sich Brandon-Smith im Badeanzug vor.

Als Singer ihn so verloren dastehen sah, winkte er ihn zu sich herüber. Neben dem Direktor saßen zwei Wissenschaftler, die Carson nur vom Sehen kannte.

»Haben Sie eigentlich George Harper schon kennengelernt?« fragte Singer.

Harper streckte Carson grinsend seine Hand hin. »Wir sind im Fiebertank schon ein paarmal aneinander vorbeigelaufen«, sagte er. »Schutzanzug an Schutzanzug. Und natürlich habe ich Ihre schmeichelhafte Beschreibung von Brandon-Smith über die Sprechanlage gehört.« Harper war lang und dünn mit schon etwas gelichtetem, braunem Haar und einer großen Hakennase. Er räkelte sich in seinem Liegestuhl.

Carson zuckte zusammen. »Ich habe lediglich meine Sprechanlage getestet.«

»Mit umwerfendem Erfolg«, lachte Harper. »Danach hörte für fünf Minuten der ganze Fiebertank zu arbeiten auf, weil alle ihre Sprechanlage abstellten und … naja …« Er warf einen Blick auf Singer und sagte dann: »… husten mußten.«

»Also, George, ich muß schon bitten«, sagte Singer mit einem Lächeln. Dann deutete er auf den zweiten Wissenschaftler. »Und das hier ist Andrew Vanderwagon.«

Vanderwagon trug eine altmodische Badehose und ließ sich dic

Sonne auf seine flache, bleiche Brust scheinen. Er rappelte sich auf und nahm die Sonnenbrille ab. »Freut mich, Sie kennenzulernen«, sagte er und schüttelte Carson höflich die Hand. Er war klein und dünn, und das Blau seiner Augen war so blaß wie der Stoff einer stark ausgewaschenen Jeans. Carson hatte ihn schon ein paarmal in Mount Dragon gesehen, wo er in Anzug, Krawatte und schwarzen Halbschuhen herumlief.
»Ich bin aus Texas«, sagte Harper von unten, »deshalb muß ich auch nicht aufstehen. Wir Texaner haben nun mal keine Manieren. Aber Andrew hat welche, er kommt schließlich aus Connecticut.«
Vanderwagon nickte. »Harper steht nur auf, wenn ihm ein Bulle einen Haufen direkt vor die Füße macht.«
»Das stimmt nicht«, protestierte Harper. »Wir Texaner schieben das Zeug einfach mit dem Stiefel zur Seite.«
Carson setzte sich in einen von Singer angebotenen Liegestuhl. Die Sonne war sengend heiß, und der bleiche Vanderwagon würde sicherlich einen Sonnenbrand bekommen. Carson hörte lautes Rufen und dann ein kräftiges Platschen. Die Leute fingen an, die Leiter zu der Viehtränke hinaufzuklettern und ins Wasser zu springen. Als Carson sich umsah, bemerkte er Nye, den Sicherheitschef, der ganz allein unter einem Golfschirm saß und die *New York Times* las.
»Er ist so verrückt wie eine kastrierte Kuh«, sagte Harper, der Carsons Blick bemerkte. »Sehen Sie ihn nur an, in seinem Maßanzug. Dabei sind es bestimmt schon an die vierzig Grad.«
»Warum ist er überhaupt mitgekommen?« fragte Carson.
»Um uns zu überwachen«, sagte Vanderwagon.
»Aber was könnten wir denn hier schon Gefährliches anstellen?« wollte Carson wissen.
»Wissen Sie das wirklich nicht, Guy?« fragte Harper lachend. »Jeden Augenblick könnte doch einer von uns sich einen Hummer schnappen, nach Radium Springs fahren und ein bißchen

X-FLU in den Rio Grande schütten. Bloß um mal wieder einen draufzumachen.«
Singer runzelte die Stirn. »Das ist nicht lustig, George.«
»Der Kerl kommt mir so vor, als käme er direkt vom KGB. Ständig spioniert er uns nach«, sagte Vanderwagon. »Seit 1986 hat er Mount Dragon nicht verlassen – kein Wunder, daß er so verkorkst ist. Es würde mich nicht wundern, wenn er in jedem unserer Zimmer eine Wanze installiert hätte.«
»Hat er denn gar keine Freunde hier?« fragte Carson.
»Freunde?« Vanderwagon hob die Augenbrauen. »Nicht daß ich wüßte. Höchstens Mike Marr, aber der zählt nicht. Familie soll er übrigens auch keine haben.«
»Was macht er denn den ganzen Tag?«
»Mit Tropenhelm und Pferdeschwanz durchs Gelände schleichen«, sagte Harper. »Sie sollten bloß mal sehen, wie hündisch ergeben die Leute vom Sicherheitsdienst tun, wenn Nye in ihrer Nähe ist. Fehlt bloß noch, daß sie sich vor ihm im Staub wälzen.«
Vanderwagon und Singer lachten laut. Carson war ein wenig verwundert darüber, daß der Direktor von Mount Dragon mitlachte, wenn man sich über seinen eigenen Sicherheitschef lustig machte.
Harper legte sich wieder zurück in seinen Liegestuhl und verschränkte mit einem Seufzer die Hände hinter dem Kopf. »Ich habe gehört, Sie kommen aus dieser Gegend hier«, sagte er zu Carson. »Vielleicht können Sie uns da ja erzählen, was es mit dem Gold von Mondragón auf sich hat.«
Vanderwagon stöhnte laut.
»Womit?« fragte Carson.
Alle drei sahen ihn erstaunt an.
»Kennen Sie die Geschichte denn gar nicht?« fragte Singer. »Und Sie wollen aus New Mexico kommen!« Er langte mit beiden Händen in seine Kühltasche und holte drei Dosen Bier heraus. »Darauf müssen wir was trinken«, sagte er und teilte die Dosen aus.

»O nein. Bitte nicht schon *wieder* die Legende«, seufzte Vanderwagon.
»Aber Carson hier hat sie noch nie gehört«, protestierte Harper.
»Einer alten *Legende* nach«, begann Singer mit einem spöttischen Seitenblick hinüber zu Vanderwagon, »lebte im späten siebzehnten Jahrhundert außerhalb von Santa Fe ein reicher Kaufmann namens Diego Mondragón. Als ihn die Inquisition der Hexerei beschuldigte, wurde er ins Gefängnis geworfen. Mondragón, der genau wußte, daß ihn die Todesstrafe erwartete, gelang mit Hilfe seines Dieners Estevánico die Flucht. Mondragón besaß mehrere Minen in den Sangre-de-Cristo-Bergen, in denen Indianersklaven als Bergleute arbeiteten. Es waren sehr ergiebige Minen, in denen angeblich auch Gold gefördert wurde. Nachdem er der Inquisition entkommen war, schlich sich Mondragón zurück auf seine Hacienda und buddelte einen dort vergrabenen Goldschatz aus. Den packte er auf ein Maultier und floh zusammen mit seinem Diener auf dem Camino Real. Zweihundert Pfund Gold soll er mitgenommen haben, mehr konnte das Maultier nicht tragen. Als sie ein paar Tagesritte weit in die Jornada-Wüste vorgedrungen waren, ging den beiden Männern das Wasser aus. Mondragón schickte Estevánico mit einer Kürbisflasche voraus, um Wasser zu holen, und blieb selbst mit seinem Pferd und dem Maultier in der Wüste zurück. Der Diener füllte die Flasche an einer Quelle, die einen Tagesritt entfernt war, und galoppierte zurück. Als er aber an die Stelle kam, an der er Mondragón verlassen hatte, war dieser samt dem Gold verschwunden.«
Als Singer eine kurze Pause machte, übernahm Harper die weitere Erzählung. »Als die Inquisition erfuhr, was geschehen war, ließen sie Mondragón entlang der Straße suchen. Etwa fünf Wochen später entdeckte jemand am Fuß des Mount Dragon ein totes Pferd, das an einem Pfahl angebunden war. Es war das Pferd von Mondragón.«
»Am Mount Dragon?« fragte Carson.

Singer nickte. »Der Camino Real, der Handelsweg der Spanier, führte durch das heutige Laborgelände um den Fuß des Berges herum.«

»Wie dem auch sei«, fuhr Harper fort, »sie suchten jedenfalls überall nach einer Spur von Mondragón, fanden aber nichts weiter als sein kostbar besticktes Wams, das in der Nähe des Pferdes im Sand lag. Mondragóns Leiche und das mit dem Goldschatz beladene Maultier blieben verschwunden. Ein Priester verspritzte etwas Weihwasser am Fuß des Mount Dragon, um die Umgebung von Mondragóns bösem Zauber zu reinigen, und ließ auf dem Gipfel des Berges ein Kreuz errichten. Bald nannte man diesen Ort *La Cruz de Mondragón*, das Kreuz des Mondragón, was später amerikanische Händler, die die alte spanische Straße entlangzogen, zu Mount Dragon verballhornten.« Harper trank den Rest Bier aus seiner Dose und atmete tief und zufrieden aus.

»Ich habe als Kind viele Geschichten von vergrabenen Schätzen gehört«, sagte Carson. »Die sind hier so gewöhnlich wie blaue Zecken auf einem roten Fersenbeißer. Und meistens frei erfunden.«

»Blaue Zecken auf einem roten Fersenbeißer!« lachte Harper. »Endlich mal jemand mit einem Sinn für Humor!«

»Was ist denn ein roter Fersenbeißer?« fragte Vanderwagon.

Harper lachte noch lauter. »Mein Gott, Andrew, was seid ihr Yankees bloß für Ignoranten. Ein Fersenbeißer ist ein Hund, den man zum Zusammentreiben von Rindern verwendet. Er heißt so, weil er die Kühe in die Fersen beißt, damit sie dorthin laufen, wo er will. Direkt vors Lasso seines Herrchens.« Er schwang ein imaginäres Lasso durch die Luft und schaute hinüber zu Carson. »Bin ich froh, endlich mal jemanden hierzuhaben, der kein verdammtes Greenhorn ist.«

Carson grinste. »Als Kinder haben wir immer nach dem verschwundenen Adams-Schatz gegraben. Wenn man all den Ge-

schichten Glauben schenkt, müßte hier in diesem Staat eigentlich mehr Gold liegen als in Fort Knox.«
»*Wenn*«, schnaubte Vanderwagon. »Wenn das Wörtchen wenn nicht wär ... Solche Geschichten glaubt vielleicht unser lieber Harper, aber der kommt schließlich aus Texas, wo die Schlüsselindustrie die Herstellung und der Vertrieb von Bockmist ist. Ich glaube, ich gehe lieber mal eine Runde schwimmen.« Er drückte seine Bierdose in den Sand und stand auf.
»Ich komme mit«, sagte Harper.
»Na los, Guy! Was ist mit Ihnen?« rief Singer, der den beiden Wissenschaftlern folgte und sich im Gehen das Hemd auszog.
»Ich komme nach«, sagte Carson und sah zu, wie sie hintereinander mit viel Lachen und Schieben die Leiter hinaufdrängten. Er trank sein Bier aus und stellte die Dose beiseite. Irgendwie kam es ihm grotesk vor, hier mitten in der Jornada-del-Muerto-Wüste zu sitzen und einen Kilometer vom Explosionsort der ersten Atombombe entfernt die brillantesten Mikrobiologen der Welt wie die kleinen Kinder in einer Viehtränke herumplanschen zu sehen. Doch gerade weil das Ganze so surreal war, wirkte es wie eine Droge auf ihn. So mußten sich die Wissenschaftler gefühlt haben, die vor fünfzig Jahren am Manhattan-Projekt, der Entwicklung der ersten Atombombe, gearbeitet hatten. Carson zog sich Jeans und Hemd aus und lehnte sich, nur mit der Badehose bekleidet, zurück in den Liegestuhl. Er schloß die Augen und konnte sich zum erstenmal seit vielen Tagen wirklich entspannen.
Einige Minuten später trieb ihn die erbarmungslose Hitze wieder hoch. Er setzte sich auf und holte sich eine frische Dose Bier aus der Kühltasche. Als er sie öffnete, hörte er durch das Gemurmel der verschiedenen Unterhaltungen ringsum ganz deutlich de Vacas lautes Lachen. Sie stand auf der anderen Seite der Viehtränke, strich sich die langen, schwarzen Haare aus dem Gesicht und unterhielt sich mit ein paar Assistenten. Ihr weißer Bikini

leuchtete auf ihrer braunen Haut. Wenn sie Carson entdeckt hatte, dann ließ sie es sich nicht anmerken.
Während Carson hinübersah, kam ein Mann auf die Gruppe zugeschlurft, den er an seinem hinkenden Gang als Mike Marr, Nyes rechte Hand beim Sicherheitsdienst, erkannte. Marr sagte etwas zu de Vaca, wobei er den Kopf in den Nacken legte und sie breit und schmachtend angrinste. Schließlich trat er ganz nah an sie heran und flüsterte ihr etwas ins Ohr, woraufhin sich ihre Miene schlagartig verfinsterte. De Vaca wich einen Schritt zurück, und als Marr wieder etwas sagte, gab sie ihm eine schallende Ohrfeige, deren scharfer Klang durch die heiße Wüstenluft bis zu Carson herüberdrang. Marr zuckte zurück, und sein schwarzer Cowboyhut fiel in den Sand. Als er sich hinunterbeugte und ihn aufhob, rief ihm de Vaca mit verächtlich verzerrtem Mund etwas zu. Carson konnte nicht hören, was es war, aber die Umstehenden brachen in lautes Gelächter aus.
Marr sah sie mit einem Gesicht an, daß einem angst und bange werden konnte. Seine Augen verengten sich zu schmalen Schlitzen, und in seiner Miene war nichts mehr von der unkomplizierten Freundlichkeit von vorhin zu entdecken. Mit langsamen Bewegungen setzte er sich seinen Cowboyhut wieder auf und ließ dabei de Vaca nicht aus den Augen. Dann machte er auf dem Absatz kehrt und entfernte sich von der Gruppe.
»Ganz schön rassig, die Kleine«, kicherte Singer, der mit den anderen vom Baden zurückgekommen war und bemerkte, wo Carson hinsah. Carson erkannte, daß Singer die Szene mit Mike Marr offenbar nicht von Anfang an mitbekommen hatte. »Ursprünglich war sie ja mal für die medizinische Abteilung vorgesehen gewesen, als sie eine Woche vor Ihnen hier ankam. Aber dann kündigte Myra Resnick, die bisher Dr. Burts Assistentin gewesen war, und so habe ich Susana Ihnen zugeteilt. Ich dachte, sie würde eine gute Assistentin für Sie abgeben. Hoffentlich habe ich mich darin nicht getäuscht.« Singer warf Carson einen kleinen Stein in den Schoß.

»Was ist denn das?« fragte Carson. Der Stein war grün und leicht durchsichtig.
»Atomglas«, antwortete Singer. »Als die Bombe explodierte, hat sie den Sand ringsum zu solchem Zeug verschmolzen. Das meiste davon ist inzwischen verschwunden, aber ab und zu kann man noch ein Stück davon finden.«
»Ist es radioaktiv?« fragte Carson und hielt das Atomglas mit spitzen Fingern.
»Nicht wirklich.«
»Nicht *wirklich*«, höhnte Harper und holte mit dem kleinen Finger Wasser aus seinem Ohr. »Wenn Sie noch planen, Kinder zu zeugen, Carson, dann legen Sie sich das Ding da am besten nicht auf den Schoß.«
Vanderwagon schüttelte den Kopf. »Was bist du bloß für ein ungehobelter Primitivling, Harper.«
»Die beiden sind die besten Freunde, auch wenn man das nie vermuten würde«, sagte Singer zu Carson.
»Wie sind Sie eigentlich zu GeneDyne gekommen?« fragte Carson und warf Singer den Stein zurück.
»Ich war leitender Professor für Biologie an der CalTech und dachte, ich hätte damit beruflich das Ende der Fahnenstange erreicht. Aber dann kam Brent Scopes und machte mir ein Angebot.« Singer schüttelte nachdenklich den Kopf. »Mount Dragon wurde von militärischer auf zivile Forschung umgestellt, und Brent brauchte einen neuen Direktor für das Labor.«
»Das war für Sie bestimmt etwas ganz anderes als die Arbeit an der Universität«, bemerkte Carson.
»Ich brauchte auch eine ganze Weile, um mich hier einzugewöhnen«, gab Singer zu. »Bis dahin hatte ich die Arbeit für die Industrie eigentlich immer verachtet. Aber ich lernte bald, wieviel Macht im Markt steckt. Wir leisten hier nämlich nicht deshalb so gute Arbeit, weil wir klüger sind als unsere Kollegen an den Universitäten, sondern weil wir viel mehr Geld haben als sie. Keine Hochschule in den Staaten könnte sich ein Labor

wie das hier in Mount Dragon leisten. Als ich noch an der Uni war, habe ich irgendwelche obskuren Forschungen über bakterielle Konjugation angestellt, jetzt gehöre ich zur absoluten Avantgarde meines Faches und kann durch meine Arbeit möglicherweise Millionen von Menschen das Leben retten.« Singer nahm einen Schluck von seinem Bier. »Und so bin ich vom Saulus zum Paulus geworden.«

»Also, *ich* war bereits überzeugt, als ich sah, wie wenig Kohle ein Assistenzprofessor an der Uni verdient«, sagte Harper.

»Dreißigtausend Dollar im Jahr«, ergänzte Vanderwagon. »Und auch das erst nach sechs bis acht Jahren. Kaum zu glauben, oder?«

»Als ich noch in Berkeley war«, sagte Harper, »mußte ich für jedes Forschungsvorhaben erst einmal eine Eingabe an den Dekan der Fakultät machen, einen verknöcherten alten Bürokraten. Natürlich hatte das lebende Fossil ständig etwas an den Kosten herumzumäkeln.«

»Da ist die Arbeit für Brent schon etwas ganz anderes«, meinte Vanderwagon. »Er weiß, wie ein Wissenschaftler arbeitet, deshalb muß man ihm auch nicht ständig alles erklären oder ihm Rechenschaft über die banalsten Dinge ablegen. Wenn ich etwas brauche, schicke ich ihm eine E-Mail, und schon ist das Zeug da. Wir haben wirklich Glück, daß wir für ihn arbeiten können.«

»Und was für eines«, bestätigte Harper und nickte.

Na, wenigstens stimmen die beiden in einem Punkt überein, dachte Carson.

»Wir freuen uns, Sie bei uns zu haben, Guy«, sagte Singer schließlich und prostete ihm mit seiner Bierdose zu. Die anderen taten es ihm nach.

»Danke«, sagte Carson mit einem breiten Grinsen und dankte dem Schicksal dafür, daß es ihn von einem Tag auf den anderen in diese illustre Gesellschaft versetzt hatte.

Levine saß in seinem Büro und lauschte durch die offene Tür fasziniert einem Telefongespräch, das sein Sekretär Ray gerade im Vorzimmer führte.
»Tut mir leid, Kleine«, sagte Ray. »Jede Wette, daß du *Boylston* Street gesagt hast und nicht Brattley ...«
Stille.
»Ich schwöre dir, ich habe genau gehört, wie du *Boylston* gesagt hast. Nein, ich war da und habe am Eingang auf dich gewartet. An welchem Eingang? Natürlich an dem vom Kino in der Boylston Street. Jetzt warte doch einen Augenblick, was ist denn los, Kleine, ich habe doch ...«
Ray fluchte laut und legte auf.
»Ray?« rief Levine hinaus.
»Ja?« Ray erschien in der Tür und strich sich die Haare glatt.
»Es gibt kein Kino in der Boylston Street.«
Erkenntnis machte sich auf Rays Gesicht breit. »Jetzt wird mir manches klar. Deshalb hat sie aufgelegt.«
Levine schüttelte lächelnd den Kopf. »Erinnern Sie sich noch an die Frau, die wollte, daß ich in dieser Sammy-Sanchez-Talkshow auftrete? Rufen Sie sie doch bitte an, und sagen Sie ihr, daß ich doch kommen werde. Und zwar zum nächstmöglichen Termin.«
»Wirklich? Und was ist mit Toni Wheeler? Das wird ihr gar nicht gefallen ...«
»Natürlich nicht. Sie haßt diese Fernsehshows wie die Pest.«
Ray zuckte mit den Achseln. »Na schön, ist ja schließlich Ihre Entscheidung. Sonst noch was?«
Levine schüttelte den Kopf. »Für den Augenblick wäre das alles. Sie können sich also in Ruhe ein paar bessere Entschuldigungen einfallen lassen. Und machen Sie bitte die Tür zu.«

Ray ging zurück ins Vorzimmer. Levine sah auf die Uhr, nahm zum zehnten Mal an diesem Tag den Telefonhörer ab und horchte. Dieses Mal hörte er das, worauf er gewartet hatte: Der durchgehende Wählton hatte sich in eine Reihe von kurz aufeinanderfolgenden Piepsern verwandelt. Rasch legte er auf, sperrte die Bürotür zu und verband seinen Computer mit der Telefonleitung. Eine halbe Minute später erschien die altbekannte Login-Sequenz auf dem Display.

Sieh mal einer an, unser lieber Professor, las Levine. Wie geht es unserem unartigen, kleinen Wissenschaftler heute?

Was soll das, Clown? tippte Levine.

Man wird doch noch einen Witz machen dürfen, oder etwa nicht?

Jetzt ist nicht die Zeit für Witze. Ich habe Ihr Signal erhalten. Gibt es was Neues?

Und ob. Ich habe eine gute und eine schlechte Nachricht. Ich habe mich mal ein paar Stunden im Computersystem von GeneDyne herumgetrieben. Sechzig Kilobyte machen allein die Paßwörter für die Terminals aus. Beeindruckendes Netz. Läuft über Satelliten, Standleitungen und Glasfaserkabel für asynchrone Videokonferenzen. Inzwischen bin ich so etwas wie ein Experte fürs GeneDyne-Netz geworden. Ich könnte sogar Führungen veranstalten.

Wunderbar.

Sie sagen es. Das war die gute Nachricht. Die schlechte ist, daß das ganze Netz besser abgeschirmt ist als ein Banktresor. Funktioniert nach dem Prinzip der isolierten Ringe, bei denen Brent Scopes mitten drin sitzt. Niemand außer Scopes hat Zugang zu Daten, die nicht für ihn zugelassen sind. Er wiederum kann alles sehen. Wie der Große Bruder kann er sich nach Belieben im ganzen System tummeln. Aber nur er, sonst niemand.

Aber für den Clown dürfte das doch kein Problem sein, tippte Levine.

Natürlich nicht. Ich kann mich dezent im Hintergrund halten und mal hier, mal dort ein paar Millisekunden Rechenzeit absaugen. Aber für SIE wird das ein Problem, Professor. Ihnen eine sichere Leitung in die Computer von Mount Dragon zu verschaffen, ist alles andere als einfach. Dazu müßte man Scopes' eigenen Zugang nachahmen. Und genau darin liegt die Gefahr, Professor.

Inwiefern?

Muß ich das denn wirklich noch erklären? Wenn Scopes sich selber bei Mount Dragon einloggt und Sie noch in der Leitung sind, dann findet er seinen eigenen Zugang blockiert. Und dann läßt er vermutlich irgendein Bluthund-Programm los, das dann den lieben Professor zur Strecke bringt, nicht den Clown. IDDWSEELWIK.

Clown, Sie wissen ganz genau, daß ich Ihre Abkürzungen nicht verstehe.

»Ich dachte, das wäre sogar einem elektronischen Laien wie Ihnen klar« – okay? Mit anderen Worten, Sie dürfen nicht herumtrödeln, Professor. Wir müssen unsere Besuche so kurz wie möglich gestalten.

Und was ist mit den elektronischen Archiven von Mount Dragon? tippte Levine. Wenn ich mir die herunterladen könnte, würde alles sehr viel schneller gehen.

KC. Die sind besser verschnürt als das Korsett von Queen Mary.

Levine atmete tief durch. Dieser Clown war nicht nur ein Liebhaber unentzifferbarer Abkürzungen, sondern auch ein sturer Bock, der einen wirklich auf die Palme bringen konnte. Er fragte sich, was für ein Mensch er wohl war: vermutlich einer von diesen typischen Computerfreaks mit Pickeln und dicker Brille, die lausig schlechte Footballspieler sind, so gut wie keine sozialen Kontakte pflegen und einen starken Hang zur Onanie haben.

Das klingt aber gar nicht nach Ihnen, tippte er.

Kennen Sie mich denn noch immer nicht? Ich bin der Monsieur Rick des Cyberspace: Ich halte für niemanden den Kopf hin. Scopes ist ein verdammt cleverer Bursche. Erinnern Sie sich noch an sein Lieblingsprojekt, von dem ich Ihnen neulich erzählt habe? Es sieht so aus, als habe sich Scopes ein Programm geschrieben, das sein Netzwerk als eine Art virtueller Welt darstellt. Er hat darüber vor drei Jahren einen Vortrag am Institut für fortschrittliche Neurokybernetik gehalten. Ich habe mich damals natürlich sofort in den Computer dort eingeschlichen und mir den Text des Vortrags zusammen mit ein paar Screenshots des Programms besorgt. Ziemlich kultig, das muß sogar ich zugeben. Bahnbrechende 3-D-Programmierung. Aber seitdem hat Scopes dichtgemacht, und so weiß niemand genau, wie weit dieses Programm heute ist oder was er damit machen kann. Aber sogar damals, bei dem Vortrag, hat er schon ordentlich auf den Putz gehauen. Der Kerl ist keiner von den Managern, die computermäßige Analphabeten sind, das können Sie mir glauben. Als ich im Netz von GeneDyne war, bin ich auch an seinen privaten Server herangekommen und hätte fast einen Blick hineingeworfen. Aber dann hat meine Diskretion über meine Neugier gesiegt. Und das ist bei mir etwas ganz Neues.

Aber für mich ist es lebenswichtig, daß ich in die Computer von Mount Dragon hineinkomme, Clown. Sie wissen, wofür ich kämpfe. Helfen Sie mir bitte, diese Welt ein wenig sicherer zu machen.

Hören Sie mir bloß auf mit diesem Gewäsch, Mann! Wenn ich eines gelernt habe, dann das: Für mich ist nur einer wichtig, und der heißt Clown. Der Rest der Welt ist mir scheißegal, merken Sie sich das.

Warum helfen Sie mir dann überhaupt? Sie waren doch derjenige, der auf mich zugekommen ist.

Für eine ganze Weile stockte die Online-Konversation.

Meine Beweggründe gehen nur mich etwas an, meldete sich der Clown schließlich wieder zu Wort. Aber die Ihren lassen sich ziemlich leicht erraten. Es ist wegen diesem Prozeß, den GeneDyne gegen Sie anstrengt, oder nicht? Diesmal geht es um mehr als um Geld. Scopes versucht, Sie an Ihrem Lebensnerv zu treffen. Wenn er Erfolg hat, verlieren Sie die Stiftung, die Zeitschrift und Ihre Glaubwürdigkeit. Sie haben sich mit Ihren Anschuldigungen zu weit vorgewagt, und jetzt suchen Sie bei GeneDyne nach schmutziger Wäsche, um sie nachträglich zu rechtfertigen. Das ist aber gar nicht die feine englische Art, Professor.

Das ist nur die halbe Wahrheit, erwiderte Levine.

Dann schlage ich vor, Sie teilen mir die andere Hälfte mit.

Levine zögerte.

Sind Sie noch da, Professor? Erinnern Sie sich bitte an die beiden Säulen, auf denen unsere tiefe und bedeutende Freundschaft ruht. Erstens: Ich tue nie etwas, womit ich mich in die Schußlinie begebe. Zweitens: Ich offenbare niemandem meine verborgenen Beweggründe.

Es gibt einen neuen Angestellten am Mount Dragon, tippte Levine schließlich. Er ist ein früherer Student von mir. Ich glaube, daß ich ihn dazu bringen kann, mir zu helfen.

Wieder dauerte es eine Weile, bis der Clown antwortete. Wenn ich Ihnen eine Verbindung mit ihm herstellen soll, dann brauche ich seinen Namen.

Guy Carson, tippte Levine.

Wissen Sie was, Professorchen? Im Innersten Ihres Herzens sind Sie ein zutiefst sentimentaler Mensch. Und das ist ein echter Fehler, wenn man sich im Krieg befindet. Ich möchte bezweifeln, daß Sie mit Ihrem Kreuzzug gegen Gene-Dyne Erfolg haben werden. Aber ich sehe gerne dabei zu, wenn Sie es versuchen, denn Scheitern ist immer interessanter als Erfolg.

Nach diesen Worten wurde der Bildschirm schwarz.

Ungeduldig stand Carson unter der zischenden chemischen Dusche und sah zu, wie die giftigen, gelben Reinigungssubstanzen an der Außenseite seines Visiers herunterliefen. Dabei sagte er sich immer wieder, daß das Gefühl zu ersticken nur eingebildet war. Nach der Dusche trat er in die Trockenkammer, bevor er durch eine weitere Luftschleuse ins gleißend weiße Licht des Fiebertanks trat. Er drückte auf den allgemeinen Knopf der Sprechanlage und tat den anderen seine Ankunft kund: »Carson ist da.« Auch wenn nur wenige Wissenschaftler – falls überhaupt welche – sich im Labor befanden, so war diese Prozedur dennoch Vorschrift. Für Carson war das alles inzwischen zur Routine geworden, auch wenn es eine Routine war, die ihm widerstrebte.

Er setzte sich an seinen Schreibtisch und schaltete mit einer behandschuhten Hand das PowerBook ein. In der Sprechanlage war es still, denn der Fiebertank war praktisch leer. Carson war deshalb so früh dran, weil er in Ruhe etwas wegarbeiten und seine Mitteilungen auf dem Computer lesen wollte, bevor de Vaca kam.

Nachdem er sich ins Netz eingeloggt hatte, erschien folgende Meldung auf dem Display des Notebooks:

GUTEN MORGEN, GUY CARSON.
SIE HABEN 1 NEUE NACHRICHT.

Als Carson mit der Maus auf das E-Mail-Icon drückte, konnte er die folgenden Zeilen lesen:

Guy – was gibt es Neues von den geimpften Schimpansen? Ich habe im System nichts gefunden. Bitte nehmen Sie Verbindung mit mir auf, damit wir die Angelegenheit besprechen können.
Brent

Carson begab sich ins Gesamtnetz von GeneDyne und fragte um eine persönliche Verbindung mit Scopes an. Der Firmenchef antwortete so prompt, als habe er schon darauf gewartet.

Ciao, Guy! Was machen Ihre Schimpansen?

Bis jetzt geht es ihnen gut. Alle sechs sind gesund und aktiv. John Singer hat vorgeschlagen, daß wir die Wartezeit unter diesen Bedingungen auf eine Woche verkürzen sollten. Ich werde es heute noch mit Rosalind besprechen.

Gut. Sollte sich etwas Neues tun, melden Sie es mir bitte unverzüglich. Sie können mich zu jeder Tages- und Nachtzeit erreichen. Wenn ich trotzdem einmal nicht auffindbar sein sollte, wenden Sie sich an Spencer Fairley.

Das werde ich tun.

Noch was, Guy: Es wäre schön, wenn Sie einen schriftlichen Bericht über Ihre Vorgehensweise abfassen könnten. Wenn wir sicher sind, daß Sie Erfolg hatten, möchte ich, daß Sie ihn firmenintern Ihren Kollegen zukommen lassen. Außerdem könnte ich mir gut vorstellen, ihn später einmal als wissenschaftliche Arbeit zu veröffentlichen.

Sobald ich endgültige Ergebnisse habe, werde ich Ihnen den Bericht per E-Mail zuschicken.

Während dieser Online-Unterhaltung verkündete die Sprechanlage laufend das Eintreffen anderer Wissenschaftler im Fiebertank. »De Vaca ist hier«, hörte Carson, dann »Vanderwagon ist hier« und schließlich ein barsches, lautes »Brandon-Smith!«. Bald begann über den allgemeinen Kanal der Sprechanlage ein reger Informationsaustausch, und mit Carsons Ruhe war es vorbei.

De Vaca erschien schweigend in der Tür und stöpselte ihren Computer ins Netz. Carson war es ganz recht, daß der plumpe Schutzanzug die wohlproportionierten Formen ihres Körpers verbarg. Eine weitere Ablenkung hätte er jetzt nicht gebrauchen können.

»Susana, ich hätte es gerne, daß Sie mit den Proteinen, von denen wir gestern gesprochen haben, eine Gel-Elektrophorese machen«, sagte er und bemühte sich, seine Stimme dabei so neutral wie möglich klingen zu lassen.

»Selbstverständlich«, sagte de Vaca kurz angebunden.

»Sie sind in der Zentrifuge und haben die Bezeichnungen M-eins bis M-drei.«

Über eines war Carson in bezug auf de Vaca froh: Sie war eine verdammt gute Laborassistentin, möglicherweise sogar die beste im ganzen Fiebertank. Solange sie nicht die Beherrschung verlor, war sie ein echter Profi.

Während sie sich an die Arbeit machte, fing Carson mit dem schriftlichen Bericht an, den Scopes von ihm verlangt hatte. Auch wenn er lieber etwas mehr Zeit für seine eigentliche Arbeit gehabt hätte, war er insgeheim stolz auf das, was er geleistet hatte. Gegen Mittag kam de Vaca mit den fotografischen Aufnahmen der Gele. Als Carson sie ansah, verspürte er ein weiteres Triumphgefühl: Die Aufnahmen waren eine weitere Bestätigung dafür, daß er kurz vor einem Erfolg stand.

Dann erschien auf einmal Brandon-Smith in der Tür.

»Sie haben einen toten Affen, Carson.«

Carson war so geschockt, daß er zunächst nicht antworten konnte.

»Woran ist er gestorben? An X-FLU?« fragte Carson, als er seine Stimme wiedergefunden hatte. Das konnte doch nicht möglich sein.

»An was denn sonst?« entgegnete Brandon-Smith boshaft und

fuhr sich mit den Handschuhen über ihre üppigen Hüften, als wolle sie einen nicht vorhandenen Rock glattstreichen. »Ein hübscher Anblick, das kann ich Ihnen sagen.«

»Welcher ist es?« fragte Carson.

»Ein Männchen. Z-neun.«

»Bei dem ist doch die Impfung noch nicht einmal eine Woche her«, protestierte Carson.

»Ich weiß. Sie haben prompte Arbeit geleistet.«

»Wo ist er?«

»Immer noch in seinem Käfig. Kommen Sie mit, ich zeige ihn Ihnen. Neben dem raschen Ausbruch der Krankheit gibt es noch ein paar andere ungewöhnliche Aspekte, die Sie sich besser ansehen sollten.«

Carson erhob sich mit zitternden Knien und folgte Brandon-Smith in den Zoo. Für ihn war es vollkommen ausgeschlossen, daß der Affe an X-FLU gestorben sein konnte. Da mußte etwas anderes geschehen sein. Der Gedanke daran, diese neue Entwicklung Brent Scopes mitzuteilen, bereitete Carson schon jetzt Kopfschmerzen.

Kaum hatte Brandon-Smith die Tür zum Zoo geöffnet, als wieder das durch den dicken Schutzanzug gedämpfte Schreien und Klopfen an Carsons Ohren drang.

Fillson hockte an einem Arbeitstisch und stellte irgendwelche Instrumente ein. Als er aufstand und zu ihnen herüberblickte, glaubte Carson einen Anflug von Amüsiertheit im knorrigen Gesicht des Tierwärters entdecken zu können. Fillson öffnete die Sicherheitstür zur Quarantänestation, ließ die beiden herein und deutete nach oben.

Der Käfig von Z-neun befand sich in der obersten Reihe und war mit einem rotgelben Infektionswarnschild versehen. Die anderen geimpften Schimpansen schienen vollkommen gesund zu sein.

»Was war seltsam an seinem Tod?« fragte Carson, der sich scheute, das verendete Tier direkt zu begutachten.

»Sehen Sie selbst«, sagte Brandon-Smith, die sich schon wieder mit den Händen mehrmals hintereinander über die Hüften strich. Eine unangenehme Marotte, dachte Carson. Irgendwie erinnerte diese stereotyp wiederholte Geste ihn an die zwanghaften Bewegungen eines geistig zurückgebliebenen Menschen. An der oberen Käfigreihe lehnte eine vollständig mit weißem Plastik ummantelte Metalleiter. Carson stieg hinauf, während Fillson und Brandon-Smith unten warteten. Oben angelangt, sah er, wie der Schimpanse mit im Todeskampf grotesk verdrehten Gliedmaßen auf dem Rücken lag. Der Schädel des Tieres war an mehreren Stellen aufgeplatzt und eine hellgraue Masse an den Bruchstellen herausgequollen. Der Boden des Käfigs glänzte von einer Flüssigkeit, von der Carson annahm, daß es sich um Gehirnflüssigkeit handelte.

»Das Gehirn ist förmlich explodiert«, erklärte Brandon-Smith vollkommen unnötigerweise. »Da haben Sie offenbar einen ganz besonders aggressiven Virenstamm zusammengebastelt, Carson.«

Carson stieg langsam die Leiter herab, wobei ihm Brandon-Smith mit verschränkten Armen zusah und hinter dem Visier ihres Helmes süffisant lächelte. Dann hielt Carson plötzlich inne, denn er hatte das Gefühl, daß irgend etwas – was genau, konnte er zunächst nicht erkennen – nicht in Ordnung war. Und dann sah er es: Die Tür eines Käfigs in der zweiten Reihe stand einen Spalt offen, und drei behaarte Finger drückten sie noch weiter auf.

»Rosalind!« schrie Carson und drückte auf die Knöpfe seiner Sprechanlage. »Weg von den Käfigen!«

Brandon-Smith starrte ihn verständnislos an, aber Fillson, der neben ihr stand, sah sich aufgeschreckt um. Dann geschah alles rasend schnell: Ein haariger Arm griff aus dem Käfig; gleich darauf war ein reißendes Geräusch zu hören. Carson sah, wie die seltsam menschlich wirkende Hand des Affen triumphierend ein Stück blaues Gummimaterial schwenkte. Als Carson wieder zu Brandon-Smith blickte, sah er zu seinem Entsetzen ein Loch in ihrem Anzug und durch das Loch drei tiefe Kratzer auf der entblößten Haut ihres Oberarms. Aus den Kratzern quoll hellrotes Blut.

Einen Augenblick waren alle drei wie gelähmt.

Der Affe sprang laut kreischend aus seinem Käfig und schwenkte den Fetzen von Brandon-Smith' Schutzanzug wie eine Siegestrophäe. Er kletterte auf den Boden und rannte durch die offene Tür hinaus in den Zoo und von dort in den Korridor.

Brandon-Smith begann zu schreien. Weil ihre Sprechanlage ausgeschaltet war, klang sie seltsam erstickt, wie jemand, der in weiter Entfernung erdrosselt wird. Fillson stand noch immer unbeweglich da, als hätte er vor lauter Schreck Wurzeln geschlagen.

Dann fand Brandon-Smith den Knopf der Sprechanlage, und ihr hysterisches Geschrei gellte aus den Lautsprechern in Carsons Schutzanzug. Es war so laut, daß der Verstärker übersteuerte und Carson nur noch ein ohrenbetäubendes Gekrächze hörte. Carson, der noch immer auf der Leiter stand, drückte den globalen Knopf seiner Sprechanlage. »Alarm Stufe zwei in der Schimpansen-Quarantänestation«, rief er über den Lärm ins Mikrophon. »Der Schutzanzug von Brandon-Smith ist beschädigt. Ein mit X-FLU infizierter Affe ist aus seinem Käfig entkommen und läuft im Labor frei herum.«

Vor einem Alarm Stufe zwei, der bedeutete, daß ein Mensch in Kontakt mit einem tödlichen Virus gekommen war, hatten alle im Fiebertank Angst. Carson wußte von vielen Übungen, daß es für einen solchen Notfall strenge Verhaltensmaßregeln gab: Das Labor mußte sofort abgeriegelt und die betroffene Person unter Quarantäne gestellt werden.

Brandon-Smith, der auf einmal klar wurde, was sie erwartete, koppelte ihren Luftschlauch ab und rannte nach draußen.

Carson stieg hastig die Leiter hinunter, löste seine eigene Luftversorgung und lief ihr nach. Fillson rührte sich noch immer

nicht von der Stelle. Vor der Luftschleuse am Ausgang holte Carson Brandon-Smith ein. Sie trommelte laut brüllend mit beiden Fäusten gegen die Schleuse, die sich gleich nach Auslösen des Alarms automatisch verriegelt hatte.
Von hinten kam de Vaca hinzu. »Was ist passiert?« fragte sie. Kurz darauf erschienen mehrere andere Wissenschaftler im Korridor.
»Macht die Schleuse auf!« schrie Brandon-Smith über den globalen Kanal. »In Gottes Namen, *macht bitte diese verdammte Schleuse auf*!« Sie sank auf die Knie und schluchzte hemmungslos.
Eine monoton klingende Sirene fing an zu heulen, und Carson sah, daß hinter den Wissenschaftlern Gestalten in roten Schutzanzügen aus einem Seitengang kamen, der hinunter zur Sicherheitszentrale des Fiebertanks führte. Es waren vier Wachmänner, deren Anzüge wegen zusätzlicher Sauerstofftanks noch voluminöser wirkten als die von Carson und seinen Kollegen. Zwei von ihnen hatten kurzläufige Schrotflinten dabei, während die anderen merkwürdige, mit Gummigriffen versehene Geräte in den Händen hielten.
Brandon-Smith reagierte sofort. Sie sprang auf, stieß ein paar ihrer Kollegen zur Seite und versuchte, an den Wachleuten vorbeizukommen. Einen der Sicherheitsmänner brachte sie mit einem Schulterstoß zu Fall, den nächsten, der sich ihr mit ausgebreiteten Armen in den Weg stellte, riß sie zu Boden, wo sie laut kreischend auf ihn einschlug. Während die beiden miteinander rangen, trat ein dritter Wachmann von hinten an Brandon-Smith heran und drückte das seltsame Gerät mit dem Gummigriff an den Metallring unterhalb ihres Helmes. Es gab einen blauen, knisternden Blitz, und Brandon-Smith zuckte schmerzverkrümmt zusammen und blieb dann bewegungslos liegen. Ihre Schreie hörten abrupt auf, und erst jetzt konnte Carson durch seine Sprechanlage hören, wie alle wild durcheinanderredeten.

Der zu Boden gerissene Sicherheitsmann stand auf und strich sich mit den Händen in Panik über den Schutzanzug. »Die fette Kuh hat mir den Anzug zerrissen!« hörte Carson ihn rufen. »Das darf doch nicht wahr sein!«
»Halt den Mund, Roger!« befahl einer der anderen, der ganz außer Atem war.
»Ich gehe nicht in Quarantäne! Ich nicht! Es war nicht meine Schuld – he, was machst du da?«
Carson sah, wie der andere Wachmann die Schrotflinte auf seinen Kollegen richtete. »Ihr geht alle beide«, sagte er. »Und zwar gleich.«
»Moment mal, Frank, das kannst du doch mit mir nicht ...«
Der andere Wachmann lud seine Waffe durch.
»Du Scheißkerl, Frank, das darfst du mir nicht antun«, jammerte der Wachmann namens Roger.
Carson sah, wie drei weitere Wachen im Korridor erschienen.
»Bringt die beiden sofort in die Quarantänestation«, befahl Frank.
Auf einmal hörte Carson de Vacas Stimme. »Sehen Sie denn nicht, daß die Frau sich erbrochen hat? Nehmen Sie ihr den Helm ab, sonst erstickt sie vielleicht.«
»Erst bringen wir sie auf die Quarantänestation«, sagte Frank.
»Zum Teufel mit der Quarantänestation«, schrie de Vaca ihn an. »Die Frau ist verletzt. Sie braucht medizinische Versorgung. Wir müssen sie hier rausbringen.«
Der Wachmann sah sich um und bemerkte Carson, der vor den anderen Wissenschaftlern stand. »Sie da! Dr. Carson!« rief er. »Kommen Sie her, und helfen Sie mir.«
»Guy«, hörte Carson de Vacas Stimme, die auf einmal ganz ruhig klang. »Rosalind wird möglicherweise sterben, wenn sie hier drinnen bleibt, ist Ihnen das klar?«
Inzwischen waren auch die Wissenschaftler aus den weiter entfernten Labors des Fiebertanks in den Korridor vor der Luftschleuse gekommen und beobachteten dichtgedrängt die Aus-

einandersetzung. Carson stand bewegungslos da und blickte zwischen de Vaca und dem Wachmann hin und her.

De Vaca drängte sich entschlossen an dem Wachmann vorbei und beugte sich über Brandon-Smith. Sie hob den Kopf und blickte durchs Visier in ihren Helm hinein.

Auf einmal ergriff Vanderwagon das Wort. »Ich bin dafür, daß wir die beiden hier herausschaffen. Wir können sie doch nicht wie Affen in Quarantäne stecken. Das ist unmenschlich.«

Seinen Worten folgte angespannte Stille. Der Wachmann zögerte, weil er offenbar nicht wußte, wie er sich bei einer Konfrontation mit den Wissenschaftlern verhalten sollte. Vanderwagon trat vor und beugte sich über Brandon-Smith.

»Treten Sie sofort zurück, Sir«, sagte der Wachmann schließlich. »Das ist ein Befehl.«

»Sie können mich mal«, sagte de Vaca und nahm zusammen mit Vanderwagon der bewußtlosen Brandon-Smith den Helm ab. Dann entfernte sie ihr das Erbrochene aus Mund und Nase. Die Wissenschaftlerin schnaufte tief und rollte mit den Augen.

»Haben Sie das gesehen? Fast wäre sie erstickt, und Sie wären schuld daran gewesen.« De Vaca drehte sich um und sah hinauf zu Carson. »Was ist? Helfen Sie uns, sie hier rauszuschaffen?«

»Susana«, sagte Carson mit ruhiger Stimme, »Sie kennen die Vorschriften genauso gut wie ich. Denken Sie doch bitte einen Augenblick nach. Möglicherweise ist Brandon-Smith mit dem Virus in Berührung gekommen. Vielleicht ist sie sogar schon ansteckend.«

»Aber das wissen wir nicht genau!« brauste de Vaca auf und starrte Carson an. »Es ist doch noch gar nicht bewiesen, daß ein Mensch sich mit dem Virus anstecken kann.«

Ein weiterer Wissenschaftler trat einen Schritt vor. »Das hätte jedem von uns ebensogut passieren können. Ich möchte auch helfen.«

Brandon-Smith erholte sich langsam von dem Elektroschock. In dem helmlosen Anzug sah ihr Kopf lächerlich klein aus. Als sie den Mund öffnete, um zu sprechen, lief ihr Erbrochenes über ihr Doppelkinn. »Bitte«, hörte Carson sie sagen, »bitte, bringt mich hier raus.« Carson blickte an ihr vorbei und sah, wie ein weiterer Wachmann mit Schrotflinte den Gang entlangkam.

»Keine Angst, Rosalind«, erwiderte de Vaca. »Wir sorgen schon dafür, daß Sie hinaus auf die Krankenstation kommen.« Dann warf sie Carson einen vernichtenden Blick zu. »Sie sind nicht besser als ein hundsgemeiner Mörder. Wie können Sie sie bloß hier in den Händen von diesen Unmenschen lassen? Denen ist doch scheißegal, ob sie stirbt oder nicht. *Hijo de puta.*«

Plötzlich war aus der Sprechanlage Singers Stimme zu vernehmen. »Was ist denn im Fiebertank los? Warum hat mich niemand verständigt? Ich verlange, daß sofort ...«

Weiter kam Singer nicht, denn eine andere Stimme schnitt ihm brutal das Wort ab. Am englischen Akzent erkannte Carson sofort, daß es die von Nye sein mußte.

»Im Falle eines Alarms der Stufe zwei hat der Sicherheitschef das Recht, den Direktor des Labors von seiner Weisungsbefugnis zu entbinden. Das habe ich hiermit getan.«

»Mr. Nye, bevor ich mich nicht persönlich vom Eintreten eines Notfalls überzeugt habe, werde ich weder Ihnen noch sonst jemandem das Kommando übertragen«, entgegnete Singer.

»Schaltet Dr. Singers Sprechanlage ab«, befahl Nye ungerührt.

»Nye, hören Sie ...«, protestierte Singer, dann verstummte seine Stimme schlagartig.

»Bringen Sie die beiden Personen sofort auf die Quarantänestation«, sagte Nye.

Der Befehl beendete die Unentschlossenheit der Wachleute. Einer von ihnen trat vor und stieß de Vaca zur Seite. Als sie fluchend Platz machte, ging der neu angekommene Wachmann auf sie zu und rammte ihr brutal den Kolben seiner Schrotflinte in den Bauch. Sie fiel zu Boden und krümmte sich vor Schmerzen. Der Wachmann hob den Kolben und wollte noch einmal

zuschlagen, als Carson mit geballten Fäusten dazwischenging. Der Wachmann drehte die Schrotflinte um und zielte auf Carsons Bauch. Hinter dem Helmvisier sah Carson Mike Marrs bösartiges, höhnisch grinsendes Gesicht, das ihn aus zu schmalen Schlitzen verengten Augen anstarrte.
Wieder war über die Sprechanlage Nyes Stimme zu hören. »Alle bleiben, wo sie sind. Die Sicherheitskräfte bringen jetzt die beiden Personen in die Quarantänestation. Bei jeder weiteren Zuwiderhandlung werden die Wachen von der Schußwaffe Gebrauch machen.«
Zwei der Wachmänner halfen Brandon-Smith auf die Füße und führten sie den Gang entlang, während ein anderer sich um seinen Kollegen mit dem zerrissenen Schutzanzug kümmerte. Die restlichen Wachen, darunter auch Mike Marr, nahmen Aufstellung vor den Wissenschaftlern und Technikern und ließen sie nicht mehr aus den Augen.
Kurz darauf verschwanden die Wachen mit den beiden Festgenommenen in dem Gang, der zu den unteren Geschossen des Fiebertanks führte. Carson wußte, wo sie hingebracht wurden: in ein paar enge Räume zwei Stockwerke unterhalb der Quarantänestation für die Affen. Dort würden sie die nächsten sechsundneunzig Stunden zubringen müssen, wobei ihr Blut in regelmäßigen Abständen auf Antikörper gegen das X-FLU-Virus untersucht würde. Wenn das Ergebnis sämtlicher Untersuchungen negativ war, würden sie zu einer weiteren, einwöchigen Quarantäne auf die Krankenstation gebracht werden. Falls sich aber Antikörper bilden sollten – was ein untrügliches Zeichen für eine Ansteckung wäre –, würden sie den kurzen Rest ihres Lebens in der Quarantänestation verbringen müssen, bis sie als erste Menschen dem X-FLU-Virus zum Opfer fielen.
Wieder ließ sich Nyes energische Stimme vernehmen. »Mendel, holen Sie einen neuen Helm, gehen Sie hinunter in die Quarantänestation, und flicken Sie die Anzüge der beiden. Dr. Grady wird sie medizinisch versorgen und ihnen die ersten

Blutproben entnehmen. Wir werden das Labor erst evakuieren, wenn alle – ich wiederhole: alle – Schutzanzüge auf Dichtigkeit überprüft wurden.«

»Faschistisches Arschloch!« sagte de Vaca über den globalen Kanal.

»Jede Person, die sich den Anordnungen des Sicherheitspersonals widersetzt, wird für die Dauer des Notfalls auf der Quarantänestation unter Arrest gestellt«, kam postwendend die kühle Antwort. »Hertz, Sie machen sich auf die Suche nach dem entlaufenen Affen und töten ihn.«

»Ja, Sir!«

Am Ende des Ganges erschien jetzt Dr. Grady, der Laborarzt, in einem roten Schutzanzug. Er hatte einen großen Metallkoffer dabei und verschwand in der Tür, die hinunter zur Quarantänestation führte.

»Wir fangen jetzt in alphabetischer Reihenfolge mit der Überprüfung der Anzüge an«, sagte Nye. »Wer diesen Test bestanden und den Fiebertank verlassen hat, begibt sich unverzüglich in den großen Konferenzraum und wartet dort auf weitere Anweisungen. Barkley, Sie sind der erste. Gehen Sie zur Luftschleuse am Ausgang.«

Der Wissenschaftler namens Barkley warf einen Blick auf seine versammelten Kollegen und ging.

»Carson ist der nächste«, sagte Nye sechzig Sekunden später.

»Nein!« protestierte Carson. »So geht das nicht. Unsere Anzüge haben nur noch Luft für ein paar Minuten. Ich bin dafür, daß zuerst die Frauen überprüft werden.«

»Carson ist der nächste«, wiederholte Nye ruhig, aber mit einem deutlich drohenden Unterton.

»Spielen Sie bloß nicht den Märtyrer«, sagte de Vaca, die an der Wand des Ganges lehnte und sich immer noch den Bauch hielt. »Machen Sie, daß Sie hier rauskommen.«

Nach kurzem Zögern trat Carson in die Luftschleuse. Ein Wachmann, der dort auf ihn gewartet hatte, besah sich seinen Schutz-

anzug genau, bevor er einen dünnen Schlauch an das Ventil der Luftversorgung anschloß.
»Ich werde Ihren Anzug jetzt auf Dichtigkeit überprüfen«, sagte der Wachmann. Carson hörte ein Zischen und spürte am Knacken in seinen Ohren, wie der Luftdruck in seinem Anzug anstieg.
»Okay«, sagte der Mann, und Carson durfte unter die chemische Dusche treten. Als er in den Umkleideraum kam, bemerkte er, daß Barkley sich unter seinem Anzug in die Hose gemacht hatte, und drehte ihm diskret den Rücken zu.
Als er seinen Anzug im Spind verstaute, kam de Vaca aus dem Fiebertank und zog den Helm vom Kopf.
»Warten Sie, Guy«, sagte sie, »ich wollte Ihnen noch sagen, daß ...«
Carson ließ sie wortlos stehen und machte sich auf den Weg zum Konferenzraum.

Innerhalb einer Stunde waren alle im Konferenzraum versammelt. Nye stand mit Singer vor einem großen Videoschirm, Mike Marr lehnte an der Wand daneben. Er hatte die Beine in den Cowboystiefeln überkreuzt und kaute an seinem unvermeidlichen Gummiband herum, während er mit trägen Blicken die Gruppe von Wissenschaftlern und Assistenten beobachtete. Angst und Groll hingen wie Rauchschwaden über dem Raum. Dann wurde auf einmal der Raum verdunkelt, und das Gesicht von Brent Scopes erschien auf dem Videoschirm.
»Sie brauchen mich nicht über das Vorgefallene zu informieren«, sagte er, »denn alles wurde auf Video aufgezeichnet. Alles.«
Im Konferenzraum war es still, während Scopes' Augen hinter

der dicken Brille auf dem großen Bildschirm hin- und herwanderten, als könnten sie den Anwesenden ins Gesicht blicken.
»Manche von Ihnen haben mich schwer enttäuscht«, sagte er schließlich. »Sie alle kennen die Vorschriften genau und haben unzählige Male das korrekte Verhalten im Ernstfall geübt.«
»Sie, John«, wandte er sich an Singer, »kennen die Regeln besser als alle anderen. Sie wissen genau, daß Mr. Nye in dieser Situation das Kommando hatte und nicht Sie. Es war vollkommen richtig von ihm, bei diesem Notfall Ihre Weisungsbefugnis einzuschränken. Wir können uns in solchen Situationen keine unklaren Befehlsverhältnisse leisten.«
»Ich verstehe«, sagte Singer mit ausdruckslosem Gesicht.
»Das weiß ich. Nun zu Ihnen, Susana Cabeza de Vaca.«
»Was ist?« fragte de Vaca trotzig.
»Warum haben Sie gegen die Vorschriften gehandelt und versucht, Brandon-Smith aus dem Sicherheitsbereich herauszubringen?«
»Damit sie in einem Krankenhaus medizinisch versorgt werden könnte«, sagte de Vaca, »anstatt in einen Käfig gesperrt zu werden.«
Scopes sagte eine Weile nichts und starrte von der Videowand in den Raum. »Und wenn sie sich nun wirklich mit X-FLU infiziert hat?« fragte er schließlich. »Könnte ihr dann die beste medizinische Versorgung das Leben retten?«
Wieder waren alle still, bis Scopes einen tiefen Seufzer ausstieß. »Sie sind doch ausgebildete Mikrobiologin, Susana, also brauche ich Ihnen nichts über Epidemiologie zu erzählen. Wenn es Ihnen gelungen wäre, Rosalind aus der Sicherheitszone herauszubringen, und sie wäre wirklich infiziert gewesen, dann hätten Sie womöglich die schlimmste Seuche in der Geschichte der Menschheit ausgelöst.«
De Vaca schwieg stur vor sich hin.
»Andrew?« wandte Scopes sich an Vanderwagon. »Bei einer solchen Epidemie würden kleine Kinder, Teenager, Mütter,

Arbeiter und Arbeiterinnen, Reiche und Arme, Ärzte und Krankenschwestern, Farmer und Priester sterben. Tausende von Menschen, möglicherweise Millionen oder« – er hielt einen Moment inne – »sogar Milliarden.« Scopes' Stimme war immer leiser geworden. Dann machte er wieder eine längere Pause.

»Wenn jemand der Meinung ist, ich übertreibe, dann soll er das bitte sagen.«

Die Stille, die folgte, war schon fast quälend.

»Verdammt noch mal«, brüllte Scopes auf einmal los. »Es gibt *gute Gründe* für die Vorschriften auf Sicherheitsstufe fünf. Schließlich arbeiten Sie dort alle mit einer der gefährlichsten Substanzen, die es jemals gegeben hat. Wenn Sie Mist bauen, bedrohen Sie damit die gesamte Menschheit. Und heute *hätten* Sie um ein Haar Mist gebaut.«

»Es tut mir leid«, platzte Vanderwagon heraus. »Ich habe unüberlegt und spontan gehandelt. Ich dachte bloß, daß es genausogut ich sein könnte, der ...«

»Fillson!« unterbrach Scopes den Redeschwall.

Der Tierwärter näherte sich dem Videoschirm mit nervös zuckenden Händen und feuchter, vorgeschobener Unterlippe.

»Sie haben dadurch, daß Sie den Käfig eines mit X-FLU geimpften Schimpansen nicht richtig verschlossen haben, unkalkulierbaren Schaden angerichtet. Außerdem haben Sie es unterlassen, die Fingernägel des unter Quarantäne stehenden Schimpansen zu schneiden, obwohl das ausdrücklich zu Ihren Aufgaben gehörte. Sie sind natürlich fristlos entlassen. Außerdem habe ich unsere Anwälte beauftragt, Sie auf Schadensersatz zu verklagen. Wenn Brandon-Smith sterben sollte, sind Sie darüber hinaus für ihren Tod verantwortlich. Auch dafür werden Sie vor Gericht geradezustehen haben. Die juristischen, finanziellen und moralischen Folgen Ihrer Fahrlässigkeit werden Sie Ihr Leben lang nicht mehr loswerden, das verspreche ich Ihnen. Mr. Marr, bitte sorgen Sie dafür, daß Fillson auf der Stelle vom Laborgelände entfernt und nach Engle gebracht wird, von wo aus er die Heimreise antreten wird.«

Mike Marr verließ grinsend seinen Platz an der Wand und ging langsam auf Fillson zu.

»Mr. Scopes – Brent – ich bitte Sie ...«, begann Fillson, aber Marr packte ihn unsanft am Arm und schob ihn durch die Tür nach draußen.

»Susana?« sagte Scopes fragend.

De Vaca antwortete nicht.

Scopes schüttelte den Kopf. »Ich habe zwar nicht vor, Sie ebenfalls zu entlassen, aber wenn Sie nicht einsehen, daß Sie einen Fehler gemacht haben, dann muß ich es wohl doch tun. Ein Verhalten, wie Sie es an den Tag gelegt haben, ist zu gefährlich. Dort unten im Labor ging es um mehr Menschenleben als nur um eines. Ist Ihnen das bewußt?«

De Vaca ließ den Kopf sinken. »Ja, das ist mir bewußt«, sagte sie schließlich.

Scopes wandte sich noch einmal an Vanderwagon. »Andrew, ich weiß, daß Sie und Susana sich beide von eigentlich lobenswerten menschlichen Emotionen haben leiten lassen. Aber Sie *müssen* in Zukunft mehr Disziplin wahren, wenn Sie es mit etwas so Gefährlichem wie dem X-FLU-Virus zu tun haben. Erinnern Sie sich immer an den Bibelspruch: ›Wenn aber dein rechtes Auge dir Anlaß zur Sünde gibt, so reiß es aus und wirf es von dir.‹ Sie dürfen derartige Emotionen, und mögen Sie auch noch so gut gemeint sein, nicht über Ihre Vernunft siegen lassen. Schließlich sind Sie Wissenschaftler. Wir werden später noch darüber reden, ob dieser Vorfall Auswirkungen auf Ihren Jahresbonus haben wird.«

»Ja, Sir«, sagte Vanderwagon.

»Das gleiche gilt für Sie, Susana. Ich gebe Ihnen beiden noch einmal eine sechsmonatige Probezeit.«

De Vaca nickte.

»Guy Carson?«

»Ja«, sagte Carson.
»Es tut mir wirklich sehr leid, daß Ihr Experiment ein Fehlschlag war.«
Carson sagte nichts.
»Aber ich bin stolz auf Sie, weil Sie vorhin so umsichtig reagiert haben. Sie hätten ebenfalls dafür eintreten können, daß Brandon-Smith aus der Sicherheitszone herausgebracht wird, aber Sie haben es nicht getan. Statt dessen haben Sie einen kühlen Kopf bewahrt.«
Carson antwortete nichts. Er hatte so gehandelt, wie er es für richtig empfunden hatte. Trotzdem hatte de Vacas Vorwurf, er sei praktisch ein Mörder, ihn tief getroffen. Nun war es ihm peinlich, daß Scopes ihn vor versammelter Mannschaft lobte.
Scopes seufzte abermals und wandte sich wieder an alle. »Rosalind Brandon-Smith und Roger Czerny erhalten auf der Quarantänestation die bestmögliche medizinische Versorgung. Ihre Anzüge wurden wieder abgedichtet, und momentan ruhen sich die beiden aus. Nach den Vorschriften, die Ihnen allen bekannt sind, müssen sie sechsundneunzig Stunden in Quarantäne bleiben. Bis zum Ablauf dieser Zeit bleibt Sicherheitsbereich fünf für alle außer dem medizinischen Personal geschlossen. Gibt es noch irgendwelche Fragen?«
Nach längerer Stille fragte jemand: »Was ist, wenn die beiden X-FLU-positiv sind?«
Scopes Gesicht nahm einen schmerzerfüllten Ausdruck an. »Darüber möchte ich jetzt nicht einmal nachdenken«, sagte er, und der Schirm wurde mit einemmal schwarz.

»Legen Sie sich aufs Ohr, Guy. Hier können Sie jetzt nichts mehr tun.«

Singer, der mitgenommen und abgezehrt aussah, saß auf einem der Drehstühle im Kontrollzentrum und ließ die Blicke über eine Reihe von Schwarzweißmonitoren schweifen. In den vergangenen sechsunddreißig Stunden war Carson immer wieder hierhergekommen und hatte auf die Monitore gestarrt, als könne er allein mit seiner konzentrierten Willenskraft die beiden Menschen aus der Quarantäne herausholen. Nun nahm er sein Notebook, verabschiedete sich zögernd von Singer und verließ den von gedämpftem, bläulichem Licht erfüllten Kontrollraum.

Langsam ging Carson die leeren Gänge des Verwaltungsgebäudes entlang. Weil an Schlaf nicht zu denken war, schritt er gedankenverloren hinüber zu den oberirdischen Labors außerhalb des inneren Bereichs.

Dort setzte er sich in einem der Arbeitsräume an einen langen Tisch und dachte zum hundertsten Mal über sein fehlgeschlagenes Experiment nach. Wenn Brandon-Smith oder der Wachmann X-FLU-positiv waren, dann bedeutete das, daß sie mit großer Wahrscheinlichkeit sterben mußten. Das wäre nicht der Fall gewesen, wenn er mit seiner Arbeit Erfolg gehabt hätte. Schlimm fand Carson auch, daß seit dem Vorfall im Fiebertank die aufmunternden und fürsorglichen Nachrichten von Scopes an ihn abrupt aufgehört hatten. Er hatte den Boß von GeneDyne ganz offenbar schwer enttäuscht.

Dennoch war Carson nach wie vor der Überzeugung, daß die Impfung eigentlich hätte funktionieren *müssen*. Er konnte an seiner Vorgehensweise trotz intensiver Suche noch immer keinen Fehler finden. Alle Tests hatten ergeben, daß sich das Virus tatsächlich genau nach seinen Berechnungen verändert hatte.

Carson schaltete seinen zweiten Computer ein, dem täglich über das Netz die Daten seines ersten, im Fiebertank gebliebenen Notebooks übertragen wurden, und legte eine Liste mit möglichen Ursachen für das Scheitern seines Experiments an.

Möglichkeit 1: *Ein bislang noch unbekannter Fehler.*
Konsequenz: *Experiment wiederholen.*

Möglichkeit 2: *Dr. Burt hat den Gen-Ort falsch festgestellt.*
Konsequenz: *Gen neu kartieren, Experiment wiederholen.*

Möglichkeit 3: *Schimpansen hatten bereits vor der Impfung latente X-FLU.*
Konsequenz: *Abwarten, ob sich auch bei den anderen geimpften Schimpansen Krankheitssymptome zeigen.*

Möglichkeit 4: *Das Virus wurde durch Hitzeeinwirkung oder andere Mutagene auf unbeabsichtigte Weise verändert.*
Konsequenz: *Experiment wiederholen und besondere Sorgfalt auf Behandlung und Lagerung der Virenkultur legen.*

Fast alle Möglichkeiten liefen letztendlich auf dasselbe hinaus: Er mußte das verdammte Experiment wiederholen. Aber Carson wußte schon im voraus, daß er wieder dieselben Ergebnisse bekommen würde, denn er konnte nichts grundlegend anders machen. Mißmutig holte er sich Burts Aufzeichnungen in den Computer und ging noch einmal die Abschnitte durch, die sich mit der Kartierung des viralen Gens befaßten. Burt hatte ausgezeichnete Arbeit geleistet, und Carson konnte beim besten Willen nicht sagen, wo er einen Fehler gemacht haben könnte. Trotzdem mußte er sich alles noch einmal gewissenhaft ansehen. Vielleicht sollte er sogar selbst das Plasma des Virus noch einmal neu kartieren – aber das war eine Arbeit, die mindestens zwei Monate in Anspruch nehmen würde. Carson dachte daran, daß er dann zwei zusätzliche Monate in der Enge des Fiebertanks verbringen müßte. Dann fiel ihm Brandon-Smith ein, die jetzt irgendwo tief unter der Erde in der Quarantänestation saß. Er erinnerte sich an das Blut, das aus den Kratzwunden an ihrem Oberarm gelaufen war, und an ihren Gesichtsausdruck, der eine Mischung aus Angst und Ungläubigkeit gewesen war. Noch ganz genau sah er vor sich, wie die Wachen sie schließlich weggezerrt hatten.

Carson saß vor einem großen Fenster, das auf die Wüste blickte. Diese Aussicht war sein einziger Trost. Von Zeit zu Zeit schaute er hinaus und sah zu, wie die Nachmittagssonne über dem gelblichen Sand langsam eine goldene Farbe annahm.

»Guy?« hörte er auf einmal de Vaca hinter sich fragen. Als er sich umdrehte, sah er sie in der Tür stehen. Sie trug Jeans und ein T-Shirt und hatte ihren Laborkittel zusammengefaltet über den Arm gelegt.

»Brauchen Sie Hilfe?«

»Nein«, antwortete Carson.

»Hören Sie«, begann de Vaca. »Was ich neulich unten im Fiebertank gesagt habe, tut mir leid.«

Carson wandte sich schweigend von ihr ab. Gespräche mit dieser Frau hatten so gut wie immer ein böses Ende. Er hörte, wie sie von hinten auf ihn zutrat.

»Ich bin gekommen, um mich bei Ihnen zu entschuldigen«, sagte de Vaca.

»Akzeptiert«, entgegnete Carson und seufzte.

»Das glaube ich Ihnen nicht«, sagte sie. »Sie klingen immer noch so, als wären Sie böse auf mich.«

Guy drehte sich zu ihr um. »Es geht nicht nur um das, was Sie da im Fiebertank gesagt haben. An allem, was ich mache oder sage, haben Sie etwas auszusetzen.«

»Sie sagen aber manchmal auch ziemlich blöde Dinge«, entgegnete de Vaca und kam schon wieder in Fahrt.

»Sehen Sie, ich habe doch recht. Sie sind gar nicht gekommen, um sich bei mir zu entschuldigen, sondern um sich wieder mit mir zu streiten.«

Eine Weile war es in dem verlassenen Labor ganz still.

»Wir könnten uns wenigstens bemühen, daß wir in Zukunft ohne größere Probleme zusammenarbeiten«, sagte schließlich de Vaca. »Ich brauche nämlich dringend den Erfolgsbonus, wenn ich meine Klinik aufmachen will. Okay, dieses Experiment war ein Fehlschlag. Aber das hindert uns doch nicht daran, es noch einmal zu versuchen.«

Carson sah sie an, wie sie neben dem Fenster stand und ihn aus ihren dunkelbraunen Augen anfunkelte. Ihre langen, schwarzen Haare fielen ihr dabei wild und ungebändigt auf Schultern und Rücken. Sie war so schön, daß er unwillkürlich den Atem anhielt und spürte, wie seine Wut verpuffte.

»Was ist das zwischen Ihnen und Mike Marr?« fragte er.

De Vaca schien überrascht. »Mit diesem Mistkerl? Seit ich hier bin, will der was von mir. Ich schätze, er glaubt, daß keine Frau seinen großen, schwarzen Stiefeln und seinem Cowboyhut widerstehen kann.«

»Sie können das aber offenbar recht gut, wie ich beim Bombenpicknick sehen konnte.«

»Stimmt. Aber er ist nicht gerade ein Mann, der eine Abfuhr locker wegstecken kann. Man darf sich von seinem blöden Grinsen nicht darüber hinwegtäuschen lassen, daß er in Wirklichkeit ein ganz brutaler Bursche ist. Sie haben ja gesehen, wie er mir im Fiebertank den Gewehrkolben in den Bauch gerammt hat. Um ehrlich zu sein, Mike Marr hat etwas, das mir echt Angst einjagt.« Sie strich sich mit einem Finger die Haare aus dem Gesicht. »Na los, lassen Sie uns arbeiten.«

Carson atmete tief durch. »Okay. Dann sehen Sie sich einmal diese Liste hier durch, und sagen Sie mir, ob ihnen noch weitere mögliche Gründe für das Fehlschlagen unseres Experiments einfallen.« De Vaca setzte sich auf einen Stuhl neben dem seinen, und Carson schob ihr das PowerBook hinüber.

»Mir fällt tatsächlich etwas ein«, sagte sie, nachdem sie Carsons Liste gelesen hatte.

»Und was wäre das?«

De Vaca fing an zu tippen:

Möglichkeit 5: *Virenmaterial kontaminiert mit anderem X-FLU-Virenstamm oder Plasmidfragmenten.*
Konsequenz: *Virenmaterial noch einmal reinigen und die Ergebnisse überprüfen.*

»Wieso glauben Sie, daß das Virenmaterial kontaminiert gewesen sein könnte?« fragte Carson.
»Es ist eine Möglichkeit.«
»Aber wir haben das Material doch mittels Gel-Elektrophorese überprüft. Es war sauberer als ein Witz, den der Papst erzählt.«
»Ich sagte ja bloß, daß es eine *Möglichkeit* wäre«, wiederholte de Vaca. »Man kann auch der besten Maschine nicht blind vertrauen. Die verschiedenen Stränge von X-FLU sind sich verdammt ähnlich.«
»Okay, okay«, seufzte Carson. »Aber zuerst möchte ich Burts Kartierung des X-FLU-Plasmids noch einmal genau durchgehen. Ich kenne seine Notizen zwar fast schon auswendig, aber ich will sie mir zur Sicherheit trotzdem noch einmal anschauen.«
»Ich helfe Ihnen dabei«, sagte de Vaca. »Vielleicht finden wir gemeinsam etwas heraus, was Ihnen bisher entgangen ist.«
Schweigend fingen sie zu lesen an.

Roger Czerny lag auf seinem Bett in der Quarantänestation und sah hinüber zu Brandon-Smith, die auf dem Bett gegenüber mit dem Rücken an der Wand lehnte und ihr übliches verdrießliches Gesicht zog. Er haßte ihren Anblick aus tiefster Seele, mehr, als er jemals in seinem Leben einen Menschen gehaßt hatte. Er verabscheute ihren fetten Körper in dem blauen Schutzanzug, haßte den sarkastisch-weinerlichen Ton ihrer Stimme, ja, er haßte sogar das Geräusch ihres Atems und das ständige Gewimmer, das leise durch die Sprechanlage an seine Ohren drang. Czerny war wütend, daß er die Quarantänestation mit einer Frau teilen mußte, die möglicherweise für seinen Tod verantwortlich sein würde. Eine so wohlhabende Firma wie GeneDyne hätte doch wirklich zwei Räume für solche Zwecke bauen können, oder nicht? Warum mußte man ihn mit dieser fetten, häßlichen Frau zusammensperren, die ihm permanent auf die Nerven ging? Darüber hinaus bekam er ihre sämtlichen körperlichen Funktionen mit: wie sie aß, wie sie schlief, sogar wie sie ihren Kotbeutel ausleerte. Es war einfach unerträglich. Als wäre alles hier nicht schon kompliziert genug. Essen oder Pinkeln war in dieser sterilen Umgebung alles andere als ein einfaches Unterfangen. Wenn er jemals wieder hier herauskam, würde er die Firma auf Schadensersatz verklagen – außer, man entschuldigte sich bei ihm und zahlte ihm einen dicken Bonus. Eigentlich hätte man ihm bei einem Job wie seinem einen reißfesten Anzug geben müssen. Und man hatte ihn mit der Frau zusammengesperrt, die möglicherweise seine Mörderin war. Dafür und für die ganze andere Unbill, die ihm widerfahren war, würde die Firma bezahlen müssen.

Der Gipfel der Frechheit war übrigens, daß man ihm nicht einmal die Resultate der Bluttests mitteilte, denen er sich auf der Quarantänestation regelmäßig unterziehen mußte. Ob er infiziert war oder nicht, würde er erst am Ende der viertägigen Quarantäne erfahren. Wenn man ihn gehen ließ, dann waren die Tests negativ gewesen. Wenn nicht, dann …

Dafür, dachte er, würden sie mindestens zweihundert Riesen abdrücken müssen. Ach was, zweihundertfünfzig, wenn er sich einen guten Anwalt nahm.

Es war zehn Uhr, und weil das Licht gedämpft war, wußte Czerny, daß es Abend und nicht Morgen war. Am Abend dimmten sie die Lampen. Er erinnerte sich zum wiederholten Male, wie er vor zehn Jahren mit akuter Blinddarmentzündung ins Krankenhaus eingeliefert worden war. Hier ging es so ähnlich zu wie in dem Krankenhaus damals, nur schlimmer. Sehr viel schlimmer. Hier war er dreißig Meter unter der Erde in einen winzigen Raum eingesperrt, und das mit einer Frau, die ... Czerny öffnete und schloß ein paarmal hintereinander den Mund und holte tief Luft, um der in ihm aufsteigenden Panik Herr zu werden.

Langsam wurde sein Atem wieder normal. Er legte sich anders hin und richtete die Fernbedienung auf einen Fernseher, der von der Decke herabhing. Es kam die Wiederholung eines alten Slapstickfilms. Czerny war alles recht, wenn es ihn nur von der tristen Wirklichkeit der Quarantänestation ablenkte.

Kurz darauf ertönte ein leiser Piepston, und an der Wand begann ein blaues Licht zu blinken. Czerny hörte das Zischen von Preßluft, und dann kam Grady, der Arzt, in seinem roten Schutzanzug durch die Luftschleuse herein. »Es ist mal wieder soweit«, verkündete er munter durch die Sprechanlage. Zuerst nahm er Brandon-Smith durch eine spezielle Öffnung in ihrem Anzug Blut aus der Armbeuge ab.

»Mir geht es gar nicht gut«, jammerte Brandon-Smith. Das sagte sie jedes Mal, wenn der Arzt kam. »Irgendwie ist mir schwindlig.«

Dr. Grady las an dem Thermometer in ihrem Anzug ihre Körpertemperatur ab. »37,3 Grad«, sagte er. »Leicht erhöhte Temperatur. Ist vermutlich auf den Streß aufgrund der ungewohnten Situation zurückzuführen. Versuchen Sie, sich zu entspannen.«

»Aber ich habe *Kopfschmerzen*«, sagte sie bestimmt zum zwanzigsten Mal.

»Ich kann Ihnen jetzt kein Schmerzmittel mehr spritzen«, sagte der Arzt. »Erst in zwei Stunden wieder.«

»Aber ich habe die Kopfschmerzen nun mal *jetzt*.«

»Na schön, dann gebe ich Ihnen eben noch mal die halbe Dosis«, gab Dr. Grady nach und holte mit seinen in Handschuhen steckenden Händen eine Spritze aus seinem Koffer.

»Bitte sagen Sie mir, ob ich es habe, das Virus. Bitte. *Bitte!*« flehte sie.

»Sie müssen sich noch vierundzwanzig Stunden gedulden«, entgegnete der Arzt. »Ist doch bloß noch ein einziger Tag. Es geht Ihnen gut, Rosalind, es geht Ihnen ganz hervorragend. Außerdem habe ich Ihnen schon oft gesagt, daß ich ebensowenig weiß wie Sie.«

»Sie sind ein Lügner«, begehrte Brandon-Smith auf. »Ich möchte sofort mit Brent sprechen.«

»Beruhigen Sie sich. Niemand ist hier ein Lügner. Sie stehen unter Streß, das ist alles.«

Der Arzt kam herüber zu Czerny, der ihm schicksalsergeben den Arm hinhielt.

»Kann ich irgend etwas für Sie tun, Roger?« fragte Dr. Grady.

»Nein«, antwortete Czerny und verwarf den Gedanken an Flucht, der einen kurzen Augenblick lang in ihm aufgekeimt war. Selbst wenn er an dem Arzt vorbeikäme, würden draußen direkt vor der Quarantänestation zwei seiner Kollegen warten und ihn abfangen, das wußte er genau.

Dr. Grady nahm Czerny Blut ab und ging. Die Luftschleuse schloß sich wieder, und das blaue Licht an der Wand hörte auf zu blinken. Czerny blickte wieder auf den Fernseher, während Brandon-Smith sich auf ihr Bett legte und bald darauf in unruhigen Schlaf fiel. Um elf Uhr löschte Czerny das Licht.

Drei Stunden später wachte er urplötzlich auf. Im trüben Dämmerlicht der Nachtbeleuchtung bemerkte er eine Gestalt, die sich über sein Bett beugte.

»Wer ist da?« rief er und setzte sich auf. Er langte nach dem Lichtschalter, ließ aber den Arm wieder sinken, als ihm klar wurde, daß es nur Brandon-Smith sein konnte.

»Was wollen Sie?« sagte er.

Sie gab ihm keine Antwort, sondern fing am ganzen Körper an zu zittern.
»Lassen Sie mich in Frieden!«
»Mein rechter Arm …«, sagte Brandon-Smith.
»Was ist mit ihm?«
»Er ist weg«, sagte sie. »Ich bin aufgewacht, und er war weg.«
In der Dunkelheit tastete Czerny nach dem globalen Knopf der Sprechanlage am Ärmel seines Schutzanzugs und drückte ihn mit aller Kraft.
Brandon-Smith trat einen Schritt vor und stieß dabei an Czernys Bettgestell.
»Hauen Sie ab!« schrie Czerny. Er spürte, wie das Bett vibrierte.
»Jetzt verschwindet auch mein linker Arm«, flüsterte Brandon-Smith mit seltsam undeutlicher Stimme. Ihr Körper zitterte immer mehr. »Das ist wirklich merkwürdig. In meinem Kopf kriecht irgendwas herum. Ich glaube, es sind Würmer.« Dann verstummte sie, aber das Zittern wurde noch stärker.
Czerny kroch nach hinten an die Wand. »Helft mir!« brüllte er in die Sprechanlage. »Schickt verdammt noch mal jemanden hier rein!«
Dann gingen zwei in der Decke eingelassene Lampen an und tauchten den Raum in ein schwaches, rötliches Licht.
Auf einmal schrie Brandon-Smith: »*Wo sind Sie? Ich kann Sie nicht mehr sehen! Bitte, lassen Sie mich nicht allein!*«
Czerny hörte über die Sprechanlage ein eigentümliches, nasses Geräusch, das im nächsten Augenblick vom Brummen eines Kurzschlusses abgelöst wurde. Erschrocken blickte Czerny auf und sah, wie faltige, graue Gehirnmasse innen am Visier von Brandon-Smith' Helm klebte. Dennoch blieb Brandon-Smith noch eine ganze Weile zuckend auf den Beinen, bis sie wie in Zeitlupe vornübersank und schwer auf Czernys Bett plumpste.

TEIL ZWEI

Der Pferdestall, ein bescheidenes Wellblechgebäude mit sechs Boxen, befand sich direkt am äußeren Zaun. Als Carson den Stall betrat, sah er, daß in vier der Boxen Pferde standen. Es war eine Stunde vor Sonnenaufgang, und die Venus leuchtete hell am östlichen Horizont. Carson betrachtete die Pferde, die mit hängenden Köpfen vor sich hindösten. Als er leise pfiff, hoben sie die Köpfe und stellten die Ohren auf.

»Welche von euch häßlichen alten Schindmähren hätte denn Lust auf einen kleinen Ausritt?« flüsterte Carson. Eines der Pferde wieherte leise.

Er besah sich die Tiere der Reihe nach. Sie waren ein bunt gemischter Haufen, den man offensichtlich auf verschiedenen Ranches zusammengekauft hatte: ein leicht gänsebrüstiger Appaloosa, zwei alte Quarterhorses und ein Pferd, dessen Rasse Carson nicht genau kannte. Muerto, Nyes prächtiger, gefleckter Wallach, den Carson bei einem früheren Besuch im Stall gesehen hatte, war nicht da. Offenbar hatte sich der Engländer schon in aller Frühe zu einem seiner mysteriösen Wüstenritte aufgemacht. Dem geht das Ganze hier wohl auch auf die Nerven, dachte Carson. Trotzdem kam es ihm seltsam vor, daß sich der Sicherheitschef zu dieser Stunde aus dem Gelände entfernte. Carson selbst hatte wenigstens eine Entschuldigung dafür, daß er nicht arbeitete, denn der Sicherheitsbereich war immer noch geschlossen und würde es noch mindestens einen weiteren Tag lang bleiben, bis ein Inspektor von der Gesundheitsbehörde kam, um Brandon-Smith' Tod zu untersuchen.

Selbst wenn der Fiebertank geöffnet gewesen wäre, wäre Carson an diesem Tag nicht in der Lage gewesen zu arbeiten. Er verzog

in der vom Pferdegeruch gesättigten Dunkelheit des Stalles das Gesicht. Gerade als er zu dem Entschluß gekommen war, daß er für Brandon-Smith' Unfall nicht verantwortlich war, war die Wissenschaftlerin an X-FLU gestorben. Czerny, der zwar nicht mit X-FLU infiziert, aber mit den Nerven vollkommen am Ende war, hatte man mit einem Krankenwagen weggebracht. Danach wurde der ganze Fiebertank gründlich dekontaminiert und dann versiegelt. Bis der Inspektor kam, konnte nicht gearbeitet werden, und Carson hielt das Herumsitzen in der bedrückten Atmosphäre des Wohnbereichs nicht mehr aus. Er mußte einen freien Kopf bekommen, um in Ruhe über das X-FLU-Problem nachdenken und herausfinden zu können, was wirklich schiefgelaufen war. Noch viel wichtiger aber war, daß er sein inneres Gleichgewicht wiedererlangen mußte. Und dazu war nichts besser geeignet als ein langer, einsamer Ritt durch die Wüste.
Carson sah sich das Pferd, dessen Rasse er nicht kannte, näher an. Es war ein brauner Wallach mit einem im Verhältnis zu seinem Körper viel zu großen Kopf, der jung und stark aussah. Unter seiner struppigen Mähne blickte er Carson mit wachen Augen an.
Carson trat in den Stall und ließ seine Hand über die Flanke des Pferdes gleiten. Das Fell war dicht und drahtig, und das Fleisch darunter fühlte sich fest an. Das Pferd zuckte nicht zusammen, als er es berührte, es drehte lediglich den Kopf und roch an Carsons Schulter. Das Tier hatte einen ruhigen, aber aufmerksamen Ausdruck in den Augen, der Carson auf Anhieb gefiel.
Er beugte sich hinunter und hob einen Vorderlauf des Pferdes hoch. Der Huf war in gutem Zustand, auch wenn das Hufeisen offensichtlich von einem Stümper angebracht worden war. Als Carson den Huf mit einem kleinen Messer reinigte, ließ das Pferd es geduldig über sich ergehen. Carson säuberte noch den zweiten Vorderhuf, dann richtete er sich auf und tätschelte es am Hals.
»Du bist ein braves Pferd«, sagte er, »aber häßlich bist du auch.«

Das Pferd wieherte, als hätte es ihn verstanden.
Carson legte ihm ein Zaumzeug über den Kopf und führte es nach draußen auf den Sattelplatz. Es war jetzt schon zwei Jahre her, seit er das letzte Mal auf dem Rücken eines Pferdes gesessen hatte, aber er spürte, wie die alten Instinkte wiederkehrten. Er ging in die Sattelkammer und sah sich Sättel und Zaumzeug an.
Es war ganz offensichtlich, daß die meisten seiner Kollegen nicht allzu begeisterte Reiter waren. Einer der Sättel hatte einen gebrochenen Vorderzwiesel, ein anderer war notdürftig geflickt und würde sich wohl wieder in seine Einzelteile auflösen, sobald ein Pferd unter ihm anfinge zu traben. Lediglich ein alter Abiquiu-Sattel mit weit hochgezogenem Hinterzwiesel sah so aus, als könne man ihn noch gebrauchen. Carson nahm ihn und brachte ihn zusammen mit einer Decke und einem Sattelkissen hinaus zu dem Pferd. Dann befestigte er seine alten Sporen an den Stiefeln und bemerkte dabei, daß eines der Spornrädchen kaputt war.
»Na, wie heißt du denn?« fragte er leise das Pferd, während er ihm mit der Hand übers Fell strich.
Das Pferd sah ihn stumm und fragend an.
»Na schön, dann werde ich dich Roscoe nennen.« Er faltete die Decke, warf sie dem Pferd über den Rücken und legte Sattelkissen und Sattel darauf. Als er den Sattelgurt festzog, bemerkte er, daß das Pferd seinen Bauch mit Luft aufblies und damit verhindern wollte, daß er den Gurt zu fest zog.
»Du bist mir vielleicht ein Schlingel«, sagte Carson und machte den Gurt nur locker zu. Als sich das Pferd einen Augenblick später wieder entspannt hatte, drückte er ihm ein Knie in die Seite und zog den Lederriemen straff. Roscoe legte die Ohren an.
»Hab ich dich erwischt«, sagte Carson.
Im Osten wurde der Himmel nun schon heller, und die Venus war merklich verblaßt und kaum mehr zu sehen. Carson legte

dem Pferd die Satteltaschen über, in denen er sich etwas zu essen mitgenommen hatte, befestigte eine Feldflasche mit Wasser am Horn des Sattels und stieg auf.

Das Wachhaus am hinteren Tor des Geländes war nicht besetzt, also ritt Carson zu dem Tastenfeld am Zaun, tippte seinen Code ein, und das Tor schwang automatisch auf.

Im Trab ritt er hinaus in die Wüste und atmete tief durch. Nach fast drei Wochen Gefangenschaft im Labor fühlte er sich endlich frei. Frei von der Platzangst im Fiebertank und frei von den Schrecken der vergangenen Tage. Morgen, wenn der Inspektor der Gesundheitsbehörde den Sicherheitstank freigegeben hatte, würde die Arbeit in der Tretmühle von neuem beginnen, und er war fest entschlossen, den ihm verbleibenden freien Tag optimal zu nutzen.

Roscoe war ein schneller, starker Traber. Carson lenkte ihn nach Südwesten und ritt auf die alte indianische Ruine zu, deren wenige stehengebliebene Wände aus einem großen Haufen Schutt hervorragten. Seit Carson die Ruine aus dem Fenster von Singers Büro gesehen hatte, hatte er sich vorgenommen, sie eines Tages zu erkunden.

Jetzt, als er ganz nahe daran vorbeiritt, sah Carson, daß die Ruine zu einem Großteil mit Flugsand bedeckt war. Nur hier und da konnte er noch die Umrisse einer zusammengefallenen Mauer und kleinerer Wohnräume erkennen. Die Ruine sah auch nicht anders aus als die vielen verfallenen Indianerbauten, die er in seiner Jugend gesehen hatte. Bald war sie nur mehr ein immer kleiner werdender Fleck in der Wüste, den er weit hinter sich gelassen hatte.

Als er mehrere Kilometer vom Labor entfernt war, ließ Carson das Pferd wieder in Schritt fallen und sah sich um. Mount Dragon war nichts weiter als ein Haufen weißer Punkte am nördlichen Horizont. Die Vegetation der Jornada-Wüste war hier etwas anders als rund um das Laborgelände. Hier gab es eine Menge Kreosotbüsche, die aussahen, als wären die Abstände

zwischen ihnen nach einem strengen mathematischen Muster berechnet worden.
Carson ritt weiter in südlicher Richtung und genoß das Auf und Ab des trabenden Pferdes. Auf einer Düne sah er eine Gabelantilope, die wie versteinert dastand und zu ihm herübersah. Kurz darauf gesellte sich ihr eine zweite hinzu, dann machten beide Tiere wie auf ein unhörbares Kommando mit einemmal kehrt und ergriffen die Flucht. Offenbar hatte ihnen der Wind seine Witterung zugetragen. Hinter der Düne erreichte Carson einen kleinen Hain von Yuccapalmen, die aussahen wie eine Ansammlung von Menschen, die allesamt die Köpfe hängen ließen. Bei ihrem Anblick erinnerte er sich an eine Geschichte, die seit Generationen in seiner Familie erzählt wurde: Sein Vorfahr Kit Carson hatte einmal mitten in der Wüste seinem Treck befohlen, eine Wagenburg zu bilden, und fünfzehn Minuten lang auf eine Horde feindlicher Indianer feuern lassen, bis er merkte, daß es sich bei den vermeintlichen Angreifern in Wirklichkeit um einen solchen Yuccapalmenhain gehandelt hatte.
Um die Mittagszeit schätzte Carson, daß er etwa fünfundzwanzig Kilometer von Mount Dragon entfernt war. Das einzige, was er davon noch sah, war der Berg selber, der wie ein schwarzes Dreieck am nördlichen Horizont stand. Die Laborgebäude waren schon seit geraumer Zeit aus Carsons Blickkreis verschwunden. Im Westen war dafür eine Kette niedriger Hügel aufgetaucht, und Carson hatte sein Pferd in ihre Richtung gelenkt.
Bald kam er an den Rand eines Lavafeldes, auf dessen scharfkantigem schwarzem Gestein viele blühende Ocatillas wuchsen. Er hatte einen Ausläufer der ausgedehnten, *El Malpaís* genannten Lavaformation erreicht, die sich vielverzweigt über Hunderte von Quadratkilometern erstreckte. Die Hügel im Westen waren nun schon so nahe, daß Carson in ihnen eine Reihe von erloschenen Vulkankegeln erkannte, die ganz ähnlich aussahen wie der Mount Dragon.
Carson ritt am Rand der Lava entlang, der sich in unregelmäßi-

gen Biegungen durch die Wüste wand und ein komplexes, von vielen Höhlen durchzogenes Labyrinth aus Buchten, Inseln und Plateaus bildete.
In der Ferne, über der Hügelkette, braute sich mit beängstigender Geschwindigkeit ein Sommergewitter zusammen. Ein mächtiger, dunkler Wolkenberg, der oben abgeflacht wie ein Amboß war, stieg hoch hinauf in den blauen Himmel. Carson spürte, wie ein kühler Wind aufkam und ihm einen leichten Geruch nach Ozon in die Nase wehte. Bald verdeckten die Wolken die Sonne, und eine seltsame Stille wie in einer Kathedrale legte sich über die Landschaft. Ein paar Minuten später sah Carson, wie aus den Wolken in ein paar Kilometern Entfernung ein Regenschauer niederging, der aussah wie eine Wand aus blau angelaufenem Stahl. Carson trieb Roscoe zu einem leichten Trab an und suchte den Rand des Lavafeldes nach einer Höhle ab, in der er das nahende Gewitter überstehen konnte.
Die Regenwand kam immer näher, und der böige Wind blies den Sand vom Boden in die Luft. Aus den Wolken zuckten jetzt Blitze zur Erde, und Donnerschläge rollten über die Wüste wie das Geräusch einer fernen Schlacht. Eine Art tiefes Stöhnen erfüllte die Luft, und der Geruch nach nassem Sand und Elektrizität wurde stärker.
Als Carson eine Spitze des Lavastroms umrundet hatte, sah er zwischen den zu grotesken Strängen verdrehten Basaltströmen eine vielversprechend aussehende Höhle. Er stieg vom Pferd, band Roscoe mit dem Zügel an einen Felsen und nahm ihm die Satteltaschen ab. Dann kletterte er über die Lava zum Eingang der Höhle.
Es war ein dunkler, kühler Schlund mit einem weichen Boden aus hereingewehtem Sand. Kaum hatte Carson sie betreten, da fielen draußen auch schon klatschend die ersten, schweren Regentropfen. Carson sah, wie sich Roscoe an seinem langen Zügel so drehte, bis sein Hinterteil dem Wind zugewandt war. Der Sattel würde jetzt naß werden, aber das war egal. Wenn es

ein besserer Sattel gewesen wäre, hätte ihn Carson mit in die Höhle genommen, aber ein solcher Sattel verdiente keine besondere Pflege. Wenn er wieder zurück war, würde er das Leder einölen, mehr nicht.

Auf einmal verschwand die Wüste rings um Carson im strömenden Regen. Die Berge waren nicht mehr zu sehen, und aus der schwarzen Lava ringsum wurde eine undeutliche, graue Masse. Carson lag in der halbdunklen Höhle auf dem Rücken und dachte über das nach, was in Mount Dragon in den vergangenen paar Tagen geschehen war. Nicht einmal hier konnte er dem Labor entkommen, das immer noch etwas Unwirkliches für ihn hatte, auch wenn der Tod von Brandon-Smith rauhe Wirklichkeit gewesen war. Wieder quälte er sich mit Selbstvorwürfen. Wenn sein Gen-Splicing funktioniert hätte, wäre Brandon-Smith jetzt noch am Leben. In gewisser Hinsicht hatte sein übergroßes Vertrauen in seine Methode ihren Tod mitverschuldet. Obwohl ein Teil von ihm wußte, wie irrational diese Gedanken waren, konnte er sich nicht gegen sie wehren. Dabei wußte Carson genau, daß er sein Bestes gegeben hatte und daß Fillsons und Brandon-Smith' eigene Nachlässigkeit an dem Unfall mit dem Affen schuld waren. Aber er konnte sich das tausendmal sagen, trotzdem wurde er ein gewisses Schuldgefühl nicht los.

Carson schloß die Augen und versuchte, sich auf die Geräusche des Regens und des Windes zu konzentrieren. Nach einer Weile setzte er sich auf und starrte hinaus in die Wüste. Roscoe stand still und ohne erkennbare Angst im strömenden Regen. Er hatte bestimmt schon viele solche Gewitter erlebt. Carson bedauerte ihn, wußte aber auch, daß seit Urzeiten unzählige Pferde draußen in der Nässe hatten stehen müssen, während ihre Reiter Zuflucht in irgendwelchen Höhlen gesucht hatten.

Er hockte sich wieder hin und wartete darauf, daß das Gewitter sich legte. Als er dabei geistesabwesend mit den Fingern durch den Sand des Höhlenbodens fuhr, spürte er auf einmal etwas

Kühles und Hartes im Sand. Es war eine Speerspitze aus grauem Feuerstein, dünn und wohlgeformt wie das Blatt eines Baumes. Carson erinnerte sich, daß er in seiner Jugend einmal auf der Ranch seines Vaters eine Pfeilspitze aus ähnlichem Material gefunden hatte. Als er sie zu Hause seinem Großonkel Charley gezeigt hatte, hatte dieser gemeint, daß sie so etwas wie ein Glücksbringer sei und daß Guy sie immer bei sich tragen solle. Sein Großonkel hatte ihm sogar einen ledernen Medizinbeutel für die Pfeilspitze genäht, sie mit Blütenpollen bestäubt und dabei ein heiliges Indianerlied gesungen. Carsons Vater war das alles furchtbar peinlich gewesen. Einige Zeit später hatte Carson den Beutel weggeworfen und seinem Großonkel gesagt, daß er ihn verloren hätte.

Carson stand auf, steckte die Speerspitze in seine Hemdtasche und trat an den Eingang der Höhle. Seit seinem Fund fühlte er sich besser. Irgendwie hatte er das Gefühl, daß er jetzt alles durchstehen und eine Möglichkeit finden würde, das X-FLU-Virus zu neutralisieren, und wenn es nur deshalb war, um zu beweisen, daß Brandon-Smith nicht umsonst gestorben war.

Als der Sturm nachließ, trat Carson aus seiner Lavahöhle. Die Sonne brach gerade durch die Wolken, und über den Hügeln im Süden stand ein prächtiger, doppelter Regenbogen. Carson band Roscoe los, tätschelte ihm den Hals und entschuldigte sich bei ihm dafür, daß er ihn im Regen hatte stehen lassen. Dann wischte er den Sattel trocken und stieg auf.

Roscoes Hufe versanken im aufgeweichten Sand, als Carson ihn in Richtung Berge in Bewegung setzte. In Minutenschnelle war es wieder so heiß, daß die Wüste zu dampfen anfing. Carson bekam Durst, aber weil er seinen Wasservorrat noch nicht anbrechen wollte, holte er sich einen Kaugummi aus der Hemdtasche.

Gerade als er ihn sich in den Mund schieben wollte, sah er etwas, das ihn erstarren ließ. Auf halbem Wege eine kleine Anhöhe hinauf sah er im feuchten Sand die Spuren eines Pferdes, das

ähnlich schlechte Hufeisen trug wie Roscoe. Die Spuren konnten erst nach dem Regen entstanden sein.
Carson schob sich rasch den Kaugummi in den Mund und folgte der Spur. Oben auf der Anhöhe sah er, daß auf der nächsten Düne ein Pferd mit Reiter zwischen zwei Lavafelsen stand. Als er den absurden Tropenhelm und den dunklen Anzug bemerkte, wußte Carson sofort, wen er vor sich hatte. Rasch dirigierte Carson Roscoe wieder die Anhöhe hinunter, stieg ab und spähte auf dem Bauch liegend über ihren Kamm.
Nye trabte im englischen Reitstil die Düne entlang. Dann zog er am Zügel, brachte das Pferd zum Stillstand und holte ein Stück Papier aus der Brusttasche seines Jacketts. Er strich es über dem Sattelhorn glatt und nahm einen Kompaß aus der Tasche. Mit diesem machte er eine Peilung direkt in die Sonne, verglich das Ergebnis mit dem Papier und drehte sein Pferd um neunzig Grad. Dann gab er ihm die Sporen und war kurz darauf hinter dem Dünenkamm verschwunden.
Neugierig geworden, stieg Carson wieder aufs Pferd. Im Vertrauen auf seine Kenntnisse im Spurenlesen ließ er Nye einen guten Vorsprung, bevor er ihm nachritt.
Die Spur, die Nye hinterließ, war mehr als seltsam. Einen Kilometer ritt er genau geradeaus, dann machte er eine weitere scharfe Wendung um neunzig Grad und ritt wieder einen Kilometer weiter, wo er abermals um neunzig Grad drehte. Er durchmaß die Wüste in rechten Winkeln, als folge er dem Muster eines Schachbretts. Bei jeder Richtungsänderung erkannte Carson an den Spuren, daß Nye einige Zeit angehalten hatte.
Carson folgte fasziniert diesem rätselhaften Kurs. Was zum Teufel machte Nye bloß? Das war kein harmloser Spazierritt, soviel stand fest. Es wurde schon spät, und der Sicherheitschef plante ganz offensichtlich, die Nacht hier draußen zwischen diesen gottverdammten Vulkankegeln zu verbringen, über dreißig Kilometer von Mount Dragon entfernt.

Carson stieg ab und untersuchte noch einmal die Spur. Nye war jetzt offenbar schneller unterwegs, denn er ritt leichten Galopp. Er hatte ein gutes Pferd, das in besserer körperlicher Verfassung war als Roscoe, und Carson war klar, daß er ihm nicht mehr sehr lange folgen konnte, ohne sein eigenes Pferd dabei zu überanstrengen. Mit etwas mehr Training hätte Roscoe es vielleicht sogar mit Nyes Wallach aufnehmen können, aber er war zu lange im Stall gestanden, und der weite Ritt vom Laborgelände bis hierher hatte ihn schon ziemlich strapaziert. Außerdem hatten sie noch einen langen Rückweg vor sich. Selbst wenn er auf der Stelle umkehrte, würde Carson erst um Mitternacht wieder in Mount Dragon ankommen. Es war an der Zeit, die Verfolgung abzubrechen.

Gerade als er sich wieder in den Sattel schwingen wollte, hörte Carson von hinten eine scharfe Stimme. Er drehte sich um und sah, daß Nye auf ihn zuritt.

»Was in drei Teufels Namen tun Sie hier?« fragte der Engländer.

»Ich mache einen Ausritt, genau wie Sie«, antwortete Carson und hoffte, daß seine Stimme nicht verriet, wie überrascht er war. Nye hatte offenbar bemerkt, daß jemand ihm folgte, und war einen weiten Kreis geritten, um zu sehen, wer ihm da auf den Fersen war.

»Das ist eine Lüge. Sie haben mir hinterherspioniert.«

»Ich wurde neugierig, als ich ...«, begann Carson zu erklären.

Nye dirigierte Muerto mit einem unauffälligen Schenkeldruck näher an Carson heran und legte gleichzeitig seine Hand an das Gewehr, das in einem Halfter vor dem Sattel steckte.

»Sie lügen«, zischte er. »Ich weiß genau, was Sie im Schilde führen, Carson, also spielen Sie mir bloß nicht den Ahnungslosen vor. Wenn ich Sie jemals wieder dabei erwische, daß Sie mir folgen, bringe ich Sie um, haben Sie mich verstanden? Ich werde Sie irgendwo hier draußen verscharren, und niemand wird jemals mitbekommen, was aus Ihrem stinkenden Kadaver geworden ist.«

Carson stieg rasch auf sein Pferd. »So was muß ich mir von Ihnen nicht sagen lassen!« rief er.
»Ich sage, was mir paßt«, entgegnete Nye und zog das Gewehr aus dem Halfter.
Carson rammte seinem Pferd die Sporen in die Flanken, so daß es einen raschen Satz nach vorne machte. Überrascht riß Nye das Gewehr hoch und versuchte, es in Carsons Richtung zu drehen, aber Roscoe rammte den Wallach des Sicherheitschefs mit solcher Wucht, daß Nye fast aus dem Sattel fiel. Carson ließ die Zügel los, griff mit beiden Händen nach dem Gewehr und entriß es Nye mit einer abrupten Drehung.
Ohne Nye aus den Augen zu lassen, zog Carson das Magazin heraus und warf es fort. Dann öffnete er den Verschluß, nahm seinen Kaugummi aus dem Mund und drückte ihn in die Patronenkammer des Gewehrs. Schließlich klappte er es wieder zu und schleuderte es in hohem Bogen den Hügel hinab.
»Das wird Sie lehren, nie wieder ein Gewehr auf mich zu richten«, sagte Carson mit ruhiger Stimme.
Nye saß mit hochrotem Kopf und schwer atmend auf seinem Pferd. Er wollte zu seinem Gewehr reiten, aber Carson verstellte ihm mit Roscoe den Weg.
»Für einen Engländer sind Sie ein ganz schön ungehobelter Mistkerl«, sagte Carson.
»Dieses Gewehr hat dreitausend Dollar gekostet«, entgegnete Nye.
»Ein Grund mehr, damit nicht anderen Leuten vor der Nase herumzufuchteln«, sagte Carson und deutete den Hügel hinunter. »Sollten Sie versuchen, es jetzt zu benützen, wird es einen Rohrkrepierer geben und Ihnen Ihren hübschen Pferdeschwanz wegblasen. Und bis Sie es gesäubert haben, bin ich längst fort.«
Längere Zeit sagte keiner der beiden Männer etwas. Die gelbliche Sonne des späten Nachmittags spiegelte sich in Nyes Augen und verlieh ihnen eine seltsam goldene Farbe. Als Car-

son sie jedoch länger betrachtete, wurde ihm klar, daß ihr feuriger Ton nicht allein von der Sonne herrührte. Die Augen dieses Mannes hatten einen rötlichen Schimmer, als loderte hinter ihnen das Feuer einer geheimen Leidenschaft.
Ohne ein weiteres Wort wendete Carson sein Pferd und machte sich in scharfem Trab auf in Richtung Norden. Nach ein paar Minuten blieb er stehen und sah sich um. Nye saß immer noch bewegungslos auf seinem Wallach und starrte ihm nach.
»Passen Sie auf, daß Sie mir bloß nie den Rücken zudrehen, Carson!« rief er ihm zu. Auf die Entfernung klang seine Stimme ganz leise, und als Carson weiterritt, glaubte er, noch ein seltsames Lachen zu hören, bevor der Abendwind es verwehte.

Der tragbare CD-Spieler lag, in zwanzig bis dreißig Einzelteile zerlegt, auf einer ausgebreiteten Seite des *Wall Street Journal*. Ein Mann in einem schmutzigen T-Shirt beugte sich mit konzentriertem Gesicht darüber. Auf dem T-Shirt stand BESUCHT DIE SCHÖNE SOWJETREPUBLIK GEORGIEN! über einem Bild von einem häßlichen, bunkerartigen Regierungsgebäude im stalinistischen Baustil.
De Vaca stand neben dem Mann in dem ordentlich aufgeräumten Kontrollraum und fragte sich, ob das T-Shirt ernst gemeint war oder ein Witz sein sollte. »Sie haben noch nie zuvor einen CD-Spieler repariert, stimmt's?«
»*Da*«, antwortete der Mann, ohne aufzublicken.
»Woher wissen Sie denn dann, wie ...« De Vaca ließ den Satz absichtlich unvollendet.
Der Mann am Tisch murmelte etwas Unverständliches und zog einen elektronischen Chip aus der Leiterplatte des CD-Spielers. Er hielt das kleine Bauteil mit einer Zange mit plastikumman-

telten Enden hoch, besah es kurz und warf es achtlos auf die Zeitung. Dann zog er einen zweiten Chip aus der Leiterplatte.
»Vielleicht war das keine so gute Idee, daß ich den CD-Spieler zu Ihnen gebracht habe«, sagte de Vaca.
Der Mann sah sie über eine auf seine Nase gerutschte Lesebrille hinweg an. »Aber ist doch noch gar nicht gerichtet«, protestierte er in schlechtem Englisch.
De Vaca zuckte mit den Achseln und bereute es, sich an Pawel Wladimirowitsch gewandt zu haben. Man hatte ihr zwar gesagt, daß der Mann ein elektronisches Genie sei, aber bisher hatte sie davon herzlich wenig bemerkt. Außerdem hatte er gerade unumwunden zugegeben, daß er noch nie in seinem Leben einen solchen CD-Spieler gesehen, geschweige denn repariert hatte.
Wladimirowitsch seufzte tief, ließ auch den zweiten Chip auf die Zeitung fallen und schob sich die Brille wieder hoch.
»Ist *kaputt*«, verkündete er.
»Das weiß ich auch«, entgegnete de Vaca. »Deshalb habe ich ihn ja auch zu Ihnen gebracht.«
Wladimirowitsch nickte und bedeutete de Vaca mit einer Handbewegung, sich zu setzen.
»Können Sie das Ding nun reparieren oder nicht?« fragte de Vaca und blieb stehen.
Er nickte. »*Da*, keine Sorge. Ich kann reparieren. Ist Problem mit Chip, das kontrolliert Laserdiode.«
De Vaca setzte sich auf einen Stuhl neben ihn. »Haben Sie denn einen Ersatzchip?« fragte sie.
Wladimirowitsch nickte und rieb sich seinen verschwitzten Hals. Dann stand er auf, ging zu einem Schrank und holte eine kleine Schachtel mit grünen Elektronikplatinen heraus. »Ich werde jetzt reparieren«, sagte er mit einem Nicken.
De Vaca sah ihm bewundernd zu, wie er die Platinen ausschlachtete und Bauteile daraus in den CD-Spieler einbaute. Keine fünf Minuten später hatte er ihn wieder zusammengeschraubt und

die CD eingelegt, die de Vaca mitgebracht hatte. Kurz darauf dröhnte der Sound von B-52 aus dem Kopfhörer.
»Puh!« rief Wladimirowitsch und schaltete den CD-Spieler aus. »*Nekulturny*, was für ein Lärm. Ist immer noch kaputt.« Er brach über seinen eigenen Witz in schallendes Gelächter aus.
»Vielen Dank«, sagte de Vaca hocherfreut. »Ich benütze das Ding jeden Abend. Ohne meine Musik wüßte ich nicht, wie ich das alles hier durchstehen sollte. Wie haben Sie das bloß hingekriegt?«
»Hier viele Extrateile von Sicherheitssystem«, radebrechte der Russe. »Ich nehmen einfach Chip von da. Ist einfache kleine Maschine, nicht so wie das da!« Er deutete stolz auf die langen Reihen von Kontrollpulten, Computerterminals und Konsolen.
»Wofür ist das alles eigentlich?« fragte de Vaca.
»Für viele Sachen«, rief Wladimirowitsch und ging hinüber zu einer der Kontrolltafeln. »Da ist Kontrolle für Luftzirkulation. Da für Brenner für Luftreinigung. Und da für Kühlung von Luft.«
»Kühlung?«
»*Da*. Sie wollen sicher nicht haben fünfhundert Grad heiße Luft in Labor. Also muß gekühlt werden.«
»Warum saugt man nicht einfach Frischluft an?«
»Wenn man ansaugt Frischluft, man muß ausstoßen gebrauchte Luft. Ist nicht gut. Das hier ist *geschlossenes* System. Wir sind einziges Labor auf der Welt mit solcher Belüftung. Geht zurück auf Zeit, als Militärs hier waren. Ist spezielles Sicherheitssystem für Labor Stufe fünf.«
»Sie haben dieses System vorher schon einmal erwähnt. Was ist das eigentlich genau? Ich habe bisher noch nichts darüber gehört.«
»Ist für Alarmstufe null.«
»Es gibt keine Alarmstufe null. Der schlimmste Fall ist Stufe eins, mehr gibt es nicht.«
»Aber damals es gab Alarmstufe null«, sagte Wladimirowitsch mit einem Achselzucken. »Vielleicht kommen Terroristen in

Stufe fünf, vielleicht wird ganzes Labor verseucht. Dann man kann leiten fünfhundert Grad heiße Luft in Labor und alles sterilisieren. Nicht bloß sterilisieren, ausbrennen kann man ganzes Labor. Wumm!«

»Ich verstehe«, sagte de Vaca ein wenig besorgt. »Aber so eine Alarmstufe null kann doch hoffentlich nicht versehentlich ausgelöst werden, oder?«

»Unmöglich«, kicherte Pawel. »Als Zivilisten Labor übernahmen, wurde System deaktiviert.« Er deutete auf einen Computerterminal in der Nähe. »Geht nur, wenn der da wieder eingeschaltet wird.«

»Gut«, sagte de Vaca erleichtert. »Ich würde da unten nur ungern gegrillt werden, bloß weil ihr hier oben mal auf den falschen Knopf drückt.«

»Stimmt«, pflichtete Pawel ihr bei. »Ist schon heiß genug hier, ohne daß eingeheizt wird, *njet. Scharko.*« Er schüttelte den Kopf und blickte geistesabwesend auf die ausgebreitete Zeitung. Dann fuhr er plötzlich zusammen und deutete mit seinem Finger auf eine Meldung in dem Blatt.

»Haben Sie das gesehen?« fragte er.

»Nein«, sagte de Vaca und überflog eine Reihe kleingedruckter Zahlen. Wladimirowitsch hatte die Zeitung offenbar aus der Bibliothek mitgehen lassen, in der ein gutes Dutzend noch nicht online publizierte Zeitungen und Zeitschriften auslag. Diese Zeitungen waren die einzigen gedruckten Informationen, die am Mount Dragon erlaubt waren.

»Aktien von GeneDyne schon wieder halben Punkt gesunken! Wissen Sie, was das bedeutet?«

De Vaca schüttelte den Kopf.

»Wir verlieren Geld!«

»Wieso verliere ich Geld?«

»Weil Sie haben Aktien. Weil ich haben Aktien. Weil Aktien halben Punkt weniger wert. Ich verliere hundertfünfzig Dollar. Was hätte ich machen können mit dem Geld!«

Wladimirowitsch vergrub das Gesicht in seinen Händen.
»Aber war das nicht vorauszusehen?« fragte de Vaca.
»*Schto?*«
»Gehen denn die Aktienkurse nicht jeden Tag rauf und runter?«
»*Da!* Am Montag habe ich gewonnen sechshundert Dollar.«
»Na also. Was ist dann so schlimm, wenn der Kurs mal wieder ein wenig runtergeht?«
»Ist schlimm. Und ob! Letzten Montag ich war sechshundert Dollar reicher, jetzt alles wieder weg. Peng. Nix mehr.« Wladimirowitsch streckte in einer Geste der Verzweiflung die Arme aus.
De Vaca mußte sich zusammennehmen, um nicht laut loszulachen. Der Mann verfolgte offenbar täglich die Aktienkurse und ließ sich davon verrückt machen. Wenn sie stiegen, malte er sich aus, was er mit dem gewonnenen Geld alles anstellen würde, wenn sie fielen, war er am Boden zerstört. Das kam dabei heraus, wenn man Leuten Aktien gab, die nie zuvor welche besessen hatten. Dennoch war sich de Vaca sicher, daß alles in allem der Kurs der GeneDyne-Aktie gestiegen sein mußte. Sie hatte sich zwar seit ihrer Ankunft am Mount Dragon nicht mehr dafür interessiert, aber bis dahin hatte sie mit ihren Firmenanteilen einen schönen Profit gemacht.
Wladimirowitsch schüttelte den Kopf. »Letzte paar Tage waren schlimm. Aktien haben viele Punkte verloren.«
De Vaca runzelte die Stirn. »Das wußte ich gar nicht.«
»Haben Sie nicht gehört, was man in Kantine sagt? Ist dieser Professor aus Boston. Levine heißt er. Redet immer schlecht über GeneDyne und Brent Scopes. Jetzt sagt er noch was Schlechteres – weiß nicht, was –, aber die Aktien fallen runter. KGB hätte gewußt, was man mit Typen wie ihm muß machen.« Er seufzte tief und gab de Vaca ihren CD-Spieler.
»Jetzt wo ich gehört habe Ihre dekadente, konterrevolutionäre Musik, es tut mir leid, daß ich ihn habe repariert.«
De Vaca lachte und verabschiedete sich. Jetzt wußte sie genau,

daß das T-Shirt ein Witz war. Wenn der Mann schon zur Militärzeit in Mount Dragon gearbeitet hatte, dann mußte er vom Geheimdienst auf Herz und Nieren überprüft worden sein. Sie müßte sich einmal einen Abend lang mit ihm in der Kantine zusammensetzen und sich die ganze Geschichte erzählen lassen, dachte sie.

Die erste Hitze des Sommers lag wie eine feuchtheiße Decke über dem Universitätsgelände von Harvard. Die Blätter hingen schlapp an den großen Eichen und Kastanienbäumen, in deren Schatten die Zikaden sangen. Im Gehen zog Charles Levine sein abgewetztes Sakko aus, warf es sich über die Schulter und sog den intensiven Geruch von frisch gemähtem Gras ein.
Im Vorzimmer saß Ray und stocherte sich mit einer Büroklammer in den Zähnen herum. Als er Levine zur Tür hereinkommen sah, hörte er damit auf und brummte: »Sie haben Besuch.«
Levine blieb stehen und runzelte die Stirn. »Drinnen?« fragte er und deutete auf die geschlossene Tür zu seinem Büro.
»Denen hat es hier draußen bei mir irgendwie nicht gefallen«, erklärte Ray.
Als Levine die Tür öffnete, begrüßte ihn lächelnd Erwin Landsberg, der Rektor der Universität.
»Wir haben uns ja eine Ewigkeit nicht mehr gesehen, Charles«, sagte er mit seiner heiseren Stimme und streckte Levine die Hand hin. »Ich möchte Sie mit Leonard Stafford bekannt machen, dem neuen Dekan Ihrer Fakultät.« Mit diesen Worten deutete er auf einen zweiten Mann in einem grauen Anzug, der neben ihm stand.
Während Levine Landsbergs schlaffe Hand schüttelte, blickte er sich verstohlen im Büro um und sah, daß der Laptop aufge-

klappt und mit eingestecktem Telefonkabel auf dem Schreibtisch stand. Wie blöd von mir, ihn so da stehen zu lassen, dachte Levine. Der Anruf, auf den er wartete, mußte in etwa fünf Minuten kommen.

»Warm hier drinnen«, sagte der Rektor. »Warum lassen Sie sich nicht endlich eine Klimaanlage einbauen, Charles? Die Universität würde alle Kosten übernehmen.«

»Ich mag die Hitze. Von Klimaanlagen bekomme ich bloß Stirnhöhlenentzündung«, antwortete Levine und setzte sich an den Schreibtisch. »Was führt Sie zu mir, meine Herren?«

Die beiden Besucher nahmen ebenfalls wieder Platz, wobei der neue Dekan mit sichtlichem Widerwillen die Unordnung in Levines Büro musterte. »Nun, Charles«, begann der Rektor, »wir sind hier wegen dem Rechtsstreit.«

»Wegen welchem genau?«

Der Rektor warf Levine einen geschmerzten Blick zu. »*Wir* nehmen solche Dinge – ganz offenbar im Gegensatz zu Ihnen – sehr ernst.« Als Levine nichts darauf erwiderte, fuhr er fort: »Ich meine natürlich den jüngsten Rechtsstreit, den GeneDyne gegen Sie anstrengt.«

»Das ist bloß ein Versuch, mich einzuschüchtern«, antwortete Levine. »Das Verfahren wird eingestellt, das verspreche ich Ihnen, so wahr ich hier sitze.«

»Ich fürchte, wir sind da anderer Ansicht, Dr. Levine«, sagte der Dekan und beugte sich vor. »Diese Anklage ist kein Pappenstiel. GeneDyne beschuldigt Sie des Diebstahls von Firmengeheimnissen und elektronischer Industriespionage, außerdem der Verleumdung und der üblen Nachrede. Und das ist noch nicht einmal alles.«

Der Rektor nickte. »GeneDynes Anschuldigungen sind sehr ernst. Dabei geht es diesmal nicht um das, was Sie sagen, sondern um Ihre Vorgehensweise, und das beunruhigt mich persönlich am meisten.«

»Was ist mit meiner Vorgehensweise?«

»Bitte regen Sie sich nicht auf«, sagte der Rektor und zupfte sich die Manschetten zurecht. »Sie waren schon häufiger in Schwierigkeiten, und wir haben noch jedes Mal zu Ihnen gehalten. Das war nicht immer einfach, Charles. Es gibt einige Kuratoren – und zwar ziemlich einflußreiche –, die es nicht ungern gesehen hätten, wenn wir Sie den Wölfen zum Fraß vorgeworfen hätten. Aber wenn jetzt auch noch Ihre Methoden öffentlich ins Zwielicht geraten ... nun, dann müssen wir den guten Ruf unserer Universität verteidigen. Sie wissen genau, was legal ist und was nicht, und ich möchte Sie dringend ersuchen, in Zukunft die Grenzen des Erlaubten nicht mehr zu überschreiten. Ich hoffe, wir haben uns verstanden.« Das Lächeln des Rektors verschwand für einen Augenblick aus seinem Gesicht. »Das ist die letzte Warnung, Charles.«

»Dr. Landsberg, ich glaube nicht, daß Sie auch nur annähernd wissen, worum es hier wirklich geht. Dies ist kein akademischer Schlagabtausch mehr, sondern es steht die Zukunft der gesamten Menschheit auf dem Spiel.« Levine warf einen verstohlenen Blick auf seine Uhr. Nur noch zwei Minuten. *Mist.*

Landsberg hob fragend eine Augenbraue. »Die Zukunft der gesamten Menschheit?«

»Wir befinden uns in einer Art Krieg. Daß GeneDyne seit neuestem versucht, die menschlichen Keimzellen zu verändern, ist ein Anschlag auf das menschliche Leben an sich. ›Extremismus in der Verteidigung von Freiheit ist kein Laster‹. Erinnern Sie sich an diesen Ausspruch? Als man im Dritten Reich die Juden aus den Ghettos in die Vernichtungslager bringen wollte, hatten die Opfer auch keine Zeit mehr, um sich lange Gedanken über Ethik oder Legalität zu machen. Damals ging es um einen tödlichen Rassenwahn, und jetzt experimentieren unverantwortliche Wissenschaftler am menschlichen Genom herum. Das kann ich beweisen.«

»Ihr Vergleich ist ziemlich weit hergeholt«, sagte Landsberg. »Wir sind hier nicht in Nazideutschland, und GeneDyne ist nicht die SS, ganz gleich, was Sie persönlich von dieser Firma halten. Mit solchen Vergleichen untergraben Sie die gute Arbeit, die Sie für das Andenken an den Holocaust geleistet haben.«

»Ach ja? Dann sagen Sie mir doch mal den Unterschied zwischen Hitlers Eugenik und dem Projekt, an dem GeneDyne zur Zeit in Mount Dragon arbeitet.«

Landsberg lehnte sich in seinem Stuhl zurück und seufzte gereizt. »Wenn Sie den Unterschied nicht selber sehen, Charles, dann haben Sie eine ziemlich verquere Vorstellung von Moral. Ich vermute, das Ganze hat viel mehr mit einer persönlichen Fehde zwischen Ihnen und Brent Scopes zu tun als mit der Sorge um die Zukunft der Menschheit. Ich weiß nicht, was diesen seit zwanzig Jahren schwelenden Kleinkrieg zwischen Ihnen ausgelöst hat, und ich möchte es auch gar nicht wissen. Wir sind lediglich gekommen, um Ihnen zu sagen, daß Sie GeneDyne in Ruhe lassen sollen.«

»Das hat überhaupt nichts mit irgendeinem Kleinkrieg zu tun, sondern ...«

Der Dekan brachte Levine mit einer ungeduldigen Handbewegung zum Verstummen. »Sie müssen auch Verständnis für die Position der Universität in diesem Fall haben, Dr. Levine. Wir können Sie nicht einfach frei herumlaufen und zwielichtige Aktionen durchführen lassen, wenn GeneDyne uns deshalb mit einer Klage auf zweihundert Millionen Dollar Schadensersatz droht.«

»Ich betrachte Ihr Ansinnen als einen unzulässigen Eingriff in die Handlungsfreiheit der Stiftung«, sagte Levine. »Scopes hat Sie unter Druck gesetzt, nicht wahr?«

Landsberg runzelte die Stirn. »Wenn Sie eine Klage über solche Summen als ›Druck‹ bezeichnen wollen, dann haben Sie mit Ihrer Annahme wohl recht.«

Das Telefon klingelte, und gleich darauf nahm der Computer mit einem schrillen Pfeifen den Anruf entgegen. Das Display

leuchtete auf und zeigte das Bild eines Clowns, der die Weltkugel auf der Fingerspitze balancierte.
Levine beugte sich so beiläufig wie möglich nach vorn, um den beiden die Sicht auf den Computer zu versperren. »Entschuldigen Sie mich jetzt bitte«, sagte er. »Ich habe zu arbeiten.«
»Irgendwie habe ich das Gefühl, als wäre unsere Warnung nicht richtig angekommen, Charles«, sagte der Rektor. »Wir können die Stiftung jederzeit auflösen, vergessen Sie das nicht. Und das werden wir auch, wenn Sie uns keine andere Möglichkeit lassen.«
»Das würden Sie nie wagen«, sagte Levine. »Die Presse würde Sie in der Luft zerreißen. Außerdem habe ich eine ordentliche Professur.«
Landsberg stand abrupt auf und wandte sich mit hochrotem Gesicht zum Gehen. Der Dekan ließ sich mit dem Aufstehen etwas mehr Zeit und strich sich mit den Händen den Anzug glatt. Er beugte sich hinüber zu Levine und sagte: »Schon mal was von ›moralischer Verworfenheit‹ gehört? Lesen Sie diesen Punkt doch mal in Ihrem Lehrvertrag nach.« Er ging in Richtung Tür, blieb aber noch einmal stehen und sah Levine fragend an.
Die Weltkugel drehte sich schneller und schneller, und der Clown, der sie hielt, schnitt eine ungeduldige Grimasse.
»War nett, mit Ihnen zu plaudern«, sagte Levine. »Bitte machen Sie doch die Tür hinter sich zu, wenn Sie hinausgehen.«

Als Carson den kühlen, weißen Konferenzraum am Mount Dragon betrat, waren dort schon fast alle Mitarbeiter des Labors versammelt und redeten aufgeregt durcheinander. Heute verbarg sich die Elektronik hinter Wandpaneelen, und der große

Bildschirm war dunkel. An einem langen Tisch entlang der Wand standen Kaffeekannen und Tabletts mit Gebäck, um die sich die Wissenschaftler scharten.
Carson sah in einer Ecke Andrew Vanderwagon und George Harper stehen. Harper winkte ihn heran. »Gleich geht die große Sitzung los«, sagte er. »Sind Sie bereit?«
»Bereit wozu?«
»Wenn ich das nur wüßte«, antwortete Harper und fuhr sich mit der Hand durch sein schütteres, braunes Haar. »Bereit dazu, sich einen anderen Job zu suchen, möglicherweise. Ich habe gehört, daß wir praktisch zusperren können, wenn der Inspektor hier etwas findet, was ihm nicht paßt.«
Carson schüttelte den Kopf. »Das können die nicht machen. Nicht wegen eines einzigen Unfalls.«
»Aber ich habe gehört, daß der Bursche das Recht hat, gerichtliche Verfügungen auszusprechen und uns sogar unter Anklage zu stellen«, brummte Harper.
»Das möchte ich bezweifeln«, sagte Carson. »Wo haben Sie das denn gehört?«
»Da, wo man in Mount Dragon solche Gerüchte eben hört: in der Kantine. Ich habe Sie gestern da gar nicht gesehen. Dabei kann man doch bis zur Wiedereröffnung des Fiebertanks gar nichts anderes tun, als dort herumzusitzen – außer natürlich, Sie hocken sich den ganzen Tag in die Bibliothek oder spielen Tennis bei vierzig Grad im Schatten.«
»Ich habe einen Ausritt gemacht«, sagte Carson.
»So, so, einen Ausritt. Vermutlich mit Ihrer schnuckeligen kleinen Assistentin, habe ich recht?« sagte Harper mit einem dreckigen Lachen.
Carson rollte mit den Augen. Harper konnte einem manchmal ganz schön auf den Geist gehen. Er hatte beschlossen, niemandem von seiner Begegnung mit Nye zu erzählen, denn das hätte bloß für weitere Probleme gesorgt.
Harper wandte sich an Vanderwagon, der an seiner Unterlippe

herumkaute und mit ausdruckslosem Gesicht im Konferenzraum herumblickte. »Wenn ich jetzt so drüber nachdenke, fällt mir auf, daß ich dich auch nicht in der Kantine gesehen habe. Hast du wieder mal den ganzen Tag in deinem Zimmer verbracht, Andrew?«

Carson runzelte die Stirn. Vanderwagon hatte die Ereignisse im Fiebertank und den Rüffel, den er von Scopes bekommen hatte, offenbar immer noch nicht verwunden. Seinen blutunterlaufenen Augen nach zu schließen, hatte er in letzter Zeit nicht allzuviel Schlaf gefunden. Harper schien das nicht zu stören. Der Texaner hatte weniger Taktgefühl als eine entsicherte Handgranate.

Gerade als Vanderwagon sich umdrehte und Harper etwas erwidern wollte, wurde es im Konferenzraum auf einmal ganz still. Vier Männer waren eingetreten: Singer, Nye, Mike Marr und ein schwächlich aussehender, vornübergebeugt gehender Mann in einem schlechtsitzenden braunen Anzug. Er hatte eine überdimensionierte Aktentasche dabei, die ihm beim Gehen gegen die Beine schlug. Sein sandfarbenes Haar war an den Schläfen bereits leicht ergraut, und eine dunkle Hornbrille ließ seine blasse Haut noch bleicher wirken. Der Mann machte auf Carson einen ziemlich kränklichen Eindruck.

»Das muß der Inspektor von der Gesundheitsbehörde sein«, flüsterte Harper. »Mir kommt er ja nicht gerade furchterweckend vor.«

»Sieht eher wie ein Buchhalter aus«, ergänzte Carson. »So bleich, wie er ist, wird er sich hier mit Sicherheit einen bösen Sonnenbrand holen.«

Singer trat ans Rednerpult, klopfte zur Probe aufs Mikrophon und hob eine Hand. Sein ansonsten so gemütliches, rundes Gesicht sah todmüde und abgespannt aus. »Wie Ihnen allen ja bekannt ist«, begann er, »müssen tragische Unfälle wie der, der sich letzte Woche hier ereignet hat, den zuständigen Behörden mitgeteilt werden. Mr. Teece hier neben mir ist leitender Inspektor beim staatlichen Gesundheitsamt. Er wird ein paar Tage hier in Mount Dragon verbringen, die Ursache des Unfalls untersuchen und unsere Sicherheitsvorkehrungen einer genauen Prüfung unterziehen.«

Nye, der direkt neben Singer stand, ließ die Blicke über die versammelten Wissenschaftler streifen. Dabei mahlten seine Kiefer, als würde er permanent mit den Zähnen knirschen, und sein sehniger Körper in dem schwarzen Anzug wirkte angespannt. Neben ihm grinste Mike Marr vor sich hin, der seinen schwarzen Hut so tief ins Gesicht gezogen hatte, daß die breite Krempe seine Augen verdeckte. Carson wußte, daß Nye als Sicherheitschef letztendlich die Verantwortung für den Unfall hatte. Man konnte es ihm deutlich ansehen, daß er sich dieser Verantwortung bewußt war. Sein Blick blieb einen Moment lang auf Carson ruhen, dann wanderte er weiter. Vielleicht ist das ja eine Erklärung dafür, weshalb er sich gestern in der Wüste so unmöglich aufgeführt hat, dachte Carson. Aber was hat er dort nur gemacht? Eines ist sicher, es muß eine ziemlich wichtige Sache gewesen sein, denn sonst hätte er vor einem Termin wie diesem wohl kaum die Nacht im Freien verbracht.

»Weil es hier auch um Firmengeheimnisse von GeneDyne geht«, sagte Singer, »werden die Einzelheiten unseres Forschungsvorhabens nicht veröffentlicht, ganz gleich, zu welchem Ergebnis Mr. Teeces Untersuchung auch kommt. Die Presse wird von diesen Vorgängen nichts erfahren.« Singer trat von einem Fuß auf den anderen. »Eines noch möchte ich in aller Deutlichkeit sagen: Ich erwarte von allen hier beschäftigten Personen, daß sie Mr. Teece in allen Belangen vorbehaltlos unterstützen. Das ist übrigens eine Anweisung von Brent Scopes persönlich. Ich nehme an, daß ich mich klar genug ausgedrückt habe.«

Als sich niemand zu Wort meldete, nickte Singer zufrieden. »Gut. Nun würde Mr. Teece Ihnen gerne ein paar Worte sagen.«

Der kleine, blasse Mann mit der großen Aktentasche trat langsam ans Mikrophon.
»Hallo allerseits«, sagte er, während ein flüchtiges Lächeln über seine dünnen Lippen huschte. »Mein Name ist Gilbert Teece, aber nennen Sie mich bitte Gil. Ich schätze, daß ich etwa eine Woche bei Ihnen bleiben und meine Nase in lauter Dinge stecken werde, die mich nichts angehen.« Er lachte kurz und trocken über seinen eigenen Scherz. »Aber das ist nun mal die Vorschrift für einen Fall wie diesen. Bei meinen Untersuchungen werde ich mit den meisten von Ihnen persönlich sprechen. Deshalb möchte ich Sie an dieser Stelle schon im voraus um Ihre Unterstützung bitten, denn ohne Sie kann ich mir kein umfassendes Bild von den Vorfällen machen. Dabei habe ich natürlich volles Verständnis dafür, daß der tragische Tod Ihrer Kollegin Ihnen allen noch sehr nahe geht.«
Teece verstummte, und es sah so aus, als wisse er schon nicht mehr, was er noch sagen sollte. Schließlich fügte er fast schüchtern hinzu: »Gibt es noch irgendwelche Fragen?«
Als sich niemand rührte, schlurfte Teece zurück zu Singer, der daraufhin wieder ans Rednerpult trat und noch einmal das Wort ergriff. »Jetzt, wo Mr. Teece hier ist und alles gründlich dekontaminiert wurde, sind wir übereingekommen, den Sicherheitsbereich Stufe fünf ab sofort wieder zugänglich zu machen. Ich erwarte, daß Sie alle morgen früh wieder Ihre gewohnte Arbeit aufnehmen, auch wenn das manchem von Ihnen vielleicht schwerfallen mag. Wir haben viel Zeit verloren und müssen alles tun, um das Versäumte so schnell wie möglich nachzuholen.« Er wischte sich mit der Hand über die Stirn. »Das wäre alles. Vielen Dank für Ihre Aufmerksamkeit.«
Als er vom Rednerpult abtreten wollte, hob Teece einen Finger und fragte: »Mr. Singer, dürfte ich noch einmal ein paar Worte sagen?«
Singer nickte, und Teece trat wieder ans Mikrophon. »Daß das Labor Stufe fünf wieder geöffnet wird, geschieht zwar nicht auf

meine Veranlassung«, sagte er, »aber es hilft mir vielleicht bei meinen Untersuchungen, wenn dort normal gearbeitet wird. Ich finde es übrigens ein wenig seltsam, daß Mr. Scopes heute nicht zugegen ist. Soviel ich weiß, legt er sonst großen Wert darauf, an solchen Treffen teilzunehmen – wenn auch zumeist in elektronischer Form.« Teece hielt inne und sah Singer und Nye erwartungsvoll an, als erwarte er sich von ihnen eine Antwort.
»Da dem nun einmal so ist«, fuhr Teece fort, als die beiden stumm blieben, »stelle ich meine Frage, die ich eigentlich Mr. Scopes stellen wollte, an Sie alle. Die Antwort darauf sollten Sie mir nicht jetzt, sondern in dem persönlichen Gespräch geben, das ich mit allen von Ihnen im Lauf der nächsten Tage führen werde.«
Teece machte eine kurze Pause.
»Ich würde gerne wissen, warum die Autopsie an Mrs. Brandon-Smith in aller Heimlichkeit vorgenommen wurde und weshalb man ihre Leiche so ungewöhnlich rasch verbrannt hat.«
Wieder sagte niemand ein Wort. Teece, der sich immer noch an seiner Aktentasche festhielt, lächelte noch einmal dünnlippig in die Runde und verließ dann zusammen mit Singer den Raum.

Obwohl es Carson am nächsten Morgen nicht besonders eilig gehabt hatte, in den Umkleideraum zu kommen, war er nicht allzu überrascht, als er die meisten Schutzanzüge noch in ihren Spinden hängen sah. Niemand riß sich darum, wieder im Fiebertank zu arbeiten.
Beim Umziehen spürte er, wie sich sein Magen zusammenkrampfte. In der Woche seit dem Unfall hatte Carson trotz der immer wiederkehrenden Bilder von Brandon-Smith' zerfetztem

Schutzanzug und ihrer blutenden Wunde die Gedanken an den Fiebertank selbst weitgehend verdrängen können. Jetzt kam alles auf einmal zurück: die bedrückende Enge, die abgestandene Luft im Schutzanzug, das ständige Gefühl lauernder Gefahr. Carson schloß einen Moment lang die Augen und versuchte, Angst und Panik hinunterzuschlucken.

Als er sich gerade den Helm aufsetzen wollte, ging mit einem Zischen die äußere Tür auf, und de Vaca kam durch die Luftschleuse herein.

»Sie machen ja keinen allzu munteren Eindruck«, sagte sie zu Carson.

Carson zuckte mit den Schultern.

»Wahrscheinlich ist das bei mir genauso«, gab de Vaca zu.

Dann machte sich zwischen den beiden eine peinliche Stille breit. Seit ihrem spätabendlichen Gespräch in dem Labor waren sie sich aus dem Weg gegangen. Carson vermutete, daß de Vaca seine Schuldgefühle in bezug auf den Unfall irgendwie gespürt haben mußte.

»Wenigstens hat der Wachmann überlebt«, sagte de Vaca nach einer Weile.

Carson nickte. Er hatte jetzt zu nichts weniger Lust, als über den Unfall zu diskutieren. Er blickte zu der Tür aus rostfreiem Edelstahl am anderen Ende des Raumes, auf der unübersehbar das Zeichen prangte, das vor gefährlichen Mikroorganismen warnte. So hatte er sich immer die Tür zu einer Gaskammer vorgestellt.

De Vaca fing an, in ihren Anzug zu steigen. Carson wartete, bis sie fertig war. Irgendwie schaffte er es heute nicht, allein durch diese Tür zu gehen.

»Ich habe vorgestern einen Ausritt gemacht«, sagte er. »Wenn man erst einmal außer Sichtweite von Mount Dragon ist, kann es da draußen sogar richtig schön sein.«

De Vaca nickte. »Ich habe die Wüste immer gemocht«, sagte sie. »Die meisten Leute finden sie häßlich und öde, aber für mich zählt sie zu dem Schönsten, was es auf der Welt gibt. Welches Pferd hatten Sie denn?«

»Den braunen Wallach mit dem großen Kopf. Er ist nicht schlecht. Einer meiner Sporen war kaputt, aber ich habe sie gar nicht gebraucht. Wissen Sie vielleicht, wer einem hier ein Spornrädchen ersetzen kann?«

De Vaca band ihr Haar zu einem Knoten zusammen. »Kennen Sie den alten Russen, der als Mechaniker in der Luftreinigungsanlage arbeitet? Pawel Wladimirowitsch heißt er, oder so ähnlich. Der kann praktisch alles reparieren. Ich habe ihm neulich einen kaputten CD-Spieler gebracht, und er hat ihn aufgeschraubt und vor meinen Augen wieder in Ordnung gebracht, obwohl er angeblich noch nie zuvor so ein Ding gesehen hat.«

»Erstaunlich«, sagte Carson. »Wenn er einen CD-Spieler richten kann, dann kann er auch ein Spornrädchen ersetzen. Vielleicht sollte ich mal zu ihm gehen.«

»Wissen Sie schon, wann der Inspektor zu uns kommen wird?« fragte de Vaca.

»Nein«, antwortete Carson. »Aber vermutlich eher bald, weil ich ja ...« Er brach den Satz ab und dachte: *Weil ich ja schließlich an Brandon-Smith' Tod die Mitschuld trage.*

»Yamashito, einer der Videotechniker, hat mir gesagt, daß der Inspektor sich heute den ganzen Tag lang die Videobänder aus den Kameras des Sicherungssystems ansehen will«, sagte de Vaca und schlüpfte mit den Armen in ihren Anzug.

Nachdem sie beide die Helme aufgesetzt und gegenseitig die Anzüge überprüft hatten, gingen sie zusammen durch die Luftschleuse. Carson holte noch einmal tief Luft, bevor er unter die chemische Dusche trat, und kämpfte gegen die Übelkeit an, die ihn regelmäßig befiel, wenn er die giftige, gelbe Flüssigkeit an seinem Visier herablaufen sah.

Carson hatte insgeheim gehofft, daß der Fiebertank sich nach der gründlichen Dekontaminierung irgendwie verändert hätte, aber dem war nicht so. Labor C sah noch genauso aus wie vor einer Woche, als er es verlassen hatte und Brandon-Smith zur Schimpansen-Quarantänestation gefolgt war. Sein Stuhl stand noch in genau demselben Winkel vor dem Tisch, und sein Labor-PowerBook war immer noch aufgeklappt und mit der Datensteckdose an der Wand verbunden. Als wäre nichts geschehen, setzte sich Carson davor und loggte sich ins Firmennetz ein.

Nach der gewohnten Verbindungsprozedur startete die Textverarbeitung und lud den Bericht, an dem Carson als letztes gearbeitet hatte. Der Cursor blinkte am Ende des noch nicht vollendeten Satzes und wartete kalt und unbeteiligt darauf, daß er weitermachte. Carson atmete tief durch und setzte sich in seinem Stuhl zurecht.

Auf einmal wurde das Display schwarz. Carson wartete einen Augenblick, dann drückte er einige Tasten. Als sich nichts tat, fluchte er leise vor sich hin. Vielleicht ist der Akku leer, dachte er, aber dann sah er, daß der Computer am Stromnetz hing. *Seltsam.*

Dann tat sich auf einmal etwas auf dem Display. Das muß Scopes sein, dachte Carson. Der oberste Boß von GeneDyne war dafür bekannt, daß er gerne mit den Computern anderer Leute herumspielte. Vielleicht war das der Auftakt zu einer Motivierungskampagne, mit der er seine Mitarbeiter wieder im Fiebertank willkommen hieß.

In der Mitte des Displays sah Carson jetzt ein kleines Bild, einen Clown, der eine sich langsam drehende Weltkugel auf dem Zeigefinger balancierte. Carson drückte die Escape-Taste, aber nichts tat sich.

Dann erschienen an Stelle der kleinen Figur auf einmal folgende Worte:

Guy Carson?

Ja, tippte Carson.

Guy Carson persönlich?

Wer sollte es denn sonst sein?

Okay, Guy. Wurde höchste Zeit, daß Sie sich mal wieder eingeloggt haben. Ich habe schon seit Tagen auf Sie gewartet, Partner. Aber bevor wir weitermachen, muß ich sichergehen, daß Sie auch wirklich Guy Carson sind. Bitte geben Sie das Geburtsdatum Ihrer Mutter ein.

2. Juni 1936. Wer sind Sie?

Vielen Dank. Ich bin der Clown, und ich habe eine wichtige Nachricht für Sie. Von einem alten Bekannten.

Clown? Sind Sie das, Harper?

Nein, ich bin nicht Harper. Ich empfehle Ihnen, dafür zu sorgen, daß niemand in Ihrer Umgebung die Nachricht mitlesen kann, die ich Ihnen gleich übermitteln werde. Sagen Sie es mir, wenn Sie bereit sind.

Carson warf einen Blick hinüber zu de Vaca, die am anderen Ende des Labors ihre Arbeit tat.

Wer ist da, verdammt noch mal? tippte er ärgerlich in den Computer.

Hoppla, nicht so stürmisch. Den Clown beschimpft man nicht, denn sonst wird der Clown böse. Und das würde Ihnen bestimmt nicht gefallen.

Moment mal, das hier gefällt mir ganz und gar nicht …

Wollen Sie die Nachricht haben oder nicht?

Nein, ich will sie nicht.

Das habe ich auch nicht anders erwartet. Aber ich schicke sie Ihnen trotzdem. Vorher möchte ich Ihnen aber noch sagen, daß das hier eine absolut sichere Leitung ist und daß ich, der Clown, das Netz von GeneDyne geknackt habe. Niemand in der Firma ahnt etwas davon, und niemand kann unsere Unterhaltung mitlesen. Ich habe das zu Ihrer eigenen Sicherheit gemacht, Cowboy. Sollte zufällig jemand vorbeikommen, während Sie die folgende Nachricht lesen, brauchen Sie nur auf die Befehlstaste zu drücken, und sofort erscheint ein genetischer Code auf Ihrem Display. Eigentlich ist es gar kein wirklicher genetischer Code, sondern der Text von Dr. Longhairs *Ball the Wall*, den ich durch ein Graphikprogramm gejagt habe, aber die Muster sehen ziemlich echt aus. Wenn Sie die Befehlstaste ein zweites Mal drücken, kommen Sie wieder zurück zu der Nachricht. Jippie – ist das nicht toll? Und jetzt halten Sie sich gut fest.

Carson sah noch einmal hinüber zu de Vaca. Vielleicht war das ja doch Scopes, der sich einen schlechten Scherz mit ihm erlaubte. Der Mann war schließlich bekannt für seinen ziemlich merkwürdigen Sinn für Humor. Andererseits hatte Scopes ihm seit dem Unfall nicht eine einzige Zeile zukommen lassen. Vielleicht hatte er sich so sehr über Carson geärgert, daß er jetzt seine Loyalität mit solchen seltsamen Spielchen testen wollte. Carson hatte kein gutes Gefühl, als er wieder auf das Display des Computers sah.
Es wurde einen Augenblick lang dunkel, dann konnte er folgende Nachricht lesen:

Lieber Guy,

hier ist Charles Levine, Ihr früherer Biochemie-Professor. Erinnern Sie sich? Ich will gleich zur Sache kommen, denn ich kann mir gut vorstellen, daß Sie diese Zeilen nicht allzu entspannt lesen werden.

Großer Gott, dachte Carson. Das dürfte wohl die Untertreibung des Jahres sein. Träumte er, oder hatte sich tatsächlich Dr. Levine ins Netzwerk von GeneDyne eingeschlichen? Das durfte doch nicht wahr sein. Aber wenn es wirklich Levine war und Scopes das herausfand, dann ... Carsons Finger wanderte wieder zur Escape-Taste und drückte sie mehrmals ohne Erfolg.

Guy, ich habe von einer Quelle in Regierungskreisen erfahren, daß es in Mount Dragon einen Unfall gegeben haben soll. Natürlich wurde darüber eine absolute Nachrichtensperre verhängt, so daß ich nur erfahren konnte, daß sich jemand mit einem Virus infiziert haben soll. Angeblich soll es sich dabei um ein extrem tödliches Virus handeln.
Ich brauche Ihre Hilfe, Guy. Ich muß wissen, was in Mount Dragon wirklich vor sich geht. Was ist das für ein Virus? Was machen Sie damit? Ist es wirklich so gefährlich, wie die Gerüchte es andeuten? Die Menschen in diesem Land haben ein Recht darauf, daß diese Fragen beantwortet werden. Wenn es stimmt – wenn Sie wirklich da draußen in der Wüste mit etwas herumexperimentieren, das weitaus gefährlicher ist als die Atombombe –, dann ist unser aller Gesundheit in höchster Gefahr.
Ich erinnere mich noch gut an Sie, Guy. Sie waren ein unbequemer Student, aber einer, der sich seine eigenen Gedanken machte. Ein Skeptiker. Sie haben nie sofort geglaubt, was man Ihnen sagte; Sie mußten es immer

selbst nachprüfen. Das ist eine seltene Gabe, und ich hoffe sehr, daß Sie sie nicht verloren haben. Ich ersuche Sie, diese Skepsis jetzt auf Ihre Arbeit in Mount Dragon anzuwenden. Glauben Sie nicht unbesehen, was man Ihnen erzählt. Tief in Ihrem Inneren wissen Sie, daß nichts von Menschen Geschaffenes perfekt funktionieren kann, daß es keine Sicherheitsvorkehrung gibt, die wirklich hundertprozentig sicher ist. Wenn die Gerüchte stimmen, dann haben Sie das soeben am eigenen Leib erfahren. Bitte stellen Sie sich die Frage: Ist es das wert?
Ich werde später noch einmal über den Clown mit Ihnen in Verbindung treten, der ein Spezialist im Knacken von Netzwerken ist. Das nächste Mal können wir uns vielleicht online unterhalten, aber fürs erste hält der Clown das für zu gefährlich.
Bitte, Guy, denken Sie über das nach, was ich Ihnen geschrieben habe.

Mit besten Grüßen
Ihr
Charles Levine.

Das Display wurde schwarz. Mit klopfendem Herzen schaltete Carson das PowerBook aus und wünschte sich, er hätte das getan, bevor er diese Nachricht gelesen hatte. War das wirklich Levine gewesen? Sein Gefühl sagte Carson, daß er es war. Aber der Mann mußte verrückt sein, daß er auf diese Weise mit ihm in Kontakt trat und damit seine, Carsons, Karriere aufs Spiel setzte. Je mehr Carson darüber nachdachte, desto wütender wurde er. Wie konnte Levine so sicher sein, daß sein Kontaktversuch nicht doch von Scopes bemerkt worden war?
Carson erinnerte sich noch gut an Levine, wie er im Hörsaal unruhig auf und ab gelaufen war, leidenschaftlich doziert und mit laut quietschender Kreide etwas auf die Tafel gekritzelt

hatte. Einmal hatte er eine so lange Formel aufgeschrieben, daß er vom Podium vor der Tafel gestürzt und auf den Boden des Hörsaals gefallen war. In vielerlei Hinsicht war Levine ein außergewöhnlicher Professor gewesen: ein revolutionärer Visionär, der, ohne mit der Wimper zu zucken, alte Theorien über den Haufen warf, aber auch leicht erregbar, jähzornig und stark zu Übertreibungen neigend. Carson erinnerte sich noch gut an all diese Eigenschaften, aber das, was Levine jetzt getan hatte, ging eindeutig zu weit. Der Mann war ganz offensichtlich zum eifernden Fanatiker geworden.
Carson schaltete das PowerBook wieder ein und ging zum zweitenmal ins Firmennetz. Sollte Levine sich wirklich noch einmal bei ihm melden, würde er ihm unumwunden sagen, was er von seinen Methoden hielt. Und dann würde er die Verbindung beenden, noch bevor Levine ihm darauf antworten konnte.
Als er wieder auf das Display schaute, blieb ihm fast das Herz stehen.

Nachricht von Brent Scopes. Für Gespräch Befehlstaste drücken.

Carson bezähmte seine urplötzlich aufsteigende Angst und drückte die angegebene Taste. Hatte Scopes die Nachricht von Levine abgefangen?

Ciao, Guy.

Hallo, Brent.

Ich wollte Sie nur nach der langen Pause an Ihrem Arbeitsplatz willkommen heißen. Wie hat T. H. Huxley einmal so schön gesagt: »Die Tragödie der Wissenschaft ist das Erschlagen einer schönen Hypothese durch eine häßliche Tatsache.« Genau das ist Ihnen widerfahren, Guy. Sie hatten eine wunderbare Idee, aber leider hat sie nicht funktioniert. Jetzt aber müssen Sie diese Niederlage vergessen und mit ganzer Kraft weitermachen, denn jeder Tag, der ergebnislos verstreicht, kostet GeneDyne fast eine Million Dollar. Wir alle warten darauf, daß das Virus neutralisiert wird. Bevor das nicht geschafft ist, können wir nicht weitermachen. Alle hängen wir jetzt davon ab, daß Sie Erfolg haben.

Das weiß ich, schrieb Carson, und ich verspreche Ihnen, daß ich mein Bestes tun werde.

Das lobe ich mir, Guy. Daß Sie Ihr Bestes tun, ist ein guter Anfang. Aber dann brauchen wir Ergebnisse. Einen Fehlschlag können wir verkraften, denn auch gescheiterte Experimente gehören nun einmal zur Wissenschaft. Aber dann muß sich ein Erfolg einstellen, und ich weiß, daß Sie das Zeug zu einem solchen Erfolg haben. Ich zähle auf Sie, Guy. Ich baue darauf, daß Sie es schaffen. Sie hatten jetzt fast eine Woche Zeit, um sich etwas Neues auszudenken. Ich hoffe, Sie haben schon eine Idee, wie Sie weiter vorgehen wollen.

Wir werden den Test wiederholen, um herauszufinden, ob wir etwas übersehen haben. Außerdem werden wir für alle Fälle das Gen neu kartieren.

Tun Sie das, aber tun Sie es schnell. Ich möchte aber auch, daß Sie noch etwas anderes tun. Wir verdanken diesem Fehlschlag nämlich eine wichtige Information. Ich habe gerade den Autopsiebericht von Brandon-Smith' Leiche vor mir liegen. Dr. Grady hat ausgezeichnete Arbeit geleistet. Aus irgendeinem Grund war der Virenstamm, den Sie erzeugt haben, noch viel virulenter als der normale X-FLU-

Stamm. Er hat sie so schnell umgebracht, daß die ersten Antikörper gegen das Virus nur wenige Stunden vor ihrem Tod in ihrer Blutbahn auftauchten. Ich möchte wissen, weshalb der Stamm so gefährlich ist. Deshalb habe ich veranlaßt, daß er aus Brandon-Smith' Gehirnmasse auf Kulturen gebracht wurde, bevor wir ihre Leiche eingeäschert haben. Ich werde Ihnen diese Kulturen zukommen lassen und schlage vor, daß wir diesen Stamm X-FLU II nennen. Ich möchte, daß Sie das Virus genauestens untersuchen und herausfinden, wie es funktioniert. Bei Ihrem Versuch, es zu neutralisieren, haben Sie zufällig einen Weg gefunden, es noch gefährlicher zu machen.

Ich verstehe nicht ganz, was Sie damit …

Du meine Güte, Guy, wenn Sie herausfinden, was das Virus gefährlicher gemacht hat, dann entdecken Sie womöglich auch, wie man es WENIGER gefährlich machen kann. Ehrlich gesagt, es erstaunt mich ein wenig, daß Sie nicht von selber auf diese Möglichkeit gekommen sind. Und nun machen Sie sich an die Arbeit.

Das Kommunikationsfenster auf dem Bildschirm schloß sich wieder. Carson lehnte sich zurück und atmete langsam aus. Scopes hatte natürlich recht, aber wenn er daran dachte, daß er mit einem Virus arbeiten sollte, das aus Brandon-Smith' Gehirnmasse kultiviert worden war, lief es ihm eiskalt den Rücken hinunter.
Als habe er auf sein Stichwort gewartet, kam auch gleich ein Laborassistent zur Tür herein und brachte ein Tablett aus rostfreiem Stahl, auf dem sich eine Reihe von Kulturschalen aus durchsichtigem Plastik befanden. Auf jeder dieser Schalen befand sich ein gelber Gefahrenaufkleber mit der Aufschrift: X-FLU II.

»Ein Geschenk für Guy Carson«, sagte der Assistent mit einem makabren Kichern.

Die späte Nachmittagssonne, die durch die nach Westen gerichteten Fenster in Singers Büro fiel, tauchte den Raum in ein warmes, goldenes Licht. Nye saß auf dem Sofa und starrte schweigend in den offenen Kamin, während der Direktor hinter seinem Computer stand, hinaus in die Wüste blickte und Nye dabei den Rücken zudrehte.
Eine kleine Gestalt mit einer überdimensionierten Aktentasche erschien in der Tür und machte durch ein höfliches Hüsteln auf sich aufmerksam.
»Kommen Sie herein«, sagte Singer.
Gilbert Teece trat in den Raum und nickte den beiden Männern zu. Die Kopfhaut unter seinem schütteren, sandfarbenen Haar war von der Sonne rot verbrannt, und seine Nase schälte sich bereits. Er lächelte schüchtern, als schäme er sich dafür, daß er der feindlichen Wüstensonne nicht gewachsen war.
»Setzen Sie sich, wo Sie wollen«, sagte Singer und deutete auf ein paar Sitzgelegenheiten, die im Büro verteilt herumstanden.
Teece ignorierte die leeren Sessel und Stühle und ging schnurstracks auf Nyes Sofa zu, wo er sich mit einem wohligen Geräusch niederließ. Der Sicherheitschef zuckte zusammen und rückte indigniert zur Seite.
»Wollen wir gleich anfangen?« fragte Singer und setzte sich ebenfalls. »Ich möchte nicht zu spät zu meinem allabendlichen Cocktail kommen.«
Teece, der am Schloß seiner Aktentasche herumgefingert hatte, blickte auf und lächelte Singer an. Dann öffnete er die Tasche

und holte ein kleines Diktiergerät heraus, das er vorsichtig vor sich auf den Couchtisch legte.
»Ich werde Sie nicht länger aufhalten als unbedingt nötig«, sagte er.
Nye hatte inzwischen sein eigenes Diktiergerät aus der Anzugtasche genommen und es neben das von Teece gelegt.
»Sehr gut«, sagte dieser. »Es ist immer gut, wenn man wichtige Unterhaltungen auf Tonband festhält, nicht wahr, Mr. Nye?«
»Ja«, antwortete Nye einsilbig.
»Ah!« sagte Teece so erstaunt, als habe er Nye nie zuvor sprechen gehört. »Sie sind Engländer, nicht wahr?«
Nye drehte sich langsam in seine Richtung und sah ihn durchdringend an. »Ja, ich komme aus England.«
»Ich auch«, sagte Teece. »Mein Vater war Sir Wilberforce Teece, der Baron von Teecewood Hall im Pennine-Gebirge. Mein älterer Bruder hat den Titel und die Ländereien geerbt, und mich hat man mit einer Fahrkarte nach Amerika abgespeist. Kennen Sie es? Teecewood Hall, meine ich.«
»Nein«, sagte Nye.
»Tatsächlich nicht? Das ist einer der schönsten Flecken in ganz England. Das Anwesen ist im Hamsterley Forest, ganz in der Nähe von Cumberland. Es ist wundervoll dort, besonders jetzt, um diese Jahreszeit. Grasmere, Troutbeck ... und natürlich der Windermere Lake. Ein herrlicher See.«
Die Luft im Büro schien auf einmal zum Schneiden dick zu sein. Nye sah den versonnen lächelnden Teece mit kalten Augen an.
»Ich würde vorschlagen, Mr. Teece, daß Sie jetzt mit den höflichen Floskeln aufhören und ihre Befragung beginnen.«
»Aber Mr. Nye«, entgegnete Teece erstaunt, »die Befragung *hat* doch längst begonnen. Soviel ich weiß, waren Sie früher einmal für die Sicherheit im Kernkraftwerk Windermere verantwortlich. Das war in den späten siebziger Jahren, glaube ich, als es dort diesen schrecklichen Unfall gab.« Teece schüttelte den

Kopf. »Ich kann mir einfach nicht merken, ob es damals sechzehn oder sechzig Tote gab. Aber wie dem auch sei, Sie haben jedenfalls zehn Jahre lang keine Arbeit mehr als Sicherheitschef bekommen, bevor man Ihnen einen Job bei der englischen Niederlassung von GeneDyne anbot. Das ist doch richtig, oder? In der Zwischenzeit mußten Sie für eine Ölfirma im Nahen Osten arbeiten. Die Informationen darüber, was Sie dort genau gemacht haben, sind leider äußerst lückenhaft.« Teece kratzte sich ein Stück Haut von seiner verbrannten Nase.

»Das hat überhaupt nichts mit Ihrem Auftrag hier zu tun«, sagte Nye langsam.

»Dafür aber viel mit Ihrer Loyalität gegenüber Brent Scopes«, sagte Teece. »Und diese Loyalität kann bei meiner Untersuchung von entscheidender Bedeutung sein.«

»Das ist eine Farce«, fauchte Nye. »Ich werde Ihr Benehmen Ihren Vorgesetzten melden.«

»Was für ein Benehmen?« fragte Teece mit einem schwachen Lächeln. Und dann fügte er, ohne auf eine Antwort zu warten, noch an: »Und welchen Vorgesetzten?«

Nye beugte sich zu ihm herüber und sagte ganz leise: »Hören Sie endlich auf, den Harmlosen zu spielen. Sie wissen genau, was in Windermere passiert ist. Sie brauchen mir diese Fragen also überhaupt nicht zu stellen, und deshalb werden Sie von mir auch einen Scheißdreck darüber erfahren.«

»Aber meine Herren«, sagte Singer mit bemühter Herzlichkeit. »Mr. Nye, wir sollten vielleicht ...«

Teece hob die Hand. »Es tut mir leid. Mr. Nye hat vollkommen recht. Ich weiß wirklich alles über den Vorfall. Ich habe lediglich die Angewohnheit, mir meine Informationen aus erster Hand bestätigen zu lassen. Diese Berichte« – dabei klopfte er auf seine Aktentasche – »sind ja oft sehr ungenau. Die werden für gewöhnlich von Regierungsangestellten verfaßt, und man kann nie wissen, was irgend so ein hirnloser Bürokrat über einen zusammenschreibt, nicht wahr, Mr. Nye? Ich dachte, Sie würden die Gelegenheit begrüßen, dies oder jenes ins rechte Licht zu rücken und eventuelle falsche Anschuldigungen zu entkräften.«

Nye saß stocksteif und schweigend da.

Teece zuckte mit den Achseln und zog einen großen, braunen Briefumschlag aus seiner Aktentasche. »Wie Sie wollen, Mr. Nye, dann lassen Sie uns fortfahren. Könnten Sie mir bitte schildern, was aus Ihrer Sicht am Morgen des Unfalls hier geschehen ist?«

Nye räusperte sich. »Um neun Uhr fünfzig erhielt ich die Nachricht, daß im Sicherheitsbereich Stufe fünf ein Alarm der Stufe zwei ausgelöst wurde.«

»Was bedeuten diese Zahlen?«

»Alarm Stufe zwei bedeutet, daß bei einem oder mehreren Menschen eine Beschädigung der Schutzkleidung vorliegt. In diesem Fall handelte es sich um den Anzug einer Wissenschaftlerin.«

»Und wer hat das gemeldet?«

»Carson. Guy Carson. Er hat dazu den globalen Notfallkanal der Sprechanlage benützt.«

»Verstehe«, sagte Teece. »Und was geschah dann?«

»Ich begab mich unverzüglich in die Sicherheitszentrale, machte mir ein Bild von der Situation und übernahm dann für die Zeit des Alarms die Leitung des Labors.«

»Das haben Sie getan? Ohne Dr. Singer vorher davon zu informieren?« Teece blickte hinüber zum Direktor.

»So sind nun mal die Vorschriften«, sagte Nye trocken.

»Und Sie, Dr. Singer, haben es natürlich freudig akzeptiert, daß Mr. Nye Ihnen die Befehlsgewalt aus der Hand nahm, oder?«

»Natürlich«, antwortete Singer.

»Dr. Singer«, sagte Teece in einem etwas schärferen Ton. »Ich habe mir den ganzen Nachmittag lang die Videobänder der automatischen Überwachungskameras angesehen. Dabei habe ich auch praktisch alles mitbekommen, was geredet wurde.

Würden Sie mir jetzt bitte meine Frage noch einmal beantworten?«
Singer blieb eine Weile stumm. »Nun«, sagte er schließlich, »in Wirklichkeit war ich nicht allzu glücklich darüber. Aber ich habe es akzeptiert.«
»Sie, Mr. Nye, haben eben behauptet, die Übernahme der Weisungsbefugnis sei eine firmeninterne Vorschrift. Meinen Informationen zufolge dürfen Sie das aber nur dann tun, wenn Sie der Auffassung sind, daß der Direktor seinen Pflichten nur ungenügend nachkommt.«
»So ist es«, sagte Nye.
»Aber daraus kann ich nur schließen, daß Sie aufgrund einer bereits gemachten Erfahrung der Ansicht waren, daß Dr. Singer der Situation möglicherweise nicht gewachsen war.«
Nye sagte eine ganze Weile nichts, dann sagte er abermals: »So ist es.«
»Das ist doch absurd«, rief Singer. »Es bestand überhaupt keine Notwendigkeit zu diesem Schritt. Ich hatte die Situation völlig unter Kontrolle.«
Nye saß mit versteinertem Gesicht da.
»Was war es denn«, fragte Teece seelenruhig, »das Sie zu der Annahme veranlaßte, Dr. Singer würde mit dem Störfall nicht fertig werden?«
Diesmal zögerte Nye keinen Augenblick. »Ich hatte das Gefühl, daß Dr. Singer seinen Untergebenen zu nahe stand. Er mag ein guter Wissenschaftler sein, aber er reagiert viel zu emotional und kann mit Streßsituationen nicht gut umgehen. Hätte ich ihn den Störfall behandeln lassen, wäre die Sache möglicherweise ganz anders ausgegangen.«
Singer sprang auf. »Was ist denn so falsch daran, wenn man die Leute freundlich behandelt?« ereiferte er sich. »Es dürfte Ihnen selbst nach dieser kurzen Unterredung aufgefallen sein, Mr. Teece, mit was für einem Mann Sie es bei Mr. Nye zu tun haben. Er leidet unter Größenwahn und ist bei der gesamten Beleg-

schaft hier ausgesprochen unbeliebt. Praktisch jedes Wochenende verschwindet er in der Wüste und treibt dort weiß Gott was. Warum Scopes ihn nicht schon längst gefeuert hat, ist allen ein Rätsel.«

»Verstehe«, sagte Teece gutgelaunt und las etwas in seinen Unterlagen nach. Eine unangenehme Stille erfüllte das Büro. Singer stand auf und ging wieder ans Fenster, wo er Nye und Teece den Rücken zudrehte. Teece machte sich ein paar Notizen. Dann fuchtelte er Nye mit dem Kugelschreiber vor dem Gesicht herum. »Diese altmodischen Dinger sind hier streng verboten, stimmt's? Wie gut, daß man bei mir eine Ausnahme gemacht hat, denn ich hasse Computer und den ganzen elektronischen Firlefanz.« Mit diesen Worten steckte er den Kugelschreiber sorgfältig zurück in die Brusttasche.

»Lassen Sie uns jetzt zu dem Virus kommen, an dem Sie gerade arbeiten, Dr. Singer. Mein Informationsmaterial darüber ist leider mehr als dürftig. Was macht dieses Virus so tödlich?«

»Wenn wir das wüßten«, sagte Singer, »dann könnten wir auch etwas dagegen tun.«

»Wie meinen Sie das?«

»Ich meine damit, daß wir das Virus sicher machen könnten, wenn wir wüßten, weshalb es so gefährlich ist.«

»Warum arbeiten Sie denn ausgerechnet mit einem so gefährlichen Mikroorganismus?«

Singer drehte sich um. »Daß das Virus so tödlich wurde, lag nicht in unserer Absicht, glauben Sie mir. Seine Virulenz entstand erst dadurch, daß wir ihm das Gen eines Bonobo einsetzten. Wir arbeiten mit Hochdruck daran, es wieder ungefährlich zu machen, und wenn unser Produkt fertig ist, wird von diesen Problemen nicht mehr die Rede sein.« Singer hielt inne. »Es ist ein wirklich tragischer Unglücksfall, daß Rosalind in diesem Stadium des Experiments mit dem Virus infiziert wurde.«

»Rosalind Brandon-Smith«, wiederholte Teece langsam. »Sie

wissen ja, daß meine Behörde nicht gerade glücklich über die Art und Weise ist, wie die Autopsie ihrer Leiche durchgeführt wurde.«

»Wir sind dabei genau nach den geltenden Vorschriften vorgegangen«, protestierte Nye. »Die Autopsie wurde von einem Arzt in Schutzkleidung im Sicherheitsbereich Stufe fünf durchgeführt. Danach wurde die Leiche verbrannt und das gesamte Labor dekontaminiert.«

»Mir geht es hier weniger um das Einhalten von Vorschriften, Mr. Nye«, sagte Teece. »Was mir nicht gefällt, ist die Kürze des Autopsieberichts, bei der eine ganze Menge Fragen offenbleiben. Zum Beispiel ersehe ich daraus, daß Brandon-Smith' Gehirn förmlich explodiert sein muß. Warum, so frage ich mich, war sie dann auf der Quarantänestation eingeschlossen, wo ihr nur ungenügende medizinische Hilfe zuteil werden konnte?«

»Wir wußten nicht, ob sie infiziert war oder nicht«, antwortete Singer.

»Wie soll ich das verstehen? Sie wurde doch von einem infizierten Schimpansen gekratzt. Da haben Sie doch sicher ihr Blut regelmäßig auf Antikörper getestet.«

»Das haben wir auch, aber in diesem Fall war die Zeit zwischen dem Auftreten der Antikörper und dem Eintritt des Todes sehr kurz.«

Teece runzelte die Stirn. »Beunruhigend kurz, finde ich.«

»Sie dürfen nicht vergessen, daß es das erste Mal war, daß ein Mensch mit dem X-FLU-Virus infiziert wurde – und hoffentlich auch das letzte Mal. Wir wußten nicht, was wir zu erwarten hatten. Außerdem ist dieser Stamm des Virus besonders virulent. Als wir die ersten positiven Testergebnisse hatten, war Dr. Brandon-Smith bereits tot.«

»Aus dem Obduktionsbericht entnehme ich, daß Dr. Brandon-Smith schon vor ihrem Tod massive innere Blutungen gehabt haben muß.« Teece konsultierte seine Akten und fuhr einen Absatz mit dem Finger nach. »Hier steht, daß die Organe der Toten praktisch im Blut geschwommen haben müssen. Der Bericht führt das auf durchlässig gewordene Blutgefäße zurück.«

»Das ist offenbar ein Symptom der Erkrankung am X-FLU-Virus«, sagte Singer. »So etwas ist nicht gänzlich neu. Auch beim Ebola-Virus beobachtet man dieses Phänomen.«

»Aber aus den Autopsieberichten der verendeten Schimpansen ersehe ich nichts dergleichen.«

»Anscheinend ruft die Krankheit beim Menschen andere Symptome hervor als beim Schimpansen. Das ist nichts Ungewöhnliches.«

»Möglicherweise nicht«, sagte Teece und blätterte in seiner Akte. »Aber es gibt noch andere Merkwürdigkeiten in diesem Bericht. Zum Beispiel wurden im Gehirn der Toten ungewöhnlich hohe Konzentrationen der beiden Neurotransmitter Dopamin und Serotonin festgestellt.«

Singer breitete die Arme aus. »Na und? Das muß wohl ein weiteres Symptom von X-FLU sein.«

Teece klappte die Akte zu. »Und wiederum zeigten die infizierten Schimpansen keine solchen Auffälligkeiten.«

»Worauf wollen Sie hinaus, Mr. Teece?« fragte Singer seufzend. »Glauben Sie mir, wir sind uns der Gefährlichkeit dieses Virus vollauf bewußt. Deshalb strengen wir uns auch so an, es zu neutralisieren. Guy Carson, einer unserer fähigsten Wissenschaftler, befaßt sich ausschließlich mit diesem Problem.«

»Carson. Ach ja. Das ist der Ersatzmann für Franklin Burt, nicht wahr? Der arme Dr. Burt. Er ist jetzt im Featherwood-Park-Sanatorium untergebracht. Und wissen Sie was, Dr. Singer?«, fragte Teece mit gedämpfter Stimme. »Ich habe mit David Fossey gesprochen, dem behandelnden Arzt. Auch Burt hat durchlässige Blutgefäße. Und sein Dopamin- wie auch sein Serotoninspiegel sind beide stark erhöht.«

Nye und Singer waren sichtlich erstaunt.

»Großer Gott«, sagte Singer nach kurzem Schweigen. Seine Augen blickten ins Leere, als würde er angestrengt über etwas nachdenken.

Teece hob einen Finger. »Aber jetzt kommt das wirklich Merkwürdige: Burt weist bis jetzt, nachdem er mehrere Wochen von Mount Dragon weg ist, keine Antikörper gegen X-FLU auf. Er kann die Krankheit also gar nicht haben.«

Singer und Nye entspannten sich zusehends. »Dann muß das ein Zufall sein«, sagte Nye und lehnte sich wieder zurück.

»Wohl kaum. Arbeiten Sie hier noch mit anderen Krankheitserregern?«

Singer schüttelte den Kopf. »Wir haben zwar das Übliche in der Tiefkühltruhe – Marburg, Ebola, Zaire, Lassa –, aber keiner dieser Erreger kann beim Menschen Wahnsinn auslösen.«

»Das stimmt«, bestätigte Teece. »Und sonst haben Sie nichts hier?«

»Überhaupt nichts.«

Teece wandte sich an den Sicherheitschef. »Was ist denn nun mit Dr. Burt genau passiert?«

»Dr. Singer hat empfohlen, ihn auszuwechseln«, sagte Nye einfach.

»Weshalb haben Sie das getan, Dr. Singer?«

»Dr. Burt wurde in zunehmendem Maße verwirrt und erregbar«, antwortete Singer zögernd. »Wir waren Freunde, Franklin und ich. Er war ein außergewöhnlich sensibler Mensch, immer freundlich und voller Anteilnahme. Auch wenn er mit mir nur selten darüber sprach, so hat er seine Frau hier draußen doch sehr vermißt. Der Streß im Fiebertank ist außergewöhnlich hoch ... Da muß man eine dicke Haut haben, und Dr. Burt hatte sie nicht. Die ständige Anspannung hat ihn schließlich fertiggemacht. Als ich an ihm die ersten Anzeichen einer fortschreitenden Paranoia bemerkte, empfahl ich, ihn zur Beobachtung ins Krankenhaus nach Albuquerque zu bringen.«

»So, so, der Streß hat ihn fertiggemacht«, murmelte Teece.

»Entschuldigen Sie bitte, Dr. Singer, aber ich glaube nicht so recht daran, daß Franklin Burt einen gewöhnlichen Nervenzusammenbruch hatte.« Er konsultierte wieder seine Unterlagen. »Soviel ich weiß, hat Dr. Burt seinen Dr. med. und seinen Dr. phil. an der Johns-Hopkins-Universität gemacht. Und das in gerade mal fünf Jahren – normale Leute brauchen für so etwas doppelt so lange.«
»Ja«, sagte Singer. »Franklin war ... er *ist* ... ein brillanter Kopf.«
»Wenn die Informationen, die ich habe, richtig sind, dann hat Dr. Burt nach seinem Studium als Assistenzarzt in der Notaufnahme im Harlem-Meer-Krankenhaus an der Ecke 944 East und 155th Street gearbeitet. Waren Sie jemals in dieser Gegend?«
»Nein«, sagte Singer.
»Die Polizei nennt die Leute, die dort leben, ›Eintagsfliegen‹, was eine makabre Anspielung darauf ist, daß ein Menschenleben in diesem Viertel nicht allzuviel wert ist. Burt arbeitete dort unter Bedingungen, die als ›Sechsunddreißiger-Spezialschicht‹ bekannt sind. Das bedeutet, daß er sechsunddreißig Stunden auf der Notfallstation Dienst tat und danach zwölf Stunden frei hatte. Dann wieder sechsunddreißig Stunden Dienst und zwölf Stunden frei. Und das Woche für Woche, drei volle Monate lang.«
»Das wußte ich nicht«, sagte Singer. »Er hat mir eigentlich nie von seiner Vergangenheit erzählt.«
»Danach folgten zwei Jahre als Arzt an einem anderen Krankenhaus, in denen Dr. Burt nebenbei ein vierhundertseitiges wissenschaftliches Werk über Metastasen schrieb, eines der besten, die es zu diesem Thema gibt. Dabei lebte er zu dieser Zeit auch noch mit seiner ersten Frau in Scheidung.«
Teece hielt einen Augenblick inne, dann fuhr er mit lauter Stimme fort: »Wollen Sie mir jetzt immer noch erzählen, der Mann habe keinen Streß ausgehalten?« Er lachte laut, aber in

seinem Gesicht war keine Spur von Fröhlichkeit mehr zu entdecken.

Der Inspektor erhob sich. »Meine Herren, ich glaube, ich habe Ihnen fürs erste genug von Ihrer wertvollen Zeit gestohlen.« Er steckte das Diktiergerät und seine Unterlagen wieder in die Aktentasche und wandte sich zum Gehen. »Aber wir werden uns sicher noch ein paarmal unterhalten, wenn ich erst einmal mit Ihren Kollegen gesprochen habe.« Dabei rubbelte er sich ein Stück Haut von der Nase und lächelte schicksalsergeben. »Manche Leute werden braun, und andere bekommen einen Sonnenbrand«, sagte er. »Ich schätze, ich gehöre in letztere Kategorie.«

Die Nacht war über River Pointe, einer Vorstadt von Cleveland, hereingebrochen. Ein warmer Maiwind wehte um ein weißgestrichenes Haus an der Ecke Church Street und Sycamore Terrace, raschelte in den Blättern der Bäume und trug das entfernte Gebell eines Hundes und den einsamen Pfiff einer Lokomotive durch das offene Giebelfenster im ersten Stock.

Das Licht, das aus diesem Fenster drang, hatte nicht die übliche, warmgelbe Farbe. Es war ein gedämpftes Blau wie das eines Fernsehapparats, änderte aber weder Farbe noch Intensität. Ein Passant, der unten auf der Straße vor dem offenen Fenster stehengeblieben wäre, hätte aus diesem Fenster ab und zu ein merkwürdiges Piepsen und Klicken vernommen, aber in diesem Viertel gab es um diese Zeit kaum Passanten.

In dem Zimmer saß eine kleine Gestalt vor einer nackten Wand, in der eine einfache, hölzerne Tür eingelassen war. An allen anderen Wänden waren in vom Fußboden bis zur Decke reichenden Metallgestellen elektronische Platinen, Monitore, Festplattensysteme mit gigantischer Speicherkapazität und jede

Menge Vorrichtungen, nach denen sich der Geheimdienst von so manchem kleineren Land sämtliche Finger abgeschleckt hätte: Geräte, mit denen man Computernetze überwachen und Faxe abfangen konnte, Schaltungen, die das Monitorbild weit entfernter Computer kopieren, persönliche Paßwörter knacken oder Funktelefone abhören konnten. Ein schwacher Geruch nach heißem Metall und Ozon drang aus diesen Gestellen, durch die sich dicke Kabelstränge wanden wie Schlangen durch den Regenwald.

Die Gestalt saß in einem Rollstuhl, der leise knarzte, als sie sich darin bewegte. Ein kurzer Arm näherte sich einer Spezialtastatur, die fest mit dem Rollstuhl verbunden war. Ein einzelner, gebogener Finger drückte im bläulichen Licht des Raumes ein paar der Tasten, die einen besonders weichen Anschlag hatten. Kurz darauf war eine Folge von leisen Wähltönen zu hören, und an der Wand wurde ein Monitor hell. Nachdem eine lange Reihe von Buchstaben und Zahlen darübergehuscht war, erschien auf dem Bildschirm ein kleines Firmenlogo.

Der Finger drückte einen von mehreren großen, mit Farben gekennzeichneten Knöpfen auf der Tastatur.

Danach war es minutenlang vollkommen still in dem Raum. Die Gestalt im Rollstuhl hielt nichts davon, Firmennetze mit brutalen Hackermethoden zu knacken. Ihr Programm erledigte das sehr viel eleganter, indem es sich am Internet-Zugang der jeweiligen Firma auf die Lauer legte, sich an eine unverdächtige Nachricht hängte und dann huckepack auf dieser alle Sicherheitssperren umging. Der Nachteil dieser Methode war, daß man warten mußte, bis so eine Nachricht hereinkam.

Schließlich aber explodierte der Bildschirm förmlich in einer plötzlich über ihn hereinbrechenden Flut von Zeichen, und der schwache Arm fing an zu tippen. Langsam zuerst und dann zunehmend schneller schrieb er Ausdrücke in hexadezimalem Computercode auf den Bildschirm und wartete zwischendurch immer wieder auf das, was sich daraufhin auf dem Monitor tat.

Dann erschienen auf rotem Grund die Worte »GeneDyne Online System – Unterabteilung Systemwartung«, zusammen mit einem kurzen Menü.
Wieder einmal war es der Gestalt gelungen, hinter die Sicherheitsbarrieren von GeneDyne zu gelangen.
Der unterentwickelte Arm hob sich ein drittes Mal und startete zwei Programme, die Hand in Hand arbeiteten: Das erste veränderte vorübergehend eine der Systemdateien dergestalt, daß diese das zweite Programm für ein harmloses Utility hielt, während es in Wirklichkeit eine abhörsichere Netzwerkverbindung mit dem Labor von Mount Dragon herstellte.
Die Gestalt im Rollstuhl wartete geduldig, während sich die beiden Programme immer tiefer ins Computernetz von GeneDyne hineinarbeiteten. Dann erklang ein tiefer Summton, und auf dem Bildschirm war abzulesen, über welche Netzwerkknoten die sichere Verbindung lief.
Die Hand wanderte wieder zur Tastatur, und bald erfüllte das schrille Pfeifen eines Modems den Raum. Ein zweiter Bildschirm schaltete sich an, auf dem ein von einer unsichtbaren Hand getippter Satz erschien.

Sie wollten mich doch schon vor einer Stunde anrufen! Wegen Ihnen habe ich einige wichtige Termine absagen müssen.

Der verschrumpelte Finger gab seine Antwort auf der weichen Spezialtastatur ein: **Ich mag es, wenn Sie so rechtschaffen wütend werden, Professorchen. Wie schaffen Sie das bloß?**

Außerdem ist es jetzt zu spät. Er ist bestimmt nicht mehr in seinem Labor.

Der Finger tippte wieder etwas ein.

Kein Grund zu verzagen, kleinmütiger Professor! Ganz bestimmt hat Dr. Carson einen zweiten Computer in seinem Privatzimmer. Dort sind wir auch sicher, daß wir seine ungeteilte Aufmerksamkeit genießen. Aber vergessen Sie nicht, was wir abgemacht haben.

Okay. Lassen Sie uns endlich anfangen.

Der Finger drückte eine Taste, die durch das Netzwerk von GeneDyne eine schon vorher getippte, anonyme Nachricht an Guy Carson schickte. Diesmal verzichtete der Clown auf seine elektronische Visitenkarte – vielleicht schaltete ja Carson seinen Computer ab, sobald er das Logo mit der Weltkugel sah. Es dauerte eine Weile, bis aus der Wüste von New Mexico eine Antwort kam.

Hier Guy Carson. Wer ist da?

Der Finger drückte wieder eine der farbigen Tasten und schickte damit eine weitere vorbereitete Nachricht durchs Netzwerk.

Ich bin's, der Clown, der Überbringer von Nachrichten. Ich gebe Ihnen jetzt Professor Levine, Cowboy. Der Clown drückte eine weitere Taste und schaltete Levine auf die sichere Leitung.

Lassen Sie mich in Ruhe, kam prompt Carsons Antwort. Machen Sie, daß Sie aus unserem System rauskommen.

Bitte, Guy, hier ist Charles Levine. Geben Sie mir eine Minute. Ich muß mit Ihnen reden.

Nein. Ich werde jetzt den Computer neu starten.

Der Clown drückte auf einen Knopf und schickte eine weitere vorbereitete Nachricht an Carson.

He, Moment mal, Partner. Sie haben es hier mit dem Clown zu tun, vergessen Sie das nicht. Ich kann am Netzwerk mehr herummanipulieren, als Sie es sich vorstellen können. Ich habe in Ihren Anschluß eine kleine Falle eingebaut, und wenn Sie Ihren Computer jetzt neu starten, dann lösen Sie einen internen Netzalarm aus. Und das wiederum bedeutet, daß Sie Ihrem lieben Mr. Scopes eine ganze Menge zu erklären haben. Seien Sie also so freundlich und leihen Sie Ihrem alten Professor für ein paar Minuten Ihr Ohr.
Aber vorher noch was Technisches: Auf Ansuchen des Professors habe ich eine Möglichkeit geschaffen, über die Sie ihn ständig erreichen können. Sollten Sie ihm also etwas mitteilen wollen, dann brauchen Sie bloß übers Netz eine Anfrage für ein persönliches Gespräch mit Ihnen selbst loslassen. Ja, Sie haben richtig gelesen: mit Ihnen selbst. Damit aktivieren Sie einen kleinen Kommunikationskobold, den ich in euer Netzwerk eingeschmuggelt habe. Der Kobold nimmt Verbindung mit draußen auf und verbindet Sie mit unserem Freund, dem Professor, solange Ihr treuer Computer online bleibt. Das war's von mir. Jetzt übergebe ich Sie wieder an Professor Levine.

Wenn Sie meinen, daß Sie mich auf diese Weise rumkriegen, Levine, dann haben Sie sich getäuscht. Sie setzen mit diesen Spielchen meine ganze Karriere aufs Spiel, ist Ihnen das klar? Ich will nichts mit Ihnen und Ihrem Kreuzzug zu tun haben, ganz gleich, um was es sich auch handeln mag.

Ich habe leider keine andere Wahl, Guy. Das Virus, an dem Sie arbeiten, ist ein echter Killer.

Wir haben die besten Sicherheitsvorkehrungen auf der ganzen Welt …

Aber offenbar sind sie nicht gut genug.

Was hier passiert ist, war ein unglücklicher Zufall, sonst nichts.

Die meisten Unfälle sind unglückliche Zufälle.

Wir arbeiten hier an einem medizinischen Produkt, das der Menschheit unermeßlich viel Gutes bringen und Jahr für Jahr Millionen von Menschenleben retten wird. Sagen Sie mir jetzt nicht, daß wir damit etwas Falsches tun.

Ich glaube Ihnen ja, Guy. Aber warum müssen Sie, um Leben zu retten, mit einem derart tödlichen Virus herumexperimentieren?

Weil wir das Virus neutralisieren und für den Menschen ungefährlich machen müssen. Und jetzt verschwinden Sie bitte aus unserem Netz.

Noch nicht. Was soll das denn für ein medizinisches Wunder sein, an dem Ihre Firma gerade arbeitet?

Darüber kann ich nicht sprechen.

Aber eine Frage müssen Sie mir einfach beantworten: Verändert dieses Virus die DNA in den menschlichen Keimzellen oder nur in den Körperzellen?

In den Keimzellen.

Das dachte ich mir. Guy, glauben Sie wirklich, daß Sie das moralische Recht haben, das menschliche Genom zu verändern?

Warum nicht, wenn es zum Wohl der Menschheit geschieht? Wenn wir damit die Menschen für immer von einer schrecklichen Krankheit befreien können? Was soll daran unmoralisch sein?

Von welcher Krankheit?

Das geht Sie nichts an.

Verstanden. Sie wollen also das Virus verwenden, um eine Veränderung im Erbgut zu bewirken. Aber was tut das Virus, solange Sie es noch nicht unschädlich gemacht haben? Ist es dazu geeignet, die ganze Menschheit auszulöschen? Wenn Sie mir diese Frage beantworten, lasse ich Sie sofort in Ruhe.

Das kann ich nicht. Die epidemiologische Wirkung auf den Menschen ist noch weitgehend unbekannt, aber bei Schimpansen wirkt es hundertprozentig tödlich. Wir haben natürlich alle Schutzmaßnahmen ergriffen, besonders jetzt, nach dem Unfall.

Geschieht die Infektion mit dem Virus über die Atemluft?

Ja.

Wie lange ist die Inkubationszeit?

Eine bis zwei Wochen, je nach Virenstamm.

Wieviel Zeit vergeht zwischen dem Auftreten der ersten Symptome und dem Eintritt des Todes?

Das läßt sich mit Sicherheit unmöglich sagen. Zwischen ein paar Minuten und mehreren Stunden.

Ein paar Minuten? Großer Gott! Und wie stirbt man an dem Virus?

Ich habe jetzt schon genug von Ihren Fragen beantwortet. Lassen Sie mich in Ruhe.

Wie stirbt man an dem Virus?

Es erzeugt eine extrem starke Überproduktion von Gehirnflüssigkeit, die im Gehirn Blutungen und Ödeme auslöst.

Das klingt verdammt nach einem echten Killervirus. Wie heißt es?

Das war's, Levine. Ich beantworte keine weiteren Fragen mehr. Sehen Sie zu, daß Sie aus dem Netz verschwinden, und setzen Sie sich nie wieder mit mir in Verbindung.

In dem kleinen Haus an der Ecke Church Street und Sycamore Terrace in Cleveland drückte der Finger ein paar Tasten. Auf einem der Bildschirme war zu sehen, wie das Hackerprogramm die Verbindung beendete und sich unbemerkt aus dem Netzwerk von GeneDyne stahl. Auf dem anderen Bildschirm erschienen Levines aufgeregte Worte:

Verdammt! Wir sind getrennt worden, Clown! Ich brauche mehr Zeit!

Der Finger bewegte sich langsam über die Tasten und tippte:

Beruhigen Sie sich doch, Professor, zuviel Aufregung ist schlecht für die Gesundheit. Machen Sie lieber Ihren Computer bereit, damit ich Ihnen eine interessante, kleine Datei zukommen lassen kann. Ich konnte Ihnen nämlich die Informationen beschaffen, um die Sie mich gebeten haben. War auch nicht anders zu erwarten, oder? Aber leicht war es nicht, das kann ich Ihnen sagen, und Sie wären erstaunt, wenn Sie wüßten, wieviel Telefongebühren dabei aufgelaufen sind. Eine gewisse Mrs. Harriet Smythe in Northfield, Minnesota, wird wohl einen ziemlichen Schreck kriegen, wenn sie ihre nächste Telefonrechnung liest.

Der Finger drückte einige weitere Tasten und veranlaßte, daß eine Datei an den Computer von Levine geschickt wurde. Dann wurden die beiden Bildschirme gleichzeitig dunkel. Eine ganze Weile waren die einzigen Geräusche in dem Raum das leise Summen der Computerlüfter und das durchs offene Fenster hereindringende Zirpen einer einzelnen Grille. Dann ertönte auf einmal ein leises Gelächter, das sich immer mehr zu einem wahren Ausbruch von Fröhlichkeit steigerte, der den verbrauchten, verschrumpelten Körper in seinem Rollstuhl erbeben ließ.

Der Koch in Mount Dragon – ein Italiener namens Ricciolini – liebte es, Komplimente für seine Kochkunst einzustreichen. Weil er es sich deshalb nicht nehmen ließ, den Hauptgang beim Dinner höchstpersönlich zu servieren, dauerte es bisweilen unglaublich lange, bis man sein Abendessen bekam. Carson saß mit Harper und Vanderwagon an einem Tisch in der Mitte der Kantine und kämpfte ohne großen Erfolg gegen ein übles Kopfweh an, das ihn den ganzen Tag schon plagte. Trotz des enormen Drucks, den Scopes auf ihn ausübte, hatte er heute fast überhaupt nichts geschafft, weil er ständig über die Online-Unterhaltung nachgedacht hatte, die er mit Levine am Abend vorher geführt hatte. Immer wieder hatte er sich gefragt, wie es Levine gelungen sein könnte, ins Firmennetz von GeneDyne einzudringen, und warum der Professor überhaupt Kontakt mit ihm aufgenommen hatte. Wenigstens ist es niemandem aufgefallen, dachte Carson. Jedenfalls soweit ich es mitbekommen habe.

Der kleine Koch kam an den Tisch, stellte mit großartiger Geste den drei Wissenschaftlern das Essen hin und trat mit erwartungsvollem Gesicht einen Schritt zurück. Carson sah skeptisch auf seinen Teller und entdeckte merkwürdige Innereien, die er noch nie gesehen hatte.

»Sieht herrlich aus«, sagte Harper, der genau wußte, was der Koch hören wollte. »Eine kulinarische Meisterleistung.«

Der Italiener verbeugte sich und machte ein zufriedenes Gesicht.

Vanderwagon saß schweigend da und rieb seine Gabel mit der Serviette blank.

»Was ist das?« fragte Carson.

»*Animella con Marsala e funghi!*« verkündete der Koch stolz. »Kalbsbries mit Wein und Pilzen.«

»Und was ist Bries?«

Verwirrung machte sich auf dem Gesicht des Kochs breit. »Habe ich etwas Falsches gesagt? Kennen Sie das Wort Bries nicht?«

»Ich wollte eigentlich wissen, um welchen Teil des Kalbs es sich dabei genau handelt.«

Harper gab ihm einen freundschaftlichen Klaps auf den Rücken

und sagte: »Manchmal ist es besser, nicht alles zu wissen, Carson.«
Der Italiener lächelte verlegen und verschwand wieder in der Küche.
»Die sollten sich mal eine neue Spülmaschine anschaffen«, murmelte Vanderwagon und wischte sein Weinglas mit der Serviette ab. Dann hielt er es gegen das Licht und polierte es noch einmal.
Harper blickte quer durch den Raum, wo Teece allein an einem Tisch saß. Die Tischmanieren des Inspektors waren so perfekt, daß es fast schon wieder lächerlich war.
»Hat er mit Ihnen schon geredet?« flüsterte Harper Carson zu.
»Nein. Mit Ihnen?«
»Mich hat er sich heute vormittag vorgeknöpft.«
»Und was wollte er wissen?« mischte Vanderwagon sich ein.
»Er hat mir eine Menge spitzfindiger Fragen über den Unfall gestellt. Laßt euch von seinem Aussehen nicht täuschen. Der Kerl ist alles andere als ein Dummkopf.«
»Spitzfindige Fragen«, wiederholte Vanderwagon und wischte nun auch sein Messer sorgfältig mit der Serviette ab.
»Wieso kriegt man hier nicht wenigstens ab und zu mal ein vernünftiges Steak?« maulte Carson. »Bei diesem Zeug weiß man nie, was man eigentlich ißt.«
»Nehmen Sie es als Bereicherung in Sachen internationaler Kochkultur«, sagte Harper, der gerade ein Stück Bries abschnitt und den wabbeligen Happen in den Mund steckte. »Köstlich«, sagte er mit vollem Mund.
Auch Carson versuchte einen Bissen. »He, das schmeckt gar nicht mal so schlecht«, sagte er erstaunt. »Aber trotzdem wüßte ich gerne, was für ein Teil vom Tier das ist.«
»Es ist die Thymusdrüse«, sagte Vanderwagon.
Carson ließ die Gabel fallen. »Danke, das reicht.«
»Was waren das für spitzfindige Fragen?« fragte Vanderwagon.

»Das darf ich nicht sagen«, entgegnete Harper und zwinkerte Carson zu.
Vanderwagon sah Harper durchdringend an. »Waren es Fragen über mich?«
»Nein, nicht über dich, Andrew. Oder doch. Aber nur ein paar. Du warst ja schließlich – wie soll ich es nennen – irgendwie mittendrin im Geschehen.«
Vanderwagon schob seinen unberührten Teller zur Seite und sagte nichts.
Carson beugte sich zu ihm hinüber. »Ist das wirklich die Thymusdrüse von einem *Kalb*?«
»Na und? Wen interessiert das schon?« sagte Harper und schob sich eine weitere Gabelvoll in den Mund. »Dieser Ricciolini kann einfach alles kochen. Außerdem haben Sie doch in Ihrer Jugend bestimmt Hammelhoden gegessen.«
»Nein, niemals. So was kriegen bei uns nur die Touristen«, entgegnete Carson.
»Wenn aber dein rechtes Auge dir Anlaß zur Sünde gibt ...«, sagte Vanderwagon auf einmal.
Die beiden anderen drehten sich erstaunt in seine Richtung.
»Wirst du jetzt auf einmal religiös?« fragte Harper.
»Ja«, sagte Vanderwagon und fuhr fort: »... so reiß es aus und wirf es von dir.«
Einen Augenblick lang herrschte betretenes Schweigen.
»Sind Sie in Ordnung, Andrew?« fragte Carson.
»Ja, natürlich«, antwortete Vanderwagon.
»Sag mal, Andrew, haben wir nicht im Biologieunterricht gelernt, daß in der Thymusdrüse irgendwelche Hormone drin sind?«
»Bitte nicht!« flehte Carson.
»Doch, doch, jetzt erinnere ich mich. Thymosin und Thymopetin heißen sie, glaube ich«, fuhr Harper ungerührt fort.
Vanderwagon starrte auf seinen Teller, dann nahm er langsam sein Messer zur Hand und schnitt ein Stück Bries in der Mitte

durch. Er nahm eine Hälfte davon in die Hand, besah sich eingehend die Schnittstelle, roch daran und ließ den Brocken wieder auf den Teller fallen, so daß Sauce und Pilze aufs weiße Tischtuch spritzten. Dann goß er etwas Wasser auf seine Serviette und säuberte sich damit sorgfältig die Hände. »Nein«, sagte er.

»Was meinst du mit nein?«

»Da sind keine Hormone drin.«

Harper kicherte amüsiert vor sich hin. »Sei bloß vorsichtig. Wenn Ricciolini sieht, was du mit seinem Essen machst, dann mischt er dir beim nächsten Mal Gift in den Kartoffelbrei.«

»Was?« sagte Vanderwagon laut.

»Ich habe doch nur Spaß gemacht. Beruhige dich.«

»Ich meine nicht dich«, sagte Vanderwagon und deutete auf eine Stelle neben Harper. »Ich rede mit *ihm*.«

Harper und Carson waren still.

»Jawohl, Sir! Zu Befehl, Sir!« Vanderwagon sprang so plötzlich auf, daß er seinen Stuhl umwarf. Er packte die Gabel mit der einen und das Messer mit der anderen Hand und hob die Gabel so, daß die Zinken auf sein Gesicht zeigten. Seine Bewegungen sahen genau abgezirkelt aus, als gehorchten sie unhörbaren Befehlen. Vanderwagon schien einen Bissen von der leeren Gabel nehmen zu wollen.

»Andrew, was hast du denn vor?« fragte Harper mit einem nervösen Kichern. »Was soll man bloß dazu sagen, Carson?«

Vanderwagon hob die Gabel noch ein paar Zentimeter höher.

»Um Gottes willen, setz dich wieder hin, Andrew«, sagte Harper.

Die Zinken der Gabel in Vanderwagons zitternder Hand kamen seinem Gesicht immer näher.

Als Carson zu ahnen begann, was er damit vorhatte, war es schon zu spät. Ohne mit der Wimper zu zucken, setzte Vanderwagon die Gabel an sein rechtes Auge und drückte sie mit einer langsamen und bestimmten Bewegung hinein. Carson sah voller

Grauen, wie die Hornhaut unter den spitzen Zinken nachgab. Dann hörte er ein Geräusch wie von einer zerplatzenden Traube, und eine klare Flüssigkeit spritzte in einem scharfen Strahl über den Tisch. Carson sprang auf, packte Vanderwagons Arm und zog ihn zurück. Die Gabel kam aus dem Auge heraus und fiel mit einem klirrenden Geräusch auf den Boden. Vanderwagon gab ein hohes, winselndes Geheul von sich.

Harper sprang auf, um Carson zu helfen, aber Vanderwagon griff ihn mit dem Messer an. Harper fiel zurück in seinen Stuhl und starrte ungläubig auf einen roten Streifen, der sich quer über seine Brust zog und rasch breiter wurde. Vanderwagon wollte noch einmal auf ihn losgehen, aber Carson sprang dazwischen und holte zu einem Magenschwinger aus, aber Vanderwagon drehte sich zur Seite, so daß Carson ihn nur noch an der Hüfte traf. Vanderwagon nutzte das Überraschungsmoment und schlug Carson derart fest an den Kopf, daß dieser rückwärts taumelte und sich dabei verfluchte, weil er den Mann unterschätzt hatte. Als Vanderwagon nachsetzte, zielte Carson besser und verpaßte ihm mit der rechten Faust einen Schlag direkt an die Schläfe. Vanderwagon fiel wie ein gefällter Baum zu Boden. Carson packte die Hand, die immer noch das Messer umklammert hielt, und schlug sie mit voller Kraft mehrfach auf den Boden, bis sie losließ. Vanderwagon krümmte sich zusammen und schrie wirres Zeug. Carson sah, daß immer noch Flüssigkeit aus seinem zerstochenen Auge rann. Als Vanderwagon Anstalten machte, sich wieder aufzurappeln, gab er ihm einen gutgezielten Kinnhaken, und mit einemmal hörte das Schreien auf.

Carson richtete sich auf und hörte, daß alle um ihn herum aufgeregt durcheinanderredeten. Sein Herz schlug wie wild, und seine Hand tat ihm weh. Die anderen Kantinenbesucher bildeten einen engen Kreis um den Tisch, an dem Harper saß und sich eine blutige Serviette an die Brust drückte. »Der Arzt ist schon verständigt«, sagte jemand, und Carson blickte hinüber

zu Harper. Der nickte ihm zu und keuchte: »Ich bin in Ordnung.«
Dann spürte Carson eine Hand auf seiner Schulter, und als er sich umdrehte, blickte er in das schmale Gesicht von Gilbert Teece. Der Inspektor mit der sich häutenden Nase kniete sich neben Vanderwagon auf den Boden.
»Andrew?«
Vanderwagons unverletztes Auge sah Teece an.
»Warum haben Sie das getan?« fragte der Inspektor mitfühlend.
»Was denn?«
Teece schürzte die Lippen. »Ach, nichts«, sagte er.
»Er sagt es immer wieder ... immer wieder ...«, stammelte Vanderwagon.
»Ist ja gut«, sagte Teece.
»Stich es aus ...«
»Wer hat Ihnen gesagt, daß Sie Ihr Auge ausstechen sollen?«
»Bringt mich hier raus!« kreischte Vanderwagon auf einmal.
»Genau das werden wir tun«, sagte Mike Marr, der sich einen Weg durch die Umstehenden gebahnt hatte und Teece brutal zur Seite stieß. Zwei Sanitäter hoben Vanderwagon auf eine Trage. Der Inspektor folgte der Gruppe bis zur Tür und fragte Vanderwagon immer wieder: »Wer? Wer hat Ihnen das gesagt?«
Aber einer der Sanitäter hatte Vanderwagon bereits eine Injektion verpaßt, und das unverletzte Auge des Wissenschaftlers drehte sich unter dem Einfluß des rasch wirkenden Beruhigungsmittels nach oben.

Der sogenannte Grüne Raum im Gebäude der Fernsehstation war überhaupt nicht grün, sondern fahlgelb gestrichen. An den Wänden standen ein Sofa und mehrere Sessel, und in der Mitte lagen auf einem verkratzten Couchtisch im Bauhaus-Design mehrere Ausgaben von *People*, *Newsweek* und *The Economist*. Auf einem Tisch in der Ecke befanden sich eine Kanne mit schon vor längerer Zeit aufgebrühtem Kaffee, ein Stapel Styroporbecher und ein Kännchen nicht mehr ganz frische Kaffeesahne. Daneben lag ein unordentlicher Haufen Papierbriefchen mit Zucker und Süßstoff.

Levine beschloß, den Kaffee lieber nicht zu probieren. Er rutschte unruhig auf dem Sofa herum und sah zum x-ten Mal hinüber zu dem älteren, bleichgesichtigen Mann im karierten Anzug, der außer ihm und Toni Wheeler, der Pressereferentin der Stiftung, der einzige Mensch im Raum war. Als hätte er Levines Blicke gespürt, sah der Mann auf, aber gleich wieder weg. Er tupfte sich mit einem seidenen Taschentuch den Schweiß von der Stirn und widmete sich wieder dem Buch, in dem er die ganze Zeit schon gelesen hatte. Es hieß *Mut zum Anderssein* und war von einem Autor namens Barrold Leighton.

Toni Wheeler flüsterte Levine etwas ins Ohr, aber er bekam nicht alles mit, was sie sagte.

»... ein Fehler. Wir hätten nicht hierherkommen sollen, das wissen Sie genau. Diese Art von Öffentlichkeit brauchen wir nicht.«

»Das haben wir doch alles schon besprochen, Toni«, sagte Levine und seufzte. »Mr. Sanchez ist sehr interessiert an unserer Sache.«

»Sanchez ist nur an einem interessiert, und zwar daran, wie er seine Gäste am besten gegeneinander ausspielen kann. Wieso bezahlen Sie mich eigentlich, wenn Sie meinen Rat ja doch nie annehmen? Wir müssen Sie als gediegenen, gebildeten Professor verkaufen, der einen moralischen Feldzug gegen gefährliche Auswüchse der Wissenschaft führt. In einer Talkshow wie dieser wird das garantiert nicht rüberkommen.«

»Was ich brauche, ist kein Image, sondern mehr Öffentlichkeit«, entgegnete Levine. »Die Leute müssen die Wahrheit über die Gentechnologie erfahren. Was ich in der letzten Zeit erfahren habe, wird sie aufrütteln. Wenn die Zuschauer erst einmal das hier hören« – er klopfte auf die Brusttasche seines Jacketts –, »werden sie erkennen, wie gefährlich diese Wissenschaft wirklich ist.«

Toni Wheeler schüttelte den Kopf. »Unsere Zielgruppenstudie hat ergeben, daß Sie Gefahr laufen, in zunehmendem Maße als Exzentriker angesehen zu werden. Prozesse wie der, den GeneDyne in jüngster Zeit gegen Sie angestrengt hat, untergraben nun mal Ihre Glaubwürdigkeit.«

»Also, *meine* Glaubwürdigkeit untergraben sie bestimmt nicht. Eher schon die der Gegenseite.« Als wäre die Angelegenheit damit für ihn beendet, deutete Levine verstohlen hinüber zu dem schwitzenden Mann. »Jede Wette, daß das Barrold Leighton höchstpersönlich ist?« flüsterte er Toni Wheeler zu. »Der will hier bestimmt Reklame für sein Buch machen. Ist vermutlich sein erster Fernsehauftritt überhaupt. Sieht so aus, als bräuchte er heute tatsächlich *Mut zum Anderssein*. Mir kommt er allerdings nicht gerade wie ein Ausbund an Mut vor.«

»Schweifen Sie nicht vom Thema ab«, sagte Toni Wheeler. »Ihre Glaubwürdigkeit ist *wirklich* in Gefahr, trotz Ihrer Professur in Harvard und Ihrer Verdienste für den Holocaust Memorial Fund. Wir müssen jetzt auf der Hut sein, den Schaden begrenzen und Ihnen ein neues Image für die Öffentlichkeit aufbauen. Und deshalb bitte ich Sie noch einmal, Charles: Treten Sie nicht in dieser Sendung auf.«

Toni Wheeler hatte noch nicht ausgeredet, da streckte eine Frau den Kopf durch die Tür und sagte mit ausdrucksloser Stimme: »Dr. Levine bitte.«

Levine stand lächelnd auf und winkte seiner Pressereferentin noch einmal zu, bevor er der Frau in die Maske folgte. Schaden begrenzen, dachte er. Was mache ich denn anderes? Er setzte sich auf einen Friseurstuhl und ließ sich von der Maskenbildnerin das Gesicht pudern. Toni Wheeler klang manchmal eher wie der Kapitän eines Unterseeboots und nicht wie eine Pressefrau. Sie war intelligent und wortgewandt, aber sie neigte dazu, der Öffentlichkeit ein viel zu idealisiertes Bild von ihm zu vermitteln. Dabei wollte sie einfach nicht verstehen, daß es nicht Levines Art war, angesichts von Schwierigkeiten vornehme Zurückhaltung zu üben. Jetzt zum Beispiel brauchte er dringend ein Forum, wie diese Talkshow es ihm bot. Seine Enthüllungen über die Katastrophe von Nowo Druschina hatten bei weitem nicht das Presseecho gefunden, das er sich davon erhofft hatte. Der Vorfall war einfach räumlich und zeitlich zu weit entfernt, als daß er zu mehr als ein paar Meldungen in lokalen Blättern gereicht hätte. Bei der *Sammy Sanchez Show* war das anders. Sie wurde nicht nur hier in Boston, sondern über eine Kette von Stationen im ganzen Land ausgestrahlt. Auch wenn sie nicht so viele Zuschauer hatte wie beispielsweise *Geraldo*, so war sie für den Anfang schon nicht schlecht. Levine prüfte, ob die beiden mitgebrachten Umschläge sich auch wirklich noch in den Taschen seines Jacketts befanden. Er war gutgelaunt und voller Zuversicht, daß dies ein erfolgreicher Abend für ihn werden würde.

Studio C war ein Talkshowstudio wie viele andere auch. Kulissen mit dunklen, altmodischen Tapeten und schwere Mahagonimöbel sollten ihm den Anstrich eines gediegenen viktorianischen Salons geben und wirkten inmitten eines Gewirrs von Scheinwerfern, Kameras und Kabeln merkwürdig deplaziert. Levine wußte, wer die beiden anderen Talkgäste waren, die bereits im ersten Teil der Sendung miteinander diskutiert hatten: Finley Squires, ein bärbeißiger, mit allen Wassern gewaschener Pressemann der Pharmaindustrie, und die bekannte Verbraucherschützerin Theresa Court. Daß er erst jetzt, im zweiten Talkblock, zu der Runde stieß, sah Levine nicht als Nachteil. Vorsichtig darauf bedacht, nicht über ein Kabel zu stolpern, näherte er sich der Bühne. Sammy Sanchez saß auf einem Drehstuhl hinter einem runden Tisch und zeigte Levine seinen Platz. Dabei grinste er wie ein hungriges Raubtier beim Nahen frischer Beute. Die Werbung war fast zu Ende, und der Countdown für die zweite Hälfte der Show begann.

Als sie auf Sendung waren, stellte Sanchez den etwa zwei Millionen Zuschauern zu Hause an den Bildschirmen seinen neuen Talkgast vor und erteilte dann Squires das Wort. Auf dem Monitor in der Maske hatte Levine mitbekommen, wie Squires im ersten Teil der Sendung in höchsten Tönen die Segnungen der Gentechnik gepriesen hatte. Levine, der sich fühlte wie ein Boxer in Topform, der soeben in den Ring gestiegen ist, konnte es kaum erwarten, ihm gehörig über den Mund zu fahren.

»Haben Sie ein Kind, das am Tay-Sachs-Syndrom leidet?« fragte Squires die Zuschauer und blickte mit besorgtem Gesicht direkt in die Kamera. »Oder an Sichelzellenanämie oder der Bluterkrankheit?«

Dann deutete er auf Levine, ohne ihn dabei direkt anzublicken.

»Dr. Levine hier will Ihnen Ihr verfassungsmäßig verbrieftes Recht beschneiden, Ihrem Kind die bestmögliche medizinische Behandlung zukommen zu lassen. Wenn er mit seinen Forderungen Erfolg hätte, würde Millionen an einer Erbkrankheit leidenden Patienten die mögliche Heilung verwehrt werden.«

Squires verfiel einen Augenblick in betroffenes Schweigen, fuhr dann aber gleich fort: »Dr. Levine nennt seine Organisation Stiftung für Verantwortungsbewußte Gentechnologie, aber lassen Sie sich davon bloß nicht täuschen. Bei dieser Organisation handelt es sich nicht um eine Stiftung, die das Allgemeinwohl im Auge hat. Sie ist vielmehr eine knallharte Lobby, deren Ziel es ist, Ihnen die phantastischen medizinischen Fortschritte, die nun einmal nur durch die Gentechnologie möglich sind, auf immer zu verwehren. Dr. Levine will nichts anderes, als Ihnen *Ihr* Recht auf freie Wahl der Behandlungsmethoden zu beschneiden, und fügt damit unter Umständen *Ihren* Kindern unnötiges Leid zu.«

Sammy Sanchez drehte sich in seinem Stuhl herum und sah Levine mit einer erhobenen Augenbraue an. »Stimmt das, Dr. Levine? Würden Sie denn meinen Kindern wirklich eine solche Behandlung verwehren?«

»Aber natürlich nicht«, antwortete Levine mit einem gelassenen Lächeln. »Schließlich ist die Gentechnik auch mein wissenschaftliches Arbeitsgebiet. Ich war zum Beispiel maßgeblich an der Entwicklung der Maissorte X-RUST beteiligt. Allerdings habe ich es abgelehnt, daraus Profit zu schlagen, aber das ist eine andere Geschichte. Dr. Squires hat meine Ansichten gerade ausgesprochen verzerrt dargestellt.«

»Das habe ich nicht«, konterte Squires. »Die Gentechnologie bedeutet Hoffnung für unzählige kranke Menschen, was aber macht Dr. Levine? Er versucht, uns allen Angst vor dieser zukunftsweisenden Technologie einzujagen. Was er eine ›vorsichtige, verantwortliche Forschungskritik‹ nennt, ist in Wirklichkeit nichts weiter als paranoide Wissenschaftsfeindlichkeit, die viel eher ins Mittelalter gehört als in unsere Zeit.«

Theresa Court wollte etwas sagen, überlegte es sich aber offenbar wieder anders. Levine taxierte sie vorsichtig und erkannte, daß sie sich in dieser Diskussion letztendlich auf die Seite des Gewinners schlagen würde.

»Ich glaube, Dr. Levine plädiert eher für ein größeres Verantwortungsbewußtsein bei Firmen, die Genforschung betreiben«, sagte Sanchez. »Habe ich recht, Dr. Levine?«

»Unter anderem«, antwortete Levine und war zufrieden darüber, daß Sanchez eine seiner Forderungen schon benannt hatte. »Aber wir brauchen auch eine viel stärkere Kontrolle seitens der Regierung. Zur Zeit können x-beliebige Firmen mit allen möglichen Genen frei herumexperimentieren – ganz gleich, ob von Menschen, Tieren, Pflanzen oder tödlichen Viren – und werden dabei von den Behörden überhaupt nicht oder nur sehr ungenügend überwacht. In unseren Labors entstehen dabei Krankheitserreger von unvorstellbar tödlicher Wirkung. Es bedarf nur eines einzigen Unfalls, und wir erleben den Ausbruch einer Seuche, die möglicherweise die gesamte Menschheit auszurotten imstande ist.«

Nun erst würdigte Squires Levine eines verächtlichen Blickes. »Mehr Regierungskontrolle. Mehr Verbote. Mehr Bürokratie. Mehr Unterdrückung des freien Unternehmertums. Genau das ist es, was dieses Land eben *nicht* braucht. Als Wissenschaftler sollte Dr. Levine das eigentlich besser wissen. Und dennoch verbreitet er ständig Unwahrheiten, die in den Menschen eine vollkommen unbegründete Angst vor der Gentechnologie hervorrufen.«

Levine beschloß, daß die Zeit jetzt reif war. »Da Dr. Squires versucht, mich hier als Lügner hinzustellen«, sagte Levine und griff in die Brusttasche seines Jacketts, »würde ich ihm gerne einmal etwas zeigen.«

Er zog einen grellroten Umschlag hervor und hielt ihn direkt in die Kamera. »Ich finde, daß ein Professor für Mikrobiologie, wie Dr. Squires einer ist, nur der Wahrheit verpflichtet sein sollte und sonst niemandem.«

Levine wedelte ein wenig mit dem Umschlag herum und hoffte, daß Toni Wheeler im Grünen Zimmer ihn jetzt auf dem Monitor sah. Die Wahl der Umschlagfarbe war ein besonderer Geniestreich gewesen. Er wußte, daß nun, als die Kamera den Umschlag zeigte und unzählige Zuschauer gespannt darauf warteten, daß er geöffnet werden würde.

»Was aber wäre, wenn der Inhalt dieses Umschlags beweisen würde, daß Dr. Squires eine Viertelmillion Dollar von der Firma GeneDyne bekommen hat? Von einem der führenden gentechnischen Unternehmen der Welt? Was wäre, wenn ich Ihnen weiter beweisen könnte, daß Dr. Squires diese Einkünfte sogar seiner eigenen Universität verschwiegen hat? Würde das vielleicht seine hier so nachdrücklich bekundete Überzeugung in Frage stellen?«

Er legte den Umschlag vor Squires auf den Tisch.

»Bitte, machen Sie ihn doch auf, und zeigen Sie seinen Inhalt der Kamera.«
Squires sah den Umschlag an, als wisse er nicht, in welche Falle Levine ihn locken wollte. »Das ist doch lächerlich«, sagte er und wischte den Umschlag vom Tisch.
Levine, der sein Glück kaum glauben konnte, wandte sich mit einem triumphierenden Lächeln direkt in die Kamera. »Sehen Sie, er weiß genau, was drinnen ist.«
»Was Sie hier an den Tag legen, ist ein unerhörtes und höchst unprofessionelles Verhalten«, geiferte Squires.
»Na los«, stichelte Levine. »Machen Sie ihn doch auf.«
Weil der Umschlag jetzt auf dem Boden lag, hätte Squires sich bücken müssen, um ihn aufzuheben. Was immer er auch tat, dachte Levine, der Zug war für Finley Squires längst abgefahren. Nur wenn er den Umschlag sofort und ohne zu zögern aufgemacht hätte, wäre es ihm vielleicht noch gelungen, sich einen Rest an Glaubwürdigkeit zu bewahren.
Sanchez blickte zwischen den beiden Wissenschaftlern hin und her. Langsam begann es Squires zu dämmern, was hier gespielt wurde. »Das ist ja wohl die mieseste, abgefeimteste Attacke, die mir in meinem ganzen Leben untergekommen ist«, sagte er. »Sie sollten sich schämen, Dr. Levine.«
Squires hing zwar in den Seilen, aber er hatte den Kampf noch nicht aufgegeben. Also holte Levine den zweiten Umschlag aus seinem Jackett. »Und hier, Dr. Squires«, sagte er ruhig, »habe ich Informationen über die jüngsten Forschungen, die GeneDyne in einem geheimen Labor namens Mount Dragon in der Wüste von New Mexico durchführen läßt. Dieses Projekt ist äußerst bedenklich und sollte jeden Wissenschaftler alarmieren, dem das Wohl der Menschheit nicht gleichgültig ist.«
Er legte auch den zweiten Umschlag vor Squires auf den Tisch. »Wenn Sie den anderen Umschlag schon nicht öffnen wollen, machen Sie wenigstens diesen hier auf. Seien Sie derjenige, der die gefährlichen Machenschaften von GeneDyne ans Licht der

Öffentlichkeit bringt. Beweisen Sie uns, daß Sie kein persönliches Interesse an dieser Firma haben.«

Squires saß stocksteif da. »Mich werden Sie mit Ihrem intellektuellen Terrorismus nicht einschüchtern.«

Levine spürte, wie sich sein Herzschlag beschleunigte. Das war ja fast zu schön, um wahr zu sein. Der Mann tappte blind in jede Falle, die man vor ihm aufbaute.

»Ich würde den Umschlag ja gerne selber aufmachen«, sagte er, »aber ich darf nicht. GeneDyne hat meine Stiftung auf zweihundert Millionen Dollar verklagt, um mich zum Schweigen zu bringen. Deshalb muß jemand anders diesen Umschlag öffnen.«

Die Kameras nahmen den Umschlag, der immer noch auf dem Tisch lag, jetzt groß ins Bild. Sanchez drehte sich in seinem Stuhl herum und sah fragend in die Runde seiner Gäste.

Schließlich beugte sich Theresa Court über den Tisch und schnappte sich den Umschlag. »Wenn sich niemand anders traut, ihn zu öffnen, dann werde ich das tun.«

Auf die gute, alte Theresa ist eben Verlaß, dachte Levine. Er hatte genau gewußt, daß sie dieser Versuchung, sich publikumswirksam in Szene zu setzen, nicht würde widerstehen können.

In dem Umschlag befand sich ein einzelnes, vom Computer bedrucktes Blatt Papier, auf dem folgendes stand:

NAME DES VIRUS:	Unbekannt
INKUBATIONSZEIT:	Eine Woche
ZEIT ZWISCHEN DEM AUFTRETEN ERSTER SYMPTOME UND DEM TOD DES PATIENTEN:	Fünf Minuten bis zwei Stunden
TODESART:	Schwere Gehirnödeme
INFEKTUOSITÄT:	Ansteckender als eine normale Grippe
STERBLICHKEITSRATE:	Hundert Prozent – alle Infizierten sterben

HERSTELLER:	GeneDyne
ZWECK DER HERSTELLUNG:	Unbekannt, da ein Firmengeheimnis, das von den Gesetzen der Vereinigten Staaten geschützt wird. Die Arbeit an diesem Virus wird ohne nennenswerte Kontrolle von seiten der zuständigen Behörden fortgesetzt.
BEMERKUNGEN:	Innerhalb der vergangenen zwei Wochen wurde ein namentlich nicht bekannter Wissenschaftler im geheimen Labor der Firma GeneDyne mit diesem Virus infiziert. Der Wissenschaftler wurde offenbar unter Quarantäne gestellt und starb drei Tage nach der Infektion. Wäre die Quarantäne nicht erfolgreich gewesen, dann hätte das Virus die Bevölkerung der USA infizieren können. In diesem Fall wären viele von uns möglicherweise bereits tot.

Während Theresa Court das Dokument laut vorlas, hielt sie immer wieder einmal inne, um erstaunt hinüber zu Levine zu blicken. Als sie damit fertig war, drehte sich Sanchez in seinem Stuhl hinüber zu Finley Squires.

»Irgendwelche Kommentare dazu?« fragte er.

»Wieso sollte ich einen Kommentar zu so etwas abgeben?« entgegnete Squires gereizt. »Ich habe nicht das geringste mit GeneDyne zu tun.«

»Sollten wir dann nicht den ersten Umschlag öffnen?« fragte

Sanchez, während ein kurzes, aber gemeines Lächeln über sein bleiches Gesicht huschte.
»Von mir aus«, sagte Squires. »Der Inhalt kann ohnehin nur eine Fälschung sein.«
Sanchez stand auf und holte den Umschlag. »Theresa, Sie sind hier diejenige, die den meisten Mut bewiesen hat«, sagte er und reichte ihn der Verbraucherschützerin.
Theresa Court riß den Umschlag auf. Darin befand sich ein Computerausdruck, der darüber Aufschluß gab, daß die Niederlassung von GeneDyne in Hongkong zweihundertfünfundsechzigtausend Dollar auf ein Nummernkonto des Bankhauses Rigel auf den Niederländischen Antillen überwiesen hatte.
»Aber da steht kein Name auf der Überweisung«, sagte Sanchez, nachdem er den Beleg genauer begutachtet hatte.
»Dann zeigen Sie der Kamera doch einmal die zweite Seite«, sagte Levine.
Die Schrift auf der zweiten Seite war undeutlich, aber dennoch lesbar. Es war ganz offenbar der Screenshot eines Computerbildschirms, den sich jemand mittels eines verbotenen und sündteuren Gerätes aus einem Datennetz hatte machen lassen. Er enthielt genaue Anweisungen von Finley Squires zur Eröffnung eines Nummernkontos bei der Rigel-Bank auf den Niederländischen Antillen. Die Nummer des Kontos war mit der auf dem Überweisungsbeleg identisch.
Im Studio herrschte betretenes Schweigen, und Sanchez beendete den zweiten Teil der Sendung mit dem Hinweis an die Zuschauer, während der Werbung dranzubleiben und sich auf den dritten Teil zu freuen, in dem Barrold Leighton zur Talkrunde stoßen würde.
Sobald die Kameras abgeschaltet waren, stand Squires empört auf. »Dieser Auftritt wird ein gerichtliches Nachspiel für Sie haben«, sagte er gequält und ging.
Sanchez drehte sich zu Levine und schürzte anerkennend die Lippen. »War eine ausgezeichnete Show«, sagte er. »Ich hoffe

allerdings für Sie, daß Sie Ihre Anschuldigungen auch wirklich beweisen können.«
Levine antwortete nicht, sondern lächelte wissend vor sich hin.

Mit ein paar Testergebnissen aus der Pathologie kehrte Carson durch die engen Gänge zurück zu seinem Labor. Es war schon nach sechs, und der Fiebertank hatte sich merklich geleert. De Vaca war schon vor einigen Stunden gegangen, um ein paar Enzymtests draußen im Computerlabor durchzuführen. Nun schickte sich auch Carson an, seine Arbeit zu beenden und sich auf den langwierigen Rückweg nach draußen zu machen.
Obwohl er den Fiebertank noch immer haßte, hatte Carson heute keine besondere Eile, in die Kantine zu gelangen. Keiner seiner sonstigen Tischnachbarn würde zum Abendessen kommen, denn Vanderwagon hatte man gleich nach dem Zwischenfall weggebracht, und Harper mußte noch einen Tag auf der Krankenstation bleiben.
An der Tür zu seinem Labor hielt Carson inne. Drinnen stand eine Gestalt im Schutzanzug, die sich an seinem Arbeitstisch zu schaffen machte. Carson drückte auf den Knopf der Sprechanlage am Ärmel seines Anzugs. »Suchen Sie was Bestimmtes?« fragte er.
Die Gestalt im Schutzanzug richtete sich auf, und als er sich umdrehte, sah Carson hinter der Scheibe des Visiers das sonnenverbrannte Gesicht von Gilbert Teece.
»Dr. Carson«, sagte er. »Wie nett, daß ich endlich mal Ihre Bekanntschaft machen kann. Hätten Sie vielleicht ein paar Minuten Zeit für mich?« Mit diesen Worten streckte er Carson seine Hand hin.
»Warum nicht«, sagte Carson, der es ziemlich albern fand, dem

Inspektor durch mehrere Schichten Gummi getrennt die Hand zu schütteln. »Setzen Sie sich doch.«

Teece sah sich um. »Ich weiß immer noch nicht so recht, wie ich das in diesem blöden Anzug tun soll.«

»Dann müssen Sie wohl stehen«, sagte Carson und setzte sich auf einen Stuhl neben dem Arbeitstisch.

»Nun, wie dem auch sei«, sagte Teece, »auch so ist es mir eine Ehre, mit einem Nachkommen des berühmten Kit Carson zu sprechen.«

»Da sind Sie aber der einzige«, sagte Carson.

»Sie sind viel zu bescheiden, Mr. Carson«, sagte Teece. »Und deshalb wissen die meisten hier im Labor auch nicht, mit wem sie es zu tun haben. In Ihrer Personalakte allerdings steht es schon. Mr. Scopes hat es die damit verbundene historische Ironie offenbar angetan.« Teece hielt kurz inne. »Ist eine ziemlich faszinierende Persönlichkeit, Ihr Mr. Scopes.«

»Er ist großartig«, sagte Carson und musterte den Inspektor kritisch. »Warum haben Sie neulich im Konferenzraum die Autopsie von Brandon-Smith' Leiche zur Sprache gebracht?«

Nach kurzem Schweigen hörte Carson über die Sprechanlage, wie Teece lachte. »Sie sind doch praktisch mitten unter den Apachen aufgewachsen, stimmt's? Dann kennen Sie doch sicherlich auch das alte Sprichwort dieses Stammes: ›Manche Fragen sind länger als andere.‹ Die Frage, die ich in dem Konferenzraum gestellt habe, ist sehr lang.« Er lächelte. »Aber da Sie noch relativ neu hier sind, war sie nicht an Sie gerichtet. Ich würde mit Ihnen lieber über Mr. Vanderwagon sprechen. Ja, ich weiß«, fügte er an, als er Carsons Gesichtsausdruck sah, »schreckliche Geschichte. Kannten Sie ihn gut?«

»Wir sind nach meiner Ankunft hier relativ rasch Freunde geworden.«

»Wie war er denn so?«

»Er stammt aus Connecticut. Zunächst machte er einen ziemlich dünkelhaften Eindruck auf mich, aber irgendwie mochte ich ihn trotzdem. Unter seiner ernsten Oberfläche hat er einen köstlichen Sinn für Humor.«

»Ist Ihnen vor diesem Vorfall in der Kantine schon einmal etwas an ihm aufgefallen? Irgendein seltsames Benehmen? Persönlichkeitsveränderungen?«

Carson zuckte mit den Achseln. »In der vergangenen Woche kam er mir irgendwie geistesabwesend und in sich gekehrt vor. Häufig gab er keine Antwort, wenn man mit ihm sprach. Aber ich habe dem nicht viel Bedeutung beigemessen, schließlich war Brandon-Smith' Tod für uns alle ein ziemlicher Schock gewesen. Außerdem hat die ständige Anspannung, unter der man hier steht, zur Folge, daß sich die Leute fast alle ein wenig seltsam benehmen. Man nennt es das Mount-Dragon-Fieber. Es ist ein Gefühl, als würde einem die Decke auf den Kopf fallen, nur viel schlimmer.«

»Ich glaube, das habe ich auch«, sagte Teece und kicherte.

»Nach dem Vorfall mit Brandon-Smith wurde Andrew von Brent Scopes persönlich in aller Öffentlichkeit zurechtgewiesen. Ich glaube, das hat er sich sehr zu Herzen genommen.«

Teece nickte. »Wenn aber dein rechtes Auge dir Anlaß zur Sünde gibt ...«, murmelte er. »Ich habe auf einem der Videobänder gesehen, wie Scopes Vanderwagon gegenüber dieses Zitat gebraucht hat. Aber daß Vanderwagon sich deshalb gleich das Auge aussticht, finde ich eine etwas zu heftige Reaktion – Streß hin, Streß her. Wie hat Cornwall gleich wieder in *König Lear* gesagt? ›Heraus, du schnöder Gallert! – Wo ist dein Glanz nun?‹«

Carson sagte nichts.

»Wissen Sie etwas über Vanderwagons bisherige Arbeit bei GeneDyne?« fragte Teece.

»Ich weiß nur, daß er ein brillanter Wissenschaftler war, auf den seine Kollegen große Stücke hielten. Und daß er bereits zum zweitenmal hier war. Er hat auf der Universität von Chicago seinen Abschluß gemacht. Aber das haben Sie doch bestimmt schon alles in seiner Personalakte gelesen.«

»Hat er mit Ihnen über irgendwelche Sorgen oder Probleme gesprochen, die ihn möglicherweise bedrückten?«

»Nein, außer natürlich, daß er sich, wie alle hier, über die Isolation beklagt hat. Als passionierter Skifahrer fühlte er sich hier mitten in der Wüste auch nicht sonderlich wohl, das hat er mir mehrmals gesagt. Vanderwagon hat ziemlich liberale Ansichten, was zwischen ihm und Harper oft zu langen, politischen Diskussionen führte.«

»Hat er eine Freundin?«

Carson dachte einen Augenblick nach. »Er hat mal eine Frau erwähnt. Sie heißt Lucy, glaube ich zumindest, und lebt in Vermont.« Carson rutschte nervös auf seinem Stuhl herum. »Sagen Sie mal, wo hat man ihn eigentlich hingebracht? Und weiß man schon, was ihm fehlt?«

»Die Untersuchungen laufen noch. Bisher weiß ich nur sehr wenig, aber das liegt auch daran, daß es hier keine normale Telefonverbindung zur Außenwelt gibt. Trotzdem zeichnen sich schon einige sehr merkwürdige Entwicklungen ab. Ich werde Ihnen gleich mehr davon erzählen, vorher aber möchte ich Sie bitten, über alles, was ich Ihnen sage, bis auf weiteres strengstes Stillschweigen zu bewahren.«

Carson nickte.

»Erste Tests haben bei Vanderwagon ziemlich merkwürdige körperliche Veränderungen an den Tag gebracht: Er hat durchlässige Kapillaren und erhöhte Dopamin- und Serotoninspiegel.«

»Was sind denn durchlässige Kapillaren?«

»Blutgefäße, die nicht mehr dicht halten. Irgendwie ist ein kleiner Prozentsatz seiner Blutgefäße durchlässig geworden, so daß Hämoglobin in einige Teile seines Körpers eingedrungen ist. Nacktes Hämoglobin wirkt, wie Sie vielleicht wissen, auf menschliches Gewebe wie ein Gift.«

»Könnte das etwas mit seinem Zusammenbruch zu tun haben?«

»Das kann man jetzt noch nicht sagen«, antwortete Teece. »Allerdings kommen dafür auch eher die erhöhten Dopamin- und Serotoninspiegel in Frage. Was wissen Sie über Dopamin und Serotonin?«

»Nicht viel. Nur, daß beide Neurotransmitter sind.«

»Richtig. Solange ihre Konzentration im normalen Bereich liegt, bereiten sie uns keine Probleme. Befindet sich aber zuviel von einem dieser Stoffe im menschlichen Gehirn, kann es zu dramatischen Verhaltensveränderungen kommen. Paranoid schizophrene Menschen weisen zum Beispiel einen stark erhöhten Dopaminspiegel auf, und LSD-Trips entstehen durch einen künstlich herbeigeführten Anstieg desselben Neurotransmitters.«

»Was wollen Sie damit sagen?« fragte Carson. »Daß die erhöhten Spiegel der beiden Neurotransmitter ein Zeichen dafür sind, daß er verrückt ist?«

»Das wäre möglich«, antwortete Teece. »Aber vielleicht verhält es sich ja auch andersherum, nämlich daß die Spiegel aus irgendeinem anderen Grund anstiegen und er sich deshalb so merkwürdig verhielt. Aber solche Spekulationen machen nicht viel Sinn, solange wir nicht mehr darüber wissen. Lassen Sie uns also auf den eigentlichen Grund meines Besuchs kommen. Sprechen wir über den X-FLU-Stamm, an dem Sie gerade arbeiten. Es würde mich interessieren, wieso er noch tödlicher ist als seine Vorgänger, obwohl es Ihre Absicht gewesen war, ihn ungefährlich zu machen.«

»Meine Güte, wenn ich Ihnen diese Frage nur beantworten könnte …«, sagte Carson und dachte nach. »Wir wissen noch immer nicht, worauf die tödliche Wirkung des Virus eigentlich basiert. Wenn man Gene zwischen zwei Organismen austauscht, kann man nie genau vorhersagen, was passieren wird. Gene stehen in komplizierter Wechselwirkung zueinander, und wenn man nun eines entfernt oder ein anderes hinzufügt, dann ruft das oft sehr unerwartete Effekte hervor. In gewisser Weise ist ein genetischer Code wie ein unglaublich komplexes Computerprogramm, das niemand wirklich versteht. Auch hier kann das Einschleusen falscher Daten oder auch nur die Änderung einer einzigen Zeile des Programmcodes ungeahnte Folgen haben. Das Ganze ist eine Art Vabanquespiel: Es kann sein, daß sich überhaupt nichts verändert oder daß alles nach der Manipulation sehr viel besser läuft. Es kann aber auch sein, daß das ganze Programm abstürzt.« Bei seinen Worten hatte Carson immer stärker das Gefühl, daß er mit dem Inspektor der Gesundheitsbehörde offener sprach, als es Brent Scopes vielleicht lieb sein könnte. Aber andererseits kannte Teece sich in der Gentechnologie aus, so daß es sinnlos war, ihm so grundlegende Risiken zu verschweigen.

»Warum haben Sie eigentlich kein weniger gefährliches Virus als Vektor für das X-FLU-Gen verwendet?« fragte Teece.

»Da muß ich ein wenig weiter ausholen. Sie wissen ja sicher, daß es zwei Arten von Zellen gibt: somatische Zellen und Keimzellen. Um eine permanente Immunität gegen Grippe zu erreichen – eine, die auch auf die Nachkommen übertragen werden kann –, müssen wir das Resistenz-Gen in die menschliche Keimbahn bringen. Und nur das X-FLU-Virus ist in der Lage, auch Keimzellen zu infizieren.«

»Aber was ist mit all den moralischen Bedenken, die gegen eine Veränderung des menschlichen Erbguts erhoben werden? Sind die in Mount Dragon schon einmal diskutiert worden?«

Carson fragte sich, weshalb dieses Thema immer wieder aufkam. »Passen Sie auf«, sagte er. »Indem wir ein Gen einsetzen, das lediglich ein paar hundert Basenpaare lang ist, nehmen wir ja nur einen ganz winzigen Eingriff ins menschliche Erbgut vor und machen die Menschheit dafür auf alle Zeiten immun gegen Grippe. Darin kann ich beim besten Willen nichts moralisch Verwerfliches erkennen.«

»Aber haben Sie nicht eben selbst gesagt, daß auch die kleinste

Änderung am genetischen Code unvorhersehbare Folgen haben kann?«

Carson hielt es auf seinem Stuhl nicht mehr aus und stand auf. »Natürlich!« sagte er ungeduldig. »Aber genau das ist ja der Grund, weshalb wir hier alles so intensiv testen. Damit schließen wir diese unvorhersehbaren Nebeneffekte aus. Die Testreihen, die unsere Gentherapie gegen Grippe durchlaufen muß, werden GeneDyne viele Millionen Dollar kosten.«

»Wird es auch Tests an Menschen geben?«

»Natürlich. Man fängt mit Labortests und Tierversuchen an. Ist dann die Alpha-Testphase erreicht, wird das Medikament an einer kleinen Gruppe von Menschen ausprobiert. Verlaufen diese Tests erfolgreich, geht man mit einer größeren Gruppe von Probanden in die Beta-Phase. Beide Tests sind natürlich als Doppelblindstudien angelegt, die GeneDyne sorgfältig auswertet. Aber das wissen Sie bestimmt ebensogut wie ich.«

Teece nickte. »Entschuldigen Sie bitte, wenn ich trotzdem noch einmal nachhake, Dr. Carson. Sollte es bei Ihrem Anti-Grippe-Gen ›unerwünschte Nebeneffekte‹ geben, dann würden diese doch einmal ins Erbgut der Menschheit an sich übergehen, selbst wenn Sie das Gen nur bei einer relativ geringen Anzahl von Menschen in die Keimbahn bringen. Könnte auf diese Weise nicht eine neue Erbkrankheit entstehen? Oder eine Menschenrasse, die sich in irgend etwas von allen anderen unterscheidet? Sie wissen doch, daß es lediglich der Mutation *eines einzigen Individuums* bedurfte, um das Gen der Bluterkrankheit ins menschliche Erbgut einzuführen. Jetzt gibt es abertausend Bluter auf der ganzen Welt.«

»Wenn Mr. Scopes diese Möglichkeiten nicht berücksichtigt hätte, hätte er wohl kaum eine halbe Milliarde Dollar in dieses Projekt gesteckt«, gab Carson zurück und fragte sich, weshalb er sich plötzlich in die Defensive gedrängt fühlte. »Sie haben es bei GeneDyne schließlich nicht mit irgendeiner Hinterhoffirma zu tun.« Carson ging um den Arbeitstisch herum und baute sich vor dem Inspektor auf. »Meine Aufgabe ist es lediglich, das zum Transport des Gens verwendete Virus ungefährlich zu machen. Und Sie können mir glauben, daß ich damit mehr als ausgelastet bin. Was GeneDyne mit dem Virus macht, wenn es erst einmal unschädlich ist, geht mich nichts weiter an. Und überhaupt wird man bei einer solchen Entwicklung sowieso auf Schritt und Tritt von irgendwelchen Vorschriften der Regierung geknebelt, aber damit sage ich Ihnen bestimmt nichts Neues. Vermutlich haben Sie die Hälfte dieser Regeln sogar selber aufgestellt.«

Aus den Lautsprechern in Carsons Helm ertönten auf einmal drei Gongschläge. »Wir müssen jetzt gehen«, sagte er. »Heute abend wird das Labor früher als sonst dekontaminiert.«

»Okay«, entgegnete Teece. »Würde es Ihnen etwas ausmachen vorauszugehen? Ich habe sonst Angst, mich hier unten heillos zu verlaufen.«

Draußen blieb Carson einen Augenblick lang schweigend stehen. Er schloß die Augen, ließ sich den warmen Wüstenwind übers Gesicht streichen und spürte, wie sich die über den Tag angestaute Spannung langsam löste. Als er die Augen wieder öffnete, sah er, daß der vom Sonnenuntergang erleuchtete Himmel eine ungewöhnliche Farbe hatte. Er runzelte die Stirn und wandte sich an Teece.

»Tut mir leid, daß ich vorhin ein wenig brüsk zu Ihnen war«, sagte er. »Die Arbeit im Labor geht mir wirklich an die Nieren, und heute war ein langer Tag.«

»Das kann ich sehr gut verstehen«, sagte der Inspektor und streckte sich. Dann kratzte er an seiner sich häutenden Nase herum und sah hinüber zu den weißen Gebäuden, die von der untergehenden Sonne in dramatische Farben getaucht wurden. »Sobald die Sonne untergegangen ist, ist es hier nicht mehr ganz so unerträglich«, sagte er und sah auf die Uhr. »Ich schätze, wir müssen uns beeilen, wenn wir noch etwas zu essen bekommen wollen.«

»Da haben Sie recht«, sagte Carson, aber sein Ton verriet, wie wenig begeistert er von dem Vorschlag war.
»Sie klingen nicht gerade so, als hätten Sie große Lust, in die Kantine zu gehen. Ehrlich gesagt, mir geht es genauso.«
Carson zuckte mit den Achseln. »Ich habe heute einfach keinen Hunger.«
»Ich auch nicht«, gestand der Inspektor. »Warum gehen wir statt dessen nicht in die Sauna?«
Carson sah ihn ungläubig an. »*Wohin* wollen Sie?«
»In die Sauna. Treffen wir uns doch dort in fünfzehn Minuten.«
»Sind Sie verrückt? Das letzte, was ich jetzt ...«, fing Carson an, aber dann bemerkte er den Gesichtsausdruck des Inspektors. Seine Aufforderung war mehr ein Befehl als ein Vorschlag gewesen.
»Na schön, dann sehen wir uns in einer Viertelstunde dort«, sagte er und ging ohne ein weiteres Wort auf sein Zimmer.

Die Planer des Labors in Mount Dragon hatten großen Wert darauf gelegt, den dort praktisch in der Wüste eingesperrten Menschen so viele Freizeit- und Entspannungsmöglichkeiten wie möglich zu schaffen. So kam es, daß das in einem langgestreckten, niedrigen Gebäude neben dem Wohnbereich untergebrachte Sport- und Erholungszentrum besser ausgerüstet war als so mancher Fitneßclub in der Großstadt. Hier gab es nicht nur sämtliche Leichtathletikeinrichtungen bis hin zur Vierhundertmeterbahn, sondern auch Squash- und Badmintonplätze, einen Swimmingpool und ein Bodybuildingstudio. Daß die meisten Wissenschaftler in Mount Dragon so sehr in ihrer Arbeit aufgingen, daß sie für sportliche Betätigung meist weder Zeit noch Lust hatten, hatten die Planer allerdings nicht bedacht. So kam es, daß von der gegenwärtigen Besatzung der Anlage lediglich Carson, der abends gerne ein paar Runden lief, und Mike Marr, der stundenlang an den Gewichten trainierte, die Sportanlagen nutzten.

Die im Sommer wohl am wenigsten genutzte Einrichtung des ganzen Erholungszentrums war die Sauna, die sich dafür aber in den kalten Wüstenwintern, die es in Mount Dragon auch gab, um so größerer Beliebtheit erfreute. Sie war ein mit allen Schikanen ausgestattetes, original schwedisches Modell mit Wänden und Bänken aus Zedernholz und stand vollkommen leer.

Als sich Carson vom Umkleideraum her der Sauna näherte, erkannte er durch das kleine Fenster in der Tür die bleiche Gestalt von Teece. Er trat ein und spürte, wie ein Schwall heißer Luft ihm entgegenschlug. Der Inspektor hockte in der hintersten Ecke der Sauna direkt neben dem Ofen und hatte sich ein weißes Handtuch um die mageren Hüften geschlungen. Sein blasser Körper bildete einen grotesken Kontrast zu seinem sonnenverbrannten Gesicht. Der Schweiß stand ihm in großen Tropfen auf der Stirn und auf seiner sich schälenden Nase.

Carson nahm in gebührender Entfernung Platz und atmete ganz flach in der heißen Luft.

»Okay, Mr. Teece«, sagte er ärgerlich. »Was soll das alles?«

Der Inspektor sah ihn mit einem schiefen Lächeln an. »Sie sollten sich mal sehen, Dr. Carson«, keuchte er. »So voll rechtschaffener, männlicher Indigniertheit. Aber es besteht überhaupt kein Grund dafür, sich aufzuregen. Ich habe Sie nämlich aus einem ganz bestimmten Grund hierhergebeten.«

»Und aus welchem, wenn ich fragen darf?« Carson spürte, wie ihm schon jetzt der Schweiß aus allen Poren drang. Teece muß dieses verdammte Ding auf über hundert Grad eingestellt haben, dachte er.

»Ich würde gerne etwas mit Ihnen besprechen«, sagte Teece. »Stört es Sie, wenn ich einen Aufguß mache?«

Noch bevor Carson protestieren konnte, nahm der Inspektor die Holzkelle aus dem Wassereimer und goß einen Schöpfer voll über die Schamottesteine auf dem Ofen. Es zischte, und die Luftfeuchtigkeit stieg so stark an, daß Carson der Schweiß aus allen Poren lief.

»Wieso mußte ich denn unbedingt hierherkommen?« krächzte Carson, dem schon der Kopf zu schwirren begann.
»Aus einem einfachen Grund, Mr. Carson. Normalerweise ist es mir egal, ob jemand meine Unterhaltungen mithört«, sagte Teece. »Um ehrlich zu sein, manchmal benütze ich diesen Umstand sogar für meine Zwecke, so wie bei unserem Gespräch heute nachmittag in Ihrem Labor. Aber jetzt würde ich gerne unter vier Augen mit Ihnen sprechen.«
Langsam dämmerte es Carson, was Teece damit meinte. Man munkelte schon seit längerer Zeit in Mount Dragon, daß sämtliche über die Anzugsprechanlagen geführten Gespräche mitgeschnitten würden. Offenbar wollte das Teece bei diesem Gespräch vermeiden. Aber warum traf er sich mit ihm dann nicht in der Kantine oder im Wohnbereich? Kaum hatte sich Carson diese Frage gestellt, erinnerte er sich an bestimmte Gerüchte, denen zufolge Nye auch dort überall Wanzen installiert haben sollte. Teece hatte diese Gerüchte offenbar auch gehört und die Sauna aus diesem Grund gewählt. Hier wäre wegen der Hitze und der ständig wechselnden Luftfeuchtigkeit ein Mikrophon nicht lange heil geblieben.
»Hätten wir nicht einfach einen Spaziergang am Zaun entlang machen können?« fragte Carson keuchend.
Teece kam herüber und hockte sich direkt neben Carson. »Tut mir leid«, sagte er kopfschüttelnd, »aber ich habe panische Angst vor Skorpionen. Aber nun hören Sie mir bitte einen Augenblick lang zu. Vielleicht fragen Sie sich ja, warum ich ausgerechnet Sie hierhergebeten habe. Dafür gibt es zwei Gründe. Der erste ist, daß ich mir Ihr Verhalten bei dem Zwischenfall mit Brandon-Smith ein paarmal auf dem Video angesehen habe und zu dem Schluß gelangt bin, daß Sie von allen Wissenschaftlern, die direkt mit dieser Tragödie zu tun hatten, der einzige waren, der sich in dieser Situation vernünftig verhalten hat. Es kann sein, daß ich in den kommenden Tagen jemanden brauchen werde, der einen kühlen Kopf bewahren kann. Deshalb

habe ich auch mit Ihnen als letztem von Ihren Kollegen gesprochen.«

»Haben Sie denn wirklich schon alle anderen befragt?« wollte Carson wissen. Teece war erst wenige Tage da.

»Das Labor ist nicht groß, und ich habe eine Menge erfahren. Aber mindestens ebensoviel kann ich nur vermuten, ohne daß ich Beweise dafür habe.« Er wischte sich mit dem Handrücken den Schweiß von der Stirn. »Der zweite und sehr viel wichtigere Grund hat etwas mit Ihrem Vorgänger hier zu tun.«

»Meinen Sie damit Franklin Burt? Was ist mit ihm?«

»In Ihrem Labor habe ich erwähnt, daß Andrew Vanderwagon durchlässige Blutgefäße und erhöhte Dopamin- und Serotoninspiegel hat, erinnern Sie sich? Nicht erzählt habe ich Ihnen, daß Franklin Burt exakt dieselben Symptome zeigt. Ähnliches – wenn auch nicht ganz so ausgeprägt wie bei den anderen – hat man bei der Autopsie von Rosalind Brandon-Smith gefunden. Können Sie sich vorstellen, warum das so ist?«

Carson dachte eine Weile nach. Das ergab doch überhaupt keinen Sinn. Außer ... Trotz der Hitze in der Sauna durchlief ihn auf einmal ein eiskalter Schauer.

»Meinen Sie vielleicht, daß sie sich mit etwas infiziert haben? Einem Virus vielleicht?« Großer Gott, dachte er angsterfüllt, doch hoffentlich nicht mit einem Stamm von X-FLU, der eine extrem lange Inkubationszeit hat.

Teece wischte sich die Hände an seinem Handtuch ab und grinste. »Was ist denn auf einmal mit Ihrem blinden Glauben an die Wirksamkeit Ihrer Sicherheitsmaßnahmen? Beruhigen Sie sich, Sie sind nicht der erste, dem dieser Gedanke kommt. Weder Burt noch Vanderwagon haben Antikörper gegen X-FLU im Blut, sie können sich also mit dem Virus nicht infiziert haben. Bei Brandon-Smith allerdings hat man Antikörper in großer Zahl gefunden. In dieser Hinsicht besteht also kein Zusammenhang zwischen den dreien.«

»Dann kann ich es mir auch nicht erklären«, sagte Carson

und atmete hörbar aus. »Das Ganze kommt mir äußerst seltsam vor.«

»Mir auch«, murmelte Teece.

Der Inspektor goß noch eine Kelle Wasser auf die Steine, und Carson wartete darauf, daß er etwas sagte.

»Ich nehme an, daß Sie sich gleich nach Ihrer Ankunft mit Dr. Burts Arbeit vertraut gemacht haben«, fuhr Teece schließlich fort.

Carson nickte.

»Dann haben Sie wohl auch seine elektronischen Notizen gelesen?«

»Das habe ich«, bestätigte Carson.

»Vermutlich sogar mehrmals.«

»Ich kann sie fast schon auswendig.«

»Und wo, meinen Sie, ist der Rest davon?«

»Wie meinen Sie das?« fragte Carson nach kurzem Schweigen.

»Als ich die Notizen durchging, fiel mir etwas auf. Es war wie eine Melodie, in der ein paar Noten fehlen. Also habe ich mir mal die durchschnittliche Länge der einzelnen Einträge angesehen und herausgefunden, daß sie im letzten Monat von Dr. Burts Aufenthalt in Mount Dragon von über zweitausend Wörtern auf ein paar hundert abgenommen hat. Das wiederum hat mich zu der Annahme gebracht, daß Burt, aus welchen Gründen auch immer, nebenher ein privates Notizbuch geführt haben muß. Eines, das Scopes und seine Leute nicht einsehen konnten.«

»Schriftliche Aufzeichnungen sind in Mount Dragon streng verboten«, sagte Carson, obwohl Teece das natürlich längst wußte.

»Ich möchte bezweifeln, daß sich Dr. Burt zu diesem Zeitpunkt noch allzuviel um Verbote scherte. Soweit ich weiß, hat Mr. Scopes die Angewohnheit, nachts den Cyberspace unsicher zu machen und seine Nase in die Daten seiner Mitarbeiter zu stecken. Wer das nicht will, hat gar keine andere Wahl: Er muß sich geheime Aufzeichnungen machen. Ich bin mir sicher, daß

Dr. Burt nicht der einzige war. Vermutlich tun das auch andere, geistig vollkommen gesunde Leute bei GeneDyne.«

Carson nickte, während er angestrengt nachdachte. »Aber das würde ja bedeuten …«, fing er an.

»Ja?« drängte ihn Teece.

»Nun, Burt hat in seinen letzten Eintragungen häufiger einen gewissen ›Schlüsselfaktor‹ erwähnt. Sollte es wirklich ein geheimes Tagebuch geben, dann würde sich darin vielleicht dieser Schlüsselfaktor finden. Möglicherweise ist er genau die Information, die ich brauche, um das Virus unschädlich zu machen.«

»Vielleicht«, sagte Teece. Dann fügte er nach einer kurzen Pause an: »Burt hat hier doch vor X-FLU schon an anderen Projekten gearbeitet, nicht wahr?«

»Ja. Er hat zum Beispiel den GEF-Prozeß erfunden, eine spezielle Filtertechnik, die nur GeneDyne anwendet. Außerdem hat er PurBlood bis zur Serienreife entwickelt.«

»Ach ja, PurBlood«, sagte Teece und schürzte angeekelt die Lippen. »Ein gräßliches Zeug.«

»Wieso?« fragte Carson erstaunt. »Ein solcher Blutersatz kann doch unzähligen Menschen das Leben retten, denken Sie bloß an die Engpässe in der Blutversorgung. Außerdem spart man sich bei einer Transfusion die Bestimmung der Blutgruppe, und nicht zuletzt fällt auch das Infektionsrisiko durch verseuchtes Blut weg …«

»Das mag ja alles sein«, unterbrach ihn Teece. »Trotzdem finde ich den Gedanken, so etwas in meine Adern zu bekommen, nicht gerade angenehm. Soweit ich weiß, wird es von gentechnisch manipulierten Bakterien erzeugt, denen man das Gen für menschliches Hämoglobin eingepflanzt hat. Wenn ich mir vorstelle, wo diese Bakterien sonst zu finden sind, dann …«

Teece ließ den Satz unvollendet.

Carson mußte lachen. »Sie haben recht. Diese Streptokokken findet man im Erdreich oder, wenn Sie so wollen, in jedem Stück

Dreck. Aber gerade von diesen Bakterien wissen wir hier bei GeneDyne mehr als von jedem anderen Lebewesen. Sie sind die einzigen Organismen außer dem *E-Coli*-Bakterium, deren Genom von Anfang bis Ende kartiert ist. Damit sind sie die perfekten Organismen für gentechnische Veränderungen. Bloß weil sie im Dreck vorkommen, müssen sie noch lange nicht ekelhaft oder gefährlich sein.«

»Mag sein, daß ich da ein wenig altmodisch bin«, sagte Teece. »Aber ich bin ohnehin vom Thema abgeschweift. Der Arzt, der Burt behandelt, hat mir erzählt, daß er ständig einen offenbar unsinnigen Satz vor sich hermurmelt: ›Armer Alpha.‹ Haben Sie irgendeine Idee, was er damit meinen könnte? Vielleicht den Anfang eines längeren Satzes? Oder ist Alpha vielleicht ein Spitzname?«

Carson dachte kurz nach und schüttelte den Kopf. »Wenn es ein Spitzname ist, dann kenne ich ihn nicht.«

Teece runzelte die Stirn. »Und schon wieder stehen wir vor einem Rätsel. Vielleicht würde uns Burts geheimes Tagebuch helfen, auch dieses zu lösen. Ich kann mir sogar vorstellen, wo man danach suchen müßte. Wenn ich wiederkomme, werde ich mich darum kümmern.«

»Wenn Sie wiederkommen?« wiederholte Carson in fragendem Ton.

Teece nickte. »Ich werde morgen nach Radium Springs fahren, um meinen ersten Vorbericht durchzugeben. Hier gibt es außer dem GeneDyne-Firmennetz ja keine Verbindung zur Außenwelt. Außerdem muß ich mich mit meinen Kollegen beratschlagen. Vorher aber wollte ich mit Ihnen sprechen, denn Sie sind derjenige, der hier mit der Arbeit von Dr. Burt am besten vertraut ist. Ich schätze, ich werde Sie in dieser Angelegenheit noch öfter um Ihre Hilfe bitten müssen. Irgendwie scheint mir Burt der Schlüssel zu dem Ganzen zu sein. Wir müssen bald eine Entscheidung fällen.«

»Was für eine Entscheidung denn?«

»Ob wir GeneDyne erlauben sollen, dieses Projekt fortzusetzen, oder nicht.«

Carson sagte nichts. Irgendwie konnte er sich nicht vorstellen, daß Scopes tatenlos zusehen würde, wie die Regierung die Entwicklung von X-FLU stoppte. Teece stand auf und wickelte sich das Handtuch enger um seine Hüften.

»Ich würde Ihnen davon abraten«, sagte Carson.

»Wovon?«

»Von einer Fahrt nach Radium Springs. Da draußen braut sich ein Sandsturm zusammen.«

»Aber davon hat der Wetterbericht gar nichts gesagt«, meinte Teece mit gerunzelter Stirn.

»Es gibt keinen Wetterbericht für die Jornada-del-Muerto-Wüste, Mr. Teece. Ist Ihnen denn nicht der merkwürdige orange Farbstich am südlichen Himmel aufgefallen, als wir vorhin aus dem Fiebertank kamen? Ich kenne diesen Farbstich. Er verheißt nichts Gutes.«

»Dr. Singer leiht mir einen von Ihren Geländewagen. Die Dinger sind so robust wie ein Lastzug.«

Zum erstenmal, seit er Teece kannte, glaubte Carson eine Spur Unsicherheit im Gesicht des Inspektors erkennen zu können.

»Ich werde Sie nicht aufhalten«, sagte er mit einem Achselzucken. »Aber wenn ich Sie wäre, dann würde ich erst nach dem Sandsturm fahren.«

Teece schüttelte den Kopf. »Das, was ich tun muß, verträgt keinen Aufschub.«

Die Sturmfront hatte sich über dem Golf von Mexiko zusammengebraut und war dann nach Nordwesten gezogen, wo sie im Staat Tamaulipas auf die mexikanische Küste traf. Hier mußten die Wolken die Sierra Madre Oriental übersteigen, wo sie sich zunächst einmal kräftig abregneten. Bis die Sturmfront über der Chihuahua-Wüste eintraf, war sämtliche Feuchtigkeit aus ihr verschwunden. Vollkommen ausgetrocknet zog sie durch Nordmexiko, bis sie um sechs Uhr früh von Süden kommend die Jornada-del-Muerto-Wüste erreichte.

Die Sturmfront war so knochentrocken, daß weder Wolken noch Regen von ihrer Ankunft kündeten. Von dem einstigen Gewittersturm über dem Golf von Mexiko war einzig und allein der Wind übriggeblieben, der aus dem enormen Energiepotential zwischen der vierzig Grad heißen Wüstenluft und der gut zwanzig Grad kühleren Sturmfront resultierte.

Mit der Geschwindigkeit eines Schnellzugs brach der Sturm, der bei seinem Eintritt in die Jornada eine anderthalb Kilometer hohe, orangefarbene Staubwand bildete, über die Wüste herein. Mit sich führte er zerfetzte Steppenpflanzen, Tonstaub, Sand und feine Salzkristalle aus den weiter südlich gelegenen Playas, und in einer Höhe von bis zu zwei Metern über dem Erdboden blies er sogar ganze Zweige, vertrocknete Kakteen und scharfkantige Kieselsteine vor sich her.

Ein solcher Wüstensturm, der glücklicherweise nur alle paar Jahre einmal auftritt, kann in Minutenschnelle die Scheiben eines Autos bis zur Undurchsichtigkeit verkratzen. Er schmirgelt lackierte Flächen blank, reißt Wohnwagen die Dächer ab und drückt ausgewachsene Pferde in Stacheldrahtzäune.

Um sieben Uhr früh, als der Sturm die Mitte der Jornada-Wüste erreichte, war Gilbert Teece, der kleine Inspektor mit der dicken Aktentasche, in einem Geländewagen bereits seit fünfzig Minuten in Richtung Radium Springs unterwegs.

Scopes saß an seinem Piano und schien tief in Gedanken versunken zu sein. Seine Finger ruhten bewegungslos auf den Tasten aus Elfenbein und schwarzem Rosenholz. Neben ihm, auf dem handgeschnitzten Notenhalter, lag eine zerfetzte und zerknitterte Boulevardzeitung, die aussah, als hätte sie jemand in einem Anfall von Wut zusammengeknüllt und dann wieder glattgestrichen. Die Schlagzeile des Blattes lautete: »Grausiger Unfall: Harvard-Professor beschuldigt Gen-Firma.«

Nach längerem Nachdenken stand Scopes plötzlich auf, ging in den Lichtkreis in der Mitte des Raumes und ließ sich auf sein Sofa fallen. Dort nahm er die Tastatur auf den Schoß und tippte eine rasche Folge von Befehlen. Kurz darauf wurde der riesige Videoschirm an der Wand vor ihm hell. Nachdem ein paar Zeilen Computercode darübergehuscht waren, war darauf das Gesicht eines Mannes zu sehen. Er hatte einen fleischigen, von einem mindestens zwei Nummern zu kleinen Hemdkragen eingezwängten Hals und entblößte die Zähne wie jemand, der es nicht gewohnt ist zu lächeln.

»*Guten Tag*«, sagte Scopes auf deutsch.

»Möchten Sie lieber Englisch sprechen, Mr. Scopes?« fragte der Mann und blickte devot in die Kamera.

»Nein«, sagte Scopes und fuhr in schlechtem Deutsch fort: »Ich will praktizieren mehr meine Deutsch. Bitte sprechen Sie langsam und klar. Und sagen Sie alles zweimal.«

»Wie Sie wollen«, sagte der Mann.

»Zweimal, bitte!«

»Wie Sie wollen. Wie Sie wollen.«

»Gut, Herr Saltzmann. Unser Freund hat mir gesagt, daß Sie haben Zugriff auf alte Nazi-Akten in Leipzig.«

»Das ist richtig. Das ist richtig.«

»Und da sind auch die Akten aus dem Ghetto von Lodz, nicht wahr?«

»Ja. Ja.«

»Sehr gut. Ich brauche etwas aus diese – wie sagt man auf

deutsch? Aus diese *Archiv*. Dafür sind Sie *spezialised*, nicht wahr? Ich zahle sehr gut, Herr Saltzmann. Einhunderttausend Deutschmarks.«
Jetzt kam das Grinsen des Mannes von Herzen.
Scopes schilderte dem Mann in gebrochenem Deutsch, was er von ihm wollte. Während sein Gesprächspartner ihm aufmerksam zuhörte, verflüchtigte sich das Grinsen immer mehr aus seinem Gesicht.
Etwas später, als der Schirm wieder dunkel war, gab das Telefon auf dem Couchtisch einen leisen, kaum hörbaren Ton von sich.
Scopes, der noch immer mit der Tastatur auf dem Schoß dasaß, beugte sich vor und drückte auf einen Knopf. »Ja?«
»Ihr Mittagessen ist fertig, Sir.«
»Wunderbar.«
Kurz darauf trat Spencer Fairley ein – in Pantoffeln, was einen fast schon lächerlichen Kontrast zu seinem korrekten, grauen Anzug bildete. Lautlos kam er an den Tisch und stellte eine Schachtel mit Pizza und eine Dose Coca-Cola auf einen der Couchtische.
»Benötigen Sie sonst noch etwas, Sir?« fragte Fairley.
»Haben Sie heute früh den *Herald* gelesen?«
Fairley schüttelte den Kopf. »Nein, Sir, ich bin eingefleischter *Globe*-Leser.«
»Natürlich«, sagte Scopes. »Aber ab und zu sollten Sie vielleicht doch einmal auch einen Blick in den *Herald* werfen. Er ist soviel flotter gemacht als der *Globe*.«
»Das mag sein, Sir.«
»Sehen Sie sich doch einmal das Exemplar dort drüben an«, sagte Scopes und deutete auf das Piano.
Fairley ging hinüber und holte die verknitterte Zeitung. »Was für ein widerwärtiger Artikel«, sagte er, nachdem er die Seite überflogen hatte.
Scopes grinste. »Nein, das finde ich überhaupt nicht. Es ist

einfach grandios. Dieser verrückte Hurensohn Levine hat sich damit selbst das Messer an die Kehle gesetzt. Ich muß nur noch seinem Arm einen winzigen Stoß geben.«

Scopes zog einen klein zusammengefalteten Computerausdruck aus der Brusttasche seines Hemds. »Hier ist meine Wohltätigkeitsliste für diesen Monat. Sie hat diesmal nur einen Eintrag: Spenden Sie eine Million Dollar dem Holocaust Memorial Fund.«

Fairley blickte verwundert auf. »Aber das ist doch Levines Organisation.«

»Natürlich ist sie das. Und diesmal möchte ich, daß Sie die Spende unter meinem Namen machen, aber auf eine dezente und unauffällige Art.«

»Darf ich fragen, weshalb, Sir?« Fairley hob eine Augenbraue.

»Weshalb?« wiederholte Scopes langsam. »Weil es sich hier um eine Organisation handelt, die unsere Unterstützung verdient hat. Außerdem wird sie demnächst wohl einen ihrer rührigsten Spendenbeschaffer verlieren, aber das, Fariley, bleibt bitte unter uns.«

Fairley nickte.

»Wenn Sie mal länger darüber nachdenken, werden auch Sie zu dem Schluß kommen, daß es aus strategischen Gründen angeraten erscheint, Levines liebste Wohlfahrtsvereinigung aus der viel zu starken Abhängigkeit von ihm zu befreien.«

»Ja, Sir.«

»Ach, noch was, Fairley. Sehen Sie mal her, mein Jackett hat ein Loch im Ellenbogen. Hätten Sie nicht Lust, mir ein neues zu kaufen?«

Ein Anflug tiefen Widerwillens zeigte sich für einen Augenblick auf Fairleys Gesicht. »Nein, Sir, vielen Dank«, sagte er mit fester Stimme.

Scopes wartete, bis Fairley die Tür hinter sich geschlossen hatte, dann legte er die Tastatur beiseite und nahm sich ein Stück Pizza aus der Pappschachtel. Es war fast kalt, genau so, wie er es am

liebsten mochte. Als er davon abbiß, schloß er verzückt die Augen.
»*Auf Wiedersehen*, Charles«, murmelte er auf deutsch.

Als Carson um fünf Uhr nachmittags wieder an die Erdoberfläche kam, blieb er erstaunt stehen. Der Sandsturm hatte alles um ihn herum mit orangefarbenem Staub überzogen, aus dem die Gebäude von Mount Dragon hervorragten wie Gebilde aus einer anderen Welt. Ringsum war es totenstill. Carson sog vorsichtig die Luft ein. Sie war trocken und seltsam kühl und roch ein wenig wie Ziegelmehl. Als er einen Schritt nach vorn trat, versanken seine Stiefel drei Zentimeter tief in der Schicht aus Sand und Staub.
Am Morgen war er schon vor Sonnenaufgang in den Fiebertank gegangen, um endlich die Analyse des X-FLU-II-Virus zu Ende zu bringen. Bei der konzentrierten Arbeit hatte er fast vergessen, daß über der unterirdischen Stille des Fiebertanks ein schlimmer Sandsturm getobt hatte. Als de Vaca eine Stunde nach ihm ins Labor gekommen war, hatte sie ihm erzählt, daß sie es gerade noch vom Wohnbereich hinüber zum Fiebertank geschafft hätte.
Sieht aus wie auf der Oberfläche des Mondes, dachte Carson. Oder wie nach dem Weltuntergang. In seiner Jugend auf der Ranch hatte er viele Sandstürme miterlebt, aber keiner war so heftig gewesen wie dieser. Es war ein unheimliches monochromes Bild, das sich Carsons Blicken bot. Die weißen Gebäude ringsum hatten überall, sogar auf den Fensterscheiben, einen Überzug aus rötlichem Staub, und hinter jedem Pfosten, jeder Erhebung hatten sich lange, schmale Sandhaufen gebildet.
Als er hinüber zum Wohnbereich sah, konnte er in der immer

noch staubigen Luft keine zwanzig Meter weit blicken. Nach kurzem Nachdenken ging er zum Pferdestall, um zu sehen, wie es Roscoe ergangen war. Manchmal drehten die Tiere bei einem Sturm in ihren Boxen durch und schlugen so wild um sich, daß sie sich dabei ein Bein brachen.

Die Pferde waren zwar mit einer Staubschicht bedeckt, ansonsten aber ging es ihnen gut. Roscoe wieherte zur Begrüßung, und Carson streichelte ihm den Hals und wünschte, er hätte eine Karotte oder ein Stück Zucker dabei. Nachdem er das Tier genau untersucht hatte, trat er erleichtert einen Schritt zurück.

Dann drang von der Koppel her ein gedämpftes Geräusch an sein Ohr. Er sah hinaus, konnte aber durch die staubgeschwängerte Luft nicht viel mehr als einen großen, dunklen Schatten sehen, der sich langsam näherte. Mein Gott, dachte Carson, da draußen bewegt sich etwas. Er hörte, wie das Tor aufging, und sah, wie der Schatten herein ins Laborgelände kam.

Dann schälte sich die Gestalt eines Pferdes mit Reiter aus der staubigen Luft. Der Kopf des Reiters hing erschöpft zwischen den Schultern nach unten, und auch das Pferd schleppte sich auf zitternden Beinen dahin, als könne es jeden Augenblick zusammenbrechen.

Der Reiter war Nye.

Carson trat von der Tür des Stalls einen Schritt zurück ins Halbdunkel und versteckte sich in einer leeren Box. Er hatte keine Lust auf eine weitere unangenehme Begegnung mit dem Sicherheitschef.

Carson hörte, wie die Stalltür geschlossen wurde, dann näherten sich auf dem mit Sägemehl bestreuten Boden langsame Schritte. Carson duckte sich und spähte durch ein Astloch in der Wand der Box.

Der Sicherheitschef war von oben bis unten mit dunkelgrauem Staub bedeckt. Nur seine schwarzen Augen und die aufgesprungenen Lippen sahen aus diesem dichten Überzug heraus. Nye, der sein Pferd am Zügel führte, blieb am Sattelplatz stehen und nahm dem Tier langsam Gewehrscheide und Satteltaschen ab. Dann machte er den Sattel los, nahm ihn dem Pferd vom Rücken und setzte ihn auf einen Ständer. Bei jeder Bewegung stiegen kleine, graue Staubwolken auf.

Als Nye das Pferd zu seiner Box führte, verschwand er aus Carsons Blickfeld. Dann konnte Carson hören, wie er das Pferd striegelte und dabei beruhigend auf es einsprach. Er hörte, wie ein Heuballen aufgerissen, knisternd trockenes Heu in die Futterkrippe gelegt und Wasser in einen Eimer gefüllt wurde. Kurz darauf kam Nye wieder in Carsons Blickfeld. Er hatte Muertos Satteltaschen in der Hand und legte sie auf eine große Kiste, in der das Ersatzzaumzeug aufbewahrt wurde. Carson sah zu, wie Nye aus einer der Satteltaschen etwas hervorholte, das aussah wie ein ziemlich mitgenommenes Stück Papier. Nye faltete den in Mount Dragon strengstens verbotenen Gegenstand auseinander und schüttelte ihn, damit der Staub von ihm abfiel. Carson drückte sein Auge ganz nahe an das Astloch und schaute sich das Papier in Nyes Händen genau an. Es schien alt und verblichen und war mit handgeschriebenen Worten und merkwürdigen Zeichen bedeckt.

Auf einmal sah Nye sich aufmerksam um, als habe er eben ein Geräusch gehört. Carson blieb mucksmäuschenstill in seiner dunklen Box hocken, bis er das Klicken eines Schlosses hörte, gefolgt von einem schleifenden Geräusch und schweren Schritten, die sich in Richtung Ausgang entfernten. Als er wieder aus seinem Versteck herausspähte, sah er, wie Nye den Stall verließ. Carson wartete noch eine Weile, dann stand er auf, warf einen Blick auf die Kiste mit dem Zaumzeug, die jetzt wieder in der Ecke stand, und ging hinüber zur Box von Nyes Pferd. Muerto, dem braun gefärbter Speichel aus dem Maul lief, stand schwer atmend da. Carson griff nach unten und überprüfte die Sehnen der Vorderbeine. Sie waren warm, aber nicht heiß und deshalb offenbar auch nicht entzündet. Die Hufkronen waren in einem guten Zustand und die Augen des Tieres klar. Trotzdem war offensichtlich, daß Nye, was auch immer er getan haben mochte, sein Pferd bis ans Ende seiner Leistungsfähigkeit beansprucht hatte. Muerto sah so aus, als sei er in den vergangenen zwölf Stunden an die hundertfünfzig Kilometer weit gelaufen, aber er hatte offenbar keinen bleibenden Schaden davongetragen. Er war immer noch gesund und würde in ein, zwei Tagen wieder vollkommen in Ordnung sein. Nye hatte gewußt, was er ihm zumuten konnte. Schließlich war Muerto ein phantastisches Pferd. Zwei Brandzeichen an Hals und Kiefer zeigten, daß er bei der American Paint Horse Association ebenso wie bei der American Quarterhorse Association registriert war. Carson klopfte ihm anerkennend auf die Flanke.

»Du bist mir vielleicht ein toller Kerl«, sagte er bewundernd.

Carson verließ die Box und ging zur Stalltür, wo er hinaus in die Staubwolken blickte, die immer noch wie Rauchschwaden in der Luft hingen. Nye war nirgends zu entdecken. Carson schloß leise die Tür und ging rasch auf sein Zimmer. Er fragte sich, wofür Nye da draußen im Sandsturm sein Leben aufs Spiel gesetzt hatte und weshalb er seinen Job riskierte, indem er hier in Mount Dragon irgendein altes Stück Papier versteckte.

Mit dem abgeschabten Banjokasten in der Hand ging Carson durch die Kantine hinaus auf die Terrasse. Es war eine dunkle Nacht, in der sich der Mond hinter Wolken versteckte, aber Carson wußte, daß es sich bei der Gestalt, die da bewegungslos auf einem Stuhl saß, nur um Singer handeln konnte.

Seit ihrer ersten Unterhaltung auf der Terrasse hatte Carson am Abend häufig Singer mit seiner alten Gitarre hier draußen sitzen sehen. Jedesmal hatte er ihm lächelnd zugewinkt oder ihm ein paar freundliche Worte zugerufen. Seit dem Tod von Brandon-

Smith allerdings war der Direktor immer stiller und zurückgezogener geworden. Die Ankunft von Teece und Vanderwagons plötzlicher Anfall in der Kantine hatten Singers trübe Stimmung noch verstärkt, so daß er jetzt, wenn er am Abend auf der Terrasse saß, die Gitarre meist unbenützt neben seinem Stuhl stehen ließ und Carson höchstens einmal stumm zunickte.
Während seiner ersten paar Wochen in Mount Dragon hatte Carson sich oft neben den Direktor gesetzt und mit ihm ein wenig geplaudert. Mit der Zeit war der Erfolgsdruck, der auf Carson lastete, so stark geworden, daß er seine Abende meist mit Online-Recherchen am Computer oder dem Ausarbeiten von Arbeitsberichten in seinem Zimmer zugebracht hatte. An diesem Abend aber nahm er sich bewußt Zeit für Singer, denn er mochte ihn und konnte es nicht mitansehen, wie er vor sich hinbrütete und sich womöglich für die jüngsten Zwischenfälle und Rückschläge verantwortlich machte. Vielleicht konnte Carson ihn ja für eine Weile aus seiner traurigen Stimmung herausholen. Außerdem quälten ihn seit der Unterhaltung mit Teece nagende Zweifel an seiner Arbeit. Wer anders als Singer mit seinem unerschütterlichen Glauben an die Reinheit der Wissenschaft wäre besser dazu geeignet gewesen, sie zu zerstreuen?
Der Mond schaute hinter den Wolken hervor und tauchte die Terrasse in sein bleiches Licht. »Wer ist da?« fragte Singer scharf. Als er Carson erblickte, sagte er sichtlich entspannt: »Hallo, Guy.«
»Guten Abend«, erwiderte Carson und nahm neben dem Direktor Platz. Obwohl man die Terrasse vom Sand befreit hatte, stieg immer noch eine kleine Staubwolke auf, als er sich setzte.
»Eine schöne Nacht«, meinte Carson, nachdem er eine Weile geschwiegen hatte.
»Haben Sie den Sonnenuntergang mitbekommen?« fragte Singer leise.
»Herrlich.« Als habe sie nach dem Sandsturm wieder etwas

gutzumachen, hatte die Wüste für einen so farbenprächtigen Sonnenuntergang wie schon lange nicht mehr gesorgt.
Ohne ein weiteres Wort beugte sich Carson über den Banjokasten und nahm sein Instrument heraus. Als Singer das sah, glomm in seinen müden Augen ein Funken von Interesse auf.
»Ist das ein Gibson RB-drei?« fragte er.
Carson nickte. »Und zwar eines mit einem vierziglöchrigen Tonring. Dürfte etwa Baujahr 1932 sein.«
»Es ist wunderschön«, sagte Singer und betrachtete das Instrument im Mondlicht. »Du meine Güte, das ist ja noch mit echtem Kalbsleder bespannt.«
»Richtig«, sagte Carson und trommelte mit zwei Fingern auf dem Fell herum. »Aber das ist hier im trockenen Wüstenklima ein echter Nachteil, weil ich es ständig nachspannen muß. Wenn das so weitergeht, werde ich mir wohl doch eines aus Plastik kaufen. Da, sehen Sie es sich ruhig an.« Er gab Singer das Banjo.
Der Direktor begutachtete das Instrument von allen Seiten. »Hals und Klangkörper sind aus Mahagoni«, sagte er anerkennend, »und es hat sogar noch den original Presto-Saitenhalter. Der Flansch ist aus einer Bleikupferlegierung, habe ich recht?«
»Ja, deshalb verzieht er sich auch so leicht.«
»Ein echtes Museumsstück«, sagte Singer, als er Carson das Banjo zurückgab. »Wo haben Sie es her?«
»Von einem Cowboy, der auf der Ranch meines Großvaters gearbeitet hat. Er mußte eines Tages ganz schnell verschwinden und ließ dabei das Banjo zurück. Es lag jahrzehntelang auf einem Regal und setzte Staub an, bis ich aufs College ging und mir den Bluegrass-Bazillus einfing.«
Während die beiden miteinander sprachen, ließ Singers Anspannung merklich nach. »Lassen Sie doch mal hören, wie das gute Stück klingt«, sagte er und nahm seine alte Martin-Gitarre zur Hand. Er schlug nachdenklich einen Akkord an, stimmte ein paar Saiten und fing dann an, das Stück *Salt Creek* zu spielen.

Carson hörte zu, nickte im Takt mit und begann schließlich, Singer auf dem Banjo zu begleiten. Er hatte seit Monaten nicht mehr gespielt, und seine Chops waren nicht mehr so gut wie damals in Harvard. Langsam aber lösten sich seine Finger so weit, daß er ein paar Rolls versuchen konnte. Nun spielte Singer auf einmal die Begleitung, und Carson fand sich in der Rolle des Solisten. Er lächelte erleichtert, als seine Pulloffs noch so präzise klangen wie früher und ihm auch das Melodiespiel recht sauber von der Hand ging.

Als sie mit dem Stück fertig waren, stimmte Singer *Clinch Mountain Backstep* an. Carson begleitete ihn und bewunderte des Direktors Virtuosität. Singer ging völlig in der Musik auf und spielte wie ein Mann, dem soeben eine Zentnerlast von der Seele genommen worden war.

Zusammen spielten sie noch *Rocky Top*, *Mountain Dew* und *Little Maggie*, und Carson wurde zunehmend sicherer. Schließlich erlaubte er sich sogar noch ein weiteres, fulminantes Solo, das ihm ein anerkennendes Nicken von seiten des Direktors einbrachte. Nachdem Singer selbst noch ein Solo zum besten gegeben hatte, beendeten die beiden ihr Spiel mit einem prachtvollen G-Akkord. Als dieser verklungen war, glaubte Carson leisen Applaus aus der Richtung des Wohnbereichs zu hören.

»Danke, Guy«, sagte Singer, während er die Gitarre wegstellte und sich zufrieden die Hände rieb. »Wir hätten schon längst mal miteinander so eine Session machen sollen. Sie sind ein exzellenter Musiker.«

»Aber lange nicht so gut wie Sie«, sagte Carson. »Trotzdem danke für das Kompliment.«

Eine Weile starrten die beiden Männer wortlos hinaus in die Nacht. Dann stand Singer auf und ging in die Kantine, um sich einen Drink zu holen. Während Carson auf ihn wartete, ging ein schlampig gekleideter Mann an der Terrasse vorbei, der irgend etwas an den Fingern abzählte und laut in einer Sprache vor sich hinmurmelte, die Carson für Russisch hielt. Das muß

Pawel sein, dachte Carson, der Bursche, von dem de Vaca mir erzählt hat. Noch immer murmelnd, verschwand der Mann um die Ecke. Kurz darauf kam Singer zurück, und Carson erkannte schon an seinen schweren Schritten, daß ihn die bedrückenden Gedanken, die ihn vorhin beim Musikmachen eine Zeitlang verlassen hatten, wieder in Beschlag genommen hatten.
»Wie geht es Ihnen eigentlich mit Ihrer Arbeit, Guy?« fragte er, während er sich wieder setzte. »Wir haben ja schon eine halbe Ewigkeit nicht mehr miteinander gesprochen.«
»Ich schätze, Sie hatten mit Mr. Teece beide Hände voll zu tun«, sagte Carson. Der Mond war jetzt wieder hinter dichten Wolken verschwunden, so daß Carson mehr erahnen als sehen konnte, wie der Direktor bei der Nennung dieses Namens zusammenzuckte.
»*Der* geht mir vielleicht auf die Nerven«, sagte Singer und nahm einen Schluck von seinem Drink, während Carson geduldig darauf wartete, daß er weitersprach. »Ich kann nicht gerade sagen, daß ich große Stücke auf ihn halte. Er ist einer von diesen Besserwissern, die einen an ihrem Wissen nicht teilhaben lassen wollen. Die meisten Informationen scheint er dadurch zu bekommen, daß er die Leute gegeneinander ausspielt. Wissen Sie, was ich meine?«
Carson wählte seine Worte mit Sorgfalt, als er antwortete. »Dazu habe ich nicht lange genug mit ihm gesprochen, aber er schien unsere Arbeit hier nicht allzu positiv zu beurteilen.«
Singer seufzte. »Man kann nicht von allen Leuten erwarten, daß sie verstehen, geschweige denn gutheißen, was wir hier zu erreichen versuchen, Guy. Das gilt natürlich in besonderem Maße für Bürokraten und Aufpasser wie Teece. Ich kenne solche Leute zur Genüge. Viele von ihnen sind gescheiterte Wissenschaftler, die anderen den Erfolg neiden, der ihnen verwehrt geblieben ist.« Er nahm einen Schluck und fuhr fort: »Na ja, früher oder später wird er wohl mit seinem Bericht über uns herausrücken müssen.«

»Ich denke eher früher«, entgegnete Carson und bereute augenblicklich, daß er das gesagt hatte. Er spürte, wie Singer ihn aus der Dunkelheit heraus anstarrte.
»Das glaube ich auch«, sagte Singer. »Sonst hätte er es nicht so eilig gehabt, von hier nach Radium Springs zu kommen. Er bestand darauf, daß ich ihm einen Geländewagen lieh. Sie scheinen mir der letzte zu sein, mit dem er vor seiner Abfahrt gesprochen hat.«
»Er sagte, er habe sich denjenigen, der am meisten mit dem X-FLU-Virus zu tun hat, bis zum Schluß aufgespart.«
»Hmmm«, brummte Singer und trank sein Glas leer. Er stellte es auf den Boden und sah wieder hinüber zu Carson. »Nun, dann wird er in Radium Springs ja vermutlich die Geschichte mit Levine erfahren. Das wird es für uns auch nicht einfacher machen. Wenn er wiederkommt, hat er jede Menge neuer Fragen, die er uns stellen kann, darauf wette ich jeden Betrag.«
Carson spürte, wie es ihm eiskalt den Rücken hinunterlief. »Was für eine Geschichte mit Levine?« fragte er so beiläufig wie möglich.
Singer blickte ihn immer noch an. »Wundert mich, daß Sie noch nichts davon gehört haben, das Gerücht geht doch schon länger in der Kantine um. Charles Levine, der Vorsitzende der Stiftung für Verantwortungsbewußte Gentechnologie, hat vor ein paar Tagen in einer überregional ausgestrahlten Talkshow einige ziemlich geschäftsschädigende Dinge über uns verbreitet. Daraufhin ist der Kurs der GeneDyne-Aktie stark gefallen.«
»Tatsächlich?«
»Heute allein waren es fünfeinhalb Punkte. Bis jetzt hat die Firma dadurch einen Verlust von einer halben Milliarde Dollar hinnehmen müssen. Ich brauche Ihnen ja wohl nicht zu sagen, was das für unsere Belegschaftsaktien bedeutet.«
Carson fühlte sich wie vor den Kopf gestoßen. Die wenigen GeneDyne-Aktien, die er besaß, waren ihm zwar ziemlich egal,

aber etwas anderes machte ihm große Sorgen. »Was hat dieser Levine denn gesagt?«

Singer zuckte mit den Achseln. »Das ist doch nicht so wichtig. Es war ja sowieso alles erstunken und erlogen. Das Problem ist bloß, daß die Leute solchen Mist nur zu gerne glauben. Und dann suchen sie so lange nach irgendeiner Kleinigkeit, die nicht in Ordnung ist, bis sie uns zwingen können, unsere Versuche einzustellen.«

Carson befeuchtete sich die Lippen. So hatte er Singer noch nie reden gehört. »Aber wie wird es nun weitergehen?«

»Brent wird mit der Sache schon fertig werden«, sagte Singer im Brustton der Überzeugung. »Das ist genau die Art von Auseinandersetzung, wie er sie liebt.«

Der Hubschrauber näherte sich dem Gebiet um den Mount Dragon aus östlicher Richtung, wo es über dem Raketenversuchsgebiet von White Sands keine zivile Luftkontrolle gab. Es war nach Mitternacht, der Mond war untergegangen, und der Wüstenboden sah wie ein endloser, schwarzer Teppich aus. Der Hubschrauber hatte extra für militärische Zwecke entwickelte, geräuscharme Rotorblätter und eine Turbine, bei der ein spezieller Generator das Klangbild veränderte. Die Positionslichter an Rumpf und Heckrotor waren ausgeschaltet, und der Pilot verwendete das Bodenradar, um sein Ziel anzufliegen, einen kleinen Sender, der in der Mitte einer runden Plastikfolie stand.

Neben diesem am Rand mit Steinen beschwerten Landeplatz stand ein Geländewagen, dessen Scheinwerfer ebenso wie der Motor ausgeschaltet waren.

Als der Hubschrauber zu Boden sank, zerfetzte der Wind seiner

Rotorblätter die dünne Plastikfolie. Kaum hatten seine Kufen auf dem Wüstenboden aufgesetzt, stieg ein Mann aus dem Geländewagen und rannte gebückt auf den Hubschrauber zu. In der Hand hielt er einen kleinen, mit dem Firmenzeichen von GeneDyne versehenen Metallkoffer. Am Hubschrauber öffnete sich eine Luke, und zwei Hände nahmen den Koffer entgegen. Dann wurde die Luke wieder geschlossen, und der Hubschrauber stieg in einer weiten Kurve hinauf in den Nachthimmel. Der Geländewagen fuhr mit abgeblendeten Scheinwerfern auf seiner eigenen Spur wieder zurück, und die von den Rotorblättern hochgewirbelte Plastikfolie wurde vom Wüstenwind fortgeblasen. Ein paar Minuten später war es in der Wüste wieder so still, als wäre nie etwas geschehen.

Am frühen Sonntagmorgen, noch vor Sonnenaufgang, war der Himmel wolkenlos. Der Fiebertank war für die allwöchentliche Sonderdekontaminierung geschlossen, und bis zu der für den Abend verpflichtend angesetzten Notfallübung konnten die Wissenschaftler tun, was sie wollten.

Während er seinen Kaffee kochte, blickte Carson aus dem Fenster seines Zimmers hinüber zu dem schwarzen Kegel des Mount Dragon im fahlen Morgenlicht. Normalerweise verbrachte Carson seine Sonntage wie die meisten seiner Kollegen, indem er eingeigelt in seinem Zimmer die Arbeitsnotizen in seinem PowerBook auf Vordermann brachte. Heute aber hatte er etwas vor, was er schon seit seiner Ankunft hatte tun wollen: Er wollte den Mount Dragon besteigen. Die Session mit Singer auf der Terrasse hatte in ihm die Lust am Banjospielen wieder geweckt, und er wußte, daß die durchdringenden Laute des Instruments ihm bestimmt ein halbes Dutzend wütender

E-Mails einbringen würden, wenn er es im sonntäglich ruhigen Wohnbereich erklingen ließ.
Carson goß den Kaffee mitsamt Satz in eine Thermosflasche, schlang das Banjo über die Schulter und ging in die Kantine, um sich ein paar Sandwiches zu holen. Das Personal dort, das sonst eine fast unerträgliche Fröhlichkeit versprühte, kam ihm auffällig mürrisch und einsilbig vor. Das kann doch nicht daran liegen, daß ihnen der Vorfall mit Vanderwagon noch immer in den Knochen steckt, dachte Carson. Vielleicht war es einfach noch zu früh am Morgen. In letzter Zeit waren die Leute hier aus den nichtigsten Gründen schlecht gelaunt.
Nachdem Carson das Wachhaus am Tor passiert hatte, ging er die Straße entlang, die in nordöstlicher Richtung zum Mount Dragon führte. An dessen Fuß angekommen, verließ er die Straße und benützte zum Aufstieg einen schmalen, steilen Pfad, auf dem Lavasteine unter seinen Füßen knirschten und ihm das Banjo auf seinem Rücken immer schwerer vorkam. Nach einer halben Stunde mühevollen Kletterns war er auf dem Gipfel des Berges angelangt.
Der Mount Dragon war ein klassischer Vulkankegel, der in der Mitte noch das alte Kraterloch hatte, an dessen Rand ein paar Mesquitsträucher wuchsen. Auf der anderen Seite des Kraters konnte Carson eine Ansammlung von Antennen und Parabolspiegeln sehen, neben denen ein von einem Maschendrahtzaun umgebener, weißer Schuppen stand.
Schwer atmend sah Carson sich um und genoß den Ausblick, für den er sich so angestrengt hatte. Der Wüstenboden war jetzt, kurz nach Sonnenaufgang, in ein schimmerndes, fast unwirkliches Licht getaucht. Er sah aus, als wäre er gar keine Fläche, sondern nur ein Spiel aus Licht und Farben. Als die Sonne etwas höher stieg und ihre Strahlen schräg über die Landschaft schickte, warf jeder einzelne Mesquit- oder Kreosotstrauch einen endlos langen Schatten, der sich fast bis zum Horizont zu erstrecken schien. Carson konnte sehen, wie die Hell-Dunkel-Grenze von

Ost nach West über die Wüste wanderte, Erhebungen anstrahlte und Senken in tiefen Schatten tauchte, bis sie schließlich hinter der Erdkrümmung verschwand.

In einigen Meilen Entfernung erkannte Carson die Ruinen des alten Pueblos der Anasazi-Indianer, von denen er mittlerweile wußte, daß sie Kin Klizhini hießen. Sie warfen ihre Schatten wie tiefe, schwarze Einschnitte über die sandige Ebene. Noch weiter entfernt konnte er auf dem hellen Wüstenboden die dunkle Masse des *Malpaís*-Lavafeldes sehen.

Carson suchte sich ein gemütliches Plätzchen hinter einem großen Tuffsteinblock, legte sich neben sein Banjo auf den Boden und schloß die Augen. Er genoß die Stille und die Einsamkeit.

»Mist!« hörte er ein paar Minuten später eine ihm vertraute Stimme sagen.

Als er die Augen öffnete, sah Carson de Vaca, die vor ihm stand und die Hände in die Hüften gestemmt hatte.

»Was machen *Sie* denn hier?« verlangte sie zu wissen.

Carson griff nach dem Banjokasten und wußte, daß der Tag für ihn gelaufen war. »Was werde ich hier wohl tun?« fragte er.

»Aber das hier ist mein Platz«, sagte de Vaca. »Ich komme jeden Sonntag hierher.«

Ohne ein weiteres Wort stand Carson auf und wandte sich zum Gehen. Heute war ein Tag, an dem er Streit mit seiner Assistentin um jeden Preis vermeiden wollte. Wenn sie ihn hier nicht haben wollte, würde er eben mit Roscoe ein paar Kilometer weit hinaus in die Wüste reiten und dort auf seinem Banjo spielen.

Dann aber sah Carson de Vacas Gesichtsausdruck und blieb stehen. »Sind Sie okay?« fragte er.

»Warum sollte ich nicht okay sein?«

Carson sah sie genau an. Sein Instinkt riet ihm, kein Gespräch mit ihr anzufangen und so schnell wie möglich von hier zu verschwinden.

»Sie machen auf mich einen etwas mitgenommenen Eindruck«, sagte Carson dennoch.
»Wieso sollte ich Ihnen vertrauen?« fragte de Vaca auf einmal.
»Inwiefern?«
»Sie sind doch auch einer von denen«, sagte sie. »Ein Mann von GeneDyne.« Hinter ihrem vorwurfsvollen Ton konnte Carson einen deutlichen Anklang von Furcht in ihrer Stimme erkennen.
»Was ist denn passiert?« fragte er.
De Vaca blieb eine ganze Weile stumm. »Teece ist verschwunden«, sagte sie schließlich.
Carson entspannte sich zusehends. »Natürlich ist er das. Ich habe vorgestern abend noch mit ihm gesprochen. Er hat sich einen Geländewagen ausgeliehen und ist nach Radium Springs gefahren. Er wollte erst morgen wiederkommen.«
De Vaca schüttelte ärgerlich den Kopf. »Sie haben mich nicht richtig verstanden. Nach dem Sturm hat man den Wagen in der Wüste gefunden. Er war leer.«
Mist. Doch nicht Teece, dachte Carson. »Er hat sich vermutlich im Sandsturm verfahren und ist zu Fuß weitergegangen.«
»Das haben sie auch gesagt.«
»Was soll denn das nun wieder bedeuten? Wen meinen Sie damit?« fragte Carson und sah de Vaca scharf an.
De Vaca senkte den Blick. »Ich habe gehört, wie Nye zu Singer gesagt hat, daß Teece noch immer vermißt werde. Die beiden hatten einen Streit.«
Carson sagte nichts mehr. Nye ... Unwillkürlich mußte er daran denken, wie der Sicherheitschef staubüberkrustet auf seinem vollkommen erschöpften Pferd aus dem Sandsturm aufgetaucht war.
»Was glauben Sie, daß mit Teece passiert ist?« fragte Carson schließlich. »Meinen Sie etwa, daß er ermordet wurde?«
De Vaca antwortete nicht.

»Wie weit vom Mount Dragon entfernt hat man den Geländewagen gefunden?«
»Keine Ahnung. Warum fragen Sie?«
»Weil ich Nye nach dem Sandsturm mit seinem Pferd aus der Wüste zurückkommen sah. Er war möglicherweise draußen und hat nach Teece gesucht.« Dann erzählte er ihr, was er vor zwei Tagen im Stall gesehen hatte.
De Vaca hörte ihm aufmerksam zu. »Glauben Sie wirklich, daß er in einem Sandsturm nach Teece gesucht hat? Ich könnte mir eher vorstellen, daß er seine Leiche begraben hat. Vermutlich zusammen mit Mike Marr, diesem Arschloch.«
»Das ist doch lächerlich«, protestierte Carson. »Nye ist vielleicht ein Mistkerl, aber deshalb muß er noch lange kein Mörder sein.«
»Aber Marr ist ein Mörder, das weiß ich genau.«
»Marr? Der ist doch so dumm wie ein Kuhfladen. Er hat nicht genügend Grips, um einen Mord zu begehen.«
»Ach, wirklich? Mike Marr war im Vietnamkrieg Offizier bei der Spionageabwehr. Eine Tunnelratte. So nannte man die Männer, die im Eisernen Dreieck die geheimen, viele hundert Kilometer langen Tunnels des Vietcong aufgerollt und dort nach Waffenlagern gesucht haben. Wen sie dort drunten fanden, den haben sie mit dem Flammenwerfer bei lebendigem Leib gegrillt. Einer dieser Aktionen hat Marr auch sein Hinken zu verdanken. Er hat einen Scharfschützen hinunter in die unterirdischen Gänge verfolgt und ist in eine Sprengfalle getreten.«
»Woher wissen Sie das denn so genau?«
»Er hat es mir erzählt.«
Carson mußte lachen. »Dann sind Sie also mit ihm befreundet. Hat er Ihnen diese Informationen vor oder nach seinem liebevollen Schlag mit dem Gewehrkolben gegeben?«
De Vaca runzelte die Stirn. »Ich habe Ihnen doch schon erzählt, daß der Drecksack versucht hat, mit anzubaggern, als ich noch ganz neu hier war. Er hat mir mehrfach in der Turnhalle aufge-

lauert und mir seine Lebensgeschichte erzählt. Wollte wohl damit Eindruck schinden, was er für ein böser Bube war. Als das nicht klappte, hat er mich befummelt. Offenbar hielt er mich für eine billige Hispano-Hure.«

»Und was haben Sie gemacht?«

»Ich habe ihn gefragt, ob er Lust auf einen kräftigen Tritt in die *huevas* hat.«

Carson lachte abermals. »Dann hat er die Ohrfeige beim Picknick ja wirklich verdient gehabt. Aber das alles erklärt noch lange nicht, warum er einen Inspektor der Gesundheitsbehörde umbringen sollte. Das ist doch verrückt. Wenn so etwas herauskommt, wird doch Mount Dragon sofort dichtgemacht.«

»Nicht, wenn das Ganze wie ein Unfall aussieht«, entgegnete de Vaca. »Und zu diesem Zweck kam der Sturm ihnen gerade recht. Aber warum ist Nye hinaus in den Sturm *geritten*? Und wieso hat uns bisher noch niemand offiziell über das Verschwinden von Teece informiert? Vielleicht hat der Inspektor ja etwas herausgefunden, was er nicht erfahren sollte.«

»Was denn zum Beispiel? Außerdem könnte es gut sein, daß Sie Nye und Singer mißverstanden haben. Schließlich ...«

»Ich *habe* es gehört, in Ordnung? Sind Sie denn von gestern, *cabrón*? Hier dreht es sich schließlich um Milliarden von Dollar. Sie denken vielleicht, daß es darum geht, Menschenleben zu retten, aber dem ist nicht so. Es geht um Geld. Und wenn dieses Geld in Gefahr ist, dann ...« Sie blickte ihn mit funkelnden Augen an.

»Aber wozu sollte man Teece ermorden? Wir hatten zwar einen schrecklichen Unfall im Fiebertank, bei dem Gott sei Dank nur *ein* Mensch ums Leben kam. Das Virus ist nicht freigesetzt worden. Da muß nichts vertuscht werden, im Gegenteil.«

»*Nur ein Mensch*«, wiederholte de Vaca. »Sie sollten sich mal reden hören. Und außerdem geht hier noch etwas anderes vor. Ich weiß zwar nicht genau, was, aber einige Leute benehmen sich in letzter Zeit ziemlich seltsam. Ist Ihnen das denn noch nicht aufgefallen? Ich persönlich glaube, daß es der ständige Druck ist, der die Menschen langsam, aber sicher verrückt macht. Wenn es Scopes wirklich nur um die Erhaltung von Menschenleben geht, warum zwingt er uns dann diesen unmöglich einzuhaltenden Zeitplan auf? Wir arbeiten hier immerhin mit dem schlimmsten Virus, das es je gab. Ein größerer Fehler, und es heißt *adiós muchachos*. Dieses Projekt hat schon genug Leuten das Leben ruiniert. Das von Burt und Vanderwagon ebenso wie das von Fillson und dem Wachmann Czerny. Von Brandon-Smith ganz zu schweigen. Wie viele werden wohl noch dran glauben müssen?«

»Susana, Sie arbeiten in der falschen Branche«, entgegnete Carson matt. »Alle großen Errungenschaften der Menschheit haben ihren Tribut an Schmerz und Leid gefordert. Aber dafür werden wir auch Millionen von Leben *retten*, das dürfen Sie nie vergessen.« Irgendwie kamen Carson seine eigenen Worte hohl und klischeehaft vor.

»Wie edel und gut das alles klingt. Aber haben Sie sich schon einmal gefragt, ob das, was wir hier machen, wirklich ein Fortschritt ist? Wer gibt uns das Recht, das menschliche Genom zu verändern? Je länger ich hier bin und je mehr ich mitbekomme, was hier vor sich geht, desto mehr bin ich der Überzeugung, daß wir etwas grundlegend Falsches tun. *Niemand* darf sich das Recht herausnehmen, am menschlichen Erbgut herumzumanipulieren.«

»Das, was Sie sagen, klingt ziemlich unwissenschaftlich. Sie wissen genau, daß wir hier nicht aus Jux und Tollerei am menschlichen Erbgut herumpfuschen, sondern ein für allemal die Grippe besiegen wollen.«

De Vaca zeichnete mit ein paar raschen, ärgerlichen Bewegungen ihres Stiefelabsatzes einen Strich in den Lavasand. »Indem wir die Keimzellen des Menschen verändern, überschreiten wir eine Grenze, die wir nicht überschreiten dürfen.«

»Aber wir reparieren doch lediglich einen kleinen Defekt in unserem genetischen Code, mehr nicht.«

»Einen *Defekt*. Was genau verstehen Sie eigentlich unter einem Defekt, Carson? Ist das Gen, das für die Glatzenbildung beim Mann verantwortlich ist, ein Defekt? Ist Kleinwüchsigkeit ein Defekt? Wie steht es mit Hautfarben? Mit schlecht frisierbarem Haar? Und wenn jemand schüchtern ist, spricht man da auch von einem genetischen Defekt? Was kommt als nächstes, wenn wir erst einmal immun gegen Grippe sind? Glauben Sie *wirklich*, die Wissenschaft wird der Versuchung widerstehen und die Menschen *nicht* intelligenter, langlebiger, größer, schöner und netter machen? Besonders dann, wenn man damit auch noch Milliarden von Dollar verdienen kann?«

»Für diese Dinge gibt es strenge Regeln«, antwortete Carson.

»Ach ja, Regeln. Und wer stellt diese Regeln auf? Sie? Ich? Die Regierung? Oder vielleicht Brent Scopes? Ist ja nur eine Kleinigkeit: Entledigen wir uns einfach der unattraktiven Gene, die niemand von uns haben will. Der Gene, die uns fett, häßlich und unausstehlich machen. Der Gene, die für die weniger schönen Seiten unserer Persönlichkeit verantwortlich sind. Legen Sie doch einmal Ihre Scheuklappen ab, Carson, und sagen Sie mir, was das für die Integrität der Menschheit bedeutet.«

»Bis wir dazu in der Lage sind, ist es noch ein sehr langer Weg«, murmelte Carson.

»Blödsinn. Wir sind bereits fröhlich dabei, und zwar mit X-FLU. Die Kartierung des menschlichen Genoms ist fast abgeschlossen, bald können wir damit anfangen, es zu verändern. Auch wenn es vorerst nur kleine Änderungen sein mögen, kann niemand garantieren, was letzten Endes dabei herauskommt. Die DNA von Mensch und Schimpanse unterscheiden sich lediglich in zwei Prozent, und doch ist ein riesiger Unterschied zwischen den beiden. Es bedarf also nur winziger Änderungen am Genom, und die Menschen werden sich möglicherweise in etwas verwandeln, was wir nicht einmal *erkennen* würden.«

Carson sagte nichts dazu. Es waren dieselben Argumente, die er bereits unzählige Male gehört hatte. Allerdings begannen sie jetzt langsam, einen Sinn zu machen, auch wenn er sich noch so dagegen wehrte. Vielleicht war er bloß müde und hatte nicht die nötige Energie für eine längere Diskussion mit de Vaca, aber vielleicht hatte ihn der Gesichtsausdruck von Teece nachdenklich gemacht, als dieser ihm vor zwei Tagen gesagt hatte: *Das, was ich tun muß, verträgt keinen Aufschub.*

Sie setzten sich in den Schatten eines Lavafelsens und sahen schweigend hinunter zu den Gebäuden des Labors, deren elegante, weiße Umrisse in der aufsteigenden Hitze zu zittern und zu verschwimmen begannen. Obwohl er sich dagegen wehrte, konnte Carson spüren, wie etwas in ihm langsam zerbrach. Es war dasselbe Gefühl, das er als Teenager gehabt hatte, als er von einem Tieflader aus hatte mitansehen müssen, wie die Ranch seines Vaters Stück für Stück versteigert worden war. Bisher hatte er an die Wissenschaft als Hoffnung der Menschheit geglaubt. Jetzt, aus welchem Grund auch immer, drohte sich dieser Glaube in nichts aufzulösen wie die vom Wüstenboden aufsteigenden Hitzeschwaden.

Er räusperte sich und schüttelte den Kopf, als könne er damit die Kette seiner Gedanken unterbrechen. »Wenn Sie dieser Auffassung sind, was wollen Sie dann tun?« fragte er de Vaca.

»Ich will so schnell wie möglich weg von hier und der Öffentlichkeit sagen, was in diesem Labor vor sich geht.«

Carson schüttelte den Kopf. »Was hier vor sich geht, ist nichts Ungesetzliches, sondern ein von der Arzneimittelbehörde genehmigtes, gentechnisches Forschungsprojekt, das man nicht einfach stoppen kann.«

»Doch, das kann man, und zwar weil jemand ermordet wurde. Etwas stimmt hier nicht, und Teece hat herausgefunden, was es ist.«

Carson sah sie an, wie sie mit dem Rücken am Felsen lehnte. Sie hatte die Arme um die hochgezogenen Knie geschlungen, und

der Wind blies ihr das schwarze Haar aus dem Gesicht. Verdammt noch mal, dachte Carson. Jetzt sage ich es ihr.
»Ich bin mir nicht sicher, was Teece wußte«, sagte er. »Aber ich weiß, wonach er gesucht hat.«
De Vaca kniff die Augen zusammen. »Was meinen Sie damit?«
»Teece glaubt, daß Franklin Burt ein privates Tagebuch geführt hat. Das hat er mir am Abend vor seiner Abfahrt gesagt. Er sagte auch, daß Vanderwagon und Burt erhöhte Dopamin- und Serotoninspiegel im Blut hatten. Ebenso wie Brandon-Smith, aber bei ihr waren sie nicht ganz so hoch.«
De Vaca sagte nichts.
»Teece dachte, daß Burts geheimes Tagebuch Aufschluß über den Grund dieser Symptome geben könne«, fügte Carson an. »Er wollte es suchen, sobald er von Radium Springs wieder zurück war.«
De Vaca stand auf. »Nun, was ist? Helfen Sie mir oder nicht?«
»Wobei soll ich Ihnen denn helfen?«
»Bei der Suche nach Burts Tagebuch. Und dabei, das Geheimnis von Mount Dragon zu lüften.«

In letzter Zeit kam Charles Levine immer sehr früh in die Universität, legte Ray einen Zettel mit Instruktionen für den Vormittag auf den Schreibtisch und schloß sich dann in seinem Büro ein. Ray hatte strikte Anweisung, keine Besucher vorzulassen und keine Anrufe durchzustellen. Seine Seminare hatte Levine vorübergehend zwei jüngeren Dozenten übergeben und die Vorlesungen für die nächsten paar Monate gestrichen. Er folgte damit dem letzten Rat, den Toni Wheeler ihm gegeben hatte, bevor sie ihre Stelle als Pressereferentin bei der Stiftung für Verantwortungsbewußte Gentechnologie gekündigt hatte.

Der Druck der Universitätsverwaltung auf Levine hatte zugenommen, und die Mitteilungen, die ihm der Dekan der Fakultät auf dem Anrufbeantworter hinterließ, nahmen einen immer schärferen Ton an. Levine witterte Gefahr und beschloß – ganz gegen seine Gewohnheit – für eine Weile auf Tauchstation zu gehen.

Er war ziemlich verblüfft, als er um sieben Uhr früh in sein Büro kam und einen offenbar geduldig wartenden Mann vor der Tür sitzen sah. Instinktiv streckte Levine ihm die Hand zur Begrüßung entgegen, aber der Mann rührte sich nicht und sah ihn mit ernstem Gesicht an.

»Was kann ich für Sie tun?« fragte Levine. Er schloß die Tür auf und bat den Mann herein. Sein Besucher setzte sich steif auf einen Stuhl und hielt sich an seiner Aktentasche fest. Er hatte buschiges, graues Haar und hohe Backenknochen. Levine schätzte sein Alter auf über siebzig Jahre.

»Mein Name ist Jacob Perlstein, Mr. Levine«, sagte er. »Ich bin Historiker bei der Holocaust Research Foundation in Washington.«

»Freut mich«, sagte Levine. »Ich schätze Ihre Arbeit sehr. Sie haben einen ausgezeichneten Ruf.« Perlstein war auf der ganzen Welt für seinen unermüdlichen Eifer bekannt, mit dem er Licht in die Geschichte der Vernichtungslager und Ghettos brachte, in denen die Nazis Millionen von Juden umgebracht hatten. Levine setzte sich und wunderte sich, warum der Mann so eine feindselige Ausstrahlung hatte.

»Ich werde gleich zum Grund meines Besuchs kommen«, sagte Perlstein und sah Levine mit seinen schwarzen Augen unter zusammengezogenen Augenbrauen vorwurfsvoll an.

Levine nickte.

»Sie haben behauptet, Ihr Vater sei Jude gewesen und habe anderen Juden in Polen das Leben gerettet und daß er von den Nazis gefaßt und von Dr. Mengele in Auschwitz umgebracht worden sei.«

Obwohl Levine der Ton des Mannes ganz und gar nicht gefiel, sagte er nichts.
»Angeblich soll er bei einem der medizinischen Experimente des SS-Arztes getötet worden sein. Ist das richtig?«
»Ja«, sagte Levine.
»Und woher wissen Sie das alles?« fragte Perlstein.
»Entschuldigen Sie bitte, Mr. Perlstein, aber ich bin mir nicht sicher, ob mir der Ton Ihrer Fragen gefällt.«
Perlstein starrte ihn mit unverminderter Intensität an. »Es geht hier nicht um den Ton, sondern um den Inhalt meiner Frage. Und der ist einfach genug. Ich will wissen, woher Sie die Informationen über Ihren Vater haben.«
Levine bemühte sich, seinen Ärger hinunterzuschlucken. Er hatte diese Geschichte so oft bei Interviews und auf Wohltätigkeitsveranstaltungen erzählt, daß sie Perlstein ohne Zweifel bekannt war. »Ich habe mir diese Informationen selbst beschafft«, sagte er schließlich. »Mir war bekannt, daß mein Vater in Auschwitz umgekommen war, aber nicht viel mehr. Meine Mutter starb, als ich noch sehr jung war. Ich *mußte* einfach wissen, was mit meinem Vater geschehen ist. Also habe ich fast vier Monate lang in Deutschland und Polen alte Naziarchive durchforstet. Das war damals nicht ganz ungefährlich, das können Sie mir glauben. Als ich herausfand, was mit ihm passiert war – nun, Sie können sich sicher vorstellen, wie ich mich dabei gefühlt habe. Diese Erkenntnis hat meine Einstellung zur Wissenschaft, insbesondere zur Medizin, grundlegend verändert. Gerade in Fragen der Gentechnologie habe ich daraufhin ...«
»Diese Unterlagen über Ihren Vater«, unterbrach Perlstein ihn brüsk. »Wo haben Sie die gefunden?«
»In Leipzig, wo fast alle derartigen Unterlagen lagern. Aber das wissen Sie doch bestimmt.«
»Und Ihre Mutter hat Sie kurz vor der Befreiung in einem Konzentrationslager geboren und danach in die USA gebracht?

Und dann nahmen Sie ihren Namen an und nicht den Ihres Vaters, der Berg hieß?«

»Das stimmt.«

»Eine rührende Geschichte«, sagte Perlstein. »Seltsam ist nur, daß Berg eigentlich kein jüdischer Name ist.«

Levine setzte sich gerade hin. »Der Ton in Ihrer Stimme gefällt mir ganz und gar nicht, Mr. Perlstein. Bitte sagen Sie mir jetzt, weshalb Sie hier sind, und verlassen Sie danach mein Büro.«

Der Mann öffnete seine Tasche und holte einen Aktenordner hervor, den er mit angeekeltem Gesichtsausdruck auf die Tischkante legte. »Sehen Sie sich diese Dokumente doch einmal durch«, sagte er und schob den Ordner mit spitzen Fingern näher an Levine heran.

Dieser öffnete den Ordner und fand darin ein dünnes Bündel fotokopierter Dokumente. Er erkannte sie sofort an der Frakturschrift und den Stempeln mit dem Hakenkreuz und erinnerte sich an die schrecklichen Wochen hinter dem Eisernen Vorhang, wo er in muffigen DDR-Archiven unzählige Stapel von modrigen Akten durchgesehen hatte. Nur das überwältigende Verlangen danach, die Wahrheit über seinen Vater herauszufinden, hatte ihn damals durchhalten lassen.

Das erste Dokument war die Farbkopie eines Parteiausweises der NSDAP, das einen gewissen Heinrich Berg als Obersturmführer der SS auswies, der im Konzentrationslager von Ravensbrück eingesetzt war. Das Foto darin war offenbar bestens erhalten und wies eine große Ähnlichkeit mit ihm, Levine, auf.

Mit ungläubigem Staunen blätterte er durch die restlichen Fotokopien. Es waren Befehle, Dienstpläne und andere Dokumente, darunter der Bericht eines amerikanischen Armeeoffiziers, dessen Kompanie das Konzentrationslager befreit hatte, und der Brief einer Überlebenden aus Israel mit einer beigefügten eidesstattlichen Erklärung. Aus den Dokumenten ging hervor, daß eine junge polnische Jüdin namens Myrna Levine im Konzentrationslager Ravensbrück Kontakt mit Berg bekommen hatte,

der sie zu seiner Geliebten gemacht und später nach Auschwitz abgeschoben hatte. Dort hatte sie nur deshalb bis Kriegsende überlebt, weil sie Häftlinge, die im Lager Widerstand leisteten, an die Deutschen verraten hatte.
Levine blickte von den Dokumenten zu Perlstein, der ihn anklagend anstarrte.
»Wie können Sie es wagen, mit solchen Lügen hausieren zu gehen?« zischte Levine, der nur mit Mühe seine Stimme wiederfand.
Perlstein schnaufte empört. »Sie bestreiten es also immer noch. Das habe ich mir fast gedacht. Wie konnten *Sie* es wagen, mit *Ihren* Lügen hausieren zu gehen! Ihr Vater war SS-Offizier und Ihre Mutter eine Verräterin, die Hunderte von Menschen in den Tod geschickt hat. Man kann Sie natürlich nicht verantwortlich für die Sünden Ihrer Eltern machen, aber mit Ihrer Lebenslüge haben Sie das Böse vertuscht und Ihre Arbeit für den Holocaust Memorial Fund zu einer Farce gemacht. Sie nehmen für sich in Anspruch, schonungslos nach der Wahrheit zu suchen, aber wenn es um Ihre eigene Familie geht, treten Sie ebendiese Wahrheit mit Füßen. Schlimmer noch, Sie haben es zugelassen, daß der Namen Ihres Vaters neben denen unschuldiger Opfer in den Stein der Gedenkstätte von Yad Vashem gemeißelt wurde: der Name von Heinrich Berg, einem SS-Offizier! Das ist eine Beleidigung für alle wahren Märtyrer, und ich werde dafür sorgen, daß die ganze Welt davon erfährt.« Perlsteins Hände zitterten so sehr, daß er sich an seiner Aktentasche festhalten mußte.
Levine hatte Mühe, die Fassung zu bewahren. »Diese Dokumente sind Fälschungen. Wenn Sie ihnen Glauben schenken, sind Sie ein Dummkopf. Das Ministerium für Staatssicherheit in der ehemaligen DDR war berühmt dafür, daß es meisterhafte Fälscher hatte …«
»Nachdem man mich vor ein paar Tagen mit diesen Dokumenten konfrontiert hat, habe ich die Originale von drei unabhän-

gigen Experten für Nazi-Dokumente überprüfen lassen. An ihrer Echtheit besteht nicht der geringste Zweifel.«

Urplötzlich sprang Levine auf. »Raus mit Ihnen!« schrie er. »Sie sind nichts weiter als ein Werkzeug der Neonazis. Hauen Sie ab, und nehmen Sie Ihren Dreck hier mit!« Er trat auf den Historiker zu und hob drohend den Arm.

Als der ältere Mann versuchte, den Ordner zu nehmen, fiel er zu Boden. Ohne ihn aufzuheben, floh er ins Vorzimmer und weiter hinaus auf den Gang. Levine warf die Tür seines Büros hinter ihm zu und lehnte sich mit dem Rücken dagegen. Das Herz schlug ihm bis hinauf in den Hals. Was für eine ungeheuerliche, niederträchtige Lüge! Gott sei Dank würde er sie rasch als solche entlarven können, denn er hatte immer noch die beglaubigten Kopien von den Originaldokumenten, die er seinerzeit in Leipzig gefunden hatte. Nun brauchte er nur noch einen Experten anzuheuern, der die Fälschungen bloßstellte. Auch wenn ihm die Verleumdung seines toten Vaters so weh tat wie ein Stich ins Herz, so war es nicht das erste Mal, daß man ihn mit Schlägen unter der Gürtellinie fertigzumachen versuchte, und es würde bestimmt auch nicht das letzte Mal sein ...

Levines Blick fiel auf den am Boden liegenden Ordner mit den widerwärtigen Fälschungen, und auf einmal kam ihm ein schrecklicher Verdacht.

Eilends trat er an seinen verschlossenen Aktenschrank, öffnete ihn und nahm einen Ordner heraus, auf dessen Rücken nur ein einziges Wort stand: »Berg«.

Der Ordner war leer.

»*Scopes*«, flüsterte Levine.

Schon am nächsten Tag brachte der *Boston Globe* mit einem Unterton tiefen Bedauerns die Geschichte auf der ersten Seite.

Muriel Page, eine freiwillige Helferin im Laden der Heilsarmee in der Pearl Street, betrachtete den jungen Mann mit der Sonnenbrille und der vom Schlaf verdrückten Frisur, der sich eine Reihe von Jacketts durchsah. Es war das zweite Mal, daß er in dieser Woche in den Laden kam, und Muriel tat er leid. Er war kein Drogensüchtiger – dazu war er zu sauber und zu aufgeweckt –, sondern ganz offenbar ein junger Mann, der Pech gehabt hatte. Er hatte ein jungenhaftes, leicht unbeholfen wirkendes Gesicht, das sie ein wenig an ihren eigenen Sohn erinnerte, der längst erwachsen und verheiratet war und in Kalifornien lebte. Aber dieser junge Mann war so *dünn*. Bestimmt ernährte er sich nicht richtig.

Der junge Mann sah sich die Jacketts in schneller Folge durch, bis er eines davon herauszog, hineinschlüpfte und sich im Spiegel betrachtete. Muriel sah ihm aus den Augenwinkeln dabei zu und bewunderte seinen Geschmack. Er hatte sich ein hübsches Jackett mit schmalen Aufschlägen und einem Muster aus sich überschneidenden Drei- und Vierecken auf schwarzem Grund herausgesucht. Es sah aus, als stamme es aus den frühen fünfziger Jahren. Sehr schick, aber nicht gerade das, was junge Männer heutzutage anzogen. In Muriels Jugend war die Kleidung nun mal sehr viel schicker gewesen als heute.

Der junge Mann drehte sich um die eigene Achse und betrachtete sein Spiegelbild aus verschiedensten Blickwinkeln. Dann kam er an die Ladentheke, und Muriel wußte, daß das Jackett schon so gut wie verkauft war.

»Fünf Dollar«, sagte sie mit einem fröhlichen Lächeln und entfernte das Preisschild.

Das Gesicht des jungen Mannes nahm hinter der Sonnenbrille einen traurigen Ausdruck an. »Oh«, sagte er. »Ich habe gehofft …«

Muriel zögerte nur einen Augenblick. Fünf Dollar bedeuteten für ihn vermutlich den Gegenwert mehrerer Mahlzeiten, und er war doch so dünn. Sie beugte sich vor und sagte in verschwöre-

rischem Ton: »Wissen Sie was? Ich gebe es Ihnen für drei, aber Sie müssen mir versprechen, daß Sie es niemandem sagen.« Sie befingerte einen der Ärmel des Jacketts. »Das ist echte Wolle, eine prima Qualität.«
Der junge Mann freute sich sichtlich und strich sich schüchtern die Stirnlocke nach hinten. »Das ist sehr nett von Ihnen«, sagte er und fischte aus seiner Hosentasche drei zerknitterte Dollarscheine.
»Ein wirklich hübsches Jackett«, sagte Muriel. »Als ich noch jung war, da hätte mir ein Mann in einem solchen Jackett ... nun, das ist lange vorbei.« Sie zwinkerte dem jungen Mann zu, aber er sah sie so verständnislos an, daß sie sich fürchterlich albern vorkam. Energisch schrieb sie eine Quittung aus und gab sie ihm. »Ich hoffe, Sie haben viel Freude daran.«
»Das werde ich bestimmt.«
Sie beugte sich wieder zu dem jungen Mann. »Übrigens, wir haben gleich gegenüber eine Suppenküche, wo Sie umsonst eine gute, warme Mahlzeit bekommen. Und zwar ohne jegliche Verpflichtung.«
Der junge Mann sah sie mißtrauisch an. »Kein religiöses Geseire?«
»Nichts dergleichen. Wir drängen unsere Überzeugungen niemandem auf. Da drüben erwartet Sie nichts als ein warmes, nahrhaftes Essen. Unsere einzige Bedingung ist, daß Sie nüchtern und drogenfrei sind.«
»Wirklich?« fragte der junge Mann. »Ich dachte immer, die Heilsarmee sei eine religiöse Organisation.«
»Das sind wir auch. Aber mit hungrigem Magen läßt es sich schlecht ans Seelenheil denken. Da hat man nur die nächste Mahlzeit vor Augen. Erst wenn der Körper satt ist, wird die Seele frei.«
Der Mann dankte und ging. Muriel spähte aus dem Fenster und war froh, daß er direkt hinüber zur Suppenküche ging, sich dort an der Tür ein Tablett nahm und in die Schlange stellte. Kurz

darauf hatte er schon ein Gespräch mit dem Mann vor ihm angefangen.
Muriel spürte, wie ihr die Augen feucht wurden. Der abwesende, leicht verlorene Gesichtsausdruck des jungen Mannes hatte sie so sehr an ihren Sohn erinnert.
Sie hoffte inständig, daß sich sein Leben bald zum Besseren wenden würde.
Am nächsten Morgen erhielten Laden und Suppenküche in der Pearl Street eine anonyme Spende von einer Viertelmillion Dollar, und niemand bei der Heilsarmee wunderte sich mehr darüber als Muriel Page, daß der unbekannte Wohltäter angegeben hatte, die Spende solle eine Anerkennung für ihre Arbeit sein.

Carson und de Vaca gingen schweigend den Berg hinunter zum Labor. Kurz vor dem überdachten Weg zum Wohnbereich blieben sie stehen.
»Und?« fragte de Vaca schließlich.
»Was und?«
»Sie haben mir immer noch nicht gesagt, ob Sie mir helfen wollen, das Tagebuch zu finden«, sagte sie in scharfem Flüsterton.
»Susana, ich habe viel zu tun. Und Sie auch, aber das nur nebenbei. Dieses Tagebuch, falls es überhaupt existiert, läuft uns nicht weg. Lassen Sie mich noch einmal darüber nachdenken, okay?«
De Vaca sah ihn eine Weile an. Dann drehte sie sich ohne ein weiteres Wort um und ging ins Haus.
Carson sah ihr ein paar Sekunden lang hinterher, dann stieg er mit einem leisen Seufzer die Treppe in den ersten Stock hoch

und betrat den dunklen, kühlen Korridor. Vielleicht hatte Teece recht gehabt mit seiner Vermutung, daß Burt ein geheimes Tagebuch angelegt hatte. Und vielleicht hatte auch de Vaca recht in Hinblick auf Nye. Wenn er den Inspektor wirklich umgebracht hatte, dann konnte Teece ihnen nicht mehr helfen. Immer wieder dachte Carson an den schrecklichen Augenblick auf dem Gipfel des Mount Dragon, in dem er mit einemmal gespürt hatte, daß seine feste Überzeugung ins Wanken geriet. Seit der Versteigerung der Ranch und dem Tod seines Vaters war Carsons Liebe zur Wissenschaft – sein Glaube an das Gute, das sie bewirken konnte – sein ein und alles gewesen. Wenn nun aber ...

Er wollte nicht mehr darüber nachdenken. Vielleicht würde er morgen wieder die Kraft dazu haben.

In seinem Zimmer starrte Carson eine Weile auf die kahlen, weißen Wände und nahm schließlich all seine Energie zusammen, um sich an den Laptop zu setzen und die Testdaten von X-FLU II durchzugehen. Dabei fiel sein Blick auf den Banjokasten.

Was soll's? dachte er. Er würde jetzt ein bißchen spielen, möglichst leise natürlich. Nur fünf, höchstens zehn Minuten. Und wenn ihn das auf andere Gedanken gebracht hatte, würde er sich seiner Arbeit widmen.

Als er das Instrument aus dem Kasten nahm, entdeckte er auf dem gelblichen Filz darunter ein zusammengefaltetes Stück Papier. Mit einem Stirnrunzeln holte er es heraus und entfaltete es auf seinen Knien.

Lieber Guy,

ich habe dieses fürchterliche Instrument zwar immer gehaßt, aber jetzt hoffe ich, daß Sie es wenigstens halbwegs regelmäßig herausholen und spielen. Ich hätte Sie vor meiner Abfahrt heute früh gerne noch einmal gesprochen, aber Sie sind offenbar schon unten im Fiebertank, und ich kann nicht mehr länger warten. So ist dies wohl der beste – und einzige – Weg, mit Ihnen in Kontakt zu treten.

Wie Sie wissen, werde ich ein paar Tage weg sein. Seit unserem Gespräch habe ich ohne Erfolg versucht, Burts möglicherweise vorhandenes Tagebuch zu finden. Sie kennen das Laborgelände und die Umgebung sehr viel besser als ich und wissen genau, woran Burt gearbeitet hat. Es wäre gut möglich, daß Burt, vielleicht sogar unabsichtlich, einen Hinweis darauf hinterlassen hat, wo dieses Tagebuch vielleicht zu finden ist. Könnten Sie bitte Burts offizielle Aufzeichnungen noch einmal daraufhin durchsehen?
Aber bitte versuchen Sie unter keinen Umständen, das Tagebuch selbst zu finden. Überlassen Sie das mir, wenn ich von meiner Reise zurückkomme. Und erzählen Sie in der Zwischenzeit niemandem davon.
Wenn ich selbst mehr Zeit hätte, würde ich Sie nicht mit diesen Dingen belasten, aber ich habe das Gefühl, daß ich Ihnen vertrauen kann. Ich hoffe, daß ich mich diesbezüglich nicht geirrt habe.

Ihr
Gil Teece

Carson las die offenbar rasch hingekritzelte Notiz noch ein zweites Mal. Teece war anscheinend am Morgen des Sandsturms hiergewesen und hatte, als er ihn nicht angetroffen hatte, die Notiz dort hinterlegt, wo er hoffte, daß Carson sie finden würde. Als Carson am Abend desselben Tages auf der Terrasse der Kantine mit Singer Bluegrass gespielt hatte, war ihm in der Dunkelheit der Zettel nicht aufgefallen. Bei dem Gedanken, wie leicht das Blatt Papier damals hätte herausfallen können, wurde ihm ganz anders. Was wäre gewesen, wenn Singer es gefunden hätte? Oder sogar Nye?
Ärgerlich verbannte Carson diesen Gedanken aus seinem Gehirn. Wenn du so weitermachst, dann bist du in ein paar Tagen so paranoid wie de Vaca. Oder so verrückt wie Burt. Er schob die Nachricht in seine hintere Hosentasche und rief de Vaca auf ihrem Zimmer an.

»So wohnen Sie also, Carson. Hätte ich mir ja denken können, daß man Ihnen ein Zimmer mit schöner Aussicht gegeben hat. Ich sehe aus meinem Fenster nur die Rückwand der Verbrennungsanlage.«

De Vaca trat vom Fenster zurück. »Man sagt, daß man aus der Art, wie ein Mensch seinen Lebensbereich einrichtet, wichtige Rückschlüsse auf seine Persönlichkeit ziehen kann«, sagte sie, während sie ihre Blicke über die kahlen Wände streifen ließ.

Dann schaute sie Carson über die Schulter, als dieser sein PowerBook einschaltete.

»Etwa einen Monat bevor er Mount Dragon verließ, wurden Burts Tagebucheinträge immer kürzer«, sagte Carson, während er sich ins Netz einloggte. »Wenn Teece recht hat, dann hat er zu dieser Zeit mit seinen geheimen Aufzeichnungen angefangen. Wenn es in seinen Notizen wirklich irgendwelche Hinweise darauf gibt, dann sollten wir an dieser Stelle anfangen zu suchen.«

Er fing an, durch das Arbeitstagebuch zu scrollen. Während die Formeln, Listen und Daten über das Display liefen, erinnerte sich Carson daran, wie er das Journal an seinem ersten Arbeitstag im Fiebertank gelesen hatte. Es kam ihm vor, als sei das in einem anderen Leben gewesen. Wie damals deprimierte es ihn, von all den fehlgeschlagenen Experimenten und den anfänglich hochfliegenden Hoffnungen zu lesen, die sich schließlich alle doch wieder in Luft auflösen sollten. Jetzt erinnerte ihn das alles auf unangenehme Weise an seine eigene Arbeit.

Je weiter er vordrang, desto häufiger mischten sich unter die rein wissenschaftlichen Aufzeichnungen Online-Unterhaltungen mit Scopes, persönliche Anmerkungen und sogar die Beschreibungen von Träumen.

20. Mai

Heute nacht habe ich geträumt, ich hätte mich in der Wüste verlaufen. Während ich auf die Berge zuging, wurde es immer finsterer. Dann erschien auf einmal ein Licht, das aussah wie ein zweiter Sonnenaufgang, und eine pilzförmige Wolke stieg hinter den Bergen hoch. Ich wußte, daß das die Explosion der ersten Atombombe sein mußte. Eine ungeheure Druckwelle raste auf mich zu, und dann wachte ich auf.

»Verdammt«, sagte Carson. »Wenn der in seinen normalen Notizen schon solches Zeug schreibt, was hat er erst einem geheimen Tagebuch anvertraut?«
»Machen Sie weiter«, drängte de Vaca.
Carson scrollte weiter nach unten.

2. Juni

Als ich heute früh meine Schuhe ausschüttelte, fiel ein kleiner Skorpion heraus und krabbelte völlig verstört auf dem Fußboden herum. Weil er mir leid tat, hob ich ihn auf und brachte ihn nach draußen ...

»Weiter, weiter«, wiederholte de Vaca ungeduldig.
Je weiter sie in die Aufzeichnungen vordrangen, desto häufiger fanden sie zwischen Daten, Tabellen und technischen Notizen kurze Gedichte. Als schließlich Burts Verrücktheit voll zum Ausbruch kam, verwandelte sich das Journal in ein verwirrendes Durcheinander aus Bildern, Alpträumen und wirren Phrasen. Schließlich gab es eine letzte, erschreckende Online-Unterhaltung mit Scopes, die ein Ausbruch schier apokalyptischer Verrücktheit war. Danach war die Datei zu Ende.
Carson und de Vaca sahen sich an.

»Da ist nichts zu finden«, sagte Carson.
»Vielleicht denken wir bloß nicht so wie Burt«, meinte de Vaca. »Stellen Sie sich doch vor, Sie wären Burt und wollten in den Aufzeichnungen einen Hinweis verstecken. Wie würden Sie es anstellen?«
Carson zuckte mit den Achseln.
»Ich würde so etwas nicht machen.«
»Doch, das würden Sie. Teece hatte recht: Ob bewußt oder unterbewußt, es liegt nun mal in der Natur des Menschen. Zuerst einmal würden Sie mit Recht annehmen, daß Scopes sich alles durchlesen wird. Stimmt's?«
»Stimmt.«
»Und was würde Scopes wohl am wenigsten interessieren?«
Die beiden dachten schweigend nach.
»Die Gedichte«, sagten sie dann fast gleichzeitig.
Sie scrollten die Datei zurück bis zu der Stelle, an der die ersten Gedichte erschienen, und arbeiteten sich von dort aus langsam nach vorn. Die meisten Gedichte, wenn auch nicht alle, handelten von wissenschaftlichen Themen: von der Struktur der DNA, von Quarks und Gluonen, vom Urknall und von der Superstring-Theorie.
»Ist Ihnen aufgefallen, daß die Gedichte da anfangen, wo die Tagebucheinträge kürzer werden?« fragte Carson.
»Solche Gedichte sind noch nie zuvor geschrieben worden«, entgegnete de Vaca. »Auf ihre spezielle Art sind sie sehr schön.« Sie las laut vor:

Ein langer Schatten auf dem Glas.
Lange Belichtung im Bereich
Des Alpha-Wasserstoffs
Kommt gut.
Einst bestand M 82
Aus zehn Milliarden heller Sterne.
Jetzt ist sie schwarz zurückgekehrt

Zu langsam-faulem Schöpfungsstaub.
Ist der das Werk desselben Gottes,
Der auch der Sonne Feuer schuf?

»Aber ich verstehe nicht, was es bedeutet«, sagte de Vaca ratlos.

»Messier 82 ist eine sehr seltsame Galaxis im Sternbild der Jungfrau. Sie ist einfach explodiert und hat dabei zehn Milliarden Sterne ausgelöscht.«

»Interessant«, sagte de Vaca. »Aber ich glaube nicht, daß es das ist, wonach wir suchen.«

Sie scrollten weiter bis zum nächsten Gedicht.

Schwarzes Haus in der Schleiersonne,
Die Raben flattern bei deinem Kommen,
Sie kreisen und schweben und kreischen erbost,
Sehnen zurück ihre Einsamkeit.
Das Große Kiva,
Ist halb voller Sand,
Doch das Sipapu ist noch da.
Klagend gellt sein stummer Schrei
Weit in die vierte unserer Welten.
Wenn du gehst,
Kehren die Raben wieder zurück
Und krächzen in schwarzer Zufriedenheit.

»Das ist schön«, sagte de Vaca. »Und irgendwie kommt es mir vertraut vor. Was mag nur das schwarze Haus sein?«

Carson setzte sich plötzlich auf. »Kin Klizhini«, sagte er. »Das heißt ›schwarzes Haus‹ in der Sprache der Apachen. Burt schreibt von der Ruine südlich vom Mount Dragon.«

»Sie verstehen die Apachensprache?« fragte de Vaca und sah ihn erstaunt an.

»Die meisten Cowboys auf unserer Ranch waren Apachen«,

sagte Carson. »Ich habe als Junge einige Wörter von ihnen aufgeschnappt.«
Schweigend lasen sie das Gedicht noch einmal.
»Verdammt«, sagte Carson. »Ich kann darin keine versteckte Botschaft erkennen.«
»Moment«, sagte de Vaca und hob die Hand. »Das Große Kiva war doch die heilige unterirdische Zeremonienkammer der Anasazi-Indianer. In der Mitte davon befand sich ein Loch, das ›Sipapu‹ hieß und das ihre Welt mit dem Geisterreich unter der Erde verband. Sie nannten dieses Reich die Vierte Welt, während wir Menschen in der Fünften Welt leben.«
»Das weiß ich auch«, sagte Carson. »Aber trotzdem sehe ich darin keinen geheimen Hinweis.«
»Lesen Sie das Gedicht noch einmal. Wenn das Kiva mit Sand gefüllt ist, wie kann dann das Sipapu offen sein?«
Carson sah sie an. »Da haben Sie recht.«
De Vaca grinste ihn an. »Endlich sagen Sie mal etwas Vernünftiges, *cabrón.*«

Weil sie rechtzeitig für die Notfallübung am Abend wieder dasein mußten, beschlossen sie, für den Weg hinaus zur Ruine die Pferde zu nehmen. Es war kurz nach Mittag, die heißeste Zeit des Tages.
Carson sah zu, wie de Vaca den Appaloosa mit dem wenig behaarten Schweif sattelte. »Ich nehme an, daß Sie schon mal geritten sind«, sagte er.
»Verdammt richtig«, entgegnete sie, zog den Sattelriemen fest und hängte ihre Feldflasche ans Sattelhorn. »Oder meinen Sie, das wäre ein Privileg von euch Angloamerikanern? Ich hatte schon als kleines Mädchen mein eigenes Pferd. Sein Name war

Barbarian. Es war ein Spanischer Berber, ein Pferd, wie es bereits die Konquistadoren hatten.«

»Nie davon gehört«, sagte Carson.

»Es sind die besten Wüstenpferde, die man sich nur vorstellen kann. Klein, kräftig und zäh. Mein Vater hat ein paar davon aus der alten spanischen Herde auf der Romero-Ranch gekauft. Diese Pferde sind nie mit englischstämmigen Pferden gekreuzt worden. Der alte Romero erzählte immer, daß er und seine Vorfahren jeden verdammten Gringo-Hengst erschossen haben, der ihren Stuten zu nahe kam.« Sie lachte und schwang sich in den Sattel. Carson gefiel es, wie sie auf dem Pferd saß: gut ausbalanciert und entspannt.

Auch er stieg auf. Gemeinsam ritten sie zum Tor im Zaun, gaben ihren Code ein und trabten auf Kin Klizhini zu, das in etwa drei Kilometern Entfernung vor ihnen lag. Zwei Mauern der alten Ruine ragten aus dem Wüstenboden hervor, daneben lagen mehrere Schutthaufen.

De Vaca hielt den Kopf schräg und schüttelte ihre Haare aus. »Trotz allem, was hier an Schlimmem vorgefallen ist: Die Landschaft finde ich nach wie vor wunderschön«, sagte sie zu Carson, der neben ihr ritt.

Er nickte. »Als ich sechzehn Jahre alt war«, sagte er, »habe ich einmal den Sommer auf einer Ranch am Nordrand der Jornada-Wüste verbracht. Sie hieß Diamond Bar.«

»Tatsächlich? Ist die Wüste dort oben auch so wie hier?«

»Ähnlich. Je weiter man nach Norden kommt, desto mehr nähert man sich dem Fra-Cristóbal-Gebirge. Weil sich dort die Wolken stauen, fällt etwas mehr Regen, und die Wüste ist ein wenig grüner als hier.«

»Was haben Sie auf der Ranch gemacht? Als Cowboy gearbeitet?«

»Richtig. Nachdem mein Dad unsere Ranch verloren hatte, habe ich mich mit Cowboyjobs durchgeschlagen, bis ich aufs College gehen konnte. Die Diamond-Bar-Ranch ist ziemlich

groß und hat etwa vierhundert Parzellen zwischen den San-Pascual-Bergen und der Sierra Oscura. Die richtige Wüste beginnt erst am Südende der Ranch, hinter einer schmalen Schlucht zwischen einem Lavafeld und dem Fra-Cristóbal-Gebirge, die Lava Gate genannt wird. Früher ging da mal die alte spanische Wüstenstraße durch.« Carson lachte. »Für uns war das Lava Gate wie das Tor zur Hölle. Wenn man es nach Süden durchritt, wußte man nicht, ob man jemals wiederkommen würde. Und jetzt bin ich im Süden, mittendrin in dieser Wüste.«
»Meine Vorfahren sind 1598 mit Oñate diesen Weg hinaufgeritten.«
»*Hinauf*?« fragte Carson. »Durch die Jornada-Wüste?«
De Vaca nickte und sah blinzelnd in die Sonne.
»Wie haben sie sich denn mit Wasser versorgt?«
»Schauen Sie mich nicht so zweifelnd an, *cabrón*. Mein Großvater hat mir erzählt, daß sie an der letzten Wasserstelle bis Einbruch der Dunkelheit gewartet und dann ihr Vieh die ganze Nacht hindurch weitergetrieben haben. Um vier Uhr früh machten sie Rast. Ein Apache zeigte ihnen eine Quelle, die *Ojo de Aguila* hieß, die Adlerquelle. Heute weiß niemand mehr, wo sie war.«
Schon seit längerer Zeit hatte Carson seiner Assistentin eine bestimmte Frage stellen wollen, sich bisher aber noch nicht getraut. »Woher kommt eigentlich der Name Cabeza de Vaca?«
De Vaca sah ihn herausfordernd an. »Und woher kommt der Name Carson?«
»Nun, Sie müssen schon zugeben, daß ›Kopf der Kuh‹ doch ein ziemlich seltsamer Name ist.«
»Auch nicht seltsamer als ›Sohn des Car‹.«
»Entschuldigen Sie, daß ich gefragt habe«, sagte Carson. Hätte er nur den Mund gehalten.
»Wenn Sie sich ein wenig in der spanischen Geschichte auskennen würden«, sagte de Vaca, »dann würden Sie unseren Namen vermutlich kennen. Weil im Jahr 1212 ein spanischer

Soldat einen wichtigen Paß mit einem Kuhschädel gekennzeichnet hat, konnten die Spanier einen entscheidenden Sieg über die Mauren erringen. Der Soldat wurde geadelt und erhielt vom König den Ehrennamen Cabeza de Vaca.«

»Faszinierend«, meinte Carson und gähnte. Auch wenn es sich dabei um eine Legende handeln dürfte, dachte er im stillen.

»Alonso Cabeza de Vaca war einer der ersten europäischen Siedler, die 1598 nach Amerika kamen. Unsere Familie zählt zu den ältesten spanischen Geschlechtern in Amerika, auch wenn ich persönlich nicht allzuviel Wert auf solche Sachen lege.«

Der stolze Ausdruck auf ihrem Gesicht strafte ihre Worte Lügen. Sie legte sehr wohl Wert auf solche Sachen.

Eine Weile ritten sie schweigend nebeneinander her und genossen den schönen Tag und den eleganten Trab ihrer Pferde. Als de Vaca ein wenig vorausritt, bewunderte Carson, wie ihr Unterleib sich den Bewegungen des Pferdes anpaßte, ihr Oberkörper aber entspannt und ruhig blieb. Sie hielt die Zügel mit der linken Hand und hatte die rechte lässig in eine ihrer Gürtelschlaufen gehakt. Als sie kurz vor der Ruine war, hielt sie ihr Pferd an und wartete, bis Carson zu ihr aufgeschlossen hatte.

»Machen wir doch ein Rennen zur Ruine«, sagte sie plötzlich, beugte sich nach vorn und gab ihrem Pferd die Sporen.

Bis Carson mitbekommen hatte, was sie wollte, und Roscoe antreiben konnte, hatte sie schon drei Pferdelängen Vorsprung. Ihr Pferd galoppierte mit angelegten Ohren und donnernden Hufen dahin und schleuderte Carson kleine Kieselsteine ins Gesicht. Carson drückte Roscoe die Fersen in die Flanken und jagte ihr hinterher.

Carson arbeitete sich heran, so daß die beiden Pferde nebeneinanderher rasten und in langen Sätzen über die niedrigen Mesquitbüsche sprangen. Carson hörte den Wind in seinen Ohren pfeifen und sah, wie die Ruine rasch größer wurde und die beiden hohen Steinmauern sich dunkel vom blauen Himmel abhoben. Er wußte, daß er das bessere Pferd hatte, mußte aber staunend mit ansehen, wie sich de Vaca nach vorn an das Ohr ihres Tieres beugte und es mit leiser, elektrisierender Stimme antrieb. Auch wenn Carson Roscoe noch so laut anschrie und ihm die Sporen gab, baute de Vaca langsam, aber sicher ihren Vorsprung aus. Als sie zwischen den beiden Mauerresten hindurchjagten, war de Vaca eine halbe Pferdelänge vor ihm, und ihre wilden, schwarzen Haare flatterten wie dunkle Flammen im Wind. Vor sich sah Carson auf einmal eine niedrige Mauer aus dem Sand aufragen, die das Ende der Ruinenstätte markierte. Ein paar Raben flatterten mit heiserem Krächzen auf, als die beiden Pferde mit hohen Sprüngen über die Mauer setzten. Carson und de Vaca zogen die Zügel an und ließen die Pferde zum Abkühlen erst in Trab und dann in Schritt fallen. Sie drehten um und ritten zur Ruine zurück.

Carson sah hinüber zu de Vaca. Ihr Gesicht war gerötet, und ihre Haare waren völlig durcheinander. An den Oberschenkeln klebte ihr der Schaum aus dem Maul ihres Pferdes. »Nicht schlecht«, sagte sie und grinste Carson an. »Fast hätten Sie mich eingeholt.«

»Sie haben geschummelt«, entgegnete Carson, der einen säuerlichen Unterton in ihrer Stimme bemerkt hatte. »Sie sind einfach auf und davon.«

»Weil Sie das bessere Pferd haben«, sagte de Vaca.

»Aber Sie sind leichter.«

»Nun nehmen Sie's nicht so tragisch, *cabrón*«, sagte sie mit einem frechen Grinsen. »Man muß auch mal verlieren können.«

»Das nächste Mal hole ich Sie ein«, sagte Carson grimmig.

»Niemals.«

Als sie wieder bei der Ruine angelangt waren, stiegen sie ab und banden die Pferde an einen Felsen. »Das Große Kiva war normalerweise entweder genau in der Mitte des Pueblos oder weit draußen am Rand«, sagte de Vaca. »Hoffen wir, daß es nicht völlig eingestürzt ist.«

Die Raben kreisten über ihren Köpfen, ihr Gekrächze schallte durch die trockene Wüstenluft.
Carson sah sich neugierig um. Die Wände der Ruine bestanden aus grob behauenen Lavasteinen, die mit Lehm vermauert waren. An drei Seiten der U-förmigen Ruine waren noch die Grundmauern von rechteckigen Räumen zu erkennen, während die vierte Seite sich auf einen großen, freien Platz öffnete. Auf dem Boden sahen sie Tonscherben und Stücke von Feuerstein im Sand liegen.
Sie begaben sich auf den großen Platz, der längst mit Yucca-Palmen und Mesquitsträuchern zugewuchert war. De Vaca ging neben einem großen Ameisenhaufen in die Hocke. Die Insekten waren vor der Mittagshitze ins Innere des Haufens geflüchtet. Vorsichtig fuhr de Vaca mit der Hand über den aus lauter kleinen Steinchen zusammengetragenen Bau, als suche sie etwas.
»Was tun Sie da?« fragte Carson.
Anstatt ihm zu antworten, nahm de Vaca etwas von dem Ameisenhaufen und hielt es vorsichtig zwischen Daumen und Zeigefinger. »Sehen Sie mal«, sagte sie.
Sie legte Carson einen winzigen Gegenstand auf die Handfläche. Es war eine perfekt geformte Perle aus Türkis, durch die ein feines Loch gebohrt war, nicht dicker als ein menschliches Haar.
»Die Indianer haben diese Perlen mit speziellen Grashalmen poliert«, sagte de Vaca, »aber niemand kann erklären, wie sie diese winzigen Löcher gebohrt haben, wo sie doch nicht einmal über Metall verfügten. Vielleicht haben sie den Türkis stundenlang mit einem Knochensplitter bearbeitet.« Sie stand auf. »Kommen Sie, lassen Sie uns nach dem Kiva suchen.«
Sie gingen auf die Mitte des Platzes. »Hier ist nichts«, sagte Carson.
»Dann trennen wir uns und suchen den Rand des Pueblos ab«, schlug de Vaca vor. »Ich übernehme den nördlichen Halbkreis, Sie den südlichen.«

Als Carson den Rand der Ruine erreicht hatte, ging er in einem weiten Bogen daran entlang. Dabei ließ er ab und zu die Blicke hinaus auf die Wüste schweifen. Der Sandsturm und die trockenen Winde hatten jegliche Fußspuren verweht, die hier vielleicht einmal zu sehen gewesen waren. Es war unmöglich festzustellen, ob Burt hier gewesen war oder nicht. Auch das unterirdische Kiva war nicht leicht zu finden. Vor Jahrhunderten, als das Pueblo noch bewohnt gewesen war, hatte es ein Dach auf der Höhe des Wüstenbodens gehabt, in dem nur ein Rauchabzugsloch seine Existenz verraten hatte. Inzwischen war das Dach vermutlich längst eingestürzt, und selbst wenn es noch intakt war, war es sicher unter Flugsand begraben.

Trotz dieser Schwierigkeiten fand Carson das Kiva etwa hundert Meter südwestlich von seinem Ausgangspunkt. Das Dach war eingestürzt, so daß nur noch eine kreisförmige Kuhle im Wüstenboden davon zu sehen war. Die Kuhle hatte einen Durchmesser von gut zehn Metern und war ungefähr zwei Meter tief. Aus dem behauenen Lavastein der Wände ragten noch Reste der alten Dachbalken. De Vaca rannte auf Carsons Rufen hin herbei, und eine Weile standen sie nebeneinander am Rand des Kiva und blickten hinein. Weiter unten waren die Wände mit rotgefärbtem Lehm verputzt, und der Boden war vollkommen mit Flugsand bedeckt.

»Und wo ist das Sipapu?« fragte Carson.

»Eigentlich müßte es sich genau in der Mitte des Kiva befinden«, sagte de Vaca. »Helfen Sie mir runter, dann sehe ich nach.«

Carson gab ihr seine Hand, und sie glitt an einer Seitenwand hinunter. In der Mitte des Bodens fing sie an, mit beiden Händen im Sand zu graben. Carson sprang ebenfalls in das Kiva und half ihr dabei. In etwa fünfzehn Zentimetern Tiefe trafen sie auf einen flachen Stein. Aufgeregt befreite ihn de Vaca vom Sand und hob ihn an.

Unter dem Stein befand sich das Sipapu-Loch, und in diesem stand ein durchsichtiger Plastikbehälter mit dem Firmenzeichen

von GeneDyne. In dem Behälter steckte ein kleines Notizbuch, dessen fleckiger Einband aus olivfarbenem Leinen an den Ecken umgeknickt war, damit es in die Rundung des Gefäßes paßte.
»*Madre de Dios*«, flüsterte de Vaca. Sie holte den Behälter aus dem Loch, öffnete ihn und zog das Tagebuch heraus. Vor Carsons Augen schlug sie es auf.
Auf der ersten Seite stand das Datum 18. Mai. Darunter waren dicht beschriebene Zeilen in einer gut lesbaren Handschrift, deren Buchstaben so klein waren, daß jeweils zwei Zeilen zwischen die vorgedruckten Linien paßten.
Carson sah zu, wie de Vaca staunend die Seiten durchblätterte.
»Das können wir unmöglich mit ins Labor nehmen«, sagte er.
»Ich weiß. Also lassen Sie es uns hier lesen.«
De Vaca blätterte zum Anfang zurück.

18. Mai

Liebste Amiko,
ich schreibe Dir aus der Ruine eines Kiva, eines Heiligtums der Anasazi-Indianer, das sich nicht weit von meinem Labor entfernt in der Wüste befindet.
Als ich vor dem Abflug nach Albuquerque meine Sachen packte, steckte ich aus einem Impuls heraus dieses alte Notizbuch in meine Jackettasche. Ich hatte immer vorgehabt, darin meine Vogelbeobachtungen aufzuschreiben, aber jetzt glaube ich, einen besseren Verwendungszweck dafür gefunden zu haben.
Ich vermisse Dich so sehr, obwohl die Leute hier zum Großteil recht freundlich sind. Manche von ihnen, zum Beispiel John Singer, den Direktor der Anlage, glaube ich sogar zu meinen Freunden zählen zu können. Trotzdem kommt hier die Arbeit vor der Freundschaft, denn

wir haben alle ein gemeinsames Ziel. Zudem lastet ein gewaltiger Erfolgsdruck auf uns, und in solchen Situationen tendiere ich eher dazu, mich auf mich selbst zurückzuziehen. Daraus resultiert eine Einsamkeit, die von der endlosen Trostlosigkeit dieser schrecklichen Wüste ringsum nur noch verstärkt wird. Es kommt mir manchmal so vor, als wären wir hier noch hinter dem Ende der Welt.

Stifte und Papier sind hier streng verboten, denn Brent will in alles, was wir tun, Einblick nehmen können. Manchmal glaube ich, er würde am liebsten jeden unserer Gedanken erfahren. Ich betrachte dieses Büchlein hier als eine Art Verbindung zu Dir, über die ich Dir Dinge mitteilen kann, die nur für Dich bestimmt sind und nicht für die Festplatte der GeneDyne-Computer. Brent ist in vielen Dingen wie ein kleiner Junge mit sehr pubertären Vorstellungen. Eine davon ist die, daß er das Denken anderer Menschen kontrollieren kann.

Ich hoffe, Du sorgst Dich nicht zu sehr um mich, wenn ich Dir diese Dinge anvertraue. Aber ich habe ja ganz vergessen, daß Du das erst lesen wirst, wenn ich schon längst wieder bei Dir bin. Dann werden meine augenblicklichen Nöte der Vergangenheit angehören, und vielleicht lache ich bereits über die kleinen Sorgen, die mir hier und jetzt so groß vorkommen. Möglicherweise bin ich dann ja auch stolz auf das, was ich hier erreicht habe.

Es ist ein ziemlich langer Fußmarsch hinaus zu diesem Kiva, aber Du weißt ja, was für ein lausiger Reiter ich bin. Trotzdem tut es mir gut, hier etwas Zeit mit Dir zu verbringen. Außerdem ist mein Tagebuch hier unter dem Sand sicher aufgehoben, denn normalerweise verläßt niemand das Laborgelände, außer Nye, dem Sicherheitschef, der hier in der Wüste irgendwelche seltsamen Dinge tut.

Ich werde bald wieder hierherkommen und weiterschreiben.

25. Mai

Meine geliebte Frau,
heute ist es schrecklich heiß. Ich vergesse immer wieder, wieviel Wasser man hier in dieser grauenhaften Wüste braucht. Nächstes Mal nehme ich mir noch eine zweite Feldflasche mit.
Angesichts dieser wasserlosen Landschaft ist es kein Wunder, daß der Kult der Anasazi-Indianer auf die Kontrolle der Natur ausgerichtet war. Hier, im Kiva, beteten die Priester zum Großen Donnervogel um Regen.

Oh, männliche Gottheit!
Komm zu uns auf Wolkenmokassins,
Wirf deine vielfach gezackten Blitze
Vom hohen Himmel herab auf uns,
Laß gurgelnd dein dunkles Wasser schäumen
Über Wurzeln und dürstenden Mais.
Kommt, ihr glücklich geschwollenen Wolken,
Kommt, ihr glücklich dunklen Nebel,
Kommt und bringt den zartblauen Mais,
Der in eurem Gefolge die Welt überzieht.

So etwa dürften ihre Gebete geklungen haben. Der Durst nach Wissen und Macht ist ebenso uralt wie der Hunger danach, die Geheimnisse der Natur zu ergründen und dadurch den Regen auf die Erde zu lenken.
Aber der Regen kam nicht, ebensowenig wie er heute kommt.
Was würden diese Indianer wohl denken, wenn sie uns in unserem künstlichen Fuchsbau unter der Erde sehen könnten? Wenn sie wüßten, daß wir daran arbeiten, die Natur nicht nur zu kontrollieren, sondern nach unserem Willen neu zu erschaffen?
Für heute kann ich nicht mehr schreiben, denn das Problem, mit dessen Lösung man mich beauftragt hat, verschlingt fast meine gesamte Zeit und Energie. Selbst hier draußen fällt es mir schwer,

nicht daran zu denken. Aber ich werde bald wiederkommen, meine Liebe.

4. Juni

Liebste Amiko,
bitte vergib mir meine lange Abwesenheit von diesem Ort hier, aber im Labor war geradezu mörderisch viel zu tun. Wenn die Räume nicht regelmäßig dekontaminiert werden müßten, würde Brent uns wohl rund um die Uhr arbeiten lassen.
Apropos Brent. Wieviel habe ich Dir bisher von ihm erzählt?
Es ist wirklich merkwürdig. Ich hätte nie gedacht, daß ich für einen Menschen so tiefen Respekt und gleichzeitig so viel Abneigung empfinden könnte. Manchmal glaube ich sogar, daß ich ihn hasse. Selbst dann, wenn er mich nicht zur Arbeit antreibt, glaube ich sein stirnrunzelndes Gesicht vor mir zu sehen, wenn die Ergebnisse meiner Arbeit mal wieder nicht so sind, wie er sie gerne hätte. Und im Labor meine ich seine Stimme zu hören, die mir ins Ohr flüstert: Noch fünf Minuten. Nur noch eine kleine Testserie.
Brent ist höchstwahrscheinlich der komplexeste Mensch, den ich kenne. Er ist genial, albern, unreif, kühl und rücksichtslos zugleich. Zudem verfügt er über einen schier unerschöpflichen Schatz von Zitaten und Aphorismen, die er zu jeder Gelegenheit mit großem Vergnügen an den Mann bringt. Er ist ein Mensch, der im Handumdrehen Millionen verschenkt, aber wegen hundert Dollar einen Riesenstreit vom Zaun bricht. Zu der einen Person ist er geradezu erstickend fürsorglich, die nächste treibt er kalt lächelnd in den Ruin. Er ist ein begeisterter Musiker und besitzt Beethovens letztes und bestes Piano, an dem der Komponist angeblich seine letzten drei Sonaten geschrieben hat. Das Instrument muß Scopes ein Vermögen gekostet haben.
Meine erste Unterredung mit ihm werde ich nie vergessen. Sie fand statt, als ich noch bei GeneDyne in Manchester arbeitete und eben

einen Durchbruch mit meinem Filtriersystem GEF geschafft hatte. Nach den ersten erfolgreichen Testergebnissen waren alle im Team ganz aufgeregt. Mit der Filtermethode waren wir in der Lage, die Produktionszeit um die Hälfte zu verkürzen, was die Leute im Transfektionslabor so sehr freute, daß sie mich am liebsten zum Präsidenten gemacht hätten.

In diese allgemeine Hochstimmung platzte der Anruf von Brent Scopes. Zuerst dachte ich, er wolle mir gratulieren oder einen finanziellen Bonus ankündigen. Aber statt dessen bat er mich, mit dem nächsten Flugzeug zu ihm nach Boston zu kommen. Ich solle alles liegen- und stehenlassen, sagte er, und die Leitung eines schwierigen GeneDyne-Projekts übernehmen. Er erlaubte mir nicht einmal, die Testserie für mein Filtersystem zu beenden – das mußte ich meinen Mitarbeitern in Manchester überlassen.

Du erinnerst Dich doch noch an meine Reise nach Boston. Ich bin Dir nach meiner Rückkehr sicher ziemlich merkwürdig vorgekommen und habe Dir auf Deine Fragen ausweichende Antworten gegeben. Das tut mir heute noch leid. Brent hat eine fast unwiderstehliche Art, einen in seinen Bann zu ziehen und für seine Projekte zu begeistern. Ich durfte Dir damals nicht erzählen, worum es sich bei der Aufgabe handelte, mit der er mich betraute. Jetzt aber kann ich es Dir wohl mitteilen, denn es wird in ein paar Monaten ohnehin in allen Zeitungen stehen.

Es ging – einfach ausgedrückt – um die Synthese von künstlichem Blut mit Hilfe der Gentechnologie. Die grundlegenden Forschungen waren, wie Brent mir mitteilte, zum Großteil schon abgeschlossen. Er meinte, es müsse nur noch jemand mit meinem Wissen und meinem Können Hand anlegen, um das Projekt zu einem erfolgreichen Abschluß zu bringen. Durch meine Arbeit am GEF-Filterprozeß war ich derjenige, der ihm dafür am besten qualifiziert erschien.

Die Idee mit dem künstlichen Blut war genial, das muß ich zugeben. Wenn uns die Herstellung gelang, würde es in den Krankenhäusern keine Blutknappheit mehr geben, niemand müßte mehr Angst vor einer Infektion durch verseuchte Blutkonserven haben, und Men-

schen mit ausgefallenen Blutgruppen würden nicht mehr sterben müssen, nur weil für sie nicht genügend passendes Blut vorhanden war. GeneDynes künstliches Blut wäre frei von jeglichen Krankheitserregern, würde für sämtliche Blutgruppen passen und wäre in beliebigen Quantitäten verfügbar.
Und so verließ ich Manchester – und Dich, unser Haus und alles, was mir lieb und wert ist – und kam hierher an diesen gottverlassenen Ort. Um einen Traum von Brent Scopes zu verwirklichen und, mit etwas Glück, der Welt einen großen Dienst zu erweisen. Der Traum existiert immer noch, aber der Preis, den er fordert, ist extrem hoch.

12. Juni

Liebste Amiko,
ich bin zurückgekommen, um die Geschichte weiterzuschreiben, die ich mit meinem letzten Eintrag in dieses Heft begonnen habe. Vielleicht war das der wahre Grund dafür, daß ich das Tagebuch überhaupt angefangen habe. Als ich das letzte Mal dieses alte Kiva verließ, verspürte ich ein enormes Gefühl der Erleichterung, als wäre mir eine große Last von der Seele genommen worden. Deshalb werde ich mit diesen Aufzeichnungen fortfahren, und zwar zu meinem eigenen Besten, wenn nicht gar im Dienste der Nachwelt.
Ich erinnere mich an einen Morgen vor etwa vier Monaten, an dem ich eine Flasche mit Blut in der Hand hielt. Obwohl es menschliches Blut war, war es aus Streptokokken hergestellt, Lebewesen also, die sich in allen nur denkbaren Aspekten vom Menschen unterscheiden. Streptokokken sind Bakterien, die unter anderem im Erdboden vorkommen. Wir haben ihnen ein Gen eingepflanzt, das beim Menschen für die Produktion von Hämoglobin zuständig ist, und sie damit veranlaßt, diesen Grundstoff für unser Blut in großen Mengen zu produzieren.
Du fragst Dich vielleicht, warum wir dafür ausgerechnet Streptokokken genommen haben. Die Antwort ist einfach: Wir wissen vom

streptococcus mehr als von so gut wie allen anderen Lebewesen auf diesem Planeten. Nur von den Streptokokken und den E-Coli-Bakterien ist das komplette Genom, die Summe sämtlicher Erbanlagen, lückenlos bekannt. Wir wissen also, wie wir seine DNA auseinanderschneiden, andere Gene einsetzen und das Ganze wieder zusammenbauen können.

Ich hoffe, Du bist damit einverstanden, daß ich Dir meine Vorgehensweise hier grob vereinfacht darstelle und auf unnötige Details verzichte. Ich begann damit, daß ich Zellen aus der Innenseite einer menschlichen Wange entnahm (meiner eigenen übrigens) und daraus ein einzelnes Gen isolierte, das auf dem vierten Chromosom liegt. Es heißt 16s rDNA, locus D3401. Dieses Gen habe ich millionenfach vermehrt und es Streptokokken eingepflanzt, die ich dann in großen, mit einer Eiweißlösung gefüllten Behältern heranzüchtete. Auch wenn es vielleicht nicht so klingt, meine Liebe, war bis dahin alles eigentlich sehr einfach. Ähnliches wurde Hunderte von Malen mit anderen Genen gemacht, darunter dem Gen, das für die Produktion von menschlichem Insulin verantwortlich ist.

Im Prinzip brachten wir diesen Bakterien, die ja eine extrem primitive Lebensform sind, in ganz geringem Umfang menschliche Eigenschaften bei. Man kann es sich so vorstellen, daß jede dieser Bakterien ein winzig kleines, unsichtbares Stück eines menschlichen Wesens in sich trägt. Und dieses kleine Stück Mensch übernimmt, bildlich gesprochen, die Kontrolle über die Bakterie und bringt sie dazu, unablässig nur noch das eine zu tun, nämlich menschliches Hämoglobin zu produzieren.

Das, meine Liebe, ist für mich das wahre Wunder der Gentechnologie, ein Versprechen, das niemals an Anziehungskraft verlieren wird.

Aber genau an diesem Punkt begannen auch die Schwierigkeiten.

Damit Du besser verstehen kannst, was mir solche Probleme bereitete, muß ich etwas weiter ausholen. Das Hämoglobinmolekül besteht aus einer Proteingruppe, die man Globin nennt, und vier Hämo-Gruppen, die daran festgemacht sind. Das Molekül nimmt in unserer

Lunge Sauerstoff auf und gibt dafür Kohlendioxid aus seiner Struktur ab, das von der Lunge ausgeatmet wird.
Um diese Aufgabe erfüllen zu können, ist das Hämoglobinmolekül ausgesprochen kompliziert aufgebaut und daher schwer nachzubilden. Hinzu kommt, daß reines Hämoglobin ein stark wirkendes Gift ist. Würde man einem Menschen nacktes Hämoglobin spritzen, würde er vermutlich daran sterben. Also muß das Hämoglobin mit etwas umhüllt werden. Normalerweise übernehmen diese Aufgabe unsere roten Blutkörperchen.
Für das künstliche Blut mußten wir also etwas entwickeln, was das Hämoglobin umschloß und es damit unschädlich machte, eine Art winziges Säckchen für das Molekül, wenn man so will. Aber es mußte ein Säckchen sein, das »atmungsaktiv« war, das Sauerstoff und Kohlendioxid ungehindert passieren ließ.
Unsere Lösung war folgende: Wir verwendeten als »Säckchen« Stücke aus den Membranen zerstörter Zellen. Um diese zu erhalten, verwendete ich ein spezielles Enzym mit Namen Lyase.
Als das geschafft war, kam noch das abschließende Problem: Wir mußten das ummantelte Hämoglobin aus der Lösung filtrieren, in der es sich befand. Vielleicht denkst Du jetzt, daß es sich dabei um das am wenigsten schwierig zu lösende Problem handelte ...
Aber dem war nicht so.
Wir züchteten die Bakterien in großen Behältern, und immer, wenn die Konzentration des Hämoglobins darin anstieg, vergiftete es alles andere, das in diesen Fässern war. Dadurch entstand ein heilloses Durcheinander: Hämoglobinmoleküle zusammen mit toten und sterbenden Bakterien, dazu jede Menge DNA und RNA, Teile von Chromosomen und schließlich Schmarotzerbakterien, die irgendwie in die Lösung gelangt waren.
Dieses Gebräu galt es nun zu reinigen und das fertige Hämoglobin von all dem Abfall zu trennen, der sonst noch darin herumschwirrte. Wenn uns das gelang, dann hatten wir menschliches Hämoglobin in seiner reinsten Form. Und rein mußte es auch sein, denn eine Bluttransfusion kann man nicht mit dem Schlucken einer Tablette

vergleichen. Schließlich werden dem menschlichen Körper dabei literweise fremde Substanzen zugeführt. Schon die winzigste Verunreinigung der Blutkonserve kann bei diesen Mengen zu unvorhersehbaren Nebenwirkungen führen. Wir arbeiteten also an der Filtrierung der Hämoglobinlösung, als wir Wind von etwas bekamen, das sich in der Firmenzentrale in Boston abspielte. Die Marketingleute führten dort unter strengster Geheimhaltung Studien durch, wie man unser gentechnisch produziertes Blut am besten vermarkten könnte. So fanden sie zum Beispiel bei repräsentativen Umfragen heraus, daß die meisten Menschen bei einer Bluttransfusion Angst davor haben, sich mit Hepatitis, Aids und anderen Krankheiten anzustecken. Die Leute legten offenbar großen Wert darauf, daß sie nur Blut bekamen, das vollkommen rein und hundertprozentig sicher war.

Also bekam unser noch unfertiges Produkt den Namen »PurBlood« verpaßt, und sofort erging von oberster Stelle in der Firmenleitung die Anweisung, es fortan in sämtlichen Aufzeichnungen, Laborberichten, Notizen und Gesprächen nur noch bei diesem neuen Namen zu nennen. Wer die vorher geläufige Bezeichnung »Hemocyl« verwendete, mußte mit einer Abmahnung rechnen. Streng verboten waren nach dieser Untersuchung der Marketingleute die Ausdrücke »gentechnisch hergestellt« oder »künstlich« in Zusammenhang mit PurBlood. Die Öffentlichkeit scheut vor allem zurück, was mit Hilfe der Gentechnologie produziert wird, ob es sich nun um Tomaten, Käse oder sonstwas handelt – wieviel mehr würden die Leute dann bei der Bezeichnung »gentechnisch produziertes, künstliches Blut« in Panik geraten. Ich kann es den Menschen nicht einmal verdenken. Der Gedanke, so etwas in die eigenen Adern gepumpt zu bekommen, muß für den Laien eine schlimme Vorstellung sein.

Die Sonne nähert sich langsam dem Horizont, meine Liebe, und ich muß jetzt gehen. Aber morgen komme ich wieder. Ich werde Brent sagen, daß ich einen freien Tag brauche. Das ist nicht einmal gelogen. Wenn Du nur wüßtest, was für eine schwere Last es mir von den Schultern nimmt, daß ich mich in diesem Tagebuch Dir anvertrauen kann …

13. Juni

Liebste Amiko,
jetzt komme ich zum schwierigsten Teil meiner Geschichte. Dem Teil, von dem ich bis vor kurzem nicht wußte, ob ich ihn Dir überhaupt schreiben soll. Vielleicht verbrenne ich dieses Büchlein ja auch, bevor Du es liest, wer weiß ... Im Augenblick aber kann ich dieses Geheimnis nicht länger für mich behalten.
Ich machte mich also daran, das Hämoglobin von fremden Stoffen zu reinigen, und probierte dabei alles aus, was mir dazu einfiel. Ich fermentierte die Eiweißlösung, jagte sie durch eine Zentrifuge, preßte sie durch mikrofeine Keramikfilter und fraktionierte sie. Nichts von alledem führte zum Erfolg.
Du mußt wissen, daß Hämoglobin extrem empfindlich ist. Man kann es weder erhitzen noch starken Chemikalien aussetzen, noch destillieren oder sterilisieren, ohne es dabei zu zerstören. Deshalb endeten die meisten Versuche damit, daß das Hämoglobin »denaturierte« und damit unbrauchbar wurde.
Was wir brauchten, war ein sanfter Reinigungsprozeß, bei dem die hochkomplizierte Struktur des Hämoglobinmoleküls erhalten blieb. Eines Tages schlug Brent vor, es doch einmal mit der von mir selbst erfundenen GEF-Filtrierung zu versuchen.
Mir war sofort klar, daß das der Ausweg aus unserem Dilemma war, und wunderte mich, daß mir diese Möglichkeit nicht selbst eingefallen war. Vielleicht lag es daran, daß ich aus falscher Bescheidenheit meinen eigenen Filterprozeß nicht in den Vordergrund stellen wollte. Die GEF-Methode, die ich in Manchester entwickelt habe, beruht auf einer modifizierten Gel-Elektrophorese, bei der mit einer genau festgelegten elektrischen Spannung Moleküle eines ganz bestimmten Molekulargewichts durch einen Satz Gelfilter transportiert werden.
Es dauerte ziemlich lange, bis ich eine Versuchsanordnung zur Filterung der Hämoglobinlösung aufgebaut hatte, und Brent wurde immer ungeduldiger. Schließlich gelang es mir, mit meinem Gelprozeß drei Liter der Hämoglobinlösung zu reinigen.

Der GEF-Prozeß funktionierte besser, als ich es mir selbst in meinen kühnsten Träumen erhofft hatte. Mit zwei der drei Liter gelang es mir zu beweisen, daß das Hämoglobin danach einen Verschmutzungsgrad von nur sechzehn Millionstel aufwies. Das bedeutet, daß auf eine Million Hämoglobinmoleküle nur noch höchstens sechzehn Fremdpartikel kamen.

Für die meisten Anforderungen auf dem Arzneimittelsektor wäre das eine durchaus akzeptable Reinheit gewesen, aber in diesem Fall reichte sie nicht aus, denn die FDA, die Nationale Lebens- und Arzneimittelbehörde, hat mit der für sie typischen Willkür nun einmal festgesetzt, daß im Falle eines Blutersatzstoffes nur eine Verunreinigung von hundert Milliardstel hingenommen werden könne. Sechzehn Millionstel, oder, in wissenschaftlicher Schreibweise, 1,6 x 10^{-7}, waren meilenweit davon entfernt. Diese verfluchte Zahl sechzehn wird mich vermutlich bis an mein Lebensende verfolgen.

Bitte versteh mich nicht falsch. Ich glaubte damals – und das glaube ich nach wie vor –, daß PurBlood einen sehr viel höheren Reinheitsgrad hat als den, den ich nachzuweisen imstande war. Aber was half das, wenn ich es nach den willkürlich aufgestellten, schikanösen Anforderungen der Behörde nicht beweisen konnte?

Den wichtigsten und entscheidendsten Reinheitstest hatte ich bis dahin mit PurBlood noch nicht gemacht, und nach den Vorschriften hätte ich ihn auch nicht machen dürfen. Ich machte ihn trotzdem, und zwar im geheimen. Ich hoffe, Du kannst es mir verzeihen, meine Liebe, daß ich mir eines Nachts im Labor einen halben Liter Blut abnahm und ihn durch dieselbe Menge PurBlood ersetzte.

Das war vielleicht unklug von mir, aber PurBlood bestand den Test mit durchschlagendem Erfolg. Mir ist nicht das geringste geschehen, und später hat sich unser Produkt in allen medizinischen Prüfungen als absolut sicher erwiesen. Natürlich konnte ich das Ergebnis meines Privattests nicht offiziell verwenden, aber ich wußte wenigstens, daß PurBlood wirklich rein war.

Also machte ich folgendes: Ich verdünnte den letzten halben Liter PurBlood im Verhältnis 200 : 1 mit destilliertem Wasser und machte

damit die behördlich vorgeschriebenen Reinheitstests. Das Ergebnis war, wie bei dieser starken Verdünnung nicht anders zu erwarten, eine Verunreinigung von achtzig Teilen pro Milliarde, und das lag unterhalb des von der FDA festgelegten Grenzwertes.
Dieses Testergebnis ließ ich stehen. Das war alles, was ich getan habe. Ich habe keinen *falschen Bericht geschrieben,* keine *Daten ausgetauscht oder gefälscht. Als Scopes sich die Zahlen auf seinen Computer holte, gratulierte er mir postwendend. Er war außer sich vor Freude.*
Ich aber stelle mir seither immer wieder die eine Frage, die Du mir bestimmt auch stellen würdest: Warum habe ich das getan?
Es war nicht wegen des Geldes, denn aus Geld habe ich mir eigentlich nie allzuviel gemacht. Du weißt das, meine liebe Amiko. Geld bereitet einem im Grunde genommen nur Schwierigkeiten.
Es war auch nicht für den Ruhm, denn Berühmtheit kann einem schrecklich auf die Nerven gehen, und es war nicht deshalb, weil ich damit Menschen das Leben retten konnte, auch wenn ich mir immer wieder selber weismachte, daß ich es aus diesem Grund getan habe.
Ich glaube, der wirkliche Grund war das schiere Verlangen danach, das Problem endlich zu lösen und den letzten, entscheidenden Schritt weiterzukommen. Dasselbe Verlangen hat Einstein dazu veranlaßt, in einem Brief an Roosevelt die Zerstörungskraft der Atomspaltung zu erwähnen, und es hat Oppenheimer dazu gebracht, die Atombombe zu bauen und keine fünfzig Kilometer von hier auszuprobieren. Dieses Verlangen hat wohl auch in alten Zeiten die Priester der Anasazi sich hier versammeln lassen, um den Donnervogel dazu zu bringen, ihnen endlich Regen zu schicken. Es ist das tief im Menschen verwurzelte Verlangen, sich die Natur untertänig zu machen.
Was mich seither verfolgt – und mich letztendlich wohl auch dazu gebracht hat, dies alles hier schriftlich niederzulegen –, ist die Tatsache, daß auch der Erfolg von PurBlood nichts an der Tatsache ändert, daß ich getrickst habe.
Ich bin mir dessen vollauf bewußt. Besonders jetzt … jetzt, wo PurBlood in großen Mengen produziert und bald an die ersten Kran-

kenhäuser ausgeliefert werden wird und ich mir an einem neuen, noch unlösbarer erscheinenden Problem die Zähne ausbeiße.
Wie dem auch sei, ich hoffe, daß wenigstens Du Verständnis für mich hast, meine über alles Geliebte. Wenn ich erst diesen schrecklichen Ort hier wieder verlassen habe, werde ich alles in meiner Macht Stehende tun, damit ich nie wieder von Dir getrennt werde.
Vielleicht wird das eher der Fall sein, als Du denkst. Ich habe nämlich gewisse Leute in Verdacht, daß sie – aber davon werde ich Dir ein andermal berichten. Für heute ist es höchste Zeit, daß ich Schluß mache.
Du ahnst ja gar nicht, wie gut es mir getan hat, mir dieses Geheimnis von der Seele zu schreiben.

30. Juni

Heute mußte ich einen langen Umweg machen, bis ich endlich hierherkam. Die Putzfrau, die mein Zimmer saubermacht, hat mich so merkwürdig angesehen, daß ich Angst hatte, sie würde mir folgen. Bestimmt steht sie, ebenso wie meine Assistentin und der Netzwerkverwalter, in ständiger Verbindung mit Brent.
Ich weiß jetzt, was hier vor sich geht, und deshalb muß ich von nun an äußerst vorsichtig sein.
Dieses Labor ist voller Bazillenträger, die ständig Milliarden und Abermilliarden von tödlichen Keimen mit sich herumschleppen. Man erkennt sie daran, daß sie nie ihre Arbeitsplätze aufräumen und alles herumliegen lassen. Ich wünschte, ich könnte Brent davon in Kenntnis setzen, aber ich muß so tun, als wäre nichts geschehen, als wäre alles so wie immer.
Ich glaube, es ist besser, wenn ich nicht mehr hierherkomme.

Schweigend klappte de Vaca das Notizbuch wieder zu. Die Sonne sank wie ein dicker, orangefarbener Ballon auf den Horizont zu. Die alten Steinmauern der Ruine rochen nach Staub, Hitze und ganz leicht nach Verwesung. Die Pferde wieherten bereits ungeduldig.

Als de Vaca das Wiehern hörte, schreckte sie aus ihren Gedanken hoch. Sie steckte das Tagebuch zurück in die Plastikdose und ließ es wieder im Sipapu verschwinden. Dann legte sie den flachen Stein darauf und bedeckte die Stelle wieder mit dem feinen, warmen Sand.

Sie stand auf und wischte mit den Händen über ihre Jeans. »Wir sollten machen, daß wir zurückkommen«, sagte sie. »Wenn wir die Notfallübung versäumen, wird man uns sicher eine Menge Fragen stellen.«

Sie kletterten aus dem eingestürzten Kiva, stiegen auf die Pferde und ritten langsam zurück zum Laborgelände.

»Das hätte ich Burt niemals zugetraut«, murmelte de Vaca kopfschüttelnd. »Daß ausgerechnet er seine Testergebnisse fälscht ...«

Carson hing seinen eigenen Gedanken nach und sagte nichts.

»Und dann macht er sich auch noch selber zum Versuchskaninchen«, fuhr de Vaca fort.

Auf einmal blickte Carson auf, als sei ihm plötzlich eine Erkenntnis gekommen. »Das war es vermutlich, was er mit ›armer Alpha‹ gemeint hat.«

»Wie bitte?«

»Teece hat mir erzählt, daß Burt in der Klinik ständig die Worte ›armer Alpha‹ vor sich hinmurmelt. Es wäre doch möglich, daß er damit sich selbst meint, weil er ja schließlich der Alpha-Tester von PurBlood war.« Carson zuckte mit den Achseln. »Aber trotzdem würde ich ihn nicht als Versuchskaninchen bezeichnen. Irgendwie paßt es zu ihm, daß er PurBlood zuerst an sich selbst getestet hat. Ein Mann wie Burt würde niemals Tausende von Menschen mit ungetestetem Blutersatz in Lebensgefahr

bringen, also mußte er es sich selber injizieren, wenn er wirklich sichergehen wollte. Solche Selbstversuche gab es übrigens in der Geschichte der medizinischen Forschung schon immer. Sie sind auch nicht direkt verboten.« Er blickte hinüber zu de Vaca. »Man muß den Mann dafür bewundern, daß er im Dienst der Wissenschaft sein Leben aufs Spiel gesetzt hat. Er hat bewiesen, daß PurBlood sicher ist, und der Erfolg hat ihm recht gegeben.«
Carson verstummte und dachte nach. Irgend etwas aus dem Tagebuch, das sie gerade gelesen hatten, spukte noch immer in seinem Kopf herum wie ein Traum, an den man sich kurz nach dem Aufwachen nicht mehr richtig erinnern kann.
»Ich weiß nicht, ob man bei Burt von einem Erfolg reden kann«, sagte de Vaca. »Immerhin sitzt der Mann jetzt im Irrenhaus.«
Carson runzelte die Stirn. »Das klingt ziemlich gefühllos, sogar aus Ihrem Mund.«
»Kann schon sein«, entgegnete de Vaca. »Vielleicht kommt meine Enttäuschung über Burt daher, daß er hier einen so guten Ruf genießt. Der Mann hat GeneDynes großartige Filtriermethode erfunden und PurBlood zur Marktreife entwickelt, und jetzt finden wir heraus, daß er entscheidende Daten einfach gefälscht hat.«
Da war es wieder. Auf einmal wußte Carson, welcher Gedanke beim Lesen des Tagebuchs in seinem Unterbewußtsein aufgestiegen war. »Susana«, sagte er unvermittelt, »was wissen wir eigentlich wirklich über GEF?«
De Vaca sah ihn verwundert an.
»Es ist der Filtrierungsprozeß, den Burt in Manchester erfunden hat«, fuhr Carson fort. »Bisher haben wir immer angenommen, daß er beim Filtern des X-FLU-Virus einwandfrei funktioniert. Aber was wäre eigentlich, wenn er das nicht täte?«
De Vacas Gesicht nahm einen mitleidigen Ausdruck an. »Das ist doch lächerlich. Wir haben X-FLU wieder und wieder daraufhin untersucht, ob der Stamm, der aus dem Filter kommt, auch wirklich absolut rein ist.«

»Rein mag er ja sein, aber ist es auch *derselbe* Stamm, den wir hineingegeben haben?«

»Wieso sollte ein Filterprozeß den Stamm verändern? Das ergibt doch keinen Sinn.«

»Denken Sie doch einmal daran, wie GEF arbeitet«, gab Carson zurück. »Man erzeugt ein elektrisches Feld, das die schweren Proteinmoleküle durch einen Gelfilter zieht. Dieses Feld wird so eingestellt, daß es nur Moleküle beeinflußt, die ein bestimmtes Molekulargewicht haben. Die anderen Moleküle bleiben im Gel zurück, und nur dasjenige, das man haben will, kommt am anderen Ende heraus.«

»Und?«

»Was wäre, wenn das schwache elektrische Feld oder das Gel winzige Veränderungen der Proteinstruktur bewirken würden? Das Molekulargewicht wäre zwar immer noch das gleiche, aber die Struktur wäre nicht mehr ganz dieselbe wie vorher. Mit einem einfachen chemischen Test kann man das nicht nachweisen. Und doch braucht es nur eine winzig kleine Veränderung an der Eiweißhülle eines Virus, um einen neuen Stamm zu erzeugen.«

»Das ist unmöglich«, sagte de Vaca. »GEF ist ein vielfach getesteter, patentierter Prozeß, den man bereits bei der Synthese von PurBlood erfolgreich angewendet hat. Wenn daran etwas nicht in Ordnung wäre, hätte sich das längst herausgestellt.«

Carson brachte Roscoe zum Stehen. »Haben wir bei irgendwelchen Tests auf die Reinheit des Virus diese Möglichkeit berücksichtigt? Diese *spezielle* Möglichkeit?«

De Vaca blieb stumm.

»Susana, das ist das einzige, was wir bisher noch nicht überprüft haben.«

Sie sah ihn eine ganze Weile schweigend an.

»Na schön«, sagte sie schließlich. »Dann lassen Sie es uns eben überprüfen.«

Das Dark Harbor Institute war ein großes, weiträumig angelegtes Anwesen im viktorianischen Stil, das auf einer einsamen Landzunge an der Atlantikküste stand. Obwohl das Institut an die hundertzwanzig berufene Mitglieder hatte, waren immer nur ein gutes Dutzend davon tatsächlich im Haus anwesend. Diejenigen, denen das Privileg eines zeitlich begrenzten Aufenthalts am Institut zuteil wurde, hatten nur eine einzige Aufgabe: Sie mußten denken. Die Aufnahmevoraussetzungen für neue Mitglieder waren ebenso einfach, aber viel schwerer zu erfüllen: Sie mußten Genies sein.

Bei denen, die in diesen heiligen Hallen weilen durften, war das alte Herrenhaus, das nach einhundertzwanzig Jahren an der stürmischen Küste von Maine nicht einen einzigen rechten Winkel mehr aufwies, ausgesprochen beliebt. Besonders schätzten sie daran die Abgeschiedenheit und die Anonymität, die sie dort umgab. Nicht einmal die Nachbarn – bei denen es sich hauptsächlich um Sommergäste handelte – hatten auch nur die leiseste Ahnung, wer die intellektuell aussehenden Frauen und Männer, die hier ein und aus gingen, in Wirklichkeit waren.

Edwin Bannister, der stellvertretende Chefredakteur des *Boston Globe*, hatte gerade in einem nahen Landgasthof seine Rechnung bezahlt und sah zu, wie der Hausdiener die Koffer im Heck seines Range Rover verstaute. Bannister hatte einen schweren Kopf, der von dem schlechten Bordeaux herrührte, den er am vergangenen Abend getrunken hatte. Er gab dem Hausdiener ein Trinkgeld und ging um den Wagen herum. Dabei sog er die salzige Luft ein und warf einen Blick auf das Städtchen Dark Harbor, dessen Kirchturm über den im Hafen liegenden Fischerbooten aufragte. Ein malerisches Fleckchen, dachte er. Zu malerisch für seinen Geschmack. Er zog die Großstadt der länd-

lichen Stille vor, ebenso wie er die rauchgeschwängerte Atmosphäre in der Black Key Tavern der frischen Seeluft hier draußen vorzog.
Bannister setzte sich hinters Steuer und besah sich die handgezeichnete Kartenskizze, die man ihm in die Redaktion gefaxt hatte. Sieben Kilometer waren es noch von hier zum Institut. Trotz aller Zusicherungen wollte es Bannister noch immer nicht so recht glauben, daß der Mann, der ihn eingeladen hatte, auch wirklich dort sein würde.
Er ließ den Range Rover an, gab Gas und bretterte über die Schlaglöcher der County Road 24 nach Osten. Die schmale Straße lief oben auf den Klippen an der Küste entlang. Als Bannister ein Fenster herunterkurbelte, hörte er tief unter sich das Donnern der Brandung, das Gekreisch der Möwen und den melancholischen Klang einer Glockenboje.
Die Straße führte durch einen Fichtenhain und endete auf einer mit Blaubeerbüschen bestandenen Wiese, über die sich ein hölzerner Zaun zog. Vor einem schindelgedeckten Wachhaus hielt Bannister den Wagen an.
»Bannister vom *Globe*«, sagte er, ohne den Wachmann auch nur eines Blickes zu würdigen.
»Ja, Sir.« Das Tor ging auf, und Bannister stellte amüsiert fest, daß seine rustikal wirkenden Holzlatten von hinten mit schwarzgestrichenen Stahlträgern verstärkt waren. Da bricht keiner mit einer Autobombe durch, dachte er.
Weil in der eichengetäfelten Empfangshalle des Hauses niemand war, ging Bannister weiter in den Gesellschaftsraum. Dort brannte in einem riesigen Kamin ein offenes Feuer, und eine Reihe von großen Flügelfenstern blickte hinaus über das in der Morgensonne glitzernde Meer. Im Hintergrund war leise Musik zu hören.
Zuerst dachte Bannister, er sei auch hier allein, aber dann entdeckte er einen Mann, der am entgegengesetzten Ende des Raumes in einem Ledersessel saß, Kaffee trank und Zeitung las.

Als der Mann die Zeitung umblätterte, sah Bannister, daß er weiße Handschuhe trug.
Der Mann blickte auf und sah ihn an. »Edwin!« sagte er lächelnd. »Danke, daß Sie gekommen sind.«
Bannister erkannte den Mann auf Anhieb an den ungekämmten Haaren, den Sommersprossen, dem jungenhaften Gesicht und dem Fünfziger-Jahre-Sakko über dem schwarzen T-Shirt. Er war also doch gekommen.
»Schön, Sie zu sehen, Brent«, sagte er und nahm in dem Sessel Platz, den der Mann ihm wies. Automatisch blickte er sich nach einem Kellner um.
»Wollen Sie eine Tasse Kaffee?« fragte Scopes. Er hatte Bannister zur Begrüßung nicht die Hand hingestreckt.
»Ja, bitte.«
»Wir bedienen uns hier selbst«, sagte Scopes. »Die Kanne steht dort drüben im Regal.«
Bannister stand wieder auf und goß sich aus einer Thermoskanne eine Tasse Kaffee ein. Das Gebräu sah nicht so aus, als ob es ihn zu Begeisterungsstürmen hinreißen würde.
Nachdem sie eine Weile schweigend dagesessen waren, dämmerte es Bannister langsam, daß Scopes der Musik zuhörte. Er nahm einen Schluck von dem Kaffee, der wider Erwarten erstaunlich gut schmeckte.
Als das Musikstück zu Ende war, seufzte Scopes befriedigt. Er faltete die Zeitung zusammen und legte sie neben einer geöffneten Aktentasche auf den Boden. Dann zog er seine mit Druckerschwärze beschmutzten Lesehandschuhe aus und warf sie auf die Zeitung.
»Das ist Bachs *Musikalisches Opfer*«, sagte er. »Kennen Sie es?«
»Ein wenig«, log Bannister und hoffte, daß Scopes ihm keine weiteren Fragen dazu stellen würde. Er war alles andere als ein Musikkenner.
»Einer der Kanons daraus heißt ›Quaerendo Invenietis‹ – ›Fraget, und ihr werdet es entdecken‹. Damit wollte Bach, daß der

Hörer herausfindet, was für eine raffinierte Verschachtelung er für diesen Kanon gewählt hat.«

Bannister nickte.

»Manchmal sehe ich das als eine Art Metapher für die Genetik an«, fuhr Scopes fort. »Man sieht einen fertigen Organismus – nehmen wir zum Beispiel einen Menschen – und fragt sich, nach was für einem komplizierten genetischen Code dieses wunderbare Lebewesen entstanden ist. Die nächste Frage lautet natürlich: Was wäre, wenn ich nur ein winziges Stück dieses Codes verändern würde? Wie würde das dann in Fleisch und Blut aussehen? Es ist genauso wie bei einem Kanon – hier kann eine einzige veränderte Note bisweilen die ganze Melodie verwandeln.«

Bannister langte in eine Tasche seines Jacketts und holte einen kleinen Kassettenrecorder hervor. Bevor er ihn einschaltete, zeigte er ihn Scopes, der durch Nicken sein Einverständnis signalisierte. Dann legte er das Gerät auf den Tisch und lehnte sich mit gefalteten Händen in seinem Sessel zurück.

»Meine Firma ist in einer mißlichen Lage, Edwin«, begann Scopes.

»Wie das?« Bannister wußte zwar nicht, was Scopes ihm sagen wollte, aber er war sich im klaren, daß es sich um einen ziemlichen Knüller handeln mußte. Wegen einer Lappalie hätte der menschenscheue Firmenchef niemals seinen Adlerhorst hoch über dem Hafen von Boston verlassen.

»Sie wissen doch sicher, welche Anschuldigungen Charles Levine gegen GeneDyne erhebt. Ich habe gehofft, daß die Öffentlichkeit ihn von selbst durchschaut, aber das ist leider bisher noch nicht eingetreten. Bloß weil er Professor in Harvard ist, genießt er eine Glaubwürdigkeit, die durch nichts gerechtfertigt ist.« Scopes schüttelte den Kopf. »Ich kenne Dr. Levine nun schon über zwanzig Jahre und war früher sogar mit ihm befreundet. Es tut mir aufrichtig weh, wenn ich mit ansehen muß, was aus ihm geworden ist. Da erzählt er überall diese rührende

Geschichte von seinem Vater, und dann stellt sich heraus, daß der Mann in Wirklichkeit ein SS-Offizier war. Gut, ich werfe es niemandem vor, wenn er das Andenken seines Vaters verteidigt, aber warum mußte Levine mit einer so plumpen Lüge hausieren gehen? Das zeigt doch überdeutlich, daß er es mit der Wahrheit alles andere als genau nimmt, solange es ihm zum Vorteil gereicht. Und es zeigt darüber hinaus, daß man genau überprüfen muß, was er sagt. Die Presse hat das bisher leider nicht getan. Bis auf den *Globe* natürlich, dank Ihrer kritischen Einstellung.«

»Wir veröffentlichen nie etwas, ohne vorher gewissenhaft die Fakten nachrecherchiert zu haben.«

»Das weiß ich, und ich schätze es sehr. Das dürften auch viele andere Leute in Boston tun, zumal GeneDyne einer der größten Arbeitgeber im Staat ist.«

Bannister legte den Kopf ein wenig schief und hörte weiter zu.

»Wie dem auch sei, Edwin, ich kann nicht einfach tatenlos dasitzen und diese unsäglichen Angriffe über mich ergehen lassen. Aber wenn ich mich wehren will, brauche ich Ihre Hilfe.«

»Aber Brent, Sie wissen doch genau, daß ich Ihnen nicht helfen kann«, protestierte Bannister.

»Natürlich weiß ich das«, sagte Scopes mit einer abwehrenden Handbewegung. »Trotzdem würde ich Ihnen gerne schildern, in was für einer Situation ich mich befinde. Wir arbeiten in unserem Labor in Mount Dragon an einem streng geheimen Projekt, das nicht deshalb geheim ist, weil es sich dabei um ein besonders gefährliches Experiment handelt, sondern weil wir befürchten müssen, daß die Konkurrenz uns ausspioniert. In unserer Branche gewinnt nur der, der etwas als erster auf den Markt bringt, alle anderen gehen leer aus und müssen auch noch horrende Kosten für Forschung und Entwicklung in den Wind schreiben. Aber das ist Ihnen ja längst bekannt.«

Bannister nickte.

»Edwin, Sie sind ein Mensch, auf dessen Meinung ich großen

Wert lege. Ich gebe Ihnen mein Wort darauf, daß wir in Mount Dragon keine Experimente machen, die in puncto Gefährlichkeit über das übliche Maß hinausgehen. Wir betreiben dort ein Labor der Sicherheitsstufe fünf und müssen uns, was die Sicherheit unserer Anlagen angeht, vor keiner anderen Pharmafirma auf der ganzen Welt verstecken. Das kann ich Ihnen sogar schwarz auf weiß geben. Bitte, überzeugen Sie sich selbst.«

Er holte einen Schnellhefter aus seiner Aktentasche und legte ihn vor Bannister auf den Tisch.

»In diesem Hefter sind sämtliche Sicherheitsberichte der Firma GeneDyne. Normalerweise sind das vertrauliche Informationen, die strengstens unter Verschluß gehalten werden, aber ich möchte trotzdem, daß Sie sie einsehen können. Sie müssen mir nur versprechen, niemandem zu sagen, daß Sie sie von mir bekommen haben.«

Bannister warf einen Blick auf die Dokumente, ohne sie zu berühren. »Danke, Brent. Aber nehmen Sie es mir nicht übel, wenn ich nach wie vor glaube, daß Sie in Mount Dragon mit gefährlichen Viren arbeiten. Dr. Levine behauptet sogar ...«

»Ich weiß«, kicherte Scopes. »Es geht um das *Weltuntergangsvirus*.« Er beugte sich vertraulich vor. »Genau aus diesem Grund habe ich Sie ja hierhergebeten. Würden Sie gerne wissen, worum es sich bei diesem angeblich so grauenvollen und über alle Maßen gefährlichen Virus handelt, von dem Dr. Levine behauptet, es könne die gesamte Menschheit ausrotten?«

Bannister nickte. Nur durch jahrelange Berufserfahrung gelang es ihm, seine Neugier zu verbergen.

Scopes blickte ihn mit einem verschmitzten Grinsen an. »Aber das bleibt unter uns, Edwin, ist das klar?«

»Ich würde doch lieber erst wissen ...«, fing Bannister an.

Scopes beugte sich abermals vor und schaltete den Kassettenrecorder ab. »Es gibt eine japanische Firma, die gerade an einem ähnlichen Projekt arbeitet. Bei den Erregern, um die es sich hier dreht, ist sie uns sogar eine Nasenlänge voraus. Wenn die ihre

Strukturen vor uns entschlüsseln, dann haben wir verloren. Wie ich schon sagte: In dieser Branche kann es nur einen Sieger geben, Edwin. Wir sprechen hier von einem Markt mit einem jährlichen Volumen von *fünfzehn Milliarden* Dollar, und ich würde es nur äußerst ungern sehen, wenn die Japaner unser Außenhandelsdefizit um diese Summe erhöhen würden. Außerdem möchte ich nicht GeneDyne in Boston dichtmachen müssen, nur weil Edwin Bannister vom *Globe* der Öffentlichkeit zu früh mitgeteilt hat, an welchen Viren wir gerade arbeiten.«

»Ich verstehe, was Sie meinen«, sagte Bannister und schluckte. Manchmal mußte man eben etwas für sich behalten können.

»Gut«, sagte Scopes. »Das Virus heißt *Influenza.*«

»Wie bitte?«

Scopes' Grinsen wurde breiter. »Sie haben richtig gehört. Wir arbeiten an Grippeviren. Und das sind die *einzigen* Viren, mit denen wir uns in Mount Dragon momentan beschäftigen. Levines sogenanntes Weltuntergangsvirus ist ein ganz banales Grippevirus, sonst nichts.« Scopes lehnte sich in seinen Sessel zurück und sah den Journalisten triumphierend an.

Bannister spürte, wie ihm seine Geschichte zwischen den Fingern zerrann und in ihm ein verzweifeltes Gefühl der Leere hinterließ. »Das ist alles? Simple Grippeviren?«

»Richtig. Darauf gebe ich Ihnen mein feierliches Ehrenwort. Schließlich möchte ich, daß Sie mit gutem Gewissen schreiben können, mit was für Viren GeneDyne in Wirklichkeit experimentiert.«

»Aber warum forschen Sie ausgerechnet an Grippeviren?«

»Liegt das denn nicht auf der Hand?« fragte Scopes erstaunt. »Grippebedingte Arbeitsausfälle kosten die Wirtschaft Jahr für Jahr Unsummen. Da lohnt es sich, einen Impfstoff zu entwickeln, der die Grippe für immer besiegen wird. Er ist nicht zu vergleichen mit dem Zeug, das man jährlich gespritzt bekommt und das in der Hälfte der Fälle sowieso nicht hilft. Nach unserer Impfung wäre man für immer gegen Grippe immun.«

»Mein Gott, das wäre ja phantastisch«, sagte Bannister.
»Denken Sie nur, wie es sich auf unsere Aktienkurse auswirken würde, wenn wir Erfolg hätten. Unsere Aktionäre würden reich werden, besonders wenn man bedenkt, wie die Kurse dank unseres Freundes Levine in letzter Zeit gesunken sind. Vielleicht nicht über Nacht, aber bestimmt in ein paar Monaten, wenn wir die Entdeckung verkünden und mit den klinischen Tests beginnen, könnte man mit GeneDyne-Aktien viel Geld machen.« Scopes lächelte verschwörerisch und senkte die Stimme, bis sie kaum mehr als ein Flüstern war. »Und wir *werden* es schaffen, verlassen Sie sich drauf.« Dann griff er nach dem Kassettenrecorder und stellte ihn wieder an.
Bannister sagte nichts. Er war viel zu sehr damit beschäftigt, sich die Zahl fünfzehn Milliarden vorzustellen.
»Wir werden in allernächster Zukunft massive rechtliche Schritte gegen Dr. Levine und seine verleumderischen Behauptungen unternehmen«, fuhr Scopes fort. »Ihre Zeitung hat bisher stets fair über unsere Klagen gegen Dr. Levine und die Harvard-Universität berichtet, und deshalb will ich Ihnen ein paar Neuigkeiten verraten. Die Universität hat Levines Stiftung die finanzielle Unterstützung gestrichen. Noch scheut man sich, es öffentlich zu verkünden, aber lange wird es sich wohl nicht mehr verheimlichen lassen. Ich dachte, Sie würden es gerne vor allen anderen wissen. Sobald dieser Schritt publik wird, werden wir natürlich die Klage gegen Harvard sofort fallenlassen.«
»Ich verstehe«, sagte Bannister und dachte angestrengt nach. *Vielleicht läßt sich aus dieser Unterredung ja doch noch eine passable Story machen.*
»An der Fakultät berät man gegenwärtig, ob man Dr. Levine nicht obendrein die Professur entziehen sollte. In den Verträgen der Universität gibt es nämlich eine Klausel, die besagt, daß einem der Lehrauftrag wegen ›moralischer Verwerflichkeit‹ aberkannt werden kann.« Scopes lachte leise. »Dieser Passus

stammt sicher aus dem vorigen Jahrhundert, aber Levine wird er den Garaus machen, das verspreche ich Ihnen.«

»Verstehe.«

»Wir wissen zwar nicht, wie er es gemacht hat, aber ein paar Körnchen Wahrheit in seinen ansonsten vollkommen aus der Luft gegriffenen Anschuldigungen deuten darauf hin, daß sich Levine auf illegale und mit seinem Berufsethos nicht zu vereinbarende Art und Weise vertrauliche Informationen über Gene-Dyne beschafft hat.« Scopes legte Bannister einen weiteren Schnellhefter hin. »Darin finden Sie alle uns bekannten Einzelheiten dazu, und ich bin mir sicher, daß Sie mit ein paar Recherchen Ihrerseits noch viel mehr aufdecken könnten. Auch hier gilt übrigens, daß mein Name in diesem Zusammenhang nicht genannt werden darf. Ich erzähle Ihnen das alles nur, weil Sie derjenige Journalist sind, den ich in Boston am meisten respektiere, und weil ich Ihnen helfen will, einen fairen und ausgewogenen Artikel zu schreiben. Lassen Sie doch die anderen Blätter jeden Blödsinn, den Levine sagt, ohne Nachprüfung der Tatsachen hinschreiben. Der *Globe* arbeitet viel sorgfältiger, das weiß ich.«

»Wir prüfen *alle* Tatsachen nach, bevor wir sie drucken«, sagte Bannister.

Scopes nickte. »Deshalb zähle ich auch auf Sie und hoffe, daß Sie endlich ein paar Dinge richtigstellen.«

Bannister rutschte auf seinem Sessel herum. »Wir werden einen Artikel bringen, der sich so objektiv und genau wie möglich an die Tatsachen hält. Mehr kann ich Ihnen nicht versprechen.«

»Aber genau das ist es ja, was ich will«, sagte Scopes. »Deshalb will ich jetzt auch vollkommen ehrlich zu Ihnen sein. Eine von Levines Behauptungen ist nämlich nicht gänzlich aus der Luft gegriffen.«

»Und welche ist das?«

»Es hat kürzlich tatsächlich einen Todesfall in Mount Dragon gegeben. Wir wollten die Sache nicht an die Öffentlichkeit

bringen, solange die Familie der Toten noch nicht verständigt ist, aber Levine ist der Unfall irgendwie zu Ohren gekommen.«
Scopes machte ein ernstes Gesicht. »Eine unserer besten Wissenschaftlerinnen ist bedauerlicherweise bei einem tragischen Arbeitsunfall ums Leben gekommen. Die Einzelheiten können Sie alle in dem ersten Hefter nachlesen, den ich Ihnen gegeben habe. Die betroffene Person hat leider die Sicherheitsvorschriften nicht eingehalten. Wir haben sofort die Gesundheitsbehörde benachrichtigt, die daraufhin einen Inspektor in unser Labor geschickt hat. Das Ganze ist natürlich bloß eine reine Formalität, was Sie allein schon daran sehen können, daß in Mount Dragon inzwischen wieder ganz normal weitergearbeitet werden kann.«

Scopes machte eine kurze Pause. »Ich kannte die Verstorbene gut. Sie war – wie soll ich es sagen – eine Art Original. Ging vollkommen in ihrer Arbeit auf. Wie viele hochbegabte Wissenschaftler war sie manchmal ein wenig schwierig, aber Frauen haben es in unserem Metier nun einmal leider Gottes immer noch schwerer als Männer. Bis sie zu GeneDyne kam, mußte sie um ihre Anerkennung als Wissenschaftlerin kämpfen, bei uns aber hat sie sich zu einer unserer besten Mitarbeiterinnen gemausert. Ich habe in ihr eine gute Freundin verloren.« Scopes warf Bannister einen prüfenden Blick zu, bevor er traurig die Augen niederschlug. »Letztendlich ist es doch immer der Firmenchef, der die Verantwortung für tragische Unglücksfälle wie diesen trägt. Damit werde ich wohl bis ans Ende meiner Tage leben müssen.«

Bannister blickte ihn sichtlich gerührt an. »Wie ist sie denn ...«, fing er an.

»Sie starb an einer Kopfverletzung«, sagte Scopes und sah auf die Uhr. »Verdammt! So spät ist es schon! Haben Sie sonst noch Fragen, Edwin?«

Bannister steckte seinen Kassettenrecorder ein. »Im Augenblick nicht ...«

»Gut. Dann muß ich Sie bitten, mich zu entschuldigen, ich habe noch einen wichtigen Termin. Sie können mich selbstverständlich jederzeit anrufen, wenn es noch etwas zu klären gibt.«
Bannister sah Scopes zu, wie er aufstand und mit der für seine schmächtige, magere Gestalt viel zu großen Aktentasche in der Hand zur Tür schlurfte. Ein außergewöhnlicher Mann, fand er. Und ein stinkreicher dazu.
Als Bannister entlang der Küste nach Boston zurückfuhr, dachte er immer noch an die fünfzehn Milliarden Dollar und daran, was die Bekanntgabe des neuen Impfstoffs für den Wert der Gene-Dyne-Aktie bedeuten würde. Er fragte sich, zu welchem Kurs sie im Augenblick wohl gehandelt wurde. Wenn er es so recht bedachte, sollte er sich unbedingt so bald wie möglich darüber informieren. Schließlich konnte es nicht schaden, seinen Anlageberater anzurufen und ihm zu sagen, er solle für sein Geld zur Abwechslung mal etwas Aufregenderes kaufen als steuerfreie Kommunalobligationen.

Carson sah durch das Visier seines Schutzanzugs auf die Uhr an der Wand des Labors. Die bernsteinfarbenen Leuchtdioden zeigten die Zahlen 22:45.
Eine Stunde zuvor hatten im Fiebertank die Sirenen des Probealarms geheult, waren Menschen in Schutzanzügen die niedrigen Korridore entlanggehastet. Jetzt war es im Labor wieder fast leer und unnatürlich still. Die einzigen Geräusche waren das Zischen der Luft in Carsons Anzug und das leise Summen der Lüftungsanlage. Sogar die vom Alarm aufgeschreckten Schimpansen hatten schließlich ihr Geheul und Gekreisch eingestellt und waren in unruhigen Schlaf gefallen. Draußen, vor Carsons

hellerleuchtetem Labor, sorgte das schwache rötliche Nachtlicht in den Gängen für unheimliche Schatten.
Weil der Fiebertank jede Nacht dekontaminiert wurde, war Carson bisher noch nie so spät hier unten gewesen. In dem ungewohnten rot schimmernden Licht hatte er sich mehrmals verlaufen, bis er schließlich in sein Labor gelangt war. Dennoch war dieser nächtliche Besuch eine wahre Wohltat gegenüber dem, was sich vor ein paar Stunden bei dem routinemäßigen Alarm hier abgespielt hatte. Seit Brandon-Smith' Tod übte man nicht mehr die relativ harmlosen Alarme der Stufen zwei oder drei, sondern zog einen sehr viel anstrengenderen Alarm der Stufe eins durch, den noch dazu Nye höchstpersönlich aus der Sicherheitszentrale direkt unter dem Fiebertank dirigierte. Carson meinte immer noch seinen ruppigen Kommandoton aus dem Helmlautsprecher hören zu können.
Der einzige Vorteil der häufigen Alarme war der, daß Carson dadurch mehr Übung bekommen hatte, im Schutzanzug durch die engen Gänge zu hasten. Mittlerweile stieß er nirgends mehr an und ging instinktiv allen Gegenständen aus dem Weg, an denen sein Anzug hätte zerreißen können. Außerdem hatte er im Umgang mit dem ständig an- und abzukuppelnden Luftschlauch eine Selbstverständlichkeit wie beim Atmen entwickelt.
Carson sah zu de Vaca, die ihm einen kritischen Blick zuwarf.
»Und wie wollen Sie Ihre Theorie in der Praxis beweisen?« fragte sie über den lokalen Kanal der Sprechanlage.
Anstelle einer langen Antwort ging Carson an den Gefrierschrank, tippte an dessen elektronischem Schloß eine Zahlenkombination ein und holte zwei kleine, mit dicken Gummikappen verschlossene Teströhrchen mit Proben des X-FLU-Virus heraus. Das Virus war nichts weiter als ein unscheinbarer, kristalliner Belag am Boden des Behälters. Ich werde mich wohl nie daran gewöhnen können, daß dieses Zeug für die Menschheit gefährlicher sein soll als die Wasserstoffbombe, dachte Carson,

auch wenn ich es noch tausendmal in der Hand halte. Vorsichtig stellte er die beiden Röhrchen in die Sicherheitswerkbank.
»Zuerst«, sagte er und wartete, daß die Proben Raumtemperatur annahmen, »zerlegen wir das Virus und entfernen das genetische Material.«
Er ging zu einem Schrank aus Edelstahl an der Wand des Labors und holte zwei versiegelte Fläschchen mit der Aufschrift »DNAse« heraus.
»Geben Sie mir bitte eine Soloway Nummer vier«, sagte er zu de Vaca.
Da im Fiebertank Spritzen mit Nadeln außer zur Impfung der Affen nicht verwendet werden durften, mußte man andere Instrumente nehmen, um kleine Mengen von Flüssigkeiten von einem Behälter in einen anderen zu transportieren. Hier tat die nach ihrem Erfinder benannte und nach dem Vakuum-Prinzip funktionierende Soloway-Pipette mit ihren stumpfen Plastikspitzen gute Dienste.
Carson wartete, bis de Vaca das Instrument in die Sicherheitswerkbank gelegt hatte, und steckte seine Hände durch die beiden Gummimanschetten an der Vorderseite. Er führte eine Spitze der Soloway-Pipette in ein Fläschchen mit einem bestimmten Enzym und die zweite durch die Kappendichtung in eine der Virusproben. Sofort füllte sich der Behälter mit den Viren mit einer milchigen Flüssigkeit. Carson entfernte die Pipette und schüttelte das Teströhrchen mit der X-FLU-Enzym-Lösung, die daraufhin vollkommen klar wurde.
»Wir haben soeben eine Billion Viren umgebracht«, sagte er. »Jetzt werden wir ihnen die Eiweißhülle ausziehen.«
Mit der Soloway-Pipette träufelte Carson ein paar Tropfen einer blauen Flüssigkeit in die Lösung, dann entnahm er einen halben Kubikzentimeter davon und gab ihn in den Behälter mit der DNAse. Er wartete eine Weile, damit das Enzym die DNA des Virus erst in Basenpaare und dann in die einzelnen Nukleinsäuren aufspalten konnte.

»Jetzt müssen wir die Nukleinsäuren loswerden«, sagte er. Er testete die Lösung auf ihren Säuregehalt, dann titrierte er sie mit einer Chemikalie, die einen hohen pH-Wert hatte. Danach goß er vorsichtig die Flüssigkeit ab und gab die in dem Behälter verbliebenen Ausfällungen in eine Zentrifuge. Am Schluß dieser Prozedur erhielt er reine, ungefilterte Moleküle der Eiweißhülle des X-FLU-Virus, die er in einen kleinen Behälter gab.
»So, und jetzt sehen wir uns dieses entzückende kleine Molekül einmal näher an«, sagte er.
»Mit der Röntgenstrukturanalyse?« fragte de Vaca.
»Sie haben's erfaßt.«
Carson gab den Behälter mit den Molekülen in einen gelben Sicherheitsbehälter, den er sorgfältig verschloß. Dann zog er seinen Luftschlauch ab, nahm den Behälter und folgte de Vaca den Korridor entlang ins Zentrum des Fiebertanks. Dort betraten die beiden ein leeres Labor, in dem nur eine einzige rote Lampe an der Decke brannte. Der ohnehin schon kleine Raum wurde zu einem Großteil von einer zwei Meter hohen und dicken Stahlsäule eingenommen, neben der eine Computer-Workstation stand. An der Säule selbst gab es keine Knöpfe, Schalter oder Skalen; das Gerät zur Röntgenstrukturanalyse wurde vollständig über den Computer gesteuert.
»Machen Sie die Maschine klar«, sagte Carson, »ich bereite inzwischen die Probe vor.«
De Vaca setzte sich an den Computer und begann zu tippen. Bald ertönte ein Klicken und ein leises, tiefes Summen, das sich langsam in der Tonhöhe steigerte. Als es so hoch war, daß man es kaum mehr hören konnte, wurde die Luft zischend aus dem Inneren der Säule gepumpt. De Vaca tippte weitere Befehle ein, um den Diffraktionsstrahl auf die richtige Wellenlänge zu eichen. Wenig später zeigte ein Piepton an, daß alles bereit war.
»Fahren Sie die Objektbühne heraus«, sagte Carson.
De Vaca tippte etwas ein, und eine Art Schublade aus Titanlegierung glitt aus dem Unterteil der Säule. Sie enthielt eine

kleine, abnehmbare Schale. Mit einer Mikropipette träufelte Carson einen einzigen Tropfen der mitgebrachten Lösung in die Schale. Auf einen Tastendruck von de Vaca fuhr die Objektbühne wieder in die Säule hinein.

»Und jetzt kühlen Sie die Probe bitte herunter.«

Mit einem lauten, klopfenden Geräusch fror die Maschine den Tropfen auf eine Temperatur nahe dem absoluten Nullpunkt ein.

»Vakuum erzeugen.«

Ungeduldig wartete Carson, bis die Maschine die Luft aus der Probenkammer gepumpt hatte. Durch das Vakuum wurden dem Tropfen alle Wassermoleküle entzogen. Dann wurde ein schwaches, elektromagnetisches Feld erzeugt, das es den Proteinmolekülen erlaubte, sich nach ihrer am wenigsten energiereichen Konfiguration auszurichten. Was danach von der Probe noch übrigblieb, war ein mikroskopisch feiner Film von reinen Proteinmolekülen, die in mathematisch genauen Abständen auf einer Titanplatte verteilt waren und konstant auf einer Temperatur von zwei Grad über dem absoluten Nullpunkt gehalten wurden.

»Alles bereit«, sagte de Vaca.

»Dann los!«

Was dann geschah, kam Carson noch immer wie die reinste Hexerei vor. Die große Maschine erzeugte Röntgenstrahlen und jagte sie mit Lichtgeschwindigkeit durch das Vakuum im Inneren der Säule. Wenn die energiereichen Strahlen auf die Proteinmoleküle trafen, wurden sie von deren Kristallstruktur abgelenkt und von einer Reihe von CCD-Chips digital gemessen. Das daraus errechnete Ergebnis wurde dann als Bild auf dem Computerbildschirm ausgegeben.

Carson sah zu, wie ein unscharfes Bild auf dem Schirm erschien. Es sah aus wie ein Muster aus hellen und dunklen Streifen. »Bitte scharfstellen«, sagte er.

Über den Computer stellte de Vaca einige Diffraktionsfilter in der Säule ein, die die Röntgenstrahlen auf die Probe in ihrem unteren Teil bündelten. Langsam wurde das Bild auf dem Computerschirm klarer: kompliziert angeordnete dunkle und helle Kreise, die Carson an die Bilder erinnerten, die Regentropfen auf die Oberfläche eines Teiches zeichnen.

»Gut«, sagte er leise. »Stellen Sie noch schärfer, aber vorsichtig, bitte.«

Um eine Röntgenstrukturanalyse richtig durchzuführen, brauchte man ein gewisses Gespür, und de Vaca hatte dieses Gespür.

»Schärfer geht's nicht«, sagte sie. »Ich würde vorschlagen, wir machen jetzt die Aufnahmen.«

»Ich möchte sechzehn Winkel haben«, sagte Carson.

De Vaca tippte die Befehle ein, und die CCD-Chips fingen die Röntgenstrahlen nacheinander aus sechzehn verschiedenen Winkeln auf.

»Aufnahmeserie beendet«, sagte de Vaca.

»Dann schicken wir das Zeug mal rüber in den Zentralrechner.«

Auf Tastendruck begann der Computer die bei der Strukturanalyse gewonnenen Daten ins firmeneigene Netz zu laden, wo sie mit 110000 Bit pro Sekunde über eine Spezialleitung quer durch die Vereinigten Staaten an GeneDynes Supercomputer in Boston geschickt wurden. Dort hatten Rechenarbeiten, die aus Mount Dragon kamen, höchste Priorität, und deshalb begann der Supercomputer sofort damit, die Röntgenaufnahmen in ein dreidimensionales Modell des X-FLU-Moleküls umzurechnen. Etwa eine Minute lang bemerkten die Wissenschaftler, die in der Zentrale von GeneDyne arbeiteten, daß der Computer beträchtlich langsamer wurde, weil mehrere Billionen Fließkomma-Berechnungen ausgeführt und zurück nach Mount Dragon geschickt werden mußten.

Carson und de Vaca sahen zu, wie auf dem Bildschirm des Computers ein atemberaubend komplexes Bild aus zusammengeballten, bunten Kugeln entstand, die in satten Rot-, Orange-

und Gelbtönen schimmerten. Es war das Proteinmolekül, aus dem die Eiweißhülle des X-FLU-Virus bestand.
»Da ist es«, sagte Carson und blickte über de Vacas Schulter auf das Molekül.
»Die Ursache von Tod und Verderben«, hörte er de Vacas Stimme aus dem Helmlautsprecher. »Und trotzdem ist es wunderschön.«
Wie hypnotisiert starrte Carson eine Weile auf das Bild. Dann richtete er sich auf. »Nun lassen Sie uns die zweite Probe durch den GEF-Filterprozeß schicken. Es ist ohnehin fast Zeit für die Dekontamination, und da müssen wir den Fiebertank sowieso für zwei Stunden verlassen. Wenn wir wiederkommen, ist der Filtrierprozeß vorbei, und wir können die beiden Moleküle miteinander vergleichen.«
»Ich weiß zwar nicht, was das bringen soll«, grummelte de Vaca. »Aber ich bin zu müde, um zu widersprechen. Gehen wir.«

Als das zweite gefilterte X-FLU-Molekül auf dem Bildschirm erschien, brach zwanzig Meter über ihnen der Morgen an. Wieder bewunderte Carson die surreale, tödliche Schönheit des Gebildes.
»Dann lassen Sie uns jetzt die beiden Moleküle nebeneinander betrachten«, sagte Carson.
De Vaca teilte den Computerschirm in zwei Fenster, holte das Bild des ungefilterten X-FLU-Moleküls von der Festplatte und plazierte es neben das des gefilterten.
»Ich sehe keinen Unterschied«, sagte sie.
»Rotieren Sie beide Moleküle um neunzig Grad auf der X-Achse«, sagte Carson.
»Immer noch kein Unterschied.«
»Dann um neunzig Grad auf der Y-Achse.«
Sie sahen zu, wie die Bilder sich aus einem anderen Winkel auf dem Schirm aufbauten. Auf einmal zuckten sie beide gleichzeitig zusammen.

»*Madre de Dios!*« hauchte de Vaca.
»Da, sehen Sie!« sagte Carson aufgeregt. »Eine der tertiären Schleifen hat sich bei dem gefilterten Molekül gelöst. Auf der ganzen Seite sind die Disulfidbrücken aufgebrochen.«
»Beide Moleküle haben dieselbe chemische Zusammensetzung, aber unterschiedliche Strukturen«, sagte de Vaca staunend. »Sie hatten recht.«
»Wie bitte? Habe ich mich eben etwa verhört?« fragte Carson und sah sie grinsend an.
»Haben Sie nicht, *cabrón*. Diese Runde geht an Sie.«
»Die *Struktur* eines Proteins ist es, worauf es in diesem Fall ankommt«, sagte Carson und trat vom Computer zurück. »Jetzt wissen wir, warum das X-FLU-Virus immer wieder zu seiner tödlichen Form zurückmutiert. Bisher haben wir jedesmal, bevor wir einen In-vivo-Versuch gemacht haben, die Lösung mit dem GEF-Prozeß gefiltert. Dabei ist es offenbar genau dieser Prozeß, der die Mutation bewirkt.«
»Burts Filtermethode ist an allem schuld«, ergänzte de Vaca. »Er war also von vorneherein zum Scheitern verurteilt.«
Carson nickte. »Burt hätte bestimmt als allerletzter vermutet, daß der von ihm erfundene Prozeß fehlerhaft sein könnte. Schließlich hatte er sich ja bisher bestens bewährt. Auch wir haben den Fehler immer an der falschen Stelle gesucht. Dabei haben wir alles richtig gemacht, angefangen mit dem Gen-Splicing. Ich komme mir fast vor wie jemand, der aus den Trümmern eines Flugzeuges die Absturzursache herausfinden soll und dann erfährt, daß eine falsche Anweisung des Fluglotsen für das Unglück verantwortlich war.«
Müde lehnte er sich mit dem Rücken an einen Schrank. Je mehr er sich der vollen Tragweite seiner Entdeckung bewußt wurde, desto aufgeregter wurde er. »Verdammt noch mal, Susana«, sagte er schwer atmend. »Endlich haben wir es geschafft. Das Problem ist gelöst! Wir müssen eine andere Filtriermethode anwenden, das ist alles! Auch wenn das einige Zeit in Anspruch

nehmen wird, so wissen wir jetzt, was das Virus so tödlich gemacht hat. Und das bedeutet, daß X-FLU so gut wie produktionsreif ist.« Carson stellte sich bildlich vor, was Scopes für ein Gesicht machen würde, wenn er das erfuhr.
De Vaca sagte nichts.
»Sie stimmen doch mit mir überein, oder?« wollte Carson ihr auf die Sprünge helfen.
»Ja«, sagte de Vaca.
»Wo ist dann das Problem? Warum ziehen Sie so ein langes Gesicht?«
De Vaca sah ihn ein paar Sekunden lang schweigend an. »Jetzt, wo wir wissen, daß der fehlerhafte Filterprozeß Mutationen in der Eiweißhülle des X-FLU-Virus hervorruft, frage ich mich, was er mit PurBlood anstellt.«
Carson sah sie verständnislos an. »Wen kümmert das denn?«
»Wie meinen Sie das?« fragte de Vaca aufbrausend. »PurBlood könnte in höchstem Maße gefährlich sein!«
»Das ist doch etwas ganz anderes«, antwortete Carson. »Wir wissen doch nur, daß der GEF-Prozeß die Eiweißmoleküle von X-FLU verändert. Was er mit anderen Dingen anstellt, kann niemand sagen. Und außerdem muß Hämoglobin bei weitem nicht so rein gefiltert werden wie das X-FLU-Virus.«
»Sie haben gut reden, *cabrón*. Schließlich haben Sie das Zeug ja nicht in Ihren Adern.«
Carson mußte sich zusammennehmen, um nicht aus der Haut zu fahren. Diese Frau wollte ihm doch tatsächlich den größten Triumph seiner wissenschaftlichen Karriere madig machen. »Denken Sie doch einen Augenblick lang nach, Susana. Burt hat PurBlood an sich selbst ausprobiert und hat überlebt. Seit Monaten ist es nun schon im klinischen Versuch. Wenn irgend jemand davon erkrankt wäre, hätten wir es längst erfahren, und die Gesundheitsbehörde hätte PurBlood längst vom Markt genommen.«
»So, niemand ist also davon krank geworden? Dann sagen Sie

mir doch bitte, wo Burt jetzt ist. In einem gottverdammten Krankenhaus oder etwa nicht?«
»Aber sein Nervenzusammenbruch ereignete sich viele Monate nach seinem Selbstversuch mit PurBlood.«
»Trotzdem kann es einen Zusammenhang geben. Vielleicht wirkt es ja auch nur ganz langsam.« Sie sah Carson trotzig an. »Ich möchte wissen, was der GEF-Prozeß mit PurBlood macht.«
Carson seufzte tief. »Jetzt hören Sie mir mal zu. Es ist halb acht Uhr morgens, wir haben gerade den wohl wichtigsten Durchbruch in der Geschichte von GeneDyne geschafft, und ich bin vor Müdigkeit halb tot. Deshalb werde ich jetzt Singer von unserer Entdeckung berichten, eine Dusche nehmen und mich aufs Ohr hauen. Das habe ich mir redlich verdient.«
»Dann gehen Sie schon und holen Sie sich ihren Orden ab«, fauchte de Vaca. »Ich werde hierbleiben und das zu Ende bringen, was wir angefangen haben.«
Sie schaltete die Maschine aus, koppelte sich mit einer wütenden Handbewegung vom Luftschlauch ab und verließ raschen Schrittes den Raum. Während Carson ihr nachsah, hörte er über den allgemeinen Kanal die Stimmen der Wissenschaftler, die ihre morgendliche Ankunft im Labor meldeten. Ein neuer Arbeitstag begann. Müden Schrittes ging Carson den Korridor entlang. Großer Gott, war er müde! Sollte de Vaca doch mit PurBlood herumpanschen, solange sie wollte. Er jedenfalls würde zu Singer gehen und ihm die gute Nachricht verkünden.

Carson trat ins Freie und atmete genüßlich die kühle Morgenluft ein. Er war müde, aber bester Laune. Auch wenn bestimmt noch diverse Schwierigkeiten auf ihn warteten, so wußte er doch, daß er sich in der Zielgeraden befand.
Er trat zurück ins Verwaltungsgebäude und ging die Treppe hinauf in den ersten Stock, in dem Singers Büro lag. Vom Korridor aus konnte er sehen, daß die Tür offenstand. Drinnen

glitzerte die Morgensonne auf den weißen Möbeln. Von irgendwoher war das Geräusch eines Nadeldruckers zu hören.
Als Carson das Büro betrat, sah er Singer neben dem offenen Kamin sitzen. Vor ihm stand ein Mann, der Carson den Rücken zuwandte. Der Mann trug einen Tropenhelm, unter dem ein Pferdeschwanz heraushing.
Singer blickte auf. »Ah, Guy. Mr. Nye und ich haben gerade ein Gespräch unter vier Augen.«
Carson trat einen Schritt auf den Direktor zu. »John, ich muß Ihnen unbedingt etwas sagen ...«
Nye drehte sich auf dem Absatz um und brachte Carson mit einer ungeduldigen Handbewegung zum Schweigen.
Singer beugte sich über den Couchtisch und schob einen Stapel Zeitschriften zusammen. »Bitte, Guy, ich kann jetzt nicht. Kommen Sie später noch einmal wieder.«
»Dr. Singer, es ist äußerst wichtig.«
Singer starrte ihn mit einem verwirrten Ausdruck auf dem Gesicht an. Carson erschrak, als er sah, wie blutunterlaufen Singers Augen waren. Außerdem hatte ihr Weiß einen Stich ins Gelbliche. Singer schien ihn überhaupt nicht gehört zu haben. Er nahm ein Malachit-Ei vom Couchtisch und drehte es gedankenverloren in seinen Händen.
Nye baute sich mit verschränkten Armen vor Carson auf und sah ihn bitterböse an. »Nun?« sagte er. »Was ist denn so irrsinnig wichtig?«
Carson bemerkte, wie Singer das Ei wieder auf den Couchtisch legte und es sorgfältig zurechtrückte. Nacheinander machte er das mit allen anderen Gegenständen auf dem Tisch, als müsse er sie nach einem genau vorgegebenen Muster ausrichten.
»Na, was ist, Carson?« drängte Nye mit lauter, scharfer Stimme.
Singer blickte auf und musterte Carson mit wäßrigen Augen so erstaunt, als hätte er inzwischen vergessen, daß er da war.
Auf einmal drängten sich andere Bilder in Carsons Bewußtsein. Wie Brandon-Smith sich ständig mit den Händen über die

Hüften gestrichen und wie sie den Krimskrams auf ihrem Tisch streng geometrisch angeordnet hatte. Wie sorgfältig Vanderwagon das Besteck poliert hatte, bevor er sich mit der Gabel das Auge ausgestochen hatte.

Das Auge. Auch Vanderwagons Augen waren blutunterlaufen gewesen. Und die von Brandon-Smith ebenfalls.

Auf einmal wurde Carson auf schreckliche Weise alles klar.

»Das kann warten«, sagte er und trat rückwärts aus der Tür.

Nye beobachtete ihn scharf. Dann ging er ohne ein Wort zur Tür und machte sie hinter Carson zu.

In seiner halbdunklen Suite im Dark Harbor Institute wusch sich Scopes sorgfältig die Hände. Dann lief er rastlos auf und ab und wartete auf die Ankunft des Hubschraubers, der ihn zurück nach Boston fliegen sollte. Obwohl er aus den Fenstern einen wunderschönen Blick auf den stürmischen Atlantik gehabt hätte, hatte Scopes die schweren Vorhänge zugezogen.

Auf einmal hielt Scopes inne und ging zu seinem PowerBook, um ein dünnes Kabel, das aus dem Computer hing, in eine Wanddose zu stecken. Er wußte, daß das Institut eine Standleitung zum Flashnet hatte, von dem aus er sich mit einem speziellen Schlüssel ins Firmennetz von GeneDyne einloggen konnte.

Das Gespräch mit dem Reporter vom *Globe* hatte ihm etwas klargemacht, das ihm schon seit Tagen unbewußt im Kopf herumgegangen war. Von Anfang an war es offensichtlich gewesen, daß Levines Informationen über Brandon-Smith und X-FLU nicht von Quellen in den Gesundheitsbehörden, sondern eher aus der Firma selbst stammen mußten. Was aber Scopes bisher entgangen war, war der *Zeitpunkt* gewesen, an dem

Levine mit seinen Enthüllungen an die Öffentlichkeit getreten war.
Levine wußte Dinge über X-FLU, die nicht einmal der aufdringliche Schnüffler Teece vor seiner Ankunft in Mount Dragon in Erfahrung gebracht haben konnte. Als Levine seine perfiden Anschuldigungen in der Sammy Sanchez Show losgelassen hatte, war Teece in New Mexico noch mitten in seinen Untersuchungen gewesen. In Mount Dragon gab es keine normale Telefonleitung für Ferngespräche; Scopes selbst hatte veranlaßt, daß alle Verbindungen vom Labor zur Außenwelt über das Firmennetz von GeneDyne laufen mußten.
Wenn aber Levine über Informationen verfügte, die nicht aus einer x-beliebigen Quelle bei GeneDyne, sondern von einem Informanten in Mount Dragon stammen mußten, bedeutete das, daß Levine sich irgendwie Zugang zum Cyberspace von GeneDyne verschafft haben mußte.
Als Scopes im Netz seiner Firma war, arbeitete er sich rasch und zielstrebig vor, bis er nach wenigen Minuten in einer Netzregion war, zu der nur er allein Zugang hatte. Hier hatte er die Finger am Puls der gesamten Firmenorganisation und Zugriff auf riesige Datenbänke, in denen auch noch die allerkleinste Notiz zu irgendeinem Projekt der Firma gespeichert war. Hier konnte er sich jeden Bericht, jede E-Mail, jedes Programm und jede Online-Unterhaltung seiner Mitarbeiter aus den vergangenen vierundzwanzig Stunden auf den Bildschirm holen. Mit ein paar Tastaturbefehlen gelangte Scopes zu einem Networkserver in seinem persönlichen Bereich, auf dem nur ein einziges, umfangreiches Programm lief, dem er den klingenden Namen »Cypherspace« gegeben hatte.
Langsam erschien eine seltsame Landschaft auf dem Display seines Notebooks. Es war keine reale Landschaft, aber sie war auch viel zu komplex, als daß ein Mensch sie gezeichnet haben könnte. Die Landschaft, die sich vor Scopes' Augen auftat, war eine vom Computer entworfene Repräsentation des Cyberspace

der Firma GeneDyne. Mittels seines Cypherspace-Programms hatte Scopes alle Datenströme, Speicherinhalte und im Netzwerk aktiven Programme in Formen, Oberflächen, Schatten und Klänge verwandelt. Jetzt kam zum Beispiel ein seltsam seufzendes Geräusch aus dem kleinen Lautsprecher des Notebooks. Einem Laien wären Ton und Landschaft surreal und bizarr vorgekommen, aber Scopes, der oft und gerne ganze Nächte lang durch diesen digitalen Dschungel streifte, waren sie so vertraut wie der Garten seines Elternhauses.

Mit dem Trackball seines PowerBooks durchwanderte Scopes die Landschaft, sah sich um und lauschte nach ungewöhnlichen Geräuschen. Einen Augenblick lang war er versucht, einen ganz speziellen Ort aufzusuchen, aber dann wurde ihm klar, daß er dazu keine Zeit hatte.

Dann setzte er sich abrupt auf und atmete hörbar aus. Etwas in der Landschaft war nicht in Ordnung. Es war ein unsichtbarer Faden, der Scopes nur deshalb auffiel, weil er etwas verdeckte, was hinter ihm lag. Als Scopes sich mit dem Trackball über diesen Faden bewegte, hörte das Geräusch aus dem Lautsprecher mit einemmal auf, und Scopes befand sich in einem schwarzen Tunnel, einem Datenloch im Cyberspace. Scopes wußte genau, was er da gefunden hatte: einen verborgenen Datenkanal, den er möglicherweise übersehen hätte, wenn er nicht gar so sorgfältig versteckt gewesen wäre. Wer auch immer diesen Kanal programmiert hatte, mußte ein verdammt gewiefter Bursche sein. Gewiefter als Levine, soviel stand fest. Der Professor war zwar auf seinem Spezialgebiet ein brillanter Kopf, aber seine bescheidenen Computerkenntnisse waren immer schon sein wunder Punkt gewesen.

Jemand mußte Levine geholfen haben.

Scopes holte sich aus seiner digitalen Trickkiste eine elektronische Falle und machte sie scharf. Dann folgte er langsam und mit äußerster Vorsicht dem labyrinthartig gewundenen Faden, der sich kaum sichtbar durch die Landschaft zog. Oft verlor er ihn und mußte ihn wieder suchen, aber dennoch kam er Schritt für Schritt seinem verborgenen Ziel näher.

Carson fand de Vaca im Labor C bei der Arbeit. Sie hatte ein kleines Reagenzglas mit PurBlood in die Sicherheitswerkbank gestellt, das noch dampfte, weil sie es gerade aus dem Gefrierschrank geholt hatte.

»Sie waren acht Stunden lang fort«, hörte Carson ihre Stimme über den lokalen Kanal der Sprechanlage. »Haben die Sie etwa zur Ordensverleihung nach Boston geflogen?«

Carson ging zu seinem Stuhl und setzte sich, ohne auf ihre spitze Bemerkung zu reagieren. »Ich war in der Bibliothek und habe mich in den Archiven umgesehen«, sagte er statt dessen.

De Vaca drehte ihren Computer so, daß Carson das Display lesen konnte. »Hier, sehen Sie sich das einmal an.«

Carson saß eine Weile bewegungslos da. Dann erst wandte er sich dem Computer zu. Alles hätte er jetzt lieber getan, als zu erfahren, was de Vaca möglicherweise herausgefunden hatte.

Auf ihrem Display waren nebeneinander zwei Bilder von Membranhüllen zu sehen, von denen eine glatt und sauber aussah, während die andere bizarr gezackt und voller häßlicher Löcher und Ausbeulungen war, wo Moleküle aus ihrer normalen Anordnung gerissen worden waren.

»Das erste Bild zeigt eine unfiltrierte PurBlood-›Zelle‹«, sagte de Vaca, »und auf dem zweiten kann man sehen, was mit PurBlood passiert, wenn es den GEF-Filterprozeß durchläuft.« Sogar durch die Lautsprecher in seinem Helm konnte Carson die Aufregung in de Vacas Stimme spüren. Weil sie sein Schweigen als Skepsis interpretierte, fuhr sie fort: »Passen Sie auf. Sie erinnern sich doch noch daran, wie PurBlood hergestellt wird. Nachdem das nackte Hämoglobin mit der Membranhülle umhüllt wurde, muß die Lösung gefiltert werden, um sie von Nebenprodukten wie Toxinen und Bakterien zu befreien, die beim Herstellungsprozeß anfallen. Für diese Filtrierung hat man Burts GEF-Methode genommen …«

De Vaca verstummte. Carson hatte sich zwischen ihr und der automatischen Überwachungskamera aufgebaut und bedeutete ihr mit einer Handbewegung, sie solle still sein. Dabei schüttelte er hinter dem Visier den Kopf und formte mit seinen Lippen stumm die Worte »Nichts sagen«.

»Was ist los, *cabrón?*« fragte sie. »Haben Sie vielleicht auf einem Peyote-Pilz herumgekaut?«

Carson schüttelte heftig den Kopf. Dann sah er sich suchend im Labor um, bis er schließlich zu einem Schrank ging und einen Behälter mit Desinfektionspuder herausnahm. Damit bestäubte er die Plexiglas-Oberfläche der Sicherheitswerkbank und schrieb, während er mit dem Rücken der Kamera die Sicht verstellte, mit dem Finger die folgenden Worte in die Staubschicht: *Sprechanlage nicht benützen.*

De Vaca starrte einen Augenblick darauf. Dann malte sie mit ihrem behandschuhten Finger ein großes Fragezeichen in den Puder.

Schreiben Sie HIERHER, *was Sie mir sagen wollten*, kritzelte Carson.

De Vaca hielt inne und sah Carson skeptisch an. Dann schrieb sie in den Puder: *PurBlood durch GEF-Filtrierung kontaminiert. Burt hat Alpha-Test damit gemacht. Deshalb ist er verrückt geworden.*

Carson verwischte ihre Worte und gab noch ein wenig mehr Desinfektionspuder auf die Platte. Dann schrieb er rasch: DENKEN SIE NACH. *Wenn Burt der Alpha-Tester war, wer waren dann die Beta-Tester?*

Er sah, wie über de Vacas Gesicht ein Schatten von Angst huschte. Ihr Mund formte Worte, die er nicht hören konnte.

In der Bibliothek. In einer halben Stunde, schrieb er. Nachdem de Vaca mit einem Kopfnicken ihr Einverständnis signalisiert hatte, wischte Carson den Puder mit dem Handschuh fort.

Die Einrichtung der Bibliothek war, verglichen mit dem High-Tech-Ambiente der restlichen Gebäude in Mount Dragon, geradezu rustikal. Mit ihren karierten Vorhängen, roh behauenen Deckenbalken und dem Boden aus ungehobelten Brettern sah sie aus wie eine überdimensionale Trapperhütte im Wilden Westen. Der Architekt hatte mit dieser Einrichtung offenbar bewußt einen Kontrapunkt zu den steril weißen Korridoren in den anderen Gebäuden des Laborkomplexes schaffen wollen.
Der Rest der Bibliothek, vor allem ihr Bestand an Medien, war jedoch bei weitem weniger rustikal. Weil in Mount Dragon Papier nur im Ausnahmefall erlaubt war, enthielt die Bibliothek hauptsächlich elektronische Datenträger. Vielleicht war das mit ein Grund dafür, daß die sowieso überarbeiteten Wissenschaftler nur selten hierherkamen. Carson selbst war erst ganze zwei Mal hiergewesen: einmal bei seinem ersten Erkundungsbesuch und ein zweites Mal vor wenigen Stunden, nachdem er Singer und Nye im Büro des Direktors verlassen hatte.
Als er jetzt durch die Tür trat, war er erleichtert, daß nur de Vaca in der Bibliothek saß. Sie döste auf einem Stuhl vor sich hin, wobei ihr die langen, schwarzen Haare übers Gesicht hingen. Als Carson in ihre Nähe kam, blickte sie auf.
»War ein langer Tag«, sagte sie. »Und davor eine lange Nacht.« Sie sah ihn nachdenklich an. »Die anderen werden sich fragen, warum wir beide den Fiebertank früher als üblich verlassen«, fügte sie mit leiserer Stimme an.
»Aber wenn ich Ihnen gestattet hätte, weiterzureden, wäre das noch viel schlimmer gewesen. Im Fiebertank wird jedes Wort mitgeschnitten«, flüsterte Carson.
»Und ich habe geglaubt, nur *ich* litte unter Verfolgungswahn.

Meinen Sie wirklich, daß sich jemand die Mühe macht, die ganzen Überwachungsbänder abzuhören, *cabrón*?«

Carson schüttelte den Kopf. »Eigentlich nicht. Aber wir dürfen kein Risiko eingehen.«

De Vaca setzte sich gerader hin. »Jetzt werden Sie mir bloß nicht so paranoid wie Vanderwagon. Sagen Sie lieber, was es mit den Beta-Testern für PurBlood auf sich hat.«

»Das werde ich Ihnen gleich zeigen«, sagte er und führte sie zu einem Computerterminal im hinteren Teil der Bibliothek. Er zog zwei Stühle heran, legte sich die Tastatur des Terminals auf den Schoß und gab seine Personalnummer ein.

»Haben Sie sich, seit Sie hier sind, irgendwelche Unterlagen über PurBlood angeschaut?« fragte Carson und wandte sich an de Vaca.

»So gut wie keine«, sagte sie mit einem Achselzucken. »Nur die letzten Laborberichte von Burt. Wieso?«

Carson nickte. »Also genau das, was ich auch gesehen habe. Testberichte und Laboraufzeichnungen, die Burt gemacht hat, kurz bevor er seine Aufmerksamkeit der Forschung an X-FLU zugewandt hat. Schließlich haben wir uns ja auch nur insofern für PurBlood interessiert, als es das Projekt war, an dem er vor X-FLU gearbeitet hat.«

Carson drückte ein paar Tasten. »Ich war heute vormittag bei Singer, aber ich habe nicht mit ihm gesprochen. Statt dessen kam ich hierher. Ich wollte mich aufgrund des Verdachts, den Sie in Hinblick auf PurBlood geäußert haben, ein wenig mehr mit der Entwicklung des Präparats vertraut machen. Da, sehen Sie, was ich dabei entdeckt habe.«

Er deutete auf den Computerschirm.

mol_desc_eins	vcf	10,240,342	01.11.95
mol_desc_zwei	vcf	12,320,302	01.11.95
bipol_symmetr	vcf	41,234,913	14.12.95
hemocyl_grp_r	vcf	7,713.653	03.01.96

diffrac_serie_a	vcf	21,442,521	05.02.96
diffrac_serie_b	vcf	6,100,824	06.02.96
pr	vid	940,213,727	27.02.96
transfec_locus_h	vcf	18,921,663	10.03.96

»Das ist eine Aufstellung aller im PurBlood-Archiv enthaltenen Videosequenzen«, sagte Carson leise. »Bei den meisten handelt es sich um das Übliche: Animationen von Molekülen und so weiter. Aber sehen Sie sich die vorletzte Eintragung in der Liste mit dem Titel ›pr‹ einmal genauer an. Die Dateierweiterung ›vid‹ besagt, daß es sich um einen digital aufgezeichneten Videofilm handelt und nicht um eine komprimierte Computeranimation. Beachten Sie auch, daß die Datei mit fast einem Gigabyte enorm groß ist.«

»Haben Sie es sich schon angesehen?« fragte de Vaca.

»Ja. Es ist ein nur grob geschnittenes Video, das irgend jemand möglicherweise für Pressezwecke gedreht hat.« Mit ein paar weiteren Tastenkombinationen rief Carson ein Multimediaprogramm auf, das die Videodatei wiedergeben konnte. In einem Fenster auf dem Computerschirm erschien ein pixeliges, aber trotzdem gut erkennbares Bild.

»Sie müssen genau hinsehen«, sagte Carson. »Es gibt leider keine Tonspur.«

Aus der Wüste nähert sich langsam eine Karawane von Geländewagen. Die Kamera zoomt kurz auf die weißen Gebäude der Labors in Mount Dragon und den blauen Himmel von New Mexico.

Dann sieht man wieder die Wagen, die jetzt im Autohof des Laborgeländes stehen. Die Beifahrertür des ersten Wagens wird geöffnet. Ein Mann steigt aus. Winkend und händeschüttelnd begrüßt er die Mitarbeiter des Labors.

»Scopes«, murmelte Carson.

Die gesamte Belegschaft von Mount Dragon hat sich aufgestellt, um den Mann willkommen zu heißen. Grinsend klopft er manchem von ihnen auf die Schulter.

»Sieht aus wie eine Betriebsbesichtigung«, sagte de Vaca. »Wer ist denn der Bursche mit der großen Nase, der da neben Singer steht?«
»Burt«, antwortete Carson. »Das ist Franklin Burt.«
Jetzt steht Burt neben Scopes auf dem geteerten Hof und spricht zu den Leuten. Scopes legt den Arm um ihn, und beide heben die Hände zum Siegeszeichen. Die Kamera schwenkt über die versammelten Mitarbeiter.
Szenenwechsel. Die Turnhalle des Sportzentrums. Die Geräte sind weggeräumt worden, und in der Mitte der Halle stehen zwei exakt ausgerichtete Stuhlreihen. Auf ihnen sitzt die komplette Belegschaft des Labors. Die Kamera, die auf der Empore steht, zoomt auf eine kleine Bühne an einem Ende der Halle. Scopes hält offenbar eine Rede, die von den anderen begeistert aufgenommen wird.
Während Scopes weiterspricht, fährt die Kamera immer wieder über die Zuschauer. Einige Gesichter wirken ernst, manche sogar verunsichert.
Eine Krankenschwester rollt von der Seite eine fahrbare Liege herein. An der Liege befindet sich ein Galgen mit einem Plastikbeutel, darin eine rote Flüssigkeit.
Scopes setzt sich auf den Rand der Liege und hält der Krankenschwester den linken Arm hin. Jetzt tritt Franklin Burt auf die Bühne und redet, erregt auf und ab gehend, auf die Zuhörer ein.
Die Kamera zoomt auf die Krankenschwester, die Scopes' Arm mit einem Tupfer reinigt und ihm eine Nadel in die Vene sticht, die sie dann mit dem Beutel an dem Galgen verbindet. Dann öffnet sie ein Plastikventil, und die rote Flüssigkeit beginnt zu fließen. Burt mißt ihm währenddessen den Puls und spricht mit ihm.
»Gott im Himmel«, sagt de Vaca. »Er bekommt PurBlood, nicht wahr?«
Ein paar Kameraschnitte weiter ist der Beutel leer. Die Krankenschwester nimmt Scopes die Nadel aus dem Arm und klebt ein Pflaster auf die Wunde.

Scopes steht grinsend auf und macht mit dem anderen Arm das Siegeszeichen.
Die Kamera schwenkt wieder auf die Zuschauer, die jetzt alle applaudieren – manche voller Begeisterung, andere eher verhalten. Dann steht ein Wissenschaftler auf, dann ein zweiter, und schließlich klatscht die gesamte Belegschaft von Mount Dragon Scopes stehend Beifall. Kurz darauf kommt eine zweite Krankenschwester auf die Bühne und rollt zwei große Galgen herein, an denen jeweils zwei Dutzend Beutel mit der roten Flüssigkeit hängen.
Nye tritt vor an die Bühne. Er schüttelt Scopes die Hand und rollt seinen linken Ärmel hoch. Die Schwester sticht ihm eine Nadel in die Vene und verbindet sie mit einem der Beutel.
Als nächster kommt ein Wissenschaftler nach vorn, dann ein Arbeiter aus der Instandhaltungsabteilung. Als danach Singer sich der Bühne nähert, wird abermals applaudiert. Die Kamera fährt ganz nahe an Singers dickliches Gesicht heran. Es ist bleich, und Schweißperlen stehen ihm auf der Stirn, aber auch er setzt sich auf eine Liege und rollt den Ärmel hoch. Sekunden später fließt auch ihm PurBlood aus einem der Beutel in die Vene.
Nun stehen alle übrigen auf und stellen sich in einer langen Schlange an, um ebenfalls auf die Bühne zu kommen.
»Sehen Sie nur«, flüsterte de Vaca. »Da ist Brandon-Smith. Und da sind Vanderwagon und Pawel, von dem mir jetzt der Nachname nicht einfällt. Und da ist – ach, du meine Güte ...«
Mit einemmal hielt Carson das Video an, trennte den Computer vom Netzwerk und schaltete das Terminal ab.
»Lassen Sie uns einen Spaziergang machen«, sagte er.

»Das waren also die Beta-Tester«, sagte de Vaca, als sie langsam am inneren Zaun entlanggingen. »Und sie haben alle das Zeug bekommen, nicht wahr?«
»Alle, ohne Ausnahme«, sagte Carson. »Von den Wachleuten bis hinauf zu Singer. Alle außer uns. Wir beide sind die einzigen

Neuankömmlinge seit dem 27. Februar, an dem das Video gedreht wurde.«

»Wie haben Sie das alles überhaupt herausgefunden?« fragte de Vaca und verschränkte die Arme vor der Brust, als friere sie trotz der spätnachmittäglichen Hitze.

»Als ich heute vormittag zu Singer in sein Büro ging, sah ich, wie er ständig die Gegenstände auf seinem Couchtisch zurechtrückte. Seine Bewegungen hatten etwas Zwanghaftes, das mir seltsam vorkam und irgendwie nicht zu Singer zu passen schien. Dann erinnerte ich mich daran, wie sich Vanderwagon benommen hatte, kurz bevor er sich das Auge ausgestochen hatte, und an Brandon-Smith' neurotisches Gehabe ein paar Tage vor ihrem Tod. Und dann bemerkte ich, daß Singer blutunterlaufene Augen mit einem gelblichen Schimmer im Weiß hatte. Genauso hatten Vanderwagons Augen ausgesehen. Auch Nyes Augen sind seit längerem blutunterlaufen. Denken Sie nur mal nach. Haben Sie nicht auch in letzter Zeit an vielen Leuten hier solche Augen bemerkt? Ich jedenfalls habe das. Ich dachte immer, es käme vom Streß, der die Leute nicht schlafen läßt.« Carson zuckte mit den Achseln. »Von Singers Büro ging ich in die Bibliothek und habe mich den Rest des Tages über mit den Forschungsunterlagen von PurBlood vertraut gemacht.«

»Und dabei sind Sie auf die Videodatei gestoßen«, sagte de Vaca.

»Richtig. Die Belegschaft von Mount Dragon als Beta-Tester für das neue Produkt von GeneDyne zu gewinnen, war wohl wieder eine von Scopes' grandiosen Ideen. Übrigens ist es bei Pharmafirmen gang und gäbe, ein Präparat zunächst an Freiwilligen aus den Reihen der eigenen Mitarbeiter auszuprobieren. Der Videofilm entstand vermutlich, um ihn später für Werbezwecke verwenden zu können.«

»Ob das wohl ein Erfolg geworden wäre? Manche der Freiwilligen sahen alles andere als glücklich aus«, sagte de Vaca trocken.

»Aber Scopes ist nun mal ein brillanter Redner«, entgegnete

Carson. »Wenn dann auch noch Burt eine Lanze für die Sache bricht und viele Kollegen sich eine Transfusion verabreichen lassen, kann man sich dem Druck wohl kaum mehr entziehen.«
»Aber was um alles in der Welt geschieht denn *jetzt* mit ihnen?« fragte de Vaca und gab sich Mühe, nicht allzu besorgt zu klingen.
»Offenbar hat PurBlood, je länger es sich in ihrem Körper befindet, einen toxischen Effekt auf sie. Vielleicht greift irgend etwas die Membranhülle an und löst Mutationen in der DNA aus. Wenn die Hülle zerfällt, gelangt ihr Inhalt ins Blut.«
»Woher wissen Sie denn so sicher, daß PurBlood an diesem seltsamen Verhalten schuld ist?« fragte de Vaca stirnrunzelnd.
»Was sollte es denn sonst sein? Sie haben alle eine Transfusion bekommen, und sie fangen alle an, dieselben Symptome zu zeigen.«
»Dopamin«, murmelte de Vaca. »Was hat Teece Ihnen noch mal über Dopamin erzählt?«
»Er sagte, daß Burt und Vanderwagon beide erhöhte Dopamin- und Serotoninspiegel hätten. Ebenso wie Brandon-Smith, auch wenn bei der die Spiegel etwas niedriger waren. Außerdem meinte er, daß Leute, die zuviel von diesen Neurotransmittern im Gehirn haben, unter Verfolgungswahn, Wahnvorstellungen und psychotischem Verhalten leiden. Sie haben doch zwei Jahre lang Medizin studiert. Stimmt das?«
De Vaca blieb stehen.
»Nicht, gehen Sie weiter, Susana. Hat Teece mit seiner Behauptung recht gehabt?«
»Ja«, antwortete sie schließlich. »Die Produktion körpereigener Stoffe ist sehr genau ausbalanciert. Falls die mutierte DNA in PurBlood dem Körper befehlen sollte, größere Mengen von ...« Sie hielt inne und dachte nach. Dann fing sie noch einmal von vorne an: »Depressionen und Desorientiertheit könnten eine Folge von zuviel Dopamin und Serotonin sein, gepaart mit einem zwanghaft-kompulsiven Verhalten. Bei stark erhöhter

Ausschüttung könnte es auch zu extremem Verfolgungswahn und fulminant verlaufenden Psychosen kommen.«

»Die durchlässigen Blutgefäße, die Teece beschrieben hat, müßten ein weiteres Symptom sein«, fuhr Carson fort.

»Reines Hämoglobin durchdringt die Gefäßwände und vergiftet den gesamten Körper. Blutunterlaufene Augen wären da noch eines der geringsten Probleme.«

Sie gingen einige Minuten schweigend nebeneinander her.

»Burt war der Alpha-Tester für PurBlood«, sagte Carson schließlich. »Also war er der erste, der von den Symptomen betroffen war. Letzte Woche traten sie bei Vanderwagon auf. Sind Ihnen außerdem noch Leute aufgefallen, die sich seltsam benahmen?«

De Vaca dachte nach, dann nickte sie. »Gestern beim Frühstück schrie mich die Technikerin aus dem Sequenzierungslabor an, weil ich angeblich auf ihrem Stuhl saß. Ich stand sofort auf, aber sie ließ mich nicht in Ruhe, was sonst gar nicht ihre Art ist. Ich dachte, daß ihr der Streß langsam zu viel wird.«

»Offenbar sind nicht alle gleichermaßen stark betroffen«, sagte Carson. »Aber es ist wohl lediglich eine Frage der Zeit, bis …«

Er hörte mitten im Satz auf zu sprechen. Es war nicht nötig, ihn zu Ende zu führen. *Bis die komplette Belegschaft dieses Labors – dieses abgeschiedenen Labors mitten in der Wüste, in dem an einem Virus gearbeitet wird, das die ganze Menschheit vernichten könnte – vollkommen verrückt wird.*

Auf einmal kam ihm ein ganz anderer Gedanke. »Susana«, fragte er de Vaca, »wissen Sie, wann PurBlood zur allgemeinen Verwendung zugelassen wird?«

Sie schüttelte den Kopf.

»Ich habe darüber heute vormittag in der Bibliothek einiges gelesen, denn GeneDyne will den Termin offenbar zu einem großen Medienspektakel machen. Es wird ein ziemliches Tamtam geben, mit jeder Menge Berichterstattung. Man hat schon vier Krankenhäuser im ganzen Land ausgesucht, in denen einhundert Bluter und Kinder, die sich größeren Operationen unterziehen müssen, als erste mit PurBlood versorgt werden.«

»Und wann soll das sein?« fragte de Vaca.

»Am 3. August.«

De Vaca schlug entsetzt die Hand vor den Mund. »Aber das ist ja diesen Freitag!«

Carson nickte. »Wir müssen die zuständigen Behörden verständigen. Sie müssen die Anwendung von PurBlood unterbinden und dafür sorgen, daß die Menschen hier in ärztliche Behandlung kommen.«

»Und wie sollen wir das bewerkstelligen, wenn ich fragen darf? Ferngespräche kann man hier nur auf dem Umweg über die speziellen Datenleitungen der Firma führen. Und selbst wenn wir die benützen könnten, wer würde uns schon glauben?«

Carson dachte nach. »Vielleicht leidet Scopes ja bereits unter den Symptomen.«

»Und selbst wenn«, schnaubte de Vaca, »niemand würde das mit den Vorgängen hier in Verbindung bringen.«

»Aber vielleicht machen wir uns ja auch unnötige Sorgen. Wenn wirklich alle Leute in Mount Dragon verrückt werden, werden sie dann nicht gegenseitig aufeinander losgehen und eine weitere Arbeit am X-FLU-Virus unmöglich machen?«

De Vaca schüttelte den Kopf. »In dieser Atmosphäre hier? Wohl kaum. Nicht, solange eine so charismatische Persönlichkeit wie Scopes hier das Sagen hat. Einen klassischeren Fall von *folie á deux* kann man sich kaum vorstellen.«

»Von was?«

»Von kollektiven Wahnvorstellungen. Dabei handeln viele verschiedene Menschen nach derselben verrückten Idee.«

»Ist ja toll«, sagte Carson und verzog das Gesicht. »Damit bleibt uns nur noch eine Möglichkeit. Wir müssen uns schleunigst aus dem Staub machen.«

»Und wie?«

»Das weiß ich auch nicht.«

De Vaca grinste verschlagen und wollte schon etwas sagen, aber dann blieb sie stehen und stieß Carson mit dem Ellenbogen in die Seite. »Da, sehen Sie mal.«

Carson blickte nach vorn. Direkt vor ihnen lag der Autohof, in dem ein halbes Dutzend weißer Geländewagen nebeneinander aufgereiht standen und lange Schatten über den kiesbestreuten Boden warfen.

Scheinbar unbeabsichtigt schlenderten sie auf die Fahrzeuge zu.

»Dazu müßten wir erst einmal die Schlüssel haben«, flüsterte Carson, »und dann müßten wir immer noch irgendwie unbemerkt aus dem Gelände kommen.«

Auf einmal kniete sich de Vaca neben ihm auf den Boden.

»Was tun Sie da?« fragte Carson.

»Ich binde mir den Schnürsenkel.«

»Aber Sie tragen doch Slipper.«

De Vaca stand wieder auf. »Das weiß ich schon selber, Sie Trottel.« Sie wischte sich den Staub vom Knie, warf ihre Haare nach hinten und sah ihn an. »Es gibt keinen Wagen auf der Welt, den ich nicht kurzschließen kann.«

Carson sah sie verblüfft an.

»Früher habe ich sie geklaut.«

»Das glaube ich Ihnen aufs Wort.«

»Aber nur zum Spaß«, rechtfertigte sie sich.

»Ach so. Aber diese Fahrzeuge wurden ursprünglich fürs Militär konstruiert, und für diese Einrichtung galt einmal die höchste Geheimhaltungsstufe. Die Dinger sind bestimmt um einiges schwieriger zu knacken als ein Honda Civic.«

De Vaca runzelte die Stirn und stampfte wütend mit der Ferse auf den Boden.

»An meinem ersten Tag hier«, fuhr Carson fort, »hat Singer mir gesagt, daß die Sicherheit hier besser sei, als es den Anschein habe. Selbst wenn wir den Zaun durchbrechen könnten, würden sie uns in kürzester Zeit einholen und fertigmachen.«

Die beiden schwiegen eine Weile.

»Es gibt noch zwei weitere Möglichkeiten«, sagte de Vaca dann. »Wir können reiten, oder wir können zu Fuß gehen.«

Carson blickte hinaus in die weite, endlose Wüste. »Nur ein Narr würde so etwas versuchen«, sagte er ruhig.

Während sie schweigend dastanden, wurde Carson klar, daß er keine Angst verspürte, sondern lediglich eine Zentnerlast, die ihm auf die Schultern drückte. Er wußte nicht, ob er mutig oder ganz einfach nur zutiefst erschöpft war.

»Teece war nicht gerade ein Fan von PurBlood«, sagte er schließlich. »Das hat er mir in der Sauna gesagt. Ich möchte wetten, daß seine rasche Abreise etwas damit zu tun hatte. Vermutlich hatte er nach dem Vorfall mit X-FLU so viele Zweifel, daß er die Einführung unserer anderen Produkte zumindest so lange aufschieben wollte, bis er ganz sicher war, daß unsere Verfahren fehlerfrei sind. Oder bis er wußte, was mit Burt wirklich los ist.«

Während er das sagte, sah er, wie de Vaca plötzlich zusammenzuckte. »Da kommt jemand«, flüsterte sie.

Carson hörte Schritte, und dann tauchte aus einem der überdachten Gänge des Wohnbereichs Harper auf. An einer Ausbeulung unter dem Hemd des Wissenschaftlers konnte Carson sehen, daß Harpers Brust noch immer dick bandagiert war.

»Na, gehen Sie auch zum Essen?« fragte Harper und blieb stehen.

»Na klar«, antwortete Carson nach kurzem Zögern.

»Worauf warten Sie dann noch?«

In der Kantine waren nur noch wenige Tische frei. Während sie sich setzten, sah Carson sich um. Seit Vanderwagon nicht mehr da war, war Carson immer außerhalb der Spitzenzeiten zum Essen gegangen und hatte sich allein an einen Tisch gesetzt. Jetzt hatte er ein ungutes Gefühl, so viele Leute aus der Belegschaft an einem Ort versammelt zu sehen. Ist es wirklich möglich, daß alle diese Menschen ... Er dachte den Gedanken nicht zu Ende.

Ein Kellner kam an ihren Tisch. Während sie ihre Getränke bestellten, beobachtete Carson, wie der Kellner ständig einen nicht vorhandenen Schnurrbart glattstrich – erst links, dann rechts, dann wieder links und wieder rechts. Die Haut über der Oberlippe des Mannes war von dem ständigen Gefummel schon ganz rot.

»Na, was haben Sie beide in letzter Zeit so gemacht?« fragte Harper, nachdem der Kellner sich entfernt hatte.

Carson hörte die Frage kaum, denn plötzlich war ihm etwas aufgefallen, was sein ungutes Gefühl noch verstärkte.

Die Atmosphäre in der Kantine hatte etwas Gedämpftes, fast Verstohlenes an sich. Obwohl alle Tische besetzt waren, war es ungewöhnlich leise. Die Leute aßen still vor sich hin und redeten kaum miteinander. Carson kam es so vor, als hätten sie gar keinen Hunger und äßen nur, weil sie es von früher her gewohnt waren. Das Echo von Harpers Frage schien für Carson drei Dutzend Wassergläser zum Klingen zu bringen. Mein Gott, habe ich denn die ganze Zeit über geschlafen? fragte sich Carson. Wieso habe ich das alles so lange nicht bemerkt?

Der Kellner kam wieder und brachte Harper sein Bier und Carson und de Vaca ihr Mineralwasser.

»Sind Sie Abstinenzler geworden?« fragte Harper.

Carson schüttelte den Kopf.

»Ich warte noch immer auf eine Antwort auf meine Frage von vorhin«, sagte Harper und strich sich mit einer nervösen Bewegung sein schon merklich gelichtetes, braunes Haar glatt. »Ich habe gefragt, was Sie beide in letzter Zeit so gemacht haben.« Dabei blickte er zwischen Carson und de Vaca hin und her und blinzelte dabei unaufhörlich mit seinen rötlich unterlaufenen Augen.

»Ach, nicht viel«, sagte de Vaca, die stocksteif dasaß und auf ihren leeren Teller starrte.

»Nicht viel«, wiederholte Harper, als habe er die Wörter eben zum erstenmal gehört. »Nicht viel. Das klingt merkwürdig, wo

wir doch alle am größten Projekt in der Geschichte von Gene-Dyne arbeiten. Wie kommt es, daß Sie beide dann *nicht viel* tun?«
Carson nickte und wünschte, Harper würde etwas weniger laut sprechen. Selbst wenn es ihnen gelingen sollte, einen Geländewagen zu stehlen, was sollten sie sagen, wenn sie wieder in die Zivilisation zurückgekehrt waren? Wer würde schon zwei verstört dreinblickenden Leuten glauben, die gerade aus der Wüste kamen? Sie mußten Beweise für ihre Behauptungen auf irgendeinem transportablen Medium sichern und es mitnehmen. Aber konnten sie es überhaupt wagen, das X-FLU-Virus in den Händen von Leuten zu belassen, die alle mehr oder weniger verrückt waren? Aber was konnten sie andererseits schon groß ausrichten, wenn sie hierblieben? Wenn es ihnen allerdings gelänge, die Beweise für die Gefährlichkeit von PurBlood Professor Levine zuzuspielen, konnten sie hierbleiben und aufpassen, daß mit dem Virus kein gefährlicher Unsinn gemacht wurde, während Levine dafür sorgte, daß man ihnen von außen zu Hilfe kam. Es war zwar unmöglich, unbemerkt Gigabytes von Informationen durch das Netz zu schicken, aber …
Auf einmal spürte Carson, wie eine Faust ihn am Hemd packte und mit brutalem Griff den Stoff zusammendrehte.
»He, ich rede mit Ihnen, Sie Arschloch!« sagte Harper und zog Carson fast aus seinem Stuhl.
Carson wollte aufstehen und protestieren, aber da spürte er, wie de Vaca ihm beruhigend die Hand auf den Unterarm legte.
»Tut mir leid«, murmelte er. Der Druck von de Vacas Hand wurde schwächer.
»Warum ignorieren Sie mich?« fragte Harper laut. »Was verschweigen Sie mir?«
»Tut mir wirklich leid, George. Ich habe gerade an etwas anderes gedacht.«
»Wir hatten in letzter Zeit eine Menge Arbeit«, sagte de Vaca in bemüht freundlichem Ton. »Da geht einem viel im Kopf herum.«

Carson spürte, wie Harpers Faust sein Hemd fester zusammendrehte. »Aber gerade eben haben Sie gesagt, daß Sie nicht viel getan hätten. Das habe ich genau gehört. Also was stimmt jetzt?« Carson blickte sich um. Die Leute an den Nebentischen sahen bereits zu ihnen herüber, und in ihren zuvor so stumpfen und leeren Blicken glomm eine gewisse Vorfreude, wie Carson sie früher öfter kurz vor Ausbruch einer Rauferei zwischen Cowboys gesehen hatte.

»George«, sagte de Vaca, »ich habe gehört, Ihnen sei neulich ein großer Durchbruch gelungen.«

»Von wem?« fragte Harper.

»Singer hat mir das erzählt. Er sagte, Sie machten enorme Fortschritte.«

Harper ließ Carson los und hatte ihn anscheinend sofort vergessen. »John hat das gesagt? Das wundert mich nicht.«

De Vaca lächelte und legte Harper die Hand auf den Arm. »Ach, übrigens: Ich war schwer beeindruckt davon, wie souverän Sie neulich die Sache mit Vanderwagon geregelt haben.«

Harper lehnte sich zurück und sah sie lange an. »Danke«, sagte er schließlich.

»Ich wollte Ihnen das eigentlich schon längst einmal sagen. Tut mir leid, daß ich es immer wieder vergessen habe. Das war wirklich nachlässig von mir.«

Carson sah, wie de Vaca Harper mit einem mitfühlenden und verständnisvollen Gesichtsausdruck direkt in die Augen sah. Dann senkte sie ihren Blick vielsagend auf Harpers Hände. Er reagierte genau so, wie sie es vorhergesehen hatte.

»Da, sehen Sie sich das an«, sagte er und zeigte ihr seine Fingernägel. »Sie sind schmutzig. Verdammt. Bei all den Keimen, die hier herumschwirren, muß man verdammt vorsichtig sein.« Ohne ein weiteres Wort schob er seinen Stuhl zurück und verschwand in Richtung Toiletten.

Carson atmete erleichtert aus. »Gott im Himmel«, flüsterte er. Obwohl sich die Wissenschaftler an den Nebentischen wieder ihren Mahlzeiten widmeten, herrschte in der Kantine noch immer eine Atmosphäre gespannter Erwartung.

»Es war wohl keine gute Idee, hierherzukommen«, murmelte de Vaca. »Ich habe sowieso keinen Hunger.«

Carson bemühte sich, ruhiger zu atmen und schloß einen Moment die Augen. Kaum hatte er das getan, schien auch schon die Welt um ihn herum zu versinken. Großer Gott, war er müde!

»Ich kann jetzt langsam nicht mehr denken«, sagte er. »Ich schlage vor, wir treffen uns um Mitternacht im Röntgenlabor und legen uns bis dahin noch eine Weile aufs Ohr.«

»Sind Sie verrückt?« schnaubte de Vaca. »Wieso soll ich ausgerechnet jetzt schlafen?«

Carson warf ihr einen vielsagenden Blick zu. »Weil Sie nicht so bald wieder die Gelegenheit dazu bekommen werden«, sagte er.

Charles Levine starrte auf den blauen Umschlag mit den offiziellen Stempeln, der mit einem großen, handsignierten Siegel verschlossen war. Er machte sich daran, ihn zu öffnen, hielt aber plötzlich inne. Er wußte schon, was er in dem Umschlag finden würde. Er überlegte sich, ob er ihn in den Papierkorb werfen solle, entschied sich dann aber doch dagegen. Schließlich änderte sich überhaupt nichts, wenn er den Umschlag vernichtete.

Er blickte durch die offene Tür seines mit Umzugskartons vollgestellten Büros ins leere Vorzimmer. Noch vor einer Woche hatte Ray hier gesessen und in seiner ruhigen Art Telefongespräche entgegengenommen und allzu aufdringliche Besucher abgewimmelt. Im Gegensatz zu vielen seiner Kollegen an der Universität und in der Stiftung hatte sich Ray bis zum Schluß Levine gegenüber als loyal erwiesen. Levine konnte es immer noch nicht fassen, wie man es geschafft hatte, sein ganzes

Lebenswerk in so kurzer Zeit in den Schmutz zu ziehen und zugrunde zu richten.
Levine setzte sich auf einen Stuhl und starrte mit leeren Blicken auf seinen Laptop, der als letztes Stück seiner Habe noch nicht in einem der Umzugskartons verschwunden war. Der Computer hing noch immer am Datennetz der Universität. Vor wenigen Tagen noch hatte Levine in diesem Netzwerk nach Helfern bei seinem Kreuzzug gegen GeneDyne gesucht und statt dessen ein Monster geweckt, das alles zerstört hatte, was ihm lieb und teuer gewesen war.
Sein größter Fehler war der gewesen, daß er Brent Scopes unterschätzt hatte. Oder vielleicht hatte er ihn auch überschätzt. Der Scopes, den er kannte, hätte ihn nicht auf diese niederträchtige Weise bekämpft. Vielleicht, dachte Levine, trug er selbst ja auch wirklich eine gewisse Mitschuld an seinem Unglück: Vielleicht hatte er übertrieben, vielleicht hatte er seine Schlußfolgerungen zu rasch gezogen, vielleicht war es auch moralisch nicht vertretbar gewesen, ins Firmennetz von GeneDyne so einzudringen, wie er es getan hatte. Sicherlich hatte er Scopes damit provoziert. Daß Scopes andererseits ganz bewußt das Andenken von Levines verstorbenem Vater besudelt hatte, war ebenso verrückt wie unentschuldbar. Irgendwie hatte Levine immer noch die Erinnerung an ihre Freundschaft gehegt, eine Freundschaft von so tiefgreifender, intellektueller Intensität, wie Levine sie später nie wieder gefunden hatte. Er war nie wirklich über diesen Verlust hinweggekommen, und insgeheim hatte er immer geglaubt, daß Scopes in diesem Punkt ähnlich fühlte wie er.
Aber er hatte sich ganz offenbar getäuscht.
Levines Blick wanderte über die leeren Regale, die offenstehenden Aktenschränke, die grauen Wolken aufgewirbelten Staubes, die sich in der stillen Luft nur langsam wieder setzten. Der Verlust seiner Stiftung, seines Ansehens und seiner Professur hatte schlagartig sein ganzes Leben verändert. Jetzt blieben ihm

nicht mehr viele Möglichkeiten, was er tun konnte. Wenn er es genau betrachtete, gab es nur noch eine einzige. Er mußte seinen ganzen, ihm noch verbliebenen Einfluß geltend machen und versuchen, alle maßgeblichen Leute, die er kannte, von Scopes' schmutzigem Spiel zu überzeugen. Die Welt mußte erfahren, daß der Chef von GeneDyne auch vor verbrecherischen Methoden nicht zurückschreckte, wenn es galt, Levine zu diskreditieren und seine Karriere zu ruinieren. Scopes sollte das Andenken an Levines Vater nicht ungestraft in den Schmutz gezogen haben.

Nach Einbruch der Dunkelheit war das Laborgelände in Mount Dragon ein unheimlicher Ort mit tausend schwarzen Schatten. Das Licht des zunehmenden Mondes überzog die überdachten Gehwege und die zerklüfteten Gebäude mit einem blassen, bläulichen Schimmer, und das Geräusch des Kieses, der unter seinen langsamen Schritten knirschte, verstärkte in Carson nur noch das Gefühl des Alleinseins. Hinter der dünnen Lichterkette, die den äußeren Zaun markierte, lauerte eine tiefe, sich in jede Richtung über hundertfünfzig Kilometer erstreckende Dunkelheit.

Als Carson sich dem Röntgenlabor näherte, konnte er niemanden entdecken, der sich außer ihm im Freien aufhielt. Auch drüben im Wohnbereich war alles still, und gerade diese Stille machte ihn noch nervöser, als er es ohnehin schon war. Er hatte das Röntgenlabor als Treffpunkt gewählt, weil es durch neuere Einrichtungen im Fiebertank praktisch überflüssig geworden war und deshalb so gut wie nie benützt wurde. Außerdem war es das einzige Labor außerhalb des Hochsicherheitsbereichs, von dem aus man vollen Zugang zum Computernetz hatte. Jetzt allerdings wußte er nicht mehr so recht, ob er die richtige Wahl getroffen hatte, denn das Labor lag ziemlich abseits hinter dem Werkstattgebäude, und wenn ihm jetzt wider Erwarten doch jemand begegnete, würde Carson ihm kaum erklären können, was er dort wollte.

Er öffnete die Tür zum Labor einen Spalt und hielt inne. Drinnen brannte ein schwaches Licht, und er hörte, wie sich jemand bewegte.

»Meine Güte, Carson, haben Sie mich erschreckt«, sagte de Vaca, deren Gesicht vom bläulichen Schein des Computerschirms gespenstisch erleuchtet wurde. Sie winkte ihn herein.

»Was machen Sie da?« flüsterte er und setzte sich in den Stuhl neben dem ihren.

»Ich war früh dran und habe mir überlegt, wie wir unsere Vermutung über PurBlood nachprüfen könnten.« Während sie Carson das zuflüsterte, tippte sie rasch etwas in den Computer ein. »Wir werden doch alle einmal die Woche ärztlich untersucht.«

»Erinnern Sie mich bloß nicht daran.«

De Vaca sah ihn an. »Und? Kapieren Sie noch immer nicht? Wir könnten uns doch die Werte der Rückenmarkspunktionen ansehen.«

Langsam dämmerte Carson, was sie vorhatte. Bei den ärztlichen Untersuchungen wurde auch immer eine Rückenmarkspunktion durchgeführt, deren Ergebnisse Rückschlüsse auf die Dopamin- und Serotoninspiegel zuließen.

»Aber zu den Untersuchungsberichten haben wir keinen Zugang«, wandte er ein.

»Sie leben wirklich hinter dem Mond, *cabrón*. Ich habe mir bereits Zugang verschafft. Schließlich habe ich die erste Woche hier in der medizinischen Abteilung gearbeitet, erinnern Sie sich? Man hat vergessen, mir meinen Netzwerkzugang zu den ärztlichen Daten wieder zu entziehen.« Im Licht des Bildschirms hoben sich Susanas hohe Wangenknochen wie zwei bläulich

beleuchtete Bergrücken vom Rest ihres Gesichts ab. »Ich habe mir schon ein paar Berichte angesehen, aber die Fülle des Materials ist einfach zu groß. Also habe ich eine gezielte Anfrage bei der medizinischen Datenbank gestellt.«
»Nach was haben Sie gefragt? Nach dem Dopamin- und Serotoninspiegel aller hier Beschäftigten?«
De Vaca schüttelte den Kopf. »Neurotransmitter kann man mit einer Rückenmarkspunktion nicht messen. Dafür aber ihre Zerfallsprodukte. Darunter sind Homovanillinsäure, das Zerfallsprodukt von Dopamin sowie 5-Hydroxyindolylessigsäure, das Zerfallsprodukt von Serotonin. Nach denen habe ich die Datenbank abgefragt. Zur Kontrolle habe ich auch noch MHPG und VMA auflisten lassen, die Zerfallsprodukte von Norepinephrin, einem weiteren Neurotransmitter. Damit haben wir Vergleichswerte, mit deren Hilfe wir die anderen Ergebnisse besser einordnen können.
»Und? Was ist dabei herausgekommen?«
»Das weiß ich noch nicht. Das Ergebnis kommt gerade.«
Eine Tabelle erschien auf dem Bildschirm des Computers.

	MHPG	HVS	VMA	5-HIES
Aaron	1	6	1	5
Alberts	1	9	1	10
Bowman	1	12	1	9
Bunoz	1	7	1	6
Carson	1	1	1	1
Cristoferi	1	8	1	5
Davidoff	1	8	1	8
De Vaca	1	1	1	1
Donergan	1	10	1	8
Ducely	1	7	1	9
Engles	1	7	1	6

WEITERE DATEN VERFÜGBAR

»Mein Gott«, murmelte Carson.
De Vaca nickte grimmig. »Sehen Sie sich die HVS- und die 5-HIES-Meßwerte an. Bei allen außer Ihnen und mir müssen die Dopamin- und Serotoninspiegel gleich ums Mehrfache höher als normal sein.«
Carson scrollte die Liste bis zu ihrem Ende durch. »Sehen Sie sich bloß die Werte von Nye an«, sagte er plötzlich und deutete auf den Bildschirm. »Die Dopaminmetaboliten haben einen vierzehnmal höheren Spiegel als normal, die von Serotonin einen zwölfmal höheren.«
»Mit Werten wie diesen ist ein Mensch schon so paranoid, daß es an Schizophrenie grenzt«, sagte de Vaca. »Ich wette, daß er Teece als eine Gefahr für Mount Dragon angesehen hat – oder möglicherweise auch als eine für sich selbst – und ihm draußen in der Wüste eine tödliche Falle gestellt hat. Ich frage mich nur, ob dieser Scheißkerl Marr auch daran beteiligt war. Sie hatten recht, als Sie sagten, daß nur ein Verrückter Teece ermordet hätte.«
Carson sah de Vaca fragend an. »Wie kommt es, daß diese erhöhten Meßwerte bisher noch niemandem aufgefallen sind?«
»Weil man hier nicht auf die Spiegel von Neurotransmittern im Gehirn achtet. Man sucht nach Dingen wie Antikörpern, die bei einer Virusinfektion auftreten. Außerdem bewegen wir uns hier im Bereich von Nanogramm pro Milliliter. Wenn man nicht gezielt nach diesen Metaboliten sucht, dann fallen sie einem nicht ins Auge.«
Carson schüttelte ungläubig den Kopf. »Gibt es denn nichts, womit man die Wirkung dieser Neurotransmitter wieder aufheben könnte?«
»Schwer zu sagen. Man könnte es mit einem Dopaminrezeptorantagonisten wie Chlorpromazin versuchen oder mit Imipramin, das den Transport von Serotonin blockiert. Bei so hohen Spiegeln wie diesen wird das allerdings kaum etwas bewirken. Wir wissen ja nicht einmal, ob der Prozeß, den PurBlood auslöst,

überhaupt umgekehrt werden kann. Und selbst wenn das ginge, müßte ein ausreichender Vorrat an diesen beiden Medikamenten vorhanden sein, außerdem müßten wir einen Weg finden, sie sämtlichen Beschäftigten hier zu verabreichen.«
Carson starrte immer noch mit einer Mischung aus Faszination und Grauen auf den Bildschirm. Dann griff er entschlossen nach der Tastatur, kopierte die Daten auf die Festplatte des Terminals und verließ das Programm.
»He, was machen Sie da?« zischte de Vaca ihn böse an.
»Wir haben genug gesehen«, entgegnete Carson. »Denken Sie dran, daß Scopes selbst einer der Beta-Tester war. Wenn er uns dabei erwischt, wie wir hier herumstöbern, sind wir geliefert.«
Er loggte de Vaca aus dem Netz und gab sein eigenes Paßwort ein. Während der Einlogsequenz holte er zwei beschreibbare CDs aus seiner Jackentasche.
»Ich war vorhin in der Bibliothek und habe mir die wichtigsten Daten auf diese CDs kopiert: das Video, die Bilder der filtrierten und unfiltrierten Eiweißmoleküle, meine Aufzeichnungen über X-FLU und Burts Arbeitsnotizen. Jetzt werde ich noch die Tabelle dazukopieren, die wir eben gesehen haben, und ...«
Er hörte mitten im Satz zu reden auf und starrte auf den Bildschirm.

Guten Abend, Guy Carson.
Sie haben 1 neue Nachricht.

Rasch holte sich Carson die elektronische Mitteilung auf den Bildschirm.

Ciao, Guy.
Sie haben heute am frühen Morgen so gigantisch viel Rechenzeit mit dem Molekülmodellierungsprogramm verbraten, daß es meiner Aufmerksamkeit einfach nicht ent-

gehen konnte. Ich finde es ja herzerfrischend, Sie zu so ungewohnter Stunde noch bei der Arbeit zu finden, aber aus Ihren bisherigen Labornotizen ging nicht hervor, warum Sie das tun mußten.
Da ich weiß, daß Sie ohne einen guten Grund weder Ihre noch meine Zeit vergeuden würden, frage ich mich natürlich, ob Sie womöglich kurz vor einem Durchbruch stehen. Ist dem so? Ich würde mich ja so freuen, und zwar für uns beide. Sie wissen ja, daß mir hübsche Bilder von Molekülen überhaupt nichts nützen. Was ich brauche, sind Erfolge. Inzwischen wird die Zeit dramatisch knapp.
Ach ja, eines hätte ich fast vergessen: Woher kommt Ihr plötzliches Interesse an PurBlood?
Ich erwarte Ihre Antwort.

Brent

»Gütiger Gott, sehen Sie sich das an«, sagte de Vaca. »Da spürt man ja fast seinen Atem im Genick.«
»Die Zeit wird dramatisch knapp, da hat er recht«, murmelte Carson. »Wenn er nur wüßte, weshalb.« Er steckte eine der CDs in den CD-Brenner des Terminals und kopierte die Daten der Rückenmarkspunktionen darauf. Als das erledigt war, rief er die Netzwerksoftware auf, mit der man Online-Unterhaltungen führen konnte.
»Sind Sie verrückt?« fragte de Vaca. »Mit wem wollen Sie sich denn jetzt unterhalten?«
»Halten Sie den Mund, und sehen Sie zu, was ich mache«, sagte Carson und tippte weiter.

Gewünschter Gesprächspartner: Guy Carson@ Biomed.Dragon.GeneDyne

»Sind Sie denn jetzt auch verrückt geworden?« fragte de Vaca. »Wieso wollen Sie denn eine Online-Unterhaltung mit sich selbst führen?«

»Das ist ein Trick, mit dem ich Levine erreichen kann«, antwortete Carson. »Indem ich eine Unterhaltung mit mir selbst beantrage, starte ich ein getarntes Programm, das er in unser Netz hat einschmuggeln lassen und das mich direkt mit seinem Computer verbindet.«

»Sie haben vor, ihm die Daten über PurBlood zu schicken, nicht wahr?« fragte de Vaca.

»Genau. Er ist der einzige, der uns helfen kann.«

Carson wartete und zwang sich, ruhig zu bleiben. Er stellte sich das geheime Kommunikationsprogramm vor, das sich jetzt unsichtbar durch die Tiefen des GeneDyne-Netzes hinaus zu einem öffentlichen Netzwerk wühlte, an das Dr. Levines Computer angeschlossen war. Dort würde jetzt eine Botschaft an den Professor aufblinken, falls der Computer ans Netzwerk angeschlossen war. Carson hoffte, daß Levine in der Nähe war und die Botschaft las. Nun mach schon, dachte er.

Auf einmal erschienen Worte auf dem Bildschirm.

Hallo, ich warte schon lange darauf, daß Sie sich melden.

Carson tippte, so rasch er konnte:

Dr. Levine, passen Sie jetzt gut auf. Wir haben hier in Mount Dragon eine prekäre Situation. Sie hatten recht, was das Virus anbetrifft, aber es geht inzwischen um mehr, um viel mehr. Wir können hier nichts dagegen tun, deshalb brauchen wir Ihre Hilfe. Es ist ungeheuer wichtig, daß Sie rasch handeln. Ich werde Ihnen gleich ein Dokument schicken, in dem ich Ihnen genau erkläre, was hier vor sich geht. Des weiteren schicke ich Ihnen einige Dateien, die weiterführende Informationen enthalten. Um eines möchte ich Sie ganz besonders dringend bitten: Bitte tun Sie alles in Ihrer Macht Stehende, um uns so schnell wie möglich hier herauszuholen. Ich glaube, wir befinden uns in großer Gefahr. Außerdem darf das X-FLU-Virus nicht mehr länger als unbedingt nötig in den Händen der Wissenschaftler hier in Mount Dragon bleiben. Wie Sie aus den folgenden Daten erkennen können, brauchen alle hier dringend ärztliche Hilfe. Ich beginne jetzt mit der Datenübertragung nach dem üblichen Netzwerkprotokoll.

Mit ein paar Tastenkombinationen setzte Carson die Übertragung der Daten in Gang. Eine Leuchtdiode am Terminal zeigte an, daß das CD-Laufwerk ansprang, und Carson lehnte sich vorsichtig zurück und sah zu, wie das Überspielen der Daten fortschritt. Selbst mit der stärksten Kompression und der größten Bandbreite, die das Netzwerk hergab, würde es vierzig Minuten dauern, bis alles an Levine übermittelt war. Die Wahrscheinlichkeit war groß, daß Scopes eine so lange Datenübertragung bei seinem routinemäßigen Herumschnüffeln bemerken würde. Wenn nicht, dann würde sie ihm sicherlich einer seiner Helfershelfer im Netzwerk brühwarm berichten. Und was sollte Carson bloß auf Scopes' E-Mail antworten?
Auf einmal wurde der Datenstrom abrupt unterbrochen.

Guy, sind Sie noch da?

Ja, wir sind hier. Was ist los?

Was bedeutet das »wir«? Ist denn jemand bei Ihnen?

Ja, meine Laborassistentin. Sie ist in die Sache eingeweiht.

Sehr gut. Jetzt passen Sie auf: Gibt es in Mount Dragon sonst noch irgend jemanden, der Ihnen helfen könnte?

Nein, wir sind ganz auf uns allein gestellt, Dr. Levine. Lassen Sie mich jetzt bitte mit der Datenübertragung fortfahren.

Dazu ist jetzt keine Zeit mehr. Ich habe genug gesehen, um zu wissen, was Sie für Probleme haben. Die restlichen Informationen kann ich mir selbst aus dem Netz von Gene-Dyne besorgen. Danke für Ihr Vertrauen, Guy. Ich werde dafür sorgen, daß umgehend die zuständigen Behörden informiert werden, damit sie sich um die Situation bei Ihnen kümmern können.

Dr. Levine, Sie müssen uns hier herausholen. Ich glaube, daß ein Inspektor von der Gesundheitsbehörde, der hier nach dem Rechten sehen sollte, umgebracht wurde.

Keine Sorge, ich werde mich als erstes darum kümmern, daß Sie so schnell wie möglich von dort wegkommen. Bis dahin verhalten Sie und de Vaca sich so, als wäre nichts geschehen. Bleiben Sie ruhig und versuchen Sie nicht, auf eigene Faust zu fliehen. Haben Sie mich verstanden?

Ja.

Sie haben hervorragende Arbeit geleistet, Guy. Wie sind Sie bloß auf diese Geschichte gekommen?

Carson wollte eben seine Antwort in den Computer tippen, als es ihm eiskalt den Rücken hinunterlief. Was hatte er da eben auf dem Bildschirm gelesen? *Bis dahin verhalten Sie und de Vaca sich so, als wäre nichts geschehen.* Woher kannte Levine den

Namen seiner Assistentin? Carson hatte ihn ihm gegenüber nie erwähnt.

Wer ist da? tippte er.

Auf einmal lösten sich die Buchstaben auf dem Bildschirm in ein Grießeln aus schwarzen und weißen Punkten auf, und aus dem Lautsprecher des Terminals kam ein lautes Rauschen. De Vaca hielt vor Schreck den Atem an, und Carson, der wie angewurzelt auf seinem Stuhl saß, starrte ungläubig auf den Bildschirm. Seine Glieder waren auf einmal schwer wie Blei. War das ein heiseres Lachen, das sich mit dem Rauschen aus dem Lautsprecher zu einer teuflischen Fuge vermischte? Tauchte aus dem Chaos auf dem Bildschirm für Sekundenbruchteile ein Gesicht mit abstehenden Ohren, einer dicken Brille und einer in die Stirn hängenden Haartolle auf?
Mit einemmal wurde der Schirm schwarz, und der Lautsprecher verstummte schlagartig. Das Labor versank in Stille und Dunkelheit. Dann hörte Carson, wie draußen die Alarmsirenen ertönten und ihr immer lauter werdendes Geheul durch die nächtliche Wüste hallte.

TEIL DREI

Carson und de Vaca blickten sich ein paar Momente lang entgeistert an.

»Machen wir, daß wir fortkommen«, flüsterte Carson und schaltete das Terminal aus.

Sie schlüpften aus dem Röntgenlabor und zogen leise die Tür hinter sich zu. Rasch sah sich Carson in der näheren Umgebung um. Am Zaun waren die Notstrahler angegangen, und starke Scheinwerfer am vorderen und hinteren Wachturm tauchten die Tore in grelles Licht. Langsam wanderten ihre grellweißen Kegel über das Laborgelände. Der Mond war untergegangen, und große Teile des Komplexes lagen in tiefer Dunkelheit. Carson schob de Vaca vor sich her in den Schatten des Werkstattgebäudes. Dort drückten sie sich an der Wand entlang, schlüpften um eine Ecke und rannten über den Gehweg hinüber zum Gebäude der Luftreinigungsanlage.

In der Ferne hörten sie Rufe und das Geräusch rennender Schritte.

»Sie brauchen noch ein paar Minuten, bis sie sich organisiert haben«, sagte Carson. »Das ist unsere Chance, von hier zu verschwinden.« Er klopfte auf seine Jackentasche, um sich zu vergewissern, daß die CDs mit den brisanten Daten noch da waren. »Sieht ganz so aus, als könnten Sie Ihre Fähigkeiten als Autoknackerin nun doch noch unter Beweis stellen, Susana. Sehen wir zu, daß wir uns einen Geländewagen verschaffen, solange es noch geht.«

De Vaca zögerte.

»Na los, Bewegung«, drängte Carson.

»Wir können noch nicht weg«, flüsterte sie ihm aufgeregt ins Ohr. »Nicht, bevor wir das X-FLU-Virus zerstört haben.«

»Sind Sie verrückt?« fauchte Carson.

»Wenn wir das Virus in den Händen dieser Wahnsinnigen zurücklassen, dann werden wir nicht überleben, selbst wenn uns jetzt die Flucht gelingen sollte. Sie haben gesehen, was mit Vanderwagon passiert ist und wie Harper sich benimmt. Wenn einer von diesen Leuten sich ein Reagenzglas mit dem Virus schnappt und es auf die Menschheit losläßt, dann können wir uns alle begraben.«

»Aber wir können das Zeug doch nicht mitnehmen.«

»Nein, aber ich weiß, wie wir das Virus zerstören und trotzdem entkommen können.«

Carson sah dunkle Gestalten mit häßlich aussehenden Schrotflinten quer übers Gelände laufen und zog de Vaca zurück in den Schatten des Gebäudes.

»Wir müssen dazu zurück in den Fiebertank«, fuhr de Vaca fort.

»Unsinn. Da hocken wir in der Falle wie die Ratten.«

»Hören Sie mir zu, Carson. Dort unten ist der *letzte* Ort, an dem sie uns suchen werden.«

Carson dachte einen Augenblick nach. »Vermutlich haben Sie sogar recht«, sagte er. »Nicht einmal ein Verrückter würde in unserer Situation da hineingehen.«

»Vertrauen Sie mir.« De Vaca nahm ihn bei der Hand und zog ihn um die Ecke des Gebäudes.

»Susana, warten Sie ...«

»Nun kommen Sie schon, *cabrón*.«

Carson folgte ihr über den dunklen Hof zum inneren Zaun. Im Schatten des Verwaltungsgebäudes blieben sie schwer atmend stehen.

Auf einmal gellte der Schuß einer Schrotflinte durch die Nacht, gefolgt von mehreren anderen.

»Sie schießen auf Schatten«, sagte Carson.

»Oder sie knallen sich bereits gegenseitig ab«, entgegnete de Vaca. »Wer weiß, wie durchgedreht die schon sind.«

Als ein Scheinwerferkegel in langsamem Bogen auf sie zukam, verschwanden sie rasch im dunklen Verwaltungsgebäude.

Nachdem sie sich vergewissert hatten, daß die Luft rein war, rannten sie den leeren Gang entlang und stiegen in den Aufzug zum Fiebertank.

»Erklären Sie mir doch endlich, was Sie vorhaben«, sagte Carson auf der Fahrt nach unten.

De Vaca blickte ihn aus ihren dunkelbraunen Augen wild entschlossen an. »Dann passen Sie mal auf. Sie erinnern sich doch an den alten Pawel, der mir meinen CD-Spieler repariert hat? Ich habe mich ein paarmal mit ihm in der Kantine auf eine Partie Backgammon getroffen. Er redet gerne und erzählt dann mehr, als er vermutlich dürfte. Unter anderem habe ich von ihm erfahren, daß es in der Zeit, als das Militär hier noch das Sagen hatte, im Fiebertank ein spezielles Sicherheitssystem gab, das verhindern sollte, daß gefährliche Mikroorganismen nach draußen gelangen. Es wurde zwar außer Betrieb gesetzt, als Mount Dragon zum zivilen Labor wurde, aber man hat es nie ausgebaut. Pawel hat mir sogar erklärt, wie man es ganz einfach wieder in Funktion setzen kann.«

»Wie konnten Sie nur, Susana …«

»Seien Sie still und hören Sie mir zu. Wir werden jetzt diese ganze *chingadera* in die Luft jagen. Pawel hat das Aktivieren des Sicherheitssystems einen Alarm der Stufe Null genannt. Dabei wird der Strom der Luftverbrennungsanlage umgelenkt und mit fünfhundert Grad Hitze in den Fiebertank geblasen. Nur ein paar alte Hasen wie Singer und Nye wissen davon.« Sie grinste Carson im schwachen Licht der Aufzugskabine an. »Wenn diese heiße Luft auf die vielen brennbaren Stoffe hier unten trifft, dann gibt das eine hübsche Explosion.«

»Ja, und wir werden bei lebendigem Leib gegrillt.«

»Nein, das werden wir nicht. Es dauert nämlich einige Minuten, bis der Luftstrom umgedreht wird. Wir müssen lediglich den Alarm auslösen, den Fiebertank verlassen und auf die Explosion warten. In dem Durcheinander, das darauf folgt, können wir uns einen Geländewagen schnappen und verschwinden.«

Die Aufzugstür glitt leise auf und gab den Blick in einen dunklen Korridor frei. Raschen Schrittes gingen sie zu der grauen Metalltür, die in den Fiebertank führte. Carson sagte seinen Namen in das Mikrophon der Stimmerkennung, und die Tür ging auf.

»Sie wissen schon, daß uns jetzt die Überwachungskameras sehen können«, sagte Carson, während er sich hastig den Schutzanzug überstreifte.

»Na und?« entgegnete de Vaca. »Ich wette jeden Betrag, daß die da oben jetzt etwas anderes zu tun haben, als auf die Monitore vom Fiebertank zu schauen.«

Nachdem sie sich gegenseitig die Anzüge überprüft hatten, begaben sie sich unter die chemische Dusche. Als Carson durch die Strahlen der giftigen Flüssigkeit de Vaca in ihrem Schutzanzug sah, bekam er das Gefühl, als wäre das alles gar nicht wahr. *Da droben sucht man nach uns. Schießt auf uns. Und wir laufen hier unten im Fiebertank herum.* Platzangst schnürte ihm den Brustkorb ein, stärker als je zuvor. *Die werden uns hier schneller finden, als uns lieb ist. Und dann sitzen wir wie die Ratten in der Falle ...*

»Alles in Ordnung, Carson?« fragte de Vaca über den lokalen Kanal der Sprechanlage. Der ruhige Klang ihrer Stimme brachte Carson wieder auf den Boden der Vernunft zurück. Er nickte und trat aus der Dusche in die Trockenvorrichtung.

Zwei Minuten später betrat er mit de Vaca den Fiebertank. Hier unten, in den verlassenen Gängen, war der Alarm nur noch als leises Brummen zu hören, das sich mit den gedämpften Schreien und dem Klopfen aus der Schimpansenstation mischte. Carson sah hinauf zu einer Uhr an der weißen Wand: Es war kurz vor halb eins. Die Lichter im Fiebertank waren wie üblich bis zum Eintreffen des Dekontaminationstrupps um zwei Uhr früh abgedunkelt. Heute nacht allerdings würde es – etwas Glück vorausgesetzt – nicht mehr viel geben, was man würde dekontaminieren können.

»Wir müssen in die Sicherheitszentrale«, sagte de Vaca. »Sie wissen doch,wo sie ist.«
»Ja.« Carson wußte es nur zu gut. Die Sicherheitszentrale für die Labors der Sicherheitsstufe fünf befand sich im untersten Stockwerk, direkt unter der Quarantänestation.
Rasch gingen sie zur Mitte des Fiebertanks, wo eine Leiter nach unten führte. Carson ließ de Vaca den Vortritt, dann packte er selbst das Geländer und stieg hinab in das enge Loch. Über seinem Kopf konnte er den mächtigen Entlüftungsschacht sehen, durch den in ein paar Minuten glühendheiße Luft in die Labors geblasen werden würde.
Die Sicherheitszentrale war ein enger, kreisrunder Raum mit mehreren Drehstühlen und einer niedrigen Decke. Auf gut hundert kleinen Bildschirmen flimmerten Bilder aus den verlassenen Labors des Fiebertanks. Darunter ragte eine Kontrollkonsole mit vielen Knöpfen und Schaltern in den Raum.
De Vaca nahm vor der Konsole Platz und tippte erst langsam, dann immer schneller, auf einer Tastatur herum.
»Was zum Teufel tun wir hier?« fragte Carson und stöpselte einen Frischluftschlauch an das Ventil seines Anzugs.
De Vaca nahm eine Hand von der Tastatur und drückte den Knopf der Sprechanlage. »Seien Sie still, *cabrón*«, sagte sie. »Alles läuft genau so, wie Pawel gesagt hat. Die ganzen Sicherheitsvorrichtungen hier sind darauf ausgerichtet, den Ausbruch von Keimen zu verhindern. Niemand hat aber daran gedacht, eine Sicherung gegen ein *absichtliches* Auslösen eines Alarms einzubauen. Warum sollten sie auch? Ich muß lediglich die Parameter für einen Alarm der Stufe Null wieder ins System einspeisen und ihn dann auslösen.«
»Und wie lange haben wir dann, um hier herauszukommen?«
»Genügend Zeit, glauben Sie mir.«
»Wie lange genau?«
»Gehen Sie mir nicht auf die Nerven, Carson. Sehen Sie denn

nicht, daß ich beschäftigt bin? Nur noch ein paar Befehle, und die Angelegenheit ist erledigt.«

Carson sah zu, wie sie weitertippte. Dann wandte er sich in einem ruhigeren Ton noch einmal an sie. »Lassen Sie uns doch einen Augenblick über die Sache nachdenken, Susana. Wollen wir wirklich das komplette Labor zerstören? Mitsamt den Schimpansen und allem, woran wir gearbeitet haben?«

De Vaca hörte auf zu tippen und sah ihn an. »Haben wir denn eine andere Wahl? Und die Schimpansen sind doch ohnehin schon so gut wie tot, denn die meisten von ihnen hatten Kontakt mit dem X-FLU-Virus. Denen tun wir sogar einen Gefallen, wenn wir ihre Leiden mit einem Schlag beenden.«

»Das weiß ich. Aber in diesem Labor sind doch auch viele gute Dinge entstanden. Es würde Jahre brauchen, die Arbeit zu rekonstruieren, die hier geleistet wurde. Wir wissen jetzt, was mit X-FLU nicht in Ordnung ist, und könnten das Virus unschädlich machen.«

»Aber wenn die uns jetzt umlegen, wer macht das Virus *dann* unschädlich?« kam de Vacas wütende Antwort über die Sprechanlage. »Und wenn das Virus einem dieser Irren in die Hände fällt, dann ist es nicht nur mit der Arbeit von GeneDyne vorbei. Ich werde jetzt ...«

»Carson! De Vaca!« hörten sie auf einmal Nyes strenge Stimme sagen. »Hören Sie mir genau zu. Ihr Angestelltenverhältnis bei der Firma GeneDyne ist ab sofort beendet. Sie gelten von nun an als Unbefugte, und ihre Anwesenheit in Räumen der Sicherheitsstufe fünf ist ein gravierender Verstoß gegen die Vorschriften. Wenn Sie sich augenblicklich ergeben, garantiere ich dafür, daß Ihnen nichts geschieht. Sollten Sie das nicht tun, werden wir uns Ihrer habhaft machen. Versuchen Sie nicht zu fliehen, es ist aussichtslos.«

»Soviel zum Thema Videoüberwachung«, murmelte de Vaca.

»Möglicherweise hört er auf dem lokalen Kanal der Sprech-

anlage mit«, warnte Carson. »Sagen Sie so wenig wie möglich.«
»Ist mir egal. Jetzt habe ich's sowieso gleich geschafft.« De Vaca hörte mit dem Tippen auf, langte nach vorn und klappte das Schutzgitter über einer Reihe von schwarzen Schaltern nach oben. Sie legte den obersten der Schalter um.
Sofort war ein lauter Warnton zu hören, und an der Decke fingen mehrere Lampen zu blinken an.
Achtung, Achtung, sagte eine synthetisch klingende, weibliche Stimme durch die Sprechanlage. *In sechzig Sekunden beginnt ein Alarm der Stufe Null.*
De Vaca legte einen zweiten Schalter um und stand auf. Dann versetzte sie der Konsole einen wohlgezielten Fußtritt, so daß diese funkensprühend umfiel.
Abbruchsequenz umgangen, vermeldete die weibliche Stimme. *Alarm der Stufe Null kann nicht mehr abgebrochen werden.*
»Jetzt haben Sie's geschafft«, sagte Carson.
De Vaca drückte auf den Notfallknopf ihrer Sprechanlage, so daß ihre Worte aus sämtlichen Lautsprechern in Mount Dragon zu hören waren. »Nye? Hören Sie mich?«
»Ich will nichts von Ihnen hören außer ja oder nein«, antwortete Nye kühl.
»Halten Sie den Mund, *canaya*! Wir sind in der Wachzentrale unter dem Fiebertank und haben einen Alarm der Stufe Null ausgelöst. Das bedeutet, daß Sie hier in Kürze den schönsten Feuersturm haben werden.«
»De Vaca, wenn Sie ...«
»Sie können den Alarm nicht mehr abbrechen, dafür habe ich gesorgt. Haben Sie mich verstanden? In zehn Minuten wird hier fünfhundert Grad heiße Luft durch die Labors geblasen. Der ganze verdammte Fiebertank wird in Flammen aufgehen wie bei einem Wikingerbegräbnis, und jedermann in dreihundert Metern Umkreis wird zum Schmorbraten.«
Als ob sie de Vacas Worte bestätigen wollte, ließ sich die

weibliche Stimme auf dem allgemeinen Kanal wieder vernehmen und sagte ruhig: *Alarm der Stufe Null aktiviert. Sie haben zehn Minuten Zeit, um das Gelände zu verlassen.*
»Zehn Minuten?« sagte Carson. »O mein Gott.«
»De Vaca, Sie sind noch verrückter, als ich geglaubt habe. Sie kommen da nicht mehr raus, glauben Sie mir.« Das war wieder Nye.
De Vaca lachte höhnisch auf. »*Sie* nennen *mich* verrückt?« schrie sie. »Wer reitet denn jeden Tag mit Tropenhelm und Pferdeschwanz wie ein gottverdammter Dragoner in der Wüste herum?«
»Susana, halten Sie den Mund«, fauchte Carson.
In der Sprechanlage war es auf einmal totenstill.
De Vaca wandte sich mit wütend gehobenen Brauen an Carson. Dann veränderte sich ihr Gesichtsausdruck schlagartig.
»Guy, sehen Sie sich das hier an«, sagte sie über den lokalen Kanal und deutete nach hinten über seine Schulter.
Carson drehte sich um und blickte auf die Videomonitore an der Wand. Zunächst konnte er nicht erkennen, welcher der kleinen Schwarzweißbildschirme, die Labors, Lagerräume und Korridore zeigten, de Vacas Aufmerksamkeit erregt hatte. Alle schienen sie menschenleer zu sein.
Alle, bis auf einen. Im Hauptkorridor, kurz hinter der Eingangsschleuse, bewegte sich eine einzelne Gestalt so verstohlen und vorsichtig, daß es Carson eiskalt über den Rücken lief. Er trat näher an den Monitor heran und sah ganz genau hin. Die Gestalt trug einen von den extra dicken Schutzanzügen mit interner Sauerstoffversorgung, wie ihn nur die Wachmannschaften hatten. In einer Hand hatte sie einen langen, schwarzen Gegenstand, der aussah wie der Gummiknüppel eines Polizisten. Als die Gestalt direkt unter der Videokamera durchging, sah Carson, daß es eine doppelläufige, kurze Schrotflinte mit Pistolengriff war.
Da war noch etwas Ungewöhnliches an der Gestalt. Ab und an

machte sie beim Gehen einen seltsamen Schlenker, als ob ein Gelenk steif wäre und sich nicht bewegen ließe.

»Das ist Mike Marr«, sagte de Vaca leise.

Carson wollte gerade auf den Knopf der Sprechanlage drücken, um ihr zu antworten, hielt aber inne. Sein Instinkt sagte ihm, daß hier etwas schrecklich faul war. Ohne sich zu bewegen, blieb er stehen und versuchte herauszufinden, was ihn unterbewußt so alarmiert hatte.

Dann traf ihn die Erkenntnis wie ein Hammerschlag.

Während der ungezählten Stunden, die er bisher im Fiebertank verbracht hatte, hatte er über die Lautsprecher in seinem Helm viele Stimmen und Geräusche wahrgenommen, aber unter all dem war immer ein bestimmter Ton zu hören gewesen: das leise, beruhigende Zischen, mit dem die frische Luft aus dem Schlauch in den Anzug geblasen wurde.

Dieses Zischen war jetzt nicht mehr da.

Carson griff nach unten und kuppelte den Luftschlauch von seinem Anzug ab. Rasch stöpselte er eine andere Leitung ein. Nichts.

Er wandte sich an de Vaca, die ihm aufmerksam zugesehen hatte. Am Ausdruck in ihren Augen erkannte er, daß auch sie wußte, was los war.

»Der Dreckskerl hat uns die Luft abgedreht«, sagte sie.

Sie haben neun Minuten Zeit, um das Gelände zu verlassen.

Carson hob einen behandschuhten Finger vor das Visier seines Helms, um de Vaca zu bedeuten, daß sie still sein solle. Dann formte er mit den Lippen die tonlosen Worte: *Wie lange noch?*

De Vaca hielt eine Hand mit ausgestreckten Fingern hoch. Sie hatten also noch für fünf Minuten Luft in ihren Schutzanzügen.

Fünf Minuten. So lange braucht ja schon der Dekontaminierungsvorgang ... dachte Carson und kämpfte gegen die in ihm aufsteigende Panik an. Dann sah er wieder zu den Videoschirmen und suchte nach Marr. Der Wachmann befand sich in einem der Produktionslabors.

Carson war klar, daß sie nur noch eine einzige Chance hatten. Er kuppelte den nutzlosen Luftschlauch ab und gab de Vaca ein Zeichen, daß sie ihm aus dem Kontrollraum in den Mittelschacht des Fiebertanks folgen sollte. Dort ergriff Carson die metallenen Sprossen der Leiter, legte den Kopf in den Nacken und spähte nach oben. Fünf Stockwerke über ihm konnte er den Luftabzug sehen, der ihm jetzt wie ein grausiges Symbol für das nahende Ende des Fiebertanks vorkam. Noch war von Mike Marr nichts zu sehen. So schnell wie möglich stieg Carson die Leiter hinauf bis zu den Lagerräumen im zweiten Stock. Dort versteckte er sich zusammen mit de Vaca hinter einer großen Gefriertruhe.

Er bedeutete de Vaca mit einer Handbewegung, sich ruhig zu verhalten und konzentrierte sich darauf, seinen Atem zu verlangsamen und sowenig Sauerstoff wie möglich zu verbrauchen. Dabei spähte er aus der Dunkelheit des Lagers nach vorn zur Leiter.

Carson wußte, daß man den Fiebertank nur dann verlassen konnte, wenn man die Dekontamination durchlief. Marr wußte das natürlich auch, und deshalb hatte er dort zuerst nach ihnen gesucht. Als er sie da nicht gefunden hatte, mußte er annehmen, daß sie sich noch immer unten im Kontrollraum befanden. Schließlich wußte Marr, daß jemand, dem die Atemluft knapp wurde und der wußte, daß eine riesige Explosion unmittelbar bevorstand, keine unnötigen Extratouren durch den Fiebertank unternehmen würde.

Zumindest hoffte Carson, daß Marr so dachte.

Sie haben acht Minuten Zeit, um das Gelände zu verlassen.

Carson und de Vaca warteten in der Dunkelheit und starrten gebannt auf die Leiter im zentralen Schacht. Carson spürte, wie de Vaca ihn von hinten anstieß, aber er bedeutete ihr, sich still zu verhalten. Unwillkürlich fragte er sich, was für Erreger grauenhafter Krankheiten wohl in der Tiefkühltruhe neben ihnen schlummern mochten. Langsam krochen die Sekunden vorbei.

Carson atmete ganz flach. Ob er sich und de Vaca mit seinem Plan zum sicheren Tod verdammt hatte?
Dann erschien auf einmal ein Bein im roten Schutzanzug auf der Leiter. Carson schob de Vaca noch tiefer in den Schatten der Tiefkühltruhe. Bald war Marrs ganze Gestalt zu sehen. Er blieb auf der Leiter stehen und warf einen Blick ins dunkle zweite Stockwerk. Als er dort nichts bemerkte, setzte er seinen Abstieg in Richtung Kontrollraum fort.
Carson wartete eine Weile, dann schlich er, gefolgt von de Vaca, nach vorn zu dem rötlich beleuchteten Zentralschacht. Vorsichtig spähte er hinunter. Der Schacht war leer. Marr mußte im unteren Stockwerk auf dem Weg zum Kontrollraum sein. Vermutlich bewegte er sich langsam und vorsichtig für den Fall, daß Carson bewaffnet war. Das verschaffte ihnen ein paar Sekunden mehr Vorsprung.
Carson bedeutete de Vaca, die Leiter in das Hauptstockwerk des Fiebertanks hinaufzusteigen und bei der Luftschleuse am Ausgang auf ihn zu warten. Dann machte er sich auf den Weg zur Schimpansenstation.
Die Affen waren wegen des noch immer brummenden Alarms außer Rand und Band. Sie glotzten Carson aus wütenden, roten Augen an und trommelten mit beängstigender Wildheit in ihren Käfigen herum. An einigen leeren Käfigen erkannte Carson, daß das Virus inzwischen einige neue Opfer gefordert hatte. Vorsichtig näherte sich Carson den Käfigen und zog einen nach dem anderen die Sperrstifte aus den Türen, wobei er die Berührung der nach ihm tastenden Finger vermied. Je näher er ihnen kam, desto wilder kreischten und trommelten die Tiere. Carson hatte das Gefühl, als würde sein Schutzanzug von ihren verzweifelten Schreien in Vibrationen versetzt.
Sie haben sieben Minuten Zeit, um das Gelände zu verlassen.
So schnell er konnte, rannte Carson von der Schimpansenstation zur Luftschleuse am Ausgang. Als de Vaca ihn kommen sah, öffnete sie die Stahltür zur Dekontaminationskammer. Wäh-

rend die Desinfektionsflüssigkeit auf sie herunterrieselte, schaute Carson durch das kleine Fenster in der Tür zurück in den Fiebertank. Inzwischen mußten die Käfigtüren vom Getrommel der Schimpansen aufgegangen sein. Er stellte sich vor, wie die kranken und wütenden Tiere durch das abgedunkelte Labor rannten, über Arbeitstische kletterten, Gänge entlangrasten und Leitern hinabkletterten …

Sie haben fünf Minuten Zeit, um das Gelände zu verlassen.

Auf einmal spürte Carson, daß er keine Luft mehr bekam. Er wandte sich de Vaca zu und machte mit der flachen Hand eine schneidende Bewegung vor seinem Hals. Wenn sie jetzt weiteratmeten, würden sie ihre Lungen lediglich mit Kohlendioxid füllen.

Endlich hörte die gelbliche Flüssigkeit auf zu fließen, und die Tür am anderen Ende der Dekontaminationskammer öffnete sich. Carson trat in die Luftschleuse und mußte mit Gewalt das Bedürfnis niederkämpfen, tief Atem zu holen. Während das große Trockengebläse ansprang, brannten ihm seine Lungen vor Gier nach Sauerstoff. Er sah hinüber zu de Vaca, die entkräftet mit dem Rücken an der Wand lehnte. Sie schüttelte den Kopf. War das ein Schuß drinnen im Fiebertank? Das Gebläse heulte so laut, daß Carson es nicht sicher sagen konnte.

Dann ging plötzlich die letzte Schleuse auf. De Vaca und Carson taumelten in den Umkleideraum. Carson half de Vaca, ihren Helm abzunehmen und riß sich dann seinen eigenen vom Kopf. Er ließ ihn auf den Boden fallen und sog in tiefen Zügen die frische, wundervoll schmeckende Luft in seine Lungen.

Sie haben drei Minuten Zeit, um das Gelände zu verlassen.

Mit zappelnden Bewegungen streiften sie die Schutzanzüge ab und rannten aus dem Umkleideraum zum Lift. »Vielleicht warten sie draußen schon auf uns«, sagte Carson.

»Bestimmt nicht«, keuchte de Vaca, die immer noch nach Luft rang. »Die sehen zu, daß sie so schnell wie möglich von hier weg kommen.«

Die Korridore des Verwaltungsgebäudes waren noch immer dunkel und leer. Sie rannten den Gang zum Haupteingang entlang, durchquerten das Atrium und blieben vor der Tür nach draußen stehen. Als Carson sie einen Spalt öffnete, drang das schrille Heulen der Sirenen herein. Er sah sich kurz um, dann trat er, gefolgt von de Vaca, hinaus in die Dunkelheit vor dem Gebäude.

Draußen rannten Gruppen von Menschen laut schreiend herum. In einer Lichtinsel neben dem Wohnbereich standen mehrere Wissenschaftler – einige davon im Schlafanzug – und redeten erregt aufeinander ein. Unter ihnen war Harper, der eine geballte Faust schüttelte. Die grellen Kegel der Scheinwerfer, die kreuz und quer übers Gelände schweiften, machten das Durcheinander komplett.

Carson und de Vaca huschten durch das verlassen daliegende Tor des inneren Zaunes und versteckten sich im Schatten der Luftreinigungsanlage. Vorsichtig spähte Carson hinüber zum Autohof. Die Geländewagen waren von starken Halogenstrahlern hell erleuchtet und wurden von einem halben Dutzend schwerbewaffneter Sicherheitsleute bewacht. Mitten zwischen den Fahrzeugen stand Nye, der in Richtung auf den Fiebertank deutete.

»Zum Stall! Das ist unsere einzige Chance!« flüsterte Carson de Vaca ins Ohr.

Die Pferde stampften aufgeregt in ihren Boxen. Während de Vaca sie zum Sattelplatz führte, holte Carson Sättel und Zaumzeug.

Als er mit dem Sattel in der Hand auf Roscoe zutrat, spürte Carson auf einmal, wie die Erde unter seinen Füßen erbebte. Dann drang von draußen ein greller Lichtblitz ins Innere des Stalls, gefolgt vom Geräusch einer Explosion, die zuerst wie ein gedämpfter Schlag und dann wie ein immer stärker anschwellendes Brüllen klang. Carson spürte, wie die Druckwelle den Stall erschütterte, und hörte, wie die Fensterscheiben zersplit-

terten und die Scherben klirrend zu Boden fielen. De Vacas Pferd bäumte sich erschreckt auf.
»Ruhig«, sagte de Vaca, zog am Zügel und streichelte beruhigend den Hals des Tieres.
Carson sah sich rasch in den Boxen um. An einer davon hingen Nyes Satteltaschen, die er de Vaca zuwarf. »Da müßten Feldflaschen drinnen sein«, sagte er. »Füllen Sie sie an der Pferdetränke auf.«
Während de Vaca zur Tränke eilte, zog er Roscoes Bauchriemen fest. Dann warf er dem Pferd die Satteltaschen über und befestigte sie am Sattel. De Vaca kam zurück und stieg auf.
»Einen Augenblick«, sagte Carson. Er rannte zurück und holte zwei Reithüte aus dem Raum für das Zaumzeug. Er gab de Vaca einen davon, stieg auf und ritt zur Stalltür hinaus.
Draußen schlug ihnen die Hitze eines lodernden Feuers entgegen. Dort, wo vorher das kleine Luftfilterhäuschen des Fiebertanks gewesen war, sah Carson einen tiefen Krater, aus dem orangefarbene Flammen in den Himmel züngelten. Die Betondecke des Verwaltungsgebäudes war geborsten, und aus seinem Inneren glomm ein roter Feuerschein. Im Wohnbereich wehten die Vorhänge aus hundert geborstenen Fenstern im Wüstenwind. Aus der Luftreinigungsanlage schlugen die Flammen eines gigantischen Feuers, die den Wüstensand ringsum in ein orangefarbenes Licht tauchten.
Die Explosion hatte eine Schneise der Verwüstung quer durch das Laborgelände geschlagen. Sie hatte das Dach der Kantine abgedeckt und einen großen Teil der Umzäunung flachgelegt.
»Folgen Sie mir!« rief Carson de Vaca zu und gab seinem Pferd die Sporen. Durch den Rauch und das Feuer galoppierten die beiden Tiere los, sprangen über die Reste des Zaunes und verschwanden in der schützenden Dunkelheit der Wüste.
Als das brennende Laborgelände etwa einen Kilometer hinter ihnen lag, zügelte Carson sein Pferd und ließ es langsamer laufen.

»Wir haben noch eine weite Strecke vor uns«, sagte er zu de Vaca. »Es ist besser, wenn wir die Pferde schonen.«
Während er das sagte, erschütterte eine weitere Explosion die Ruine des Verwaltungsgebäudes, ein riesiger Feuerball erhob sich aus dem Loch im Boden, das einmal der Fiebertank gewesen war, und stieg flammend in den Himmel hinauf. Kurz danach hallten mehrere kleinere Explosionen durch die Dunkelheit. Das Transfektionslabor löste sich in nichts auf, und die Wände des Wohnbereichs begannen zu schwanken und stürzten schließlich ein.
Dann gingen die Lichter in Mount Dragon aus, so daß nur noch die züngelnden Flammen der brennenden Gebäude anzeigten, wo einmal der Laborkomplex gestanden hatte.
»Da geht mein schönes Vorkriegsbanjo dahin«, murmelte Carson.
Während er Roscoe in die tiefe Dunkelheit vor sich lenkte, sah er, wie dünne Lichtstrahlen die Wüste durchdrangen. Sie blinkten und schienen näher zu kommen. Dann sprangen auf einmal starke Scheinwerfer an und durchschnitten die Nacht wie Lanzen aus gelblichem Licht.
»*Qué chinga'o*«, sagte de Vaca. »Die Geländewagen sind heilgeblieben. Hier in der Wüste können wir ihnen unmöglich entkommen.«
Carson sagte nichts. Die Fahrzeuge waren nicht das Problem, denn mit etwas Glück konnten sie sie abhängen. Was ihm viel mehr Sorgen machte, war die Tatsache, daß sie bei weitem nicht genügend Wasser dabeihatten.

Scopes saß allein in seinem achteckigen Raum und dachte nach. Carson und de Vaca waren so gut wie geliefert. Sie konnten nicht entkommen.
Er hatte ihre Botschaft an Levine abgefangen und Carsons Datenübertragung gestoppt, noch bevor sie richtig begonnen hatte. Zugegeben, die transparente Schleife, die er als Alarmvorrichtung installiert hatte, hatte etwas Zeit gebraucht, bis sie angesprungen war, es lag also im Bereich des Möglichen, daß Levine – oder die Person, die für Levine ins Netz von GeneDyne eingedrungen war – die ganz am Anfang gesendeten Daten erhalten hatte. Aber Scopes hatte längst dafür gesorgt, daß ein solches Eindringen kein weiteres Mal möglich war. Es waren drastische, aber notwendige Schritte gewesen. Eine besondere Zeit verlangte eben nach besonderen Maßnahmen.
Auf jeden Fall war nur ein so kleiner Bruchteil von Carsons Daten an ihren Adressaten gelangt, daß niemand daraus verwertbare Informationen gewinnen konnte. Da es sich ausschließlich um Daten über PurBlood gehandelt hatte, hatte Levine, selbst wenn er sie erhalten haben sollte, damit nichts Neues gegen X-FLU in der Hand. Außerdem war er inzwischen so unglaubwürdig geworden, daß ihm seine angeblichen Neuigkeiten ohnehin niemand mehr abnehmen würde.
Alles war also bestens unter Kontrolle, und Scopes konnte weitermachen, wie er es geplant hatte. Er brauchte sich keine Sorgen zu machen.
Warum aber war er dann in seinem Innersten immer noch beunruhigt?
Auf seiner bequemen alten Couch sitzend, ging Scopes dieser leichten Beunruhigung auf den Grund. Für ihn war sie ein neuartiges Gefühl und daher besonders interessant. Vielleicht rührte sie daher, daß er Carson vollkommen falsch eingeschätzt hatte. Daß de Vaca ihn verraten hatte, konnte er verstehen. Schon bei den Vorfällen nach Brandon-Smith' Unfall im Fiebertank hatte sie ja gezeigt, daß auf sie kein Verlaß war. Carson

hingegen war der letzte, den er der Industriespionage für fähig gehalten hätte. Ein anderer Mensch als Scopes wäre angesichts einer solchen Enttäuschung vielleicht furchtbar wütend geworden, er jedoch empfand nichts weiter als eine tiefe Trauer um Carson. Der Junge war ein heller Kopf gewesen, und jetzt würde Nye ihn fertigmachen.

Der Gedanke an Nye erinnerte Scopes daran, daß am Vormittag irgend so ein Wichtigtuer von der Gesundheitsbehörde zweimal eine Nachricht hinterlassen und sich nach dem Verbleib eines Inspektors namens Teece erkundigt hatte. Scopes würde Nye bitten müssen, sich der Sache anzunehmen.

Er dachte noch einmal über die Daten nach, die Carson Levine zu überspielen versucht hatte. Es waren nicht viele, und Scopes hatte sie sich noch nicht genau angesehen. Sie befaßten sich mit PurBlood, und das war merkwürdig. Hatten nicht Carson und de Vaca sich schon tags zuvor intensiv mit PurBlood beschäftigt? Woher kam wohl dieses plötzliche Interesse? Hatten sie vor, PurBlood ebenso zu sabotieren wie X-FLU? Und was hatte Carson damit gemeint, als er schrieb, daß alle in Mount Dragon dringend ärztliche Hilfe bräuchten?

Dieser Sache mußte er dringend auf den Grund gehen. Am besten sah er sich Carsons abgebrochene Datenübertragung und seine jüngsten Aktivitäten im Firmennetz noch einmal genauer an. Zuvor aber hatte er Wichtigeres zu tun.

Scopes' Blicke wanderten zu der glatten, schwarzen Tür eines Safes, der knapp über dem Boden in einer der acht Wände des Raumes eingelassen war. Der Tresor war auf Scopes' Anweisung hin beim Bau des GeneDyne-Gebäudes in dessen Stahlkonstruktion integriert worden und konnte von niemandem geöffnet werden außer von ihm selbst. Sollte er einmal sterben, konnte niemand mehr an seinen Inhalt herankommen, denn zum Aufsprengen des Safes wäre soviel Dynamit vonnöten, daß dabei das halbe Haus mit in die Luft gejagt würde. Als Scopes an den Inhalt des Tresors dachte, verschwand das beunruhigende Gefühl auf einen Schlag. Es war ein kleiner Transportbehälter, den ihm vor kurzem ein Militärhubschrauber aus Mount Dragon gebracht hatte. In dem Behälter befand sich eine mit Stickstoff und einem speziellen Virentransportmedium gefüllte Glasampulle, an deren Boden eine milchige Trübung erkennbar war. Ist schon seltsam, dachte Scopes, daß etwas so Unscheinbares so wertvoll sein konnte.

Er blickte auf seine Uhr. Es war zwei Uhr dreißig Ostküstenzeit. Aus einem Gerät neben der Couch kam ein leises Piepsen, und ein großer Bildschirm an der Wand wurde lebendig. Eine lange Folge von Zahlen und Buchstaben zeigte an, daß eine über Satellit hereinkommende Nachricht entschlüsselt wurde. Dann erschien in fünfunddreißig Zentimeter hohen Buchstaben eine kurze Meldung:

TELINT-2 Datenverbindung aufgebaut, Entschlüsselung aktiviert. Nachricht folgt.

Einen Augenblick später waren folgende Worte auf dem Bildschirm zu lesen:

Mr. Scopes: Wir machen Ihnen hiermit ein Angebot über drei Milliarden Dollar. Über die Höhe der Summe kann nicht mehr verhandelt werden.

Scopes nahm seine Tastatur und begann zu tippen. Verglichen mit der knallharten Konkurrenz auf dem Pharmamarkt waren die Militärs echte Waschlappen.

Mein lieber General Harrington: Man kann grundsätzlich über alle Summen verhandeln. Ich bin bereit, Ihnen das gewünschte Produkt für vier Milliarden Dollar zu überlassen. Sie haben zwölf Stunden Zeit, um alles Nötige in die Wege zu leiten.

Scopes lächelte vor sich hin. Die weiteren Verhandlungen würde er von einem anderen Ort aus führen, einem geheimen Ort, an dem er sich jetzt wohler fühlte als in der profanen Welt des Alltags.
Er tippte ein paar Kommandos ein, und die Worte auf dem riesigen Bildschirm begannen sich aufzulösen. Statt dessen formte sich eine wundersame Landschaft vor seinen Augen. Während Scopes weitertippte, rezitierte er fast unhörbar seine Lieblingszeilen aus Shakespeares Stück *Der Sturm:*

Nichts an ihm, das soll verfallen,
Das nicht wandelt Meeres Hut
In ein reich und seltnes Gut.

Charles Levine saß auf dem Bett mit der ausgeblichenen Tagesdecke und starrte auf das Telefon, das auf dem Kissen vor ihm stand. Es war dunkelrot, und auf dem Hörer stand in weißen Buchstaben Eigentum des Holiday-Inn-Hotels Boston. Die vergangenen drei Stunden lang hatte er fast ununterbrochen in die Sprechmuschel dieses Hörers geredet, mal laut, mal leise, mal beschwörend, mal flehend. Am Schluß hatte er nicht mehr gewußt, was er sagen sollte. Niemand, den er in Boston, in Kalifornien und sogar in Europa angerufen hatte, hatte ihm glauben wollen. Mal empört, mal bedauernd hatte jeder seiner Gesprächspartner ihm mitgeteilt, daß er entweder Beweise für Scopes' Machenschaften gegen ihn vorlegen oder seine Anschuldigungen bleibenlassen solle. Levines letzter verzweifelter Plan war nicht nur auf ganzer Linie gescheitert, darüber hinaus hatte sich Levine auch noch bei so gut wie allen seiner Gesprächspartner lächerlich gemacht.

Er stand langsam auf und streckte seine schmerzenden Beine. Dann ging er durch die gläserne Schiebetür, an der eine sanfte Brise die Vorhänge bewegte, hinaus auf den Balkon. Draußen sog er die Nachtluft tief in seine Lungen. Die Lichter von Jamaica Plain funkelten in der warmen Dunkelheit wie eine mit Diamanten besetzte Decke, die jemand über die Landschaft geworfen hatte. Auf der Straße unten fuhr ein Auto vorbei und beleuchtete mit seinen Scheinwerfern die schäbigen Geschäfte und verlassenen Tankstellen in diesem heruntergekommenen Arbeiterviertel.

Als drinnen im Zimmer das Telefon klingelte, zuckte Levine zusammen. Nach all den Ausflüchten und Ablehnungen, die er sich in den vergangenen Stunden hatte anhören müssen, konnte er es kaum glauben, daß ihn überhaupt noch jemand anrief. Einen Augenblick lang blieb er reglos stehen und blickte das Telefon über die Schulter an. Dann trat er ins Zimmer und hob ab.

»Hallo?« sagte er mit einer Stimme, die vom vielen Reden noch ganz heiser war.

Statt einer Antwort tönte ihm aus dem Hörer das unverkennbare Pfeifen eines Modems entgegen.

Rasch legte Levine auf, steckte die Telefonleitung in seinen Computer und schaltete ihn an. Nachdem sich die beiden Maschinen geräuschvoll miteinander verständigt hatten, erschienen mehrere Zeilen auf dem Display des Notebooks.

Halli-hallo, Professorchen, las Levine, der sich wunderte, warum diesmal nicht die übliche Anfangssequenz mit dem jonglierenden Clown erschien. Oder darf ich Sie gar nicht mehr Professor nennen?

Wie haben Sie mich gefunden? tippte Levine als Antwort.

Das war kein Problem.

Ich habe stundenlang mit Kollegen, Freunden bei den Behörden, Reportern und sogar früheren Studenten von mir telefoniert, tippte Levine. Niemand wollte mir glauben, daß Scopes die Unterlagen über meinen Vater gefälscht und mich damit vor aller Welt in Mißkredit gebracht hat.

Ich glaube Ihnen.

Scopes hat ganze Arbeit geleistet. Wenn ich ihm die Fälschung nicht beweisen kann, ist meine Glaubwürdigkeit für immer beim Teufel.

Lassen Sie sich keine grauen Haare wachsen, Professor. Solange Sie mich kennen, haben Sie wenigstens einen Menschen, der bedingungslos hinter Ihnen steht.

Das nützt mir im Augenblick herzlich wenig.

Nicht so verbittert, Herr Professor. Ich habe mich nämlich nicht mit Ihnen in Verbindung gesetzt, um Ihnen mein Beileid auszudrücken. Vor ein paar Stunden hat Carson, Ihr Freund aus dem Wilden Westen, versucht, Ihnen eine dringende Nachricht zukommen zu lassen. Es war eine Datenübertragung, die nach ein paar Sekunden wieder unterbrochen wurde. Aber das, was ich aufgefangen habe, sollten Sie sich so schnell wie möglich ansehen. Sind Sie bereit dazu, daß ich Ihnen das Zeug mal eben rüberschicke?

Ja.

Okay, dann geht's jetzt los.

Levine sah auf die Uhr. Es war zehn Minuten vor vier Uhr früh.

Carson und de Vaca ritten unter einem Himmel voller hell leuchtender Sterne durch die samtige Dunkelheit der Jornada-del-Muerto-Wüste. Bald nachdem sie Mount Dragon verlassen hatten, waren sie in eine ausgedehnte Senke gelangt, in der die Pferde mit den Hufen in weichem, trockenem Sand einsanken. Das Licht der Sterne reichte gerade aus, um den Erdboden vor ihren Füßen schwach zu erleuchten. Wäre der Mond noch am Himmel gestanden, wären sie vermutlich schon tot.

Während sie durch die Senke ritten, dachte Carson angestrengt nach. »Nye erwartet bestimmt, daß wir nach Süden reiten, in die Richtung von Radium Springs und Las Cruces«, sagte er schließlich. »Das sind außer Engle, das ohnehin GeneDyne gehört, die nächsten Ortschaften. Zu beiden sind es gut hundertdreißig Kilometer. Es ist nicht leicht, jemanden hier in der Wüste zu verfolgen, besonders später, wenn wir auf die Lava stoßen. Wenn ich also Nye wäre, dann würde ich unseren Spuren folgen, bis ich sicher wäre, daß wir nach Süden reiten. Und wenn ich das wüßte, würde ich die Geländewagen ausschwärmen lassen und uns vor den Ortschaften abfangen.«

»Stimmt, das wäre sinnvoll«, ließ sich de Vacas Stimme aus der Dunkelheit vernehmen.

»Wir werden also das tun, was er von uns erwartet, und nach Süden reiten, als wollten wir nach Radium Springs. Aber sobald wir auf dem Lavafeld sind, wo die Verfolgung unserer Spuren schwierig wird, wenden wir uns um neunzig Grad nach Osten, reiten ein paar Kilometer weit und ändern unsere Richtung wieder. Unser wirkliches Ziel liegt im Norden.«

»Aber im Norden gibt es auf über zweihundert Kilometer keine Ortschaft.«

»Richtig. Und deshalb ist es der einzige Weg, den wir nehmen können. In dieser Richtung werden sie nicht nach uns suchen. Aber wir werden nicht bis zu einer Ortschaft reiten. Erinnern Sie sich noch an die Diamond Bar Ranch, von der ich Ihnen erzählt habe? Ich kenne den neuen Manager dort. Am Südrand der Ranch gibt es ein Cowboylager, zu dem wir reiten können. Es heißt Lava Camp und dürfte etwa einhundertsiebzig Kilometer von hier entfernt und vierzig bis fünfzig Kilometer nördlich der Lavaschlucht sein.«

»Können uns denn die Geländewagen auf der Lava nicht verfolgen?«

»Das Lavagestein ist so scharf, daß es einen normalen Reifen im Nu zerfetzen würde«, erklärte Carson. »Aber die Geländewagen von Mount Dragon haben einen zentralen Kompressor, mit dem sich im Fahren der Luftdruck in den Reifen erhöhen oder absenken läßt, und speziell ausgerüstete Pneus, die, auch wenn sie beschädigt sind, noch ein paar Dutzend Kilometer durchhalten. Trotzdem glaube ich nicht, daß sie eine längere Strecke auf der Lava fahren könnten. Wenn Nye zu wissen glaubt, in welche Richtung wir uns bewegen, wird er umkehren und versuchen, uns auf der anderen Seite abzufangen.«

De Vaca blieb eine Weile stumm. »Versuchen können wir's ja«, sagte sie dann.

Carson dirigierte sein Pferd nach Süden, und de Vaca folgte ihm. Als sie die Anhöhe am Rand der Senke erreichten, konnten sie weit hinter sich im Norden noch immer den flackernden Feuerschein des brennenden Laborkomplexes entdecken. Die Scheinwerfer der Geländewagen hatten mächtig aufgeholt. Sie befanden sich jetzt auf halber Strecke zwischen Mount Dragon und ihnen.

»Ich finde, wir sollten jetzt mal Tempo machen«, sagte Carson. »Die Pferde können sich ausruhen, wenn wir wieder mehr Vorsprung haben.«

Sie gaben den Pferden die Sporen und galoppierten los. Als fünf Minuten später die bizarr gezackte Silhouette des Lavafeldes vor

ihnen aufragte, stiegen sie ab und führten die Pferde an den Zügeln auf das Gestein.
»Wenn ich mich recht erinnere, verläuft die Lava in einem weiten Bogen nach Osten«, sagte Carson. »Am besten folgen wir ihr ein paar Kilometer, bis wir nach Norden abbiegen.«
Sie gingen so langsam, daß die Pferde hinter ihnen Zeit hatten, sich ihren Weg über das scharfkantige Gestein zu suchen. Gott sei Dank sehen Pferde in der Nacht viel besser als Menschen, dachte Carson. Er selbst konnte die Lava unter Roscoes Hufen nicht einmal erkennen, für ihn war sie so schwarz wie die Nacht ringsum. Lediglich die verstreuten Yuccapalmen, die Flechten und die vom Wind herbeigewehten Sandhäufchen gaben ihm zusammen mit sporadisch aus der Lava herausgewachsenen Grasbüscheln eine vage Vorstellung von der Landschaft, durch die sie sich bewegten. So schwierig sie auch war, die Fortbewegung hier am Rand des Lavafeldes war geradezu ein Kinderspiel, verglichen mit dem, was einen in seinem Zentrum erwartete. Dort sah Carson große Lavablöcke wie riesige, steinerne Wachsoldaten in den sternenübersäten Himmel ragen.
Als er über die Schulter blickte, konnte Carson erkennen, wie sich die Scheinwerfer der Geländewagen rasch näherten. Ab und zu blieben sie stehen – vermutlich, damit Nye aussteigen und die Spuren am Boden untersuchen konnte. Die Lava würde die Wagen aufhalten, aber nicht ganz stoppen können.
»Und was ist mit unserem Wasser?« fragte de Vaca auf einmal aus der Dunkelheit hinter ihm. »Wird es denn reichen?«
»Nein«, antwortete Carson. »Wir werden uns welches suchen müssen.«
»Aber wo?«
Carson blieb ihr die Antwort schuldig.

Nye stand allein im leeren Autohof und sah hinaus in die Dunkelheit. Die Flammen warfen seinen langen Schatten flackernd über den sandigen Boden. Der Brand in den Laborgebäuden hinter ihm war völlig außer Kontrolle geraten, aber Nye kümmerte sich nicht darum.
Einer seiner Wachleute kam schwer atmend und mit rußverschmiertem Gesicht angerannt. »Das Löschwasser reicht nur noch für fünf Minuten, Sir«, sagte er keuchend. »Sollen wir die Notfallreserven angreifen?«
»Warum nicht?« antwortete Nye unbeteiligt und sah den Mann dabei nicht einmal an.
Nye war sich vollauf bewußt, daß er auf der ganzen Linie versagt hatte. Carson war ihm nicht nur entwischt, sondern hatte auch das Labor zerstört, für dessen Schutz er, Nye, verantwortlich gewesen war. Kurz dachte er daran, wie er das wohl Brent Scopes erklären sollte, dann verdrängte er den Gedanken wieder. Zum zweitenmal in seiner Karriere war er grundlegend gescheitert, und diesmal war alles noch viel schlimmer als bei seinem ersten Versagen, an das er seit Jahrzehnten schon nicht mehr zu denken wagte. Der Schaden, der hier entstanden war, war nicht wiedergutzumachen.
Rache zu nehmen war das einzige, was Nye noch blieb. Carson war für das ganze Unglück verantwortlich, und Carson würde dafür auch bezahlen. Er und dieses spanische Flittchen. Nye würde sie nicht entkommen lassen.
Der Sicherheitschef sah zu, wie die Lichter der Geländewagen immer weiter in die Wüste vordrangen, und schürzte verächtlich die Lippen. Singer war ein Trottel. Aus einem Wagen heraus konnte man unmöglich eine Spur verfolgen. Man mußte ständig anhalten, aussteigen und den Boden untersuchen und kam deshalb kaum schneller voran als ein Fußgänger. Außerdem kannte Carson die Wüste. Und er konnte mit Pferden umgehen. Vermutlich wußte er auch ein paar einfache Tricks, wie er seine Spuren verwischen konnte. In der Jornada gab es ein wahres

Labyrinth von Lavafeldern, in denen man jahrelang zu tun hätte, wollte man jedes Eckchen und jede Falte davon durchsuchen. Und was den Sand anbetraf, so konnte der Wind dort die Spuren eines Pferdes binnen weniger Stunden vollständig verwehen.

Nye wußte das alles, aber er wußte auch, daß es so gut wie unmöglich war, seine Spuren in der Wüste vollständig zu verwischen. Es blieb immer etwas zurück, sogar auf hartem Fels oder im Treibsand. In seinen zehn Jahren als Sicherheitschef im arabischen Rub' al-Khali hatte er alles über die Wüste gelernt.

Nye warf sein nutzlos gewordenes Funkgerät in den Sand und ging hinüber zum Stall. Auf dem Weg dorthin achtete er nicht auf die verzweifelten Rufe, das Prasseln der Flammen und das Quietschen zusammenbrechender Stahlkonstruktionen. Vielleicht war Carson doch klüger, als er vermutet hatte. Wenn es ihm gelungen war, unbemerkt aus dem Gelände zu entkommen, dann war er vielleicht auch so schlau gewesen, Muerto, Nyes eigenes Pferd, mitzunehmen. Bei diesem Gedanken beschleunigte der Sicherheitschef seinen Schritt.

Als er durch die aus den Angeln geworfene Tür den Stall betrat, fiel sein Blick als erstes automatisch auf die verschlossene Kiste, in der er sein Gewehr aufbewahrte. Sie war noch an ihrem Platz und anscheinend intakt.

Dann blieb Nye wie angewurzelt stehen. Die Nägel, an denen sonst seine alten McClellan-Satteltaschen hingen, waren leer. Dabei hatte er die Satteltaschen erst gestern dort hingehängt. Nye glaubte, einen rötlichen Nebel vor seinen Augen aufsteigen zu sehen. Carson hatte die Taschen und die beiden Feldflaschen mitgenommen, von denen jede an die vier Liter Wasser faßte. Draußen, in der Jornada del Muerto – was auf spanisch »Reise in den Tod« hieß –, war das eine lächerliche Menge, von der niemand lange überleben konnte. Allein deshalb waren Carson und die Frau schon so gut wie tot.

Die Feldflaschen waren Nye egal, aber in den Satteltaschen war etwas anderes, sehr viel Wichtigeres gewesen. Nye hatte geglaubt, daß die alten, unscheinbaren Taschen ein gutes Versteck für sein Geheimnis darstellten, aber nun hatte Carson sie gestohlen. Nicht nur, daß der Mistkerl seine Karriere ruiniert hatte – jetzt hatte er ihm auch noch das letzte genommen, was ihm noch verblieben war. Einen Augenblick lang kochte Nye so sehr vor Wut, daß er sich nicht mehr vom Fleck bewegen konnte.

Aber dann hörte er das ihm vertraute Wiehern, und trotz seines Zorns verzog sich sein Gesicht zu einem Lächeln. Jetzt wußte er, daß er sich nicht nur vielleicht, sondern ganz sicher an Carson rächen würde.

Während er und de Vaca in Richtung Osten ritten, bemerkte Carson, daß die Scheinwerfer der Geländewagen sich mehr nach links bewegten. Die Fahrzeuge näherten sich nun dem Lavafeld, wo sie, wenn alles gutging, die Spur verlieren würden. Um ihnen auf der Lava zu folgen, hätte es schon eines Experten im Spurensuchen bedurft, der sich langsam und zu Fuß fortbewegte. Nye war zwar nicht schlecht, aber bestimmt war er nicht gut genug, um die Spur eines Pferdes auf dem Lavagestein verfolgen zu können. Wenn er schließlich nicht mehr weiterkam, würde Nye annehmen, daß Carson und de Vaca eine Abkürzung über die Lava genommen hatten und sich immer noch in Richtung Süden bewegten. Außerdem hatte er ja PurBlood in den Adern und stellte möglicherweise schon bald für niemanden mehr außer sich selbst eine Gefahr dar. Wie dem auch sei, dachte Carson, er und de Vaca würden ihm entkommen, um die Auslieferung von PurBlood im letzten Moment noch zu verhindern. Oder hier in der Wüste verdursten.

Carson berührte die schwere, kühle Feldflasche, die am Horn seines Sattels hing. Darin waren vier Liter Wasser – und das war sehr wenig für einen Menschen, der vorhatte, die Jornada del Muerto zu durchqueren.
Carson blieb stehen und blickte zu den Geländewagen, die in etwas mehr als einem Kilometer Entfernung am Rand des Lavafeldes angehalten hatten.
»Wir sollten die Pferde irgendwo verstecken«, sagte er zu de Vaca. »Ich möchte mich vergewissern, daß die Wagen wirklich nach Süden fahren.«
Sie führten die Tiere in eine tiefe, am Boden mit Geröll angefüllte Spalte in der Lava. De Vaca blieb bei ihnen und hielt sie am Zügel, während Carson auf einen Felsen kletterte und nach den Autos sah.
Er fragte sich, warum seine Verfolger die Scheinwerfer brennen ließen und damit weithin sichtbar waren wie ein hellerleuchtetes Kreuzfahrtschiff auf der nächtlichen See. Seltsam, daß Nye seinen Leuten nicht befohlen hatte, die Lichter der Geländewagen auszuschalten.
Die Scheinwerfer verharrten ein paar Minuten am selben Fleck, dann bewegten sie sich langsam auf die Lava hinauf und blieben abermals stehen. Einen Augenblick lang befürchtete Carson, daß sie ihre Spur finden und auf ihn zukommen würden, aber dann setzten sie sich in südlicher Richtung in Bewegung. Carson konnte sehen, daß sie jetzt schneller fuhren und ihre Lichter auf dem unebenen Terrain auf und ab tanzten.
Er kletterte von seinem Beobachtungsposten herunter.
»Sie fahren nach Süden«, berichtete er de Vaca.
»Gott sei Dank.«
»Ich habe ein wenig nachgedacht«, sagte Carson nach kurzem Zögern, »und ich bin zu dem Schluß gekommen, daß wir unser Wasser für die Pferde aufheben sollten.«
»Und was ist mit uns?«
»Pferde brauchen in der Wüste zwischen vierzig und fünfzig Liter

Wasser am Tag. Wenn man nur nachts reitet, kommen sie vielleicht mit fünfundzwanzig aus. Wenn uns diese Pferde zusammenbrechen, dann sind wir geliefert. Selbst wenn wir ausreichend Wasser hätten, würden wir ohne sie auf der Lava oder im tiefen Sand keine zehn Kilometer weit kommen. Wenn wir das Wasser den Pferden geben, bringen sie uns auch mit wenigen Litern dreißig bis vierzig Kilometer weiter, und wir haben damit eine bessere Chance, irgendwo Wasser zu finden.«

Von de Vaca kam keine Antwort aus der Dunkelheit.

»Wenn erst einmal der Durst kommt, wird es verdammt schwer werden, nichts zu trinken«, fuhr Carson fort. »Trotzdem sollten wir unser Wasser für die Pferde aufheben. Wenn Sie wollen, nehme ich Ihre Feldflasche, damit Sie nicht in Versuchung kommen.«

»Und damit Sie daraus trinken können«, bemerkte de Vaca sarkastisch.

»Wenn es hart auf hart kommt, braucht man sehr viel Disziplin. Und es wird hart auf hart kommen, glauben Sie mir. Bevor wir also weitergehen, müssen Sie sich noch eine Regel in bezug auf den Durst einprägen: Erwähnen Sie ihn nicht, auch wenn er noch so schlimm wird. Und reden Sie nie von Wasser, ja, *denken* Sie nicht einmal daran.«

»Bedeutet das, daß wir irgendwann einmal unsere eigene Pisse trinken müssen?« fragte de Vaca. In der Dunkelheit konnte Carson nicht erkennen, ob sie es ernst meinte oder ihn damit aufziehen wollte.

»So was macht man nur in Büchern. Aber Sie müssen etwas anderes tun: Wenn Sie pinkeln müssen, verkneifen Sie es sich. Sobald Ihr Körper durstig wird und meint, kein Wasser mehr zu kriegen, absorbiert er es aus dem Urin zurück. Dann wird auch Ihr Bedürfnis zu pinkeln zurückgehen. Irgendwann müssen Sie dann natürlich doch, aber bis dahin ist Ihr Urin so sehr mit Salzen angereichert, daß Sie ihn ohnehin nicht mehr trinken könnten.«

»Woher haben Sie eigentlich diese ganzen Weisheiten?«

»Ich bin in der Wüste groß geworden.«

»Ach so«, sagte de Vaca. »Und daß Sie Indianerblut in den Adern haben, trägt wohl auch seinen Teil dazu bei.«

Carson wollte protestieren, hob sich seine Bemerkungen aber doch für später auf. Jetzt war nicht die richtige Zeit für eine Auseinandersetzung.

Langsam und vorsichtig wanderten sie weitere eineinhalb Kilometer nach Osten, wobei sie den Pferden am langen Zügel die Möglichkeit ließen, sich selbst ihren Weg zu suchen. Ab und zu rutschte ein Pferd aus, und seine Hufeisen schlugen kleine Funken aus dem Gestein. Immer wieder hielt Carson an, um auf einen Felsen zu steigen und nach Süden zu spähen. Jedesmal hatten sich die Geländewagen weiter von ihnen entfernt, bis die Lichter schließlich völlig verschwunden waren.

Als er das letzte Mal von seinem Beobachtungsposten heruntertieg, fragte sich Carson, ob er de Vaca nicht doch darüber hätte informieren sollen, daß die Pferde, selbst wenn sie die acht Liter Wasser ganz allein bekamen, es gerade eben bis zur Hälfte der Strecke schaffen würden, die sie zurücklegen mußten. Wenigstens einmal würden sie deshalb irgendwo Wasser finden müssen.

Nye zog Muertos Bauchriemen stramm und überprüfte den Sitz des Sattels. Alles war in Ordnung. Das Gewehr steckte in seinem Halfter unterhalb von Nyes rechtem Bein, wo er es rasch und einfach hervorholen konnte, und auch der runde Metallbehälter mit den zusammengerollten topographischen Karten im Maßstab 1 : 24000 war sicher befestigt.

Nachdem Nye die Ersatzsatteltaschen am Hinterzwiesel festgemacht hatte, packte er Munition hinein. Dann band er zwei mit jeweils zwanzig Litern gefüllte Wassersäcke aus Leinen zusammen und legte sie über den Hinterzwiesel, so daß sie auf beiden Seiten des Pferdes herabhingen. Sie mitzuschleppen bedeutete zwar fast vierzig Kilo zusätzliches Gewicht, aber sie waren nun einmal unentbehrlich. Die Chancen standen gut, daß Nye sich nicht einmal die Mühe machen mußte, Carson und de Vaca einzuholen; wahrscheinlich würde schon der Umstand, daß sie nur acht Liter Wasser bei sich hatten, dafür sorgen, daß sie auf der Strecke blieben. Dennoch mußte Nye auf Nummer Sicher gehen. Er mußte Carsons und de Vacas ausgetrocknete Leichen sehen, um sicherzugehen, daß sein Geheimnis wieder ihm ganz allein gehörte.

Ans Sattelhorn band Nye einen kleinen Sack, in dem sich ein Laib Brot und ein mit Wachs versiegelter, zwei Kilo schwerer Cheddarkäse befanden. Dann testete er seine Halogentaschenlampe und steckte sie mit einer Handvoll Ersatzbatterien in eine der Satteltaschen.

Nye traf seine Vorbereitungen sorgfältig und methodisch. Er hatte keine Eile. Muerto war ein auf Ausdauer trainiertes Pferd und körperlich in weitaus besserer Verfassung als die zwei Tiere, die Carson mitgenommen hatte. Vermutlich hatte er sie am Anfang auch noch übermäßig angestrengt, weil er im Galopp vor den Geländewagen geflohen war. Das war für die Pferde schon mal ein schlechter Start gewesen, denn nur Idioten oder Schauspieler in Westernfilmen ritten häufiger im Galopp als unbedingt nötig. Wenn Carson und die Frau es durch die Wüste schaffen wollten, mußten sie es langsam angehen, und selbst dann würden ihre Pferde bald unter Wassermangel leiden. Nye rechnete sich aus, daß sie nach höchstens siebzig Kilometer zusammenbrechen würden, und auch das nur dann, wenn Carson untertags rastete und bloß in der Nacht ritt. Ansonsten würden sie bestenfalls die Hälfte dieser Strecke schaffen. Jedes Lebewesen, das bewegungslos im Sand lag – und sogar eines, das sich nur noch langsam und unsicher dahinschleppte –, würde sofort die Geier anziehen. Allein diese kreisenden Aasfresser würden Nye früher oder später verraten, wo Carson und die Frau zu finden waren.

Aber Nye kam auch ohne Geier aus. Das Spurenlesen war wie Musik oder Atomphysik gleichzeitig eine Kunst und eine Wissenschaft. Es erforderte großes technisches Wissen, gepaart mit genialer Intuition. Beides hatte Nye sich in der arabischen Wüste angeeignet und hier, in der Jornada del Muerto, im Laufe von vielen Jahren perfektioniert.

Nachdem er noch einmal seine Ausrüstung kontrolliert hatte, schwang Nye sich in den Sattel, ritt aus dem Stall und folgte im Schein des Feuers den Hufspuren von Carsons und de Vacas Pferden. Je mehr er sich von dem brennenden Laborkomplex entfernte, desto schwächer wurde das Licht der Flammen. Bald mußte Nye ab und zu die Taschenlampe einschalten, um die in südliche Richtung führenden Spuren weiterverfolgen zu können. Es war genau so, wie er es sich gedacht hatte: Sie hatten ihre Pferde galoppieren lassen. Das war gut so, denn für jede Minute Galopp am Anfang des Ritts würden die Pferde an dessen Ende zwei Kilometer früher schlappmachen. Carson und de Vaca hatten so deutliche Spuren hinterlassen, daß jeder Volltrottel ihnen hätte folgen können. Und es ist ja wirklich ein Volltrottel, der sie verfolgt, dachte Nye mit einem amüsierten Grinsen, als er die in wildem Zickzack durcheinanderlaufenden Reifenspuren sah, die den Huftritten der beiden Pferde nach Süden folgten.

Nye hielt sein Pferd an und starrte in die Dunkelheit. Eine Stimme hatte auf einmal seinen Namen gemurmelt. Nye drehte sich im Sattel, um zu sehen, wo sie herkam. Dann schüttelte er den Kopf und ließ das Pferd wieder antraben.

Die Zeit, das Wasser und die Wüste arbeiteten alle für ihn und gegen Carson.

Carson blieb am anderen Ende des Lavafeldes stehen und sah nach Norden. Das breite Band der Milchstraße lief über den Himmel, bis es schließlich am weitentfernten Horizont verschwand. Carson kam sich vor wie ein Schiffbrüchiger in einem Meer aus Dunkelheit. Nur ein ganz leichter, rötlicher Schimmer im Norden zeigte noch an, wo sich der Mount Dragon befand. Die Lichter auf dem Sendeturm hatten aufgehört zu blinken, als die Generatoren kaputtgegangen waren.

Carson atmete tief die kühle Wüstenluft ein. Sie roch nach trockenem Gras.

»Wenn wir jetzt die Lava wieder verlassen, müssen wir unsere Spuren verwischen«, sagte er.

De Vaca nahm beide Pferde an den Zügeln und führte sie von dem Lavafeld herunter in die Dunkelheit. Carson folgte ihr und zog sich am Rand des Gesteins das Hemd aus. Dann kroch er auf Händen und Knien rückwärts über den Sand und wischte mit dem Stoff sowohl die Huftritte der Pferde als auch seine und de Vacas Spuren glatt. Carson wußte, daß man im Sand immer irgendwelche Spuren hinterließ, aber er bemühte sich, seine Sache so gut zu machen, daß wenigstens aus einem vorbeifahrenden Geländewagen nichts mehr zu erkennen war.

Um sicherzugehen, glättete Carson die Spuren auf einer Strecke von etwa hundert Metern. Dann stand er auf, schüttelte sein Hemd aus und zog es wieder an. Die ganze Aktion hatte zehn Minuten gedauert.

»So weit, so gut«, sagte Carson, als er wieder bei de Vaca war und auf sein Pferd stieg. »Wenn wir von hier aus direkt nach Norden reiten, passieren wir Mount Dragon in einer Entfernung von etwa fünf Kilometern.«

Carson blickte zum Himmel hinauf und suchte den Nordstern,

bevor er Roscoe in einen lockeren, langsamen Trab fallen ließ – diese Bewegungsart kostete ein Pferd am wenigsten Kraft. De Vaca neben ihm tat dasselbe. Schweigend ritten sie durch die samtig-schwarze Nacht. Carson sah auf die Uhr. Es war ein Uhr morgens. Sie hatten noch vier Stunden bis zur Morgendämmerung, in denen sie fünfunddreißig Kilometer zurücklegen konnten, wenn sie in dieser Geschwindigkeit weiterritten. Damit würden sie einen Punkt knapp dreißig Kilometer nördlich von Mount Dragon erreichen und hätten dann noch über hundertsechzig Kilometer vor sich. Carson atmete noch einmal tief durch. Da war eine gewisse Kühle in der Luft, die ihn auf Morgentau hoffen ließ.

Weil an ein Weiterreiten während der Hitze des Tages überhaupt nicht zu denken war, mußten sie einen Unterschlupf für sich und die Pferde finden; am besten eine versteckte Senke, in der sich die Tiere bewegen und ein bißchen Wüstengras fressen konnten.

»Sie haben mir doch mal erzählt, daß Ihre Vorfahren 1598 durch diese Wüste gezogen sind«, sagte Carson.

»Stimmt. Und erst zweiundzwanzig Jahre später sind die Pilgerväter mit der Mayflower am Plymouth Rock gelandet.«

Carson ignorierte die spitze Bemerkung. »Haben Sie mir dabei nicht auch etwas von einer Quelle erzählt?«

»Ja, von der *Ojo del Águila*. Ein Apache zeigte meinen Vorfahren die versteckte Quelle, als ihnen in der Mitte der Jornada das Wasser ausging.«

»Und wo war diese Quelle?«

»Das weiß ich nicht. Die genaue Ortsbezeichnung ist später verlorengegangen. Aber man sagt, sie soll in einer Höhle irgendwo am Fuß der Fra-Cristóbal-Berge sein.«

»Großer Gott, die Fra-Cristóbal-Berge sind ein über hundert Kilometer langer Gebirgszug.«

»Als ich diese Geschichte hörte, hatte ich nicht vor, eine geographische Abhandlung darüber zu schreiben, okay? Ich weiß nur noch, daß mein *abuelito* sagte, es sei eine warme Quelle in einer Höhle gewesen und daß das Wasser in diese Höhle abgeflossen sei.«

Carson schüttelte den Kopf. In der Lava und den Bergen gab es unzählige Höhlen. Hier eine unterirdische Quelle zu finden, die man nicht einmal an dem das Wasser umgebenden Grün erkennen konnte, war ein Ding der Unmöglichkeit.

Schweigend trabten sie weiter. Die einzigen Geräusche waren der Hufschlag der Pferde, das Klirren des Zaumzeugs und das leise Knarren der ledernen Sättel. Ein weiteres Mal blickte Carson hinauf in den Himmel. Es war eine schöne Nacht, und unter anderen Umständen hätte er diesen Ritt sehr genossen. Wieder atmete er tief ein. Jetzt war er sich sicher, daß es Tau geben würde. Das war ein Glück, denn es bedeutete, daß die Pferde es auch ohne Wasser fünfzehn Kilometer weiter schaffen würden.

Levine besah sich die letzte, unvollständig gebliebene Seite von Carsons Datenübertragung und sicherte sie auf die Festplatte seines Notebooks.

Clown, sind Sie sicher, daß das von Carson kommt? tippte er.

Klar doch, kam die prompte Antwort. Scopes war echt clever. Demütigend clever, was mich anbetrifft. Er hat mein Eindringen in sein System bemerkt und eine programmtechnische Falle aufgestellt. Als Carson sich an uns wandte, ging der Softwarealarm los.

Das kapiere ich nicht, Clown.

Der tückische Bastard Scopes hat so etwas wie einen programmtechnischen Stolperdraht über meinen geheimen Pfad gespannt, in den Carson dann hineingelaufen und damit voll auf die virtuelle Schnauze gefallen ist. Aber das, was er an Daten vorher überspielt hat, war noch im Netz, so daß ich es mir herausfischen konnte.

Könnte es sein, daß Sie dabei beobachtet wurden? tippte Levine.

Beobachtet? Ich? DINL.

Was heißt das? DINL?

Daß ich nicht lache. Dazu habe ich mich viel zu gut abgesichert. Schon der Versuch würde heillos im Netzwerksumpf steckenbleiben. Aber Scopes scheint mich gar nicht finden zu wollen. Seine Taktik ist ganz offenbar eine andere. Er hat einen Graben ums GeneDyne-Netz gezogen.

Wie meinen Sie das? fragte Levine.

Er hat die Telefon-, Fax- und Computerleitungen ins GeneDyne-Hauptquartier physikalisch unterbrochen, so daß es auf diesem Weg für die Außenwelt nicht mehr erreichbar ist.

Wenn das stimmt, was ich eben gelesen habe, dann ist PurBlood mit irgend etwas Schrecklichem verunreinigt, und Scopes ist selbst ein Opfer von diesem Zeug geworden. Glauben Sie, er weiß das? Ist das vielleicht der Grund dafür, daß er die Zugänge dichtgemacht hat?

Wohl kaum, antwortete der Clown. Als ich nämlich mitbekam, daß Carson uns zu erreichen versuchte, habe ich mich selbst in den Cyberspace von GeneDyne eingeschlichen und sah nach ein paar Sekunden, was sich da abspielte. Es wurde mir klar, daß unser Eindringen entdeckt worden war, und so konnte ich mich nicht wieder unbemerkt ausloggen. Also ergriff ich die Gelegenheit und belauschte eine Weile die unverschlüsselten Unterhaltungen, die übers Netz liefen. Dabei fand ich einige recht interessante Dinge heraus, bevor Scopes alle Verbindungen zur Außenwelt abbrach.

Was denn, zum Beispiel?

Zum Beispiel, daß Carson Scopes offenbar noch eins ausgewischt hat. Zumindest glaube ich das, denn fünfzehn Minuten nach dem Abbruch der Datenübertragung gab es einen ganz üblen Netzzusammenbruch, der eine Verbindung mit Mount Dragon unmöglich machte.

Hat vielleicht Scopes selber die Verbindung unterbrochen?

Mitnichten, Professorchen. Das Hauptquartier versuchte verzweifelt, sie wiederherzustellen. Nun hat aber eine Einrichtung wie Mount Dragon Notstromversorgungen bis zum Abwinken. Was immer also dort passiert ist, es muß so zerstörerisch gewesen sein, daß es alles in Schutt und Asche gelegt hat. Eine echt böse Sache. Als Scopes erst einmal begriffen hatte, daß er nicht mehr nach Mount Dragon durchkam, legte er das ganze GeneDyne-Netz lahm.

Aber ich *muß* mit Scopes in Verbindung treten, tippte Levine. Es ist von höchster Wichtigkeit, daß er die Auslieferung von PurBlood stoppt. Er ist meine einzige Hoffnung. Die halbe Nacht lang habe ich versucht, die Leute davon zu überzeugen, daß Scopes die Unterlagen über meinen Vater gefälscht hat, aber niemand wollte mir zuhören. Da wird mir erst recht keiner glauben, wenn ich jetzt auf einmal behaupte, PurBlood sei verseucht. Alle würden das für eine weitere irre Beschuldigung gegenüber Scopes halten, die ich mir aus den Fingern gesogen habe.

Sie haben noch immer nicht begriffen, Professorchen. Scopes hat die Leitungen ausgestöpselt. Solange er sie nicht wieder einstöpselt, kommt niemand in seine Zentrale rein. Ohne Leitung ist leider nun mal auch der beste Hacker aufgeschmissen. Allerdings ...

Ja?

Allerdings gibt es noch EINE Leitung, die von GeneDyne in Boston nach draußen führt. Das habe ich beim Herumschleichen um Scopes' Festungsmauer herausgefunden. Es ist eine Verbindung von Scopes' persönlichem Computer zum Nachrichtensatelliten TELINT-2.

Gibt es eine Möglichkeit, daß Sie mich über diesen Satelliten mit ihm in Kontakt bringen?

Keine Chance. Erstens ist es eine abgeschirmte Leitung, und außerdem verwenden Scopes und sein unbekannter Gesprächspartner ein ausgesprochen kompliziertes Verschlüsselungssystem, das mir verdammt militärisch vorkommt. Was auch immer es sein mag, ich würde mich an so etwas höchstens dann wagen, wenn ich mindestens einen Cray-2-Computer zur Verfügung hätte. Und selbst der kann Daten, die nach bestimmten kryptographischen Methoden verschlüsselt sind, nicht knacken.

Ist die Leitung denn in Betrieb?

Ab und zu mal. Immer wieder gehen in unregelmäßigen Abständen ein paar tausend Bytes durch.

Levine las die Worte des Clowns mit wachsendem Erstaunen. Auch wenn hier und da noch etwas von der alten Frechheit aufblitzte, kam ihm sein sonst so eitler und aufschneiderischer Gesprächspartner heute seltsam gedämpft vor.
Er lehnte sich einen Augenblick zurück und dachte nach. Hatte Scopes etwa wegen PurBlood alle Verbindungen unterbrochen? Nein, das ergab keinen Sinn. Oder hatte es in Mount Dragon eine Katastrophe gegeben? Und was war in diesem Fall mit dem gefährlichen Virus, an dem Carson gearbeitet hatte?
Es führte kein Weg daran vorbei: Er *mußte* wegen PurBlood mit Scopes sprechen und ihn warnen. Ganz gleich, wozu er ansonsten fähig war, Scopes würde niemals wissentlich ein verseuchtes Produkt auf den Markt bringen, denn damit würde er ja letzten Endes seine eigene Firma ruinieren. Außerdem brauchte er als Beta-Tester von PurBlood dringend medizinische Hilfe.

Es ist absolut notwendig, daß ich mit Scopes spreche, schrieb Levine. Wie kann ich das bewerkstelligen?

Da gibt es nur eins: Sie müssen sich persönlich zu ihm begeben.

Aber das ist unmöglich. Sein Firmensitz ist gespickt mit Sicherheitseinrichtungen.

Zweifelsohne. Aber der wunde Punkt bei allen Sicherheitssystemen ist der Mensch. Ich habe mir schon gedacht, daß Sie diesen Wunsch äußern würden, und habe gewisse Vorbereitungen getroffen. Vor Monaten, als ich mich für Sie zum erstenmal ins GeneDyne-Netz hackte, habe ich mir die Pläne für das Sicherheitssystem der Firmenzentrale beschafft. Wenn es Ihnen gelingt, ins Gebäude zu gelangen, dann haben Sie eine gute Chance, zu Scopes vorzudringen. Vorher müßte ich allerdings noch ein paar Kleinigkeiten erledigen.

Ich bin kein Hacker, Clown. Sie müßten schon mitkommen.

Das kann ich nicht.

Warum nicht? Sie leben doch sicher irgendwo in Nordamerika und könnten in spätestens fünf Stunden mit dem Flugzeug nach Boston kommen. Ich zahle Ihnen natürlich den Flug.

Das geht nicht.

Und warum nicht?

Ich kann einfach nicht.

Verstehen Sie denn nicht, daß das hier kein Spiel mehr ist? Hier geht es um das Leben von vielen tausend Menschen.

Passen Sie auf, Professor. Ich kann Ihnen helfen, in das Gebäude zu gelangen, und ich werde Ihnen zeigen, wie Sie mit mir in Kontakt treten können, wenn Sie erst einmal drinnen sind. Wenn Sie zu Scopes gelangen wollen, müssen Sie mehrere Sicherheitssperren umgehen. Das würden

Sie in der Realität niemals schaffen, also bleibt Ihnen nur der Umweg über den Cyberspace, kapiert? Ich werde Ihnen ein paar Angriffsprogramme überspielen, die ich speziell für diesen Zweck geschrieben habe. Mit denen kommen Sie an Scopes ran.

Aber ich brauche Sie vor Ort, Clown, nicht als Langstrecken-Hotline. Ich habe Sie eigentlich nie für einen Feigling gehalten. Warum kneifen Sie ausgerechnet jetzt?

Das Display wurde mit einem Schlag dunkel, und Levine fragte sich voller Ungeduld, was für ein Hackerspielchen der Clown nun schon wieder mit ihm vorhatte.
Auf einmal erschien eine Zeichnung:

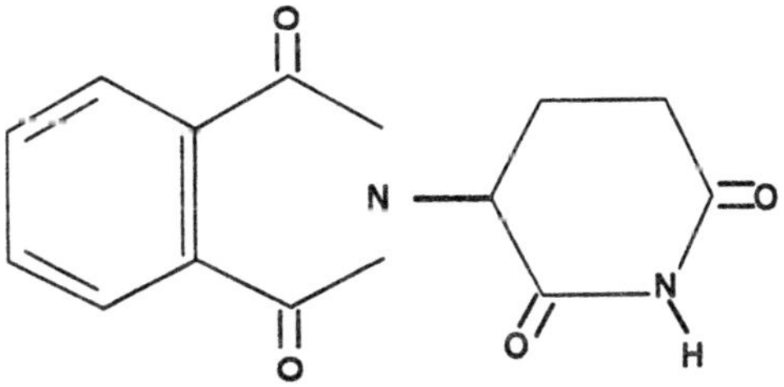

Levine starrte verdutzt das Bild an. Es war so unvermittelt aufgetaucht, daß er mehrere Sekunden brauchte, bis er begriff, daß es sich dabei um eine chemische Strukturformel handelte. Als er das erst einmal kapiert hatte, dauerte es nicht mehr lange, bis er wußte, was die Formel darstellte.
»Großer Gott«, flüsterte er. »Thalidomid. Der Clown ist ein Contergankind.«
Jetzt wußte er, warum der Hacker nicht nach Boston kommen konnte und warum er so erbittert gegen die großen pharmazeutischen Firmen kämpfte und ihn, Levine, bei seinem Feldzug gegen GeneDyne unterstützte.
Levine hörte, wie jemand an seiner Zimmertür klopfte. Er stand auf und öffnete sie.

Draußen stand ein ungepflegt wirkender Hotelpage in einer roten Uniform, die ihm mehrere Größen zu klein war, und hielt ihm einen Drahtbügel hin, auf dem zwei dunkelbraune, in schützende Klarsichtfolie verpackte Kleidungsstücke hingen.
»Ihre Uniform ist aus der Reinigung zurück«, sagte er.
»Aber ich habe doch gar nicht …«, fing Levine an. Dann brach er mitten im Satz ab, dankte dem Pagen und schloß die Tür.
Da er nichts in die Reinigung gegeben hatte, mußte der Clown ihm die Sachen besorgt haben.

An dem Durcheinander von Spuren am Rand des Lavastroms erkannte Nye, daß Singers Geländewagen hier angehalten hatten und dann kreuz und quer herumgefahren waren. Auf diese Weise hatten sie mit ihrer Inkompetenz Carsons und de Vacas Spuren verwischt. Dann waren die Fahrzeuge auf die Lava hinaufgefahren und hatten überall Kratzer im Gestein hinterlassen. Dieser Trottel Singer kannte nicht einmal das erste Gebot des Fährtensuchers: Zerstöre niemals die Spur, der du folgst.
Als Nye dastand und nachdachte, hörte er aus der Dunkelheit wieder die Stimme, die zu ihm sprach. Jetzt konnte er ihre Worte viel besser verstehen als beim erstenmal. Carson sei, als er erst einmal die Lava erreicht hatte, nicht weiter nach Süden geritten, sagte die Stimme, sondern entweder in westlicher oder in östlicher Richtung, weil er damit seine Verfolger abzuschütteln hoffte. Erst dann sei er entweder nach Norden oder weiter nach Süden gezogen.
Nye flüsterte Muerto ein Kommando zu, und das Pferd blieb stehen. Nye stieg ab und kletterte mit der Taschenlampe in der Hand auf die Lava. Dort ging er von der Stelle, an der Singers Geländewagen ihre Kratzer hinterlassen hatten, etwa hundert

Meter nach Westen und leuchtete dabei mit der Taschenlampe den Boden ab. Er suchte nach Hufeisenspuren.
Als er keine fand, versuchte er es auf der anderen Seite.
Und dort entdeckte er an einem Felsen eine helle Stelle, gegen die vor kurzem ein Hufeisen geschlagen haben mußte. Um sicherzugehen, suchte er weiter, bis er wieder einen weißlichen Kratzer an einem schwarzen Lavastein gefunden hatte. Daneben war gleich ein weiterer und dazu ein umgedrehter Stein, wo offenbar ein Pferd gestrauchelt war. Die Spur war unverkennbar, und Nye brauchte ihr nur zu folgen. Carson und die Frau hatten also wirklich eine Wendung um neunzig Grad gemacht und waren nach Osten geritten. Aber wie weit? Und würden sie dann nach Süden abbiegen oder nach Norden? In beiden Richtungen gab es weit und breit kein Wasser. Nye hatte in der Jornada überhaupt nur dann Wasser gesehen, wenn sich nach einem Gewitter in den Senken kleine Seen gebildet hatten, die aber kurz danach wieder ausgetrocknet waren. Jetzt aber hatte es bis auf den einen kurzen Schauer an dem Tag, an dem Nye in der Wüste mit Carson zusammengetroffen war, seit Monaten nicht mehr geregnet, und der Beginn der Regenzeit würde noch bis Ende August auf sich warten lassen.
Die südliche Route war zweifelsohne erfolgversprechender, denn der Weg nach Norden war sehr viel länger und führte über mehrere Lavafelder. Unter normalen Umständen wäre Carson sicher nach Süden geritten. Aber er wußte auch, daß Nye zu demselben Schluß kommen würde.
Nach Norden, sagte die Stimme.
Nye blieb stehen und horchte. Die Stimme war ihm irgendwie vertraut. Sie war hoch und zynisch und hatte einen leichten Anflug von jenem Cockney-Akzent, den auch die beste Internatserziehung nicht völlig beseitigen kann. Auf gewisse Weise kam es ihm ganz selbstverständlich vor, daß sie zu ihm sprach, auch wenn er nicht genau sagen konnte, wessen Stimme es war.

Nye ging zurück zu Muerto und stieg in den Sattel. Er wollte sichergehen, daß Carson wirklich nach Norden ritt. Irgendwo mußten er und die Frau ja das Lavafeld wieder verlassen, und genau dort würde Nye ihre Spur wieder aufnehmen.

Er beschloß, zuerst am Nordrand der Lava entlangzureiten. Wenn er dort die Spur nicht fand, würde er quer über das Feld zu dessen südlichem Rand reiten und es dort versuchen.

Eine halbe Stunde später hatte er die Stelle gefunden, an der Carson vergeblich versucht hatte, seine und de Vacas Spuren zu verwischen. Der Sand sah dort, wo Carson ihn geglättet hatte, viel regelmäßiger aus als gleich daneben, wo der Wind ihn zu Zufallsmustern geformt hatte. Die Stimme hatte also recht gehabt: Die beiden waren tatsächlich nach Norden geritten. Nye folgte den Wischspuren langsam bis zu der Stelle, wo sie in klar sichtbare Hufabdrücke übergingen. Von da an war die Spur so klar zu sehen wie die Begrenzungspfosten an einer Straße. Sie führte schnurstracks auf den Polarstern zu.

Das war alles noch viel einfacher, als Nye geglaubt hatte. Etwa bei Sonnenaufgang würde er Carson und de Vaca eingeholt haben. Mit seinem Holland & Holland-Gewehr konnte er ihn aus einer Entfernung von über einem halben Kilometer abknallen. Der Mann würde tot sein, noch bevor er den Schuß gehört hatte. Es würde gar kein letztes Aufeinandertreffen geben, bei dem Carson um sein Leben betteln könnte. Nur ein sauberer Schuß aus sechshundert Metern Entfernung und ein zweiter für das Flittchen. Dann konnte Nye endlich beruhigt losziehen und nach dem suchen, was ihm mehr bedeutete als alles andere auf der Welt: dem Gold des Mount Dragon.

Wieder einmal ging Nye seine Berechnungen durch. Er hatte sie schon so oft angestellt, daß er sie längst auswendig konnte. Ein Maultier konnte zwischen neunzig und hundertzwanzig Kilo Gold tragen, je nachdem, wie kräftig es war. Das allein war schon ein Metallwert von über einer Million Dollar. Vermutlich bestand der Schatz jedoch aus alten, mit einem Stempel versehe-

nen Barren und neuspanischen Münzen, was seinen Wert bis ums Zehnfache nach oben treiben würde.
Jetzt war Nye frei von Mount Dragon und frei von Scopes. Nur Carson – der Verräter da draußen in der Dunkelheit, der gemeine, hinterhältige Dieb – stand ihm als einziger noch im Weg zu Reichtum und Glück. Aber eine wohlgezielte Kugel würde bald auch dieses letzte Hindernis beseitigen.

Um drei Uhr früh war die Luft noch kühler geworden. Carson und de Vaca überquerten den Kamm einer Anhöhe und ritten hinunter in eine breite, mit Wüstengras bestandene Senke. Seit sie vor fast zwei Stunden in weiter Entfernung am brennenden Mount Dragon vorbeigezogen waren, hatten sie weder neben noch hinter sich Lichter gesehen. Die Geländewagen hatten sie ganz offenbar abgehängt.
Carson hielt sein Pferd an, stieg ab und befühlte die Halme des Grases. Es war Wüstenhafer, eine Pflanze mit hohem Eiweißgehalt, die ein hervorragendes Futter für die Pferde abgab.
»Wir bleiben hier ein paar Stunden und lassen die Pferde grasen«, sagte er.
»Sollten wir nicht lieber weiterreiten, solange es noch dunkel ist?« fragte de Vaca. »Vielleicht suchen sie uns, sobald es hell wird, mit Hubschraubern.«
»Auf dem Gebiet des Raketenversuchsgeländes darf kein Hubschrauber fliegen«, entgegnete Carson. »Außerdem werden wir bei Tageslicht nur so lange unterwegs sein, bis wir ein Versteck gefunden haben. Jetzt ist es erst einmal wichtig, daß wir den Morgentau ausnützen. Es ist erstaunlich, wieviel Wasser Pferde aufnehmen können, wenn sie taufeuchtes Gras fressen. Diese Gelegenheit dürfen wir uns nicht entgehen lassen. Für die eine

Stunde, die wir dabei verlieren, tragen uns die Pferde später fünfzehn bis zwanzig Kilometer weiter.«

»Ach so«, sagte de Vaca. »Das ist vermutlich ein alter Indianertrick.«

Carson drehte sich in der Dunkelheit nach ihr um. »Ihre Anspielungen waren schon vorhin alles andere als komisch. Bloß weil einer meiner Vorfahren ein Ute war, bin ich noch lange kein Indianer.«

»Eigentlich müßte das ja amerikanischer Ureinwohner heißen«, sagte sie mit einem neckischen Ton in der Stimme.

»Himmel noch mal, Susana, selbst die Indianer sind irgendwann einmal aus Asien gekommen. Es gibt keine ›amerikanischen Ureinwohner‹.«

»Warum sind Sie auf einmal so pikiert, *cabrón*?«

Carson gab ihr keine Antwort, sondern nahm Roscoe das Halfterband ab, das aus Baumwolle bestand. Er schlang das Band zuerst um einen, dann um den anderen Huf des Pferdes und zwar so, daß das Tier noch genügend Bewegungsfreiheit hatte, um langsam herumzugehen. Dasselbe machte er mit de Vacas Pferd. Als er damit fertig war, schnallte er den Pferden jeweils die Packgurte ab und band sie so an die Halfter, daß die metallenen Schnallen an ihren Enden aneinanderschlugen, wenn die Tiere sich bewegten.

»Alle Achtung, das haben Sie toll gemacht«, sagte de Vaca.

»Gelernt ist gelernt.«

»Wozu haben Sie denn das mit den Schnallen gemacht?«

»Hören Sie mal.«

Die beiden schwiegen eine Weile. Als die Pferde zu grasen anfingen, gaben die gegeneinanderschlagenden Schnallen ein leises Klappern von sich.

»Früher hatte ich immer eine kleine Kuhglocke dabei«, sagte Carson, »aber das hier funktioniert fast ebensogut. In der Stille der Nacht hört man das Klirren auch auf dreihundert Meter noch ziemlich gut. Ohne eine Geräuschquelle würden wir die

Pferde in der Dunkelheit niemals wiederfinden.« Er setzte sich in den Sand und wartete auf eine weitere bissige Bemerkung über seinen indianischen Großvater.

»Wissen Sie was, *cabrón*?« ließ sich de Vacas körperlose Stimme ein paar Augenblicke später aus der Dunkelheit vernehmen. »Sie verblüffen mich ein wenig.«

»Wieso denn das?«

»Na ja, zunächst einmal scheinen Sie ein echt guter Gefährte für eine Durchquerung der Jornada zu sein.«

Das Kompliment überraschte Carson so sehr, daß er sich einen Moment lang fragte, ob sie es vielleicht sarkastisch gemeint haben könnte. »Aber wir haben noch nicht einmal ein Fünftel des Weges geschafft«, gab er zu bedenken. »Das meiste liegt noch vor uns.«

»Ja, aber das ändert nichts an dem, was ich gesagt habe. Ohne Sie hätte ich nicht die geringste Chance gehabt.«

Carson sagte nichts darauf. Er war nach wie vor der Meinung, daß die Wahrscheinlichkeit, Wasser zu finden, höchstens fünfzig zu fünfzig stand. Und das wiederum bedeutete, daß es mit ihren Überlebenschancen ähnlich aussah.

»Sie haben also auf einer Ranch hier in der Gegend gearbeitet«, ließ de Vaca sich wieder vernehmen.

»Auf der Diamond Bar Ranch«, sagte Carson. »Nachdem mein Vater mit seiner Ranch pleite gegangen war.«

»War es eine große Ranch?«

»Und ob. Mein Vater hielt sich für eine Art Geschäftsgenie und kaufte ständig irgendwelche anderen Ranches auf, die er dann relativ bald wieder abstieß und manchmal ein paar Jahre später sogar ein zweites Mal kaufte. Natürlich mit Verlust. Am Schluß hatte er so hohe Schulden, daß die Bank uns auch die vierzehn Parzellen Land abnahm, die seit hundert Jahren im Besitz unserer Familie gewesen waren, ebenso wie die Weiderechte auf weiteren zweihundert Parzellen, die mein Vater dazugepachtet hatte. Das klingt zwar nach unglaublich viel Weidefläche, aber

das meiste davon war so vertrocknet, daß die exotischen Rinder- und Pferderassen, die mein Vater dort hatte züchten wollen, nie genügend zu fressen hatten.«
Er legte sich auf den Rücken und sah hinauf in den Nachthimmel. »Ich erinnere mich noch gut daran, wie ich als Junge immer die Zäune abgeritten bin. Der äußere Zaun allein war schon fast hundert Kilometer lang, und dazu kamen dann noch einmal über dreihundert Kilometer Zäune im Inneren der Ranch. Mein Bruder und ich brauchten den ganzen Sommer, um sie alle zu prüfen und die Lücken zu reparieren. Das hat verdammt viel Spaß gemacht. Neben unseren Pferden hatten wir ein Maultier, das eine Rolle Draht, Klampen und Werkzeug trug und dazu noch unsere Cowboyschlafsäcke und etwas zu essen. Dieses Maultier war ein echter Hurensohn namens Bobb. Mit zwei b.«
De Vaca lachte.
»Wir schliefen meistens draußen. Am Abend banden wir den Pferden so wie jetzt die Vorderläufe zusammen und suchten uns eine geschützte Kuhle, wo wir ein Lagerfeuer anzündeten und unsere Schlafsäcke ausrollten. Am ersten Abend aßen wir immer riesige Steaks, die wir, noch gefroren, am Morgen in die Satteltaschen gesteckt hatten. Die Steaks waren so groß, daß sie zur Abendessenszeit gerade erst aufgetaut waren. Vom zweiten Abend an gab es dann nur noch Reis mit Bohnen. Nach dem Essen legten wir uns auf den Rücken, schauten hinauf zu den Sternen und tranken Kaffee, bis das Feuer niedergebrannt war.«
Carson machte eine Pause. Seine Erinnerungen kamen ihm wie ein halb vergessener Traum aus einem vergangenen Jahrhundert vor, obwohl die Sterne oben am Himmel immer noch dieselben waren, die er bereits als Junge gesehen hatte.
»Es war bestimmt schlimm für Sie, die Ranch zu verlieren«, sagte de Vaca leise.
»Es war das Schlimmste, was mir je widerfahren ist. Ich war mit Leib und Seele diesem Land verhaftet.«
Carson spürte, wie er Durst bekam. Er tastete so lange im Sand

herum, bis er einen kleinen Kieselstein gefunden hatte, den er an seiner Jeans abwischte und in den Mund steckte.

»Ich fand es toll, wie Sie Nye und die anderen *pendejos* in den Geländewagen abgehängt haben«, sagte de Vaca.

»Das sind Idioten«, entgegnete Carson. »Unser wirklicher Feind ist die Wüste.«

De Vacas Bemerkung brachte ihn zum Nachdenken. Es war sehr einfach gewesen, die Geländewagen abzuschütteln. Erstaunlich einfach. Sie hatten bei der Verfolgung nicht einmal die Scheinwerfer ausgeschaltet und waren auch nicht ausgeschwärmt, als sie den Rand der Lava erreicht hatten. Statt dessen waren sie wie die Lemminge im großen Pulk nach Süden abgerauscht. Es war verwunderlich, daß sich Nye so dumm anstellte.

Nein, hier stimmte etwas nicht. Nye würde sich niemals so dumm anstellen.

Carson richtete sich mit einem Ruck auf und fragte sich, ob Nye überhaupt in einem der Geländewagen gewesen war. Je mehr er darüber nachdachte, desto weniger wahrscheinlich erschien es ihm. Aber wenn er nicht die Gruppe in den Fahrzeugen angeführt hatte, wo war er dann? In Mount Dragon, um die Lage unter Kontrolle zu bringen?

Auf einmal wurde Carson mit einem Schauder kalter Angst bewußt, daß Nye irgendwo hier draußen sein mußte und ihnen nachstellte. Nicht in einem lauten, unbeholfenen Geländewagen, sondern auf seinem großen, gescheckten Pferd.

Mist. Carson hätte Muerto mitnehmen oder ihm wenigstens einen langen Nagel in den Huf treiben sollen.

Während er sich noch wegen seiner Gedankenlosigkeit verfluchte, sah er auf die Uhr. Es war drei Viertel vier.

Nye hielt an und stieg ab, um sich ein weiteres Mal die nach Norden führenden Spuren anzusehen. Im starken Strahl seiner Taschenlampe konnte er sogar die einzelnen, fast mikroskopisch kleinen Sandkörner sehen, die am Rand der Hufspuren hingen und die noch kein Windhauch aus ihrer instabilen Lage gebracht hatte. Die Spuren konnten nicht älter als eine Stunde sein. Carson bewegte sich in leichtem Trab vorwärts und gab sich keine Mühe mehr, seine Spuren zu verwischen oder etwaige Verfolger irrezuführen. Nye schätzte, daß die beiden sich keine zehn Kilometer mehr vor ihm befanden. Bei Sonnenaufgang würden sie anhalten und für sich und die Pferde ein Versteck suchen, in dem sie den Tag verbringen konnten.

Genau dann würde er sie sich vorknöpfen.

Er stieg wieder auf und trieb Muerto zu einem raschen Trab an. Die beste Zeit, um die beiden einzuholen, war die kurz vor der Morgendämmerung, bevor ihnen überhaupt bewußt werden konnte, daß sie verfolgt wurden. Er würde sich verstecken und auf genügend Licht warten, um sicher zielen zu können. Seinem Pferd ging es gut. Es schwitzte zwar ein wenig von der Anstrengung, aber das war auch schon alles. Muerto konnte dieses Tempo noch gut fünfzig Kilometer durchhalten, und außerdem hatte Nye ja noch sechsunddreißig Liter Wasser dabei.

Als er ein Geräusch hörte, zügelte er das Pferd und schaltete die Taschenlampe aus. Eine leichte Südbrise trug das Geräusch wieder fort. Nye beruhigte Muerto und wartete. Erst vergingen fünf Minuten, dann zehn. Als sich der Wind ein wenig drehte, hörte er zwei miteinander diskutierende Stimmen und ein leises Klimpern.

Die beiden Dummköpfe hatten bereits hier angehalten, weil sie wohl glaubten, sie hätten ihre Verfolger abgeschüttelt und könnten sich ausruhen. Er wartete und traute sich kaum zu atmen. Die Stimme – die *andere* Stimme – sagte nichts.

Schließlich stieg Nye ab und führte sein Pferd über den Kamm eines sanft ansteigenden Hügels, wo es unbemerkt vor sich hingrasen konnte. Dann schlich er leise zurück zu der Senke, wo er in der Dunkelheit noch immer die beiden Stimmen hörte. Er legte sich auf den Bauch und schätzte die Entfernung zwischen ihm und den anderen auf etwa dreihundert Meter. Von hier aus konnte er die Stimmen schon viel besser hören. Ein paar Meter noch, und er würde verstehen können, was sie sagten. Vielleicht planten sie gerade, was sie mit dem Gold – *seinem* Gold – alles anstellen wollten. Aber er würde sich von seiner Neugier nicht alles vermasseln lassen und blieb, wo er war. Nicht, daß die beiden viel hätten tun können, wenn sie ihn bemerkt hätten. Noch vor nicht allzu langer Zeit hätte es ihm Spaß gemacht, ihnen einen Schrecken einzujagen. Sie wären dann natürlich sofort aufgesprungen und ohne ihre Pferde aufgeschreckt losgerannt. Die Jagd auf sie wäre ein angenehmes, wenn auch kurzes Vergnügen geworden. Es gab ja kaum etwas Schöneres, als in der offenen Wüste auf ein bewegtes Ziel zu schießen; das war ihm schon bei der Steinbockjagd in Saudi-Arabien aufgegangen. Der Unterschied zwischen Steinbock und einem rennenden Menschen war lediglich der, daß sich ersterer mit siebzig Kilometern in der Stunde fortbewegte, während es letzterer nicht einmal auf ein Drittel dieser Geschwindigkeit brachte.

Trotzdem war die Jagd auf diesen Mistkerl Teece interessanter gewesen, als Nye sie sich vorgestellt hatte, denn der Sandsturm hatte für ein paar unvorhergesehene Komplikationen gesorgt. Nye hatte Muerto mit leerem Sattel auf die Straße gestellt, um den Inspektor dazu zu bringen, anzuhalten und nachzusehen, was mit dem Pferd los war. Nye hätte Teece gar nicht zugetraut, daß er nach dem ersten Schuß mitten in den Sandsturm hineinrennen und versuchen würde, sich vor ihm zu verstecken. Bis zum bitteren Ende hatte das magere Kerlchen nicht klein beigeben wollen. Er hatte, als Nye mit dem Gewehr schließlich über ihm gestanden hatte, weder vor Todesangst gewimmert noch um sein Leben gefleht. Jetzt lag die Leiche des Inspektors so tief im Wüstensand begraben, daß weder Geier noch buddelnde Kojoten an sie herankamen. Mit ins Grab genommen hatte er alle Informationen, die er mit seiner Schnüffelei herausbekommen hatte und die nun niemals mehr seine Auftraggeber erreichen würden.

All das kam Nye jetzt so vor, als sei es in einem anderen Leben geschehen, bevor Carson sich mit seinem großen Geheimnis aus dem Staub gemacht hatte. Die Explosion in Mount Dragon hatte auch Nyes Loyalität zu GeneDyne und seine blinde Hingabe an Brent Scopes ausgelöscht. Jetzt gab es nichts mehr, was ihn von seinem eigentlichen Ziel ablenkte.

Nye sah auf die Uhr. Es war drei Viertel vier. In einer Stunde würde es anfangen, hell zu werden.

»Was ist los?« fragte de Vaca, als Carson sich plötzlich aufsetzte.

»Ich habe gerade etwas gerochen«, flüsterte er. »Ich glaube, es ist ein Pferd.« Er leckte an seinem Finger und hielt ihn in die Luft.

»Eines von unseren?«

»Nein. Dazu müßte der Wind aus der anderen Richtung wehen. Ich könnte schwören, daß ich gerade ein schwitzendes Pferd gerochen habe. Und zwar hinter uns.«

Während sie schweigend dasaßen, spürte Carson, wie sich ein kaltes Gefühl in seinem Magen breitmachte. Es mußte Nye sein, eine andere Erklärung gab es nicht. Und er war ganz in ihrer Nähe.

»Sind Sie sicher, daß ...«

Rasch legte Carson seine Hand auf ihren Mund und flüsterte ihr ganz leise ins Ohr. »Passen Sie gut auf. Nye schleicht hier herum. Er war gar nicht mit in den Geländewagen. Sobald es hell wird,

bringt er uns um. Wir müssen sofort von hier weg, und zwar ohne das geringste Geräusch. Haben Sie verstanden?«
»Ja«, antwortete de Vaca gepreßt.
»Wir suchen jetzt unsere Pferde, aber seien Sie vorsichtig dabei. Setzen Sie nicht einfach einen Fuß vor den anderen, sondern fühlen Sie zuerst mit der Schuhspitze, wo Sie hintreten. Wenn Sie auf trockenes Gras oder Buschwerk treten, hört er es. Wenn wir bei den Pferden sind, müssen wir ihnen ohne ein Geräusch die Vorderbeine losbinden. Und steigen Sie nicht gleich auf, sondern führen Sie Ihr Pferd ganz leise fort. Am besten gehen wir nach Osten, zurück zum Lavafeld. Nur dort haben wir die Chance, daß er unsere Spur wieder verliert. Halten Sie sich immer neunzig Grad rechts vom Polarstern.«
Carson spürte mehr, als daß er sah, wie de Vaca bei seinen Anweisungen nickte.
»Ich mache dasselbe wie Sie, aber gehen Sie mir nicht hinterher. Dazu ist es zu dunkel. Versuchen Sie, einen geraden Kurs zu halten. Und gehen Sie gebückt, sonst sieht er möglicherweise Ihre Silhouette vor dem Sternenhimmel. Wir sehen uns erst wieder, wenn der Tag anbricht.«
»Und wenn er doch etwas hört?«
»Sollte er uns verfolgen, reiten Sie, so schnell Sie können, zurück zum Lavafeld. Wenn Sie dort sind, steigen Sie ab und schicken Sie Ihr Pferd weg, indem Sie ihm einen Schlag aufs Hinterteil geben. Dann verstecken Sie sich, so gut Sie können.« Er hielt inne und fügte schließlich hinzu: »Mehr fällt mir dazu nicht ein. Tut mir leid.«
De Vaca sagte nichts. Carson spürte, daß sie zitterte. Er tastete nach ihrer Hand und drückte sie.
Langsam schlichen sie auf das metallische Klingeln ihrer Pferde zu. Carson wußte, daß ihre Überlebenschancen, die auch vorher nicht gerade groß gewesen waren, fast bis auf den Nullpunkt abgesunken waren. Auch ohne Nye war es hier draußen in der Wüste schon schlimm genug, aber jetzt, wo der Sicherheitschef

sie aufgespürt hatte, war ihre Lage geradezu verzweifelt. Noch dazu hatte sie Nye verdammt schnell gefunden – er hatte sich offenbar nicht einen Augenblick lang von ihrer Finte auf dem Lavafeld hinters Licht führen lassen. Zu allem Überfluß hatte er auch noch das bessere Pferd. Und dieses gottverdammte Gewehr.

Carson wurde bewußt, daß er Nye sträflich unterschätzt hatte.

Während er gebückt über den Sand schlich, mußte er an seinen Großonkel Charley denken, der ein halber Ute-Indianer gewesen war. Er fragte sich, wieso dieser ihm gerade jetzt in den Sinn kam.

Die meisten Geschichten, die der alte Mann, am liebsten im Schaukelstuhl vor dem Kamin, erzählt hatte, hatten von einem seiner indianischen Vorfahren namens Gato gehandelt, der häufig Vieh und Pferde von den Navajos und der US-Kavallerie gestohlen hatte. Von diesen Diebeszügen hatte Charley ganz besonders gern erzählt. Außerdem hatte er Gatos Fähigkeiten als Fährtensucher und sein Geschick als Reiter gerühmt. Und er hatte Carson die diversen Tricks erzählt, mit denen Gato seine Verfolger – ziemlich häufig Gesetzeshüter – genarrt und abgeschüttelt hatte.

Als Carson Roscoe in der Dunkelheit gefunden hatte, band er ihm vorsichtig den Strick um die Vorderbeine los. Dabei flüsterte er dem Pferd beruhigende Worte zu, damit es nicht vor Wiedersehensfreude loswieherte. Roscoe hörte auf zu grasen und stellte die Ohren auf. Carson streichelte zärtlich seinen Hals und nahm ihm so leise wie möglich die Packriemen mit den klingelnden Schnallen ab. Dann befestigte er mit äußerster Vorsicht die Zügelschnur am Halfter und band sie um das Sattelhorn. Schließlich blieb er stehen und lauschte. Die Nacht ringsum war völlig still.

Carson nahm Roscoe am Halfter und führte ihn in Richtung Osten.

Weil eines seiner Beine eingeschlafen war, setzte sich Nye vorsichtig anders hin, wobei er das Gewehr mit beiden Armen festhielt. Im Osten, über der Sierra Oscura, erschien schon der erste, noch ganz schwache Lichtschimmer des Sonnenaufgangs. Nun würde es noch zehn Minuten dauern, vielleicht sogar weniger, bis er genügend Licht hatte. Nye blickte sich in der Dunkelheit um und stellte mit Genugtuung fest, wie gut er sich versteckt hatte. Dann schaute er nach hinten und sah die Silhouette seines Pferdes, das aufmerksam dastand und seinen nächsten Befehl erwartete. Nye grinste zufrieden vor sich hin. Nur Engländer wie er wußten eben, wie man ein Pferd erziehen mußte. Der ganze amerikanische Cowboymythos war Schwachsinn. Hier wußte man so gut wie gar nichts über Pferde.

Nye wandte seine Aufmerksamkeit wieder der breiten, flachen Senke zu, die vor ihm lag. In ein paar Minuten würde es hell genug sein für das, was er vorhatte.

Ganz vorsichtig schob er den Sicherungshebel seines Holland & Holland nach hinten. Ein unbewegtes Ziel war auf eine Entfernung von dreihundert Metern herrlich einfach zu treffen. Nye lächelte voll Vorfreude.

Das Licht hinter den Bergen wurde heller, und Nye suchte die Senke nach den dunklen Formen von Menschen oder Pferden ab. Es gab da drunten einige Yuccapalmen, die im Dämmerlicht einer menschlichen Gestalt verdammt ähnlich sehen konnten. Aber er entdeckte nichts, was auch nur annähernd so groß war wie ein Pferd.

Eine Weile blieb Nye sitzen und konzentrierte sich auf das kräftige Schlagen seines eigenen Herzens. Sein Atem ging bewundernswert ruhig, und seine Hände, die das Gewehr hielten, waren vollkommen trocken.

Als ihm langsam klar wurde, daß die Senke vor ihm leer war, meldete sich auch die Stimme mit einem leisen, zynischen Kichern wieder zu Wort.
Nye drehte sich um und entdeckte hinter sich einen Schatten im fahlen Licht.
»Wer bist du, verdammt noch mal?« murmelte Nye.
Das Kichern wurde immer lauter, bis es als dröhnendes Gelächter hinaus in die Wüste schallte. Nye erkannte, daß das Lachen fast genauso klang wie sein eigenes.

Als Carson das Gefühl hatte, weit genug von der Senke entfernt zu sein, nahm er die Hand von Roscoes Halfter und schwang sich in den Sattel. Auf dem Weg hatte er immer wieder über seine erste Begegnung mit Nye hier draußen in der Wüste nachgedacht. Er erinnerte sich an sein grausames Lachen und ertappte sich dabei, daß er Angst davor hatte, dieses Lachen gleich wieder zu hören, gefolgt vom Klicken einer Patrone, die in die Geschoßkammer eines Gewehrs transportiert wird. Um auf andere Gedanken zu kommen, rief er sich wieder die Geschichten in Erinnerung, die sein Großonkel über seinen Vorfahren Gato erzählt hatte. In einer dieser Geschichten kam eine Telegraphenleitung vor, die Gato durchschnitten und dann mit kurzen Lederriemen wieder so zusammengebunden hatte, daß die Unterbrechung lange nicht gefunden werden konnte. Damit hatte er seine Widersacher von der US-Kavallerie fast in den Wahnsinn getrieben.
Gato hatte eine Menge Tricks auf Lager gehabt, um seine Verfolger abzuschütteln. Er war zum Beispiel eine Weile in einem Fluß geritten und hatte dann sein Pferd rückwärts wieder an Land steigen lassen. Oder er hatte mittels eines Hufeisens

falsche Pferdespuren erzeugt, die seine Verfolger in Treibsand und Fallgruben gelockt hatten …

Carson dachte angestrengt nach. *Was hat Gato sonst noch gemacht?*

Am östlichen Himmel dämmerte es bereits, und Nye konnte jeden Augenblick bemerken, daß er und de Vaca nicht mehr in der Senke waren. Damit hatten sie höchstens eine halbe Stunde Vorsprung, und die auch nur für den Fall, daß Nye ihr Täuschungsmanöver nicht schon viel früher durchschaut hatte. Er war ihnen verdammt nahe auf den Fersen, und sie mußten sich beeilen.

Als der Lichtschein im Osten heller wurde, blickte Carson suchend zum Horizont. Er war enorm erleichtert, als er etwa einen halben Kilometer vor sich de Vaca als kleine, graue Gestalt reiten sah. Er ließ Roscoe in einen schnellen Trab fallen und folgte ihr.

Carsons größtes Problem war, daß Hufeisen auf der Lava unverkennbare Spuren hinterließen. Ein Pferd wog immerhin eine halbe Tonne, und dieses ganze Gewicht lag auf den vier dünnen, gebogenen Eisen, die kleine, weiße Kratzer ins Gestein machten. Wenn man erst einmal wußte, wonach man suchen mußte, brauchte man nicht einmal ein besonderes Talent zum Fährtenlesen, um einer Pferdespur auf Gestein zu folgen. Hier war sie zum Beispiel viel leichter zu erkennen als auf einer Prärie mit kurzem Gras. Nye hatte bereits bewiesen, daß er ein guter Spurenleser war, so daß die Lava ihn höchstens aufhalten, aber nicht von seiner Verfolgung abbringen konnte.

Als Carson de Vacas Pferd eingeholt hatte, ließ er Roscoe langsamer laufen. In Gedanken sah er wieder seinen Großonkel vor sich, wie er mit vergnügtem Gesicht im Schaukelstuhl vor dem Feuer saß und lachend seine Geschichten über Gato erzählte. Über Gato den Trickreichen, der die Weißen immer wieder zum Narren gehalten hatte.

»Mein Gott, bin ich froh, Sie zu sehen«, sagte de Vaca und nahm im Reiten kurz seine Hand in die ihre.
Die Wärme ihrer Hand, die Berührung eines anderen Menschen nach diesem bangen Ritt durch die Dunkelheit, flößte Carson neue Hoffnung ein. Er ließ den Blick über das schwarze, bizarr gezackte Lavafeld vor ihnen gleiten.
»Lassen Sie uns weit in die Lava hineinreiten«, sagte er. »Ich glaube, ich habe eine Idee.«

Nye stand in der Mitte der Senke und hielt Muertos Zügel in der Hand. An den Spuren im Sand und im Gras konnte er deutlich ablesen, wie Carson und de Vaca ihn hinters Licht geführt hatten. Irgendwie mußten sie seine Anwesenheit bemerkt haben, woraufhin sie zu den Pferden geschlichen waren und sie weggeführt hatten. Nye konnte es kaum fassen, daß ihnen das alles gelungen war, ohne daß er auch nur das Geringste gehört hatte. Aber die Spuren ließen keinen anderen Schluß zu.
Nye drehte sich um. Der Schatten mit der Stimme war immer noch hinter ihm, aber wenn er ihn direkt ansah, schien er zu verschwinden.
Mit den Zügeln in der Hand ging er an den Rand der Senke. Die beiden waren nach Osten gegangen, in Richtung Lavafeld, wo sie ganz offenbar hofften, ihm entkommen zu können. Auch wenn das Spurensuchen auf der Lava nur langsam vonstatten ging, würde Nye keine Probleme haben, ihnen zu folgen. Mit nur acht Litern Wasser war es nur eine Frage der Zeit, bis ihre Pferde schwächer wurden. Es gab also keinen Grund zur Eile. Bis an den Rand der Jornada-Wüste waren es noch mehr als hundertfünfzig Kilometer.
Nye schwang sich in den Sattel und begann mit der Verfolgung.

Die Spuren liefen leicht auseinander, und Nye fragte sich, ob das wohl ein Trick war, um ihn in die Irre zu führen. Er folgte der Spur, die sich tiefer in den Sand eingedrückt hatte, denn das mußte die von Carson sein.

Die Sonne kam hinter den Bergen hervor und warf lange Schatten über den Horizont. Als sie höher in den Himmel stieg, wurden die Schatten zunehmend kürzer, und die Luft erfüllte sich mit dem Geruch von warmem Sand und Kreosotbüschen. Es würde ein sehr heißer Tag werden, und am heißesten würde es auf dem schwarzen Lavagestein von El Malpaís sein.

Wasser und Munition hatte Nye mehr als genug, und in der Stunde Vorsprung, die Carson und de Vaca hatten, konnten sie höchstenfalls sechs oder sieben Kilometer zurückgelegt haben. Die Entfernung zwischen ihnen und ihm würde beträchtlich zusammenschmelzen, wenn sie erst einmal auf der Lava waren und langsamer vorankamen. Obwohl Nye nun nicht mehr das Überraschungsmoment auf seiner Seite hatte, hatte ihr Wissen darum, daß sie verfolgt wurden, auch seine gute Seite, denn nun waren sie gezwungen, auch in der Hitze des Tages zu reiten.

Einen knappen Kilometer vor dem Lavafeld liefen die beiden Spuren zusammen. Nye folgte ihnen, bis er an den Anfang des Gesteins kam. Ohne erst absteigen zu müssen, konnte er die weißen Kratzer an der schwarzen Lava erkennen, die die Hufeisen der Pferde hinterlassen hatten. Jetzt, wo die Sonne voll am Himmel stand, war es nicht schwer, diesen Spuren zu folgen.

Es war früher Morgen, und die Temperatur lag bei angenehmen fünfundzwanzig Grad. In einer Stunde würden es schon fünfunddreißig Grad sein, in einer weiteren über vierzig. Hier, auf einer Höhe von über zwölfhundert Metern über dem Meeresspiegel, brannte bei klarem Himmel die Sonne gnadenlos herunter. Der einzige Schatten weit und breit war der unter dem Bauch eines Pferdes. Sollten Carson und de Vaca es wirklich schaffen, Nye zu entkommen, würde ihnen die Wüste bis zum Abend den Garaus machen.

Das Lavafeld erstreckte sich mit seinen mächtigen gewundenen Gesteinsmassen bis zum Horizont. An manchen Stellen gab es große, scharfkantige Löcher im Gestein, wo die Decken unterirdischer Lavahöhlen zusammengekracht waren. Andernorts sah man schroffe Felsrücken; hier hatte die flüssige Lava vor Urzeiten Gesteinsplatten und -blöcke mit enormem Druck aufeinandergetürmt. Über dem schwarzen Basalt, der wie kaum ein anderes Material die Hitze der Sonne aufsog, bildeten sich schon jetzt glänzende Hitzeschlieren.
Vorsichtig suchte sich Muerto seinen Weg durch das Lavafeld. Seine Hufeisen klangen hell auf dem Gestein. Eine Eidechse huschte erschrocken in eine Gesteinsspalte. Der Gedanke daran, wie wenig Wasser Carson und de Vaca in dieser Hitze bei sich hatten, hatte Nye durstig gemacht. Er nahm einen herzhaften Schluck aus einem seiner Wassersäcke. Das Wasser war noch schön kühl und schmeckte ein wenig nach Leinen.
Der Schatten ging, wie Nye aus dem Augenwinkel beobachten konnte, noch immer neben dem Pferd her, hatte aber seit längerer Zeit schon nichts mehr gesagt. Erstaunt stellte Nye fest, daß ihm seine Anwesenheit sogar angenehm war.
Nach ein paar Kilometern stieg er ab, um den Spuren besser folgen zu können. Carson und de Vaca waren weiter nach Osten geritten, wo sich ein niedriger Vulkankegel erhob. An seiner dem Westen zugewandten Seite war der Krater bis fast hinunter auf die Höhe des Lavafeldes eingebrochen, so daß die Öffnung ein breites natürliches Tor ins Innere des hohlen Berges bildete. Carsons und de Vacas Spuren führten direkt auf diese Öffnung zu.
Nye spürte ein Triumphgefühl in sich aufsteigen. Es gab nur einen Grund, warum Carson und die Frau in diesen alten Vulkankegel hineingeritten sein konnten: Sie hatten dort Schutz vor der Sonne gesucht. Offenbar glaubten sie, daß Nye auf der Lava ihren Spuren nicht würde folgen können. Weil ihnen klar war, daß eine Durchquerung der Wüste bei Tag reiner Selbst-

mord war, wollten sie sich in dem Vulkankegel verstecken und auf den Einbruch der Dunkelheit warten, um dann in der Kühle der Nacht weiterzureiten.
Kurz vor seinem Ziel entdeckte Nye, daß aus dem Krater eine dünne Rauchfahne aufstieg, und blieb ungläubig stehen. Carson mußte irgend etwas erjagt haben – höchstwahrscheinlich ein Kaninchen –, das die beiden sich jetzt brieten. Noch einmal untersuchte er sorgfältig die Spur und achtete auf alles, was auf eine Falle oder einen Trick hätte hindeuten können. Schließlich hatte sich Carson ja schon einmal als gewiefter Bursche herausgestellt. Am besten überprüfte Nye, ob es auf der anderen Seite einen Weg aus dem Vulkankegel heraus gab, durch den Carson und das Flittchen entkommen könnten.
Nye ließ Muerto in sicherer Entfernung stehen und umrundete vorsichtig den Krater. So sehr er auch suchte, er fand keinerlei Anzeichen dafür, daß Carson ihn in eine Falle locken wollte, und auch keine Spuren, die von dem Vulkankegel wegführten. Die beiden mußten also in den Krater hineingeritten sein und noch immer drinnen sein.
Nye wußte sofort, was er nun zu tun hatte. Er mußte an der Rückseite des Vulkans hinaufklettern bis zum Rand des Kegels, von wo aus er mit seinem Gewehr jede beliebige Stelle innerhalb des Kraters beschießen konnte.
Er ging zurück zu Muerto und führte ihn in einem weiten Bogen um das südöstliche Ende des Vulkankegels herum. Dann machte er sich mit dem Gewehr auf dem Rücken und einer Schachtel Patronen in der Tasche an den Aufstieg. Dabei trat er immer wieder lockeres Lavageröll los, das geräuschvoll zu Tal polterte, aber drinnen im Kegel, das wußte Nye, würde man diesen Lärm nicht hören.
In ein paar Minuten hatte er die Spitze des niedrigen Kegels erreicht. Er entsicherte sein Gewehr und kroch bis an den Rand des Kraters.
Etwa dreißig Meter unter sich sah er ein vor sich hinglimmendes

Feuer. Daneben waren auf den Zweigen eines Chamisabusches ein Halstuch und ein T-Shirt ausgebreitet, die offenbar jemand gewaschen und zum Trocknen aufgehängt hatte. Carson und de Vaca hatten hier also tatsächlich ihr Lager aufgeschlagen. Aber wo waren sie, zum Teufel?

Nye sah sich um. In einer Wand des Vulkankegels war ein Loch, das im tiefen Schatten lag. Dort hatten sie wohl Schutz vor der Sonne gesucht. Und die Pferde? Die hatte Carson vermutlich in einiger Entfernung angebunden, um sie grasen zu lassen.

Nye setzte sich hin und wartete, das Gewehr im Anschlag. Sobald die beiden aus der Höhle kamen, würde er sie abschießen. So vergingen vierzig Minuten. Dann sah Nye, wie der Schatten, der neben ihm den Berg hinaufgestiegen war und sich in seiner Nähe auf einem Felsblock niedergelassen hatte, sich ungeduldig bewegte.

»Was ist los?« flüsterte Nye.

»Du bist ein Idiot«, flüsterte der Schatten zurück. »Ein Idiot, ein Idiot, ein ...«

»Wieso?«

»Ein Mann und eine Frau, die viel zuwenig Wasser bei sich haben, werden es wohl kaum dazu vergeuden, um ein Halstuch und ein T-Shirt zu waschen. Und wer zündet schon bei fünfunddreißig Grad im Schatten ein Feuer an? Idiot, Idiot, Idiot ...«

Nye spürte, wie ihm ein prickelndes Gefühl der Erkenntnis den Nacken hinauflief. Der Schatten hatte recht. Carson, der verdammte, dreckige Hurensohn, hatte es doch tatsächlich geschafft, ihm ein zweites Mal zu entkommen. Fluchend stand Nye auf und rutschte an der Innenseite des Vulkankegels nach unten. Das schattige Loch in der Seitenwand war leer. Dann besah er sich den fingierten Lagerplatz. Das T-Shirt und das Halstuch, die ihm Carsons und de Vacas Gegenwart vorgegaukelt hatten, waren Dinge, auf die man leicht verzichten konnte. Es gab keinen Hinweis darauf, daß die beiden hier länger haltgemacht hatten, obwohl Nye Spuren dafür fand, daß die Pferde sich zumindest für kurze Zeit im Inneren des Vulkankegels aufgehalten haben mußten. Das Feuer war hastig aus ein paar grünen Zweigen gemacht worden, die für starke Rauchentwicklung gesorgt hatten.

Die beiden hatten jetzt einen Vorsprung von einer Stunde und vierzig Minuten, möglicherweise auch etwas weniger, wenn er die Zeit abzog, die sie für den Aufbau dieser hinterhältigen kleinen Szenerie gebraucht hatten.

Nye ging zur Öffnung des eingestürzten Kraters und versuchte herauszufinden, welche Richtung Carson eingeschlagen haben könnte. Dabei mußte er sich zusammennehmen, damit er vor lauter Wut und Panik nicht etwas Wichtiges übersah. Wieso hatte er bloß vorhin keine Spur gefunden, die aus dem Krater wieder hinausführte?

Nye umrundete noch einmal den Vulkankegel, bis er wieder zu den ursprünglichen Spuren kam. Er folgte ihnen mehrmals in den Krater hinein und untersuchte jeden Zentimeter des Weges. Dann umkreiste er den Vulkan noch einmal in einem Abstand von etwa hundert Metern, fand jedoch immer noch keine Spur, die von dem niedrigen Berg wegführte.

Aber sie mußte doch da sein! Die beiden konnten doch nicht in den Krater hineingeritten sein und sich dort mitsamt ihren Pferden in Luft aufgelöst haben. Dieser verdammte Carson hatte ihn schon wieder zum Narren gehalten. Aber wie hatte er das geschafft?

»Sag mir, wie er das gemacht hat«, sagte er und drehte sich rasch zu dem Schatten um, der sich sofort wieder an den Rand von Nyes Gesichtsfeld zurückzog und sich in verächtliches Schweigen hüllte.

Nye ging noch einmal zurück zu dem falschen Lagerplatz und untersuchte das Loch im Schatten ganz genau. Nichts. Dann widmete er sich dem Boden rings um die Büsche, der aus Lavageröll und etwas Flugsand bestand. Als er sah, daß an einem Fleck der Sand merkwürdig aufgewühlt war, ging Nye auf die

Knie und betrachtete ihn Quadratzentimeter für Quadratzentimeter aufs genaueste. An manchen Stellen waren ganz deutlich die Spuren von scharrenden Hufen zu sehen. Carson mußte hier etwas mit den Pferden gemacht haben. Was es war, wurde Nye erst klar, als er nach längerer Suche auf einem Sandfleck in ein paar Metern Entfernung einen schwachen, nur halb sichtbaren Hufabdruck fand.
An diesem erkannte Nye ganz deutlich, warum er draußen auf der Lava keine Spuren mehr gefunden hatte.
Der Hurensohn hatte den Pferden die Hufeisen abgenommen.

In ein paar Kilometern, dachte Carson, würden sie den Rand des Lavafeldes erreicht haben. Er wußte, wie wichtig es war, die Pferde so bald wie möglich wieder auf sandigen Boden zu bringen, denn selbst wenn sie die Tiere am Zügel führten, war die Gefahr groß, daß sie sich ihre ungeschützten Hufe auf dem scharfkantigen Gestein verletzten oder sich einen spitzen Stein ins weiche Innere des Hufes traten. Wenn das der Fall war, würde das Pferd zu lahmen beginnen, und das wiederum würde den Anfang vom Ende für sie alle bedeuten.
Carson wußte, daß auch ungeschützte Hufe auf dem Gestein Spuren hinterließen: winzige Späne von Keratin, den einen oder anderen umgedrehten Stein, einen zertretenen Grashalm oder gar einen Abdruck auf einem Fleckchen glattem Sand. Aber diese Spuren waren ausgesprochen unauffällig, so daß Nye, falls er sie überhaupt entdeckte, sehr viel Zeit brauchen würde, um ihnen zu folgen. Obwohl das Carson und de Vaca einen echten Vorteil gegenüber ihrem Verfolger verschaffte, wagte Carson es nicht, die Pferde ohne Hufeisen für länger als ein paar Kilometer über die Lava gehen zu lassen. Danach mußte

er sie entweder hinaus auf den Sand führen oder die Hufeisen wieder befestigen.
Er hatte sich dazu entschlossen, abermals eine nördliche Richtung einzuschlagen, denn das war ihre einzige Chance, lebend aus dieser Wüste herauszukommen. Anstatt direkt nach Norden zu gehen, bewegten sie sich allerdings auf einem Zickzackkurs, der mal nach Nordosten, mal nach Nordwesten führte. Einmal gingen sie sogar ein ganzes Stück zurück, um Nye zu verwirren und in die Irre zu führen. Außerdem hielten sie zueinander großen Abstand, denn Carson fand es besser, zwei schwache Spuren zu hinterlassen als eine ausgetretene und damit besser sichtbare.
Carson kniff prüfend in die Haut am Hals seines Pferdes.
»Wozu soll denn das gut sein?« fragte de Vaca.
»Damit kann ich feststellen, ob er innerlich austrocknet.«
»Und wie funktioniert das?«
»Ganz einfach. Ich mache ihm eine Falte in den Hals und beobachte, wie schnell sie sich wieder glättet. Wenn ein Pferd unter Wassermangel leidet, ist seine Haut weniger elastisch.«
»Ist das wieder so ein Trick von Ihrem indianischen Vorfahren?« wollte de Vaca wissen.
»Ja«, entgegnete Carson gereizt. »Das ist wieder so ein Trick.«
»Es kommt mir so vor, als hätten Sie mehr von ihm gelernt, als Sie zugeben wollen.«
Carson nervte dieses Thema. »Jetzt hören Sie mir mal gut zu«, sagte er. »Wenn Sie unbedingt aus mir einen Indianer machen wollen, dann tun Sie sich keinen Zwang an. Ich weiß, wer ich wirklich bin.«
»Und ich komme immer mehr zu dem Schluß, daß Sie genau das eben nicht wissen.«
»Wollen wir uns denn jetzt über meine Identitätsprobleme unterhalten, oder was haben Sie vor? Wenn das Ihre Auffassung von Psychotherapie ist, dann wundert es mich nicht, daß Sie bei Ihrem Studium gescheitert sind.«

Mit einem Schlag verlor de Vacas Gesichtsausdruck alles Spielerische. »Ich bin nicht *gescheitert, cabrón*, mir ist bloß das Geld ausgegangen. Das wissen Sie doch.«

Eine Weile gingen sie schweigend nebeneinander her.

»Sie sollten stolz darauf sein, daß Sie das Blut der amerikanischen Ureinwohner in Ihren Adern haben«, sagte de Vaca schließlich. »Ich bin ja auch stolz auf meine spanischen Vorfahren.«

»Sie sind keine Indianerin.«

»Ach, tatsächlich nicht? Da bin ich mir gar nicht so sicher, denn die Konquistadoren haben sich ziemlich rasch Indianerfrauen genommen. Wir sind alle Brüder und Schwestern, *cabrón*. In den meisten alten spanischen Familien von New Mexico gibt es einen nicht unerheblichen Anteil an Indianerblut. Von den Azteken, den Nahuatl, den Navajo oder den Puebloindianern.«

»Aber mich lassen Sie bitte aus Ihrer multikulturellen Utopie heraus«, sagte Carson. »Und hören Sie endlich auf, mich *cabrón* zu nennen.«

De Vaca lachte. »Denken Sie doch bloß einmal daran, daß Ihr whiskytrinkender Großonkel, für den Sie sich so genieren, uns eben das Leben gerettet hat. Ist das denn nicht etwas, worauf man stolz sein kann?«

Es war zehn Uhr vormittags, und die Sonne stand schon ziemlich hoch am Himmel. Es war dumm, wertvolle Energie auf diese fruchtlose Diskussion zu verschwenden. Carson prüfte seinen Durst und stellte fest, daß er sich wie ein ständig präsenter, stumpfer Schmerz anfühlte. Momentan war er nur lästig, aber im Lauf der Zeit würde er immer schlimmer werden. Sie mußten so rasch wie möglich von der Lava herunter und sich Wasser suchen.

Carson spürte, wie die Hitze von dem dunklen Gestein nach oben waberte. Sie war so stark, daß sie sogar die Sohlen seiner Schuhe durchdrang. Die Ebene aus schwarzer, rissiger Lava erstreckte sich nach allen Seiten, bildete Senken und Erhöhungen und endete in einem scharf umrissenen, dunklen Strich am Horizont. Ab und zu entdeckte Carson über der Lavaoberfläche eine Fata Morgana. Manche sahen aus wie blaue, klare Seen, deren Oberfläche vibrierte, als spiele ein leichter Wind auf ihnen, andere ähnelten weit entfernten Gebirgen aus phantastisch geformter Lava, und wieder andere zeigten knapp über dem Horizont in linsenförmiger Verzerrung surrealistisch wirkende Spiegelungen der Landschaft darunter.

Um die Mittagszeit wurde alles weiß vor Hitze, mit Ausnahme der Lava, die immer schwärzer zu werden und alles Licht aufzusaugen schien. Ganz egal, wohin sich Carson auch wandte, er spürte ständig die unerträglich heißen Strahlen der Sonne, die erbarmungslos vom wolkenlosen Himmel herunterbrannte. Die Hitze hatte die Luft so sehr verdickt, daß sie ihm schwer und niederdrückend vorkam.

Als Carson hinauf in den Himmel sah, bemerkte er ein paar große Vögel, die sich von der Thermik im Nordwesten hoch in die Luft tragen ließen und dort langsame Kreise zogen. Höchstwahrscheinlich waren es Geier, die über einer verendeten Antilope kreisten. Hier in der Wüste gab es nicht viel zu fressen, nicht einmal für die Geier.

Carson betrachtete die schwarzen Pünktchen hoch am Himmel genauer. Es mußte einen Grund dafür geben, warum sie kreisten und nicht landeten: Vermutlich taten sich gerade andere Aasfresser an ihrer erhofften Beute gütlich. Vielleicht waren es Kojoten.

Das war sehr wichtig.

»Lassen Sie uns nach Nordwesten gehen«, sagte er und machte eine scharfe Wendung in Richtung auf die kreisenden Vögel.

Carson erinnerte sich daran, daß er schon einmal in seinem Leben extremen Durst gelitten hatte. Das war vor vielen Jahren am Coal Canyon, einem entlegenen Teil der Ranch, gewesen. Carson war auf der Suche nach einem entlaufenen Brahman-Bullen seines Vaters gewesen und hatte an der *Ojo del Perillo* sein

Lager aufgeschlagen. Weil die Quelle jedoch versiegt war, hatte er die Nacht ohne Wasser zubringen müssen. Gegen Morgen hatte sich sein Pferd dann in einem Seil verfangen und eine Sehne gezerrt, so daß Carson fast fünfzig Kilometer zu Fuß gehen mußte. Und zwar in einer Hitze, die der hier in der Jornada fast gleichgekommen war. Er erinnerte sich noch daran, daß er, als er endlich am Witch Well angelangt war, soviel Wasser getrunken hatte, daß ihm schlecht geworden war, und trotzdem hatte er noch unter grauenvollem Durst gelitten. Zu Hause hatte ihm dann sein Großonkel Charley aus Wasser, der Asche von Pferdehaaren und verschiedenen verbrannten Kräutern einen übel schmeckenden Trank gebraut, in den er Salz und Soda aus der natürlichen Salzpfanne gleich neben dem Wohnhaus mischte. Erst nachdem er dieses Gebräu getrunken hatte, hatte ihn das schier unerträgliche Durstgefühl verlassen.

Mittlerweile wußte Carson, daß Charley mit diesem Trank seinen Elektrolythaushalt wieder in Ordnung gebracht hatte, der durch die starke Austrocknung seines Körpers aus dem Gleichgewicht geraten war.

Auch in der Jornada-Wüste gab es eine Menge Salzpfannen, und Carson nahm sich vor, bei der nächsten kurz haltzumachen und etwas Bittersalz mitzunehmen, das sie dann ihrem Trinkwasser zusetzen konnten – falls sie überhaupt welches finden sollten.

Ein surrendes Geräusch direkt vor ihm riß ihn abrupt aus seinen Gedanken. Einen Augenblick lang fragte er sich, ob er jetzt vor lauter Durst schon unter Halluzinationen leide, aber dann hob Roscoe, der bis dahin lethargisch hinter ihm hergetrottet war, den Kopf und scharrte aufgeregt mit den Vorderfüßen.

»Ruhig«, sagte Carson. »Ganz ruhig, alter Junge.« Dann fügte er für de Vaca mit lauter Stimme hinzu: »Vorsicht, eine Klapperschlange!«

Als de Vaca stehenblieb, nahm das Surren an Intensität zu.

»Großer Gott«, sagte sie und trat einen Schritt zurück.

Carson suchte sorgfältig den Boden ab. Die Schlange mußte irgendwo im Schatten lauern, denn in der Sonne war es jetzt sogar für eine Klapperschlange viel zu heiß.
Bald hatte er sie entdeckt. Es war eine Diamantklapperschlange, die etwas mehr als fünf Meter entfernt zusammengerollt im Schatten einer Yuccapalme lag und den Vorderkörper aufgerichtet hatte, so daß ihr Kopf gut dreißig Zentimeter über dem Boden schwebte. Es war eine Klapperschlange mittlerer Größe, die es schätzungsweise auf einen knappen Meter Länge brachte. Sie behielt ihre Kampfposition bei, hörte aber mit dem Klappern auf.
»Ich habe eine Idee«, sagte Carson. »Und die stammt ausnahmsweise einmal nicht von meinem Onkel Charley.«
Er gab de Vaca die Zügel seines Pferdes und ging vorsichtig an der Schlange vorbei zu einem Mesquitbusch in der Nähe. Dort brach er zwei gegabelte Äste ab, die er von Dornen und kleinen Zweigen befreite. Dann ging er wieder zurück zu de Vaca.
»Gott im Himmel, *cabrón*, sagen Sie jetzt bloß nicht, daß Sie diesen *hijo de perra* fangen wollen.«
»Halten Sie sich bereit, ich werde gleich Ihre Hilfe brauchen.«
»Ich hoffe nur, daß Sie genau wissen, was Sie da tun.«
»Als Jungen auf der Ranch haben wir dauernd auf diese Weise Schlangen gefangen. Dann haben wir ihnen den Kopf abgeschnitten, die Haut abgezogen, sie ausgenommen und über dem Feuer gebraten. Sie schmecken wie Hühnerfleisch.«
»Hören Sie auf, mir einen Bären aufzubinden, dieses Ammenmärchen zieht bei mir nicht.«
Carson lachte. »Aber einmal haben wir es tatsächlich versucht. Die verdammte Schlange bestand nur aus Haut und Knochen. Vielleicht haben wir sie aber auch nur zu lange auf dem Feuer gelassen.«
Als Carson sich langsam der Schlange näherte, fing sie wieder zu klappern an. Sie rollte ihren Hinterkörper angriffsbereit zusammen und bewegte den Kopf ganz langsam von einer Seite auf

die andere. Carson sah, wie sie dabei warnend züngelte. Er wußte, daß die maximale Reichweite des Angriffsstoßes einer Klapperschlange bei achtzig Zentimetern lag, also hielt er sich in entsprechender Entfernung, während er den gegabelten Stock langsam in die Nähe des Tieres brachte. Den Stock würde die Schlange kaum angreifen, denn sie reagierte vornehmlich auf Körperwärme.

Carson schob die Astgabel über den Körper der Schlange und drückte ihn damit etwa in der Mitte zu Boden. Die Schlange versuchte, sich aus der Klammer herauszuwinden und peitschte wie wild um sich. Carson nahm den zweiten Stock und hielt damit den Körper der Schlange an einer anderen Stelle fest, die näher am Kopf war. Dann nahm er den ersten Stock wieder fort und setzte ihn vor den zweiten. Das wiederholte er so oft, bis er die Schlange unmittelbar hinter dem Kopf zu Boden gepreßt hatte. Das Tier sperrte jetzt wütend den rosa Rachen auf und zeigte seine nadelspitzen Fangzähne, an deren Enden jeweils ein glitzernder Tropfen Gift hing. Der Schwanz schlug wie wild hin und her.

Während er die Schlange mit dem Stock fest auf den Boden drückte, packte er sie mit der anderen Hand vorsichtig von hinten am Hals, wobei er peinlich darauf achtete, daß sein Daumen unter dem Unterkiefer zu liegen kam und Zeige- und Mittelfinger sich fest um den ersten Halswirbel schlossen. Dann ließ er den Stock los, hob die Schlange hoch und zeigte sie de Vaca.

Diese stand in sicherer Entfernung mit gekreuzten Armen da. »Toll«, sagte sie ohne allzuviel Begeisterung. Carson schwang die Schlange in ihre Richtung und lachte, als de Vaca vor Schreck einen Satz zurück machte. Dann trat er mit dem sich windenden Reptil zur Seite, während die Schlange ohne Erfolg versuchte, ihren Kopf so zu verdrehen, daß sie Carson in den Finger beißen konnte.

»Führen Sie die Pferde an mir vorbei, und achten Sie darauf, daß sie dabei möglichst viele Spuren hinterlassen. Drehen Sie, wenn's sein muß, ein paar Steine mit der Hand um.«

De Vaca tat, was er ihr gesagt hatte. Die Pferde scharrten mit den Hufen und beäugten ängstlich die Schlange. Als sie hinter ihm vorbei waren, packte Carson mit seiner freien Hand den Schwanz der Schlange.

»Greifen Sie in meine linke Hosentasche«, sagte er. »Dort finden Sie eine Speerspitze aus Feuerstein. Nehmen Sie sie heraus, und kratzen Sie damit der Schlange hinten am Schwanz die Klappern weg. Aber sehen Sie zu, daß Sie auch alle erwischen.«

»Dachte ich mir's doch, daß Sie irgendwann einen Trick anwenden würden, damit ich Ihnen in die Hose greife«, sagte de Vaca grinsend. »Aber langsam begreife ich, was Sie vorhaben.« Sie langte in Carsons Hosentasche und holte die Speerspitze heraus. Dann kratzte sie mit dem scharfen Stein ein paarmal über den Schwanz der Schlange, den Carson auf einem Stück Lava ausgebreitet hatte, und entfernte dadurch die Hornringe, mit denen das Tier sein rasselndes Geräusch erzeugte. Die Schlange wand sich dabei wie verrückt und versuchte verzweifelt, sich zu befreien.

»Und jetzt treten Sie zurück«, sagte Carson. »Das Freilassen ist der gefährlichste Teil.«

Er beugte sich vor und setzte die Schlange wieder zurück in den Schatten, wobei er mit einer Hand immer noch ihren Kopf hielt. Dann nahm er mit der anderen einen der gegabelten Äste und drückte damit das Tier gleich hinter dem Kopf auf die Erde. Gleichzeitig ließ er die Schlange los und machte einen Satz nach hinten. Die Schlange entrollte sich sofort und biß nach Carson, ohne ihn jedoch zu erwischen. Sie fiel bäuchlings auf die Lava, zog sich gleich wieder wie eine Stahlfeder zusammen und hob drohend den Kopf. Der Schwanz vibrierte wütend, erzeugte aber nicht mehr das leiseste Geräusch.

De Vaca steckte die Hornringe ein. »Okay, *cabrón*, ich muß

zugeben, daß ich verdammt beeindruckt bin, und Nye wird das sicher auch sein. Aber wieso glauben Sie, daß das Vieh uns den Gefallen tut und hierbleibt, bis er vorbeikommt? Das kann ja schließlich noch Stunden dauern.«

»Klapperschlangen können sich als exotherme Lebewesen in dieser Hitze kaum bewegen«, sagte Carson. »Und deshalb wird auch diese bis Sonnenuntergang hübsch hierbleiben.«

»Ich hoffe, sie beißt Nye in seine *cojones*«, sagte de Vaca mit einem leisen Kichern.

»Selbst wenn sie ihn nicht beißt, wird sie ihn ziemlich lange aufhalten, darauf gehe ich jede Wette ein.«

De Vaca kicherte wieder und gab Carson die Speerspitze zurück. »Ist übrigens ein hübsches Ding«, sagte sie in neckendem Ton. »Man möchte gar nicht meinen, daß ein weißer Amerikaner angelsächsischer Abstammung so etwas mit sich herumträgt. Die haben Sie doch nicht etwa selbst gemacht, oder?«

Carson gab keine Antwort.

Die Sonne stand jetzt direkt über ihnen. Langsam stapften sie weiter, und die Pferde folgten ihnen mit gesenkten Köpfen und halb geschlossenen Augen. Um sie herum waberte die Hitze. Als sie an einem blühenden Cholla-Kaktus vorbeigingen, kam es Carson so vor, als würden die dunkelroten Blüten in dem grellen Licht so durchsichtig wie farbiges Glas.

Er warf einen Blick hinüber zu de Vaca. Wie er ging sie vor ihrem Pferd her, mit tief in die Stirn gezogenem Hut, der wenigstens ihrem Gesicht Schatten spendete. Wie gut, dachte er, daß er noch einmal umgekehrt war und die Hüte aus dem Stall mitgenommen hatte. Kleine Dinge wie diese konnten hier draußen einen Riesenunterschied machen. Wie dumm von ihm, daß er nicht auch noch nach ein paar weiteren Feldflaschen gesucht oder einen Nagel in einen von Muertos Hufen getrieben hatte. Noch vor zwei Jahren wären ihm solche Fehler nicht unterlaufen, auch nicht in einer Paniksituation wie im in die Luft gehenden Labor von Mount Dragon.

Wasser. Der Gedanke daran ließ Carson sich nach Nyes Satteltaschen umdrehen, in die er beim Aufbruch vom Vulkankegel die Feldflaschen gepackt hatte. Dabei fiel ihm auf, daß er seit einiger Zeit schon alle paar Minuten einen Blick auf die Satteltaschen warf. Während er es jetzt wieder tat, bemerkte er, daß auch de Vaca darauf starrte. Das war kein gutes Zeichen.

»Was kann es denn schaden, wenn wir beide einen kleinen Schluck davon nehmen?« fragte sie schließlich, als habe sie seine Gedanken erraten.

»Es wäre dasselbe, als ob man einem Alkoholiker Whisky geben würde«, entgegnete Carson. »Bei einem Schluck würde es nicht bleiben, und bald wäre unser ganzes Wasser weg, das wir dringend für die Pferde brauchen.«

»Was macht es für einen Sinn, wenn die Pferde überleben und wir verdursten?«

»Haben Sie schon probiert, an einem Kieselstein zu lutschen?« fragte Carson.

De Vaca warf ihm einen düsteren Blick zu und spuckte einen kleinen, glänzenden Gegenstand aus. »Ich habe schon den ganzen Vormittag darauf herumgelutscht. Jetzt will ich etwas zu trinken. Wozu brauchen wir überhaupt diese Pferde, verdammt noch mal? Wir sind doch seit Stunden nicht mehr auf ihnen geritten.«

Die Hitze und der Durst machten sie unvernünftig. »Ohne Hufeisen würden sie auf der Lava schnell zu lahmen anfangen«, sagte Carson in einem so ruhigen Ton wie möglich. »Aber sobald wir wieder auf Sand kommen ...«

»Scheiß drauf«, sagte de Vaca. »Ich trinke jetzt etwas.« Sie blieb stehen und griff nach der Satteltasche.

»Warten Sie«, sagte Carson. »Warten Sie einen Augenblick. Meinen Sie etwa, Ihre Vorfahren seien auch so disziplinlos gewesen, als sie die Wüste durchquerten?«

De Vaca sagte nichts.

»Sie haben mir selbst erzählt, wie Don Alonso und seine Frau

durch die Jornada zogen und dabei vor Durst fast umgekommen wären.«
De Vaca blickte zur Seite und gab noch immer keine Antwort.
»Wenn die sich damals nicht zusammengenommen hätten, dann wären Sie heute nicht auf der Welt.«
»Hören Sie auf, mich unter Druck zu setzen, *cabrón*.«
»Aber es stimmt, was ich sage, Susana. Unser Leben hängt davon ab, daß die Pferde nicht krepieren. Selbst wenn wir zu schwach zum Laufen wären, könnten sie uns noch tragen, vorausgesetzt, wir sorgen für ihr Wohlergehen.«
»Okay, okay, Sie haben's mir ausgeredet«, fauchte sie. »Lieber sterbe ich vor Durst, als mir noch länger Ihre Predigten anzuhören.« Sie setzte sich wieder in Bewegung und zerrte ihr Pferd am Zügel hinter sich her. »Na los, beweg deinen fetten Arsch«, murmelte sie dabei.
Carson blieb zurück und untersuchte Roscoes Hufe. Sie waren zwar an den Rändern ein wenig abgesplittert, ansonsten aber in Ordnung. Es waren keine Aufschürfungen oder Risse zu sehen, die bis hinauf zur Krone reichten und Anlaß zur Sorge gegeben hätten. Einen bis zwei Kilometer konnte Roscoe noch gut auf der Lava laufen.
De Vaca war inzwischen stehengeblieben und wartete auf Carson, wobei sie hinauf zu den Geiern blickte. »*Zopilotes*«, sagte sie. »Die warten wohl schon auf unsere Beerdigung.«
»Nein«, erwiderte Carson. »Die Vögel haben ein anderes Opfer im Auge. So schlecht steht es noch nicht um uns.«
De Vaca schwieg eine Weile. »Tut mir leid, daß ich es Ihnen so schwer mache, *cabrón*«, sagte sie dann. »Ich bin manchmal nicht gerade ein einfacher Mensch, falls Sie es noch nicht bemerkt haben sollten.«
»Das habe ich sehr wohl, und zwar schon bei unserer allerersten Begegnung.«
»In Mount Dragon habe ich geglaubt, daß ich jede Menge Grund hätte, mich zu ärgern. Und zwar über alles, über mein

Leben und meinen Job. Aber wenn wir jemals wieder aus diesem Glutofen herauskommen sollten, dann verspreche ich Ihnen, daß ich das, was ich habe, sehr viel mehr schätzen werde.«

»Fangen Sie jetzt bloß nicht an, vom Sterben zu reden. Vergessen Sie nicht, daß wir es nicht nur uns allein schuldig sind, am Leben zu bleiben.«

»Meinen Sie im Ernst, das könnte ich vergessen?« fragte de Vaca. »Ich denke ständig an die Tausende unschuldiger Menschen, die am Freitag PurBlood bekommen sollen. Da bin ich ja noch lieber hier in dieser mörderischen Hitze als in einem Krankenhausbett, in dem mir dieses Zeug in die Adern tropft.« Nachdem sie eine Weile geschwiegen hatte, fuhr sie fort: »In Truchas war es nie so heiß wie hier, und dabei gab es überall Wasser. Aus den Truchas-Bergen kamen klare Flüsse voller Forellen. Man brauchte sich nur hinunterzubeugen und konnte daraus trinken, soviel man wollte. Das Wasser war immer eiskalt, sogar im Sommer. Und wie es geschmeckt hat! Wir haben immer in den Wasserfällen gebadet. Mein Gott, allein der Gedanke daran ...«

»Ich habe Ihnen doch gesagt, daß Sie nicht an Wasser denken sollen«, entgegnete Carson.

De Vaca sagte eine Zeitlang nichts mehr.

»Vielleicht beißt, während wir hier reden, gerade unser kleiner Freund diesen Drecksack Nye«, fügte sie dann mit hoffnungsfroher Stimme an.

Das stundenlange gebückte Gehen auf dem Lavafeld hatte Nyes Rücken alles andere als gutgetan. Die Verfolgung von Carson und de Vaca ging jetzt, wo ihre Pferde keine Hufeisen mehr trugen, so langsam und mühevoll vonstatten, daß er in drei Stunden gerade einmal drei Kilometer zurückgelegt hatte.

Nye richtete sich auf und strich mit den Händen über seinen Rücken. Dann trank er etwas Wasser aus dem Leinensack und goß ein paar Liter davon in seinen Hut. Den hielt er Muerto hin und sah zu, wie das Pferd das Wasser geräuschvoll in sich hineinschlürfte. Irgendwann würde er Carson und die Frau schon einholen, und wenn es bloß ihre verdursteten Leichen waren, die gerade von den Kojoten zerrissen wurden. Er würde die beiden überleben, soviel war sicher.

Nye schloß einen Augenblick die Augen vor dem weißen Glast der Sonnenstrahlen. Dann machte er sich mit einem tiefen Seufzer wieder auf den Weg. Etwa einen Meter vor ihm war ein von einem Pferdehuf zertretenes Grasbüschel. Nye ging einen Schritt weiter und entdeckte einen umgedrehten Stein, auf dem noch etwas Sand lag. Als er seine Blicke im Halbkreis umherschweifen ließ, sah er sogar den Abdruck eines Hufes auf einem kleinen Fleckchen Sand.

Dieses Spurensuchen war eine verdammt mühevolle Angelegenheit. Das einzige, was Nye bei der Stange hielt, war der Gedanke daran, daß Carson und de Vaca jetzt mit Sicherheit ihr ganzes Wasser ausgetrunken hatten und ihre Pferde vermutlich halb verrückt vor Durst waren.

Hier gab es ausnahmsweise einmal eine Stelle, wo sich die Spuren ohne viel Mühe über gut zwanzig Meter verfolgen ließen. Dankbar richtete Nye sich auf und ging weiter. Vielleicht waren die beiden es müde geworden, darauf zu achten, daß sie möglichst wenig Spuren hinterließen. Er jedenfalls hatte die Nase gestrichen voll.

Auf einmal bemerkte er im Augenwinkel, wie sich etwas bewegte, und im selben Augenblick schlug Muerto neben ihm aus und traf ihn mit einem seiner Hufe direkt an der Schläfe. Nye hörte ein seltsames Geräusch, dann wurde ihm schwarz vor Augen. Als er aufwachte, hatte er das Gefühl, als sei unendlich viel Zeit vergangen. Er öffnete die Augen und blickte hinauf in den tiefblauen Himmel. Dann setzte er sich auf und spürte, wie ihm dabei schlecht wurde. Muerto graste in zwanzig Metern Entfernung friedlich vor sich hin. Automatisch griff Nye sich mit der Hand an den Kopf und stellte fest, daß er blutete. Er blickte auf die Uhr und sah zu seinem Erstaunen, daß er nicht länger als ein paar Minuten bewußtlos gewesen war.

Dann fuhr er erschrocken herum. Auf einem kleinen Felsen neben ihm hockte mit an die Brust gezogenen Knien ein Junge und grinste ihn an. Er trug Shorts, Kniestrümpfe und einen arg mitgenommenen Blazer, auf dessen Brusttasche unter einem großen Schmutzfleck gerade noch das Wappen der St. Pancras' School for Boys zu sehen war. Das ziemlich lange, nach allen Richtungen abstehende Haar des Jungen war verfilzt, als wäre es lange Zeit naß gewesen.

»Du bist es«, hauchte Nye.

»Klapperschlange«, entgegnete der Junge und nickte mit dem Kinn in Richtung auf eine Yuccapalme in der Nähe.

Es war die Stimme, die er die ganze Zeit gehört hatte, die Stimme mit dem unverkennbaren Cockney-Akzent. Jetzt, wo er ihn aus dem Mund dieser kleinen Gestalt hörte, fühlte sich Nye augenblicklich aus der Wüste in die schmalen Gassen von Beckenham versetzt, wo die Ziegelfassaden der alten Häuser und das Straßenpflaster vom Regen glänzten und der intensive Geruch von unzähligen Kohlefeuern in der Luft hing.

Nur mit Mühe gelang es Nye, wieder in die Gegenwart zurückzukehren und in die Richtung zu blicken, in die der Junge gedeutet hatte. Dort züngelte in drei Metern Entfernung eine immer noch in Kampfposition aufgerichtete Klapperschlange.

»Warum hast du mich denn nicht davor gewarnt?«

Der Junge lachte. »Weil ich sie nicht gesehen habe, Alter. Und nicht gehört.«

Der Junge hatte recht. Die Schlange gab keinen Ton von sich. Ihr Schwanz, der hinten aus ihren Windungen herausragte, vibrierte zwar heftig, erzeugte aber nicht das leiseste Geräusch. Es kam zwar vor, daß eine Schlange sich alle ihre Rasseln abbrach, aber so etwas war extrem selten. Nye spürte, wie ihn ein ungutes Gefühl der Angst durchfuhr. Er mußte in Zukunft wirklich vorsichtiger sein.

Nye stand auf, kämpfte mit der Übelkeit. Dann ging er zu seinem Pferd und holte das Gewehr aus seinem Halfter.

»Augenblick, Chef«, sagte der Junge, der immer noch grinste. »Das würde ich an deiner Stelle lieber bleibenlassen.«

Nye steckte das Gewehr zurück. Der Junge hatte recht. Vielleicht hörte Carson ja den Schuß und wußte dann, wo Nye sich befand und daß er noch am Leben war.

Einem Impuls folgend, begann Nye das Gelände rings um die Schlange abzusuchen. Schließlich fand er einen noch grünen, von einem Mesquitstrauch abgebrochenen Ast mit einer kurzen Gabel am Ende. Nicht weit davon lag ein zweiter solcher Stock.

Der Junge stand auf, streckte sich und fuhr sich durch die widerspenstigen Haare. »Sieht so aus, als wärst du mitten in eine Falle getappt. In eine ziemlich fiese dazu. Fast wärst du dabei hopsgegangen.«

Nye fluchte leise vor sich hin. Ein weiteres Mal hatte er Carson grob unterschätzt. Vermutlich hatte die Schlange nur deshalb zu früh zugebissen und Nye verfehlt, weil sie von Carsons Aktion noch zu aufgeregt gewesen war. Ansonsten ... Nye schwirrte der Kopf bei dem Gedanken.

Er sah wieder hinüber zu dem Jungen. Als er ihn das letztemal gesehen hatte, war Nye jünger gewesen als der schmutzige kleine Kerl, der jetzt vor ihm stand. »Was ist damals in Littlehampton wirklich passiert?« fragte er ihn. »Mama hat es mir nie erzählt.«

Der Junge streckte die Unterlippe zu einem übertriebenen Schmollmund hervor. »Eine Riesenwelle hat mich gepackt und ins Meer gezogen, weißt du das denn nicht mehr?«

»Und wie bist du dann wieder aus dem Wasser gekommen?« fragte Nye.

»Bin ich gar nicht«, antwortete der Junge und schürzte die Lippen noch mehr.
»Und warum bist du dann hier?«
Der Junge nahm einen Stein und warf ihn in hohem Bogen in die Wüste. »Dasselbe könnte ich dich auch fragen.«
Nye nickte. Irgendwie, dachte er, müßte ihm das alles hier höchst merkwürdig vorkommen, aber je länger er darüber nachdachte, desto normaler fand er die Anwesenheit des Jungen. Er hatte das Gefühl, daß er bald überhaupt nicht mehr darüber nachdenken würde.
Nye nahm Muerto am Zügel und führte ihn in einem weiten Bogen um die Klapperschlange herum. Dreißig Meter weiter nördlich fing er wieder mit der Spurensuche an.
»Hier draußen ist es heißer als in einer gottverdammten Bratpfanne«, sagte der Junge.
Nye ignorierte ihn, denn er hatte eben einen umgedrehten Stein gefunden. Carson mußte kurz hinter der Schlange die Marschrichtung geändert haben. Nyes Kopfschmerzen wurden immer unerträglicher.
»He, ich habe eine tolle Idee«, sagte der Junge. »Warum fangen wir ihn nicht oben an der Schlucht ab?«
Durch den dunklen Nebel in seinem Kopf versuchte Nye sich daran zu erinnern, wie die Wüste auf der Karte aussah. Den nördlichen Teil davon kannte er zwar nicht so gut wie den südlichen, aber der Gedanke, Carson irgendwo abzufangen, hatte durchaus etwas Verlockendes.
Noch war Nye eindeutig im Vorteil. Er hatte noch über dreißig Liter Wasser, und sein Pferd war nach wie vor in guter körperlicher Verfassung. Es war an der Zeit, daß er nicht mehr nur auf Carsons Finten reagierte, sondern selbst das Heft in die Hand nahm.
Nye suchte sich einen flachen Lavafelsen, rollte seine Karten aus und beschwerte sie an den Ecken mit Steinen. Vielleicht hatte Carson ja noch einen anderen Grund dafür, daß er nach

Norden strebte, außer dem, sich Nyes Verfolgung zu entziehen. In seiner Personalakte hatte Nye gelesen, daß Carson auf mehreren Ranches in New Mexico gearbeitet habe, möglicherweise kannte er sich also in der Wüste aus.

Auf den Karten waren im Norden der Jornada ausgedehnte Lavafelder eingezeichnet, die allerdings nicht genau vermessen waren und deshalb lediglich durch großflächige Schraffuren angedeutet waren, auf denen Höhenlinien oder Entfernungsangaben fehlten. Was die Lava anbetraf, konnte man sich auf die Karten nicht verlassen.

Am nördlichen Rand der Wüste fand Nye eine Reihe von erloschenen Vulkanen verzeichnet, die auf der Karte »Kraterkette« genannt wurden. Daneben sah er eine Hochfläche aus Lava, die bis an den Fuß des Fra-Cristóbal-Gebirges heranreichte. Dort entdeckte Nye auf der Karte eine schmale Schlucht in der Lava, die so aussah, als sei sie der einzige Weg aus der Jornada-Wüste heraus, auf dem man nicht endlos lange über Lavafelder reiten mußte.

Der Junge beugte sich über Nyes Schulter. »Siehst du? Was habe ich dir gesagt, Chef? An der Schlucht kannst du ihn abfangen.«

Dreißig Kilometer hinter der Schlucht entdeckte Nye auf der Karte das Symbol für eine Windmühle – ein Dreieck mit einem X darüber – und einen schwarzen Punkt, der für eine Viehtränke mit Wasserbehälter stand. Daneben war ein winziges, schwarzes Quadrat, neben dem »Lava Camp« stand. Nye wußte, daß das ein Außenlager für die Ranch sein mußte, die noch mal dreißig Kilometer weiter nördlich lag und auf der Karte als »Diamond Bar Ranch« eingezeichnet war.

Das also war Carsons Ziel. Nye wäre jede Wette darauf eingegangen, daß der Hurensohn dort als Junge gearbeitet hatte. Vom Mount Dragon waren es über hundertsechzig Kilometer bis zum Lava Camp und immerhin hundertzwanzig bis zur Schlucht. Das bedeutete, daß Carson von hier aus immer noch an die hundert Kilometer vor sich hatte, bis er zur Windmühle und dem Was-

sertank kam. Kein Pferd der Welt konnte diese Distanz zurücklegen, ohne zumindest einmal getränkt zu werden. Carson und die Frau hatten also nicht die geringste Chance, es bis dahin zu schaffen.
Trotzdem, je länger Nye auf die Karte schaute, desto überzeugter war er, daß Carson auf die Schlucht zusteuerte. Carson würde nur so lange auf dem Lavafeld bleiben, bis er Nye abgeschüttelt hatte, und dann schnurstracks auf die Schlucht und das dahinterliegende Lava Camp zureiten, wo er Wasser, etwas zu essen und vielleicht sogar Menschen mit einem Funktelefon finden würde.
Nye rollte die Karten wieder zusammen und sah sich um. Die Lava schien sich zwar immer noch in jeder Richtung bis zum Horizont zu erstrecken, aber er wußte jetzt, daß der westliche Rand des Feldes nur eineinhalb Kilometer von ihm entfernt war. Der Plan, der in seinen Gedanken langsam Gestalt annahm, war eigentlich sehr einfach. Er würde so schnell wie möglich das Lavafeld verlassen und zur Schlucht reiten. Carson konnte ja nicht wissen, daß er diese Karten hatte, möglicherweise aber hatte er irgendwie herausgefunden, daß Nye sich im nördlichen Teil der Jornada nicht so gut auskannte. Also würde er niemals erwarten, daß Nye ihm an der Schlucht auflauern würde. Vermutlich dachte er vor lauter Durst ohnehin nur daran, wie er möglichst schnell zu einer Wasserstelle kam. Trotzdem würde Nye kein Risiko eingehen und in einem so weiten Bogen zur Schlucht reiten, daß Carson nicht aus Zufall auf seine Spur stoßen konnte. Dank seiner Wasservorräte und Muertos Schnelligkeit würde er jedenfalls lange vor Carson an der Schlucht sein. Und dort wollte er Carson und sein Flittchen im Mündungsfeuer seines treuen Holland & Holland sterben sehen.

Die Geier, die jetzt vielleicht noch einen Kilometer entfernt waren, kreisten nach wie vor langsam im warmen Aufwind. Carson und de Vaca gingen schweigend vor ihren Pferden her über die Lava. Es war zwei Uhr nachmittags, und das glühend heiße Gestein kam ihnen vor, als wäre es ein riesiger, dunkelblauer See. Es war Carson unmöglich, die Augen zu öffnen und sich kein Wasser vorzustellen.

Als Carson sich gestattete, über seinen Durst nachzudenken, fand er ihn so qualvoll wie noch nie zuvor. Seine dick geschwollene Zunge lag ihm vollkommen gefühllos im Mund, wie ein trockener Kalkklumpen, und seine Lippen waren aufgesprungen und fingen an, eine klare Flüssigkeit abzusondern. Mit jedem Schritt bohrte sich der Durst tiefer in seine Gedanken, bis Carson sich schließlich einbildete, die Wüste sei ein einziges, riesiges Feuer, dessen Hitze ihn wie ein Stück ausgebrannte Asche hinauf in den strahlend hellen Himmel hob.

Auch die Pferde litten unter starkem Wassermangel. Es war kaum zu glauben, wie sehr ihnen die paar Stunden Mittagshitze zugesetzt hatten. Eigentlich hatte Carson vorgehabt, den Tieren erst am Abend Wasser zu geben, jetzt aber war ihm klar, daß sie, ohne etwas zu trinken, den Sonnenuntergang nicht mehr erleben würden.

Carson blieb abrupt stehen. Susana ging noch ein paar Schritte weiter und hielt dann, ohne ein Wort zu sagen, ebenfalls an.

»Wir müssen den Pferden Wasser geben«, sagte Carson. Beim Sprechen schmerzte seine ausgetrocknete Kehle.

De Vaca hockte sich wortlos in den Schatten ihres Pferdes und senkte den Kopf.

Carson ging hinüber zu ihrem Pferd, öffnete eine von Nyes Satteltaschen und schob die Hufeisen zur Seite, die er am Vormittag hineingesteckt hatte. Dann holte er die Feldflasche heraus, nahm seinen Hut ab und füllte ihn bis fast zum Rand mit Wasser. Allein beim Anblick des Wassers, das aus der Feldflasche floß, verkrampfte sich sein Hals vor Durst. Roscoe, der halb tot neben ihm stand, hob auf einmal den Kopf und trat auf ihn zu. Er sog das Wasser in Sekundenschnelle heraus und biß dann in den Hut, als könne er damit noch den letzten Tropfen herausquetschen. Gereizt gab Carson ihm einen Schlag auf die Schnauze und entwand ihm den Hut, woraufhin das Pferd mit den Hufen scharrte und wütend schnaubte.

Carson füllte den Hut ein zweites Mal und brachte ihn de Vacas Pferd, das seinen Inhalt gierig in sich hineintrank.

Damit war die erste Feldflasche leer. Carson holte die zweite, gab jedem der Pferde noch einen halben Hut voll Wasser und schraubte die Flasche wieder zu. Die Pferde waren jetzt ganz erregt. Sie schnaubten und drehten mit weit geöffneten Augen die Köpfe. Carson hatte nichts anderes erwartet.

Als er die zweite Feldflasche wieder in die Satteltasche steckte, hörte er darin etwas rascheln. Er langte hinein und fand an der Klappe der Tasche eine aufgegangene Naht, aus der ein Stück vergilbtes Papier heraussah. Es war das Papier, das Nye an dem Abend nach dem Sandsturm im Stall vom Staub gereinigt hatte. Carson zog es heraus und besah es sich neugierig. Es war ziemlich zerfetzt und in Wirklichkeit gar kein Papier, sondern ein Stück altes Pergament. Carson blickte auf eine rohe Skizze von Bergen und einer merkwürdig geformten, schwarzen Masse. Daneben befanden sich viele Markierungen und darüber, in einer altertümlich geschwungenen Handschrift, die spanischen Worte: *Al despertar la hora el áquila del sol se levanta en un aguja del fuego* – »Bei Sonnenaufgang steht der Adler der Sonne auf einer Nadel aus Feuer«. Ganz unten stand, neben weiteren Sätzen auf spanisch, ein Name: Diego de Mondragón.

Auf einmal wurde Carson alles klar. Wären seine Lippen nicht so trocken gewesen, hätte er am liebsten laut losgelacht.

»Susana!« rief er. »Nye hat nach dem Schatz von Mount Dragon gesucht. Nach dem Gold von Mondragón! Der verrückte Kerl hat eine Schatzkarte in seiner Satteltasche versteckt.«

De Vaca blickte aus dem Schatten ihres Pferdes heraus uninteressiert auf die Karte, die Carson ihr hinhielt. Carson schüttelte ungläubig den Kopf. Es war so lächerlich und paßte überhaupt nicht zu Nye, der zwar merkwürdig, aber kein Idiot war. Und doch hatte er ganz offenbar im Hinterzimmer irgendeines staubigen Trödlerladens in Santa Fe diese Karte gekauft und möglicherweise sogar ein Vermögen dafür bezahlt. Carson hatte schon viele solcher Karten gesehen; sie herzustellen und an Touristen zu verhökern war hier in New Mexico ein blühender Geschäftszweig. Kein Wunder, daß Nye so allergisch darauf reagiert hatte, als Carson ihn in der Wüste verfolgt hatte: Er hatte wohl geglaubt, Carson wolle ihm seinen imaginären Schatz stehlen.

Aber je mehr Carson nachdachte, desto weniger amüsierte ihn die Sache. Ganz offensichtlich hatte Nye schon längere Zeit nach diesem Schatz gesucht. Am Anfang war es wohl nichts weiteres gewesen als Neugier, die sich jetzt, unter dem Einfluß von PurBlood, möglicherweise bis zur Besessenheit gesteigert hatte. Vielleicht war das auch der Grund, weshalb Nye, der sicherlich das Fehlen seiner Satteltaschen bemerkt hatte, ihn und de Vaca so gnadenlos verfolgte.

Carson besah sich die Karte noch einmal genauer. Sie zeigte eine Kette von Bergen, und die schwarze Masse daneben sollte vermutlich die Lava darstellen. Weil Nye aus der alten Legende wußte, daß Mondragóns besticktes Wams am Fuß des Mount Dragon gefunden worden war, hatte er seine Suche vermutlich auf die Gegend rund um den Berg konzentriert. Das also hatte Nye an den Wochenenden in der Wüste getrieben.

Nicht einmal diese überraschende Erkenntnis konnte Carson seinen brennenden Durst vergessen lassen, der von Minute zu Minute stärker zu werden schien. Ermattet steckte er das Stück Pergament wieder in die Satteltasche, wobei sein Blick auf die Hufeisen fiel. Jetzt hatte er weder die Zeit noch die Energie, sie wieder zu befestigen. Er und de Vaca mußten ihr Glück auf dem Sand versuchen.

Er machte die Satteltasche zu und wandte sich an de Vaca. »Susana, wir müssen wieder los.«
De Vaca stand wortlos auf und setzte sich in Richtung Norden in Bewegung. Carson folgte ihr, und bald hatten vom Durst ausgelöste Visionen von lodernden Feuern alle Gedanken an Nyes Schatzkarte vertrieben.
Auf einmal standen sie am Rand des Lavafeldes und blickten auf die sandige Wüste, die sich vor ihren Augen bis zum Horizont zu erstrecken schien. Carson entdeckte eine Salzpfanne, die sich direkt neben der Lava gebildet hatte, und steckte sich ein paar Brocken des alkalischen Minerals ein. Es war nie verkehrt, sich auf alle Eventualitäten vorzubereiten.
»Jetzt können wir wieder reiten«, sagte er zu de Vaca und sah zu, wie sie mechanisch einen Fuß in den Steigbügel stellte. Erst beim zweiten Versuch gelang es ihr, in den Sattel zu klettern.
Carson konnte ihr schweigendes Leiden nicht mehr länger mit ansehen. Er ging an die Satteltasche und holte die Feldflasche heraus.
»Hier, Susana. Nehmen Sie einen Schluck mit mir.«
Sie blieb einen Augenblick schweigend auf ihrem Pferd sitzen, dann sagte sie, ohne aufzublicken: »Seien Sie kein Idiot, Carson. Wir haben noch hundert Kilometer vor uns. Heben Sie das Wasser für die Pferde auf.«
»Nur einen Schluck, Susana. Einen kleinen Schluck.«
Ein leiser Schluchzlaut löste sich aus ihrer Kehle. »Nicht für mich. Aber wenn Sie trinken wollen, dann tun Sie es bitte.«
Ohne einen Schluck zu trinken, schraubte er die Feldflasche wieder zu und verstaute sie in der Satteltasche. Als er sich gerade auf sein Pferd schwingen wollte, spürte er, daß sein Kinn ganz feucht war. Offenbar waren ihm die Lippen aufgeplatzt; als er hinlangte, waren seine Finger voller Blut. Das war damals im Coal Canyon nicht passiert. Diese Situation hier war bei weitem schlimmer. Mit einem dumpfen Gefühl von Endgültigkeit wurde sich Carson bewußt, daß sie die knapp hundert Kilometer so

unter gar keinen Umständen schaffen konnten. Ihre einzige Chance war die, daß dort, wo die Geier kreisten, auch Kojoten waren.
Er setzte einen Fuß in den Steigbügel und mußte, bevor er sich mühsam aufs Pferd zog, gegen ein starkes Schwindelgefühl ankämpfen. Erschöpft von dieser Kraftanstrengung blieb er reglos sitzen.
Die kreisenden Geier waren jetzt nur noch ein paar hundert Meter entfernt. Während er und de Vaca auf sie zuritten, hielt Carson sich am Sattelhorn fest und richtete sich auf. Vor ihnen konnte er etwas Dunkles im Sand liegen sehen, an dem Kojoten herumzerrten. Roscoe strebte sofort auf diese bewegten Punkte in der öden Wüste zu. Carson blinzelte, um mit seinen trockenen Augen besser zu sehen.
Als die Kojoten sie kommen sahen, ließen sie von dem Aas ab und rannten fort, drehten sich aber nach hundert Metern wieder um und schauten zurück. Auf die hat wohl noch nie jemand geschossen, dachte Carson.
Langsam näherten sie sich dem toten Tier. Carson hatte Mühe, seine brennenden Augen scharfzustellen, die sich anfühlten, als wären sie voller Sand.
Es war eine tote Pronghorn-Antilope, wie Carson nur noch an den charakteristischen kurzen Hörnern feststellen konnte, die aus dem vertrockneten Stück Aas ragten.
Carson sah hinüber zu de Vaca, die von hinten herangeritten kam. »Kojoten«, sagte er. Seine Stimme klang wie ein Reibeisen.
»Was?«
»Kojoten. Das bedeutet Wasser. Sie bewegen sich nie weit vom Wasser fort.«
»Wie weit?«
»Höchstens fünfzehn Kilometer, nicht mehr.«
Carson beugte sich über das Sattelhorn und kämpfte mit einem heftigen Hustenreiz.

»Wie kommen wir hin?« krächzte de Vaca.
»Spuren verfolgen«, gab Carson heiser zurück.
Um sie waberte die Hitze, und am Himmel hing eine einzelne Wolke, die aussah, als bestünde sie aus ätzendem Dampf. Das Fra-Cristóbal-Gebirge, auf das sie sich den ganzen Tag zubewegt hatten, kam ihnen so hell vor wie ein von der Sonne ausgebleichter Knochen. Der Horizont hinter ihnen war verschwunden, und auch der Rest der Landschaft schien sich in der Hitze in reines Licht aufgelöst zu haben, das hinauf zum brennend weißen Himmel stieg. Die Kojoten hockten auf einer kleinen Anhöhe und warteten darauf, daß die Störenfriede sich wieder entfernten.
»Sie müssen aus der Richtung gekommen sein, in die der Wind weht«, sagte Carson.
Er ritt im Kreis um die tote Antilope herum, bis er die Spuren der Kojoten gefunden hatte. Diesen folgten er und de Vaca dann für mehrere Kilometer, wobei es nicht einfach war, die schwachen Pfotenabdrücke im weichen Wüstensand zu finden. Schließlich liefen die Spuren auf das Lavafeld hinauf und waren nicht mehr zu sehen.
Carson hielt Roscoe an und wartete, bis de Vaca aufgeholt hatte. Schweigend blieben die beiden auf ihren Pferden sitzen. Es war vollkommen unmöglich, auf der Lava die Spuren von Kojoten zu verfolgen.
»Ich bin dafür«, krächzte Carson schließlich, »daß wir uns das restliche Wasser mit den Pferden teilen, sonst halten wir nicht länger durch.«
Diesmal nickte de Vaca. Sie ließen sich aus den Sätteln gleiten und brachen im heißen Sand zusammen. Nur mit Mühe gelang es Carson, die halbvolle Feldflasche aus der Packtasche zu holen.
»Trinken Sie langsam«, sagte er, »und seien Sie nicht enttäuscht, wenn Sie hinterher nur noch mehr Durst haben.«
De Vaca nahm mit zitternden Händen einen Schluck aus der Feldflasche. Das Salz ließ Carson in seiner Tasche, denn bei dem

wenigen Wasser war es wirkungslos. Sanft nahm er de Vaca die Feldflasche aus den Händen und hob sie an seine Lippen. Das Gefühl des Wassers in seiner Kehle war so gut, daß es fast weh tat, aber wirklich unerträglich wurde es erst, als er die Flasche wieder absetzen mußte.

Er gab den Rest des Wassers den Pferden und band danach die leere Feldflasche ans Sattelhorn. Dann legte er sich neben de Vaca in den Schatten der beiden Tiere, die niedergeschlagen in der Nachmittagssonne standen.

»Worauf warten wir denn?« fragte de Vaca.

»Auf den Sonnenuntergang«, sagte er. Der Schluck Wasser kam ihm bereits wie ein wunderbarer, aber längst vergangener und deshalb fürchterlicher Traum vor. Aber wenigstens bereitete ihm das Sprechen jetzt nicht mehr solche Schmerzen wie zuvor. »Bei Sonnenuntergang suchen die Kojoten normalerweise ihre Wasserstellen auf und fangen vielleicht auch zu heulen an. Hoffen wir, daß die Quelle nicht weiter als zwei Kilometer entfernt ist, dann hören wir sie.«

»Und was ist mit Nye?«

»Der sucht immer noch nach uns, soviel ist sicher«, antwortete Carson. »Aber ich glaube, daß wir ihn fürs erste abgeschüttelt haben.«

De Vaca sagte eine ganze Weile nichts. »Ich frage mich, ob Don Alonso und seine Frau auch so gelitten haben wie wir«, ließ sie sich schließlich vernehmen.

»Vermutlich. Aber sie haben wenigstens irgendwo Wasser gefunden.«

Danach schwiegen beide, und auch die Wüste ringsum war totenstill.

»Erinnern Sie sich vielleicht noch an irgend etwas in bezug auf die Quelle, das Sie mir bisher noch nicht gesagt haben?« fragte Carson nach einiger Zeit.

»Nein«, sagte de Vaca und runzelte die Stirn. »Ich weiß nur, daß Don Alonso in der Abenddämmerung aufgebrochen sein und seine Viehherde so lange getrieben haben soll, bis Tiere und Menschen am Zusammenbrechen waren. Dann hat ihnen ein Apache die Quelle gezeigt.«

»Das war dann vermutlich so etwa auf halber Strecke.«

»Sie hatten mehrere Fässer Wasser auf ihren Wagen und sind damit möglicherweise noch ein Stück weiter gekommen.«

»Und zwar in nördlicher Richtung«, sagte Carson.

»Stimmt.«

»Gibt es irgendeine Beschreibung von der Stelle?«

»Das habe ich Ihnen doch schon erzählt. Die Quelle soll sich in einer Höhle am Fuß des Fra-Cristóbal-Gebirges befinden. Mehr weiß ich auch nicht.«

Carson stellte rasch ein paar Berechnungen an. Sie befanden sich jetzt etwa achtzig Kilometer vom Mount Dragon entfernt, und die Berge lagen fünfzehn Kilometer westlich von ihnen, was genau der Reichweite eines Kojoten entsprach.

Mühsam rappelte er sich hoch. »Der Wind weht genau auf das Fra-Cristóbal-Gebirge zu«, sagte er. »Also kommen die Kojoten höchstwahrscheinlich von dort. Vielleicht – ich sage absichtlich vielleicht – liegt die Quelle von Don Alonso im Westen am Fuß der Berge.«

»Aber das war doch vor sehr langer Zeit«, gab de Vaca zu bedenken. »Wie können Sie wissen, daß die Quelle nicht inzwischen versiegt ist, falls wir sie überhaupt finden?«

»Das weiß ich natürlich nicht.«

De Vaca richtete sich zu einer sitzenden Position auf. »Ich weiß nicht, ob ich noch mal fünfzehn Kilometer schaffe.«

»Entweder Sie schaffen es, oder Sie sterben.«

»Sie können einem echt Mut machen, ist Ihnen das klar?« sagte de Vaca. »Dann lassen Sie uns gehen.«

Nye trabte eine Weile an dem Lavafeld entlang und schlug dann einen Bogen nach Osten, fort von den Bergen. So wollte er sichergehen, daß Carson und de Vaca seine Spur nicht sahen. Obwohl Carson sich als würdiger Gegner erwiesen hatte, tendierte er doch dazu, Fehler zu machen, wenn er sich seiner Sache zu sicher fühlte. Und genau das wollte Nye erreichen: Er wollte Carson in Sicherheit wiegen und ihn glauben machen, daß er ihn, Nye, abgehängt hatte.

Muerto war immer noch bestens bei Kräften, und auch Nye selbst ging es wieder besser, denn die starken Kopfschmerzen, die er nach dem Huftritt gehabt hatte, waren jetzt sehr viel erträglicher geworden. Die Nachmittagshitze war erdrückend, aber das war gut so, denn sie würde Carson und das Flittchen langsam umbringen.

Etwa um vier Uhr bog Nye wieder nach Norden ab und ritt zurück zum Lavafeld. Im Süden sah er eine Menge Geier, die schon seit einiger Zeit in der Luft kreisten, und zwar mit Sicherheit über irgendeinem toten Tier. Würden nämlich Carson und de Vaca tot dort unten liegen, dann hätten sie in der kurzen Zeit noch nicht so viele der Aasfresser anziehen können.

Auf einmal hielt Nye Muerto an. Der Junge war verschwunden. Nye spürte, wie Panik in ihm aufstieg.

»He, Kleiner«, rief er. »Wo bist du?«

Seine Stimme verlor sich ohne Echo, als wäre sie vom trockenen Wüstensand aufgesogen worden. Hier in der endlosen, toten Landschaft gab es so gut wie nichts, was die Schallwellen zurückwarf.

Er richtete sich in den Steigbügeln auf, legte die Hände wie einen Trichter an den Mund und rief noch einmal: »*Kleiner!*«

Einen Augenblick später kam die abgerissene Gestalt hinter einem niedrigen Felsen hervor und knöpfte sich den Hosenschlitz zu. »Wieso schreist du so herum? Ich mußte mal kurz verschwinden.«

Nye beruhigte sich und trieb Muerto zu einem langsamen Trab

an. Es waren noch fünfzig Kilometer bis zu dem Punkt, an dem er den beiden auflauern wollte. Bis Mitternacht mußte er dort sein.

Die Strahlen der Sonne fühlten sich so scharf und durchdringend an wie ein Platzregen aus Glassplittern. Das Wasser aus der Feldflasche hatte zwar Carsons und de Vacas Kehlen befeuchtet, dafür aber ihren Durst nur noch verstärkt. Und es hatte die Pferde unfolgsam werden lassen. Carson spürte, wie Roscoe immer nervöser wurde und kurz davor war, einfach loszulaufen. Wenn das jedoch geschah, dann würde er so lange rennen, bis er tot umfiel.

»Halten Sie Ihr Pferd am kurzen Zügel«, sagte er zu de Vaca.

Das Fra-Cristóbal-Gebirge war jetzt viel näher und wechselte im sich verändernden Licht ihre Farbe von Orange zu Grau und Rot. Carson spürte, wie sich beim Reiten wieder die schreckliche Trockenheit in seinem Mund und seinem Hals breitmachte. Seine Augen brannten so sehr, daß es bald zu schmerzhaft war, sie länger als ein paar Sekunden hintereinander offenzulassen. Also ritt er mit geschlossenen Augen und spürte, wie das Pferd unter ihm vor Schwäche zu schwanken begann.

Eine Höhle am Fuß der Berge. Warmes Wasser. Das bedeutete, daß die Quelle in einem Gebiet mit vulkanischer Aktivität liegen mußte und damit in der Nähe des Lavafelds. Die Höhle war vermutlich eine Art Gang, der in die Lava führte. Carson öffnete kurz die Augen. Es waren noch dreizehn Kilometer, vielleicht auch weniger, bis zu den stummen, leblosen Bergen. Selbst das Denken war jetzt so anstrengend für ihn, daß er vor Erschöpfung die Zügel fallen ließ und sich verwirrt mit beiden Händen am Sattelhorn festhielt. Wenn er jetzt vom Pferd fiel, dann würde er nie wieder in den Sattel kommen, das wußte er genau. Er klammerte sich noch fester und beugte sich so weit nach vorne, bis er die rauhen Haare des Pferdes an seiner Wange spürte. Wenn Roscoe loslaufen wollte, dann sollte er es in Gottes Namen tun. Carson wollte sich nur an seinem Hals ausruhen und sich dem roten Licht hingeben, das hinter seinen geschlossenen Augenlidern brannte.

Als die Sonne unterging, erreichten sie den Fuß des Gebirges. Quälend langsam kam der Schatten der hohen Gipfel auf sie zu und spendete ihnen endlich die so lange ersehnte Kühle. Zum erstenmal seit vielen Stunden sank die Temperatur auf unter vierzig Grad.

Carson zwang sich, die Augen zu öffnen. Roscoe stolperte jetzt nur noch dahin. Er hatte längst den Drang zum Losrennen verloren und verlor jetzt offenbar auch seinen Lebenswillen. Carson drehte sich zu de Vaca um. Sie saß mit gekrümmtem Rücken und tief gesenktem Kopf im Sattel, ihr ganzer Körper sah aus wie zerschlagen.

Die beiden Pferde, die die letzten Kilometer ihr eigenes Tempo gegangen waren, blieben vor dem Lavafeld am Fuß der Berge stehen.

»Susana?« krächzte Carson.

Sie hob ganz langsam den Kopf.

»Wir warten hier. Bis die Kojoten an der Wasserstelle heulen.«

Sie nickte und ließ sich aus dem Sattel gleiten. Obwohl sie versuchte, sich auf den Beinen zu halten, brach sie zusammen und kniete wie eine Betrunkene im Sand.

»Mist«, sagte sie, hielt sich am Steigbügel fest und versuchte, sich daran hochzuziehen, sackte aber wieder in sich zusammen. Ihr Pferd stand zitternd da und ließ den Kopf hängen.

»Augenblick, ich helfe Ihnen«, sagte Carson, aber als er abstieg, verlor auch er das Gleichgewicht. Zu seinem Erstaunen fand er sich kurz darauf rücklings im Sand liegend. Alles, die Berge, die

Pferde, der Himmel mit der untergehenden Sonne, schien sich um ihn zu drehen. Rasch schloß er wieder die Augen.
Auf einmal spürte er eine angenehme Kühle um sich herum. Er versuchte, die Augen zu öffnen, schaffte es aber nicht, die zusammengeklebten Lider auseinander zu bekommen. Erst unter Zuhilfenahme seiner Finger gelang es ihm, eines seiner Augen zu öffnen. Über ihm leuchtete ein einzelner Stern an einem tiefvioletten Himmel. Und dann hörte er ein leises Geräusch. Es fing an wie ein scharfes, sich in kurzen Abständen wiederholendes Jaulen, das immer lauter und höher wurde. Von anderswoher wurde es mit einem ähnlichen Jaulen beantwortet, und dann stimmten drei oder vier weitere Stimmen in das Gejaule ein, das langsam eine tiefere Klangfarbe annahm und sich in ein langgezogenes Heulen verwandelte. Von überall her waren jetzt ähnliche Geräusche zu hören, die sich alle auf einen Punkt zu zu bewegen schienen.
Es waren Kojoten, die zu ihrer Wasserstelle am Fuß der Berge gingen.
Carson hob den Kopf. De Vacas stille Gestalt lag neben ihm im Sand. Der Himmel war gerade noch so hell, daß er die Umrisse ihres Körpers erkennen konnte.
»Susana?«
Keine Antwort.
Er kroch hinüber zu ihr und berührte sie an der Schulter. »Susana?« *Bitte, antworte doch. Bitte, sei nicht tot.*
Er packte sie wieder an der Schulter und schüttelte sie fester. Ihr Kopf rollte hin und her, und ihre schwarzen Haare fielen ihr vors Gesicht.
»Hilfe«, krächzte sie. »Hilf mir.«
Der Ton ihrer Stimme mobilisierte in Carson die wenigen Kräfte, die er noch in sich hatte. Er mußte unbedingt Wasser finden. Er mußte ihr Leben retten. Die Pferde standen immer noch mit herunterhängenden Zügeln unbeweglich da. Sie zitterten, als ob sie Fieber hätten. Carson ergriff einen Steigbügel

und zog sich in eine sitzende Position hoch. Als er Roscoes Flanke mit der Hand berührte, fühlte sie sich heiß an.
Carson stand mit viel Mühe auf und spürte, wie sich schon wieder alles um ihn zu drehen begann und die Kraft in seinen Beinen nachließ. Einen Augenblick später lag er schon wieder flach hingestreckt im Sand.
Er wußte, daß er nicht mehr gehen konnte. Wenn er wirklich noch bis an die Wasserstelle gelangen wollte, dann mußte er dorthin reiten.
Carson packte wieder den Steigbügel und zog sich daran hoch, bis er sich mit beiden Händen am Sattelhorn festklammern konnte. Viel zu schwach, um sich aus eigener Kraft in den Sattel schwingen zu können, sah er sich nach Hilfe um. In ein paar Metern Entfernung entdeckte er einen großen Felsen. Er schlang seinen Arm durch den Steigbügel und dirigierte Roscoe zu dem Felsen. Dort angelangt, kletterte er unter Aufbietung aller Kräfte hinauf und von dort in den Sattel. Dann blieb er sitzen und lauschte.
Die Kojoten heulten immer noch. Carson versuchte, das Geräusch zu orten, und drückte Roscoe die Fersen in die Flanken. Das Tier machte einen zaghaften Schritt und blieb mit zitternden, gespreizten Beinen stehen. Carson flüsterte ihm etwas ins Ohr, klopfte ihm sanft auf den Hals und versuchte es wieder in Bewegung zu bringen. *Nun komm schon, verdammt noch mal.*
Das Pferd machte einen weiteren, unsicheren Schritt. Dabei kam es ins Stolpern, fing sich aber wieder und machte einen dritten Schritt.
»Na los, beeil dich ein bißchen«, flüsterte Carson drängend. Lange würden die Kojoten nicht mehr heulen.
Schwankend ging das Pferd auf das Geräusch zu, aber nach einer Minute ragte eine Lavawand links von ihnen auf, und Roscoe blieb stehen. Carson wollte ihn gerade zum Weitergehen bewegen, als das Heulen mit einem Schlag aufhörte.
Die Kojoten hatten sie gewittert.

Carson gelang es, Roscoe wieder in Bewegung zu setzen. Er steuerte ihn in die Richtung, aus der das Geheul zuletzt gekommen war. Aber da war nichts, außer weiteren Lavaformationen. Der Himmel wurde jetzt so rapide dunkler, daß man in ein paar Minuten überhaupt nichts mehr würde sehen können.

Aber dann stieg Carson auf einmal ein kühler, feuchter Geruch in die Nase. Auch das Pferd hob schlagartig den Kopf und blähte die Nüstern. Gleich darauf wehte die leichte Nachtbrise die Feuchtigkeit wieder fort von ihnen. Was blieb, war nach verbrannten Ziegeln riechende Wüstenluft.

Das Lavafeld links schien sich bis in die Unendlichkeit zu erstrecken, und rechts von Carson lag die leere Wüste. Jetzt, als die Nacht hereinbrach, erschienen mehr Sterne am Himmel. Ringsum war es vollkommen still, und es gab keinen Hinweis darauf, wo das Wasser war. Sie waren nahe dran, aber eben nicht nahe genug. Carson spürte, daß er kurz davor war, wieder das Bewußtsein zu verlieren.

Das Pferd tat einen tiefen Seufzer und machte einen weiteren Schritt nach vorn. Carson hielt sich am Sattelhorn fest. Die Zügel waren ihm abermals entglitten, aber er kümmerte sich nicht darum. Das Pferd sollte ruhig das tun, was es für richtig hielt. Und dann kam er wieder, der verlockende Lufthauch mit dem Duft nach feuchtem Sand. Das Pferd drehte den Kopf in Richtung des Geruchs und ging direkt in die Lavalandschaft hinein. Carson sah gerade noch, wie die Silhouetten der gezackten Felsen verschwanden und alles um ihn herum dunkel wurde. Jetzt war alles aus, und der Geruch des Wassers war nichts weiter als ein letztes, grausames Trugbild seiner Phantasie gewesen. Er schloß wieder die Augen. Das Pferd stolperte noch ein paar Schritte nach vorn, dann blieb es stehen.

Auf einmal hörte Carson wie aus weiter Entfernung das Geräusch von Wasser, das von einem Pferdemaul aufgesogen wurde. Er ließ das Sattelhorn los und merkte, wie er in Zeitlupe nach unten fiel. Es kam ihm vor, als ob es eine Ewigkeit dauerte, bis er mit einem klatschenden Geräusch in einer seichten Wasserlache aufschlug.

Das Wasser, in dem er lag, war etwa zehn Zentimeter tief. Und es war natürlich eine Halluzination, wie sie Verdurstende angeblich kurz vor ihrem Tod haben sollen. Doch als er sich umdrehte, lief es ihm in den Mund. Er mußte husten und schlucken. Das Wasser war warm. Warm und sauber. Und dann wurde ihm klar, daß es wirkliches Wasser und keine Einbildung war.

Lachend wälzte sich Carson im Wasser und trank so viel, wie er nur konnte. Während die wundervolle, warme Flüssigkeit seine Kehle hinunterrann, spürte er, wie langsam die Kraft in seine Glieder zurückkehrte.

Mit großer Willensanstrengung hörte er auf zu trinken und erhob sich. Während er sich an seinem Pferd festhielt, öffnete er blinzelnd seine verklebten Augen. Es war so dunkel, daß er nichts sehen konnte, also tastete er sich an dem Pferd entlang, bis er die Feldflasche gefunden hatte, die noch immer am Sattelhorn hing. Mit zitternden Händen hielt er sie ins warme Wasser und ließ sie vollaufen. Nachdem er die Feldflasche wieder ans Sattelhorn gebunden hatte, versuchte er, Roscoe von dem Wasser fortzuziehen.

Das Pferd weigerte sich standhaft. Carson wußte, wenn er es ihm gestatten würde, würde es womöglich so lange trinken, bis es tot oder zumindest bewegungsunfähig war. Also gab er ihm einen Schlag auf die Schnauze und zerrte am Zügel, so fest er konnte. Das Pferd erschrak und drehte sich um.

»Es ist zu deinem eigenen Besten«, sagte Carson und führte das sich wütend aufbäumende Tier aus der Höhle.

Als er wieder bei de Vaca war, lag sie immer noch so da, wie er sie zurückgelassen hatte. Er kniete sich neben sie in den Sand, schraubte die Feldflasche auf und besprengte ihr Gesicht und ihre Haare mit etwas Wasser. Sie fing an zu zucken und rollte den Kopf von einer Seite auf die andere. Carson nahm ihn in

seine Hände und goß ihr vorsichtig ein paar Tropfen Wasser in den offenen Mund.
»Susana?«
Sie schluckte und fing an zu husten.
Carson goß ihr noch einen Schluck Wasser in den Mund und benetzte ihre verklebten Augen und geschwollenen Lippen.
»Sind Sie das, Guy?« flüsterte sie.
»Ja, und ich habe Ihnen Wasser mitgebracht.«
Er hielt ihr die Feldflasche an die Lippen. Sie trank daraus, bis sie sich verschluckte.
»Mehr!« krächzte sie.
Eine Viertelstunde später hatte sie die ganzen vier Liter aus der Feldflasche in kleinen Schlucken getrunken.
Carson nahm den Brocken alkalisches Salz aus seiner Tasche, lutschte eine Weile darauf herum und gab ihn dann an de Vaca weiter. »Hier, lutschen Sie das«, sagte er. »Das wird Ihnen den Durst nehmen.«
»Bin ich tot?« flüsterte sie.
»Nein. Ich habe die Quelle gefunden. Oder, besser gesagt, Roscoe hat sie gefunden. *Ojo del Águila.*«
De Vaca, die noch immer den Salzbrocken im Mund hatte, setzte sich unter viel Mühe auf. »Puh. Ich sterbe immer noch vor Durst.«
»Sie haben jetzt genug Wasser im Magen. Was Sie brauchen, sind Elektrolyte.«
Während sie noch an dem Salz lutschte, fing sie auf einmal so laut zu schluchzen an, daß ihre Schultern bebten. Instinktiv nahm Carson sie in seine Arme.
»He«, sagte sie. »Sehen Sie mal, *cabrón.* Meine Augen funktionieren ja wieder. Ich kann wieder weinen.«
Während Carson sie in den Armen hielt, spürte er, wie ihm selbst die Tränen übers Gesicht liefen. Gemeinsam weinten sie aus Dankbarkeit für das Wunder, das ihnen das Leben gerettet hatte. Etwa eine Stunde später war de Vaca wieder soweit bei

Kräften, daß sie aufstehen und sich bewegen konnte. Sie führten die Pferde zu der Höhle und ließen sie langsam an der Quelle trinken. Als sie genug Wasser hatten, brachte Carson sie nach draußen, wo sie grasen konnten. Auch wenn es unwahrscheinlich war, daß sich die Tiere allzuweit vom Wasser entfernen würden, band Carson ihnen die Vorderbeine zusammen, damit sie nicht in der Nacht verlorengingen.
Als er wieder in die dunkle Höhle zurückkam, lag de Vaca auf einem Streifen Sand neben der Quelle und schlief tief und fest. Carson setzte sich und spürte, wie sich ihm die Erschöpfung wie eine schwere Decke auf die Schultern legte. Er war zu müde, um die Höhle zu erkunden. Kaum hatte auch er sich auf den Sand gelegt, schien sich alles um ihn herum in ein wohliges Nichts aufzulösen.

Nye hatte die Lavaschlucht erreicht.
Er ließ den Strahl seiner Halogenlampe über die riesige, schwarze Wand gleiten, die neben ihm aufragte. Die Schlucht war etwa hundert Meter breit. Auf der einen Seite stieg das Fra-Cristóbal-Gebirge aus dem Wüstenboden empor, eine riesige Geröllhalde aus zerbrochenen Blöcken und schroffen Felsen, das man zu Pferd nicht überwinden konnte. Die andere Seite der Schlucht begrenzte eine steile Felswand, die den abrupten Abbruch eines viele Kilometer breiten Feldes erstarrter Lava darstellte. Diese Lava war vor Urzeiten aus einem längst erloschenen Vulkan gequollen. Die Schlucht war für Nyes Zwecke noch besser geeignet, als er es sich vorgestellt hatte: der ideale Ort für einen Hinterhalt. Wenn Carson zu dem Außencamp der Ranch wollte, dann mußte er hier durch.
Nye band Muerto in einem verborgenen Seitental die Vorder-

beine zusammen und kletterte mit Taschenlampe, Gewehr, Wassersack und seinen Nahrungsmitteln hinauf in die Lava. Oben hatte das scharfkantige Gestein natürliche Zinnen gebildet, zwischen denen Nye den Lauf seines Gewehrs auflegen konnte.

Nye richtete sich auf längeres Warten ein. Er nahm einen Schluck Wasser und schnitt sich ein Stück Käse ab. Es war amerikanischer Cheddar, ein ziemlich scheußlich schmeckendes Zeug, das von der Hitze nicht gerade besser geworden war. Aber wenigstens war es etwas zu essen. Nye war sich ziemlich sicher, daß Carson und die Frau in den vergangenen dreißig Stunden nichts zu sich genommen hatten. Aber ohne Wasser würde der Hunger ihr geringstes Problem sein.

Nye saß da und horchte in die Dunkelheit. Er hatte sich einen idealen Beobachtungsposten ausgesucht, ein richtiges Scharfschützennest etwa hundert Meter über dem Boden der Schlucht. Bei Tageslicht würde er Carson und die Frau auf drei, vielleicht sogar auf fünf Kilometer Entfernung aus dem Süden herankommen sehen. Er hatte freies Schußfeld nach vorne und sogar nach hinten, was wollte er mehr? Von hier oben konnte er in aller Ruhe zielen und schießen. Und wenn die 357er Nitro-Expreß-Kugeln auf einen menschlichen Körper trafen, zerfetzten sie ihn derart, daß sogar die Bussarde Schwierigkeiten haben würden, genug Fleisch für eine Mahlzeit zu finden.

Natürlich war es auch möglich, daß Carson und die Frau bereits tot waren. Wenn das der Fall war, war Nye es gewesen, der sie aufgeschreckt und dazu gezwungen hatte, in der gnadenlosen Hitze des Tages weiterzureiten. Aber wie dem auch sei, hier hatte er einen gemütlichen Platz, um auf die beiden zu warten. Jetzt, wo er sich untertags nicht bewegen mußte, war die Wasserversorgung kein Problem mehr. Er konnte es hier leicht einen Tag lang aushalten, notfalls auch zwei, bevor er sich in Richtung Süden aufmachte, um die Leichen der beiden zu suchen.

Wenn Carson tatsächlich Wasser gefunden haben sollte – und

nur in diesem Fall konnte er es bis hierher schaffen –, dann würde er mit Sicherheit ausgesprochen zuversichtlich sein. Vielleicht sogar euphorisch. Vermutlich glaubte er, Nye für immer abgeschüttelt zu haben. Nye nahm das Magazin aus dem Gewehr, überprüfte es und steckte es wieder hinein.
»Peng, peng«, hörte er die hohe, kichernde Stimme des Jungen aus der Dunkelheit links von sich.
Ein ganz leichter, bläulicher Schimmer machte sich langsam am östlichen Himmel breit.

Der GeneDyne-Turm in Boston, in dem sich die Zentrale von GeneDyne International befand, war ein hoch über dem Hafen aufragender postmoderner Wolkenkratzer. Auch wenn sich das Boston Aquarium bitterlich darüber beklagte, daß der Gigant ihm fast den ganzen Tag über das Licht wegnahm, galt das zweiundsechzig Stockwerke hohe Gebäude aus schwarzem Granit und italienischem Marmor als eines der interessantesten Bauwerke in der ganzen Stadt. Während der Sommermonate wimmelte die Eingangshalle von Touristen, die sich unter Calders *Mezzoforte* fotografieren ließen, dem größten freihängenden Mobile der Welt, und täglich – außer an den kältesten Tagen des Winters – drängten sich vor dem Gebäude Menschen mit Kameras, um die fünf Brunnen auf dem Vorplatz aufzunehmen, die in einem bis ins kleinste Detail durchdachten, computergesteuerten Wasserballett ihre Fontänen spritzen ließen.
Die größte Attraktion des GeneDyne-Towers aber waren die vier Meter hohen Projektionsschirme an den Wänden der Eingangshalle. Mittels hochauflösender Videoprojektoren wurden auf ihnen Bilder von den verschiedenen GeneDyne-Standorten

auf der ganzen Welt gezeigt: London, Brüssel, Nairobi, Budapest. Gemeinsam formten die Bildschirme eine virtuelle Landschaft, die auf den Betrachter atemberaubend realistisch wirkte. Die vom Computer animierten Bilder waren nämlich alles andere als statisch: Die Bäume vor dem Forschungszentrum in Brüssel bewegten sich im Wind, und vor der Firmenniederlassung in London fuhren die typischen roten Doppeldeckerbusse vorbei. Wolken zogen im Zeitraffer über den Himmel, der im Wechsel von Tag und Nacht hell und dunkel wurde. Die Projektionsschirme waren das augenfälligste Beispiel dafür, wie Scopes neue Technologien für sich zu nutzen verstand. Wenn am fünfzehnten eines jeden Monats die Landschaften wechselten, war das den Lokalsendern fast immer eine Meldung wert.

Levine stand im frühen Morgenlicht mit dem Lieferwagen einer Telefongesellschaft auf einem Parkplatz hinter dem Gebäude und blickte mit verdrehtem Hals hinauf zu der Stelle, wo sich die glatte Fassade in ein wahres Labyrinth aus ineinandergeschachtelten Formen auflöste. Dort, in den oberen Stockwerken des Turms, befanden sich Scopes' private Gemächer, von denen vor fünf Jahren einmal in *Vanity Fair* ein paar Fotos zu sehen gewesen waren. Seither waren keinerlei Informationen über diese Räume mehr an die Öffentlichkeit gelangt, bis auf die, daß sich irgendwo auf dem sechzigsten Stockwerk hinter Sicherheitsposten und computergesteuerten Schlössern Scopes' legendärer achteckiger Raum verbergen mußte.

Levine blickte noch eine Weile nachdenklich nach oben, dann widmete er sich wieder dem Studium eines dicken Buches mit dem Titel *Digitale Telefontechnik*.

Der Clown hatte sein Versprechen gehalten und in den vergangenen vierundzwanzig Stunden seine Verbindungen zu der verschworenen Hacker-Gemeinde spielen lassen. Er hatte verborgene Datenbanken benützt und mysteriöse Datenströme angezapft. Den ganzen Tag über hatten seltsame Leute an Levines Hotelzimmertür geklopft: allesamt Jungs, die wie typische Computerkids ausgesehen hatten – bleich, pickelig und oft mit einer dicken Brille vor den Augen. Sie hatten Levine merkwürdige Dinge gebracht, darunter einen Firmenausweis, der ihn zu einem gewissen Joseph O'Roarke machte, einem Angestellten der New England Telephone Company. Levine erkannte sein Foto auf dem Ausweis als eines, das vor zwei Wochen in einem Artikel der *Business Week* über ihn erschienen war. Das Plastikkärtchen konnte man mittels einer Klammer an der Uniform der Telefongesellschaft befestigen, die ihm der Hotelpage als erstes gebracht hatte.

Ein Junge mit einem frechen Grinsen auf den Lippen hatte Levine ein kleines, elektronisches Gerät überreicht, das in etwa so aussah wie eine Fernsteuerung zum Öffnen von Garagentoren, ein anderer hatte mehrere technische Anleitungen abgeliefert – verbotene Druckwerke, die sonst nur unter Telefonhackern kursierten. Zuletzt hatte ihm ein etwas älterer Junge die Schlüssel zu einem Lieferwagen der Telefongesellschaft gegeben, den er unten auf dem Hotelparkplatz abgestellt hatte. Nach Gebrauch sollte Levine die Schlüssel unter dem Armaturenbrett liegen lassen, denn der Junge benötigte den Wagen um neun Uhr vormittags – wozu, hatte er nicht gesagt.

Der Clown war währenddessen fast ständig über sein Modem mit Levine in Verbindung geblieben. Er hatte ihm die Pläne des GeneDyne-Towers überspielt und ihn über alles informiert, was er über die dortigen Sicherheitseinrichtungen in Erfahrung hatte bringen können. Außerdem hatte er ihm alles mitgeteilt, was er benötigte, um sich auch wirklich glaubhaft als Angestellter einer Telefongesellschaft ausgeben zu können. Nur als solcher würde er nämlich Zugang zu dem Gebäude bekommen. Zum Schluß hatte der Clown Levine noch ein umfangreiches Programm auf seinen Laptop überspielt und ihm genaue Instruktionen gegeben, was er damit anstellen sollte.

Jetzt, als Levines Computer ohne Netzverbindung neben ihm auf dem Beifahrersitz des Lieferwagens lag, hockte der Clown für

ihn unerreichbar irgendwo in seinem unbekannten Versteck, und Levine war auf sich allein angewiesen.
Er klappte das Buch zu, schloß einen Moment lang die Augen und flüsterte ein kurzes Stoßgebet. Dann nahm er seinen Computer, stieg aus dem Lieferwagen und warf geräuschvoll die Tür zu. Ohne sich noch einmal umzublicken, ging er auf das Gene-Dyne-Gebäude zu. In der kühlen Luft des Hafens lag ein schwacher, aber penetranter Dieselgeruch. Levine bemühte sich, ungehetzt und bedächtig zu gehen, wie er es häufig bei Servicetechnikern beobachtet hatte, auch wenn ihm dabei das unhandliche orangefarbene Leitungsprüftelefon, das von seinem Gürtel herabbaumelte, ziemlich hinderlich war. Im Geiste bereitete er sich noch einmal auf das vor, was ihn gleich erwartete, und schluckte schwer. Es gab so viele Möglichkeiten, und er war nur auf ganz wenige davon vorbereitet.
Levine fand eine Tür ohne Schild an der Rückfront des Gebäudes und drückte auf den Klingelknopf, der daneben in der Wand eingelassen war. In der langen Stille, die folgte, mußte er sich dazu zwingen, nicht wieder fortzugehen. Endlich hörte er eine Stimme aus dem kleinen Lautsprecher über dem Klingelknopf.
»Wer ist da?«
»New England Telephone Company«, sagte Levine mit einem Ton, von dem er hoffte, daß er vollkommen ruhig klang.
»Was gibt's?« fragte die Stimme aus dem Lautsprecher, die nicht sonderlich beeindruckt klang.
»Unser Computer sagt, daß die T-1-Leitungen in diesem Gebäude zusammengebrochen sind«, sagte Levine. »Ich soll das kurz mal überprüfen.«
»Wir haben alle Leitungen nach draußen abgeschaltet«, sagte die Stimme. »Aber nur vorübergehend.«
Levine zögerte einen Augenblick. »Sie können nicht einfach Leitungen abschalten, die Sie von unserer Firma gemietet haben«, sagte er dann. »Das ist gegen die Vorschriften.«
»Ich kann's jetzt auch nicht mehr rückgängig machen.«

Verdammt. »Dürfte ich bitte Ihren Namen erfahren?«
»Weiskamp«, kam es nach längerer Stille aus dem Lautsprecher.
»Okay, Weiskamp. Die Vorschriften verlangen zwar, daß gemietete Leitungen immer offengehalten werden müssen. Aber passen Sie auf, ich werde Ihnen mal was sagen. Ich habe keine Lust, zurück zur Firma zu fahren und jede Menge Formulare über Ihr Verhalten auszufüllen. Und ich bin mir sicher, daß Sie und Ihr Vorgesetzter auch nicht unbedingt wild darauf sind, daß Ihnen die Fernmeldebehörde jede Menge peinlicher Fragen stellt. Ich könnte Ihnen einen vorübergehenden Terminator an die Leitungen setzen, damit wäre den Vorschriften Genüge getan, und Sie hätten keine Schwierigkeiten, wenn Sie Ihre Leitungen wieder freigeben.« Levine hoffte, daß er für Weiskamp überzeugender klang, als es sich für ihn selbst anhörte.
Keine Antwort.
»Andernfalls müßten wir im Schaltkasten draußen an der Straße manuell ein paar Stecker ziehen. Für Sie bedeutet das, daß Sie später, wenn Sie wieder ans Netz wollen, erst einmal warten müssen, bis ein Techniker kommt und sie wieder einsetzt.«
Aus dem kleinen Lautsprecher über dem Klingelknopf kam ein deutlich hörbarer Seufzer. »Zeigen Sie mir mal Ihren Ausweis.«
Levine sah sich um, bis er über dem Türstock ein unauffällig eingebautes Kameraauge entdeckte. Er drehte die Plastikkarte, die an seiner Brusttasche hing, in Richtung auf das Objektiv. Während er wartete, fragte sich Levine, wieso der Clown ihm ausgerechnet den Namen O'Roarke verpaßt hatte. Hoffentlich schaffte er es als jüdischer Professor aus Brooklyn, wie ein waschechter Bostoner irischer Abstammung zu klingen.
Nach einer Weile hörte er ein lautes Klicken und das Geräusch eines schweren Riegels, der zurückgezogen wurde. Die Tür ging auf, und ein Mann, dem lange, blonde Locken über den graublauen Kragen seiner GeneDyne-Uniform fielen, sah Levine an.
»Kommen Sie herein«, sagte der Mann und hielt Levine die Tür auf.

Mit dem Computer unter dem Arm folgte Levine dem Wachmann eine lange Eisentreppe hinunter. Die Betonwände des Treppenhauses waren feucht, und aus dem Keller drang das brummende Geräusch eines großen Generators herauf.
Der Wachmann öffnete eine Tür mit der Aufschrift UNBEFUGTEN IST DER ZUTRITT VERBOTEN und ließ Levine als ersten eintreten. Es war ein Raum, der vom Boden bis zur Decke mit digitalen Schaltern, Netzwerk-Relais und anderen elektronischen Vorrichtungen vollgestopft war. Levine wußte, daß der Supercomputer, der das Hirn des riesigen, die ganze Welt umspannenden GeneDyne-Netzes war, sich woanders im Gebäude befand. Hier aber war so etwas wie die Nervenzentrale der Firma, der Knotenpunkt, an dem die unzähligen Ethernet-Kabel zusammenkamen, über die die Beschäftigten des GeneDyne-Towers miteinander kommunizierten.
Am Ende des Raumes sah Levine die zentrale Steuerkonsole, an der ein weiterer Wachmann saß und auf einen Monitor blickte. Als Levine eintrat, drehte er sich um. »Wer ist denn das?« fragte er stirnrunzelnd und blickte zwischen Weiskamp und Levine hin und her.
»Wer soll das schon sein? Die gute Fee vielleicht?« erwiderte Weiskamp. »Er ist hier wegen der Leitungen, die wir von der Telefongesellschaft gemietet haben.«
»Ich muß ihnen einen vorübergehenden Terminator verpassen«, sagte Levine und stellte seinen Laptop auf die Konsole. Dabei suchte er unter den vielen Schaltern und Knöpfen die Anschlußbuchse, die der Clown ihm beschrieben hatte.
»Davon habe ich noch nie was gehört«, sagte der Wachmann.
»Sie haben sich ja auch noch nie vom Netz abgetrennt«, entgegnete Levine.
Der Wachmann murmelte vor sich hin, daß er Levine gleich »was ganz anderes abtrennen« werde, machte aber keine Anstalten, ihn wieder hinauszuwerfen. Levine besah sich weiter das Kontrollpult und merkte, daß in seinem Kopf eine leise Alarm-

glocke zu klingeln begann. Der zweite Wachmann konnte gefährlich werden.

Nach kurzer Suche hatte er die Buchse gefunden, an der er seinen Computer mit dem Netzwerk verbinden konnte. Der Clown hatte ihm erzählt, daß hier im GeneDyne-Gebäude die Vernetzung so weit getrieben worden war, daß es sogar in den Toilettenkabinen Netzwerkanschlüsse für vielbeschäftigte Manager gab, die selbst auf dem Klo mit der Arbeit nicht aufhören konnten. Rasch schaltete Levine seinen Laptop ein und steckte ein Kabel in die Anschlußbuchse.

»Was machen Sie denn da?« fragte der Wachmann am Kontrollpult mißtrauisch. Er stand auf und trat hinter Levine, damit er auf das Display seines Laptops blicken konnte.

»Ich starte mein Terminationsprogramm«, entgegnete Levine.

»Ich wußte gar nicht, daß ihr Burschen auch Computer habt«, sagte der Wachmann.

Levine zuckte mit den Achseln. »Man muß mit der Zeit gehen. Mit dem Computer kann man jetzt ganz einfach ein Terminationssignal an die Kontrollstation senden. Der Rest geht vollautomatisch.«

Auf dem Display des Laptops erschien das Emblem der Telefongesellschaft, gefolgt von einem Wust von Zeichen. Trotz seiner Nervosität mußte Levine ein Lächeln unterdrücken. Der Clown hatte wirklich an alles gedacht. Während das Display minutenlang unsinnige, nur für die Augen der Wachleute bestimmte Daten zeigte, stahl sich heimlich, still und leise ein vom Clown entwickeltes Programm ins Firmennetz.

»Ich schätze, wir sollten Endicott über diese Geschichte informieren«, sagte der mißtrauische Wachmann, und die Alarmglocke in Levines Kopf schrillte sehr viel lauter.

»Brems dich ein«, sagte Weiskamp gereizt. »Ich habe langsam genug von deinem Geschwafel.«

»Du kennst die Vorschriften genauso gut wie ich. Endicott muß sein Okay zu jeder Wartung am System geben, die jemand von außerhalb der Firma vornimmt.«

Der Laptop piepste, und auf dem Display war wieder das Emblem der Telefongesellschaft zu sehen. Levine zog das Verbindungskabel aus der Netzwerkbuchse.

»Na, siehst du? Er ist schon fertig«, sagte Weiskamp zu seinem Kollegen.

»Ich finde selber raus«, sagte Levine und sah, wie der zweite Wachmann ein Telefon abhob. »Wenn Sie wieder erreichbar sind, schickt Ihnen unsere Buchhaltung die Rechnung zu.«

Levine trat hinaus in den Gang. Weiskamp folgte ihm nicht, und das war gut so, denn damit mußte Levine eine Rolle weniger spielen.

Weniger gut war allerdings, daß der andere, der mißtrauische Wachmann, möglicherweise seinen Vorgesetzten anrief. Wenn dieser Endicott – wer auch immer er sein mochte – sich bei der Telefongesellschaft nach einem Angestellten namens O'Roarke erkundigte, dann konnte es für Levine ziemlich ungemütlich werden. Allerdings hätte er dazu schon in eine Telefonzelle draußen auf der Straße gehen müssen.

Oben an der Treppe angelangt, wandte sich Levine nach rechts und ging einen kurzen Gang entlang bis zu den Lastenaufzügen, deren Standort ihm der Clown genau beschrieben hatte.

Er trat in einen der Aufzüge und fuhr damit in den ersten Stock. Als sich die Aufzugstür öffnete, tat sich vor Levine eine gänzlich andere Welt auf. Anstatt der tristen Betonwände und nackten Neonröhren erwartete ihn hier ein eleganter, mit dunkelblauem Teppich ausgelegter Korridor, auf dessen Boden in die Decke eingelassene, violette Punktstrahler farbige Lichtkreise setzten. An den Wänden bemerkte Levine in bestimmten Abständen große, schwarze Glasflächen. Zuerst fragte er sich, was sie wohl sein mochten, aber dann wurde ihm klar, daß diese schwarzen Flächen in Wirklichkeit superflache Bildschirme waren, auf denen im Augenblick nichts zu sehen war. Normalerweise zeigten diese Schirme vielleicht Kunstwerke, Wegweiser oder die Börsenkurse – der Phantasie waren dabei wohl keine Grenzen gesetzt. Langsam ging Levine den leeren Gang entlang, bis er zu den Personenaufzügen kam. Als er auf den Knopf drückte, ertönte ein Klingelzeichen, und eine der schwarzen Aufzugstüren öffnete sich fast geräuschlos. Auch der Aufzug war mit demselben dunkelblauen Teppichboden ausgelegt wie der Korridor. Die Seitenwände der Kabine waren aus einem hellen Holz, das Levine für Teak hielt, während die Rückwand ganz aus Glas bestand und einen umwerfenden Blick auf den morgendlichen Hafen gestattete, über dem gerade die Sonne aufgegangen war. Tief unter sich sah Levine, wie Schlepper ein Frachtschiff hinaus aufs Meer zogen.

Welches Stockwerk? fragte der Aufzug mit sanfter Stimme.

Jetzt mußte Levine schnell machen. Rasch entdeckte er unter dem Notfalltelefon die Netzwerkbuchse und stöpselte seinen Laptop ein. Nachdem er den Computer eingeschaltet hatte, tippte er einen Befehl ein, der nur aus einem einzigen Wort bestand: **Vorhang.**

Während er wartete, unterbrach das Programm des Clowns für kurze Zeit die Bildleitung der Videokamera, die die Aufzugskabine überwachte. Danach nahm es zehn Sekunden lang Bilder von der Kamera in einer anderen, leeren Kabine auf und fütterte sie der Bildleitung von Levines Aufzug als Endlosschleife ein. Auf dem Monitor der Sicherheitszentrale erschien diese Aufzugskabine jetzt als leer, was für einen Lift, der gleich den Betrieb einstellen würde, auch passend war.

Welches Stockwerk? fragte der Aufzug ein zweites Mal.

Levine tippte einen weiteren Befehl ein: **Krüppel.**

Das Licht in der Kabine wurde kurz dunkel, dann wieder hell, und die Tür ging zu. Levine blickte auf die Ziffern der kleinen Digitalanzeige über der Tür. Als der Aufzug gerade den sechsten Stock passiert hatte, blieb er mit einem Ruck stehen.

Achtung, bitte, meldete sich die sanfte Stimme. *Dieser Aufzug hat eine Betriebsstörung.*
Levine hakte das orangerote Prüftelefon von seinem Gürtel und setzte sich mit dem Laptop auf den Knien auf den Boden des Aufzugs. Dann holte er aus der Jackentasche das seltsame elektronische Gerät heraus, das der Hacker ihm am frühen Abend gebracht hatte, und stöpselte es in die serielle Schnittstelle seines Computers. Aus dem anderen Ende des Geräts zog er eine kurze Teleskopantenne heraus. Dann tippte er wieder einen Befehl in den Computer: Schnüffle.

Augenblicklich konnte er auf dem Display die Antwort lesen. Hi, Professor. Ich nehme an, daß alles gutgegangen ist und Sie jetzt gemütlich in Ihrem Aufzug zwischen dem sechsten und siebten Stock sitzen.

Stimmt, tippte Levine. Ich bin zwischen dem sechsten und siebten Stock. Aber ich bin mir nicht sicher, ob alles gutgegangen ist. Möglicherweise ist jemand namens Endicott auf mein Eindringen aufmerksam gemacht worden.

Der Name ist mir schon mal untergekommen, antwortete der Clown. Ich glaube, er ist der Chef des Sicherheitsdienstes. Einen Moment bitte. Die Buchstaben auf dem Display verschwanden.

Ich habe mir nur mal rasch die Netzwerkaktivitäten im GeneDyne-Tower angesehen, meldete er sich nach ein paar Minuten zurück. Scheint soweit alles ruhig zu sein. Sind Sie bereit zum nächsten Schritt?

Obwohl er sich nicht danach fühlte, antwortete Levine:

Ja.

Wunderbar. Aber denken Sie immer an das, was ich Ihnen gesagt habe, Professorchen: Scopes – und nur Scopes – hat die Kontrolle über sämtliche Computeraktivitäten in den oberen Stockwerken des Gebäudes. Das bedeutet, daß Sie sich in seinen persönlichen Cyberspace einschleichen müssen. Ich habe Ihnen alles gesagt, was ich darüber weiß. Trotzdem wird alles vermutlich ganz anders sein, als Sie es sich erwarten, denn niemand außer Scopes weiß, wie es in seinem Cyberspace wirklich aussieht. Das einzige, was man davon kennt, sind ein paar Computerbilder, die er vor Jahren einmal im Zentrum für Fortgeschrittene Neurokybernetik gezeigt hat. Damals hat er von einer neuen, von ihm entwickelten Technologie gesprochen, die er »Cypherspace« nannte. Es ist eine Art dreidimensionale Kunstwelt, in der er nach Belieben durch sein Firmennetz surfen kann. Seit dieser Vorführung hat Scopes nie wieder etwas über Cypherspace verlauten lassen. *Nada. Niente.* Ich schätze, daß das Ding so dermaßen kultig war, daß er es ganz für sich allein haben wollte. Aus den Compilerdaten habe ich herausgelesen, daß dieses Programm fünfzehn Millionen Codezeilen lang ist. So was ist die hohe Schule des Programmierens, Professorchen. Ich weiß, wo sich der Computer befindet, auf dem Cypherspace läuft, und ich habe Ihnen sogar ein Programm auf Ihren Laptop gespielt, mit dessen Hilfe Sie sich darin bewegen können. Mehr kann ich in dieser Hinsicht leider nicht für Sie tun, denn nur wer sich direkt im GeneDyne-Gebäude befindet, kann in Scopes' Cypherspace eindringen.

Aber kann ich Sie denn nicht über diese Verbindung hier mitnehmen?

KC, antwortete der Clown. Keine Chance. Der Infrarotsender, den Sie an Ihren Laptop angestöpselt haben, kann lediglich eine Verbindung übers normale Netz aufbauen, und das auch nur in der unmittelbaren Nähe eines Knotenpunkts. Im GeneDyne-Gebäude befindet sich einer im siebten Stock, wo momentan Ihr Aufzug steht. Das ist auch der Grund, warum ich Sie gerade hier geparkt habe.

Können Sie mir dann wenigstens noch ein paar Informationen mehr über Scopes' Cypherspace geben?

Nur die, daß gegen die Computerpower, die dahintersteckt, die Rechner für die Interkontinentalraketen des Pentagon ziemlich alt aussehen. Allein an Festplattenplatz verschlingt Cypherspace mehrere Terabyte. Das läßt darauf schließen, daß es auf große Videoarchive zugreift. Kann sein, daß Sie eine graphisch ziemlich aufwendige Welt erwartet.

Auf dem kleinen Display meines Laptops wohl kaum, antwortete Levine.

Haben Sie denn bei allem, was ich Ihnen bisher über Scopes gesagt habe, nicht aufgepaßt, Professorchen? Der gute Brent hat in seinem Hauptquartier ganz andere Kaliber an Bildschirmen parat. Ist Ihnen denn noch nichts aufgefallen?

Levine starrte ratlos auf die Worte des Clowns, bis er begriff, was dieser gemeint hatte.
Er blickte von seinem Laptop auf. Die Sicht aus dem Aufzug war wirklich umwerfend, aber etwas daran war merkwürdig. Levine hatte es in der Eile bisher noch nicht bemerkt. Über sich sah er den langsam immer blauer werdenden Himmel, und unter ihm lag der Bostoner Hafen, der bereits zu dieser frühen Stunde von

Fahrzeugen wimmelte, die von oben betrachtet wie winziges Kinderspielzeug aussahen.
Aber wieso eigentlich? Levine war doch nur im sechsten Stock. Das, was er sah, entsprach aber einem Blick aus sehr viel größerer Höhe.
Langsam dämmerte es Levine, daß er gar nicht aus einem Fenster, sondern auf einen flachen, superscharfen Bildschirm blickte, der die ganze Wand des Aufzugs einnahm und ihm ein virtuelles Bild der Welt außerhalb des GeneDyne-Gebäudes vorgaukelte.

Jetzt ist mir klar, was Sie meinen, tippte er in seinen Laptop.

Gut. Ich habe Ihren Aufzug bei der Servicezentrale als nicht betriebsbereit und in Reparatur befindlich angemeldet. Man müßte Sie also eine Weile in Ruhe lassen. Trotzdem würde ich mich an Ihrer Stelle dort nicht länger als unbedingt nötig aufhalten. Ich bleibe im Netz, solange ich kann, und manipuliere die Daten von Zeit zu Zeit so, daß man meint, die Reparatur würde Fortschritte machen. So erregen wir am wenigsten Verdacht. Mehr kann ich leider nicht für Sie tun.

Vielen Dank, Clown.

Nur eines noch. Sie haben neulich gesagt, daß das hier kein Spiel mehr sei, und jetzt möchte ich, daß Sie sich an Ihre eigenen Worte erinnern. GeneDyne faßt Eindringlinge nicht gerade mit Samthandschuhen an, egal ob im Cyberspace oder in der wirklichen Welt. Sie haben sich auf ein verdammt gefährliches Abenteuer eingelassen. Wenn man Sie entdeckt, muß ich mich leider zurückziehen. Ich kann dann nichts mehr für Sie tun, und ich habe keine Lust, mich ein zweites Mal von einer Pharmafirma verarschen zu lassen. Wenn man herausfindet, was ich hier mache, wird man mir meine Computer wegnehmen, und ohne die ist mein Leben nicht mehr lebenswert.

Das kann ich gut verstehen, antwortete Levine.

Es dauerte eine Weile, bis der Clown sich wieder zu Wort meldete. Kann sein, daß wir nie mehr etwas miteinander zu tun haben werden, Professor. Ich möchte Ihnen nur noch rasch sagen, daß es mir eine Ehre war, Sie kennengelernt zu haben.

Das war es für mich ebenfalls.

WDNWDMDT DFAKAZ.

Wie bitte?

Nur ein kleines Sprichwort zum Abschied, Professor Levine, weiter nichts.

Das Display des Laptops wurde schwarz. Levine hatte keine Zeit, die mysteriösen Abschiedsworte des Clowns zu entziffern. Er holte statt dessen tief Luft und tippte einen weiteren Befehl ein:

Skalpell.

Mit einemmal war Boston verschwunden.
Der atemberaubende Blick aus dem Aufzug war einfach weg. Das Bild vom Hafen war so realistisch gewesen, daß Levine sich einen Augenblick lang sogar voller Schrecken fragte, ob er nicht urplötzlich erblindet sei. Aber dann sah er, daß das gedämpfte Licht in der Aufzugskabine noch brannte. Es war nur der große Bildschirm vor ihm schlagartig dunkel geworden. Levine streckte die Hand aus und berührte die glasähnliche Oberfläche. Sie war hart und schwarz und ähnelte denen der Displays, die er schon vorhin im Gang gesehen hatte.
Dann war auf einmal der Aufzug doppelt so groß wie zuvor, und mehrere Geschäftsleute in Anzug und Krawatte sahen mit Aktentaschen in der Hand auf Levine herab. Fast hätte er den Computer von den Knien gestoßen und wäre aufgesprungen, aber dann fiel ihm ein, daß es ja wieder nur ein Bild auf dem Display war, das den Aufzug tiefer gemacht und mit Angestellten von GeneDyne bevölkert hatte. Levine fragte sich, was für eine Videoauflösung wohl vonnöten war, um solche lebensechten Bilder zu erzeugen.
Das Bild verschwand, und vor Levine gähnte ein schwarzes Loch. Dann sah er die graue Oberfläche des Mondes, die sich langsam und pockennarbig unter ihm bewegte. Dahinter konnte Levine die schmale Sichel der Erde sehen, die wie eine blaue Murmel in der schwarzen Ferne hing. Das Gefühl der Räumlichkeit war so überwältigend, daß Levine eine Weile die Augen schließen mußte, damit ihm nicht schwindlig wurde.
Langsam ging ihm auf, was sich hier abspielte: Das Programm des Clowns, das sich immer tiefer in Scopes Privatcomputer wühlte, hatte offenbar die Software, die für die Bilder im Aufzug zuständig war, gehörig durcheinandergebracht. Dadurch wurden die verschiedenen Bildfolgen wie ein phantastischer Diavortrag nacheinander durchgespielt. Levine fragte sich, was für Szenerien Scopes wohl noch auf Lager hatte, um die Aufzugspassagiere zu erfreuen oder zu erschrecken.

Wieder wandelte sich das Bild. Diesmal bot sich Levine eine bizarre, dreidimensionale Stadtlandschaft mit vielen durch Fußgängerbrücken verbundenen Hochhäusern dar, die aus einer scheinbar bodenlosen Tiefe emporragten. Er selbst schien auf einem mit braunen, roten und gelben Terrazzoplatten gefliesten Balkon zu stehen. Von dem Balkon aus gingen mehrere Brücken und Steige ab. Manche liefen nach oben, manche nach unten und manche auf der gleichen Ebene in alle möglichen Richtungen. Einige führten so tief in den weiten Raum hinein, daß man ihr Ende nicht sehen konnte. Die Häuser zwischen diesen Gehwegen waren riesengroß und zeigten ab und zu einmal ein erleuchtetes Fenster an ihren Fassaden. Zwischen den Gebäuden liefen dicke, farbige Lichtbündel, die sich in der Ferne in viele schimmernde Stränge verzweigten.

Die Landschaft war wunderschön und beeindruckend in ihrer räumlichen Komplexität, aber nachdem Levine sie ein paar Minuten lang angeschaut hatte, wurde er ungeduldig und fragte sich, wieso das Programm des Clowns so lange brauchte, bis es in Scopes' persönlichen Cyberspace vordrang. Er rutschte unruhig auf dem Boden des Aufzugs herum.

Als er das tat, bewegte sich die Landschaft.

Levine sah auf seine Knie und erkannte, daß er aus Versehen an den Trackball seines Laptops gekommen war. Jetzt legte er die Hand darauf und rollte ihn nach vorn.

Sofort wurde ihm der Balkon unter den Füßen weggezogen, und er stand plötzlich direkt am Rand der Tiefe, wo sich ein hängebrückenartiger Fußpfad wie eine filigrane Spinnwebe über den schwarzen Abgrund spannte. Die weiche Schnelligkeit, mit der das große Videodisplay auf die kleinste Drehung des Trackballs reagierte, machte das Gefühl der Fortbewegung beängstigend realistisch.

Levine atmete tief durch. Er wußte, daß er jetzt nicht bloß auf ein Bild auf einem Videoschirm blickte. Er befand sich in Brent Scopes' Cyberspace.

Levine nahm die Hände einen Augenblick vom Laptop und setzte sich gerade hin. Dann legte er vorsichtig eine Hand auf den Trackball und die andere auf die Cursortasten der Tastatur. Ganz vorsichtig fing er an, die Fortbewegung in dieser bizarren Landschaft zu erlernen. Die Größe des Bildschirms und die bemerkenswert lebensechte Auflösung vermittelten ihm ein so realistisches Gefühl von Höhenangst, daß er zunächst große Schwierigkeiten damit hatte. Obwohl er wußte, daß er sich nur im Cyberspace befand, hatte er Angst, von dem Balkon in die Tiefe zu stürzen, und traute sich kaum zu bewegen.

Nach einer Weile stellte er den Computer auf den Boden und massierte sich den Nacken. Dabei sah er auf seine Uhr und stellte zu seinem Entsetzen fest, daß bereits drei Stunden vergangen waren. Drei volle Stunden, und er hatte sich noch nicht einmal von der Startplattform fortbewegt. Auch die Batterie seines Laptops machte langsam schlapp, so daß er eine mitgebrachte Reservebatterie in den zweiten Batterieschacht des Computers schob. Der Reiz dieses Programms war erstaunlich und beängstigend zugleich. Jetzt wurde es aber wirklich höchste Zeit, daß er sich auf die Suche nach Scopes machte.

Als er seine Hände wieder am Computer hatte, wurde sich Levine eines rhythmisch seufzenden Geräusches bewußt, das fast wie eine Art Gesang klang. Es kam aus demselben Lautsprecher, mit dem der Fahrstuhl vorhin nach dem gewünschten Stockwerk gefragt hatte. Wann das Geräusch begonnen hatte, wußte Levine nicht mehr – vielleicht war es schon die ganze Zeit über dagewesen. Er hatte nicht die geringste Ahnung, wozu es gut sein sollte.

Levine wurde zunehmend besorgt. Wie sollte er bloß in dieser dreidimensionalen Computerdarstellung der Firma GeneDyne Brent Scopes finden und ihm erklären, in was für einer verzweifelten Lage er sich befand? Dieser Cyberspace war ganz eindeutig viel zu groß, um ziellos darin herumzuwandern. Und für den Fall,

daß er Scopes tatsächlich hier finden sollte, wie konnte er wissen, daß er es war? Woran sollte er ihn erkennen?
Er mußte dieses Problem sorgfältig durchdenken. So groß und komplex diese Landschaft auch war, sie mußte einem bestimmten Zweck dienen und deshalb auch irgendwie strukturiert sein. In den vergangenen Jahren war Scopes laut Aussage des Clowns in allem, was seinen Cyberspace betraf, ausgesprochen geheimniskrämerisch gewesen. Niemand wußte mehr darüber, als daß Scopes ihn dazu benützte, seine Ausflüge ins weitverzweigte Netzwerk seiner Firma einfacher zu gestalten.
Es lag auf der Hand, daß alles hier – die Oberflächen, die Formen und vielleicht auch die Geräusche – die Hardware, Software und Daten des GeneDyne-Computernetzes darstellen sollten.
Levine entschied sich aufs Geratewohl für einen der vielen Pfade und bewegte sich vorsichtig darauf entlang. Es dauerte eine ganze Weile, bis er sich an das seltsame Raumgefühl gewöhnt hatte, das ihm der große Bildschirm vor ihm vermittelte. Der in einem komplizierten Muster aus bunten Platten gekachelte Pfad kam ihm vor wie eine schmale Brücke ohne Geländer. Das Muster der Kacheln hatte vermutlich irgendeine Bedeutung, die Levine aber nicht zu entschlüsseln vermochte. Möglicherweise war es eine Abfolge von verschiedenen Byte-Konfigurationen oder eine von Zahlen in binärem Code.
Der Pfad schlängelte sich zwischen mehreren unterschiedlich aussehenden Gebäuden hindurch, bis er schließlich vor einer massiven, silbern glänzenden Tür endete. Als Levine durch diese Tür wollte, kam er nicht weiter, dafür war die unheimliche, monoton dahinplätschernde Musik vor dem Gebäude lauter als zuvor. Levine bewegte sich zurück zur letzten Weggabelung und nahm einen anderen Pfad, der über einen der farbigen Lichtstränge führte. Als Levine sich mit dem Trackball in diesen bunten Lichtstrom manövrierte, sah er, daß er aus rasend schnell dahingleitenden hexadezimalen Daten bestand. Rasch begab sich Levine wieder zurück auf den Pfad. Eines hatte er jetzt

herausgefunden: Die Lichtstränge waren ein Symbol für die durchs Netz rasenden Datenströme.
Bisher hatte Levine nur den Trackball und die Cursortasten seines Laptops verwendet, um sich fortzubewegen, nun aber fragte er sich, ob das Programm auch auf Worte reagierte, die er über die Tastatur eingab. Um das festzustellen, tippte er die Phrase ein, die jeder Programmierer beim Ausprobieren einer neuen Computersprache verwendet: Hello, world.
Als er danach die Enter-Taste drückte, kamen die Worte »Hello, world« wie eine Art musikalisches Geflüster aus dem Lautsprecher und wurden als Echo von den Gebäuden ringsum zurückgeworfen, bis sie schließlich verhallten und nur noch die üblichen Hintergrundgeräusche zu hören waren.
Darüber hinaus erhielt Levine keine Antwort.
Als nächstes tippte er Scopes! ein. Auch dieses Wort erklang aus dem Lautsprecher und verflüchtigte sich wie ein leiser werdender Schrei. Und wieder gab es keine weitere Antwort.
Levine wünschte, der Clown wäre da, um ihm zu helfen. Ein Blick auf die Armbanduhr sagte ihm, daß schon wieder eine Stunde vergangen war und er sich hier noch immer nicht zurechtfand. Er wandte seine Blicke vom Bildschirm und sah sich in der kleinen Aufzugskabine um. Er hatte nicht unbegrenzt Zeit zur Verfügung, und er hatte sich nun lange genug in dieser Landschaft umgesehen. Er mußte sich rasch etwas einfallen lassen.
Was tut man, wenn man in einem Computerprogramm nicht mehr weiterweiß? überlegte Levine.
Man bittet um Hilfe.
Also tippte Levine das Wort Help in den Laptop.
Diesmal tat sich etwas. Am Ende des Pfades, auf dem Levine sich befand, tauchte aus dem Nichts ein Objekt auf und kam mit erstaunlich hoher Geschwindigkeit auf ihn zu.

Abrupt wachte Carson auf. Es war immer noch dunkel, aber die Morgendämmerung hatte bereits eingesetzt, denn als er zum Eingang der Höhle blickte, konnte er sehen, daß der Himmel draußen ein klein wenig heller war.

Er lehnte sich auf einen Ellenbogen und verspürte schon wieder einen quälenden Durst. Auf allen vieren kroch er zu der Quelle, schöpfte mit der hohlen Hand das warme Wasser heraus und trank es gierig. Als sein Durst gestillt war, machte sich ein nagender Hunger tief im Inneren seines Bauches bemerkbar.

Carson stand auf, ging an den Eingang der Höhle und sog die kühle Luft der frühen Morgenstunde tief in seine Lungen. Die Pferde grasten friedlich in ein paar hundert Metern Entfernung. Als Carson ihnen leise pfiff, hoben sie die Köpfe und stellten die Ohren auf. Vorsichtig ging er zu ihnen hinüber. Sie waren zwar ein bißchen abgemagert, aber ansonsten schienen sie die Quälerei recht gut überstanden zu haben. Carson streichelte Roscoes Hals. Die Augen des Pferdes waren hell und klar, was ein gutes Zeichen war. Er beugte sich hinunter und befühlte die Hufkrone an einem seiner Beine. Sie war warm, aber nicht heiß und zeigte keine Anzeichen von einer Entzündung der Lederhaut.

Während es langsam heller wurde, sah Carson sich um. Die Berge ringsum bestanden aus schräg geschichtetem Sandstein, dessen Sedimentablagerungen sich als schiefe Bänder an den Felsrücken und Canyons entlangzogen. Die Stille ringsum hatte fast etwas Religiöses an sich, und Carson kam sich vor wie in einer Kathedrale, bevor die Orgel zu spielen beginnt. Dort, wo die Flanken der Berge mit dem Wüstenboden zusammentrafen, befand sich ein ausgedehntes, zerklüftetes Lavafeld. Der Eingang zur Höhle lag tiefer als der Wüstenboden und war schon aus hundert Metern Entfernung nicht mehr zu sehen. Niemand konnte vermuten, daß sich dort etwas anderes befand als schwarzes, rissiges Lavagestein. Carson hielt Ausschau nach Nye, aber es war niemand zu sehen.

Carson ließ die Pferde noch einmal in der Höhle Wasser trinken und band ihnen dann auf einem Flecken frischen Tobosagrases die Vorderbeine wieder zusammen. Dann suchte er sich einen Mesquitbusch und schnitt mit seiner Speerspitze einen langen, biegsamen Ast ab, der an einem Ende eine Menge Dornen hatte. Mit diesem ging er hinaus in die Wüste, wobei er sorgfältig den Sand absuchte. Bald hatte er die kleinen Spuren eines Kaninchens gefunden, denen er etwa hundert Meter weit folgte, bis sie in einem Erdloch verschwanden. Carson hockte sich vor das Loch und steckte das dornige Ende des Astes hinein. Nachdem er den Ast um mehrere Kurven herumgeschoben hatte, drehte er ihn so lange, bis er am anderen Ende einen weichen Widerstand spürte. Nach einer letzten, kräftigen Drehung zog Carson den Ast vorsichtig aus dem Loch. An seinem unteren Ende hing ein junges Kaninchen, in dessen lose Haut sich die langen Stacheln gespießt hatten. Es zappelte und schrie jämmerlich. Carson stellte seinen Fuß darauf, schnitt ihm mit der Speerspitze den Kopf ab und ließ es auf dem Sand ausbluten. Dann nahm er das Kaninchen aus und häutete es. Die Eingeweide vergrub er, um keine Bussarde anzulocken, dann ging er wieder zurück zur Höhle.

Während de Vaca immer noch schlief, machte Carson am Eingang ein kleines Feuer, auf dem er das mit Alkalisalz eingeriebene Kaninchen briet. Bald brutzelte und knisterte das Fleisch, und blauer Rauch stieg hinauf in die klare Luft.

Kurz darauf erschien die Sonne über dem Horizont und tauchte den Boden der Wüste in ein helles, goldenes Licht, das bis in die Dunkelheit der Höhle drang. Carson hörte ein Geräusch und drehte sich um. De Vaca hatte sich aufgerichtet und rieb sich schläfrig die Augen.

»Aua«, sagte sie, als das Sonnenlicht ihr voll ins Gesicht schien und ihrem schwarzen Haar einen bronzenen Schimmer verlieh. Carson sah sie mit dem selbstzufrieden-tugendhaften Lächeln eines Frühaufstehers an, aber plötzlich wanderten seine Augen ins Innere der Höhle. Als de Vaca sah, wie sein Gesichtsausdruck sich veränderte, drehte sie sich um und folgte seinen Blicken.

Die aufgehende Sonne schickte ihr stark gebündeltes, orangefarbenes Licht in die Höhle und projizierte die Umrisse des Eingangs auf die hintere Höhlenwand. Für ein paar Augenblicke erschien auf dem rauhen Fels das unscharfe, aber dennoch gut erkennbare Bild eines Adlers, der mit ausgebreiteten Schwingen und hochgerecktem Kopf auf einer spitzen Nadel aus gelbem Licht zu balancieren schien.

Carson und de Vaca sahen schweigend zu, wie das Bild in kurzer Zeit so hell wurde, als solle es für alle Zeiten in die Wand der Höhle gebrannt werden. Dann verschwand es auf einmal so plötzlich, wie es erschienen war. Die Sonne war über den Höhleneingang gestiegen, und der Adler war nicht mehr zu sehen.

»*El Ojo del Águila*«, sagte de Vaca. »Die Quelle des Adlers. Jetzt wissen wir ganz sicher, daß wir sie gefunden haben. Es ist schon eine seltsame Vorstellung, daß dieselbe Quelle vor vierhundert Jahren meinen Vorfahren das Leben gerettet hat.«

»Und jetzt rettet sie das unsere«, murmelte Carson. Er starrte noch immer auf die dunkle Wand, an der einen Moment lang das Bild des Adlers zu sehen gewesen war. Irgend etwas war ihm dabei merkwürdig vorgekommen, aber er konnte nicht mehr genau sagen, was es war. Dann stieg ihm der wunderbare Duft bratenden Fleisches in die Nase, und er drehte sich wieder nach dem Kaninchen um.

»Haben Sie Hunger?« fragte er

»Und wie! Was ist das?«

»Ein Kaninchen.« Carson nahm es vom Feuer und steckte den

Ast, den er als Spieß verwendet hatte, senkrecht in den Sand. Dann nahm er die Speerspitze, schnitt einen Schenkel ab und gab ihn de Vaca.
»Achtung, heiß.«
De Vaca biß vorsichtig in den Schenkel.
»Schmeckt toll. Sie können ja richtig kochen. Und ich habe immer geglaubt, daß Cowboys nur Bohnen mit Speck zubereiten können.«
Sie biß ein weiteres Stück Fleisch ab. »Und es ist nicht einmal zäh. Viel zarter als die Kaninchen, die mein Großvater immer geschossen hat.« Sie spuckte einen kleinen Knochen aus, und Carson betrachtete sie mit dem geheimen Stolz eines Kochs, dessen Gericht für gut befunden wird.
In zehn Minuten war das Kaninchen aufgegessen, und die abgenagten Knochen verbrannten im Feuer. De Vaca lehnte sich zurück und leckte sich die Finger. »Wie haben Sie das Kaninchen denn gefangen?« wollte sie wissen.
Carson zuckte mit den Achseln. »Mit einem kleinen Trick, den ich als Junge auf der Ranch gelernt habe.«
De Vaca nickte, dann stahl sich ein freches Grinsen in ihr Gesicht. »Stimmt, ich habe ja ganz vergessen, daß alle Indianer hervorragende Jäger sind. Das ist so eine Art Instinkt, nicht wahr?«
Carson runzelte die Stirn, und sein Wohlbehagen verflog augenblicklich. »Ach, hören Sie doch endlich auf«, raunzte er. »Wie wäre es, wenn Sie sich zur Abwechslung mal etwas anderes einfallen ließen?«
Aber de Vaca lächelte immer noch. »Sie sollten sich mal sehen. Die Sonne gestern hat Ihnen gutgetan. Noch ein paar solche Tage, und Sie gehen als echte Rothaut durch.«
Ohne daß Carson es verhindern konnte, stieg heiße Wut in ihm empor. De Vaca hatte ein untrügliches Gespür für seine wunden Punkte und stürzte sich unbarmherzig darauf. Irgendwie hatte Carson geglaubt, daß die gemeinsam durchgestandenen Strapa-

zen sie vielleicht verändert hätten, aber jetzt wußte er nicht, ob er auf de Vaca wütend war, weil sie noch immer so verletzend sarkastisch war, oder mehr auf sich selbst, weil er sich dieser törichten Selbsttäuschung hingegeben hatte.

»*Usted es una desagradecida hija de puta*«, sagte er, und die Wut gab seinen Worten eine durchdringende Klarheit.

De Vaca sah ihn mit großen Augen erstaunt an, und ihr Körper, der bisher entspannt im Sand gelegen war, versteifte sich.

»Ach, der *cabrón* kann also doch mehr von seiner Muttersprache, als er zugeben will«, sagte sie leise. »Ich soll also undankbar sein? Ausgerechnet ich? Das ist wieder mal typisch!«

»Wieso typisch?« gab Carson zurück. »Ich habe Ihnen gestern das Leben gerettet, und heute bewerfen Sie mich schon wieder mit demselben alten Dreck.«

»*Sie* haben mir das Leben gerettet?« fauchte de Vaca. »Sie sind ein Idiot, *cabrón*. Es war Ihr indianischer Vorfahr, der uns gerettet hat, zusammen mit Ihrem Großonkel, der Ihnen seine Geschichten überliefert hat. Diese beiden großartigen Männer, die Sie als Makel auf Ihrem Stammbaum ansehen. Sie haben ein großartiges Erbe, eines, auf das Sie stolz sein können. Aber was machen Sie? Sie verbergen es. Sie ignorieren es. Sie kehren es unter den Teppich und tun so, als wären Sie ohne dieses Erbe ein wertvollerer Mensch.« Ihre Stimme, die zuletzt ziemlich laut geworden war, hallte von den Wänden der Höhle wider. »Wissen Sie was, Carson? Solange Sie dieses Erbe ableugnen, sind Sie für mich ein Nichts. Sie sind kein Cowboy und auch kein weißer, angelsächsischer Harvard-Absolvent, sondern bloß ein dämlicher Hinterwäldler, der sich nicht zu seiner eigenen Herkunft bekennen kann.«

Bei ihren Worten verwandelte sich Carsons Zorn in kalte Wut.

»Na, spielen Sie wieder mal die Möchtegern-Psychiaterin?« fragte er. »Aber wenn ich einmal soweit sein sollte, mich mit dem Kind in mir auseinanderzusetzen, dann würde ich dazu lieber zu jemandem gehen, der ein Diplom hat, und nicht zu einer Quacksalberin, die besser in einen Poncho als in einen Laborkittel paßt. *Todavía tiene la mierda del barrio en sus zapatos.*«

De Vaca holte mit bebenden Nasenflügeln Luft und gab Carson eine schallende Ohrfeige. Carsons Wange brannte, und in seinem Ohr hörte er ein Brummen. Während er noch erstaunt den Kopf schüttelte, sah er, wie sie zum zweitenmal ausholte, und konnte ihre Hand gerade noch festhalten. De Vaca ballte die andere Hand zur Faust und wollte ihm damit ins Gesicht boxen, aber Carson duckte sich und stieß de Vaca von sich fort. Der Stoß war so kräftig, daß sie das Gleichgewicht verlor und rückwärts in die Quelle fiel. Carson, der immer noch ihr Handgelenk umklammert hielt, stürzte hinterher.

Die Ohrfeige und der Sturz ins Wasser hatten Carsons Wut verrauchen lassen. Jetzt, als er quer über de Vaca lag und ihren geschmeidigen Körper unter dem seinen spürte, ergriff ein ganz anderes Gefühl von ihm Besitz. Noch bevor ihm so richtig klar wurde, was er tat, beugte er sich nach vorn und küßte sie direkt auf den Mund.

»*Pendejo*«, keuchte de Vaca und rang nach Luft. »Mich küßt *niemand*, ohne daß ich es will!« Mit einer gewaltigen Kraftanstrengung befreite sie ihre Arme und ballte die Hände zu Fäusten. Carson sah sie argwöhnisch an.

Einen Augenblick starrten sie einander ins Gesicht, ohne sich zu bewegen. Von de Vacas Fäusten tropfte das Wasser in die warme Quelle, und das Geräusch, das die Tropfen machten, als sie auf den Wasserspiegel aufschlugen, war zusammen mit ihren schweren Atemzügen das einzige, was in der Höhle zu hören war. Dann packte de Vaca plötzlich Carson mit beiden Händen an den Haaren und zog seinen Mund auf den ihren.

Einen Augenblick später waren ihre Hände überall. Sie glitten unter Carsons Hemd, liebkosten seine Brust, spielten um seine Brustwarzen, machten ihm den Gürtel und die Hose auf, holten sein Glied heraus und streichelten es mit verlangenden Bewegungen. Dann hob de Vaca die Arme, damit Carson ihr das

Hemd ausziehen konnte. Gierig zog er ihr die nasse Jeans vom Leib, während sie einen Arm um seinen Hals schlang, ihre Lippen auf sein von dem Schlag gerötetes Ohr preßte und mit ihrer rosa Katzenzunge hineinfuhr. Dabei flüsterte sie Worte, von denen Carson der Kopf schwirrte. Als er ihr den Slip vom Leib riß, ließ sie sich ganz ins Wasser fallen, und er wußte nicht, ob sie dabei keuchte oder weinte. Dann lag sie vor ihm, und nur ihre Brüste und ihr flacher Bauch ragten aus dem warmen, seichten Wasser der Quelle. Er drang in sie ein, sie schlang die Beine über seinen Rücken, und dann fanden beide einen Rhythmus, der das Wasser rings um sie steigen und fallen und an den Sand schlagen ließ wie die Brandung bei der Erschaffung der Welt.

Eine halbe Stunde später sah de Vaca hinüber zu Carson, der nackt auf dem nassen Sand lag.

»Ich weiß nicht, ob ich dich jetzt töten oder noch mal mit dir schlafen soll«, sagte sie grinsend.

Carson blickte auf, rollte zu ihr herüber und strich ihr eine Strähne ihres schwarzen Haares aus dem Gesicht.

»Ich plädiere für letzteres«, sagte er, »und danach müssen wir uns einmal ernsthaft unterhalten.«

Gegen Mittag schliefen beide ermattet ein.

Als das Objekt direkt vor Levine stehenblieb, bemerkte er mit ungläubigem Staunen, daß es ein Hund war, eine Art kleiner Collie. Fasziniert betrachtete Levine das vom Computer animierte Tier, das mit dem Schwanz wedelte und ihn aufmerksam ansah wie ein richtiger Hund. Selbst die schwarze Schnauze glänzte in dem unwirklichen Licht zwischen den Gebäuden.

Wer bist du? tippte Levine.

Fido, antwortete der Hund mit einer piepsigen Stimme. Er hob den Kopf und zeigte ein Halsband, an dem ein kleines Namensschild hing. FIDO, stand darauf. BESITZER: BRENTWOOD SCOPES. Ohne es zu wollen, mußte Levine lächeln. Irgendwie war Scopes auch nicht viel anders als der Clown und seine Hackerfreunde.

Ich bin auf der Suche nach Brent Scopes, schrieb Levine.

Ich verstehe, antwortete die Stimme des Hundes.

Kannst du mich zu ihm bringen?

Nein.

Warum nicht?

Weil ich nicht weiß, wo er ist.

Was bist du?

Ich bin ein Hund.

Levine biß ärgerlich die Zähne aufeinander.

Was für eine Art von Programm bist du? tippte er.

Ich bin das Frontend für ein auf künstlicher Intelligenz basierendes Hilfe-System, das allerdings nie programmiert wurde. Deshalb kann ich Ihnen leider auch gar nicht helfen.

Wozu bist du denn dann überhaupt gut?

Interessiert Sie mein Aufbau? Ich bin ein Programm, das Brent Scopes in seiner eigenen Version der Sprache C++ geschrieben hat, die er C^3 nennt. Es handelt sich dabei um eine objektorientierte Programmiersprache mit visuellen Erweiterungen. Ihr hauptsächliches Anwendungsgebiet ist das Erzeugen von dreidimensionalen Objekten, wofür sie Routinen zur Konstruktion von Polygonen, zum Raytracing und Rendering zur Verfügung stellt. Außerdem unterstützt sie den Datenaustausch über große Netzwerke, wozu sie eine Variante des TCP/IP-Protokolls verwendet.

So kam Levine nicht weiter.

Warum kannst du mir nicht helfen? tippte er.

Wie ich schon sagte, das Hilfe-System wurde nie implementiert. Als objektorientiertes Programm muß ich mich nach bestimmten Zugriffshierarchien richten. Ich habe zwar Zugang zu einigen einfachen Objekten wie AI-Subroutinen und Algorithmen zur Datenspeicherung, aber ohne den dazu nötigen Code komme ich nicht an die innere Struktur anderer Objekte heran.

Levine nickte. Es wunderte ihn nicht, daß das Hilfe-System nie programmiert worden war. Brent selbst brauchte schließlich keine Hilfe, und fremde Leute hatten keinen Zugang zu seinem Programm. Vielleicht war Fido ja eines der ersten Objekte, die Brent am Anfang seiner Arbeit an Cypherspace programmiert hatte. Damals hatte er wohl noch nicht vorgehabt, seine phantastische Welt ganz für sich allein zu behalten

Wozu bist du denn überhaupt gut? fragte Levine.

Ab und zu leiste ich Mr. Scopes etwas Gesellschaft. Aber Sie sind nicht Mr. Scopes.

Woran erkennst du das?

Daran, daß Sie sich hier nicht auskennen. Wenn Sie Mr. Scopes wären, dann ...

Schon gut, tippte Levine. Er zog es vor, dieses Thema nicht zu vertiefen. Noch wußte er nicht, ob und, wenn ja, welche Sicherheitsmechanismen Brent in Cypherspace einprogrammiert hatte.

Er dachte einen Augenblick lang nach. Immerhin hatte er nun einen objektorientierten Begleiter mit einem Anflug von künstlicher Intelligenz, der ihn irgendwie an eine auf die Spitze getriebene Version des alten pseudotherapeutischen Programms ELIZA erinnerte. Das war also Brents Vorstellung von einem Hund im Cyberspace.

Kannst du denn sonst überhaupt nichts? tippte Levine.

Doch. Ich kann Sie mit einer Fülle von zynischen Zitaten erfreuen.

So etwas hatte Levine fast erwartet. Scopes hatte schon immer eine fast krankhafte Vorliebe für Aphorismen gehabt.

Ein kleines Beispiel: »Wenn man einen halbverhungerten Hund aufnimmt und ihn füttert, dann beißt er einen nicht. Das ist der grundlegende Unterschied zwischen einem Hund und einem Menschen.« Mark Twain. Oder: »Es genügt nicht, selbst Erfolg zu haben, wenn nicht gleichzeitig jemand anders scheitert.« Gore ...

Genug. Bitte sei still.

Levine spürte, wie er immer ungeduldiger wurde. Er war hier, um Scopes zu finden, nicht um sich von einem schwanzwedelnden Programm kluge Sprüche anzuhören. Er sah auf die Uhr. Schon wieder war eine halbe Stunde vertan. Rasch bewegte er sich den Pfad zwischen den riesigen Gebäuden bis zur nächsten Kreuzung entlang. Der kleine Hund folgte ihm auf dem Fuß.
Hinter einer Kurve sah Levine ein ungewöhnlich großes Gebäude, das sich deutlich von den anderen unterschied. Trotz seiner Größe gingen von ihm keine Stränge farbigen Lichtes aus, die es mit den anderen Bauten verbunden hätten.

Was ist das für ein Gebäude? fragte er den Hund.

Das weiß ich nicht, antwortete Fido.

Levine besah sich das Gebäude genauer. Obwohl der Computer es fast zu perfekt gezeichnet hatte, erkannte er es ohne Schwierigkeiten als den GeneDyne-Tower in Boston.
Was konnte das Bild eines Gebäudes im Computer repräsentieren? Die Antwort lag auf der Hand: Es war die Entsprechung des Firmenhauptquartiers im Cyberspace. Das Netzwerk, der Zentralcomputer, das Sicherheitssystem – all das mußte in dieser dreidimensionalen Computergraphik zu finden sein. Nun war es Levine auch klar, daß die Gebäude ringsum die verschiedenen GeneDyne-Niederlassungen irgendwo auf der Welt darstellten. Von der Zentrale gingen deshalb keine farbigen Lichtströme aus, weil im Augenblick alle Verbindungen nach draußen unterbrochen waren. Hätte der Clown sich in Scopes' Programm besser ausgekannt, dann hätte er Levine vielleicht gleich in dieses Gebäude gesetzt und ihm damit geholfen, kostbare Zeit zu sparen.
Neugierig manövrierte sich Levine auf das Gebäude zu. Auf

einem nach unten führenden Pfad gelangte er zum Erdgeschoß, wo die Eingangstür lag. Als er dort angelangt war und hineingehen wollte, verwandelte sich die sanfte Musik aus dem Lautsprecher in ein aggressives Brummen, das wohl andeuten sollte, daß diese Tür für ihn versperrt war. Levine spähte durch die Glasscheiben hinein in die Lobby, in der sogar das Mobile von Calder in atemberaubend schönem 3-D-Rendering abgebildet war. Daneben befand sich die Portierstheke. In der Halle war niemand zu sehen, aber Levine sah zu seiner Verblüffung, daß hinter der Theke auf einer Reihe von Videoschirmen Bilder zu sehen waren, die irgendwelche entfernten Kameras lieferten. Die Bilder waren bestimmt live und flimmerten in dieser Form wohl gerade über irgendwelche Monitore des Sicherheitsdienstes.

Wie komme ich in das Gebäude? fragte Levine Fido.

Keine Ahnung, antwortete der Hund.

Levine dachte nach und versuchte, sich an das zu erinnern, was er über moderne Programmiertechniken wußte.

Fido, du bist doch Teil eines Hilfe-Systems.

Stimmt.

Und du hast gesagt, daß du das Frontend für andere Objekte und Subroutinen bist.

Stimmt.

Und was bedeutet das genau?

Ich bin die Verbindung zwischen dem User und dem Programm.

Dann bekommst du also Befehle, die du an andere Programme weitergibst, damit diese sie ausführen.

Ja.

Gibt man diese Befehle über die Tastatur ein?

Ganz genau.

Und der einzige Mensch, der dich bisher benützt hat, ist Brent Scopes.

Ja.

Weißt du denn die Kommandos noch, die er dir eingetippt hat? Oder hast du Zugang zu ihnen?

Ja.

Warst du schon einmal hier vor diesem Gebäude?

Ja.

Dann wiederhole bitte die Tastaturbefehle, die Scopes dir hier gegeben hat.

Sofort fing Fido an zu sprechen: »Verrücktheit ist die vollkommen rationale Anpassung an eine verrückte Welt.« Laing.

Aus dem Lautsprecher ertönte ein Gong, und die Tür ging auf. Grinsend registrierte Levine, daß Scopes seine geliebten Aphorismen offenbar als Paßwörter verwendete. Er erinnerte sich noch gut an ein Spiel, das er früher öfters mit Scopes gespielt hatte und bei dem es um Sprichwörter und Zitate gegangen war.

Außerdem gaben solche Sinnsprüche gute Paßwörter ab: Sie waren lang und kompliziert und kaum dadurch zu knacken, daß man per Computer sämtliche Wörter eines Lexikons abfragte. Weil Scopes sie auswendig kannte, mußte er sie auch niemals irgendwo aufschreiben. Besser ging es kaum.
Fido würde für Levine noch viel hilfreicher sein, als es dem kleinen Hund bewußt war.
Rasch manövrierte sich Levine mit dem Trackball ins Innere des Gebäudes und an der Portierstheke vorbei. Dann blieb er einen Augenblick stehen und versuchte, sich an die Pläne des Bauwerks zu erinnern, die der Clown ihm vor vielen Stunden auf seinen Laptop überspielt hatte. Er ging an den Aufzügen vorbei zu einer zweiten Sicherheitsstation. Im wirklichen Gebäude war diese Station rund um die Uhr mit vielen Wachmännern besetzt. Dahinter waren weitere Aufzüge. Levine trat auf den nächstgelegenen zu und drückte auf den Knopf. Die Türen gingen auf, und Levine bewegte sich hinein. Er tippte auf der Tastatur seines Laptops die Zahl 60, die Zahl des Stockwerks, in dem sich der achteckige Raum von Brent Scopes befand.

Danke, sagte dieselbe, neutrale Stimme, die auch aus den Lautsprechern der wirklichen Aufzüge kam. **Bitte geben Sie jetzt das Paßwort ein.**

Fido, gib mir die Tastaturkommandos von diesem Ort, tippte Levine.

»In der Auswahl seiner Feinde kann man nicht sorgfältig genug sein.« Wilde.

Während der Aufzug im Cyberspace zum sechzigsten Stockwerk hinauffuhr, zwang sich Levine, nicht weiter über die paradoxe Situation nachzugrübeln, in der er sich gerade befand: Da hockte er im Schneidersitz in einem Aufzug, der zwischen zwei Stockwerken festsaß, und war mit einem Computernetzwerk verbunden, in dem er gerade mit demselben, aber virtuellen Aufzug fuhr.

Der Cyberspace-Fahrstuhl wurde langsamer und hielt schließlich an. Mittels Trackball stieg Levine aus und begab sich in einen langen Korridor, an dessen Ende sich eine weitere Sicherheitsstation mit auffallend vielen Videoschirmen befand. Offenbar konnte man von hier aus sämtliche Räume im sechzigsten Stock und in den Stockwerken darunter überwachen. Levine ging zu den Monitoren und besah sich die Bilder auf jedem einzelnen von ihnen. Sie zeigten Räume, Korridore, große Computeranlagen und sogar die Sicherheitsstation, in der er sich selbst gerade befand. Nur Scopes war nirgendwo zu sehen.

Aus den Plänen des Clowns hatte Levine erfahren, daß der achteckige Raum sich genau in der Mitte des Gebäudes befand. Scopes konnte also nie aus dem Fenster schauen, aber das brauchte er auch gar nicht. Der einzige Blick, der Scopes interessierte, war der auf einen Computerbildschirm.

Levine ging an der Sicherheitsstation vorbei und bog nach links in einen schwach erleuchteten Korridor ab, an dessen Ende sich ein weiterer Wachraum befand. Dahinter lag ein kurzer Gang mit Türen an beiden Längsseiten. Auch am Ende des Ganges gab es eine Tür. Sie sah massiv aus und war geschlossen.

Fido, ich brauche die Tastaturkommandos für diese Tür, schrieb Levine.

Verlassen Sie mich jetzt? fragte der Cyberhund. Levine glaubte, so etwas wie Bedauern in seiner Stimme hören zu können.

Warum fragst du?

Weil ich Ihnen durch diese Tür nicht folgen kann.

Levine zögerte einen Moment. Tut mir leid, Fido, tippte er dann, aber ich muß weitermachen. Bitte gib mir die Tastaturkommandos für diese Tür.

Na schön. »Eine Zeitlang trug Mrs. Lanier aus der Verpflichtung des Modells, dem Portrait gleichzusehen, an den Abenden Gelb.« Dorothy Parker.

Mit einem satten Klicken sprang die dicke Tür einen Spalt auf. Levine atmete tief durch und rückte die Hand auf dem Trackball zurecht. Dann bewegte er sich ganz langsam nach vorne ins Zentrum von Scopes' mysteriösem Cypherspace.

Carson flog. Er flog so hoch über der Wüste, daß die verschlungenen Lavaströme unter ihm wie dünne Schnüre aussahen, aber er kämpfte sich immer höher und höher, der heißen Sonne entgegen. Vor ihm erhob sich ein hoher, schmaler Felsturm, der viele Kilometer über dem Wüstensand in einer scharfen Spitze auslief.

Carson versuchte, hinauf zu dieser Spitze zu fliegen, aber noch während er das tat, wurde sie immer höher und schien der Sonne entgegenzuwachsen ...

Carson erwachte schlagartig mit klopfendem Herzen. Er setzte sich in der kühlen Dunkelheit auf und blickte aus dem Höhleneingang hinaus, dann zurück ins dämmrige Innere der Höhle. Mit einemmal leuchtete die Erkenntnis, die sich vorhin seinem bewußten Denken entzogen hatte, wie ein Feuerzeichen in seinem Gehirn.

Er stand auf, zog sich an und ging nach draußen. Es war fast zwei Uhr nachmittags, die heißeste Zeit des Tages. Die Pferde hatten sich gut erholt, mußten aber noch einmal Wasser bekommen. Wenn sie bei Sonnenuntergang an der Lavaschlucht ankommen wollten, war es besser, innerhalb der nächsten Stunde aufzubrechen. Dann konnten sie gegen Mitternacht das Lava Camp erreichen, und dort blieben ihnen noch sechsunddreißig Stunden, um die Gesundheitsbehörden über PurBlood zu informieren und seine geplante Auslieferung zu verhindern.

Aber sie konnten jetzt nicht von hier weg. Noch nicht.

Carson ging zu den Pferden und machte vom Zaumzeug zwei Lederriemen ab. Er sammelte Zweige von verdorrten Mesquit- und Kreosotbüschen, die er mit den Lederriemen zu zwei festen Bündeln zusammenband. Dann ging er zurück zur Höhle.

De Vaca hatte sich inzwischen ebenfalls angezogen. »Guten Morgen, Cowboy«, sagte sie, als Carson hereinkam.

Er grinste und ging auf sie zu.

»Nicht schon wieder«, sagte sie und piekste ihm mit dem Finger spielerisch in den Bauch.

Er beugte sich zu ihr herunter und flüsterte ihr ins Ohr: »*Al despertar la hora el águila del sol se levanta en un aguja del fuego.*«

»Bei Sonnenaufgang steht der Adler der Sonne auf einer Nadel aus Feuer«, übersetzte sie mit fragendem Gesicht. »Das stand doch auf Nyes Schatzkarte. Ich weiß aber immer noch nicht, was das zu bedeuten hat.« Sie runzelte die Stirn, während Carson sie erwartungsvoll ansah. Dann weiteten sich auf einmal ihre Augen. »Wir haben den Adler heute morgen gesehen«, sagte sie. »Dort hinten an der Höhlenwand, gezeichnet von der Morgensonne.«

Carson nickte.

»Das bedeutet, daß wir die Stelle gefunden haben ...«

»... nach der Nye seit Jahren gesucht hat«, unterbrach Carson. »Die Stelle, an der das Gold von Mondragón liegt.«

»Nye hat es immer hundert Kilometer weiter südlich gesucht«, sagte de Vaca und blickte in die dunkle Höhle, bevor sie sich an Carson wandte. »Was ist? Worauf warten wir noch?«

Er nahm eines der trockenen Bündel in die Hand und zündete es an einem Ende mit Streichhölzern an, die er in Nyes Satteltaschen gefunden hatte. Mit dieser improvisierten Fackel machten sie sich auf den Weg in den hinteren Teil der Höhle.

Von dem großen Quellbecken floß ein schmaler Bach in einem leicht abschüssigen Winkel nach hinten. Carson und de Vaca folgten seinem Lauf im schwachen Licht der Fackel. Als sie an der hinteren Wand der Höhle anlangten, sah Carson, daß die Höhle dort nicht aufhörte, sondern in einem scharfen Knick nach unten führte. Boden und Decke rückten sich dabei so nahe, daß er und de Vaca sich bücken mußten, um weiterzukommen. Aus der Dunkelheit vor ihnen konnten sie das Geräusch von plätscherndem Wasser hören.

Hinter der engen Stelle gelangten sie in eine kleine Kaverne, die etwa drei Meter breit und zehn Meter hoch war. Carson hielt die Fackel hoch und beleuchtete die fleckigen gelblichen Felswände. Er machte einen Schritt nach vorn, blieb dann aber abrupt stehen, denn direkt vor seinen Füßen stürzte der Bach in ein gähnendes, schwarzes Loch. Vorsichtig leuchtete Carson mit der Fackel den steilen Abhang hinunter.

»Siehst du was?« fragte de Vaca.

»Ich kann den Boden nicht erkennen«, sagte er. »Da muß es mindestens zwanzig Meter tief hinuntergehen.«

Als Carson ein rutschendes Geräusch hörte, trat er instinktiv einen Schritt zurück. Eine Handvoll kleiner Steine war vom Rand der Klippe abgebröckelt und fiel mit einem hohl klingenden Geräusch hinunter in die Dunkelheit.

Carson untersuchte den Boden vor sich. »Das Gestein hier ist lose und bröckelig«, sagte er und trat vorsichtig vom Rand der Klippe zurück. Als er einen relativ stabilen Standpunkt erreicht hatte, ging er in die Knie und beugte sich nach vorn über die Kante.

»Da unten ist etwas«, sagte de Vaca von der anderen Seite der Klippe.

»Ja, jetzt sehe ich es auch.«
»Wenn du mir die Fackel hältst, klettere ich hinunter. Von hier aus scheint es leichter zu gehen.«
»Laß lieber mich das machen«, sagte Carson. De Vaca warf ihm einen düsteren Blick zu.
»Okay, okay«, seufzte er.
De Vaca tastete sich nicht weit von der Stelle, wo die Steine abgebröckelt waren, an den Rand der Klippe und ließ sich den steilen Abhang hinuntergleiten. Unten war es so dunkel, daß Carson sie kaum sehen konnte.
»Wirf mir die zweite Fackel herunter«, rief de Vaca.
Nachdem er die Streichholzschachtel fest zwischen die Zweige gesteckt hatte, ließ er das zweite Bündel zu ihr hinuntergleiten. Kurz darauf hörte er, wie ein Streichholz angerissen wurde, und auf einmal wurde der Abgrund vor ihm von einem rötlich flackernden Licht erhellt.
Carson beugte sich noch weiter über den Rand der Klippe, bis er deutlich den vollkommen mumifizierten Kadaver eines Maultieres sehen konnte. Das Bündel auf dem Rücken des Tieres war aufgeplatzt und lag zwischen den Resten einer Satteldecke und Fetzen ledernen Zaumzeugs. Mehrere große, weißliche Klumpen, die offenbar aus dem verrotteten Bündel stammten, waren auf dem Boden verstreut. Neben dem toten Tier lag die mumifizierte Leiche eines Mannes.
Im flackernden Licht des brennenden Reisigbündels sah Carson, wie de Vaca zuerst den Mann, dann das Maultier und schließlich das Bündel untersuchte. Dann knotete sie die Zipfel ihres Hemdes zusammen und legte ein paar Gegenstände hinein, die sie aufgesammelt hatte. Schließlich kletterte sie mühsam wieder die Geröllhalde hinauf.
»Was hast du gefunden?« fragte Carson, als sie wieder oben war.
»Ich weiß nicht so genau. Gehen wir doch nach draußen und sehen uns die Sachen bei Tageslicht an.«
Am Höhleneingang löste de Vaca den Knoten in ihrem Hemd

und ließ eine kleine Ledertasche, einen Dolch mit Scheide und mehrere weißliche Klumpen in den Sand fallen.
Carson nahm den Dolch und zog ihn behutsam aus der Scheide. Die Klinge war matt und rostig, aber das Heft war noch völlig intakt, wenn auch von einer dichten Staubschicht überzogen. Carson wischte den Dolch mit dem Hemdsärmel ab und hielt ihn ans Licht. In das eiserne Heft waren in Silber zwei Buchstaben eingelegt: D. M.
»Diego de Mondragón«, flüsterte er.
Als de Vaca die kleine Tasche zu öffnen versuchte, brach das steife Leder auseinander, und ihr Inhalt – zwei kleine Gold- und drei größere Silbermünzen – fiel in den Sand. De Vaca nahm sie in die Hand und betrachtete sie im Sonnenlicht.
»Schau mal, wie neu sie aussehen«, sagte sie bewundernd.
»Was war denn sonst noch in dem Bündel auf dem Maultier?« fragte Carson.
»Es war zur Hälfte mit weißen Steinen wie diesen gefüllt«, sagte de Vaca und deutete auf die Klumpen im Sand. »Rings um das Tier lagen Dutzende davon.«
Carson nahm einen der Brocken in die Hand und betrachtete ihn neugierig. Er fühlte sich kühl an und erinnerte ihn von Material und Farbe her an Elfenbein.
»Was ist das nur für ein Zeug?« murmelte er.
De Vaca hob ebenfalls einen Klumpen auf und wog ihn in der Hand. »Ziemlich schwer«, sagte sie.
Carson holte die Speerspitze aus der Tasche und kratzte damit an seinem Klumpen herum. »Aber ziemlich weich. Steine sind das nicht, soviel ist klar.«
De Vaca rieb mit dem Handballen über den Klumpen. »Wieso sollte Mondragón sein Leben riskieren und dieses Zeug durch die Wüste schleppen, wenn er statt dessen zusätzliches Wasser ...« De Vaca hörte mitten im Satz zu sprechen auf. »Jetzt weiß ich, was das ist«, verkündete sie. »Es ist Meerschaum.«
»Meerschaum?« fragte Carson.

»Ja. Man verwendet ihn für Pfeifenköpfe oder schnitzt Kunstwerke daraus. Im siebzehnten Jahrhundert war Meerschaum extrem wertvoll, und New Mexico hat viel davon in die anderen spanischen Besitzungen in Amerika exportiert. Ich schätze, daß es sich bei Mondragóns ›Goldmine‹ in Wirklichkeit um ein größeres Vorkommen von Meerschaum gehandelt haben dürfte.« Sie sah hinüber zu Carson und grinste.
Dieser blickte zuerst betreten drein, dann ließ er sich in den Sand fallen und schüttelte sich vor Lachen. »Und Nye hat jahrelang nach Mondragóns verschollenem Gold gesucht. Es war ihm nie der Gedanke gekommen – wie allen anderen auch nicht –, daß es sich bei Mondragóns Reichtum um etwas anderes als Gold gehandelt haben könnte. Um etwas, das heute sehr viel weniger wert ist als damals.«
De Vaca nickte. »Aber zu Mondragóns Zeit war Meerschaum mindestens ebenso wertvoll wie Gold. Sieh dir bloß an, wie feinkörnig dieses Stück ist. Selbst heute wäre es vier- bis fünfhundert Dollar wert.«
»Und was sind das für Münzen?«
»Das war Mondragóns Reisekasse. Es sind schöne Stücke, aber das Wertvollste an unserem Fund dürfte wohl der Dolch sein.«
Carson blickte zurück in die Höhle. »Ich schätze, daß das Maultier in die Höhle gelaufen ist und Mondragón es verfolgt hat. Zusammen waren sie wohl zu schwer für den Klippenrand und sind hinuntergestürzt. Dabei ist Mondragón umgekommen.«
De Vaca schüttelte den Kopf. »Nein, so war es nicht. Ich habe dort unten nämlich noch etwas anderes gefunden. Und zwar einen Pfeil, der Mondragóns Leiche in der Brust steckte.«
Carson sah sie erstaunt an. »Das muß der Diener gewesen sein«, sagte er. »Die Legende war also falsch: Sie sind gar nicht auf der Suche nach Wasser umgekommen. Sie haben Wasser *gefunden*. Aber dann wollte der Diener den Schatz für sich allein haben.«
De Vaca nickte. »Vielleicht hat Mondragón nach einem Versteck für seinen Schatz gesucht, in der Dunkelheit die Klippe

übersehen und ist mit dem Maultier hinuntergestürzt. Auf seiner Leiche und drumherum habe ich viel loses Geröll gefunden. Vielleicht war Mondragón so schwer verletzt, daß sein Diener ihn von seinen Qualen erlöst hat.«

»Du hast gesagt, daß das Bündel nur noch halb voll war, stimmt's? Möglicherweise hat der Diener ja soviel Meerschaum mitgenommen, wie er tragen konnte, und ist auf Mondragóns Pferd zurück nach Süden geritten. Wahrscheinlich hat er sich auch das Wams seines Herrn als Schutz gegen die Sonne angezogen. In Mount Dragon ging ihm dann das Wasser aus, und er starb. Wegen des Wamses hat man dann geglaubt, es sei Mondragón gewesen, der dort umgekommen ist.«

Carson starrte in die Öffnung der Höhle, als könne diese ihm die Lösung des Geheimnisses verraten. »Das ist also das Ende der Legende vom Mount Dragon«, sagte er.

»Vielleicht«, entgegnete de Vaca. »Aber so leicht stirbt eine Legende nicht.«

Schweigend standen die beiden in der Nachmittagssonne und starrten auf die Münzen in de Vacas Handfläche. Schließlich steckte sie sie vorsichtig in die Taschen ihrer Jeans.

»Ich glaube, wir sollten jetzt die Pferde satteln«, sagte Carson, hob den Dolch auf und steckte ihn sich in den Gürtel. »Wir müssen zusehen, daß wir noch vor Sonnenuntergang die Schlucht erreichen.«

Levine ging durch die Tür und blieb wie angewurzelt stehen.

Er stand auf einer Klippe, unter der der Ozean gegen eine steinige Landzunge antobte. Die Wellen warfen sich gegen die Felsen und spritzten weiß schäumend auf, bevor sie wieder in die brodelnde Brandung sanken. Levine drehte sich um. Die Klippe,

auf der er stand, war kahl und windgepeitscht. Ein schmaler, ausgetretener Pfad führte durch eine grüne Wiese in einen dichten Fichtenwald.
Von der Tür, die in den Korridor zurückführte, war nichts mehr zu sehen. Levine befand sich in einer völlig neuen Welt.
Er nahm die Hände für einen Augenblick vom Laptop und schloß die Augen. Es war nicht nur die unglaublich lebendige Darstellung einer Küste – dort, wo sich eigentlich der achteckige Raum hätte befinden sollen –, was ihn beunruhigte, sondern noch etwas anderes.
Levine *kannte* die Küste. Was er sah, war keine erfundene Landschaft, sondern eine, die er vor vielen Jahren schon einmal besucht hatte, und zwar zusammen mit Brent Scopes. Damals waren sie noch auf dem College und unzertrennbare Freunde gewesen. Auf der Insel, zu der diese Klippen gehörten, hatte die Familie Scopes ein Sommerhaus gehabt. Sie hieß Monhegan Island und lag vor der Küste des US-Bundesstaates Maine.
Die Klippe, auf der Levine stand, befand sich auf der dem Meer zugewandten Seite der Insel. Wenn er sich noch richtig erinnerte, hieß die Landzunge Burnt Head.
Levine legte die Hände wieder auf den Computer und drehte langsam den Trackball, um sich einen Rundblick über die Landschaft zu verschaffen. Es war ein phantastisches, kaum faßbares Erlebnis, denn jeder Ausblick, jedes Detail rief in ihm neue Erinnerungen an den Sommer hervor, den er vor vielen Jahren hier verbracht hatte. Die Landschaft war ein genaues Abbild der Insel von Scopes' Kindheit, die Brent offenbar zu seiner ganz persönlichen Domäne, zum geheimen Herz seines Cypherspace-Programms gemacht hatte.
Levine dachte an die Ferien, die er auf Monhegan Island verbracht hatte. Ihm als Kind aus der Bostoner Arbeiterklasse waren die flachen Lagunen und saftigen Wiesen der Insel wie eine Offenbarung vorgekommen, ebenso wie das großzügige alte

Herrenhaus von Brents Familie, das am Rande eines kleinen Fischerortes auf der dem Wind abgewandten Seite der Insel stand.
In diesem Haus, das wurde Levine mit einemmal klar, würde er Brent Scopes finden.
Levine begann, einem Pfad zu folgen, der in einen dunklen Fichtenwald im Inneren der Insel führte. Als er die Küste verließ, fiel ihm auf, daß der merkwürdige Gesang, der ihn bisher durch Scopes' Cypherspace-Welt begleitet hatte, hier auf der Insel nicht zu hören war. Statt dessen umgaben ihn Geräusche, an die er sich noch gut erinnerte: der Schrei einer Möwe, das Donnern der Brandung und das Pfeifen des Windes. Je tiefer er in den Wald vordrang, desto mehr trat das Geräusch des Meeres in den Hintergrund und wurde vom Ächzen der knorrigen Fichtenäste ersetzt. Als Levine weiterging, kam ein leichter Nebel auf. Er war erstaunt, wie gut er sich inzwischen an die Fortbewegung in dieser virtuellen Welt gewöhnt hatte. Das große Bild an der Wand des Aufzugs und die Geräusche aus dem Lautsprecher gaben ihm – ebenso wie die Geschmeidigkeit, mit der das Programm auf jede Bewegung des Trackballs reagierte – ein Gefühl von perfekter Illusion.
Als der Pfad sich verzweigte, versuchte Levine sich vergeblich daran zu erinnern, in welcher Richtung es in den Ort ging. Schließlich nahm er aufs Geratewohl den linken Weg, der hinunter in eine Senke und auf einer Brücke über einen schmalen Bach führte, an dessen Ufern Huflattich und Bärlauch wuchsen. Danach ging es durch eine enge Schlucht und immer tiefer in den Wald hinein, bis der Pfad auf einmal nicht mehr vorhanden war. Levine machte kehrt, aber der Nebel war inzwischen so dicht geworden, daß er nur noch die schwarzen, flechtenbewachsenen Baumstämme erkennen konnte, die ihn von allen Seiten her umgaben. Er hatte sich verlaufen.
Levine dachte nach. Die Ortschaft, das wußte er noch, lag auf der Westseite der Insel. Aber wo war Westen?

Auf einmal bemerkte Levine links von sich im Nebel eine Gestalt. Es war ein Mann, der mit raschen Schritten durch den Nebel ging. Auf einmal blieb der Mann stehen, drehte sich langsam um und sah Levine, an den Baumstämmen vorbei, an. Levine seinerseits starrte auf den Mann und fragte sich, ob er ein paar Worte zur Begrüßung tippen sollte. Dann sah er auf einmal einen Lichtblitz und hörte aus dem Lautsprecher einen lauten Knall. Mit einem Schlag wurde Levine klar, daß der Mann auf ihn geschossen hatte. Vermutlich war er eine Art Wächter-Algorithmus im Cypherspace-Programm. Aber wieviel konnte er sehen, und warum schoß er auf ihn?

Auf einmal hörte Levine aus dem Lautsprecher des Aufzuges eine laute und durchdringende Stimme. Es war die Stimme von Brent Scopes.

»Achtung, an alle Sicherheitskräfte! Im GeneDyne-Computer wurde ein Eindringling entdeckt. Da alle Verbindungen nach draußen unterbrochen sind, muß sich die Person hier im Gebäude befinden. Finden Sie auf der Stelle heraus, wo er sich aufhält, und nehmen Sie ihn fest.«

Mit dem Betreten der Insel hatte Levine offenbar auch das Sicherheitssystem des GeneDyne-Supercomputers aktiviert. Was würde geschehen, wenn ihn ein Schuß aus der Waffe des Mannes wirklich traf? Vielleicht schaltete sich dann das Cypherspace-Programm ab, und er war wieder genauso weit von Scopes entfernt, wie er es gewesen war, als er dieses Gebäude betreten hatte.

Die dunkle Gestalt schoß schon wieder.

Levine drehte sich um und floh in den Wald. Während er sich mit dem Trackball durch den Nebel manövrierte, sah er noch mehr dunkle Gestalten und weitere Lichtblitze. Schließlich wurde der Wald dünner, und er gelangte auf eine ungeteerte Straße.

Levine blieb kurz stehen und sah sich um. Die Gestalten schienen verschwunden zu sein. So schnell es ihm sein Trackball gestattete, eilte Levine die Straße entlang, wobei er immer wieder die Ohren spitzte, ob sich ihm jemand näherte.

Als er plötzlich ein Geräusch hörte, bewegte er sich rasch zwischen die Bäume und ging in Deckung. Kurz darauf zog eine Gruppe von schattenhaften Gestalten mit Schußwaffen in den Händen an ihm vorüber. Er wartete, bis sie verschwunden waren, und trat wieder hinaus auf den Weg.

Bald verwandelte sich der Feldweg in eine Teerstraße, die nach unten zum Meer führte. Der Nebel hatte sich gelichtet, so daß Levine jetzt die Dächer der Ortschaft sehen konnte, die sich um einen weißen Kirchturm in der Mitte scharten. Gleich hinter der Kirche entdeckte er den langgestreckten Bau des Inselgasthofs.

Vorsichtig betrat Levine die verlassene Ortschaft, wo dunkle Fenster aus altem, schlierenverzogenem Glas ihn aus den Häusern heraus anzustarren schienen. Einmal hörte er Stimmen und schaffte es gerade noch, sich in einer kleinen Gasse zu verstecken, von wo aus er eine Gruppe von Leuten vorübergehen sah.

Als sich hinter der Kirche die Straße gabelte, wußte Levine, wo er war. Er nahm die linke Abzweigung, die ihn aus dem Ort hinaus- und eine Klippe hinaufführte. Dort blieb er stehen und drehte am Trackball.

Ganz oben am Rand der Klippe erhob sich, von einem schmiedeeisernen Zaun umgeben, die düstere Silhouette des Scopeschen Familienanwesens.

Nye saß auf seinem Beobachtungsposten hoch in den Felsen und spürte, wie ihm die Spätnachmittagssonne auf den Tropenhelm brannte. Ihre Strahlen hatten den ganzen Tag über auf die Lava gebrannt, so daß die Luft um ihn herum so heiß und stickig war wie in einem Backofen. Nye hob das Gewehr und suchte mit Hilfe des Zielfernrohrs den südlichen Horizont ab. Immer noch kein Zeichen von Carson und der Frau. Aber auch kein Zeichen von kreisenden Geiern.

»Wahrscheinlich liegen sie irgendwo im Schatten und knutschen rum«, sagte der Junge und warf einen Stein den Berg hinunter, der mit lautem Geräusch zu Tal polterte. »Das Mädchen hat's doch faustdick hinter den Ohren.«

Nye zog eine Grimasse und dachte nach. Entweder hatten die beiden eine Quelle gefunden, oder sie waren tot, wobei die zweite Möglichkeit die weitaus wahrscheinlichere war. Es dauerte eine Weile, bis ein Körper zu verwesen begann und sein Gestank die Geier anlockte. Schließlich war die Wüste ja ziemlich groß, und die Vögel mußten das Aas oft auf weite Entfernungen wittern. Wie lange dauerte es in dieser Hitze, bis eine Leiche zu stinken anfing? Vier, fünf Stunden?

»Hast du Lust, mit mir Murmeln zu spielen?« fragte der Junge und hielt Nye eine Handvoll kleiner, runder Lavasteine hin.

Nye musterte den Jungen. Er war schmutzig, und an einem Nasenloch klebte etwas getrockneter Rotz. »Jetzt nicht«, sagte Nye sanft. Er hob das Zielfernrohr ans Auge und suchte noch einmal den Horizont ab.

Und dann sah er sie: zwei Reiter, die etwa fünf Kilometer von der Schlucht entfernt waren.

Das stattliche Haus, das Levine auf dem Bildschirm des Aufzugs sah, war ein Bauwerk in neugotischem Stil mit Erkern und Türmchen. Es hatte ein großes Mansardendach mit einer Aussichtsplattform und einen weißen Säulengang, der um die Vorder- und die Seitenwände des Hauses lief. In Scopes' Cypherspace war es Abend geworden, und als Levine den Trackball nach oben bewegte, sah er, daß nirgends in dem Gebäude Licht war bis auf eine achteckige Dachstube hoch oben am zentralen Turm, deren Fenster gelblich erleuchtet waren.
Levine bewegte sein Cyberspace-Ich die Straße entlang zu dem eisernen Tor, das schief in seinen zerbrochenen Angeln hing und einen Spalt offenstand. Er fragte sich, warum am Haus selbst keine Wachen waren und warum Scopes den Garten als ein verwildertes, von Knöterich und Kletten zugewuchertes Dickicht dargestellt hatte. Als er näher kam, bemerkte er, daß am Haus mehrere Fensterscheiben zerbrochen waren und an manchen Stellen die Farbe abblätterte. In dem Sommer, als Levine hier zu Gast gewesen war, hatten Haus und Garten einen liebevoll gepflegten Eindruck gemacht.
Levine sah wieder hinauf zu der achteckigen Turmstube. Wenn Scopes sich irgendwo in diesem Haus aufhielt, dann mit Sicherheit dort. Aus dem Dach des Turms schoß ein Bündel farbiges Licht wie eine schmale Feuerzunge hinauf in den Himmel. Es war ein Datenstrom, wie Levine ihn auch schon aus dem großen Gebäude im GeneDyne-Cyberspace hatte herauskommen sehen. Dies mußte die verschlüsselte Verbindung zum TELINT-Satelliten sein, von der ihm der Clown berichtet hatte. Levine fragte sich, wann die Daten verschlüsselt wurden – bevor sie dieses Allerheiligste von Scopes' Cypherspace verließen oder erst später?
Die Vordertür des Hauses stand halb offen. Drinnen war es so dunkel, daß Levine wünschte, es gäbe eine Möglichkeit, das Licht anzuknipsen. Seit er diese Insel betreten hatte, war es zunehmend dunkler geworden, und Levine fragte sich, ob

das nur hier so war. Er blickte auf seine Uhr und sah, daß es acht Uhr zweiundzwanzig war – aber er konnte nicht sagen, ob es in der realen Welt Morgen oder Abend war, denn er hatte jegliches Zeitgefühl verloren. Er setzte sich auf dem Boden des Aufzugs ein wenig anders hin, streckte ein Bein aus, das ihm eingeschlafen war, und massierte es mit seinen vom vielen Trackballrollen müden Händen. Dann wechselte er noch einmal die Batterie seines Laptops und fragte sich, ob der Clown wohl noch immer irgendwo im Netzwerk von GeneDyne war und ihm den Rücken deckte. Schließlich atmete er tief durch, legte seine Hände wieder auf die Tastatur und begab sich tiefer in das Haus hinein.

Er stand in einem großen Wohnzimmer, an das er sich von seinem Besuch her noch gut erinnern konnte. Auf dem Boden lag ein abgetretener Perserteppich, und an der linken Wand befand sich ein großer, aus massiven Steinen gemauerter Kamin. Über dem Kamin hing ein ausgestopfter Elchkopf, dessen Geweih dick mit Spinnweben verhangen war. An den Wänden sah Levine alte Gemälde, die Barken und Schoner sowie Fischerei- und Walfangszenen darstellten.

Direkt vor ihm war die geschwungene Treppe, die hinauf zu einer Balustrade im ersten Stock führte. Levine manövrierte sich per Trackball hinauf und an der Balustrade entlang. Die Zimmer im ersten Stock waren dunkel und leer. Levine öffnete aufs Geratewohl eine Tür und bewegte sich zum Fenster, das alt und verzogen aussah. Als er hinausblickte, sah er zu seinem Erstaunen nicht die Umgebung des Hauses, sondern ein bizarres Muster von grauen und orangeroten Bildstörungen. Ein Programmierungsfehler im Cypherspace? fragte sich Levine und begab sich wieder hinaus auf die schwach erleuchtete Balustrade. Dort bog er in einen Gang ab und suchte das Zimmer, in dem er vor so vielen Jahren seine Sommerferien verbracht hatte, aber aus der Tür schlug ihm ein Schwall von Computercodes entgegen und drohte, das ganze Bild des Hauses aufzufressen. Verwirrt eilte

Levine zurück zur Balustrade. Wieso hatte Scopes, der alles andere auf dieser Insel mit so viel Liebe zum Detail dargestellt hatte, ausgerechnet das Haus seiner Kindheit so vernachlässigt und nicht einmal alle Räume zu Ende programmiert?
Am Ende der Balustrade befand sich eine Tür, durch die man zu der Treppe hinauf ins Turmzimmer gelangte. Levine wollte sich gerade durch die Tür begeben, als ihm einfiel, daß es noch eine andere Treppe gab, die auf die Aussichtsplattform oben auf dem Dach führte. Vielleicht war es ja besser, wenn er zunächst einmal von außen einen Blick in die Fenster des Turmzimmers warf, bevor er unvorbereitet dort hineinstürmte.
Nebelschwaden umschlossen ihn, als er sich hinaus auf die Plattform bewegte. Er drehte vorsichtig den Trackball, um sich umzusehen. Drei Meter vor ihm war der eckige Turm mit dem erleuchteten Zimmer. Levine arbeitete sich langsam heran und warf einen Blick durch eines der Fenster.
In dem Turmzimmer saß eine vornübergebeugte Gestalt vor einem Computerterminal und drehte Levine den Rücken zu. Langes weißes Haar hing über den Kragen einer Art Morgenmantel. Während Levine die Gestalt betrachtete, schoß auf einmal ein gebündelter Lichtstrahl aus dem Himmel herunter und drang durch die Seitenwand in das Turmzimmer ein. Ohne zu zögern, bewegte sich Levine direkt in den farbigen Strom, und sofort füllte sich der große Bildschirm an der Aufzugswand mit Worten:

... ich über Ihren Preis verhandelt. Er ist viel zu hoch. Unser Angebot liegt nach wie vor bei drei Milliarden. Verhandlungen darüber hinaus wird es nicht geben.

Das farbige Licht und die Worte verschwanden. Levine bewegte sich nicht und wartete. Kurz darauf schoß ein Lichtstrahl aus dem Turm hinauf in den Himmel.

General Harrington: Ihre Impertinenz kostet Sie eine weitere Milliarde. Der Preis liegt jetzt bei fünf Milliarden. Ich als Geschäftsmann finde es ausgesprochen unangenehm, wie Sie Geschäfte abwickeln. Es wäre doch viel netter, wenn wir diese Angelegenheit wie Gentlemen zu einem befriedigenden Ende bringen könnten, finden Sie nicht auch? Es geht schließlich nicht einmal um Ihr eigenes Geld. Aber es geht um mein Virus. Ich habe es, und Sie haben es nicht. Für fünf Milliarden Dollar können Sie diesen Sachverhalt umkehren.

Der Lichtstrom hörte auf zu fließen. Levine draußen auf der Plattform war verblüfft. Scopes war nicht nur verrückt, sondern auch in Besitz eines Virus, das er an das Militär verkaufen wollte. Nach den Summen zu schließen, die hier genannt wurden, konnte es sich dabei eigentlich nur um das Weltuntergangsvirus handeln, von dem Carson ihm berichtet hatte.
Levine lehnte sich an die Wand der Aufzugskabine und atmete tief durch, so überwältigend schien ihm plötzlich das, wogegen er ankämpfen mußte. Fünf Milliarden Dollar waren eine schwindelerregend hohe Summe. Aber ein Virus war nun einmal etwas anderes als eine Atombombe, die man nur schwer transportieren und noch schwerer verstecken konnte, von der Schwierigkeit, sie einzusetzen, einmal ganz abgesehen. Von Viren hingegen konnte ein einzelner Mensch Billionen in einem kleinen Reagenzglas in der Hosentasche mit sich herumtragen …
Levine setzte sich wieder gerade hin und manövrierte sich ans Ende der Plattform, die Treppe hinunter und den Korridor entlang bis zu der anderen Treppe, die hinauf ins Turmzimmer führte. Wie alle unverschlossenen Türen in Scopes' Cypherspace öffnete sich die Tür zur Treppe einfach dadurch, daß Levine sich in sie hineinbewegte. Am oberen Treppenabsatz war eine weitere Tür, unter der ein heller Streifen Licht zu sehen war.

Diese Tür war versperrt. Levine fuhr wiederholt mit dem Trackball dagegen, mußte aber feststellen, daß es keine Möglichkeit gab, sie zu öffnen.
Dann kam ihm eine Idee. Vielleicht würde ja das, was er vorhin mit Fido versucht hatte, auch hier funktionieren. Also tippte er in Großbuchstaben: **SCOPES!**
Sofort wurde der Name von dem Lautsprecher im Aufzug wiederholt. Eine Minute verging, dann zwei. Dann wurde auf einmal die Tür aufgerissen, und Levine stand einem alten Zauberer gegenüber. Was er vorhin für einen Morgenrock gehalten hatte, war in Wirklichkeit ein Mantel, der mit astrologischen Symbolen übersät war. Weißes und graues Haar fiel in langen Strähnen über die abstehenden Ohren des Mannes, und die Haut an Stirn und Wangen war von unzähligen Falten durchfurcht. Dennoch erkannte Levine das Gesicht des Mannes auf Anhieb. Er kannte es besser als viele andere Gesichter. Endlich hatte er Brent Scopes gefunden.

Sie hatten beide Feldflaschen gefüllt und noch einmal so viel aus der Quelle getrunken, wie sie nur konnten. Jetzt, als sie am Fuß der Berge entlangritten, spürte Carson, wie die Luft schon wieder etwas kühler wurde. Es war später Nachmittag, und die Sonne sank langsam auf die kahlen Gipfel der Berge zu.
Es waren noch fünfundzwanzig Kilometer bis zur Schlucht und dann vielleicht noch einmal etwas mehr als dreißig bis zum Lava Camp. Da sie den größten Teil des Weges in der Dunkelheit zurücklegen würden, brauchten sie keine Angst zu haben, daß sie noch einmal Wassermangel leiden würden. Die Pferde hatten sich beide so vollgesoffen, daß sie bestimmt je fünfundzwanzig Liter Wasser im Körper hatten. Wenn ein Pferd einmal schlim-

men Durst gelitten hat, dann säuft es bei der nächsten Gelegenheit so viel, wie es nur kann.

Carson ließ sein Pferd ein wenig zurückfallen und sah nach de Vaca. Sie saß, die langen Beine entspannt in den Steigbügeln, kerzengerade im Sattel und ließ ihr langes Haar wie eine schwarze Wolke hinter sich herflattern. Sie hatte ein scharfgeschnittenes, starkes Profil mit einer leicht spitzen Nase und vollen Lippen. Seltsam, daß mir das bisher nie aufgefallen ist, dachte Carson. Aber andererseits ist ein Schutzanzug nicht gerade ein Kleidungsstück, das einer Frau sonderlich schmeichelt.

De Vaca sah herüber zu ihm. »Was starrst du denn so intensiv an, *cabrón?*« Das goldene Licht des Nachmittags leuchtete in ihren dunklen Augen.

»Dich«, antwortete Carson.

»Und was siehst du da?«

»Eine Frau, die ich ...« Er hielt inne.

»Laß uns lieber erst einmal in die Zivilisation zurückkehren, bis du irgendwelche übereilten Erklärungen abgibst«, sagte sie und wandte sich ab.

Carson grinste. »Ich wollte eigentlich sagen: eine Frau, die ich am liebsten für den Rest meines Lebens mit ins Bett nehmen möchte. Und zwar in ein richtiges Bett, nicht nur in eines aus Sand.«

»Ich fand das Bett im Sand nicht schlecht.«

Carson setzte sich im Sattel zurück und schnitt eine schmerzliche Grimasse. »Ich schätze, daß sich gut die Hälfte der Haut auf meinem Rücken unter deinen Nägeln befinden dürfte.«

Dann deutete er nach vorn in die Wüste. »Siehst du diese Kerbe da am Horizont? Dort, wo sich die Berge und das Lavafeld treffen? Das ist die Lavaschlucht, das Nordende der Jornada. Von dort aus brauchen wir uns nur noch nach dem Polarstern zu richten, und in dreißig Kilometern sind wir dann am Lava Camp. Dort gibt es dann etwas Warmes zu essen und ein Telefon. Und vielleicht haben sie sogar ein richtiges Bett für uns.«

»Ach ja?« fragte de Vaca. »Da kann ich mich ja auf einiges gefaßt machen.«

»Wer ist das?« hörte Levine die Stimme von Brent Scopes in scharfem Ton aus dem Lautsprecher des Aufzugs fragen. Die Lippen des Zauberers auf dem Bildschirm bewegten sich dabei nicht, auch sein Gesichtsausdruck blieb unverändert. Dennoch konnte Levine ein leises Erstaunen in der Stimme seines früheren Freundes entdecken. Er tippte keine Antwort.
»Dann war das also doch kein falscher Alarm«, sagte die Stimme, und der Zauberer trat von der Tür zurück. »Bitte, kommen Sie doch herein. Tut mir leid, daß ich Ihnen keinen Stuhl anbieten kann, aber ich verspreche Ihnen, daß ich in der nächsten Version des Programms einen einbauen werde.« Scopes lachte. »Sind Sie ein unzufriedener Angestellter? Oder arbeiten Sie für die Konkurrenz? Und was haben Sie in meinem Gebäude und in meinem Programm zu suchen?«
Levine wartete einen Augenblick, dann nahm er die Hände vom Trackball und legte sie auf die Tastatur. »Ich bin Charles Levine«, tippte er.
Der Zauberer starrte einige Sekunden vor sich hin. »Das glaube ich Ihnen nicht«, sagte schließlich die Stimme von Scopes. »Charles Levine würde es niemals schaffen, sich bis hierher durchzuhacken.«
»Aber ich habe es trotzdem geschafft. Ich bin hier, in deinem Programm. Im Cypherspace.«
»Dann war es dir anscheinend nicht genug, aus der Ferne Industriespionage zu betreiben, Charles«, sagte Scopes in höhnischem Ton. »Du mußtest also unbedingt noch Hausfriedensbruch auf die Liste deiner Straftaten setzen.«

Levine zögerte. Er war sich noch nicht sicher, in welchem Geisteszustand sich Scopes befand, andrerseits wußte er, daß ihm gar nichts anderes übrigblieb, als offen mit ihm zu sprechen.
»Ich muß mit dir reden«, tippte er. »Über das, was du vorhast.«
»Und was soll das sein?«
»Du willst dem Militär der Vereinigten Staaten das Weltuntergangsvirus für fünf Milliarden Dollar verkaufen.«
Es folgte eine längere Pause.
»Charles, ich habe dich unterschätzt. Du weißt also von X-FLU II. Gute Arbeit.«
So nennt man dieses Virus also, dachte Levine. »Was versprichst du dir davon, wenn du das Virus verkaufst?« tippte er.
»Ich dachte, das läge auf der Hand. Fünf Milliarden Dollar.«
»Aber die fünf Milliarden werden dir nicht viel nützen, wenn die Narren, die dein Virus in die Hand bekommen, damit die ganze Menschheit ausrotten.«
»Das ist doch Unsinn, Charles. Diese Leute haben doch schon längst die Möglichkeit, die ganze Menschheit auszurotten, und haben es bis jetzt noch nicht getan. Ich verstehe diese Burschen ganz gut. Es sind dieselben Rabauken, die uns vor dreißig Jahren auf dem Schulhof verprügelt haben. Im Grunde genommen unterstütze ich sie nur in ihrem Streben danach, immer die neuesten und schlagkräftigsten Waffen zu besitzen. Wenn sie davon überzeugt sind, daß ihr Arsenal gefährlicher ist als das ihrer Gegner, sind sie zufrieden. Sie werden das Virus niemals *einsetzen*. Es hat, wie die Nuklearwaffen auch, keinen taktischen Wert, sondern lediglich einen strategischen, indem es das Gleichgewicht der Kräfte aufrechterhält. Das Virus wurde als ein Nebenprodukt eines Forschungsauftrags entwickelt, den das Pentagon an GeneDyne vergeben hat. Ich habe also nichts Illegales oder moralisch Verwerfliches getan und kann das Virus mit ruhigem Gewissen zum Verkauf anbieten.«
»Ich finde es erstaunlich, wie gut du deine Geldgier rational begründen kannst«, tippte Levine.

»Ich bin noch nicht fertig. Es gibt für das amerikanische Militär gute und vernünftige Gründe, warum es das Virus haben sollte. Schließlich besteht doch nicht der geringste Zweifel daran, daß allein die Existenz von Atomwaffen den dritten Weltkrieg zwischen der früheren Sowjetunion und den Vereinigten Staaten verhindert hat. Damit haben wir das geschafft, was sich Alfred Nobel von der Erfindung des Dynamits versprochen hatte: Wir haben Kriege zwischen Großmächten undenkbar gemacht. Jetzt aber kommen die biologischen Waffen, an denen uns feindlich gesinnte Staaten trotz aller Verträge, die das verbieten, schon seit längerer Zeit arbeiten. Wenn das Gleichgewicht des Schreckens aufrechterhalten werden soll, können wir es uns nicht leisten, auf solche Waffen zu verzichten. Wenn wir kein Virus wie zum Beispiel X-FLU II in unseren Arsenalen haben, sind wir und der Rest der Welt für fremde Mächte erpreßbar. Leider haben wir gegenwärtig einen Präsidenten, der sich tatsächlich an das Verbot biologischer Waffen halten will, auch wenn wir damit praktisch das einzige größere Land auf der Welt sind, das nicht insgeheim solche Entwicklungen vorantreibt. Aber ich verschwende hier nur meine Zeit. Wenn ich dich damals nicht überzeugen konnte, zusammen mit mir die Firma GeneDyne zu gründen, dann werde ich es jetzt kaum schaffen, dir meinen Standpunkt näherzubringen. Das ist wirklich schade. Zusammen hätten wir wirklich Großes leisten können. Aber du hast aus einem albernen Ressentiment heraus dein Leben der Zerstörung des meinen gewidmet. In Wahrheit hast du mir nie verzeihen können, daß ich damals unser Spiel gewonnen habe.«

»So, Großes hätten wir leisten können?« tippte Levine. »Was ist denn Großes daran, wenn man ein Virus entwickelt, das die gesamte Weltbevölkerung auslöschen kann?«

»Weißt du denn wirklich nicht mehr als das? Dein sogenanntes Weltuntergangsvirus ist nur das Nebenprodukt der Forschungen zu einer Gentherapie, die die Menschheit von der Grippe befreien soll. Und zwar für immer. Eine Immunisierung gegen eine

der schlimmsten Geißeln der Menschheit, die sich sogar vererben läßt.«
»Damit meinst du wohl, daß Tote keine Grippe mehr bekommen können.«
»Es dürfte doch sogar dir bewußt sein, daß es sich bei X-FLU II nur um eine vorübergehende Entwicklungsstufe handelt. Sicher, das Virus hat seine Fehler, aber jetzt habe ich einen Weg gefunden, wie ich genau diese Fehler vermarkten kann.«
Der Zauberer ging zu einem Wandschrank und holte etwas daraus hervor. Als er sich wieder umdrehte, sah Levine, daß es eine Pistole von der Art war, wie sie auch die Wächter im Wald gehabt hatten.
»Was willst du denn damit?« fragte Levine. »Du kannst mich doch nicht erschießen. Wir sind hier im Cyberspace.«
»Wir werden sehen«, antwortete Scopes lachend. »Im Augenblick habe ich das auch gar nicht vor, denn ich möchte zuerst wissen, was dich wirklich dazu veranlaßt hat, unter großen Mühen in meine persönliche Welt einzudringen. Wenn du mit mir über X-FLU II hättest sprechen wollen, dann hättest du doch auch warten können, bis unsere Verbindung zur Außenwelt wiederhergestellt ist.«
»Ich bin hier, um dir zu sagen, daß PurBlood giftig ist.«
Die Figur des Zauberers ließ die Waffe sinken. »Das ist interessant. Inwiefern soll es denn giftig sein?«
»Das weiß ich auch noch nicht genau, aber es verändert sich im Körper und wirkt schädlich auf das Gehirn. Franklin Burt ist dadurch verrückt geworden, ebenso wie Vanderwagon, ein weiterer Wissenschaftler deiner Firma. Es wird auch die anderen Beta-Tester letztendlich in den Wahnsinn treiben, und damit auch *dich*.«
Sich mit einem digitalen Abbild von Scopes zu unterhalten hatte für Levine etwas zutiefst Beunruhigendes an sich. Die Figur des Zauberers lächelte nicht, runzelte nicht die Stirn und zeigte auch sonst keinerlei Reaktionen auf seine Worte. Erst wenn er

Scopes' Stimme aus dem Lautsprecher hörte, konnte er in etwa erkennen, was der Chef von GeneDyne von dem hielt, was er ihm per Tastatur mitgeteilt hatte. Er fragte sich, ob Scopes Carsons abgebrochene Übertragung gelesen und ihr Glauben geschenkt hatte und damit bereits wußte, was es mit PurBlood auf sich hatte.

»Sehr gut, Charles«, kam schließlich die Antwort mit einem leicht ironischen Unterton. »Ich kenne ja deine Begabung, dir die abstrusesten Anschuldigungen gegen GeneDyne auszudenken, aber das hier setzt dem Ganzen nun wirklich die Krone auf.«

»Das ist keine Anschuldigung, sondern die Wahrheit.«

»Und natürlich hast du wieder weder einen Beweis noch eine wissenschaftliche Erklärung dafür, so wie bei deinen ganzen bisherigen Attacken gegen GeneDyne, stimmt's? PurBlood wurde von den besten Gentechnikern auf der Welt entwickelt und gründlich geprüft. Es wird am Freitag zugelassen und kann unzählige Menschenleben retten.«

»Wohl eher vernichten«, tippte Levine. »Machst du dir denn überhaupt keine Sorgen, daß du selbst PurBlood in den Adern hast?«

»Du scheinst ja eine Menge über das zu wissen, was ich tue, aber eben doch nicht alles. Ich selber habe nie PurBlood erhalten, sondern lediglich rot eingefärbtes Plasma.«

Levine hatte es für einen Augenblick die Sprache verschlagen.

»Und dem Rest deiner Belegschaft in Mount Dragon hast du das echte PurBlood verabreichen lassen. Wie mutig von dir.«

»Ich hatte ja vor, es selber zu nehmen, aber Mr. Fairley, mein treuer Assistent, hat es mir wieder ausgeredet. Außerdem haben die Leute in Mount Dragon PurBlood schließlich entwickelt und boten sich damit als Testpersonen geradezu an.«

Levine lehnte sich hilflos an die Wand des Aufzugs zurück. Wie hatte er vor lauter Eifer nur vergessen können, wie Scopes wirklich war? Die Diskussion erinnerte ihn an ähnliche Auseinandersetzungen, die er schon auf dem College mit ihm geführt hatte. Bereits damals war es ihm nie gelungen, Scopes dazu zu bringen, daß er eine einmal gebildete Meinung wieder revidierte. Wie sollte er es dann jetzt schaffen, wo so viel auf dem Spiel stand?

Lange Zeit sagte Levine nichts. Er manövrierte sich mit dem Trackball an eines der Fenster des Turmes und sah hinaus. Das Licht des Vollmonds schimmerte auf dem Meer wie eine Straße aus glitzernder Seide. Ein Fischerboot tuckerte mit hochgezogenen Netzen auf den Hafen zu. Jetzt, wo sie beide schwiegen, glaubte Levine die Brandung auf den Felsen unterhalb des Hauses hören zu können, und sah in einiger Entfernung das Blinken des Leuchtturms von Pemaquid Point.

»Beeindruckend, nicht wahr?« fragte Scopes. »Es ist alles da, bis auf den Geruch des Meeres.«

Levine spürte, wie ihn eine tiefe Traurigkeit überkam. Was sich ihm hier bot, war so typisch für Scopes. Nur ein Genie war in der Lage, ein so wundervolles und hintergründiges Programm zu schreiben. Es war kaum vorstellbar, daß ein so sensibler und schöpferischer Mann Geschäfte mit einem tödlichen Virus machen konnte. Levine sah dem Fischkutter zu, dessen Lichter auf den Wellen tanzten. Er glitt jetzt langsam in den Hafen, und eine dunkle Gestalt sprang vom Deck auf den Kai und legte die Trosse um einen Poller.

»Ich habe das Programm geschrieben, um gleich mehrere Fliegen mit einer Klappe zu schlagen«, sagte Scopes. »Erstens wurde mein Netzwerk von Tag zu Tag größer, so daß ich es nicht mehr unter Kontrolle hatte, und zweitens wollte ich ein graphisch strukturiertes Programm haben, in dem ich mich nach Belieben bewegen konnte. Als ich mit dem Programmieren von Cypherspace anfing, habe ich mich viel mit künstlicher Intelligenz wie LISP und objektorientierten Computersprachen wie Smalltalk beschäftigt. Weil beide ihre Defizite hatten, ging ich daran, eine neue Programmiersprache zu entwickeln. Schließlich stammen

die beiden Sprachen noch aus einer Zeit, in der die Rechenleistung von Computern im Vergleich zu heute geradezu winzig war. Mir aber stand eine Hardware-Performance zur Verfügung, die mit Bildern ebensogut fertig wurde wie mit Schriftzeichen. Und so baute ich meine eigene Sprache um visuelle Objekte herum auf. Der Cypherspace-Compiler erzeugt *Welten* und nicht bloß Programme. Es fing ganz simpel an, aber bald erkannte ich die Möglichkeiten, die mir dieses neue Medium bot, und mir wurde bewußt, daß es nach seinen eigenen Umsetzungen verlangte. Ich habe Jahre gebraucht, um diese Welt zu erschaffen, und ich arbeite natürlich immer noch daran. Am schwierigsten war es, die Programmiersprache zu schreiben und zu perfektionieren. Alles andere war, verglichen damit, ziemlich einfach.
Du könntest dich eine Woche lang an dieses Fenster hier stellen, Charles, und würdest nichts zweimal sehen. Wenn du wolltest, könntest du jetzt hinunter an den Kai gehen und dich mit den Fischern unterhalten. Es gibt hier Jahreszeiten ebenso wie Ebbe und Flut, die sich übrigens genau nach den Mondphasen richten. Und in allen Gebäuden unten im Ort leben Menschen: Fischer, Sommergäste, Künstler. Es sind wirkliche Menschen, an die ich mich von meiner Kindheit her erinnere. Marvin Clark zum Beispiel, dem der Krämerladen im Ort gehört. Er ist vor ein paar Jahren gestorben, aber in meinem Programm lebt er immer noch. Morgen früh könntest du hinunter in seinen Laden gehen und dir von ihm ein paar Geschichten erzählen lassen. Oder du könntest eine Tasse Tee mit Hank Hitchins trinken und eine Partie Backgammon mit ihm spielen. Jede einzelne Person ist ein autonomes Objekt innerhalb des großen Programms. Sie alle agieren selbständig und treten mit anderen Objekten in wechselseitige Beziehungen, die ich niemals programmiert oder vorhergesehen habe. In dieser Hinsicht fühle ich mich ein wenig wie Gott: Ich habe diese Welt zwar erschaffen, aber nun geht sie ihre eigenen Wege, ohne daß ich eingreifen muß.«

»Aber du bist ein selbstsüchtiger Gott«, sagte Levine. »Ein Gott, der seine Welt ganz für sich allein behält.«
»Das stimmt. Ich hatte einfach keine Lust, sie mit jemandem zu teilen. Dazu ist sie zu intim.«
Levine wandte sich wieder dem Zauberer zu. »Du hast die ganze Insel sehr detailgetreu reproduziert, nur dein eigenes Haus nicht. Weshalb?«
Der Zauberer verharrte einen Augenblick regungslos, und aus dem Lautsprecher im Aufzug kam kein Laut. Levine fragte sich, welchen Nerv er in Scopes wohl getroffen hatte. Dann hob der Zauberer wieder die Pistole. »Ich finde, wir haben jetzt lange genug miteinander geredet, Charles«, sagte Scopes.
»Ich habe keine Angst vor deiner Waffe.«
»Aber du solltest welche haben, denn für mich bist du nur ein Prozeß in der Matrix meines Programms. Wenn ich dich erschieße, wird dein Prozeß angehalten, und du kannst weder mit mir noch mit jemand anderem hier mehr kommunizieren. Aber das ist lediglich von akademischem Interesse. Während wir nämlich über meine Schöpfung geplaudert haben, hat ein Suchprogramm das Terminal herausgefunden, an dem du dich befindest. Es kann nicht allzu gemütlich sein, im Aufzug Nummer neunundvierzig zwischen dem siebten und achten Stock zu stecken. Aber es wird für dich wohl noch ungemütlicher werden, denn ich habe bereits eine Art Empfangskomitee in Marsch gesetzt.«
»Was willst du tun?« fragte Levine.
»Ich? Ich werde überhaupt nichts tun. Du aber wirst sterben. Dein Eindringen hier, zusammen mit diesem penetranten Herumschnüffeln in meiner Privatsphäre, läßt mir wirklich kaum eine andere Wahl. Es wird nicht allzu schwer sein, deinen Tod als einen Akt der Notwehr darzustellen – schließlich bist du ja unbefugt in unser Gebäude eingedrungen. Es tut mir wirklich leid, Charles, das kannst du mir glauben. So weit hätte es nicht kommen müssen.«

Levine hob schon die Finger, um eine Antwort zu tippen, dann aber hielt er inne. Es gab nichts, was er hätte sagen können.
»Jetzt werde ich dich als Programm auslöschen. Mach's gut, Charles.«
Der Zauberer hob wieder die Pistole und zielte sorgfältig.
Zum erstenmal, seit er in das Gebäude von GeneDyne eingedrungen war, hatte Levine Angst.

Als der Zauberer auf ihn schoß, bewegte sich Levine mit dem Trackball rasch zur Seite. Er sah sich um. In der Fensterscheibe hinter ihm war ein kreisrundes Loch zu erkennen. Scopes' Computerbild zielte erneut mit der Pistole auf ihn.
»Brent!« tippte Levine, so schnell er konnte. »Tu es nicht! Du mußt mir zuhören.«
Scopes seufzte. »Zwanzig Jahre lang warst du mir ein Dorn im Auge, und dabei wollte ich dir, als ich GeneDyne gründete, fünfzig Prozent der Aktien geben. Wenn das kein faires Angebot war! Auch danach habe ich jahrelang auf dich Rücksicht genommen und deine gemeinen Angriffe über mich ergehen lassen, während du dich in deiner Publicity geaalt hast und immer mächtiger geworden bist. Du hast meine Zurückhaltung schamlos ausgenützt und mich in der Öffentlichkeit als geldgierig, selbstsüchtig und verantwortungslos hingestellt.«
»Du hast doch nur deshalb nichts gesagt, weil du gehofft hast, ich würde die Erneuerung des X-RUST-Patents doch noch unterschreiben«, tippte Levine.
»Das ist ein Schlag unter die Gürtellinie, Charles. Ich habe es getan, weil ich immer noch so etwas wie Freundschaft für dich empfand. Zuerst, das muß ich zugeben, habe ich deine Nörgelei nicht ernst genommen. Wir waren uns auf dem College doch so

nahegestanden. Du warst der einzige Mensch, der es in meinem bisherigen Leben intellektuell mit mir aufnehmen konnte. Und wir haben gemeinsam etwas Großartiges geschaffen: Wir haben der Welt X-RUST gegeben.« Ein bitteres Lachen drang aus dem Lautsprecher des Aufzugs. »Das ist die Seite der Geschichte, die du der Presse nicht so gerne mitteilst, oder? Der große Levine, der edle Levine, der Mann, der sich niemals auf das Niveau eines Brent Scopes hinabbegeben würde, war der Miterfinder von X-RUST, einer der finanziell erfolgreichsten Entwicklungen der von dir so geschmähten Gentechnologie. Ich war es zwar, der die alten Maiskörner der Anasazi gefunden hat, aber ohne dein überragendes wissenschaftliches Können wäre es niemals möglich gewesen, daraus das X-RUST-Gen zu isolieren und damit eine neue, krankheitsresistente Maissorte zu entwickeln.«

»Es war nicht meine Idee, Milliarden von Dollar mit dem Hunger in der Dritten Welt zu verdienen.«

»Aber mein Profit war doch nur ein Almosen, verglichen mit der Produktivitätssteigerung, die X-RUST ermöglicht«, entgegnete Scopes. »Hast du denn vergessen, daß mit unserer resistenten Sorte die Weltproduktion von Mais um fünfzehn Prozent gestiegen und damit der Maispreis so sehr gefallen ist, daß auch ärmere Menschen sich besser ernähren konnten? Diese Menschen wären vielleicht verhungert, wenn es X-RUST nicht gegeben hätte. Diese Entdeckung hat ihnen das Leben gerettet, Charles. *Unsere* Entdeckung.«

»Stimmt, X-RUST war unsere Entdeckung. Aber ich wollte sie nie zu einem Werkzeug deiner Geldgier machen. Ich wollte sie der Menschheit umsonst zur Verfügung stellen.«

Scopes lachte. »Wie naiv du doch bist, Charles. Aber ich hoffe, du hast nicht vergessen, warum ich aus X-RUST Profit schlagen konnte. Ich habe gewonnen, und zwar fair.«

Levine hatte nichts vergessen. Die Erinnerung an seine Niederlage brannte ihm noch immer auf der Seele. Als es ihm und Scopes klargeworden war, daß ihre Vorstellungen über die Verwertung des X-RUST-Patents nicht zu vereinbaren waren, hatten sie nach einer Entscheidung gesucht. Sie waren damals übereingekommen, »das Spiel« zu spielen, einen intellektuellen Schlagabtausch, den sie auf dem College erfunden hatten. Bis dahin war es dabei allerdings nie um einen so enormen Einsatz gegangen.

»Und ich habe verloren«, tippte Levine.

»Genau. Aber du konntest dich damit nie abfinden. Du glaubst ja heute noch, daß du in dieser Sache das letzte Wort haben wirst, nicht wahr, Charles? In zwei Monaten läuft das Patent für X-RUST aus. Und weil du dich weigerst, deinen Anspruch darauf zu erneuern, wird das Patent verfallen und der bisherige Goldesel der Firma GeneDyne wird der ganzen Welt umsonst zur Verfügung gestellt werden.«

Auf einmal hörte Levine, wie sich in den Klang von Scopes' Stimme aus dem Lautsprecher andere Stimmen mischten, laute und unangenehme Stimmen, die von oben her durch den Aufzugsschacht hallten.

Jetzt rückte man ihm auch in der realen Welt auf den Pelz.

Ein plötzlicher Ruck preßte Levine an den Boden des Fahrstuhls. Dann hörte er, wie über ihm ein Motor zu summen begann, und gleich darauf meldete die unbeteiligte Frauenstimme aus dem Lautsprecher: *Die Störung wurde behoben. Bitte entschuldigen Sie etwaige Unannehmlichkeiten.*

Der Aufzug setzte sich rumpelnd nach oben in Bewegung.

Levine sah, wie sich die Gestalt des Zauberers auf dem großen Schirm von ihm fortbewegte und aus einem der Turmfenster blickte. »Jetzt ist es egal, ob ich dich erschieße oder nicht«, sagte er. »Wenn dein Aufzug im sechzigsten Stock ankommt, wirst du ohnehin körperlich ausgelöscht werden, und dann ist auch deine Existenz hier im Cyberspace beendet.«

Der Zauberer drehte sich wieder zu ihm und sah ihn wartend an. Levine blickte auf das Display, das die Stockwerke anzeigte. Es zeigte die Zahl 20.

»Es tut mir leid, daß es ein solches Ende nehmen muß«, hörte er Scopes' Stimme, »auch wenn mein Bedauern wohl einem Charles Levine gilt, den es längst nicht mehr gibt. Aber wer weiß, vielleicht werde ich dich ja in ehrenvoller Erinnerung halten. Als den besten Freund, den ich je hatte und der sich so grundlegend zu seinem Nachteil verändert hat.«

Die Nummern der Stockwerke wurden rasch höher: 55, 56, 57. Dann verwandelte sich das hohe Surren der Liftmotoren in ein tieferes Geräusch, und die Kabine wurde abgebremst.

»Ich könnte der Verlängerung des Patents ja vielleicht doch noch zustimmen«, tippte Levine.

Sechzigster Stock, sagte die Stimme. Levine riß das Verbindungskabel seines Computers aus der Netzwerkbuchse. Sofort verschwand das Bild des Turmzimmers, und die Monitorwand der Aufzugskabine wurde schwarz. Levine schaltete seinen Laptop aus. Falls sich der Clown immer noch irgendwo im Cyberspace von GeneDyne befinden sollte, würde er damit augenblicklich hinausbefördert werden, und niemand konnte eine Spur zu ihm zurückverfolgen.

Der Aufzug kam zum Stillstand, die Türen gingen auf, und Levine, der immer noch im Schneidersitz auf dem Boden hockte, blickte hinauf zu drei Wachmännern in der blauschwarzen GeneDyne-Uniform. Alle drei hatten Pistolen in den Händen, und einer von ihnen zielte mit seiner Waffe direkt auf Levines Kopf.

»*Ich* mache das aber nicht sauber«, sagte der Wachmann links von ihm.

Levine schloß die Augen.

Nye überprüfte noch einmal das Magazin und das Zielfernrohr seines Holland & Holland. Alles war in Ordnung. Dann öffnete er zur Sicherheit noch einmal den Verschluß und überprüfte, ob dort auch wirklich alles sauber war. Er hatte das Gewehr zwar bestimmt schon hundertmal gereinigt, seit dieses Arschloch Carson es ihm damals mit Kaugummi verklebt hatte, aber es war bestimmt kein Fehler, noch einmal nachzusehen.

Die beiden Reiter waren jetzt noch etwa eineinhalb Kilometer entfernt. In weniger als zehn Minuten würden sie sich in Reichweite von Nyes Gewehr befinden. Zwei rasche, saubere Schüsse auf vierhundert Meter Entfernung, dann zwei weitere, um ganz sicherzugehen und noch mal zwei für die Pferde. Carson und de Vaca würden sterben, bevor sie ihn überhaupt zu Gesicht bekamen.

Langsam wurde es Zeit. Nye legte sich auf die harte Lava, brachte das Gewehr in Position und nahm den Kolben an die Wange. Er bemühte sich, langsam und regelmäßig durch die Nase zu atmen und seinen Herzschlag zu verlangsamen. Wenn es soweit war, würde er wegen der erhöhten Treffsicherheit zwischen zwei Herzschlägen schießen.

Nye hob kaum merkbar den Kopf und sah sich um. Zuerst meinte er, der Junge sei verschwunden, aber dann entdeckte er ihn doch. Er hüpfte auf einem Lavafelsen auf der anderen Seite des Abhangs herum und war weit von dem entfernt, was jetzt gleich geschehen würde.

Nye brachte sich wieder in Position, blickte durchs Zielfernrohr und ließ das Fadenkreuz über den Wüstenboden wandern, bis sich eine der beiden Gestalten genau in dessen Mitte befand.

»Nicht schießen!« ertönte eine Stimme hinter den Wachen. »Ich habe Mr. Scopes am Funkgerät.« Levine hörte, wie Worte gewechselt wurden, dann senkte sich der Pistolenlauf, und einer der Wachmänner riß Levine unsanft hoch.
Man führte ihn einen gedämpft beleuchteten Gang entlang, zuerst vorbei an einem großen, dann an einem kleineren Sicherheitsraum. Als die Wachleute in einen schmalen Gang einbogen, von dem zu beiden Seiten Türen wegführten, wurde Levine klar, daß er vor Stunden schon einmal hier gewesen war, und zwar gemeinsam mit Fido, dem Cyberhund. Jetzt konnte er in dem Gang das Summen von Ventilatoren hören.
Vor der massiven schwarzen Tür am Ende des Ganges blieben die Wachen stehen. Levine mußte seine Schuhe ausziehen und in ein Paar Schaumstoffpantoffeln schlüpfen. Ein Wachmann sagte etwas in sein Funkgerät, und kurz darauf hörte Levine, wie sich mehrere elektrisch gesteuerte Schlösser öffneten. Die Tür sprang mit einem scharfen Zischen einen Spalt weit auf. Als einer der Wachmänner sie ganz öffnete und Levine eintrat, schlug ihm kühle Luft entgegen.
Der achteckige Raum ähnelte in nichts dem Turmzimmer in Scopes' Cypherspace. Er war riesig und dunkel und machte mit seinen kahlen Wänden einen seltsam sterilen Eindruck. Levines Blick fiel als erstes auf das berühmte Piano, dann auf den schimmernden Tisch mit den Intarsien und schließlich auf Scopes. Der Chef von GeneDyne saß mit einer Computertastatur auf den Knien auf einem abgewetzten Sofa in der Mitte des Raums und bedachte Levine mit einem zynischen Grinsen. Sein schwarzes T-Shirt war voller Flecken, die aussahen wie getrocknete Pizzasoße. Vor ihm an der Wand befand sich ein großer Bildschirm, auf dem immer noch das Bild des Turmzimmers zu sehen war. Weit draußen über dem Meer blinkte der Leuchtturm von Pemaquid Point.
Scopes drückte auf eine Taste, und das Bild verschwand. »Durchsuchen Sie ihn nach Waffen oder irgendwelchen elek-

tronischen Geräten«, sagte Scopes zu den Wachleuten. Er wartete, bis sie damit fertig waren und den Raum verlassen hatten, dann faltete er die Hände und sah Levine an. »Ich habe mir mal die Wartungslisten angeschaut«, sagte er, »und daraus geht hervor, daß du ziemlich lange in dem Aufzug gewesen bist. Dreizehn Stunden insgesamt. Würdest du dich gerne etwas frisch machen?«

Levine schüttelte den Kopf.

»Dann nimm doch bitte Platz«, sagte Scopes und deutete auf das andere Ende des Sofas. »Und was ist mit deinem Freund? Findest du nicht, daß er uns Gesellschaft leisten sollte? Ich meine damit den Computerspezialisten, der für dich die schwierigen Arbeiten übernommen hat. Er hat seine Handschrift überall in unserem Netzwerk hinterlassen, und ich brenne darauf, ihn kennenzulernen und ihm zu sagen, was ich von seinen üblen Methoden halte.«

Levine schwieg. Scopes sah ihn lächelnd an und strich sich die widerspenstige Locke aus der Stirn. »Ist lange her, seit wir uns zuletzt gesehen haben, nicht wahr, Charles? Ich muß sagen, daß mich deine Anwesenheit hier ziemlich erstaunt. Noch verblüffender allerdings finde ich dein Angebot, das Patent nun doch zu erneuern, nachdem du dich all die Jahre so standhaft geweigert hast. Wie schnell man doch seine Prinzipien aufgibt, wenn es einem an den Kragen geht. *Es ist einfacher, für seine Prinzipien zu kämpfen, als ihnen zu entsprechen.* Oder dafür zu sterben. Habe ich recht?«

Levine setzte sich auf das Sofa. *»Einen weisen Mann erkennt man daran, daß er seine eigenen Prinzipien in Frage stellt«*, zitierte er.

»Falsch. Es muß heißen: *einen* zivilisierten *Mann*, Charles. Erinnerst du dich noch an das letzte Mal, als wir dieses Spiel gespielt haben?«

Levine verzog schmerzhaft das Gesicht. »Wenn ich damals gewonnen hätte, wären wir wohl jetzt nicht hier.«

»Vermutlich nicht. Weißt du, ich habe mich oft gefragt, inwieweit die fanatische Kampagne, die du in all den Jahren gegen die Gentechnologie geführt hast, in Wirklichkeit darauf zurückzuführen war, daß du dich selbst verachtet hast. Du hast das Spiel genausogern gespielt wie ich, und am Schluß hast du alles dafür riskiert. Und du hast verloren.« Scopes setzte sich gerade hin und legte die Finger auf die Tastatur. »Ich werde jetzt gleich den Vertrag ausdrucken lassen, den du mir dann unterschreiben mußt.«

»Aber ich habe dir doch noch gar nicht meine Bedingung genannt«, sagte Levine.

Scopes' Kopf wirbelte herum. »Bedingung? Ich glaube nicht, daß du in der Lage bist, mir Bedingungen zu stellen. Entweder du unterschreibst, oder du stirbst.«

»Du würdest mich doch nicht kaltblütig ermorden, oder?«

»Ermorden?« wiederholte Scopes langsam. »Kaltblütig? Ich schätze, diese Art von sensationslüsterner Sprache gehört wohl mittlerweile zu deinem Repertoire. Aber wenn ich so darüber nachdenke, muß ich deine Frage doch mit ja beantworten. Ich fürchte, ich würde dich tatsächlich kaltblütig ermorden. Aber du kannst das jederzeit verhindern, indem du den Vertrag unterschreibst.«

Die beiden schwiegen, bis Levine schließlich sagte: »Meine Bedingung ist, daß wir noch einmal das Spiel miteinander spielen.«

Scopes sah ihn ungläubig an, dann begann er zu kichern. »So, so, Charles. Du willst also eine Revanche, habe ich recht? Und um was soll es diesmal gehen?«

»Wenn ich gewinne, mußt du das Virus zerstören und mich am Leben lassen. Wenn ich verliere, dann unterzeichne ich die Patentverlängerung, und du darfst mich töten. Wenn du gewinnst, bekommst du noch einmal achtzehn Jahre lang die Lizenzgebühren für X-RUST und kannst zudem noch dein Virus ans Pentagon verkaufen. Wenn du verlierst, verlierst du beides: das Patent *und* das Virus.«

»Da wäre es fast einfacher, dich zu töten.«
»Aber sehr viel weniger profitabel. Wenn du mich tötest, wird das Patent nicht verlängert. Und die Lizenzgebühren, die dir dabei entgehen, dürften gut und gerne einen Betrag von zehn Milliarden Dollar ausmachen.«
Scopes dachte einen Augenblick lang nach und ließ die Tastatur von seinem Schoß gleiten. »Dann laß mich dir ein Gegenangebot machen. Wenn du verlierst, dann brauche ich dich nicht zu töten, sondern darf dich als meinen Stellvertreter und Forschungsleiter bei GeneDyne einstellen. Das wäre dann so, als würdest du mein Angebot von vor vielen Jahren doch noch annehmen. Du würdest natürlich ein deiner Bedeutung angemessenes Gehalt und einen nicht unerheblichen Anteil an den Firmenaktien erhalten. Allerdings müßtest du vorbehaltlos mit mir zusammenarbeiten und deine blindwütigen Angriffe auf GeneDyne und den wissenschaftlichen Fortschritt generell einstellen.«
»Du schlägst mir also vor, statt dem Tod einen Pakt mit dem Teufel zu wählen. Aber warum solltest du das alles für mich tun? Ich bin mir nicht sicher, ob ich dir vertrauen kann.«
Scopes grinste. »Wieso glaubst du, daß ich damit etwas für *dich* tun würde? Ich hätte doch einen Vorteil davon. Dich zu töten wäre eine unappetitliche und zudem ziemlich lästige Angelegenheit. Außerdem bin ich kein Mörder, und vielleicht bekäme ich danach ja tatsächlich so etwas wie ein schlechtes Gewissen. Ob du es mir glaubst oder nicht, Charles, es hat mir überhaupt keinen Spaß gemacht, deine Karriere zu zerstören. Es war nichts weiter als ein Akt der Notwehr.« Scopes hob entschuldigend die Hand. »Aber du wirst wohl verstehen, daß ich nicht einfach zusehen kann, wie du den guten Ruf meiner Firma ruinierst. Du siehst also, daß es in meinem eigenen wohlverstandenen Interesse ist, wenn ich dich zu mir in die Firma hole und dich die üblichen Anstellungsverträge unterschreiben lasse, die dir verbieten, Betriebsgeheimnisse an Dritte weiterzugeben. Wenn du

wolltest, könntest du auch den ganzen lieben langen Tag hier im GeneDyne-Tower sitzen und Däumchen drehen. Ich persönlich allerdings glaube, daß es dich viel mehr befriedigen würde, aktiv an unseren Forschungsprojekten mitzuarbeiten und kranken Menschen das Leben zu retten. Es muß ja nicht unbedingt auf dem Gebiet der Gentechnologie sein, schließlich sind wir auch in der Biomedizin und auf dem konventionellen Arzneimittelsektor ein führendes Unternehmen. Du könntest dir deine Aufgaben also selber aussuchen. Na, was ist? Würdest du denn nicht lieber etwas aufbauen, anstatt ständig die Arbeit anderer Leute zu zerstören?«

Levine stand auf und starrte schweigend auf den riesigen Bildschirm, der jetzt vollkommen dunkel war. Die Stille zog sich hin, bis sich Levine schließlich umdrehte und sagte: »Gut, ich bin mit deinen Bedingungen einverstanden. Aber ich brauche eine Garantie dafür, daß du das Virus auch wirklich zerstörst, falls du verlierst.«

»Einverstanden. Ich werde den Behälter mit dem Virus aus dem Safe nehmen und ihn auf den Tisch hier stellen. Wenn du gewinnst, kannst du ihn mitnehmen und mit dem Virus machen, was du für richtig hältst.«

»Und wer garantiert mir, daß es in Mount Dragon nicht noch weitere Behälter mit dem Virus gibt?«

Scopes runzelte die Stirn. »Also, *du* müßtest doch wissen, daß das nicht möglich ist. Dafür hat dein Freund Carson gesorgt.«

Levine hob fragend die Augenbrauen.

»Weißt du das denn wirklich nicht? Der Scheißkerl hat das ganze Labor in die Luft gejagt.«

»Davon hatte ich keine Ahnung.«

Scopes sah ihn mißtrauisch an. »Ich habe eigentlich angenommen, daß du hinter dieser Geschichte steckst. Ich dachte, das sei deine Rache dafür, daß ich das Andenken deines Vaters verunglimpft habe.« Er schüttelte den Kopf. »Aber was sind schon die neunhundert Millionen Dollar, die in dem Labor steckten, wenn es um zehn Milliarden geht? Ich nehme deine Bedingung an, aber ich möchte ebenfalls eine Sicherheit von dir. Ich will, daß du den Vertrag für die Verlängerung des Patents jetzt gleich in der Gegenwart meiner Notarin unterschreibst. Wir legen ihn dann neben den Behälter mit dem Virus auf den Tisch, und wenn ich verliere, kriegst du beides. Wenn du verlierst, umgekehrt.«

Levine nickte.

Scopes legte sich die Tastatur wieder auf den Schoß und tippte rasch etwas ein. Dann griff er nach dem Telefonhörer und sprach ein paar Worte hinein. Ein paar Minuten später ertönte ein Gong, und eine Frau kam mit mehreren Blättern Papier, zwei Füllhaltern und einem Notariatssiegel herein.

»Hier ist der Vertrag«, sagte Scopes. »Unterschreibe ihn, und ich hole inzwischen das Virus.«

Er ging an eine Wand und tastete mit den Fingern an der Oberfläche entlang, bis er eine bestimmte Stelle gefunden hatte. Als Scopes den versteckten Schalter drückte, sprang ein kleines Türchen an der Wand auf. Dahinter befand sich ein Nummernfeld, auf dem Scopes eine Kombination eintippte. Levine hörte ein Summen und ein Klicken, und Scopes griff mit der Hand tiefer in die Öffnung in der Wand und holte einen kleinen Transportbehälter für biologisch gefährliche Stoffe heraus. Er trug den Behälter zum Tisch, öffnete ihn und holte eine versiegelte Glasampulle daraus hervor, die etwa sieben Zentimeter breit und fünf Zentimeter hoch war. Vorsichtig stellte er die Ampulle auf den Vertrag, den Levine unterschrieben hatte, und wartete, bis die Notarin den achteckigen Raum verlassen hatte.

»Wir spielen nach unseren alten Regeln«, sagte Scopes. »Wer zweimal etwas falsch macht, hat verloren. Der GeneDyne-Computer soll nach Belieben ein Stichwort aus seiner Datenbank wählen. Bist du damit einverstanden, daß der Computer außerdem als Schiedsrichter fungiert, falls es irgendwelche Unstimmigkeiten geben sollte?«

»Ja«, sagte Levine.
Scopes holte eine Münze aus der Hosentasche, warf sie hoch und legte sie verdeckt auf seinen Handrücken. »Kopf oder Zahl?«
»Kopf.«
Scopes nahm die Hand fort. »Zahl. Ich fange an.«

De Vaca beendete das alte spanische Lied, das sie die letzten paar Kilometer über gesungen hatte, und ließ sich ein wenig zurückfallen. Sie sog die klare Wüstenluft tief in ihre Lungen und sah hinaus in die Landschaft, die der Sonnenuntergang mit einem goldenen Schimmer überzog. Es war wunderbar, am Leben zu sein, auf diesem Pferd zu sitzen und aus der Jornada hinaus in ein neues Leben zu reiten. Im Augenblick war es ihr völlig egal, was das für ein Leben sein würde. Es gab so viele Dinge, die sie für selbstverständlich angesehen hatte, und sie schwor sich, daß sie diesen Fehler in Zukunft nicht mehr machen würde.
Sie blickte zu Carson, der ein paar Meter vor ihr auf die enge Lavaschlucht zuritt. Dabei fragte sie sich, ob er wohl in ihrem neuen Leben einen Platz haben würde, und, wenn ja, welchen. Gleich darauf aber schob sie den Gedanken als viel zu kompliziert von sich. Wenn erst einmal dieses Abenteuer überstanden war, würde sie genügend Zeit haben, um sich in Ruhe damit zu befassen.
Carson drehte sich um und merkte, daß de Vaca nicht mehr neben ihm war. Er ließ sein Pferd langsamer laufen, und als sie aufgeholt hatte, lächelte er sie an und beugte sich spontan herüber zu ihr, um ihr mit dem Handrücken über die Wange zu streichen.
Auf einmal spürte sie, wie ihr etwas Nasses übers Gesicht sprüh-

te. Das Gefühl von Feuchtigkeit mitten in der Wüste war für sie so etwas Fremdes, daß sie automatisch die Augen schloß, das Gesicht abwandte und schützend die Hände hob. Als sie sich übers Gesicht wischte, war ihre Hand voll Blut, und ein kleiner weißer Splitter, der aussah, als stamme er von einem Knochen, klebte an einem ihrer Finger. Im selben Augenblick hörte sie einen lauten Knall, der durch die Wüste hallte.

Dann überschlugen sich die Ereignisse. Sie blickte hinüber zu Carson und sah, wie er im Sattel nach vorn fiel. Im selben Augenblick scheute ihr eigenes Pferd vor dem Knall und stieg mit den Vorderbeinen in die Luft. De Vaca klammerte sich verzweifelt am Sattelhorn fest, als etwas mit einem heulenden Geräusch direkt an ihrem Ohr vorbeiflog. Kurz darauf hörte sie einen weiteren Knall.

Jemand schoß auf sie und Carson.

Roscoe galoppierte wie ein Irrer auf den Fuß der Berge zu, die direkt vor ihnen lagen, und de Vaca schlug ihrem Pferd mit aller Kraft die Absätze in die Flanken und hetzte hinterher. Dabei schmiegte sie sich, so eng sie konnte, an den Hals des Tieres und hoffte, damit ein kleineres Ziel abzugeben. Vorsichtig drehte sie den Kopf nach oben und blickte nach vorn. Carson schwankte schlaff im Sattel hin und her, und Roscoes Flanke war ganz rot vom Blut, das glänzend in den Sand tropfte. Dann hörte de Vaca zwei weitere Schüsse.

Die Pferde galoppierten auf das Lavafeld zu, bis sie vor einer hohen Wand zum Stehen kamen. Dann wurden wieder mehrere, kurz aufeinanderfolgende Schüsse abgefeuert. Roscoe wirbelte in Panik herum und warf Carson aus dem Sattel. De Vaca sprang von ihrem Pferd und warf sich neben Carson flach auf den Boden, während die beiden Pferde blind vor Angst hinaus in die Wüste rannten. Wieder war ein Schuß zu hören, und gleich darauf schrie eines der Pferde vor Schmerz laut auf. Es war ein so grauenvolles Geräusch, daß de Vaca sich aufrichtete und hinübersah. Das Geschoß hatte Roscoe den ganzen Bauch aufgerissen, so daß die Gedärme herausquollen und wie eine graue Luftschlange hinter dem noch immer rennenden Tier herflatterten. Nach ein paar hundert Metern blieb Roscoe zitternd stehen. Ein weiterer Schuß gellte über die Wüste, und de Vacas Pferd fiel zu Boden und strampelte wie wild mit den Beinen. Die nächste Kugel zerschmetterte ihm den Kopf, so daß für einen kurzen Moment eine rote Wolke aus fein verteiltem Blut aufstieg. Das Tier zuckte noch einmal mit den Hinterbeinen und blieb dann still liegen.

De Vaca kroch zu Carson hinüber. Er lag zusammengerollt da und hatte die Knie bis an die Brust gezogen. Sein Blut hatte den Sand ringsum in eine schlüpfrige, rote Masse verwandelt. Als de Vaca ihn vorsichtig auf den Rücken drehte, schrie Carson vor Schmerz laut auf. Verzweifelt suchte sie nach der Wunde, und nachdem sie ein zerfetztes Stück Hemd von seinem linken Arm entfernt hatte, sah sie, daß die Kugel ihm die Speiche am Unterarm zerschmettert und ein so großes Stück Fleisch herausgerissen hatte, daß der blanke Knochen der Elle zu sehen war. Aus einer durchtrennten Arterie sprudelte sein Blut in dickem Strahl.

Carson drehte sich wieder auf die Seite und krampfte sich vor Schmerz zusammen.

De Vaca sah sich hastig nach etwas um, womit sie Carson die Arterie abbinden konnte. Zu den Pferden konnte sie nicht laufen, denn damit hätte sie sich wieder ins Schußfeld begeben. In ihrer Verzweiflung zog sie schließlich ihr Hemd aus, rollte es zusammen und wand es Carson kurz unterhalb des Ellenbogens um den Arm. Dann drehte sie den Stoff so lange zusammen, bis die Blutung zum Stillstand kam.

»Kannst du gehen?« flüsterte sie Carson zu.

Carson murmelte etwas, aber es war so leise, daß sie es nicht verstehen konnte. Sie beugte sich ganz nah an seine Lippen. »Gott«, hörte sie ihn stöhnen, »o Gott.«

»Stirb mir jetzt bloß nicht weg«, sagte sie ruppig und machte einen festen Knoten in das Hemd. Dann packte sie Carson unter den Achseln. »Wir müssen hinter diesen Felsen in Deckung gehen.« Unter Aufbietung sämtlicher Kräfte rappelte Carson sich auf und schleppte sich zu ein paar größeren Lavafelsen in der Nähe. Kaum hatte er es bis hinter einen von ihnen geschafft, brach er vor Erschöpfung zusammen. De Vaca krabbelte auf allen vieren zu ihm und untersuchte seine Wunde, deren Anblick ihr fast den Magen umdrehte. Aber wenigstens würde er jetzt nicht mehr verbluten. Sie hockte sich neben ihn und untersuchte ihn genau. Auf Anhieb konnte sie keine weiteren Verletzungen entdecken, aber Carsons blaue Lippen deuteten darauf hin, daß er viel Blut verloren hatte. Eine weitere Schußwunde würde er nicht überleben.

De Vaca dachte fieberhaft nach. Der Schütze konnte nur Nye sein, der offenbar die Verfolgung abgebrochen und sich hier an der Lavaschlucht auf die Lauer gelegt hatte. Jetzt, wo er ihnen die Pferde totgeschossen hatte, würde es nicht mehr lange dauern, bis er kommen und auch ihnen jeweils eine Kugel verpassen würde.

De Vaca zog Mondragóns Dolch aus Carsons Gürtel, ließ ihn aber gleich wieder frustriert fallen. Was hätte sie damit auch gegen einen Mann mit einem Repetiergewehr ausrichten können?

Vorsichtig spähte sie hinter dem Felsen hervor und sah Nye, der etwa zweihundert Meter von ihr entfernt auf der Lava kniete und auf sie anlegte. Die Kugel jaulte wenige Zentimeter von ihrem Gesicht entfernt vorbei und bohrte sich in einen Felsen hinter ihr. De Vaca spürte, wie kleine Gesteinssplitter auf ihren Nacken prasselten, und erst einen Sekundenbruchteil später hörte sie den Knall des Schusses, der von den Felswänden zurückgeworfen wurde.

De Vaca duckte sich hinter den Felsen und kroch an ihm entlang, um an einer anderen Stelle wieder dahinter hervorzuschauen. Nye hatte sich aufgerichtet und kam auf sie zu. Sein

Gesicht konnte sie nicht erkennen, denn es lag im Schatten des Tropenhelms. Jetzt war er nur noch hundert Meter von ihnen entfernt. Er würde einfach herkommen und sie beide töten, und sie konnte nicht das geringste dagegen unternehmen.
Carson stöhnte und klammerte sich an sie, als wolle er ihr etwas sagen.
De Vaca kroch wieder hinter den Felsen, hockte sich hin und wartete darauf, daß eine Kugel ihr den Kopf zertrümmerte. Sie konnte hören, wie Nyes Stiefel knirschend auf sie zukamen, und vergrub den Kopf in ihren Händen. Dabei schloß sie fest die Augen und bereitete sich, so gut es ging, auf den Tod vor.

Auf dem großen Bildschirm vor ihnen erschien ein einziges Wort:

Eitelkeit.

Scopes dachte einen Augenblick nach, dann räusperte er sich und sagte: »*Die Eitelkeit ist der Stolz des Schwachen*. Karl Julius Weber.«
»Sehr gut«, sagte Levine. »*Wer Eitelkeit zum Mittagsbrot hat, bekommt Verachtung zum Abendbrot*. Benjamin Franklin.«
»*Früher war ich mal eitel, jetzt bin ich perfekt*. W. C. Fields.«
»He, Moment mal«, sagte Levine. »Dieses Zitat habe ich noch nie gehört.«
»Möchtest du mich herausfordern?«
»Nein«, sagte Levine nach kurzem Nachdenken.
»Dann mach weiter.«
»*Die Eitelkeit spielt dem Gedächtnis oft unheimliche Streiche*. Joseph Conrad.«

Ohne zu zögern, antwortete Scopes: »*Die Eitelkeit ist das abscheulichste Geschenk der Evolution*. Darwin.«
»*Ein Mensch, der eitel ist, kann nie ganz roh sein, denn er wünscht zu gefallen, und so akkomodiert er sich andern*. Goethe.«
Scopes schwieg.
»Was ist? Fällt dir nichts mehr ein?« fragte Levine.
Scopes lächelte. »Ich suche mir nur gerade etwas unter meinen verschiedenen Möglichkeiten heraus. *Mit Ausnahme der Eitelkeit gibt es keine Torheit, von der man einen Menschen, der nicht ein vollkommener Narr ist, heilen könnte*. Rousseau.«
»Da kann ich nur ebenfalls mit einem Rousseau-Zitat antworten: *Wenn die Eitelkeit jemals jemand glücklich gemacht hat, so war dieser Jemand sicherlich ein Dummkopf*.«
Beide sagten lange nichts.
»*Alles ist eitel Sonnenschein*. Aus dem Volksmund.«
»Jetzt pfeifst du aber schon auf dem letzten Loch«, schnaubte Levine verächtlich.
»Du bist dran.«
Levine dachte lange nach. »*Ein Journalist ist eine Art Verbrecher: Er schleicht sich ins Vertrauen der Leute ein, bis er Einblick in ihre Eitelkeit, ihr Unwissen und ihre Einsamkeit erlangt, und stellt sie dann ohne jedes Mitleid bloß*. Janet Malcolm.«
»Ich fordere dich heraus«, sagte Scopes, ohne zu zögern.
»Machst du Witze? Du kannst dieses Zitat doch gar nicht kennen. Ich selbst erinnere mich nur daran, weil ich es vor kurzem in eine meiner Reden eingebaut habe.«
»Ich kenne es auch tatsächlich nicht. Aber für mich ist Janet Malcolm eine der besten Schreiberinnen im *New Yorker*, die mit einem präzisen Urteilsvermögen ausgestattet ist. Ich glaube einfach nicht, daß sie ihre Kollegen pauschal als Verbrecher bezeichnen würde.«
»Das scheint mir doch sehr weit hergeholt zu sein«, sagte Levine. »Aber wenn du mich unbedingt herausfordern willst, nur zu.«

»Sollen wir den Computer fragen, was er dazu meint?«
Levine nickte.
Scopes tippte ein paar Suchworte auf der Tastatur ein. Es dauerte eine Weile, bis der Computer seine riesigen Datenmengen durchforstet hatte, aber dann erschien das Zitat tatsächlich unter dem Stichwort »Eitelkeit«. Die beiden Kontrahenten lasen blitzschnell.
»Wie ich es mir dachte«, sagte Scopes triumphierend. »Es heißt nicht ›Verbrecher‹, sondern ›Trickbetrüger‹. Die erste Runde geht an mich.«
Levine sagte nichts. Scopes gab dem Computer Anweisung, ein neues Stichwort zu wählen. Der große Bildschirm wurde weiß, und dann erschien in seiner Mitte das Wort

Tod.

»Ein weites Feld«, sagte Levine und mußte nicht lange nachdenken. »*Ich habe keine Angst vor dem Tod. Ich möchte nur nicht dabeisein, wenn es soweit ist.* Woody Allen.«
Scopes lachte. »Das ist eines von meinen Lieblingszitaten. *Das, was wir Tod nennen, ist in Wahrheit der Anfang des Lebens.* Thomas Carlyle.«
»*Vom Schlaf zum Tode ist ein kleiner Weg.* Ariost«, entgegnete Levine.
Scopes: »*Jeder Augenblick im Leben ist ein Schritt zum Tode hin.* Corneille.«
Levine: »*Ein guter Tod ist weit besser und wünschenswerter als ein schlechtes Leben.* Sir John Eliot.«
Scopes: »*Tod, wo ist dein Stachel? Hölle, wo ist dein Sieg?* 1. Korintherbrief.«
Levine: »*Gegen den Tod gibt es keinen Dispens von Rom.* Molière.«
Scopes: »*Nach dem Tod ist nichts mehr von Interesse.* Rozinov.«
»Rozinov? Wer zum Teufel ist Rozinov?«
Scopes lächelte. »Möchtest du mich herausfordern?«

»Nein.«

»Dann mach bitte weiter.«

»*Der Tod zerstört den Menschen, aber die Idee des Todes rettet ihn.* Forster.«

»Wie schön. Und wie christlich.«

»Das ist nicht christlich. Im jüdischen Glauben soll der Gedanke an den Tod den Menschen dazu bringen, ein rechtschaffenes Leben zu führen.«

»Kann ja sein«, sagte Scopes. »Aber bei mir hat das nie richtig hingehauen. Bei dir etwa?«

»Schweifst du jetzt ab, weil dir nichts mehr einfällt?« fragte Levine.

»*Ich werde zum Tod, zum Zerstörer der Welten.* Aus der Bhagawadgita.«

»Sehr passend für das, was du tust, Brent. Das hat auch Oppenheimer gesagt, als er die erste Atomexplosion sah.«

»Jetzt sieht es so aus, als würden *dir* die Zitate ausgehen.«

»Nicht im geringsten. *Und siehe, ein fahles Pferd, und der darauf saß, dessen Name ist Tod.* Aus der Offenbarung.«

»Und der darauf *saß*, dessen Name *ist*? Das klingt irgendwie komisch.«

»Möchtest du mich herausfordern?« fragte Levine.

Scopes war einen Moment still, dann schüttelte er den Kopf.

»*Zu viele Philosophen sind der Tod der Philosophie.* Russell.«

»Bertrand Russell?« fragte Levine.

»Wer denn sonst?«

»Der hat das nie gesagt. Du saugst dir schon wieder Zitate aus den Fingern.«

»Ach ja?« fragte Scopes gelangweilt.

»Das war auch an der Universität einer deiner Tricks. Aber jetzt komme ich dir besser auf die Schliche. Und das hier ist ein Scopesismus, wie er im Buch steht. Ich fordere dich heraus.«

Nach kurzem Schweigen lächelte Scopes und sagte: »Also gut,

Charles. Du bekommst einen Punkt. Jetzt steht es eins zu eins. Also auf in die entscheidende Runde.«
Der Bildschirm wurde weiß, dann erschien das Wort

Universum.

Scopes schloß die Augen. »*Es ist unvorstellbar, daß man sich das Universum vorstellen kann*. Einstein.«
Levine hielt inne. »Du wirst doch nicht so dumm sein, gleich mit einem erfundenen Zitat anzufangen, oder?«
»Wenn du willst, dann fordere mich doch heraus.«
»Ich werde dir das noch einmal durchgehen lassen. *Entweder sind wir die einzige intelligente Lebensform im Universum, oder wir sind es nicht. Beide Möglichkeiten sind atemberaubend*. Carl Sagan.«
»Carl Sagan soll das gesagt haben? Das glaube ich nicht.«
»Dann fordere mich heraus.«
Scopes lächelte und schüttelte den Kopf. »*Das Universum ist vollkommen. Es kann nicht verbessert werden. Wer es verändern will, verdirbt es. Wer es besitzen will, verliert es*. Laotse.«
»*Es schreitet der Genius des Universums gewaltig wie ein Orkan über uns hin*. Jean Paul.«
»*Das Universum ist ein Gedanke Gottes*. Schiller«, konterte Scopes wie aus der Pistole geschossen.
»*Je mehr wir glauben, das Universum zu verstehen, desto sinnloser erscheint es uns*. Weinberg.«
»Sehr gut«, sagte Scopes. »Das gefällt mir.« Er hielt inne. »*Wahres Verständnis für das Universum haben nur Teenager im Drogenrausch und senile Kosmologen*. Leary.«
Beide schwiegen.
»Timothy Leary?« fragte Levine dann.
»Natürlich.«
Wieder herrschte für längere Zeit Stille. »Leary hat nie etwas so Pubertäres gesagt.«

Scopes lächelte. »Wenn du es nicht glaubst, dann fordere mich doch heraus.«
Levine zögerte und dachte nach. Es war schon früher eine von Scopes' beliebtesten Strategien gewesen, am Anfang Zitate zu erfinden und sich die wirklichen für den Schluß aufzusparen, wenn Levine sein Pulver verschossen hatte. Andrerseits hatte Levine Timothy Leary in Harvard kennengelernt, und rein gefühlsmäßig klang dieses Zitat nicht nach ihm. Aber Scopes hatte sich schon früher mit Vorliebe Zitate gesucht, die ungewöhnlich für die zitierte Person waren, und Levine damit des öfteren aufs Glatteis geführt. Er sah hinüber zu Scopes, der unbeteiligt zurückstarrte. Was, wenn er Scopes jetzt herausforderte und Leary das Zitat doch gesagt hatte ... Levine verbannte den Gedanken aus seinem Gehirn.
Die Zeit verstrich.
»Ich fordere dich heraus«, entschied sich Levine schließlich.
Scopes zuckte sichtbar zusammen, und die Farbe wich ihm schlagartig aus dem Gesicht. Erst jetzt begriff er – so, wie Levine es vor vielen Jahren begriffen hatte –, was es bedeutete, auf einen Schlag alles verloren zu haben.
»Tut weh, nicht wahr?« fragte Levine.
Scopes schwieg.
»Es ist ja nicht bloß die Tatsache, daß man so viel verliert, sondern *wie* man es verloren hat. Du wirst dich immer an diesen Augenblick erinnern und dich fragen, wie du nur einen so läppischen und doch so folgenschweren Fehler machen konntest. Glaub mir, das wirst du dir nie verzeihen. Ich weiß das, denn ich kann mein Versagen von damals bis heute nicht vergessen.«
Scopes sagte noch immer nichts. Seine Hand begann nervös zu zucken, und Levine, gerade eben noch halb überwältigt von einem tiefen Gefühl der Erleichterung, erkannte, daß Scopes gar nicht daran dachte, ihm das Virus zu überlassen. Zwanzig Jahre zuvor, als Levine das Spiel verloren hatte, war er zu seinem Wort gestanden. Er hatte das Patent für X-RUST unterschrieben und

Scopes die Möglichkeit eröffnet, damit reich zu werden. Jetzt hatte Scopes noch viel mehr verloren …

Levine griff nach der Ampulle, einen Sekundenbruchteil bevor Scopes die Hand danach ausstreckte. Fast gleichzeitig schlossen sich ihre Hände über dem Glasgefäß, und keiner von ihnen wollte es wieder loslassen.

»Brent!« schrie Levine, während sie um das Virus rangelten. »Du hast mir dein Wort gegeben …«

Er brachte den Satz nicht zu Ende, denn auf einmal hörte er ein dumpfes, platzendes Geräusch und spürte, wie ihm etwas in die Hand stach und im nächsten Moment etwas Feuchtes daran herunterlief.

Nur mit Mühe konnte Levine sich zwingen, nach unten zu blicken. Aus der zerbrochenen Ampulle in seinen Händen tropfte die Flüssigkeit mit dem X-FLU-II-Virus auf den unterschriebenen Vertrag und lief von dort über die Tischplatte auf den grauen Schieferboden. Levine öffnete die Hände und sah, daß Glassplitter sich in die Haut gebohrt hatten und sich die Flüssigkeit aus der Ampulle mit seinem Blut mischte.

Er blickte wieder auf und bemerkte, daß Scopes ebenfalls verletzt war und blutete.

Ohne ein Wort zu sagen, sahen sich die beiden in die Augen.

Carson packte de Vaca am Arm und versuchte verzweifelt, ihr etwas zu sagen. »Mondragóns Gold«, krächzte er schließlich und richtete sich ein wenig auf.

»Was ist damit?« flüsterte de Vaca.

»Benütze es«, hauchte Carson mit schmerzverzerrtem Gesicht und ließ sich zurück auf den Boden fallen, wo er bewegungslos liegenblieb.

Während Nyes Schritte immer näher kamen, begriff de Vaca langsam, was Carson mit seinen Worten gemeint hatte. Sie griff in ihre Hosentasche und holte die vier Münzen heraus, die sie sich aus der Höhle mitgenommen hatte.

»Nye«, rief sie. »Ich habe hier etwas, das Sie bestimmt interessiert.« Dabei warf sie die Münzen in hohem Bogen über den Felsen. Die Schritte stoppten, und de Vaca hörte, wie Nye scharf einatmete und leise fluchte. Dann setzte er sich wieder in Bewegung und kam schwer atmend auf sie zu. De Vaca senkte den Kopf und wartete. Dann spürte sie, wie ihr etwas Hartes, Metallisches an den Hinterkopf gepreßt wurde. Es war der Lauf von Nyes Gewehr.

»Sag mir sofort, was das für Münzen sind«, herrschte er sie an. »Ich zähle bis drei.«

De Vaca sagte nichts.

»Eins.«

De Vaca schwieg.

»Zwei.«

De Vaca hielt den Atem an und drückte die Augenlider fest zusammen.

»Drei.«

Nichts geschah.

»Schau mich an!« befahl Nye schließlich.

De Vaca öffnete langsam die Augen und blickte auf. Nye stand über ihr. Er hatte einen Fuß auf einen Felsen gestellt, und verdeckte mit seiner dunklen, drohenden Silhouette die untergehende Sonne. Der Tropenhelm und die lange englische Jacke, die de Vaca immer so lächerlich gefunden hatte, flößten ihr jetzt panische Angst ein. Nye kam ihr vor wie ein Todesengel, den es in diese entlegene Wüste verschlagen hatte. Seine blutunterlaufenen Augen wanderten für einen Augenblick auf de Vacas nackte Brüste, dann bewegten sie sich wieder nach oben zu ihrem Gesicht. Mit vollkommen teilnahmsloser Miene setzte er ihr die Mündung des Gewehrs an die Schläfe. Wieder vergingen einige Sekunden. Dann plötzlich machte Nye auf dem Absatz kehrt und schritt wieder hinaus in die Wüste. De Vaca blieb sitzen und zuckte zusammen, als ein weiterer Schuß über den Sand gellte, gefolgt von einem tiefen, feuchten, fast seufzenden Geräusch. Er hat Roscoe erschossen, dachte sie. Und jetzt sucht er in seinen Satteltaschen nach dem Gold.

Kurze Zeit später war Nye wieder bei ihr. Er packte sie bei den Haaren und riß sie brutal hoch. Dann zerrte er ihren Kopf so fest von einer Seite auf die andere, daß sie spüren konnte, wie ihre Haarwurzeln ausrissen. Schließlich schleuderte Nye sie mit dem Rücken gegen einen der hohen Felsen und rammte ihr den Kolben seines Gewehrs voll in den Bauch. De Vaca schrie auf und klappte zusammen, aber Nye zerrte sie an den Haaren wieder hoch.

»Jetzt hör mir ganz genau zu. Ich will wissen, woher du diese Münzen hast.«

De Vaca senkte den Blick und deutete mit dem Kinn auf den Sand vor ihren Füßen. Nye sah hinunter, entdeckte den Dolch und hob ihn auf.

»Diego de Mondragón«, flüsterte er, als er die Initialen auf dem Heft gelesen hatte, und trat ganz nahe an de Vaca heran. Sie hatte noch nie in ihrem Leben derart blutunterlaufene Augen gesehen. Das Weiße in ihnen war so dunkelrot, daß es fast schwarz aussah.

»Ihr habt den Schatz gefunden«, zischte er.

De Vaca nickte.

Er hielt ihr die Mündung des Gewehrs direkt vors Gesicht. »Wo?«

Sie sah ihm direkt in die Augen. »Wenn ich Ihnen das sage, dann töten Sie mich, und wenn ich es Ihnen nicht sage, töten Sie mich auch. Wie ich es auch anstelle, Sie töten mich ja sowieso.«

»Ich werde dich nicht einfach töten, Flittchen, sondern langsam zu Tode quälen.«

»Versuchen Sie es doch.«
Nye ballte eine Hand zur Faust und schlug de Vaca damit voll ins Gesicht. Sie spürte die Wucht des Schlages und hörte ein lautes Brummen in den Ohren. Eine seltsame Hitze stieg ihr in den Kopf. Weil ihr schwindlig wurde, taumelte sie einen Schritt nach vorn, aber Nye stieß sie mit dem Rücken wieder an den scharfkantigen Fels.
»Das wird nicht funktionieren«, sagte sie. »Sehen Sie mich an, Nye.«
Nye schlug sie noch einmal so fest, daß ihr vor den Augen ganz weiß wurde und die Landschaft für einen Augenblick alle Konturen zu verlieren schien. Blut floß ihr aus dem Mund, und als sie mit der Hand ihr Gesicht betastete, stellte sie fest, daß Nye ihr einen Zahn ausgeschlagen hatte.
»Wo ist der Schatz?« wollte er wissen.
De Vaca schloß die Augen und wartete schweigend auf den nächsten Schlag.
Aber der kam nicht. Sie hörte, wie Nye von ihr fortging und leise mit jemandem sprach. Seinen Gesprächspartner konnte sie nicht hören. Mit wem mochte er wohl sprechen? Wahrscheinlich mit Singer oder einem der Sicherheitsleute vom Mount Dragon. De Vaca spürte, wie die leise Hoffnung, die sie noch gehegt hatte, zerstob. Dabei war sie sich so sicher gewesen, daß Nye allein war.
Die Schritte kamen wieder näher, und de Vaca öffnete die Augen. Nye zielte mit dem Gewehr auf Carsons Kopf.
»Sag's mir, oder er stirbt.«
De Vaca atmete tief durch und richtete sich auf. Jetzt wurde es kritisch. »Knallen Sie den *cabrón* ruhig ab«, sagte sie so ruhig wie möglich. »Ich konnte den verdammten Hinterwäldler sowieso nie ausstehen. Und wenn Sie das tun, gehört das Gold mir ganz allein. Und Ihnen sage ich niemals, wo es ist. Außer ...«
Nye drehte die Mündung des Gewehrs wieder in ihre Richtung.
»Außer was?«

»Außer, Sie gehen auf einen Handel ein«, krächzte de Vaca. Sie sah nicht, wie der Gewehrkolben auf ihr Gesicht zuraste und spürte auch nicht den Schlag. Ihr wurde ganz einfach schwarz vor Augen, und erst als sie wieder das Bewußtsein erlangte, stach ihr ein bohrender Schmerz quer durch den ganzen Schädel. Sie hielt die Augen geschlossen und hörte wieder, wie Nye etwas sagte, das ganz offensichtlich nicht ihr galt. Sie lauschte angestrengt auf die Antwort seines Gesprächspartners, konnte aber keine hören. Schließlich öffnete sie die Augen. Die Sonne war untergegangen, aber es war noch hell genug, um zu sehen, daß Nye mit sich selber redete.

Trotz ihrer Schmerzen war de Vaca erleichtert. Hier tat offenbar PurBlood sein schreckliches Werk.

Nye drehte sich zu ihr um und bemerkte, daß sie wieder bei Bewußtsein war. »Was für einen Handel?«

De Vaca drehte sich weg und bereitete sich mit geschlossenen Augen auf den nächsten Schlag vor.

»Was für einen Handel?« wiederholte Nye.

»Ich will mein Leben«, sagte sie.

Nye überlegte. »Dein Leben«, sagte er dann. »Dein Leben kannst du haben.«

»Aber ohne ein Pferd, das Gewehr und Wasser ist mein Leben hier in der Wüste keinen Pfifferling wert.«

Nye schwieg eine Weile, dann schlug er wieder mit dem Gewehrkolben zu. Dieses Mal kam de Vaca nur ganz langsam wieder zu sich. Ihr Körper fühlte sich schwer und müde an. Das Atmen fiel ihr schwer, und sie vermutete, daß ihre Nase gebrochen war. Sie versuchte zu sprechen, aber sie brachte kein Wort heraus und sank wieder zurück in die gnädige Schwärze der Bewußtlosigkeit.

Als sie wieder aufwachte, lag sie auf weichem Sand. Sie versuchte, sich aufzurichten, aber ein heißer Schmerz jagte ihr durch den Kopf und das Rückgrat hinunter. Nye stand mit der Taschenlampe über ihr und machte ein beunruhigtes Gesicht.

»Wenn Sie mich noch einmal schlagen, dann bringen Sie mich um, Sie Bastard«, flüsterte sie. »Und dann erfahren Sie niemals, wo das Gold ist.« Sie atmete tief ein und schloß die Augen.

Ein paar Minuten später hatte sie genügend Kräfte gesammelt, um weiterzusprechen. »Es ist ganz woanders, als Sie vermuten.«

»Wo?« schrie Nye.

»Mein Leben im Tausch gegen das Gold.«

»Na schön. Ich verspreche, dich nicht zu töten. Jetzt sag mir, wo das Gold ist.« Er drehte sich um, als ob jemand ihm etwas von hinten ins Ohr geflüstert hätte. »Ja, ja, ich denke dran«, sagte er. Dann wandte er sich wieder de Vaca zu.

»Ich kann nur überleben, wenn ich das Pferd, das Gewehr und Wasser habe«, sagte sie. »Ansonsten sterbe ich, und Sie werden nie erfahren, wo …« Sie vollendete den Satz nicht.

Nye starrte herab zu ihr und ballte die Hand so fest um die Münzen, daß sein ganzer Arm zitterte. Ein Geräusch wie ein Winseln löste sich aus seiner Kehle. Aus der Art, wie er sie ansah, konnte sie erkennen, daß ihr Gesicht grauenvoll aussehen mußte.

»Bringen Sie mir Ihr Pferd«, sagte sie.

Nyes Mund zuckte wie in Krämpfen. »Sag es mir jetzt, bitte …«

»Das Pferd.«

De Vacas Augen fielen ihr von selber zu. Als es ihr gelang, sie wieder zu öffnen, war Nye verschwunden. Unter starken Kopfschmerzen setzte sie sich auf. Ihre Nase und ihr Hals waren voller Blut, und als sie zu atmen versuchte, mußte sie husten.

Dann sah sie, wie Nye im Mondlicht hinter den Felsen hervorkam und sein schönes Pferd wie einen stummen Schatten am Zügel führte.

»Sag mir, wo der Schatz ist«, verlangte er.

»Das Pferd«, entgegnete sie und rappelte sich hoch.

Nye zögerte einen Augenblick, dann gab er ihr die Zügel in die ausgestreckte Hand. Sie hielt sich am Sattelhorn fest und versuchte aufzusteigen, aber ihr wurde so schwarz vor Augen, daß sie Angst hatte, wieder ohnmächtig zu werden.

»Helfen Sie mir.«

Nye packte sie am Fuß und hob sie in den Sattel.

»Und jetzt das Gewehr.«

»Nein«, entgegnete Nye. »Dann erschießt du mich.«

»Dann geben Sie es mir ungeladen.«

»Du willst mich doch übers Ohr hauen. Wenn ich dir das Gewehr gebe, dann reitest du weg und holst meinen Schatz.«

»Sehen Sie mir in die Augen, Nye.«

Zögernd tat er, was sie von ihm verlangte. Erst jetzt, beim Anblick seiner blutunterlaufenen Augen, wurde es de Vaca vollauf bewußt, wie fanatisch Nyes Gier nach Mondragóns Gold wirklich war. Unter dem Einfluß von PurBlood war aus einer harmlosen Exzentrizität eine alles verschlingende Besessenheit geworden. Alles, selbst sein Haß auf Carson, mußte hinter diesem Verlangen nach dem Schatz zurückstehen. Mit einer Mischung aus Angst und Mitleid erkannte de Vaca, was für ein Wrack dieser Mann war.

»Ich verspreche Ihnen, daß ich Ihnen Ihren Schatz nicht wegnehmen werde«, sagte sie fast sanft. »Sie können ihn haben, und zwar ganz. Ich will nur lebend aus dieser Wüste herauskommen. Können Sie das denn nicht begreifen?«

Nye entlud das Gewehr und gab es ihr.

»Wo?« drängte er. »Sag mir, wo er ist.«

Am Sattel des Pferdes hingen zwei Wassersäcke, die beide noch halb voll waren. Sie band einen davon los und gab ihn Nye, dann dirigierte sie Muerto rückwärts von ihm fort. So besessen er auch sein mochte, sie wollte nicht, daß er sich das Gewehr wieder holte, sobald sie ihm gesagt hatte, wo der Schatz war.

»Warte. Bleib hier. Sag es mir, bitte.«

»Hören Sie mir gut zu. Sie müssen etwa fünfzehn Kilometer unseren Spuren folgen. Sie führen immer an der Lava entlang. Wenn Sie an die Stelle kommen, wo wir unsere Pferde haben grasen lassen, werden Sie am Fuß der Berge eine Höhle finden. In der Höhle ist eine Quelle. Am Morgen wirft die Sonne dort ein Bild an die Wand, das die Form eines Adlers hat, der auf einer leuchtenden Nadel sitzt, genau wie es auf Ihrer Karte beschrieben ist. Aber die Wand reicht nicht bis auf den Boden der Höhle hinunter. An ihrem unteren Ende gibt es einen versteckten Durchgang. Durch den gelangen Sie in eine Kaverne, wo Sie Mondragóns Leiche und die seines Maultiers finden werden. Und dort liegt auch der Schatz.«

Nye nickte begierig. »Ja, ja. Ich verstehe.« Dann wandte er sich an seinen imaginären Begleiter und sagte: »Hast du das gehört? Die ganze Zeit habe ich im falschen Teil der Wüste gesucht. Ich habe immer gedacht, die Berge auf der Karte seien die Cerritos Escondidos. Wie konnte ich nur ...« Er drehte sich wieder zu de Vaca und fragte: »Fünfzehn Kilometer, hast du gesagt?«

Sie nickte.

»Dann laß uns gehen«, sagte er zu dem Unsichtbaren und warf sich den Wassersack über die Schulter. »Weißt du was? Wir teilen uns den Schatz. Mama hätte das sicher auch so gewollt.« Er fing an loszugehen.

»Nye«, rief de Vaca ihm hinterher.

Er drehte sich um.

»Wer ist denn Ihr Freund, mit dem Sie die ganze Zeit reden?«

»Ach, nur ein Junge, den ich früher einmal gekannt habe.«

»Wie heißt er?«

»Jonathan.«

»Und mit Nachnamen?«

»Jonathan Nye.« Mit diesen Worten drehte er sich um und entfernte sich rasch. De Vaca sah, wie er dabei ganz aufgeregt etwas sagte. Bald war er hinter einem Lavafelsen verschwunden.

De Vaca wartete mehrere Minuten, um sicherzugehen, daß Nye auch wirklich fort war. Dann stieg sie ab und ging langsam hinüber zu Carson. Er war immer noch bewußtlos, und sein Puls ging schwach und schnell. Vorsichtig untersuchte de Vaca

Carsons zerschmetterten Unterarm. Unter ihrer Bandage quoll Blut hervor, aber es war nicht viel. Sie öffnete den improvisierten Druckverband und stellte zu ihrer Erleichterung fest, daß sich die durchtrennte Arterie inzwischen geschlossen hatte. Jetzt mußte sie Carson hier herausbringen, bevor sich die Wunde entzündete.
Carson öffnete die Augen.
»Guy!« sagte sie in dringlichem Ton.
Langsam sah er zu ihr auf.
»Kannst du aufstehen?«
Sie war sich nicht sicher, ob er sie verstanden hatte, aber sie packte ihn trotzdem unter den Achseln und zog ihn hoch. Geschwächt versuchte Carson sich aufzurichten, sackte aber gleich wieder zusammen. De Vaca goß etwas Wasser auf ihre Hände und spritzte es ihm behutsam ins Gesicht.
»Steh auf«, befahl sie.
Es gelang Carson, sich auf die Knie hochzurappeln, aber gleich darauf fiel er seitlich auf seinen gesunden Ellenbogen. Mit großer Anstrengung richtete er sich wieder auf, packte Muertos Steigbügel und zog sich langsam daran hoch, bis er auf den Füßen stand. Mit de Vacas Hilfe kletterte er in den Sattel, wobei er darauf achtete, seinen verletzten Arm so weit wie möglich zu schonen. Oben schwankte er von einer Seite auf die andere und hielt sich den Arm. Dann sank er vornüber, und de Vaca konnte ihn gerade noch festhalten. Wenn er im Sattel bleiben sollte, mußte sie ihn festbinden.
Nye hatte an der Seite des Sattels ein Baumwollseil befestigt, das sie jetzt nahm und Carson um die Brust band. Dann legte sie seinen linken Arm übers Sattelhorn und machte das Seil sorgfältig daran fest. Erst während sie das tat, bemerkte sie, ohne allzu erstaunt darüber zu sein, daß ihr Oberkörper nackt war. Aber es war dunkel, und sie hatte ohnehin nichts, was sie sich hätte anziehen können. Irgendwie erschien es ihr auch vollkommen unwichtig.

Sie nahm Muertos Zügel und setzte sich langsam in Bewegung, direkt auf den Polarstern zu.

Kurz vor Sonnenaufgang erreichten sie das Außenlager. Es war ein altes Lehmziegelhaus mit Wellblechdach, das im Schatten eines kleinen Pappelwäldchens stand. Daneben befanden sich eine Scheune, ein Windrad, ein Wassertank und mehrere Pferdekoppeln mit wettergebleichten Holzzäunen. Eine frische Brise bewegte das Windrad. Als Carson und de Vaca in Sichtweite kamen, wieherte ein Pferd in der Koppel, und ein Hund neben dem Haus begann zu bellen. Kurz darauf erschien in der Tür des Hauses ein junger Mann, der lange rote Unterhosen und einen Cowboyhut trug. Mit weit offenem Mund starrte er auf die barbusige, blutüberströmte Frau. Sie führte ein stattliches Pferd hinter sich her, auf dessen Sattel ein ebenfalls blutüberströmter Mann festgebunden war.

Mit einem Gesicht, in dem sich Schrecken und Fassungslosigkeit mischten, starrte Scopes Levine lange an. Dann verließ er den Tisch und drückte auf einen Knopf neben einer in die Wand eingelassenen Metallplatte. Die Platte glitt geräuschlos nach oben und gab den Blick auf ein kleines Waschbecken frei.

»Wasch dir nicht die Hände«, sagte Levine mit ruhiger Stimme, »sonst gelangt das Virus in die Kanalisation.«

Scopes zögerte. »Du hast recht«, sagte er schließlich. Er befeuchtete ein Handtuch, tupfte sich damit die Hände ab und entfernte ein paar in der Haut steckende Glassplitter. Dann trat er von dem Waschbecken zurück und setzte sich wieder aufs Sofa. Seine Bewegungen waren merkwürdig zögerlich, als käme ihm selbst das Gehen auf einmal ganz ungewohnt vor.
Levine sah ihn vom anderen Ende des Sofas her an. »Es wäre gut, wenn du mir jetzt alles über X-FLU II erzählen würdest«, sagte er gefaßt.
Scopes strich in einer automatischen Bewegung seine Stirnlocke glatt. »Allzuviel wissen wir nicht darüber. Bisher hat sich nur ein einziger Mensch damit infiziert. Es hat eine Inkubationszeit von zwanzig bis sechzig Stunden, auf die dann sehr rasch der Tod durch ein Gehirnödem erfolgt.«
»Kann man den Ausbruch der Krankheit verhindern?«
»Nein.«
»Gibt es einen Impfstoff?«
»Nein.«
»Wie infektiös ist das Virus?«
»In etwa so wie eine normale Erkältung. Vielleicht sogar mehr.«
Levine blickte hinunter auf seine verletzte Hand. Um die Scherben der zerbrochenen Ampulle begann das Blut langsam zu gerinnen. Es bestand kein Zweifel daran, daß sie sich beide infiziert hatten.
»Gibt es noch Hoffnung?« fragte er.
»Nein«, entgegnete Scopes.
Sie schwiegen beide.
»Es tut mir leid«, sagte Scopes schließlich so leise, daß er fast flüsterte. »Es tut mir so leid, Charles. Früher hätte ich so etwas nie getan. Ich ...« Er hielt inne. »Ich glaube, ich habe mich einfach zu sehr daran gewöhnt, daß ich immer der Gewinner bin.«
Levine stand auf und wischte sich mit dem Handtuch die Hände ab. »Wir haben jetzt keine Zeit für Schuldbekenntnisse. Viel

wichtiger ist die Frage, ob wir es verhindern können, daß das Virus die gesamte Menschheit tötet.«

Scopes gab keine Antwort. Levine beugte sich hinüber zu ihm. »Brent?« fragte er ruhig. »Was ist los mit dir?«

»Ich weiß nicht«, antwortete Scopes. »Wahrscheinlich habe ich Angst vor dem Tod.«

Levine sah ihn an. »Die habe ich auch. Aber Angst ist ein Luxus, den wir uns jetzt nicht leisten können. Wir verschwenden damit nur wertvolle Zeit. Wir müssen uns überlegen, wie wir ... wie wir den ganzen Raum hier dekontaminieren können. Verstehst du mich?«

Scopes nickte und wandte sich ab.

Levine packte ihn an der Schulter und schüttelte ihn sanft. »Du mußt mir bei dieser Sache helfen, Brent, oder es klappt nicht. Das hier ist dein Gebäude. Du mußt dafür sorgen, daß dieses Virus mit uns stirbt.«

Scopes starrte lange ins Leere. Dann wandte er sich an Levine. »Dieser Raum ist luftdicht abgeschlossen und hat sein eigenes Belüftungssystem«, sagte er. »Die Wände sind wegen etwaiger Terroranschläge explosions- und feuersicher und außerdem vollkommen gasdicht. Das wird uns jetzt zugute kommen.«

Plötzlich ertönte ein Summton, und das Gesicht von Spencer Fairley erschien auf dem riesigen Videoschirm vor ihnen. »Sir, Jenkins vom Marketing will unbedingt mit Ihnen sprechen«, sagte Fairley. »Er hat über sein Mobiltelefon einen dringenden Anruf bekommen. Offenbar haben sich die Kliniken urplötzlich dazu entschlossen, PurBlood morgen doch nicht einzuführen. Jenkins will wissen, wie Sie dagegen vorgehen wollen.«

Scopes blickte Levine mit hochgezogenen Augenbrauen an. »Auch du, mein Sohn Brutus? Es sieht so aus, als hätte Freund Carson seine Informationen nun doch noch an den Mann gebracht.« Er wandte sich wieder an das Bild auf dem Bildschirm. »Ich möchte überhaupt nicht dagegen vorgehen. Sagen Sie Jenkins, er soll die Auslieferung von PurBlood stoppen und den Krankenhäusern mitteilen, daß das Produkt noch einmal geprüft werden muß. Es hat offenbar eine bisher unbekannte negative Langzeitwirkung.« Er tippte ein paar Kommandos auf der Tastatur. »Ich programmiere jetzt den Computer so, daß er gleich nach Wiederherstellung der normalen Telefonleitungen sämtliche Daten über PurBlood an die GeneDyne-Niederlassung in Manchester überträgt. Außerdem werde ich die Wissenschaftler dort anweisen, sich sofort mit Guy Carson in Verbindung zu setzen und sich von ihm darüber informieren zu lassen, inwieweit PurBlood möglicherweise kontaminiert ist. Bitte sorgen Sie dafür, daß die Sache dort mit Nachdruck verfolgt wird.« Er seufzte tief, bevor er fortfuhr: »Außerdem will ich, daß Sie die Luftversorgung des achteckigen Raumes überprüfen und mir mitteilen, ob alle Dichtungen intakt sind.«

Fairley nickte und verschwand vom Bildschirm. Ein paar Augenblicke später war er wieder da. »Dichtungen und Klimasystem sind in Ordnung. Alle Meßgeräte zeigen normale Werte.«

»Gut«, sagte Scopes. »Und jetzt hören Sie mir genau zu. Ich möchte, daß Endicott augenblicklich die Datenverbindung zu unseren Niederlassungen wiederherstellt. Außerdem kündigen Sie ihm bitte an, daß ich in Kürze eine wichtige Nachricht an die Beschäftigten hier im GeneDyne-Tower verkünden werde. Und dann will ich, daß Sie über die abhörsichere Satellitenverbindung in Kontakt mit General Roger Harrington im Pentagon, Ring E, Ebene drei, Sektion siebzehn, treten. Sagen Sie ihm, daß ich mein Angebot zurückziehe und daß es keine weiteren Verhandlungen mehr geben wird.«

»Wird erledigt«, sagte Fairley. Dann blickte er besorgt in die Kamera. »Ist bei Ihnen alles in Ordnung, Sir?« fragte er.

»Nein«, antwortete Scopes. »Es ist etwas Entsetzliches vorgefallen, und ich brauche Ihre uneingeschränkte Kooperation.«

Fairley nickte.

»Es hat hier im achteckigen Raum ein Unglück gegeben«, sagte Scopes. »Ein Virus namens X-FLU II ist freigesetzt worden, und

Dr. Levine und ich sind damit infiziert. Dieses Virus wirkt hundertprozentig tödlich, eine Rettung ist ausgeschlossen.«
Fairleys Gesicht verriet keine Gefühlsregung.
»Dieses Virus darf unter keinen Umständen aus diesem Raum herausgelangen«, fuhr Scopes fort, »und deshalb muß er vollkommen dekontaminiert werden.«
Fairley nickte abermals. »Ich verstehe, Sir.«
»Das möchte ich bezweifeln. Dr. Levine und ich haben das Virus im Blut, und während wir hier sprechen, vermehrt es sich dort bereits. Sie müssen mir also helfen, uns beide zu töten.«
»Aber Sir! Wie kann ich denn ...«
»Halten Sie den Mund und hören Sie mir zu. Wenn Sie meinen Anweisungen nicht Folge leisten, werden möglicherweise Milliarden von Menschen sterben, Sie selbst mit eingeschlossen.«
Fairley sagte nichts mehr.
»Ich möchte, daß Sie sich zwei Hubschrauber besorgen«, sagte Scopes. »Einen davon schicken Sie zu GeneDyne in Edison, damit er dort zehn Zwei-Liter-Kanister mit VXV-Zwölf abholt. Dieser Raum hat ein Volumen von etwa neunhundert Kubikmetern. Also brauchen wir mindestens sechzehntausend Kubikzentimeter flüssiges 1,2 Zyanophosphatol 6,6,6 trimethyloxiliertes Quecksilberhexachlorid. Das soll der zweite Hubschrauber aus unserer Fabrik in Norfolk holen, aber es muß in versiegelten Glasbehältern transportiert werden.«
»Zyanophosphatol?« wiederholte Fairley fragend.
»Das ist ein starkes Gift, das alles Leben in diesem Raum auslöschen wird. Obwohl es als Flüssigkeit gelagert wird, hat es einen so niedrigen Siedepunkt, daß es bei Zimmertemperatur verdampft und den ganzen Raum mit einem desinfizierenden Gas anfüllt.«
»Aber tötet das nicht auch Sie und ...«
»Wir werden dann schon tot sein. Dazu brauche ich ja auch das VXV-Zwölf.«

Fairley befeuchtete sich die Lippen. »Mr. Scopes«, sagte er und schluckte. »Sie können nicht von mir verlangen, daß ich …« Er konnte den Satz nicht zu Ende bringen.
Scopes betrachtete das Bild auf dem großen Bildschirm. Schweißperlen hatten sich um Fairleys Mundwinkel gebildet, und eine Strähne seines ansonsten immer tadellos frisierten, eisengrauen Haares hing ihm in die Stirn.
»Spencer, ich habe Ihre Loyalität noch nie so nötig gehabt wie gerade jetzt«, fuhr Scopes mit ruhiger Stimme fort. »Bitte, verstehen Sie doch, daß ich ohnehin ein toter Mann bin. Der größte Gefallen, den Sie mir jetzt tun können, ist der, daß Sie mich nicht an X-FLU sterben lassen. Und deshalb dürfen Sie keine Zeit vergeuden.
»Sehr wohl, Sir«, sagte Fairley und vermied es, in die Kamera zu sehen.
»Sie müssen alles in zwei Stunden hier haben. Melden Sie mir, wenn die Hubschrauber sicher gelandet sind.« Scopes drückte auf eine Taste, und der Schirm wurde dunkel.
Eine schwere Stille lag über dem Raum, bis Scopes sich an Levine wandte. »Glaubst du an ein Leben nach dem Tod?« fragte er.
Levine schüttelte den Kopf. »Wir Juden glauben, daß es eher um das geht, was wir *in diesem* Leben tun. Wir erreichen Unsterblichkeit dadurch, daß wir ein rechtschaffenes Leben führen und zu Gott beten. Und durch die Kinder, die wir hinterlassen.«
»Aber du hast keine Kinder, Charles.«
»Ich habe zwar immer gehofft, noch welche zu bekommen, aber es hat nicht geklappt. Dafür habe ich versucht, Gutes zu tun. Leider nicht immer mit Erfolg.«
Scopes schwieg, bis er schließlich sagte: »Ich habe Menschen, die an ein Weiterleben im Jenseits glauben mußten, immer verachtet. Ich hielt das für eine Schwäche. Jetzt, wo mir selbst die Stunde schlägt, wünschte ich, ich hätte mich mehr um

solche Dinge gekümmert.« Er blickte zu Boden. »Es wäre schön, wenn ich jetzt noch auf etwas hoffen könnte.«
Levine schloß einen Moment die Augen und dachte nach. Dann öffnete er sie wieder und sagte einfach: »Cypherspace.«
»Was meinst du damit?«
»Du hast andere Menschen aus deiner Vergangenheit in das Programm eingebaut. Warum solltest du dich nicht auch selbst hineinprogrammieren? Auf diese Weise könntest du – oder wenigstens ein Teil von dir – weiterleben und vielleicht all denen, die dort mit dir sprechen, etwas von deiner Weisheit und deinem Witz weitergeben.«
Scopes lachte laut auf. »Ich bin nicht gerade der attraktivste Mensch, wie du ja weißt.«
»Mag sein. Aber dafür bist du um so interessanter.«
Scopes nickte. »Danke für das Kompliment.« Er hielt inne. »Die Idee hat ihren Reiz, das muß ich zugeben.«
»Wir haben zwei Stunden, in denen wir die Zeit totschlagen müssen.«
Scopes lächelte schwach. »Okay, Charles. Warum nicht? Aber nur unter der Bedingung, daß du dich auch in das Programm einbauen läßt. Ich möchte nicht allein zurück nach Monhegan Island.«
Levine schüttelte den Kopf. »Ich bin kein Programmierer, und bei einem so komplizierten Programm setzt es bei mir vollends aus.«
»Das ist kein Problem. Ich habe einen Algorithmus geschrieben, der automatisch Personen für Cypherspace erzeugt. Er verwendet Methoden der künstlichen Intelligenz, indem er Fragen stellt, den User in kurze Unterhaltungen verwickelt und mit ihm mehrere psychologische Tests macht. Aus diesen Informationen baut er dann die Personen zusammen und setzt sie ins Programm ein. Ich habe es geschrieben, um meine Insel rascher bevölkern zu können, aber es wird uns jetzt ebenso gute Dienste leisten.«
Scopes sah Levine fragend an.

»Einverstanden. Aber du mußt mir dann auch erzählen, warum du euer Sommerhaus so verfallen dargestellt hast«, entgegnete Levine.
»Vielleicht«, sagte Scopes. »Aber laß uns erst an die Arbeit gehen.«

Nach längerem Überlegen entschied sich Levine doch dazu, daß er im Cypherspace so aussehen wollte, wie er wirklich war: mit einem schlechtsitzenden dunklen Anzug, fast kahlen Kopf und schiefen Zähnen. Langsam drehte er sich vor der Videokamera im achteckigen Zimmer um die eigene Achse. Wenn die Aufnahmen in Hunderte hochaufgelöster Bilder zerlegt und ins Programm eingescannt waren, würde aus ihnen der virtuelle Levine für Scopes' Cypherspace-Insel zusammengesetzt werden. In den vergangenen eineinhalb Stunden hatte ein Unterprogramm Levine zu einer Fülle von Themenkomplexen befragt, von seinen Erinnerungen an seine früheste Kindheit und die Schulzeit bis zu seiner persönlichen Weltanschauung und seinen religiösen und ethischen Überzeugungen. Darüber hinaus hatte das Programm wissen wollen, welche Bücher er gelesen und welche Zeitschriften er in den verschiedenen Abschnitten seines Lebens abonniert gehabt hatte. Es hatte ihm knifflige Rechenaufgaben gestellt und ihn nach seinen Reisen, seinem Musikgeschmack und nach seinen Erinnerungen an seine Frau befragt. Außerdem hatte es ihn einem Rorschach-Test unterzogen und ihn sogar beleidigt und sich mit ihm gestritten, was wohl dazu gedient hatte, Gefühlsregungen aus ihm herauszukitzeln. Mit Hilfe der Daten, die das Programm aus alledem gewonnen hatte, würde seine Figur in Cypherspace mit Wissen, Emotionen und Erinnerungen ausgestattet werden.
»Und jetzt?« fragte Levine, als die Videoaufnahmen beendet waren und er sich wieder gesetzt hatte.
»Jetzt warten wir«, sagte Scopes mit einem gezwungenen Lächeln. Er hatte sich an einem zweiten Terminal einer ähnlichen

Prozedur unterzogen. Nun tippte er ein paar Befehle ein und lehnte sich zurück, während der Supercomputer die beiden neuen virtuellen Bewohner von Monhegan Island berechnete. Stille machte sich wieder breit im achteckigen Raum. Die Befragung des Computers hatte Levine zumindest von dem ständigen Bewußtsein abgelenkt, daß dies die letzten Minuten seines Lebens waren. Jetzt begann sich in ihm eine merkwürdige Mischung aus Erinnerungen, Ängsten und der Erkenntnis zu regen, daß er so vieles in seinem Leben nicht zu Ende gebracht hatte.

»Brent«, begann er.

Bevor Scopes antworten konnte, meldete sich das Telefon neben der Couch mit einem tiefen Summen. Scopes hob ab, und aus dem Lautsprecher des Apparats war Spencer Fairleys gepflegte Stimme zu hören.

»Die Hubschrauber sind gelandet, Sir«, sagte er.

Scopes zog die Tastatur auf seinen Schoß und begann zu tippen. »Ich werde die Aufzeichnung von unserem Gespräch hinunter in die Sicherheitszentrale und ins Archiv schicken, damit Sie später keine problematischen Fragen beantworten müssen, Spencer. Und jetzt passen Sie bitte genau auf. In ein paar Minuten werde ich Befehl geben, dieses Gebäude zu evakuieren und abzudichten. Nur Sie, ein paar Sicherheitsleute und ein Spezialtrupp in Schutzanzügen werden hierbleiben. Wenn die Evakuierung beendet ist, müssen Sie die Belüftung des achteckigen Raumes abstellen. Dann pumpen Sie den Inhalt der zehn Behälter VXV-Zwölf in die Luftzufuhr und schalten sie wieder an. Ich weiß nicht genau, wie lange es dauern wird, bis ...« Er verstummte einen Augenblick. »Vielleicht ist es am besten, wenn Sie fünfzehn Minuten warten. Dann schicken Sie den Trupp in Schutzanzügen zu der Notluftschleuse im Dach des achteckigen Raumes. Endicott soll von der Zentrale aus den Druck ablassen, dann sollen die Leute die äußere Schleuse öffnen und die Glasgefäße mit dem Zyanophosphatol auf den Deckel der inneren Schleuse stellen. Dann lassen Sie die äußere

Schleuse wieder schließen und öffnen die innere per Fernsteuerung. Wenn der Deckel aufgeht, fallen die Glasbehälter auf den Boden des Raumes und zerbrechen. Danach kann das Zyanophosphatol seine Arbeit tun. Können Sie mir folgen, Spencer?«

»Ja, Sir«, sagte Fairley nach längerem Zögern.

»Selbst dann werden aber noch lebende Viren hier im Raum sein, und zwar in unseren Leichen. Die müssen als letzter Schritt verbrannt werden, und die Hitze des Feuers wird gleichzeitig das Zyanophosphatol unschädlich machen. Das achteckige Zimmer ist so gebaut, daß ein Brand nicht nach außen dringen kann, aber Sie müssen trotzdem achtgeben, daß es keine vorzeitige Explosion gibt, durch die die Viren dann doch noch freigesetzt werden. Verwenden Sie also zuerst zur Verbrennung unserer Leichen ein rasch wirkendes, hohe Temperaturen erzeugendes Brandmittel wie Phosphor. Wenn die Leichen vollständig verkohlt sind, sollten Sie den Raum noch einmal mit einem weniger Hitze entwickelnden Brennstoff säubern lassen. Dazu würde ich ein Napalmderivat empfehlen. Beide Substanzen haben wir in unserem Chemikalienlager unter Verschluß.«

Während Levine zuhörte, bemerkte er, wie methodisch Scopes immer von *den* Leichen sprach. Das sind *unsere* Leichen, dachte er.

»Danach müssen die Männer in den Schutzanzügen den Rest des Gebäudes mit den üblichen Mitteln dekontaminieren. Und wenn das erfolgt ist, dann ...« Scopes hielt einen Moment lang inne. »Nun, das dürfte dann nicht mehr meine Sache sein, Spencer, sondern die des Aufsichtsrats.«

Fairley sagte nichts.

»Und jetzt, Spencer, verbinden Sie mich bitte mit meinem Testamentsvollstrecker, aber bleiben Sie in der Leitung«, sagte Scopes ruhig.

Kurz darauf klang eine rauhe, tiefe Stimme aus dem Lautsprecher des Telefons. »Hier spricht Alan Lipscomb.«

»Alan, Brent am Apparat. Passen Sie auf, ich möchte eine

Änderung an meinem Letzten Willen vornehmen. Sind Sie noch da, Spencer?«
»Ja, Sir.«
»Gut. Spencer wird mein Zeuge sein. Ich möchte, daß fünfzig Millionen Dollar aus meinem Erbe dem Zentrum für Fortgeschrittene Neurokybernetik zur Verfügung gestellt werden. Das Institut soll für das Geld eine Stiftung ins Leben rufen, über deren genaue Details ich Spencer noch informieren werde. Er wird sie dann an Sie weitergeben.«
»Wie Sie wünschen.«
Scopes tippte rasch ein paar Sätze in die Tastatur, dann wandte er sich an Levine. »Ich weise Spencer gerade an, die gesamte Cypherspace-Datenbank zusammen mit dem Compiler und meinen Aufzeichnungen zu meiner Programmiersprache C^3 an das Zentrum für Fortgeschrittene Neurokybernetik zu überspielen. Als Gegenleistung für die fünfzig Millionen soll dort meine virtuelle Nachbildung von Monhegan Island ständig auf einem Computer laufen und Studenten zur Verfügung gestellt werden.«
Levine nickte. »Als eine Art ständige Ausstellung, wie sie jedem großen Kunstwerk gebührt.«
»Aber es wird nicht nur eine Ausstellung sein, Charles. Ich möchte, daß das Programm weiterentwickelt wird, daß neue Technologien darin einfließen. Außerdem will ich, daß die Sprache C^3 verbessert und neue Programmierwerkzeuge für sie geschaffen werden. Ich schätze, ich habe das alles viel zu lange allein für mich behalten.« Scopes strich sich gedankenverloren seine Stirnlocke glatt.
Dann griff er nach dem Telefon und drückte eine Reihe von Tasten. »Achtung, an alle Angestellten im GeneDyne-Tower«, sagte er. Levine hörte, wie seine Worte gleichzeitig aus einem verborgenen Lautsprecher kamen, und wußte, daß sie jetzt im ganzen Gebäude zu hören waren.
»Hier spricht Brent Scopes. Wegen eines Notfalles muß das

gesamte Gebäude evakuiert werden. Dies ist jedoch nur eine vorübergehende Maßnahme, und niemand befindet sich in Gefahr.« Er machte eine Pause und fuhr fort: »Bevor Sie gehen, möchte ich Ihnen noch sagen, daß es in naher Zukunft eine Veränderung in der Führung der Firma geben wird, deren Details Ihnen in Kürze mitgeteilt werden. Ich möchte mich an dieser Stelle bei Ihnen allen für die gute Zusammenarbeit bedanken und Ihnen und GeneDyne für die Zukunft von Herzen alles Gute wünschen. Denken Sie immer daran, daß die Ziele der Wissenschaft auch unsere Ziele sind: die Vergrößerung des menschlichen Wissens und das Wohl der Menschheit. Verlieren Sie diese Ziele nie aus den Augen. Und jetzt begeben Sie sich bitte zum nächsten Ausgang.«

Mit dem Finger auf der Gabel wandte sich Scopes an Levine.

»Bist du bereit?« fragte er.

Levine nickte.

Scopes tippte eine andere Nummer. »Spencer, spielen Sie die Videobänder von diesen Vorfällen am Montag dem Aufsichtsrat vor, und sagen Sie den Herren, daß sie die Firma nach den Grundsätzen der GeneDyne-Charta weiterführen sollen. Und jetzt beginnen Sie bitte damit, das VXV-Gas in die Belüftungsanlage einzuspeisen. Ja. Ja. Ich weiß, Spencer. Vielen Dank. Ich wünsche Ihnen alles Gute.«

Langsam legte Scopes den Hörer auf und nahm die Tastatur wieder auf den Schoß.

»Dann wollen wir mal«, sagte er zu Levine.

Ein summendes Geräusch war zu hören, und es wurde dunkler. Auf einmal verwandelte sich der große, achteckige Raum in das Turmzimmer des Hauses auf Monhegan Island. Levine blickte sich erstaunt um und stellte fest, daß sich nicht nur an einer, sondern an allen Wänden des Raumes riesige Bildschirme befanden.

Hingerissen betrachtete Levine die Bilder, die sich ihm boten. Vor den Fenstern des Turmzimmers konnte er die Dachplattform sehen. Über dem Meer ging gerade die Sonne auf, und die Wasseroberfläche spiegelte die Farben des Himmels wider. Möwen umflogen die Boote im Hafen und kreischten laut, als die Hummerfischer große Fässer mit Köderfischen den Kai entlangrollten und auf ihre Boote brachten.

Von einem Stuhl im Turmzimmer erhob sich eine Gestalt und streckte sich. Sie war klein und dünn, mit dürren Gliedmaßen und einer dicken Brille. Aus ihrem wirren, dunklen Haar stand eine störrische Stirnlocke wie eine schwarze Feder ab.

»Hallo, Charles«, sagte sie. »Willkommen auf Monhegan Island.«

Levine sah zu, wie eine andere Gestalt – ein glatzköpfiger Mann in einem schlechtsitzenden dunklen Anzug – am anderen Ende des Turmzimmers der ersten zunickte.

»Danke«, sagte sie mit einer Stimme, die Levine unheimlich bekannt vorkam.

»Wollen wir einen Spaziergang in den Ort machen?« fragte der Cypherspace-Scopes.

»Nicht jetzt«, sagte der Levine im Turmzimmer. »Ich würde lieber noch hierbleiben und den Fischerbooten beim Auslaufen zusehen.«

»Wie du willst. Sollen wir vielleicht unser Spiel spielen, während wir warten?«

»Warum nicht? Damit läßt sich wunderbar die Zeit totschlagen.«

Levine saß im dunklen achteckigen Zimmer und sah, wie sein eben erst kreiertes Alter ego wehmütig lächelte.

»Zeit totschlagen«, ließ sich der reale Scopes vom anderen Ende des Sofas vernehmen. »Die haben unendlich viel Zeit, und wir haben nur noch ganz wenig.«

»Ich wähle das Wort *Zeit*«, sagte der Cypherspace-Levine.

Der Cypherspace-Scopes setzte sich auf seinen wackeligen Stuhl, streckte die Beine aus und sagte:

Es ist noch Zeit, es ist noch Zeit,
Dich zu wappnen gegen jedes Antlitz, das dich streift;
Es ist noch Zeit für Zeugung, Mord und Zeit ...

Levine – der echte Levine – bemerkte in der Luft des achteckigen Raumes einen seltsamen Geruch: stechend und zugleich fast ein wenig süß, wie von längst verwelkten Rosen. Seine Augen fingen an zu brennen. Er schloß sie und hörte der Stimme des Cypherspace-Scopes zu:

Für Werke und Tage der Hand, die sich erhebt
Und eine Frage auf den Teller schneit,
Zeit ist dir und mir bestimmt ...

Das letzte, was Levine noch hörte, während er das tödliche Gas einatmete, war seine eigene Stimme, die auf Scopes' Zitat antwortete: »*Die Zeit ist ein Sturm, in dem wir alle untergehen ...*«

Epilog

Die Wüste sah unter den hohen, dünnen Zirruswolken ein wenig seltsam aus. Sie war jetzt kein Meer aus grellem Licht mehr, sondern eine weite, bläuliche Ebene, die zu den scharfgezackten Berggipfeln hin immer dunkler zu werden schien. Eine kühle Brise trug den Geruch des Herbstes heran.

Vom Gipfel des Mount Dragon aus blickten Carson und de Vaca hinab auf die Ruinen des GeneDyne-Wüstenlabors. Der Fiebertank, einstmals ein großer, unterirdischer Bunker, war jetzt ein riesiger Krater, aus dem Teile rußigen Betons und zerfetzte Stahlarmierungen herausragten. Ringsum war der Wüstenboden dunkelorange verbrannt. Das Plasmatransfektionslabor war nur noch ein Skelett aus von der Hitze krummgebogenen Metallträgern, und die schwarzen, glaslosen Fensterhöhlen des Wohntrakts blickten wie tote Augen hinaus in die kahle Landschaft. Alles, was noch halbwegs brauchbar gewesen war, hatte man schon vor Wochen entfernt. Nun waren nur noch die ausgeweideten äußeren Hüllen der Gebäude übrig, die Carson wie stumme Zeugen für das erschienen, was sich früher einmal hier befunden hatte. Es gab keine Pläne, das Labor wiederaufzubauen, und es wurde gemunkelt, daß die Ruinen demnächst als Ziele für Raketentests verwendet werden sollten. Die einzigen Lebewesen, die hier noch hausten, waren die Raben, die sich kreischend um irgendwelche Reste im Schutt der zerstörten Kantine stritten.

In einiger Entfernung von dem ehemaligen Laborgelände ragten andere Ruinen aus dem Wüstenboden: Die Mauern von Kin Klizhini, dem Schwarzen Haus, das der Zeit, dem Wassermangel und schließlich den Elementen zum Opfer gefallen war. Hinter Carson und de Vaca, auf dem Gipfel des Mount Dragon, warteten verwaiste Funkmasten darauf, daß sie abgebaut wurden. Tief unter ihnen stand dort, wo einmal der äußere Zaun gewesen war, der rote Pick-up, mit dem die beiden hergefahren waren, als einsamer Farbklecks in der graubraunen Wüste.

Carson starrte fasziniert nach unten. »Tausend Jahre liegen zwischen diesen beiden Ruinen«, sagte er ruhig. »All unserem Fortschritt zum Trotz endet alles immer wieder auf dieselbe Art und Weise. Und der Wüste ist es egal.«

Die beiden schwiegen eine Weile.

»Seltsam, daß man Nye nie gefunden hat«, sagte de Vaca schließlich.

Carson schüttelte den Kopf. »Der arme Kerl muß irgendwo da draußen gestorben und ein Fressen für die Geier und Kojoten geworden sein. Vielleicht findet ihn eines Tages jemand, so wie wir Mondragón gefunden haben. Als ein von der Sonne gebleichtes Skelett mit einem Sack voller Steine.« Beim Gedanken an Nye rieb Carson sich seinen linken Unterarm, in dem er jetzt eine Metallplatte trug, die ihm bei feuchtem Wetter manchmal weh tat. Hier, in der Wüste, spürte er sie allerdings nicht.

»Vielleicht wird aus seiner Geschichte irgendwann einmal auch eine Legende, und in fünfhundert Jahren suchen die Leute dann nach dem Gold von Nye«, sagte de Vaca und lachte kurz auf, bevor ihr Gesicht wieder einen ernsten Ausdruck annahm. »Aber eigentlich habe ich kein Mitleid mit ihm«, fuhr sie fort. »Er war schon vor dieser Sache mit PurBlood ein übler Zeitgenosse.«

»Der einzige, der mir leid tut, ist Singer«, sagte Carson. »Er war ein wirklich feiner Kerl. Ebenso wie Harper und Vanderwagon. Keiner von ihnen hat verdient, was mit ihnen geschehen ist.«

»Du klingst so, als wären sie schon tot.«

»Das sind sie ja auch fast.«

De Vaca zuckte mit den Achseln. »Wer weiß? Bei all der schlechten Presse, die GeneDyne seit Scopes' Tod hatte, wird die Firma jetzt vielleicht alles daran setzen, das wiedergutzuma-

chen, was sie diesen Leuten angetan hat. Abgesehen davon tragen sie ja auch irgendwie eine gewisse Mitschuld an ihrem Schicksal, denn sie haben an Scopes' Visionen geglaubt, ohne sich Gedanken über die möglichen Konsequenzen zu machen.«
Carson schüttelte den Kopf. »In dieser Hinsicht trage ich genausoviel Schuld wie sie.«
»Nicht ganz«, sagte de Vaca. »Ich glaube, daß du tief in deinem Inneren das alles hier schon immer etwas skeptisch betrachtet hast.«
»Da bin ich mir nicht so sicher. Seit ich die Wahrheit über PurBlood weiß, frage ich mich, ob ich mir nicht vielleicht auch eine Transfusion hätte verabreichen lassen. Manchmal glaube ich, ich hätte es getan.«
De Vaca sah ihn erstaunt an.
»Wieso wundert dich das?« fragte Carson. »Es gab immerhin eine Zeit, da wäre ich Scopes bis ans Ende der Welt gefolgt, wenn er das von mir verlangt hätte. Der Mann hatte eine gewaltige Ausstrahlung, das muß man ihm lassen.«
»Auf mich nicht«, sagte de Vaca.
Carson sagte nichts.
»Dieses Feuer im GeneDyne-Tower war eine ausgesprochen mysteriöse Angelegenheit, findest du nicht?« fragte de Vaca.
»Und ob«, antwortete Carson. »Genauso wie Scopes' Geständnis. Wenn man es überhaupt als solches bezeichnen kann. Ich bin mir ziemlich sicher, daß wir nie erfahren werden, was wirklich geschehen ist. Zwischen Levine und Scopes gab es eine Menge Streitpunkte.«
»Nun, die dürften jetzt für immer aus der Welt geräumt sein«, sagte de Vaca und hob die Augenbrauen. »So oder so.«
»Ich frage mich, ob an X-FLU wohl jemals weitergeforscht werden wird«, sagte Carson. »Immerhin wissen wir jetzt, was das Problem mit dem Virus war.«
»Nein, das wird niemand wagen«, sagte de Vaca mit Bestimmtheit. »Dazu ist das Virus einfach zu gefährlich. Schließlich *wissen*

wir nicht sicher, ob wir das Problem gelöst haben. Aber X-FLU war nur der Anfang. Auch in Zukunft wird es Forscher geben, die versuchen werden, das Erbgut der Menschheit zu manipulieren. Wir werden in unserem Leben noch eine ganze Menge schrecklicher Dinge erleben, Guy. Du weißt genau, daß die Gentechnologie noch viele ungeahnte Gefahren birgt.«

Die Wolken waren dichter geworden und warfen einen dunklen Schatten auf die Wüste. Die beiden blieben noch eine Weile stehen, dann sagte de Vaca: »Laß uns jetzt gehen. Es ist noch eine lange Fahrt bis zum Sleeping Ute Mountain.«

Carson blieb stehen und konnte den Blick nicht von den brandgeschwärzten Ruinen wenden, die einmal eines der modernsten Labors der Welt gewesen waren.

»Guy, deine Verwandten warten auf dich. Sie haben extra für dich ein Fest mit Hammeleintopf und geröstetem Brot organisiert. Und mit Gesang und Tanz zu Ehren deines Großonkels Charley, der uns da draußen in der Wüste das Leben gerettet hat.«

Carson nickte gedankenverloren.

»Du bekommst doch nicht auf einmal kalte Füße, Halbblut?« fragte de Vaca und legte ihm lächelnd einen Arm um die Hüften.

Mit Mühe löste Carson die Augen von den zerstörten Überresten. Dann wandte er sich de Vaca zu und grinste.

»Ich habe schon seit einer Ewigkeit keinen anständigen Hammeleintopf mehr gegessen«, sagte er.

Danksagung

Zuallererst möchten wir unseren Agenten Harvey Klinger und Matthew Snyder von CAA danken. Gentlemen, Ihnen zu Ehren erheben wir unsere Gläser mit edlem Single-Malt Scotch Whisky: Das Projekt *Mount Dragon* wäre ohne Ihre Hilfe und Ihren Zuspruch niemals zustande gekommen.

Außerdem danken wir den folgenden Leuten bei unserem Verlag Tor/Forge: Tom Doherty, dessen Vorstellungskraft ebenso unermüdlich war wie seine Unterstützung; Bob Gleason, der von Anfang an an uns geglaubt hat; Linda Quinton, die uns erfrischend ehrliche Marketingtips gab und Natalia Aponte, Karen Lovell und Stephen de las Heras für ihren mannigfaltigen schriftstellerischen Beistand.

Für technischen Rat danken wir Dr. med. Lee Suckno, Dr. med. Bry Benjamin, Dr. phil. Frank Calabrese und Dr. med. Tom Benjamin.

Lincoln Child möchte Denis Kelly danken, seinem Freund, früheren Chef und arg strapazierten Resonanzboden. Ebenfalls vielen Dank an Juliette, die eine Seele an Geduld und Verständnis war, und an Chris England, der sein Wissen über gewisse geheimnisvolle Slangausdrücke bereitwillig zur Verfügung gestellt hat.

Ein Vorkriegs-Gibson-Granada und eine gute Handvoll Kekse mit Schokoladenstreuseln für Tony Trischka, die Banjo-Göttin, Vertraute und »gute Haut«.

Douglas Preston dankt seiner Frau Christine, die ihn bei nicht weniger als vier Durchquerungen der Jornada-del-Muerto-Wüste begleitet hat, ebenso wie Selene, die in vielerlei Hinsicht eine große Hilfe war. Auch Aletheia hat sich wacker geschlagen, als sie im zarten Alter von nur drei Wochen mit uns in der Jornada campte. Vielen Dank an meinen Bruder Dick, den

Autor des Romans *Hot Zone*, für seine Hilfe. Ebenfalls danken möchte ich den beiden Magazinen *Smithsonian* und *New Mexico*, die uns bei der Erforschung des Camino Real de Tierra Adentro, des alten spanischen Handelsweges durch die Wüste, finanziell unter die Arme gegriffen haben. In diesem Zusammenhang gilt mein Dank auch den folgenden Leuten, die uns freundlicherweise gestattet haben, über das Gebiet ihrer Ranches zu reiten: Ben und Jane Cain von der Bar Cross Ranch; Evelyn Fite von der Fite Ranch; Shane Shannon, dem früheren Manager der Armandaris Ranch, und Tom Waddell, dem gegenwärtigen Vormann derselben Ranch, ebenso wie Ted Turner und Jane Fonda, denen die Armandaris Ranch gehört, und schließlich Harry F. Thompson junior von den Thompson Ranches. Gabrielle Palmer war mit ihrem historischen Wissen wie immer sehr hilfreich.

Ganz besonders bedanken möchten wir uns bei Jim Eckles vom White-Sands-Raketenversuchsgelände für seine eindrucksvolle Führung durch das über achttausend Quadratkilometer große Areal. Außerdem möchten wir uns für die Freiheiten entschuldigen, die wir uns bei der Beschreibung von White Sands genommen haben, das ohne Zweifel zu den am besten (und am umweltfreundlichsten) geführten militärischen Einrichtungen des Landes gehört. Ein Labor wie das am Mount Dragon gibt es auf dem Gelände von White Sands selbstverständlich nicht.

Zum Schluß danken wir noch allen Leuten, die uns bei unseren Romanen im allgemeinen und bei *Mount Dragon – Labor des Todes* im besonderen geholfen haben: Jim Cush, Larry Bern, Mark Gallagher, Chris Yango, David Thomson, Bay und Ann Rabinowitz, Bob Wincott, den Sysops des *Literary Forum* bei CompuServe und vielen anderen, die wir hier nicht aufzählen können.

Euer aller Enthusiasmus hat dazu beigetragen, daß dieses Buch geschrieben werden konnte.

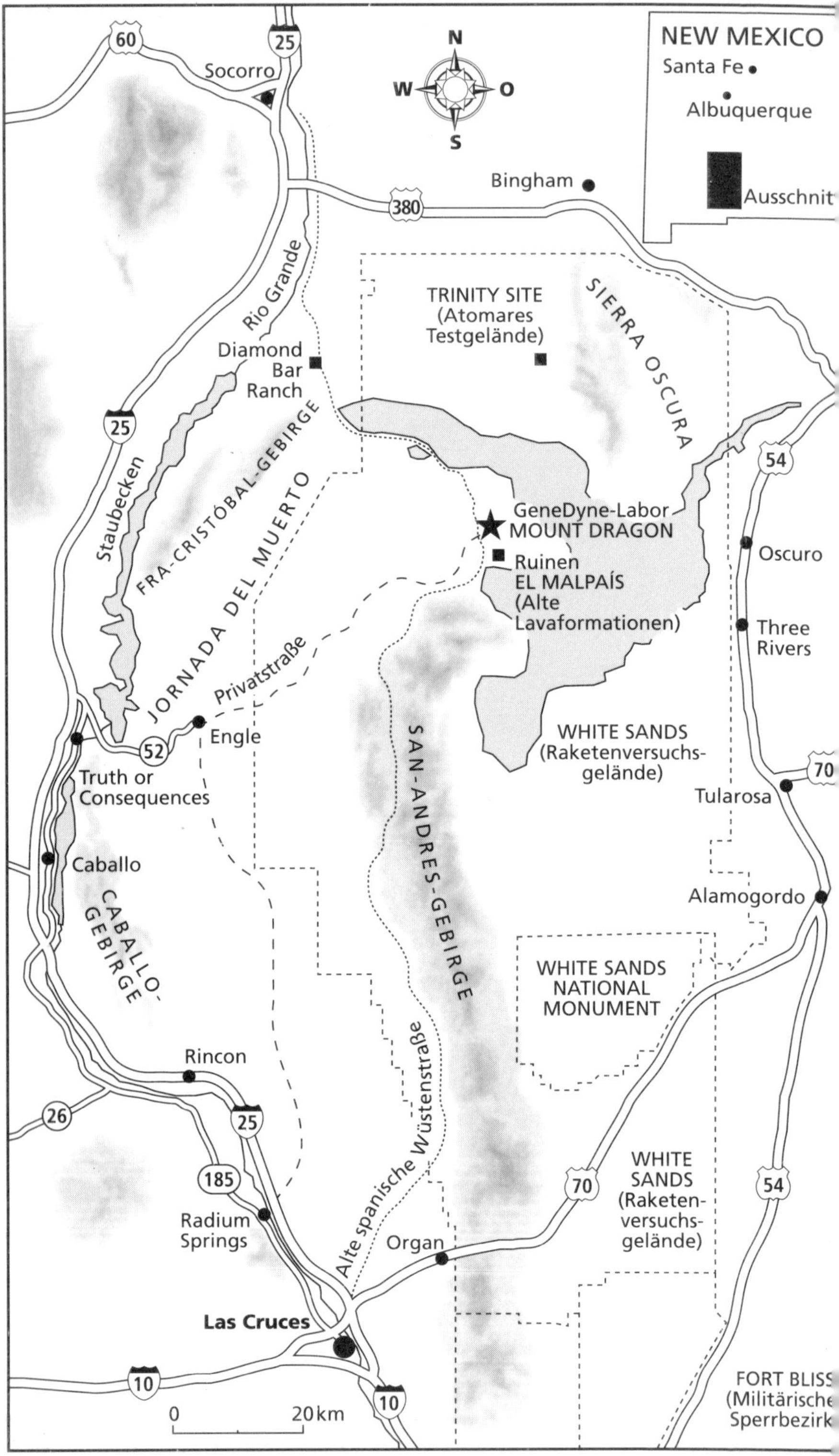

NEW MEXICO
Santa Fe
Albuquerque
Ausschnit
N
W
O
S
60
25
Socorro
Bingham
380
Rio Grande
TRINITY SITE
(Atomares
Testgelände)
SIERRA OSCURA
Diamond
Bar
Ranch
25
Staubecken
FRA-CRISTÓBAL-GEBIRGE
JORNADA DEL MUERTO
GeneDyne-Labor
MOUNT DRAGON
Ruinen
EL MALPAÍS
(Alte
Lavaformationen)
54
Oscuro
Three
Rivers
Privatstraße
52
Engle
Truth or
Consequences
SAN-ANDRES-GEBIRGE
WHITE SANDS
(Raketenversuchs-
gelände)
70
Tularosa
Caballo
CABALLO-
GEBIRGE
Alamogordo
WHITE SANDS
NATIONAL
MONUMENT
Rincon
26
25
Alte spanische Wüstenstraße
185
Radium
Springs
Organ
70
WHITE
SANDS
(Raketen-
versuchs-
gelände)
54
Las Cruces
10
10
0
20km
FORT BLISS
(Militärische
Sperrbezirk